T. S. Orgel

ORKS VS. ZWERGE

Fluch der Dunkelheit

Roman

Originalausgabe

Mit ausführlichem Glossar und
Ork-Wörterbuch im Anhang

WILHELM HEYNE VERLAG
MÜNCHEN

Verlagsgruppe Random House FSC® N001967

3. Auflage
Originalausgabe 12/2013
Redaktion: Catherine Beck
Copyright © 2013 by Thomas & Stephan Orgel
Copyright © 2013 dieser Ausgabe by
Wilhelm Heyne Verlag, München,
in der Verlagsgruppe Random House GmbH
Printed in Germany
Karten: Andreas Hancock
Umschlagillustration: Alexander Tooth
Umschlaggestaltung: Nele Schütz Design, München
Satz: KompetenzCenter, Mönchengladbach
Druck und Bindung: GGP Media GmbH, Pößneck
ISBN: 978-3-453-31438-2

www.heyne-fantastisch.de

TEIL I

»*Das größte Unglück ist eine verlorene Schlacht, das zweitgrößte eine gewonnene.*«

ARTHUR WELLESLEY, DUKE OF WELLINGTON

EINS
Glond

Wenn das überhaupt möglich war, sah der Ork aus dieser Nähe noch gefährlicher, noch furchterregender aus. Hochgewachsen und muskelbepackt, beinahe doppelt so groß wie Glond und höchstwahrscheinlich sogar größer als der Wolfmann. Wobei man das nicht so genau sagen konnte, denn der schlaksige Menschenkrieger stand für einen direkten Größenvergleich nicht zur Verfügung. Nur Glond war da und diese nachtschwarze Bestie mit den tief in den Höhlen liegenden Augen und der bösartigen Steinkeule in der Hand.

Glond presste sich noch dichter in den Schatten der Hauswand. So dicht, dass er durch das Hemd jede Unebenheit im Sandstein spüren konnte. Seine Hand tastete über die raue Oberfläche, bis sie eine Lücke entdeckte. Der Regen hatte an dieser Stelle in jahrzehntelanger, geduldiger Kleinarbeit einen etwa handtellergroßen Steinbrocken freigespült, den Glonds zitternde Finger nun umklammerten.

Der Ork war keine zehn Schritte entfernt in die Hocke gegangen, um etwas vom Boden aufzuheben. Grunzend presste er seine Hand gegen die platte Nase und sog witternd die Luft ein.

Glond wagte kaum zu atmen. *Dreh dich nicht um. Geh weiter. Lauf einfach nur die Straße hinab, zurück nach Hause in deine Höhle. Ich bin mir sicher, dort wartet ein leckerer Schweinebraten auf dich und eine Horde kleiner orkischer Hosenscheißer, die es kaum erwarten können, deinen beeindruckenden Kriegsgeschichten zu lauschen.*

Aber natürlich kam es anders. Es kam immer anders, als man es sich wünschte. Wenn es einen Gott gab, dann war er ein mieser Drecksack.

Der Ork erstarrte, und ein tiefes Grollen drang aus seiner Kehle. Sein Kopf fuhr herum, die gelben Augen blitzten in der Dunkelheit. Mit einer Behändigkeit, die seinen massigen Körper Lügen strafte, sprang er auf, riss die Keule in die Höhe und stieß einen mächtigen Kampfschrei aus, der vielfach von den Hauswänden widerhallte.

Glond holte tief Luft. Er spürte das vertraute Gewicht des Steins in der Hand und holte aus. Es war ein verdammt guter Wurf, und er traf den Ork mitten im Gesicht. Blut spritzte, und der Kopf des Monsters wurde herumgerissen. Er taumelte rückwärts und wäre beinahe über die eigenen Füße gestolpert. Aber eben nur beinahe.

»Verdammter Drecksack«, schrie Glond, während er aufsprang und an ihm vorbeischoss. Er hörte den Ork noch brüllen, dann war er über den Bleichplatz gestürmt und in die nächste Gasse eingebogen. Der Stein hatte ihm nur wenige Schritte Vorsprung verschafft, aber sie mussten reichen.

Während er die Gasse hinunterrannte, dachte er daran, wie überfüllt sie zu dieser Tageszeit einst gewesen war. Keine vier Schritte weit wäre er gekommen, ohne mit einem Ochsenkarren zusammenzukrachen oder mit einem der unzähligen Tuchhändler, die hier früher lautstark ihre Waren angepriesen hatten. Irgendwie vermisste er ihre wüsten Schimpftiraden, die seine Flucht früher einmal ausgelöst hätte. Die Menschen in Derok besaßen nicht viele Talente, aber das Fluchen beherrschten sie meisterhaft.

Heute lag die Gasse verlassen vor ihm, und es gab nichts, hinter dem er sich hätte verbergen können. Er warf einen hastigen Blick über die Schulter. Der Ork hatte die Verfolgung aufgenommen und kam mit langen Schritten näher.

Je weiter er in die verwinkelten Gassen des Weberviertels vordrang, desto schwieriger wurde die Flucht. In diesem Teil der Weststadt hatten die Orks am schlimmsten gewütet. Die einfachen Holzhütten hatten wie Zunder gebrannt, und Schutt und heruntergebrochene Dachbalken säumten die Straßenränder. Der früher allgegenwärtige Ätzgeruch der Bleichmittel war nun dem nicht weniger widerwärtigen Gestank von verkohltem Fleisch gewichen. Keuchend kletterte Glond über die Reste eines zusammengebrochenen Leiterwagens, dessen Ladung über die Straße verstreut lag, und zwängte sich zwischen den Balken eines heruntergebrochenen Dachaufbaus hindurch. Obwohl sein großgewachsener Gegner Mühe hatte, ihm durch die schmalen Lücken zu folgen, kam er unerbittlich näher. Und er schien noch nicht einmal ansatzweise außer Atem zu sein, während Glond bereits sein Herz bis zum Hals hinauf schlagen hörte. Keuchend hastete er an einem Toten vorüber, der mit drei Pfeilen im Bauch an einer Haustür lehnte und mit weit geöffnetem Mund blicklos ins Leere starrte. Weiße Lichtpunkte tanzten vor seinen Augen, und in seiner Seite machte sich ein stechender Schmerz breit. Jetzt musste er nur noch wenige Schritte durchhalten. Er mobilisierte die letzten Kräfte und stürmte an dem beschnitzten Pfahl vorüber, der den Zugang zum Labyrinth markierte. Seine Schulter streifte schmerzhaft eine Hauswand, und er geriet ins Straucheln. Im allerletzten Augenblick konnte er sich fangen, stolperte fluchend um die Ecke in eine dunkle Gasse hinein und – dann waren da nichts weiter als Schutt und rußgeschwärzte Gemäuer.

Er lief noch einige Schritte weiter und blieb japsend stehen. Langsam drehte er sich im Kreis. Um ihn herum gab es nichts als hohe, unüberwindliche Mauern. Kein Hauseingang, keine Fensteröffnung, kein Fluchtweg. Sein Blick wanderte nach oben, wo in schwindelerregender Höhe einige Dachbalken aus dem Gestein ragten. Viel zu hoch, um sie jemals erreichen zu können. Glond schloss die Augen und atmete tief durch. *So weit, so gut.*

Der Ork war im Zugang zur Gasse stehen geblieben. Sein mächtiger Brustkorb hob und senkte sich so gleichmäßig, als hätte er lediglich einen kleinen Morgenspaziergang hinter sich gebracht, und seine winzigen Augen wanderten aufmerksam über die Schuttberge und verharrten dann auf Glond. Er musste sich ziemlich sicher sein, dass er sein Opfer in der Falle hatte, denn nach einem kurzen Augenblick drang ein tiefes, grollendes Lachen aus seiner Kehle.

»Leck mich«, keuchte Glond und zog die kurze Klinge aus seinem Gürtel. Im Vergleich zu der mächtigen Keule des Orks wirkte sie wie ein Kinderspielzeug.

Von diesem Augenblick an lief das Ganze gehörig schief.

Hinter dem Rücken des Orks trat die Gestalt eines un-

bekannten Dalkar in die Gasse, gedrungen und zäh, das Gesicht von Narben zerfurcht und von einem grauen Bart eingerahmt, der ihm in verfilzten Strähnen bis über den Bauch hing. Über der Schulter trug er einen langen Holzprügel, aus dessen oberem Ende eine Reihe rostiger Nägel ragten. Seine blutunterlaufenen Augen fixierten Glond vorwurfsvoll.
»Ein Dalkar flieht nicht vor dem Feind. Ein Dalkar kämpft bis zum Ende, egal, wie groß die Übermacht auch scheinen mag.«

»Warte!«, keuchte Glond voller Entsetzen, doch der Grauhaarige schnaufte nur geringschätzig und wandte sich dem Ork zu. »Mein Name ist Dvergat von der Deroker Mauerwacht, und wir zwei sind vom Schicksal dazu auserkoren worden, gegeneinander zu kämpfen. Ich fordere dich zu einem Duell auf Leben und Tod.«

Der Ork gab mit keiner Miene zu erkennen, ob er den Sinn seiner Worte verstanden hatte. Doch das musste er auch nicht, denn Dvergat wartete gar nicht erst eine Antwort ab, sondern stürmte einfach los.

Wie zwei Naturgewalten prallten sie aufeinander. Mit ohrenbetäubendem Krachen zerbarst der Holzprügel an der Schulter des Orks, und die rostigen Nägel bohrten sich tief in sein Fleisch. Doch seine Keule fand ebenfalls ihr Ziel und ließ den Grauhaarigen schwer getroffen zurücktaumeln.

In einem Kampf entscheiden manchmal Kleinigkeiten über Sieg oder Niederlage. Die Sonne, die den Angreifer überraschend blendet, ein verirrter Pfeil oder auch nur eine Unebenheit im Boden, über den der Feind herangestürmt kommt. Das Schicksal dieses Dalkar war eine unscheinbare Pfütze, in der sein Bein versank, als er einen wankenden Schritt rückwärts tat. Mit einem hässlichen Knirschen knickte es zur Seite weg und stürzte hart in den Schlamm.

Als Glond ihn fallen sah, stieß er einen frustrierten Schrei aus. Warum war sein Volk nur so verdammt engstirnig? Warum konnten diese Dickschädel nicht ein einziges Mal nachdenken, bevor sie losstürmten? Warum mussten sie der Welt nur immer wieder beweisen wollen, dass sie ihr Schicksal verdienten? Für einen Augenblick zögerte er, dann stieß er einen sinnlosen Kampfschrei aus und rannte los.

Doch er kam zu spät. Brüllend riss der Ork seinen benommenen Gegner in die Höhe und hob die Keule. Die rostigen Nägel in seinem Arm schien er nicht einmal zu bemerken. Seine gelben Augen glühten vor Zorn, und zäher Geifer spritzte ihm aus dem Mund, während er dem Grauhaarigen seinen ganzen Hass ins Gesicht schrie und mit voller Kraft zuschlug.

Als die Keule gegen eine matte Schwertklinge prallte und zur Seite abgelenkt wurde, sprühten Funken. Der Ork fuhr herum und starrte in das grinsende Gesicht des Wolfmanns, der mit einem eleganten Sprung hinter seinem Rücken gelandet war. Der lange Menschenkrieger drehte das Schwert, rammte dem Ork den Knauf in die Rippen und hieb im nächsten Atemzug nach seinen Beinen. Irgendwie gelang es dem Ork, dem Schlag auszuweichen, mit seiner Keule auszuholen und sie in die Seite des Wolfmanns krachen zu lassen. Mit einem triumphierenden Heulen sprang er zurück und spießte sich selbst an Glonds ausgestreckter Klinge auf.

Das kurze Schwert glitt mühelos bis zum Heft in den Rücken des Orks und blieb darin stecken. Es war ein unwirkliches Gefühl, beinahe so, als hätte Glond es sich selbst in die

Eingeweide gestoßen und warte nun auf den Augenblick, in dem der Schmerz wie eine Flutwelle über ihn hereinbrechen würde. Erschrocken ließ er den Griff los, und der Ork wandte sich um und starrte ihn mit weit aufgerissenen Augen an. Unverständnis lag in ihnen, und beinahe so etwas wie verletzter Stolz. Mit einem mitleiderregenden Wimmern umklammerte er die nass glänzende Klinge, die aus seinem Bauch ragte, und zerrte daran. Dunkles Blut quoll zwischen seinen Fingern hervor und tropfte in langen Fäden zu Boden. Langsam sank er in die Knie, bis er sich beinahe auf Augenhöhe mit Glond befand und überhaupt nicht mehr so bedrohlich wirkte wie noch Augenblicke zuvor. Er schien etwas sagen zu wollen, denn sein Mund bewegte sich lautlos. Dann kippte er zur Seite und war tot.

»Was habt ihr getan?«, rief der Grauhaarige, der sich Dvergat genannt hatte.

»Was?«, fragte Glond. Seine Beine zitterten, und seine Lunge brannte, als stünde sie in Flammen.

»Das war mein Zweikampf, ihr hättet ihn mir nicht nehmen dürfen!«

»Wir haben dir das Leben gerettet«, knurrte der Wolfmann und stützte sich auf den Knauf seines Schwerts. »Wenn wir nicht gewesen wären, hätte der Drecksork Kleinholz aus dir gemacht.«

»Ich hatte ihn dort, wo ich ihn haben wollte.«

»Und du wolltest ihn direkt über dir haben? Die Keule zum tödlichen Schlag erhoben?«

»Ja, aber völlig ohne Deckung. Er hatte keinen Schimmer, dass wir Meister darin sind, ungesehen von unten anzugreifen. Das sind unsere körperlichen Vorteile.« Mit zitternden

Händen tastete der Alte im Straßendreck nach seiner Waffe.
»Du hast alles zerstört, du räudiger Köter.«
»Du kannst mich mal, du alter Sack.«
»Lasst es gut sein.« Glond schloss die Augen und schüttelte den Kopf.
»Genau«, raunzte der Wolfmann und spuckte auf den Boden. »Halt endlich den Mund, alter Mann.«
»Halt du dein Maul!«, brüllte der Dalkar, und die Augen traten ihm fast aus den Höhlen. »Du hast mir überhaupt nichts zu sagen. Weder du, noch dein Freund, der feige vor dem Ork geflohen ist.« Sein anklagender Zeigefinger zuckte wie eine Klinge durch die Luft.
»Ich übernehme das Kämpfen gern für ihn, wenn du es darauf anlegst.« Der Wolfmann hob sein Schwert und bleckte die Zähne.
Glond presste die Handflächen auf die Ohren. Es war zum Verzweifeln. Da standen sie inmitten einer zerstörten Stadt, in der es vor Orks nur so wimmelte, und diese Dickschädel hatten nichts Besseres zu tun, als sich gegenseitig die Köpfe blutig zu schlagen. Wenn diese zwei Streithähne symbolisch für den Zustand der dalkarischen und menschlichen Rassen waren, stand es wirklich schlecht um sie. »Haltet beide euer Maul«, brüllte er so laut, dass sie ihn verblüfft anstarrten. »Es ist völlig egal, wer diesen verdammten Ork umgebracht hat. Er ist tot, und das ist das eigentliche Problem. Wolfmann, erinnerst du dich, warum wir hier sind? Wir wollten den Ork in eine Falle locken, um ihn zu befragen. Das war ein ganz einfacher Plan, bei dem wir nichts weiter tun mussten, als mein Leben zu riskieren, um den Ork mit einer Schlinge einzufangen. Der erste Teil hat ja auch ganz wundervoll geklappt.«

»Ach ja«, murmelte der Wolfmann und senkte widerwillig sein Schwert. »Nur dass uns der Kerl hier den Rest versaut hat.«

Für einen Augenblick war es still, doch dann funkelten die Augen des Grauhaarigen streitlustig auf. »Einen Ork wolltet ihr befragen«, höhnte er und verzog das Gesicht. »Einen Ork, der kaum seine eigene Sprache beherrscht, geschweige denn irgendeine andere. Da hättet ihr ja gleich einen Stein ausquetschen können.«

»Das lass mal unsere Sache sein.«

»Solange ich lebe, machen wir keine Gefangenen.« Dvergats Zeigefinger fuchtelte wild unter der Nase des Wolfmanns herum. »Wir bekämpfen sie, wo immer wir stehen. Wir halten sie auf und treiben sie zurück in die Berge. Jeden Schritt bezahlen sie mit hohem Blutzoll, solange die Fahne der Zwölften steht. Das habe ich meinem Heetmann geschworen. Geschworen! Verstehst du das?«

»Die Zwölfte?« Glond runzelte die Stirn. »Die Zwölfte wurde doch aufgelöst.«

»Was soll das heißen?«

»General Variscit hat sie aufgelöst, nachdem alle Krieger für tot erklärt wurden.« Glond warf einen Seitenblick auf den Wolfmann. »Du warst dabei, als sie es verkündeten, nicht wahr?«

»So ist es gewesen. Sie wurden alle für tot erklärt.«

»Du weißt hoffentlich, was das bedeutet, Dvergat. Für die Clans warst du von diesem Augenblick an nicht mehr am Leben. Ausgelöscht und für alle Ewigkeit nicht mehr als eine Erinnerung. Alles, was du von jenem Tag an getan hast, ist sinnlos. Jeder getötete Ork, jede deiner Heldentaten – für die Clans ist es gerade so, als wären diese Dinge nie geschehen.«

Es folgte eine Pause, in der keiner ein Wort sprach.

»Tot?« Dvergat sog ungläubig die Luft ein. »Du lügst. Wer soll das entschieden haben? Es gibt niemanden, der das Recht dazu hat.«

»Jarl Dornbirn, der Standartenträger der Zwölften, war der Einzige, der an jenem Tag aus der Schlacht zurückkehrte. Er hat die Fahne eingerollt und an General Variscit übergeben.«

»Jarl Dornbirn«, zischte Dvergat und rang nach Atem. »Er lügt! Er wurde am Kopf verletzt und konnte nicht mehr klar denken. Die Standarte war schon lange nicht mehr in seinem Besitz, als er die Brücke überquerte. Er hatte sie verloren, als der Großteil der Einheit in den Gassen der Weststadt in eine Falle gelockt wurde. Heetmann Talus hat sie durch ein Bierfass ersetzt. Durch mein Bierfass!« Die letzten Worte schrie Dvergat fast.

Glond lachte traurig. »Das hat der General wohl anders gesehen, denn er hat Jarl Dornbirn zum Heetmann befördert und ihm das Kommando über die Zwanzigste übertragen. Dich dagegen hat er zu einem lebenden Toten gemacht.«

Dvergat starrte ihn an, die Augen weit aufgerissen und die Hände hilflos zu Fäusten geballt. Endlich schien die gesamte Tragweite des Gesagten zu ihm durchzudringen. Alle Farbe wich aus seinem Gesicht, und seine Schultern sackten nach unten, als hätte sich ein Amboss auf sie gesenkt. »Tot«, flüsterte er, und seine Stimme zitterte dabei. Kraftlos ließ er den Kopf hängen, von einem Augenblick auf den nächsten ein gebrochener alter Mann.

Wie er so dahockte, konnte er einem beinahe leidtun. Mit seinem ramponierten Gesicht und dem verdrehten Bein, von aller Welt allein gelassen, ohne Freunde oder Verbündete, und vor allem ohne Zukunft. Auch wenn er es verdient haben mochte, musste man schon ein ziemliches Arschloch sein, um einen solchen Mann noch tiefer in den Schlamm zu treten. Dabei war es doch noch gar nicht so lange her, dass sich Glond in einer ähnlichen Situation befunden hatte. So schnell, wie er gekommen war, war der Zorn verraucht und wich einem leisen Gefühl von Scham. Glond zog die Flasche Dunkelbier aus seinem Gürtel und reichte sie dem alten Mann. »Mein Name ist Glond. Der Große heißt Cryn, aber wir nennen ihn alle nur Wolfmann. Wegen dem Pelz«, fügte er überflüssigerweise hinzu. »Wie ein Wolf. Verstehst du?«

Dvergats Augen wanderten zum Wolfmann und wieder zurück. »Ich bin ja nicht blöd«, murmelte er und nahm einen tiefen Zug aus der Flasche. Er wischte sich mit dem Handrücken über den Mund. »Mein Name lautet Dvergat. Aber das wisst ihr ja bereits.«

Glond nickte und deutete auf Dvergats Bein. »Was ist damit? Tut es sehr weh?«

»Manchmal schon. Vor allem an kalten Tagen.« Dvergat krempelte die Hose hoch und entblößte einen vernarbten Stumpf, wo einmal sein Unterschenkel gewesen war. Ein grob geschnitztes Holzbein war daran befestigt, nur notdürftig festgezurrt mit ein paar ausgefransten Lederriemen. »Obwohl da gar nichts mehr ist, was wehtun könnte. Ist das nicht seltsam? Als ob das Bein noch irgendwo da unten dranhängt. Nur dass es mich nicht mehr trägt und man es nicht sehen kann, das nutzlose Ding.« Kopfschüttelnd schob er das Ende des Holzbeins zurück in die richtige Position und zurrte die Lederriemen fest. Dann nahm er einen weiteren tiefen Schluck aus der Flasche und zuckte mit den Schultern. »Was wollet ihr denn von dem Ork wissen?«

»Wir suchen nach einem Menschenkind, einem Jungen von nicht mehr als zwölf Wintern. Sein Name ist Navorra von Andrien, und er ist im Sanatorium zu Hause. Er trägt ein teures Hemd und um den Hals eine Kette mit einem goldenen Ring.«

»Von einem Navorra habe ich noch nie etwas gehört oder gesehen. Für mich sehen die Menschen aber ohnehin alle gleich aus. Viel zu groß und dürr, kein Fleisch auf den Knochen und kümmerliche Bärte, die den Namen kaum verdienen.« Angeekelt verzog Dvergat das Gesicht und rümpfte die Nase. »Aber an den Ring erinnere ich mich genau. So ein schweres Ding mit einem Wappen oben drauf, das man braucht, um wichtige Dokumente zu versiegeln. Ich habe noch nie ein so seltenes Stück Edelmetall im Besitz eines Menschen gesehen. Er wird ihn vom Finger eines toten Kriegers gestohlen haben, der diebische Bastard.«

»Du hast Navorra gesehen.« Die Erleichterung war Wolfmanns Stimme deutlich anzuhören. »Wo? Was ist aus ihm geworden?«

»Er ist tot.«

»Nein!«

Dvergat zuckte mit den Schultern. »Es war eine kleine Gruppe, ein knappes Dutzend Menschen – und ein paar sehr seltsame Gestalten noch dazu. Sie wollten in die Sümpfe fliehen. Weiß der Grubenteufel, wie es ihnen gelungen war, sich so lange vor den Orks verborgen zu halten. Aber das ist ja nun egal, denn selbst wenn ihnen die Flucht gelungen ist, wird der Sumpf sie inzwischen verschlungen haben. Niemand kehrt lebendig von diesem Ort zurück.« Er nahm einen letzten geräuschvollen Zug aus der Flasche und stellte enttäuscht fest, dass sie bereits leer war. Als er sie zurückgab, zitterte seine Hand. »Es hat keinen Zweck, sich darüber den Kopf zu zerbrechen. Es ist, wie es ist.«

Die Kiefer des Wolfmanns mahlten, während sein Blick nach Westen wanderte, wo die mächtige Stadtmauer wie ein Mahnmal über das Meer der Hausdächer hinausragte. »Mag sein. Aber es gibt Wege, von denen die Dalkar nichts wissen. Selbst die meisten Menschen haben keine Ahnung von ihrer Existenz. Ich habe Navorra irgendwann einmal von ihnen erzählt und auch, welchem Zweck sie dienen. Er hat ein gutes Gedächtnis, er hat sich an meine Worte erinnert.«

»Was waren das für Worte?«, fragte Glond.

»Halte dich von den Sümpfen fern.«

Glond nickte. Ein weiser Ratschlag, so viel war sicher. Die Alten erzählten eine Menge hässlicher Geschichten über die Sümpfe. Düster sollten sie sein und unheimlich, die Erde tückisch und nachgiebig unter den Stiefeln, nur darauf bedacht, den unachtsamen Wanderer in die Tiefe zu zerren und mit Haut und Haaren zu verschlingen. Und das war sicherlich nicht die einzige Gefahr, die an so einem trostlosen Ort lauerte. Man erzählte sich von wandernden Lichtern und unheimlichen Gestalten ... Nein, die Sümpfe waren wirklich kein Ort für einen Dalkar. Niemand, der noch einigermaßen klar bei Verstand war, würde sie freiwillig betreten.

Aber er hatte einen Eid geschworen. Er hatte geschworen, Navorra und die restlichen Bewohner des Sanatoriums zu retten. Er hatte sich dafür mit einem der größten Dalkarhelden der Geschichte angelegt, hatte es abgelehnt, der Stellvertreter von General Variscit zu werden, war sogar in eine Nussschale von einem Boot gestiegen, mit kaum einem Fingerbreit Holz zwischen sich und den eisigen Fluten. Und er hatte ein denkendes Wesen getötet. Nachdenklich wischte er sich die Hand am Hemd ab. Es klebte eine ganze Menge Blut daran. Er wollte verdammt sein, wenn er sich jetzt noch von so einem stinkenden Sumpfloch aufhalten ließ. »Je eher wir aufbrechen, desto schneller haben wir Navorra eingeholt.«

Der Wolfmann nickte und spuckte auf den Boden. »Du hast recht. Je eher wir aufbrechen, desto schneller haben wir diese Sache hinter uns gebracht.«

»Und was wird aus mir?«, fragte Dvergat.

Glond warf ihm einen Seitenblick zu. »Du kannst uns begleiten, wenn du willst. Hat ja keinen Zweck, hier länger auszuharren. Falls wir es bis in die Hochebenen schaffen, kannst du dich nach Süden zur nächsten Siedlung durchschlagen. Nach Garenn vielleicht, oder nach Vyndtport. Dort sind deine Chancen, am Leben zu bleiben, allemal besser als hier in Derok.«

»Am Leben bleiben...« Dvergat schnaufte abfällig. »Was hat denn das noch für einen Wert?«

ZWEI

Derok

Die Abendsonne stand tief im Westen und sandte ihre letzten Strahlen herab, die die zahlreichen Wasserflächen für einige Augenblicke wie rotgoldene Spiegelscherben schimmern ließen.

Für diese kurze Zeit war selbst das verwüstete Derok schön. Das abendliche Licht tauchte Ruinen und zerstörtes Land gleichermaßen in ein seltsam unechtes, überzeichnet wirkendes Licht. Das Angenehme daran war, dass dieses Licht eine Menge der unschöneren Seiten einer Schlacht verbarg. Die Farben zum Beispiel. Die Farben von geronnenem Blut, von Eingeweiden und die der Gesichter von Toten. Die Strahlen tauchten alles, was sie berührten, in warme, schmeichelnde Töne von Gelb, Orange, Rot und Gold. Den Rest verbargen sie in tiefen Schatten. Tief genug für Zwerge, Orks oder auch Menschen, nicht jedoch für die scharfen Augen des Kronhabichts.

Der Greifvogel sah die Leichen, die noch immer in unzugänglichen Ecken der Ruinen lagen, Gliedmaßen, die aus Trümmerhaufen ragten, angefressen von Krähen bei Tag und

Ratten bei Nacht. Er sah die Trümmer von Geschirr und Möbeln, die verlorenen Spielzeuge, zerbrochenen Waffen und verbogenen Schilde, die vergessenen Bücher, deren von Ruß befleckte Seiten im Abendwind flatterten. Rauch und Asche wehten sacht durch die verlassenen Straßen und Gassen unter ihm.

Anfangs waren noch Schweine und Hunde herrenlos durch die Ruinen gestreift und hatten sich mit den Krähen um die Toten gestritten. Jetzt sah der Habicht keine mehr davon. Die Orks waren gründlich gewesen, und ein Hund bedeutete ihnen dasselbe wie ein Schwein: eine willkommene Mahlzeit. Alles, was ihnen essbar erschien, hatten sie eingefangen, eingesammelt und davongetragen. Die Speicher der Stadt waren leer geräumt, ebenso wie ihre Felder und Gärten, und längst war das meiste von dem, was den Orks kostbar erschien, aus den Trümmern geborgen. Was die Orks nicht rechtzeitig wegschleppen konnten, hatten die Wurfmaschinen der Zwerge unter Felsbrocken begraben und mit brennenden Pechkugeln vernichtet. Fünf Tage und Nächte lang waren die Geschosse ohne Unterlass auf Derok niedergegangen, in den Himmel geschleudert von Dutzenden Katapulten der Festung auf der südlichen Seite des Flusses, bis schließlich nichts mehr in ihrer Reichweite lag, das man noch weiter hätte zerstören können. Die Zwerge hatten ihre Stadt an die Orks verloren, doch sie hatten sie ihnen nicht überlassen.

Rauch stieg in den Himmel, so wie er es seit über zehn Tagen tat, seit die einst mächtige Zwergenstadt gefallen war. Fettige Flocken von Asche schwebten wie grauer Schnee auf die tote Stadt hinab.

Der Kronhabicht zog einen großen Kreis, unentschlossen,

wohin er sich wenden sollte. Im Norden, dort, wo einst die Gartenvorstadt gewesen war, lohten die Feuer der Orks, gewaltige Scheiterhaufen, auf denen die Leichen der gefallenen Orkkrieger zu Asche und Staub verbrannten. Tausend Tote waren bereits in Rauch aufgegangen, und noch immer wurden weitere Körper in die Flammen geworfen. Von dort drifteten die Gesänge der Drûaka, der orkischen Geistersprecherinnen, herauf. Tag und Nacht, ohne Unterlass, sangen die Schamaninnen der Stämme, während sie die Herzen der Krieger aus den Leichnamen schnitten und sie im Rauch der Totenfeuer trockneten. Ihr Rauch verdunkelte den Himmel über den Ruinen, eine Wolke, so schwarz und dicht, dass sie der leichte Wind, der von den Bergen herabwehte, nicht auseinandertreiben konnte. Die Schamaninnen sahen sorgenvoll zu ihr auf und verstärkten ihre Gesänge.

Hinter den Rauchsäulen, auf den Hügeln im Norden, richtete sich das gewaltige Heer der Orks auf den nahenden Winter ein, während ihre Häuptlinge stritten, was als Nächstes zu tun sei. Noch hielt der Heerwurm der vereinigten Stämme, noch war nicht entschieden, ob der Feldzug des großen Rogoru hier beendet war. Doch das Murren unter den Kriegern wurde lauter, und mit jedem Tag rückte der Winter näher.

Für einen Ork waren die Risse in der Allianz der Stämme beinahe schon zu sehen. Doch der Kronhabicht war kein Ork, und die Belange der Erdgebundenen interessierten ihn nicht.

Die Rauchwolke, die über der Stadt hing, störte den Vogel dagegen tatsächlich. Sie erschwerte ihm das Fliegen, füllte seine Lungen mit ätzendem Qualm, überzog sein Gefieder mit einem öligen Film und biss in seine Augen. Nein, das war nicht die Richtung, in die er fliegen wollte.

Der Habicht kreiste weiter. Nach Osten zu fliegen kam nicht in Frage. Im Osten verlief das Flusstal bis hinauf in die Berge, deren Höhen selbst in den heißesten Sommern von Schnee und Eis bedeckt waren. Sie waren höher, als einer seiner Art fliegen konnte, und instinktiv wusste er, dass Beute dort rar war. Und noch etwas spürte er: Die dunkle Wolkenwand, die langsam von Osten herankroch, als sei sie begierig, sich den Rauch der Totenfeuer über der Stadt einzuverleiben, kündete von Sturm. Einem Sturm, der von Derok aus das Land heimsuchen würde. Er spürte ihn in den Knochen seiner Schwingen, in den Eingeweiden und als Druck, der sich in seinem Schädel aufbaute. Verärgert schüttelte der Habicht den Kopf und drehte nach Süden bei.

Hier zerschnitt der reißende Fluss das Land und die Stadt. Sein Wasser hatte auf seinem Weg von den Feldern des ewigen Eises herab kaum an Wärme gewonnen oder an Wildheit eingebüßt. Am gegenüberliegenden Ufer erhob sich ein einsamer Fels hoch über die Reste der Stadt. Auf seiner Höhe thronte eine Festung der Zwerge, gespickt mit Katapultstellungen und besetzt von wachsamen Posten mit stählernen Panzern und griffbereiten Waffen. Die Zwerge hatten dazugelernt. Sie würden die Orks nicht mehr unterschätzen. Und sie schienen nicht vorzuhaben, den Orks den Zugang zum Süden kampflos zu überlassen. Noch jetzt, in den letzten Strahlen der Abendsonne, trafen Ochsenkarren voller Fässer und Säcke in jenem Rest der Stadt Derok ein, der das Glück hatte, auf der richtigen Seite des Flusses zu liegen. Südlich davon hatten Zelte und hastig errichtete Verschläge die noch vor kurzem friedlichen Obsthaine in ein chaotisches Flüchtlingslager verwandelt. Doch wie es in der Natur der Zwerge lag, verringerte sich das Chaos bereits. Täglich brachen Flüchtlinge von hier in den Süden auf, um dort ihr Glück oder wenigstens Zuflucht zu suchen. Sie wurden ersetzt durch Truppen weiterer Gepanzerter, die in die Gegenrichtung marschierten und Waffen ebenso wie Vorräte zur Festung von Derok brachten. Schon jetzt wehten die Wimpel einer Vielzahl von Truppenverbänden über dem wachsenden Heerlager, und bald würde es in Derok mehr Zwergenkrieger geben als je zuvor.

Doch auch dorthin flog der Habicht nicht. Ein Schwarm zorniger Krähen stieg aus dem Zentrum der Stadt auf, von dort, wo die Reste der zerstörten Brücken wie die Knochen eines gefallenen Urtiers aus dem schäumenden Wasser ragten. Am Kopf der Brücke türmten sich Berge von Leichen auf. Die Orks hatten ihre Toten weggebracht – die Gefallenen der Zwerge jedoch lagen noch immer dort, zu Dutzenden und Hunderten aufgehäuft oder verstreut, halb eingetreten in den ausgehärteten Schlamm der zerstörten Barrikaden. Nichts lebte mehr dort – nichts außer unzähligen Fliegen, die fieberhaft damit beschäftigt waren, ihre Eier in die zerfallenden Leichname zu legen, und natürlich ihren wimmelnden, kriechenden, brodelnden Nachkommen. Einzig die Krähen machten ihnen das Mahl streitig, doch im hier herrschenden Überfluss würde wohl niemand von ihnen in absehbarer Zeit hungern müssen. Die Schlachtplatte, die die Orks hinterlassen hatten, war reich gedeckt. Normalerweise hätte der Habicht seinerseits eine fette Krähe nicht verschmäht, doch die schwarzen Räuber waren wachsam und so zahlreich, dass er in diesen Tagen selbst zum Gejagten wurde.

Mit einem zornigen Schrei stieg er höher empor, bis die Totenvögel der Verfolgung überdrüssig wurden und sich wieder ihrem Mahl zuwandten. Nein, hier gab es nichts mehr für ihn. Der Kronhabicht wandte sich nach Westen und glitt auf der leichten Brise der Sonne entgegen, hinaus über das flacher werdende Land. Unter ihm zogen zerstörte Gehöfte vorbei; auf den Feldern war keine Ernte, auf den Weiden kein Vieh mehr zu finden. Niedergebrannte Scheunen und abgeholzte Wäldchen kündeten davon, dass auch hier die Orks gewesen waren, um den unersättlichen Hunger ihres Heers zu stillen. Die Höfe wichen langsam sumpfigerem Land, in dem hier und dort kleine Seen aufblitzten und sich dunkle Bachläufe durch feuchte Wiesen wanden. Noch immer folgte der Habicht dem glitzernden Band des Flusses, den vereinzelten Gruppen von Menschen gleich, die unter ihm mühsam ihren Weg in die Wildnis erkämpften. Weitere Flüchtlinge, diesmal jedoch die Sorte, die ihren Hausrat zurückgelassen hatte, um sich mit dem Mut der Verzweiflung einen Pfad durch die nahen Sümpfe zu suchen.

Flussabwärts gab es andere Siedlungen: Gehöfte und kleine Dörfer am Flusslauf, in denen die Heimatlosen auf Hilfe oder zumindest ein Boot hofften, das sie flussabwärts zum großen Strom und in den sicheren Süden bringen konnte. Andererseits – was war schon sicher? Lediglich der Hunger und die Kälte im nahenden Winter für all jene, die kein Dach über dem Kopf finden konnten. Vielleicht war der Tod in einem der Moorlöcher auf dem Weg dorthin ein gnädigeres Ende.

Für den Habicht stellten sich diese Fragen nicht. Sorgen um die Zukunft lagen vollkommen jenseits seines Horizonts, etwas, worum ihn die meisten der Fliehenden sicher beneiden würden. Jetzt, da er den Schatten der Wolkenwand über Derok hinter sich gelassen hatte, richtete sich seine Aufmerksamkeit wieder ausschließlich auf das gefiederte Leben unter ihm. Wenn er weiterziehen musste, dann mit vollem Magen.

DREI
Krendar

Niedrig hängende Wolken krochen von Osten her über das Sumpfland und verbargen die nächtliche Landschaft hinter immer neuen Regenschleiern. Sie blieben an den Flanken der Hügel hängen, verwandelten alles in mehr als einem Dutzend Schritten Entfernung in bloße Schemen und ertränkten jedes Geräusch in monotonem Rauschen und Tropfen. Ein schmaler Einschnitt kerbte die östliche Flanke des Hügels, von einem Bach, der den größten Teil des Jahres kaum mehr als ein dahinsickerndes Rinnsal war, in den lehmigen Waldboden gegraben. Die ausladenden Äste von Nadelbäumen verdeckten die Rinne beinahe vollständig. Selbst wenn Nacht, Wolken und Regen nicht gewesen wären, hätte kaum jemand die Gestalten entdeckt, die unter dem tropfenden Geflecht aus Zweigen warteten. Sie wirkten wie dunkle Felsbrocken, die jemand in kleinen Gruppen angeordnet hatte, und nur eine gelegentliche Bewegung, das Aufblitzen von Metall oder ein gemurmeltes Wort verrieten, dass es sich nicht etwa um antike Steinkreise handelte. Zwischen den Zusammengekauerten brannten hier und da kleine Feuer. Die Flammen flackerten trüb, gaben kaum Licht und noch weniger Wärme ab und zischten leise im fortwährenden Nieseln. Schwere Planen aus rohem Leder schützten die Feuer notdürftig vor der Nässe und dämpften den Lichtschein noch zusätzlich.

An der Feuerstelle, die am weitesten bachabwärts lag, grunzte eine der Gestalten und schüttelte die nasse Lederplane von ihren Schultern, um einen Becher heißen Kräutersud aus dem Kochbehälter zu schöpfen.

»Verdammtes Mistwetter«, knurrte der Aerc, leckte sich über die spitz gefeilten, blutroten Zähne und schmatzte unwirsch. »Ich verstehe immer noch nicht, warum wir hier sind.« Er war kleiner und sehniger als seine fünf Kumpane, und seine nasse Haut schimmerte selbst im schwachen Widerlicht grünlich. Er wirkte wie ein großer, missgestimmter Frosch. Ein Frosch mit Raubtiergebiss.

»Tja, wenn ich mich recht erinnere, war das so«, rumpelte der riesige Oger zu seiner Linken. »Am Anfang der Zeiten, als die Welt noch jung war, öffneten die Ersten der Ahnen ihre Augen und ...«

»Ach halt's Maul, Modrath.« Der rotzahnige Aerc zischte entnervt, als der Oger und die beiden grauhäutigen Krieger neben ihm leise kicherten. »Und ihr – sehr witzig. Krendar, hast du dich nicht gefragt, was wir in dieser Gegend hier wollen?«

»Äh ... nein? Nein. Eigentlich nicht.« Der jüngste der Aerc riss den Blick von den Flammen los und sah auf. »Ich war noch nie hier, Dudaki. Ich hab also keine Ahnung, wohin der Häuptling will und ob wir hier richtig oder falsch sind. Was passt dir daran nicht?«

»Was mir daran nicht passt?« Dudaki bleckte die Zähne und nippte an seinem Becher. »Alles. Wir sollten schon auf dem halben Weg in den Norden sein, um unsere Kriegsbeute zu präsentieren und uns von den Weibern der Weststämme als Helden feiern zu lassen.« Er klimperte bedeutungsvoll mit der Kette aus goldenen Armreifen, Ringen und Bartspangen, die er um den Hals trug. Das brachte ihm einen bösen Seitenblick des riesigen Ogers ein. »Möglichst bevor der Winter anbricht und die anderen auf dem Heimweg sind. Es ergibt überhaupt keinen Sinn, dass wir hier sind.«

»Ach – und wo sind wir dann deiner Meinung nach?«, knurrte der Riese.

Dudaki seufzte und griff nach einem Stock. »Passt auf.«

Er kratzte zwei geschlängelte Linien in den nassen Boden. »Der Fluss«, erklärte er mit gedämpfter Stimme. Weitere Striche und Linien folgten und ergänzten sich zu einer groben Karte. Schließlich stieß er den Stock in eine der Schlaufen des Flusses und sah Modrath an. »Hier sind wir, Halbzahn. Ungefähr. Wir sind also viel zu weit im Westen. Wenn wir über den Fluss wollen, müssten wir viel weiter nördlich sein. Noch sechs oder sieben Tage dieser Regen, und die Hirschfurt ist unpassierbar, vielleicht für Wochen. Dann erreichen wir die Stämme nicht vor dem Winter. Das können wir uns aber nicht leisten.« Er warf einen bedeutsamen Blick auf den Stapel Säcke, der neben dem Oger unter einer Plane lag. »Also, was wollen wir hier, Broca?«

Krendar starrte auf die grobe Karte, deren Kerben sich langsam mit Wasser füllten. Ein Tropfen löste sich aus dem dichten Geäst über ihnen und traf seine Braue. Abwesend hob er die Hand, um ihn wegzuwischen, und zog eine Grimasse, als seine Finger die frische, wulstige Narbe auf seiner Stirn berührten.

Woher soll ich das wissen? Ich bin erst seit ein paar Tagen Truppführer, und bis jetzt hat sich noch niemand die Mühe gemacht, mir etwas zu erklären.

Unauffällig sah er zu Modrath hinüber, doch der narbige Oger hatte keine hilfreichen Ratschläge für ihn. Stattdessen starrte er düster auf den Froschaerc und sog an dem abgebrochenen Eckzahn, dem er seinen Spitznamen verdankte. Krendar musterte den Rest seiner Doppelfaust – wobei Doppelfaust zu viel gesagt war. Eine Doppelfaust bestand aus mindestens zehn Kriegern. Sein Trupp bestand aus gerade mal sechs, und das auch nur, wenn man Sekesh mitzählte. Die Schamanin saß zwischen Modrath und ihm, ihre Lederdecke fest um sich gezogen, und wiegte sich im Rhythmus eines Lieds, das nur sie hören konnte. Ihre langen verfilzten Zöpfe verbargen ihr nachtschwarzes Gesicht, aber Krendar war sich ziemlich sicher, dass sie die Augen geschlossen hatte und von ihrer Umgebung nichts mitbekam.

Auf der anderen Seite saßen die restlichen beiden Krieger seiner Doppelfaust. Die Korrach-Zwillinge, grauhäutige Aerc aus einem der Bergstämme, die sich so ähnlich sahen, dass er inzwischen aufgegeben hatte, sie auseinanderhalten zu wollen. Er nannte sie einfach den Rechten und den Linken. Je nachdem, wer gerade wo saß. Die beiden schien es nicht zu stören. Eher im Gegenteil – er war sich sicher, dass sie es darauf anlegten. Anders war es nicht zu erklären, dass selbst die Narben auf ihren Armen und Gesichtern exakt die gleichen waren.

Der letzte Aerc in seinem Trupp war der froschähnliche, ewig nörgelnde Dudaki. In Momenten wie diesen bereute er es fast, den Sumpfaerc wieder in seine Doppelfaust aufgenommen zu haben. Aber er hatte ohnehin schon zu wenig Leute und machte sich keine falschen Hoffnungen: Einem so unerfahrenen Broca wie ihm schlossen sich andere Krieger kaum an.

Schließlich hob Krendar die Schultern und ließ sie wieder fallen. »Ich kann dir nicht sagen, was wir hier wollen. Der Raut wird seine Gründe haben. Vielleicht kennt er hier eine andere Furt.«

»Eine andere Furt, was? Ich kenne den Fluss, und wenn es eine Furt unterhalb der Roten Fälle gäbe, hätte ich davon gehört! Das ist einfach scheiße!« Die Augen Dudakis funkelten ihn im Widerschein des Feuers gelb an.

Krendar seufzte. »Das hast du jetzt oft genug erwähnt. Davon wird es sich aber nicht ändern. Prakosh ist der Raut, und er muss seine Entscheidungen nicht mit mir diskutieren. Und mit dir ja wohl erst recht nicht.«

»Ein Scheiß-Häuptling ist das«, murmelte Dudaki, allerdings sehr leise.

»Das sagt ausgerechnet einer, der schon ganz anderen Drecksäcken gefolgt ist«, brummte Modrath. Der Oger ignorierte Dudakis böse Blicke und sah Krendar nachdenklich an. »Aber wenn Froschgesicht hier recht hat, dann ist die Frage gar nicht so dumm. Warum sollte Prakosh die Seelen von über sieben mal hundert Kriegern in Gefahr bringen, indem er einen derartigen Umweg macht?« Er ließ seine Pranke auf dem Stapel lederner Säcke neben sich klatschen. »Den Kriegshäuptlingen wird das nicht gefallen.«

»Jo. Aber wer sollte es ihnen sagen? Die Häuptlinge sind weit weg.« Krendar erwiderte Modraths Blick. »Also was soll ich eurer Meinung nach tun? Einfach fragen?«

»Wär 'ne Idee.«

Krendar schnaubte. »Prakosh Fünftod? Großartige Idee, klar.« *Wenn ich vorhaben sollte, ein paar Zähne zu verlieren. Falls ich Glück habe.* Die Entscheidungen seines Häuptlings, des Raut, in Frage zu stellen, kam unter Aerc einer Herausforderung zum Zweikampf gleich. Und so lebensmüde war er dann doch nicht. »Sonst noch hilfreiche Vorschläge?«

Der Oger grinste. »Eigentlich dachte ich eher an unsere Drûaka.«

Krendar sah zur Schamanin. »Sekesh?«

Keine Reaktion. Die junge schwarzhäutige Aerc wiegte sich mit kaum hörbarem Summen, wie sie es immer tat, sobald sie eine Rast einlegten. Zumindest seit sie die gefallene Zwergenstadt im Osten verlassen hatten.

Er schüttelte den Kopf. »Sagt mir Bescheid, falls euch ein Weg einfällt, eine vernünftige Antwort von ihr zu bekommen.«

»Ich schätze, du musst die richtige Frage stellen, was?«

»Ach. Und die wäre?«

Dudaki schlürfte aus seinem Becher und grinste. »Tja, was weiß denn ich? Ich bin ja kein Broca. Mit mir musst du da nicht diskutieren.«

Krendar setzte zu einer scharfen Entgegnung an, doch ein unerwarteter Laut ließ ihn innehalten. »Was?«

»Dunkelheit«, wiederholte Sekesh. Ihr Flüstern war so leise, dass es über dem Rauschen des nahen Bachs fast nicht zu hören war.

Der junge Broca sah sie verwirrt an und schickte dann einen schnellen Blick hinauf in den pechschwarzen, triefenden Himmel. Gleich darauf verwarf er den Gedanken wieder.

Die Schamanin neigte nicht dazu, das Offensichtliche festzustellen. *Ganz im Gegensatz zu mir.* »Was genau meinst du damit?«

Eine langgliedrige Hand kroch unter Sekeshs Lederplane hervor und warf zwei Dutzend beschnitzter Knöchel vor ihm ins Gras. Dann deutete die Schamanin auf die Knochen, und ihre Augen schnappten auf. Bernsteinfarben bohrte sich ihr Blick direkt in seinen. »Ein Sturm kommt auf«, flüsterte Sekesh. »Ein gewaltiger Sturm. Und hinter ihm kommen Dunkelheit und Stille.«

»Ist das gut oder schlecht?«

Sekesh schüttelte kaum merklich den Kopf. »Es ist dunkel. Und still. Dunkler und stiller, als es je war. Als es sein dürfte.«

»Na, da fühlen wir uns doch alle gleich viel besser, wo wir das jetzt wissen, was?«

»Halt's Maul, Dudaki«, sagte Krendar, ohne hinzusehen. »Der Sturm ... wird er uns treffen?«

Für einen Moment hielt Sekesh seinen Blick fest, dann deutete sie ein Schulterzucken an. »Es hat angefangen.«

»Was?«

Die schwarze Aerc deutete mit dem Daumen über die Schulter, bachaufwärts. Dann schloss sie die Augen und begann wieder, vor sich hin zu summen.

Die Männer wechselten ratlose Blicke.

»Hat irgendjemand von euch eine Ahnung, was das heißen sollte?«, fragte Krendar schließlich.

Der Linke der Korrach schüttelte den Kopf. »Ich glaube, man muss ...«

»... selbst Drûaka sein, um das zu verstehen«, beendete der Rechte den Satz seines Bruders. Die beiden taten das oft.

Krendar fand es beinahe noch anstrengender als Dudakis ewiges Nörgeln.

»Und ich glaube«, rumpelte der Oger, dessen Augen Sekeshs Fingerzeig gefolgt waren, »sie meint den dort.«

Als Krendar aufsah, trat ein stiernackiger Aerc mit den Tätowierungen des Felsenbärenstamms an ihr Feuer. Ronkh, einer der anderen vier Broca, Truppführer in Prakoshs Gefolge. Es handelte sich also ziemlich sicher nicht um einen Freundschaftsbesuch. Der massige Krieger sah einen Moment auf sie herab. Dann verzog er abfällig die Miene und entblößte dabei zwei beeindruckende Hauer. »Prakosh will dich seh'n, Broca«, knurrte er. »Es gibt was zu besprechen.«

»Jetzt?«

»Wenn die Sonne aufgegangen ist, nach dem Frühstück und einem ausgiebigen Morgenschiss.« Ronkh sah ihn mit versteinertem Ausdruck an. »Natürlich jetzt.« Ohne Krendars Antwort abzuwarten, drehte er sich um und verschwand bachaufwärts in der Dunkelheit.

Es hat angefangen? Was hat angefangen? »Groshakk«, fluchte Krendar leise, schüttelte die Lederdecke von den Schultern und stand auf. »Dann werd' ich mal.«

Modrath nickte. »Solltest du. Richte dem Alten Grüße von mir aus.«

Das Lager des Raut lag flussaufwärts unter einem kleinen Felsüberhang, der den größten Teil des Nieselregens abhielt. Krendar war der letzte der fünf Truppführer, der an das Feuer trat. Eilig neigte er den Kopf und bot Prakosh ehrerbietig den Nacken dar. Erst nach einem unwirschen Grunzen des Raut hob er vorsichtig die Augen. Die meisten anderen ignorierten ihn. Lediglich der bullige Leibwächter des Raut bedachte ihn mit einem finsteren Blick. Der Kerl mochte ihn nicht. Aber damit war er hier nicht allein. Krendar war nicht nur der jüngste der Truppführer – er war vor allem der Einzige, der nicht zum Felsenbärenstamm gehörte. Dass er trotzdem hier stand, hatte er Drangog, dem obersten Kriegshäuptling der Weststämme, zu verdanken. Jener hatte nämlich entschieden, dass sich Krendar mit seinen Leuten Prakoshs Trupp anschließen sollte. Drangog hatte beschlossen, dass kein Stamm allein die Bürde der Verantwortung für die Herzen der Gefallenen tragen sollte. Außerdem, so hatte Modrath es erklärt, mochte es der Häuptling nicht, wenn etwas vorging, bei dem er keinen Stein im Spiel hatte. Ragroth und sein Trupp waren ein Spielstein gewesen, über den Drangog ganz allein gebot. Jetzt aber führte Krendar die Reste der Doppelfaust von Ragroth, was ihn wohl zu einem der Spielsteine des Kriegsherrn selbst machte. Die Verpflichtung kam also mit der Aufgabe. Nur dass es niemand für nötig befunden hatte, ihm das vorher zu sagen. Als der Kriegshäuptling ihn dem Trupp von Prakosh zugeteilt hatte, war ihm nichts anderes übriggeblieben, als zu gehorchen, und Prakosh hatte schlecht ablehnen können. Krendars Doppelfaust brachte nicht nur eine der seltenen Schamaninnen in seinen Zug, sondern zusätzlich noch einen Oger. Eigentlich hätte sich Prakosh darüber freuen sollen. *Es sieht nicht danach aus. Andererseits – er wirkt sowieso nie, als würde er sich über irgendetwas freuen.*

Der Raut wandte sich um und musterte seine Truppführer der Reihe nach. Er war groß, selbst für einen Aerc, und trug seine abgenutzte Rüstung mit einer beiläufigen Leichtigkeit, die die grauen Strähnen auf seinem Kopf Lügen strafte. Wie alle Krieger der Felsenbären trug er sein Haar als Zopf hinter dem rechten Ohr, während die linke Kopfhälfte kahl rasiert war und die charakteristischen Stammeszeichen trug. Unzählige weitere Tätowierungen überzogen das kantige Gesicht, bedeckten den kurzen Hals und die muskelbepackten Arme, überall durchbrochen von einem wirren Netz kleiner und größerer Vernarbungen. Das Auffälligste an ihm war jedoch die alte Brandnarbe, die sich als weißes, wulstiges Geflecht von seiner rechten Wange bis in den Halsausschnitt des eisernen Brustpanzers zog. Sie legte einen mächtigen gelben Eckzahn frei und verlieh ihm einen permanent verächtlichen Gesichtsausdruck, der allerdings hervorragend zu seiner üblichen Stimmung passte. Das Leben hatte manchmal schon Sinn für Humor. Als Prakoshs Blick ihn streifte, senkte Krendar die Augen.

»Also gut. Inzwischen dürfte es auch dem Letzten von euch aufgefallen sein, dass wir nicht nach Norden gehen.«

Krendar konnte spüren, wie der Raut ihn ansah.

»Und ich kann mir denken, dass ihr euch fragt, was wir hier wollen. Ihr wisst, was die Häuptlinge verkünden. Die Schlacht ist geschlagen, der Norden frei. Kein Zwerg ist mehr im Norden, und der nahe Winter wird die letzten Reste ihrer Nester begraben, damit im Frühjahr frisches Grün aus ihren Herdstellen und ihren Knochen wächst.«

Die vier Broca brachen in zustimmendes Gemurmel aus, doch Prakosh hob seine schwielige Rechte. »Es mag sein, dass sie wiederkehren, doch wir werden sie erwarten. Uns, den Lebenden, gebührt es nun, siegreich an die Feuer unserer Stämme zurückzukehren und die Herzen der Gefallenen in die Heimat zu bringen, auf dass sich ihre Geister zu den Ahnen gesellen können.« Er deutete auf die ledernen Säcke, die auch hier sorgsam zu einem Haufen gestapelt unter einer ledernen Plane lagen.

Nachdenklich musterte Krendar die Säcke. Zweimal zehn und vier waren es, und jeder enthielt dreimal zehn Herzen. Jedes von ihnen war aus der Brust eines gefallenen Kriegers gelöst, sorgsam über dem Feuer geräuchert und in gefettetes Leder eingewickelt worden, um sie vor Nässe zu schützen. Dreimal zehn Seelen der Gefallenen in jedem Sack, über sieben mal hundert ruhelose Geister, die allein ihren Zug begleiteten. Unwillkürlich schauderte er.

»Und das Wetter – die Drûaka sagen, dass es die Toten sind, die den Sturm bringen. Ein Sturm, der sich erst legen wird, wenn die Geister der Krieger bei den Ahnen sind. Ein Grund mehr also, so schnell wie möglich zu unseren Stämmen zurückzukehren.« Prakosh verstummte und starrte hinaus in die nasse Finsternis. Unwillkürlich folgten die Broca seinem Blick und lauschten auf das Sausen des Winds hoch oben in den Ästen.

Für einen Moment glaubte Krendar, ein Flüstern im Wind wahrzunehmen. Unauffällig machte er ein Schutzzeichen.

»Nur ist das Blödsinn«, brach die Stimme des Häuptlings den Bann.

Die fünf Broca wandten sich um.

Prakosh sah mit düsterer Miene in die Flammen des Feuers. »Unsere eigene Drûaka sagt, dass es nur zum Teil stimmt. Gewiss, ein großer Sturm kommt auf. Aber es sind nicht die zornigen Geister der Toten.« Er hob den Blick, und im Schein des Feuers funkelten seine Augen tiefrot. »Der Sturm ist nahe, und es sind die Wühler, die er mit sich bringt. Die Zwerge und

Menschen mit Stahl und Feuer! Noch vor dem Winter wird der Sturm über uns hereinbrechen. Und jeder, den er unvorbereitet trifft, wird in die Dunkelheit davongetrieben werden wie ein welkes Blatt«, sprach der Raut weiter. »Die Drûaka hat es in den Knochen gesehen. Die Heere der Erdmaden sind bereits auf dem Weg. Vor allem aber wissen wir, dass es so ist, weil unsere Späher uns dasselbe bestätigen. Die Kriegsherren sind blind, wenn sie glauben, dass der Krieg vorbei ist. Er beginnt gerade erst«, sagte Prakosh düster. »Deshalb sind wir hier. Damit wir uns mit eigenen Augen davon überzeugen können.«

Hinter dem Häuptling wurde eine lederne Decke beiseite geschlagen, die Krendar bis dahin für einen Windschutz gehalten hatte. Stattdessen hatte sie eine Nische verborgen, aus der jetzt ein Mann trat.

Unwillkürlich sog Krendar die Luft ein und griff nach seiner Waffe, bevor ihm auffiel, dass er der Einzige zu sein schien, der von der Anwesenheit eines Menschen hier überrascht war. Ein oder zwei der Broca machten sich nicht die Mühe, ihre Verachtung zu verbergen – aber Überraschung? Nein. *Natürlich. Wir sagen dem Neuen nichts. Warum sollten wir auch aufhören, dieses Spiel zu spielen. Es ist doch so lustig.* Der junge Aerc lockerte die Faust um den Griff seines Messers und musterte den Menschen genauer. Der Mann war beinahe so massig gebaut wie ein Aerc. Sein grobes Wollhemd spannte sich über breiten Schultern und muskulösen Armen, und sein Hals zeichnete sich durch bemerkenswerte Abwesenheit aus. Wäre nicht sein definitiv menschliches Gesicht gewesen und die Tatsache, dass er gut einen Kopf zu klein war, hätte er einen annehmbaren Stammeskrieger abgeben können.

Der Mann trat vor Prakosh und seine versammelten Unteranführer, sank auf ein Knie und entblößte den Nacken in der traditionellen Geste der Unterwerfung.

Interessant. Ein Mensch, der die Sitten der Stämme kennt. Krendar warf einen Seitenblick auf den Häuptling, der die Geste des Menschen ohne Regung zur Kenntnis nahm und ihm schließlich bedeutete aufzustehen.

»Sprich, Kyrk«, grollte Prakosh.

»Die Flüchtlinge haben das Ufer erreicht, Häuptling«, begann der Mensch mit rauer Stimme.

Er beherrschte die Zunge der Aerc perfekt, und Krendar meinte, denselben Tonfall herauszuhören, wie ihn alle Felsenbären verwendeten.

»Sie lagern etwa tausend Doppelschritte von hier, auf der anderen Seite des Hügels. Wie erwartet ist es eine Handelssiedlung der Menschen. Und wie ich es euch gesagt habe, sind Wühler bei ihnen. Etwa zwanzig oder wenig mehr. Genauer konnte ich es nicht erkennen, da sie eines der Häuser für sich beanspruchen und nur selten verlassen. Doch das Wichtige: In den nächsten Tagen erwarten sie weitere Boote voller Wühlerkrieger. Vielleicht schon morgen. Im Dorf sind mehr Vorräte eingelagert, als die paar Blassnasen brauchen. Viel mehr. Ich denke, dass sie an die dreihundert Krieger damit versorgen könnten, und sie bauen weitere Vorratshäuser.«

Krendars Augen weiteten sich, während die anderen Broca grimmig nickten.

»Also ist es wahr«, knurrte Prakosh. »Die Wühler sammeln sich im Geheimen. Noch vor dem Winter und nicht, wie die Feldherren annehmen, erst wenn das Frühjahr kommt.«

»So, wie ich es euch gesagt habe«, sagte Kyrk.

»Das hast du. Wie es aussieht, bist du doch nützlich für uns, Halbblut.« Der Häuptling sah in die Glut. »Nur zwei Doppelfäuste Wühler also. Welcher Art? Was für Befestigungen haben sie?«

Kyrk zuckte mit den Schultern. »Ich habe fünf Gepanzerte gesehen. Der Rest sind einfache Soldaten. Schilde, Äxte, das Übliche halt. Keine Truppen aus Derok jedenfalls.«

»Pfeilwerfer?«

»Armbrüste? Sechs. Ist zumindest das, was ich seit gestern sehen konnte. Was die Befestigungen angeht: Sie haben keine. Einen Zaun aus Knüppeln und Dornen, um die Schweine im Dorf zu halten, aber das war's. Sie erwarten hier wohl keine Aerc. Wundert mich auch nicht. Das Dreckskaff ist so versteckt, dass ich es vermutlich übersehen hätte, wenn die uns nicht direkt hingeführt hätten.«

»Keine Wühler aus Derok?«, hakte Prakosh nach.

»Nein«, bekräftigte das Halbblut. »Zumindest hab ich das Zeichen ihrer Einheit noch nirgendwo in Derok gesehen.«

»Also auch keine Zwerge unter den Flüchtlingen?«

»Kein Einziger. Alle Wühler, die dort sind, waren schon da, als wir ankamen. Und von den Menschen sieht auch nur eine Handvoll so aus, als könnte sie ein Schwert am richtigen Ende anfassen, wenn's drauf ankommt.«

Der Häuptling grinste. »Das ist gut. Dann werden sie uns unterschätzen und für dumme Tiere halten, die ihnen nicht ebenbürtig sind.« Seine mächtigen Hauer glänzten im Widerschein des Feuers.

»Das ist eine weit verbreitete Eigenschaft«, bestätigte Kyrk.

»Wie sieht es mit Wachen aus?«

»Vier.« Der Mensch zählte an den Fingern ab: »Je einer im

Norden, Süden und Osten am Zaun, und einer auf dem Anlegesteg am Fluss. Bei Tag teilen sie Menschen dafür ein, in der Dunkelheit sind es immer Zwerge. Neben jedem der Wächter hängt ein eiserner Gong.«

»Das ist nicht viel.«

»Nein«, bestätigte Kyrk. »Und sie sind weit genug auseinandergezogen, dass ich mich durchschleichen konnte. Ich glaube, sie sollen eher nach ankommenden Flüchtlingen und Booten als nach Feinden Ausschau halten.«

»Schwer zu glauben, dass sie Derok auch nur einen Tag lang halten konnten. Ein Kind führt ja ein besseres Lager als die«, murmelte der Broca namens Ronkh abfällig.

Wer unterschätzt hier jetzt wen? Krendar hatte gesehen, wie viel Schaden selbst eine Handvoll Zwerge anrichten konnte. Die mächtige Stadt Derok war gefallen, ja. Aber auf jeden toten Wühler kamen drei oder mehr tote Aerc. Die Säcke mit den Herzen der Krieger waren ein guter Hinweis darauf, dass die Bärtigen wussten, wie man seine Haut verteidigt.

»Spar's dir auf für nach dem Kampf«, blaffte Prakosh, ohne sich umzusehen. Nachdenklich rieb er sich die Brandnarbe am Hals und musterte Kyrk. »Wie viele Menschen?«

»Schwer zu sagen. Das Dorf dürfte etwa fünfzig Einwohner haben, wenn man die Bälger mitzählt. Flüchtlinge sind es etwa genauso viele. Vor allem Weiber mit Kindern, ein paar Alte und einige Verwundete, die noch laufen konnten. Nicht mehr als vier oder fünf, die eine Waffe halten können. Die Wühler ignorieren ihr Gejammer.«

»Was ist mit Booten?«

»Vier. Ein großes Wühlerboot liegt am Steg. Groß genug

für dreißig Krieger und eine Menge Vorräte. Dazu drei kleinere Lastkähne der Menschen und einige Handvoll Boote für zwei oder drei Männer. Fischerboote, schätze ich.«

»Also genug für unseren Zweck?«

Das Halbblut nickte, und Prakosh sah zufrieden aus. »Dann wirst du uns hinführen. Du«, er wandte sich an einen der Broca, »suchst fünf Männer aus, die das Lager bewachen. Die Drûaka bleibt bei euch. Der Rest macht sich fertig zum Abmarsch.«

Boote? Für »unsere Zwecke«? Was bei den Ahnen will der Raut mit Booten? Vorsichtig sah sich Krendar um und konnte in den Gesichtern der anderen Broca deutlich ihr Unwohlsein lesen. Wenn sie mehr wussten als er, trug das wohl nicht viel dazu bei, den Gedanken mehr zu mögen. Die wenigsten Aerc mochten Boote. Sich auf dem Wasser fortzubewegen war etwas für Tiere – und für Menschen, die so schwächlich waren, dass sie auf dem Wasser treiben konnten wie Stücke aus Holz. Ein echter Aerc bestand aus schweren Knochen und Muskeln und schwamm etwa so gut wie ein Stein. Krendar schauderte.

»Was stehst du hier noch herum?«, riss ihn die Stimme des Raut aus den Gedanken. »Beweg deinen Arsch! Oder hast du Angst vor der Dunkelheit?«

Dunkelheit. »Sekesh … die … meine Drûaka sagt, eine Dunkelheit wird kommen. Es hat bereits angefangen.«

Der Häuptling musterte ihn, bevor er einen Blick in die regnerische Nacht warf. »Wenn du mich fragst, ist es schon dunkel genug.«

»Nein. Sie sagt, die Dunkelheit folgt dem Sturm. Keine gewöhnliche Dunkelheit. Sie scheint beunruhigt.«

»Wenn deine Ayubo-Hexe Angst hat, soll sie verschwinden. Ich kann kein abergläubisches Gewäsch brauchen, das meine Krieger verunsichert, verstanden? Und jetzt mach, dass du wegkommst. Wir brauchen deinen Oger.« Prakosh schnaubte abfällig und wandte sich ab.

Krendar öffnete den Mund, besann sich aber gerade noch rechtzeitig und schloss ihn wieder. Der Häuptling hatte seine eigene Schamanin. Wenn er bis jetzt nicht gelernt hatte, dass man besser auf sie hörte, dann konnte er ihm wohl auch nicht helfen. Gehorsam neigte er den Nacken und machte, dass er davonkam.

VIER
Zweifel

Kein Leben weit und breit, nur endlose Einöde, die irgendwo in der Ferne im schmutziggrauen Nebel versank. Die Sümpfe westlich von Derok waren ein gottverlassener Landstrich, der von Dalkar und Menschen gleichermaßen gemieden wurde und um den selbst die Orks einen großen Bogen gemacht hatten, als sie die Stadt angegriffen hatten. Anfangs noch von Kräutern und Gräsern bewachsen und mit vereinzelten Bäumen, deren moosbewachsene Äste sich müde zu Boden neigten, wurde das Land mit jeder Meile, die sie nach Westen vordrangen, karger. Der vollgesogene Boden federte unter jedem Schritt, und auf den weitläufigen Wasserflächen verströmten Schichten grünlichbrauner Wasserpflanzen einen Übelkeit erregenden Gestank nach Fäulnis und Tod.

Das war kein Land für einen Dalkar. Ein Land, in dem es keine Felsen gab und der Boden sich unter den Stiefeln bewegte, als wäre er ein Tier, das nur darauf wartete, den Wanderer mit Haut und Haaren zu verschlingen. Der Wolfmann hatte sie vor den Sümpfen gewarnt – und sie dann mitten hinein geführt. Was wusste Glond eigentlich über ihn, außer dass er in der Weststadt in einem Haus der Menschen für Krüppel und Sieche gelebt hatte und erstaunlich gut mit der langen Klinge umzugehen verstand? In Derok war den Menschen das Tragen von Waffen verboten, doch dieser Mensch trug sein Schwert mit der Selbstverständlichkeit eines Clankriegers. Cryn von Norderstadt hatte Navorra ihn genannt, das hatte zumindest den Klang von Stand und Adel. Ob das bei den Menschen aber genauso viel wert war wie unter Dalkar?

Dvergat war kaum weniger rätselhaft. Soweit Glond wusste, hatte er in der Mauerwacht gedient und am Bart die Spangen eines Unteroffiziers getragen. Als sie ihm das erste Mal begegnet waren, hatte er noch mit dem Zapfen eines Bierfasses gekämpft. Später war er in der überrannten Weststadt tagelang auf sich allein gestellt gewesen und hatte sich mit Händen, Füßen und offenbar auch Zähnen gegen die Orks zur Wehr gesetzt. Konnte es einem einzelnen Mann wirklich gelingen, so lange unentdeckt zu bleiben? Konnte man bei klarem Verstand bleiben, wenn all dieser Wahnsinn um einen herum tobte? Manchmal, in einem unbeobachtet geglaubten Moment, trat ein seltsamer Ausdruck in seine Augen, auf den man achtgeben musste. Glond nahm sich vor, genau das zu tun.

Sie folgten eine Zeit lang dem Lauf eines trüben Bachs, bis er irgendwo unter der feuchten Erde versickerte. Kaum merklich verschwanden auch die letzten verkrüppelten Bäume, und die Gegend verwandelte sich in eine einzige schmutzigbraune Sickergrube aus brackigem Wasser, kahlen Sträuchern und verfaulendem Unterholz. Alles Leben schien von der übel riechenden Brühe erstickt zu werden, und kein Laut war zu hören, bis auf das gelegentliche Krächzen einer einsamen Nebelkrähe.

Sie marschierten eine niedrige Anhöhe hinauf, die wie eine Insel aus diesem Meer aus Dreck und Wasser herausragte. Eine Handvoll Bäume hatte darauf Wurzeln geschlagen, hässliche schwarze Dinger mit verwachsenen Körpern und hängenden Köpfen, die kaum lebendiger wirkten als ihre Umgebung. In ihrem Schatten stießen sie auf die Überreste einer Rundhütte, dessen mit Grassoden bedecktes Dach halb in sich zusammengesunken war.

Eine Hütte hier mitten im Sumpf? Glond warf dem Wolfmann einen fragenden Blick zu. »Wer wohnt hier?«

»Sumpforks.« Der Wolfmann sagte es mit einem Schulterzucken, so als würde er das tatsächlich völlig ernst meinen.

»Orks? Hier direkt vor den Toren Deroks?«

»Warum nicht? Die Sümpfe sind groß, und ihr Zwerge meidet sie wie der Grubenteufel das Tageslicht.«

»Aber es sind Orks!«

»Dass du es wiederholst, ändert nichts an der Tatsache. Sie waren schon hier, bevor die ersten Siedler kamen, und sie werden vermutlich auch noch hier leben, wenn die Letzten von uns längst wieder verschwunden sind. Sie waren schon immer recht anpassungsfähig, diese Mistkerle.«

»Sollten wir dann nicht vorsichtiger sein?«

»Wenn hier noch einer wohnen würde, wären wir schon längst tot. Aber dieser Ort sieht ziemlich verlassen aus. Ich gehe davon aus, dass sein Bewohner entweder selbst gestorben ist, oder schon vor längerer Zeit weitergezogen. In beiden Fällen bietet sich die Hütte als gute Übernachtungsmöglichkeit an. Sie ist zumindest eine bessere Wahl, als noch eine Nacht im Freien zu übernachten.«

Grummelnd rieb sich Glond die brennenden Augen. Das Feuer brannte zwar niedrig, entwickelte dafür aber umso mehr Qualm, der im Hals kratzte und zum Husten reizte. Immerhin war es warm und vertrieb die klamme Kälte aus Kleidung und Knochen.
Der Wolfmann saß auf der anderen Seite des Feuers und rührte mit seinem Messer in einem verbeulten Blechtopf herum. Von der Kälte schien er nicht viel mitzubekommen, aber er hatte ja auch ein Fell und war generell hart im Nehmen. In punkto Zähigkeit konnte er es mit einem Clankrieger aufnehmen, oder vielleicht sogar mit dem Wurzelbrei, den er schon seit einer halben Ewigkeit über dem Feuer vor sich hinköcheln ließ. Glond graute es bei dem Gedanken daran, sich die nächsten Tage von dieser Pampe ernähren zu müssen. Aber zähe Wurzeln waren leider das Einzige, was sie an Nahrung gefunden hatten. Selbst Fische schienen die öligen Schlammpfützen zu meiden, die sich durch diese verfluchten Sümpfe zogen. »Kaum vorstellbar, dass Orks hier gelebt haben«, murmelte er kopfschüttelnd.
Der Wolfmann zuckte mit den Schultern. »Kaum vorstellbar, dass jemand freiwillig in einem Berg haust, begraben unter Tausenden Tonnen Gestein und ohne Sonnenlicht.«
»Das ist etwas anderes. Der Berg bietet Sicherheit und Schutz, und in seinen Tiefen finden sich Eisen, Kupfer, Gold und Silber. All diese Dinge, die uns Dalkar am wichtigsten sind, die unser Wesen ausmachen. Die Berge sind unsere Heimat.«

»Mit den Orks in diesen Sümpfen verhält es sich vielleicht ganz genauso. Nur dass sie mehr auf Schlamm stehen oder so, und auf freien Sternenhimmel und den Wind, der ihnen um die Nasen weht.«

»Den Wind können sie von mir aus gern behalten.«

»Das sehen deine Anführer wohl anders. Wenn sie die Orks damals nicht vertrieben hätten, dann hättet ihr heute wohl nicht diesen Ärger mit ihnen.«

»Das ist doch lange her. Aus dieser Zeit lebt heute niemand mehr. Warum können sie es nicht auf sich beruhen lassen? Es ist doch schon seit Generationen nicht mehr ihre Heimat, sondern unsere.«

»Mit der Heimat ist das so eine Sache. Im Grunde ist jeder Ort wie der andere. An manchem lässt es sich besser leben, an manchem schlechter. Doch irgendwie zieht es uns immer wieder dahin zurück, wo unsere Wurzeln begraben liegen. Manche dieser Wurzeln sind besonders lang und zäh und lassen sich kaum entfernen.« Der Wolfmann beugte sich über den Topf und fischte etwas Undefinierbares, Schwarzes hervor, beäugte es irritiert und warf es dann über die Schulter fort. »Ziemlich bescheuert, was? Da bringen sich zwei Völker wegen ihrer Wurzeln gegenseitig um, und ich kann das Dreckzeug schon jetzt nicht mehr sehen.« Er deutete mit dem Messer auf Dvergat, der den ganzen Abend über keinen Laut von sich gegeben hatte. »Was ist mit dir, alter Mann? Wo liegen denn deine Wurzeln vergraben?«

»Derok«, murmelte Dvergat, ohne den Blick von der qualmenden Glut des Feuers zu heben.

»Nord- oder Südstadt? Bist du ein Oberer oder ein Unterer?«

Dvergat schien einen Augenblick darüber nachzudenken, ehe er antwortete. »Meine Familie lebt in den Tiefen der Südstadt. Sie hat dem Eirimm-Clan die Treue geschworen.«

»Den Hütern der Bergfestung«, sagte Glond.

»So nennt man sie, ja. Der Hertig des Eirimm-Clans ist schon seit Generationen auch Befehlshaber der Bergfestung, und die Besten seiner Clankrieger stellen die Wacht.«

»Wie kommt es dann, dass du in der Nordstadt bei der Mauerwacht gelandet bist?«

Dvergat seufzte und zuckte mit den Schultern. »Als ich noch ein junger Mann war, bin ich ein ganz passabler Kämpfer gewesen. Offenbar gut genug, um den Clan zu überzeugen, mich in die Reihen seiner Krieger aufzunehmen. Ich war vielleicht nicht der Stärkste oder Härteste unter den Anwärtern, aber genau das war es, was mich angetrieben hat, der Beste zu werden. Ich trainierte so verbissen wie kein Zweiter und war immer darauf bedacht, mich vor den anderen zu beweisen und von niemandem unterbuttern zu lassen. Damals habe ich es noch Stolz genannt, heute weiß ich, dass ich nur ein verdammter Hitzkopf gewesen bin, der seinen Waffenarm nicht unter Kontrolle hatte.« Er lächelte traurig und klopfte sich auf das hölzerne Bein. »Sieh dir an, was daraus geworden ist.«

»Was ist geschehen?«

»Eine große Dummheit. Ich war nicht der Einzige, der voller Ehrgeiz darauf versessen war, zu den Besten zu gehören. Neben mir tat sich noch ein Zweiter hervor, breit und stark wie ein Ochse, eine wahre Naturgewalt. So ein Dalkar, der dazu geboren war, Heldengeschichte zu schreiben. Sein Name war Schart, wenn ich mich recht erinnere. Er stammte aus einer der angesehenen Familien und trug das Kinn ebenso hoch wie ich. Vielleicht sogar noch ein Stück höher, denn was ihm an Ehrgeiz fehlte, machte er mit Talent und Körperkraft wett. Es war nur eine Frage der Zeit, bis wir aneinandergeraten würden.«

»Anwärtern ist es verboten, sich im Zweikampf zu messen«, murmelte Glond.

»Und doch kommt es hin und wieder vor. In jenen Tagen wurde das Gerücht verbreitet, dass die Clankrieger nur einen Einzigen unter den Anwärtern in die Reihen der Festungswacht berufen würden. Mag sein, dass etwas dran war, aber heute denke ich, dass sie uns nur zu noch mehr Leistung anstacheln wollten. Das ist ihnen ja auch gelungen. Nur etwas anders, als sie gehofft hatten. Schart war es, der die Worte schließlich aussprach, aber im Grunde hätte es jeder von uns beiden gewesen sein können.« Nachdenklich kratzte sich Dvergat am Oberschenkel. »Es war kein schöner Kampf. Überhaupt nicht so wie in den Geschichten der Alten. Zuerst ein wenig Geplänkel und Angeberei, dann ein kurzes Hauen und Stechen. So schnell, wie er begonnen hatte, war der Kampf auch schon wieder vorbei. Schart hatte ein paar Zähne im Ring gelassen und zwei Finger der rechten Hand. Ich selbst zog mir eine Verletzung am Unterschenkel zu, die zunächst gar nicht so schlimm aussah. Nach ein paar Tagen entzündete sie sich allerdings, und die Heiler mussten mir schließlich das ganze Bein bis zum Knie hoch abnehmen. Nicht sehr heldenhaft, was?«

»Das tut mir leid.«

Dvergat winkte ab. »Es war ja meine eigene Schuld, und es war noch nicht einmal das Schlimmste daran. Da Schart die Herausforderung ausgesprochen hatte, haben sie ihn aus dem Clan ausgestoßen und aus Derok verbannt. Mich konnten sie natürlich auch nicht mehr zum Clankrieger machen. Nicht nach diesem Ehrverlust und mit einem hölzernen Bein. Da meine Familie nicht genug Einfluss besaß, um mich in eine der Gilden einzukaufen, und ich nichts anderes gelernt hatte als zu kämpfen, haben sie mich irgendwann in die Nordstadt geschickt. Zu den ganzen anderen Krüppeln und Alten, die in der Mauerwacht ihr Gnadenbrot verdienten.« Er lächelte und schaute gedankenverloren ins Leere. »Man lernt eine ganze Menge Demut dort oben. Aber man erkennt auch irgendwann, dass egal, wie schlimm es kommen mag, immer noch irgendwo jemand lebt, der schlimmer dran ist.« Er nickte zum Wolfmann hinüber. »Menschen zum Beispiel.«

»Ha«, machte der Wolfmann und funkelte ihn böse an. »Muss schlimm gewesen sein zu erfahren, dass man plötzlich noch weniger wert geworden ist als ein Mensch.«

»Lass ihn«, sagte Glond.

»Na ist doch wahr. Er ist nicht viel mehr als ein wandelnder Toter, schafft es aber immer noch, auf uns Menschen herabzublicken.«

Glond warf einen Seitenblick auf Dvergat und erwartete, ihn jeden Augenblick aufspringen und die Fäuste schwingen zu sehen. Aber der alte Mann blieb sitzen.

»Er hat recht«, murmelte er. »Ich habe erst in diesen Tagen begriffen, wie sehr mir die Wacht ans Herz gewachsen ist, mit all ihren Unzulänglichkeiten und Problemen. Jetzt, wo sie alle tot sind, gibt es nichts mehr für mich. Wie dein Freund so richtig bemerkt hat, bin ich nicht mehr als ein wandelnder

Toter.« Mit diesen Worten drehte er sich vom Feuer weg und schloss die Augen.

Es roch verführerisch nach Essen, und Glond spürte seinen Magen rumoren. Gott, wie er sich in den letzten Tagen nach einem guten Braten gesehnt hatte. Oder nach einem Stück Lende mit Kräutern und einem frisch gebackenen, dampfenden Stück Deroker Krustenbrot. Wie lange hatte er kein Krustenbrot mehr gegessen? Es musste Jahre her sein, beinahe ein halbes Leben. Er konnte sich kaum noch daran erinnern.

»Es geht nichts über gut durchgekochte Wurzelpampe«, sagte der alte Ork und piekste Glond mit dem Kochlöffel in den Bauch.

»Wurzelpampe verursacht Bauchgrimmen und schlechte Träume«, krächzte die Orkfrau. Sie war unglaublich fett. So fett, dass sie beinahe die halbe Hütte auszufüllen schien. Außerdem war sie bis auf ein paar wenige Stoffbänder und Federn vollkommen nackt, und ihre Haut war mit verwirrenden Mustern aus Spiralen und Kreisen bemalt, die eine fast hypnotische Wirkung auf Glond hatten. Jedenfalls stellte er fest, dass alles ziemlich verschwommen und unklar wirkte, wenn er längere Zeit in ihre Richtung blickte.

»Wenn die Schamanin spricht, musst du zuhören«, sagte der alte Ork. »Hör auf ihre Worte.« Im Gegensatz zu der Frau war er rappeldürr und schien beinahe nur aus Haut und Knochen zu bestehen.

»Wer bist du?«, fragte Glond. Ihm kam in den Sinn, dass die beiden Orks eigentlich gar nicht hier sein durften. »Was machst du hier?«

»Wer ich bin?« Der Alte kicherte heiser. »Was ich hier

mache?« Er deutete mit dem Kochlöffel auf den Topf. »Ich wohne hier, und ich koche. Oder nach was sieht das sonst aus?«

»Er war schon immer hier«, brummte eine Stimme von der anderen Seite des Feuers herüber. »Und er wird noch hier sein, wenn du schon lange von den Würmern gefressen bist.« Glond konnte sein Gesicht durch die Flammen nicht so recht erkennen, aber er schien ganz klar ein Dalkar zu sein. Er hatte einen altmodischen Dialekt. Vermutlich aus den Minenstädten im Osten.

»Apropos«, sagte der Alte und streckte Glond den Löffel hin, auf dem sich eine Handvoll schleimig schwarzer Würmer wand. »Ich glaube, sie sind jetzt durch. Du magst doch Angstwürmer, oder nicht? Nachts fängt man sie am besten. Aber man braucht einen guten Köder dafür. Ich empfehle das Herz eines Kriegers. Es lockt sie beinahe magisch an.«

»Die Herzen der Krieger sind heilig!«, kreischte die fette Orkfrau. Sie schien ein wenig ungehalten zu sein, dass Glond ihr nicht seine volle Aufmerksamkeit widmen wollte. Aber das war auch nicht so leicht, wenn ihm dauernd jemand mit einem Kochlöffel unter der Nase herumfuchtelte. »Hör endlich zu!«

»Sie hat recht«, brummte der Dalkar auf der anderen Seite des Feuers. »Es braut sich was zusammen da draußen. Der Krieg hat es heraufbeschworen. Es hat die Geisterwelt in Aufruhr gebracht, und es hat mit dir zu tun, Glond. Es ist dein Schicksal. Es bleibt nicht mehr viel Zeit, Navorra zu finden. Ihr müsst euch beeilen!«

»Am besten im Ganzen herunterschlucken«, riet ihm der alte Ork. »Dann winden sie sich im Magen weiter.«

Glond runzelte die Stirn. Da war es also wieder. Dieses Schicksal, das ihn in letzter Zeit irgendwie zu verfolgen schien. Er hätte ganz gern auf diesen Blödsinn verzichtet, aber irgendwie holte es ihn immer wieder ein. Außerdem hatte er Bauchschmerzen. Vermutlich die Angstwürmer, die ihm jetzt schwer im Magen lagen. »Kann ich denn nichts in meinem Leben aus eigenem Entschluss tun?«

»Du kannst dich entscheiden, auf welcher Seite du stehst«, schlug der Dalkar vor.

»Welche hast du denn im Angebot?«

»Wenn es so weit ist, wirst du es wissen.«

Glond seufzte. »Ich liebe Prophezeiungen. Sie sind immer so klar und verständlich formuliert, dass jeder sofort weiß, was zu tun ist...«

Eine Bewegung wie ein Schulterzucken. Ein kurzes Aufblitzen von Gold. »Ist nicht meine Schuld, wenn du sie nicht verstehst. Ist ja auch nicht mein Traum, sondern deiner.«

»Schlechte Träume und Verdruss!«, kreischte die fette Orkfrau zornig. »Daran ist nur die Wurzelpampe schuld.«

»Ich habe nie behauptet, dass ich ein guter Koch bin«, grummelte der Alte und piekste Glond beleidigt den Kochlöffel in den Bauch.

»Hey!«, rief Glond und schnellte in die Höhe. Eine Weile blieb er schwer atmend sitzen und lauschte dem bedrohlichen Rumpeln in seinen Innereien. *Verdammter Wurzelbrei.* Missmutig rieb er sich den Bauch. Die zähe Pampe schien sich darin zu einem unverdaulichen Klumpen zusammengeballt zu haben, den man wohl nur mit einem Messer wieder herausschneiden konnte. Kein Wunder, dass er davon Albträume bekam.

Das Feuer war bis auf die Glut heruntergebrannt, und die allgegenwärtige Nässe des Sumpfs hatte begonnen, das Innere der Hütte zurückzuerobern. Der Wolfmann lag zusammengerollt wie ein wildes Tier in seiner Ecke und schnarchte leise vor sich hin. Dvergats Platz lag verlassen da. Zuerst nahm Glond an, dass er nur kurz nach draußen gegangen war, um sich zu erleichtern, doch dann fiel sein Blick auf den Stapel Kleidung, der sorgfältig zusammengelegt auf seiner Decke lag. Irritiert stand er auf und trat vor die Hütte. Der Regen hatte aufgehört, die Wolken hatten sich größtenteils verzogen und den Blick auf einen ungewöhnlich klaren Sternenhimmel freigegeben. Im Norden strahlte der Amboss und direkt darunter sogar die Große Festung mit ihren drei mächtigen Türmen. Nur das Auge des Herrn, dessen goldenes Funkeln in solchen Nächten alle anderen Sterne in seiner Umgebung verblassen ließ, lag hinter der dichten Wolkendecke verborgen, die den östlichen Nachthimmel bedeckte. Dvergat stand einige Schritte entfernt mit geschlossenen Augen in einem Wasserloch. Die faulige Brühe reichte ihm bis zum Bauch und stieg langsam höher.

»Was tust du da?«, fragte Glond. »Willst du dir den Tod holen?«

Dvergat öffnete eines seiner Augen. »Genau das habe ich vor.«

»Dich zu Tode frieren?«

»Mich im Sumpf ertränken.«

Glond runzelte die Stirn. »Warum?«

»Weil das Leben keinen Sinn mehr hat.«

»Wer hat dir denn so etwas erzählt?«

»Na du. Du hast selbst gesagt, dass die Zwölfte aufgelöst

ist und alle Krieger für tot erklärt wurden. Ich bin nur noch eine Erinnerung, und nichts was ich mache, wird jemals wieder von Bedeutung sein oder gar die Möglichkeit bekommen, in Stein gemeißelt zu werden.«

»Das habe ich doch nur gesagt, um dich zu ärgern. Ich war wütend, weil du unseren Plan gestört hattest.«

»Deine Worte entsprechen dennoch der Wahrheit. Ich bin ein wandelnder Toter, und ich mache daraus lediglich einen ertrunkenen Toten.«

»Das ist doch Unsinn!« Glond machte einen Schritt in Dvergats Richtung, doch der Sumpf gab ein hässlich saugendes Geräusch von sich, und sein Bein verschwand bis zum Knie im Wasser. Erschrocken sprang er zurück.

Das Wasser gluckerte leise, und Dvergat versank ein weiteres Stück in der Tiefe. »Gott ist tot«, stellte er tonlos fest. »Alles, was geschieht, ist Zufall. Egal, wie sehr wir uns abstrampeln, am Ende bringt es uns keinen Schritt voran.«

Dem kann ich nicht widersprechen. Mir selbst sind in letzter Zeit eine ganze Menge furchtbar sinnloser Dinge widerfahren, die ich nur durch Glück und Zufall überlebt habe. Aber diese Feststellung hilft uns hier nicht unbedingt weiter. Mir nicht, und dir schon gar nicht. »Woher willst du denn wissen, dass alles nur Zufall war? Vielleicht hatte es Gott ja darauf abgesehen, dass alles genau so kommt, wie es gekommen ist.«

»Dass ich nackt irgendwo im Niemandsland in einem Sumpfloch stecke?« Dvergat schüttelte den Kopf. »Wohl kaum.«

»Dass du mit uns auf die Suche nach Navorra gehst, meine ich. Du hast tagelang in einer von Orks überrannten Stadt ausgeharrt, ohne Aussicht auf Rettung, und du warst die einzige Seele weit und breit, die wusste, wohin der Junge gegangen ist. Glaubst du wirklich, dass es Zufall war, dass uns genau diese eine Person über den Weg lief?« *Vermutlich schon. Doch wer kann das schon so genau sagen?*

»Hm«, machte Dvergat und kratzte sich am Kopf. Das Wasser reichte ihm schon fast bis zum Hals und stieg unaufhaltsam weiter. »Das wären in der Tat eine ganze Menge Zufälle auf einmal ...«

»Gott hat uns geradewegs zu dir geführt, denn er konnte nicht zulassen, dass wir Navorras Spur verlieren. Er will, dass wir diesen Jungen finden, und dazu braucht er dich. Ich bin mir ganz sicher, dass er dich auch weiterhin benötigt, sonst hätte er mich nicht mitten in der Nacht aufgeweckt, um dich aufzuhalten.«

Dvergat schaute ihn zweifelnd an. »Bist du dir sicher?«

Wenn Gott ein Topf voller Wurzelpampe ist, der einem schwer im Magen liegt, dann bin ich mir absolut sicher. »So sicher wie das Schloss vor Gottes Schmiedewerkstatt. Du bist der Funke am göttlichen Amboss, der das Feuer der Rettung entzündet.«

»Funke. Amboss. Das klingt beinahe sogar einleuchtend.« Dvergat reckte das Kinn in die Höhe, um kein Wasser zu schlucken. Er nickte. »Möglicherweise hast du recht, und es ist doch nicht alles so sinnlos, wie es scheint. Möglicherweise will Gott mich mit all diesen Dingen nur auf die Probe stellen. Ich muss nur fest genug auf ihn vertrauen und den Jungen finden. Dann wird er die Last wieder von meinen Schultern nehmen, nicht wahr?«

»Jetzt verstehst du es«, sagte Glond. Erleichtert atmete er

auf und schaute sich nach einem Ast um, der lang genug war, um Dvergat damit aus dem Sumpf zu fischen. Aber wie es der Zufall wollte, war weit und breit kein geeigneter zu finden. *Natürlich nicht. Das war ja klar.* »Nicht bewegen«, rief er und stolperte zurück in die Hütte, um den Wolfmann zu wecken. »Wir brauchen ein Seil!«

»Wieso?«

»Weil Dvergat sich im Sumpf ertränken wollte.«

»Ach so. Ich dachte schon, es wäre etwas passiert.« Gähnend befreite sich der Wolfmann aus seinen Decken und schlurfte zum Ausgang. »Er steckt ja wirklich fest.«

»Sag ich doch. Wo haben wir das Seil verstaut?«

»Wir haben keins.« Nachdenklich kratzte er sich unter der Achsel. »Ich hatte nicht gedacht, dass wir eins brauchen. Wir haben einen Kochtopf, Lampenöl und ein Brotmesser.«

»Sollen wir ihn etwa kochen?«

Der Wolfmann zuckte mit den Schultern.

»Verdammte Scheiße!« Die Ironie des Schicksals verfluchend, stürmte Glond zurück nach draußen.

Dvergat musste sich bereits Mühe geben, den Mund über Wasser zu halten. Die Augen quollen ihm aus den Höhlen, und er wirkte nicht mehr ganz so gelassen wie noch zuvor. »Gott ist nicht tot«, schnaufte er. »Er ist nur ein Arschloch.«

»Aber er hat Humor«, brummte der Wolfmann, der, die Hände in die Hüften gestemmt, neben Glond getreten war. »Braucht ihr Hilfe?«

»Von dir nicht!«

»Dann stirb leiser, damit ich weiterschlafen kann. Ich habe nämlich meine eigenen Probleme. Und eines davon ist Schlafmangel.«

»Könntet ihr eure albernen Streitigkeiten endlich einmal beiseitelassen?«, knurrte Glond. »Und zwar beide? Wir haben eine Aufgabe zu erfüllen, und ich brauche euch beide dazu.«

Dvergat rümpfte die Nase. Dann nickte er. »Na gut, ein bisschen Unterstützung könnte ich schon gebrauchen. Aber nur unter Protest.«

»Entschuldigung angenommen«, brummte der Wolfmann und streckte ihm die Hand entgegen.

»Aber erwarte nicht, dass ich jetzt auch noch anfange, deine Kochkünste zu loben. Du bist nämlich ein ganz lausiger Koch.«

»Ich habe nie behauptet, dass ich das kann. Bist du denn besser?«

»Natürlich.« Dvergat zuckte mit den Schultern. »Ganz hervorragend sogar. Ich kriege selbst aus diesen widerlichen Wurzeln noch was Essbares zustande.«

»Verdammt. Wir hätten uns wohl schon viel eher mal unterhalten sollen.«

FÜNF
Am Fluss

Wir brauchen deinen Oger. Natürlich. Krendar war sich bewusst, dass Prakosh keinen Wert auf seine Anwesenheit legte. Alle anderen Krieger des Trupps waren aus dem Stamm der Felsenbären. Was sollte der Raut also mit seiner zusammengewürfelten halben Doppelfaust? Offiziell hatte man ihn Prakosh zugeteilt, weil er mit Sekesh über eine der wenigen abkömmlichen Schamaninnen im Heer der Stämme verfügte. Die Kriegshäuptlinge hielten es für unbedingt notwendig, dass zwei Drûaka die Seelen der Toten sicher zu den Stammesländern der Ahnen geleiteten: eine für die Toten der Weststämme und eine für die Gefallenen der schwarzen Ayubo, deren Länder weit im Norden lagen. Sagten sie zumindest. Krendar hatte den starken Verdacht, dass Kriegsherr Drangog ihn und die Überlebenden seiner Doppelfaust so weit wie möglich von der gefallenen Stadt Derok entfernt sehen wollte. Immerhin wussten sie Dinge, die Drangog lieber vor den restlichen Heerführern verborgen halten würde. Und davon abgesehen hatte er wohl noch andere Gründe, als er Krendar ausgerechnet Prakosh und seinen Felsenbären zuwies. Wie

Modrath sagte: Der oberste Kriegshäuptling der Weststämme tat nie etwas, ohne den eigenen Vorteil im Blick zu haben.

Was Prakosh betraf – jener hatte Krendar schnell klargemacht, dass er die Hilfe einer Ayubo-Schamanin weit weniger nötig fand als die Häuptlinge. *Immerhin – er weiß einen Oger zu schätzen. Wenigstens etwas, wozu wir taugen.* Krendar schniefte und blinzelte in die Dunkelheit.

Sie lagen in einer weit gefächerten Linie hinter den Büschen des Waldrands verteilt. Unter ihnen erstreckte sich ein kleines Tal bis dorthin, wo das Menschendorf im Uferschlamm des majestätisch dahinströmenden Großen Flusses lag. Vermutlich war es ein erhebender Anblick. Leider hing der gleichmäßig rauschende Regen in dichten Schleiern davor und ließ die Sichtweite auf wenige Doppelschritte schrumpfen.

»Verdammtes Mistwetter …«

»Das hast du schon gesagt«, zischte Modrath Dudaki an.

»Mehrfach«, ergänzten die Zwillinge im Chor.

»Und? Es ist immer noch wahr.«

Krendar verdrehte die Augen. Aber solange sie sich nicht an den Hals gingen, sah er keinen Grund, sich einzumischen. Angestrengt lauschte er auf ein Zeichen von rechts. Seine Doppelfaust war der linken Flanke zugewiesen worden. Wenn der Angriff begann, sollten sie jeden, der flussabwärts zu fliehen versuchte, abfangen oder ins Dorf zurücktreiben. Prakosh hatte nicht vor, jemanden entkommen zu lassen. Warum er … Dort! Ein Zirpen, über dem Prasseln des Regens kaum zu hören. Krendar hob die Hand, und das geflüsterte Gezanke verstummte. Schnell riss er einen Grashalm aus, legte ihn an die Lippen und brachte ihn ebenfalls zum Zirpen. Dann griff er nach seinem Speer und stand geduckt auf.

Wortlos folgten die anderen seinem Beispiel und schoben sich durch das nasse Gras vorwärts. Von irgendwo aus der Dunkelheit zu seiner Rechten kam ein erstickter Schrei. Die Linie der Aerc war auf den ersten Wachposten getroffen. Krendar lief weiter. Von links war ein Scheppern zu hören, so als hätte jemand mit einem Hammer auf einen eisernen Schild geschlagen. Die Aerc am Flussufer hatten den zweiten Wachposten gefunden. *Er sie allerdings wohl zuerst.* Einen Augenblick später flammte Feuerschein vor ihnen auf, und ein weiterer Gong wurde geschlagen. Dieser jedoch nicht nur einmal, sondern ebenso anhaltend wie misstönend. Rufe wurden laut, und weiter rechts erhob sich der Kampfschrei der Felsenbären. *Damit ist die Zeit für Heimlichkeit wohl vorbei.* Modrath warf ihm einen Blick zu, und er zuckte mit den Schultern. Der Oger grinste, holte Luft und stieß ein donnerndes Brüllen aus, in das Dudaki, die Zwillinge und schließlich auch Krendar einfielen.

Brüllen war gut. Es vertrieb die Angst. Vor allem aber pflanzte es Angst in die Gedärme des Gegners. Das war nie ein Fehler.

Aus dem Augenwinkel nahm er eine Bewegung wahr. Krendar schlug einen Haken in Richtung eines Gebüschs, das aus der Dunkelheit auftauchte. Etwas Metallenes blitzte auf, und er warf sich zur Seite – gerade noch rechtzeitig, um einer Schwertklinge auszuweichen. Fluchend klatschte er in den Morast, rollte sich zur Seite und brachte den Schaft seines Kampfspießes zwischen sich und das abermals heransausende Schwert. Vom anderen Ende der Klinge starrte ihm die verzerrte Fratze eines Menschen entgegen. Krendar wehrte mit Mühe einen dritten Hieb ab, bevor es ihm gelang, mit dem

Schaft seines Spießes nach den Beinen des Mannes zu schlagen. Er fühlte, wie seine Waffe auf Widerstand traf, hörte einen Schmerzenslaut und nutzte die Ablenkung, um Abstand zu gewinnen und auf die Füße zu kommen. Erst jetzt nahm er den Menschen wirklich wahr. Er war dürr und, soweit Krendar das beurteilen konnte, ziemlich jung, und ging ihm nicht einmal annähernd bis zur Schulter. Dazu kam, dass er seinen Gegner in Regen und Dunkelheit vermutlich nur als Schemen wahrnehmen konnte. Nach allem, was Krendar über Menschen wusste, hatten sie jämmerlich schlechte Augen. Dennoch bleckte der Dünne trotzig die Zähne und hob das Schwert. Er brüllte Krendar etwas entgegen und warf sich auf ihn. Doch jetzt war der Aerc vorbereitet. Mit einem Seitenschritt wich er der schlecht gezielten Klinge aus, sein Speer wirbelte herum und traf den Menschen am Schädel. Der Mann wurde zurückgeschleudert, überschlug sich und blieb mit verdrehten Gliedmaßen liegen.

In diesem Augenblick huschten drei weitere Gestalten aus dem Gebüsch und rannten blitzschnell in die Dunkelheit. Krendar fluchte und riss seine Waffe hoch, doch kein Angriff erfolgte.

Welpen. Er starrte in die Richtung, in der die Menschenwelpen verschwunden waren. Dann musterte er die reglose Gestalt, aus deren Kopfwunde jetzt dunkles Blut zu rinnen begann, um sofort vom strömenden Regen weggewaschen zu werden. *Der Mensch hat seine Jungen geschützt, nicht mehr. So, wie es ein Aerc getan hätte.* Wozu sollte er ein paar räudigen Menschenwelpen in die Nacht folgen? Wenn Prakosh sie haben wollte, sollte er sie sich selbst holen. Er warf dem Gefallenen einen letzten Blick zu und wandte sich ab.

Das Dorf war inzwischen hell erleuchtet. Menschen mit Fackeln liefen zwischen den Gebäuden umher, und im tanzenden Licht der Flammen konnte Krendar die Silhouetten der Verteidiger und zumindest einiger Aerc erkennen. Schreie hallten durch die Nacht, als die Aerckrieger über die Menschen herfielen und sie niedermachten. Noch bevor Krendar den niedrigen Zaun erreichte, fiel ein Aerc, dann ein zweiter. Er sprang aus vollem Lauf über die Absperrung, hörte etwas zischen und fühlte fast im selben Augenblick den scharfen Luftzug, mit dem ein Pfeil an seiner Wange vorbeistrich. »Groshakk!« Mit einem Fluch ging er hinter einem nahe stehenden Holzstoß in Deckung.

Einer der Aerc Prakoshs schenkte ihm ein abfälliges Zähnefletschen, setzte zum Sprung über das Holzlager an und wurde rückwärts geschleudert. Direkt vor Krendar krachte er auf den Rücken und starrte den jungen Aerc verwundert an. Der lange Pfeil in seinem Hals zitterte, und lediglich ein blutiges Röcheln entrang sich seiner Kehle.

Krendar erwiderte seinen Blick und schluckte. »In Deckung gehen war wohl doch nur das Zweitdümmste, hm?«

Der Krieger gurgelte nochmals, dann brachen seine Augen.

Krendar wagte einen schnellen Blick um den Stoß herum. Der Schütze war leicht zu entdecken. Es war einer der Menschen, der mit einem Bogen auf einem der Langhausdächer hockte und einen Pfeil nach dem nächsten auf die Aerc abschoss. Es sah aus, als hätte er eine beängstigend gute Trefferquote.

Krendar ging wieder in Deckung und sah sich um. Zu seiner Rechten entdeckte er eine schlanke Gestalt mit fliegenden Haaren, die soeben über den Zaun sprang. »Sekesh!«

Die Schamanin entdeckte Krendar, änderte die Richtung und ging neben ihm in die Hocke. »Was?«

Krendar deutete auf den Krieger zu seinen Füßen. Sekesh folgte seinem Blick und schüttelte den Kopf. »Nichts zu machen.«

»Dachte ich mir schon.« Krendar zuckte mit den Schultern. »Eigentlich meinte ich nur, dass die mindestens einen Bogenschützen haben, und ...«

Sekesh schnaubte und schob sich die Zöpfe aus dem Gesicht. »Ihre Pfeile können mir nichts anhaben«, stellte sie verächtlich fest. Mit einem geübten Griff zog sie eine kleine Statuette aus der Halsöffnung ihres Brustpanzers.

Krendar betrachtete die Figur mit leisem Schaudern. Sie war aus grauschwarzem Stein geschnitten, etwa so groß wie ein Entenei und stellte eine selbst für Aercgeschmack erstaunlich üppige Aercfrau dar. Genau genommen bestand sie fast nur aus Hintern, Bauch, riesigen Brüsten und einem gesichtslosen Kopf. Arme und Beine wirkten so verkümmert, dass sie beinahe nicht vorhanden waren. Eine Stammesmutter, das traditionelle Amulett jeder Aerc-Schamanin. Mit diesem Amulett nahmen die Drûaka Kontakt zu den Ahnen auf. Und wie er inzwischen erfahren hatte, schützten die Ahnen damit wohl auch ihre Sprecherinnen. Zum Beispiel vor Pfeilen.

Krendar riss den Blick los und nickte. »Darauf wollte ich hinaus. Kannst du dich um den Kerl kümmern? Ehe er einen von uns trifft?«

Sekesh warf einen Blick über den Holzstoß und nickte. »Wir kümmern uns darum.« Sie griff in ihre Haare und löste etwas daraus, das wie eine schillernde Spange wirkte. Eine

Spange allerdings, die sich bewegte und ein ungehaltenes Zischen ausstieß.

Krendar konnte nicht verhindern, dass er ein wenig zurückzuckte. Spilo nannte Sekesh die kaum handgroße Echse, die giftig genug war, um einen ausgewachsenen Aerc umzubringen. Beruhigend streichelte die Schamanin das winzige Tier und flüsterte ihm etwas zu. Dann warf sie den Spilo hoch in die Luft. Mit einem Zirpen klappte die Echse rote Flughäute auf und glitt in die Nacht, auf das Dorf zu.

Krendar wagte einen weiteren Blick um den Holzstapel herum. Nur wenige Augenblicke später wedelte der Bogenschütze auf dem Dach mit einem Arm, gerade so, als wollte er ein lästiges Insekt vertreiben. Dann zuckte er, stand auf, strauchelte und machte einen taumelnden Schritt. Mit einem dünnen Jaulen, das bis hierher zu hören war, stürzte er vom Dach.

»Erledigt, Broca.« Mit ausdrucksloser Miene sah Sekesh ihn an. »Sonst noch was? Ich würde gern Wühler jagen.«

Ja, lächle mal wieder. Du bist so verdammt verbissen. »Ich werde dich nicht aufhalten. Aber vielleicht brauchen die anderen noch Hilfe mit den Pfeilwerfern. Halt die Augen offen.«

Sekesh nickte knapp, zog ihre beiden Messer und verschwand wortlos in der Dunkelheit. Der junge Aerc sah ihr nach und seufzte. In den vergangenen Tagen hatte sich die Laune der Ayubo immer mehr verdüstert. Er hatte die leise Vermutung, dass das nur zum Teil mit ihren Visionen des kommenden Sturms zu tun hatte. Diese Visionen hatten, wie es aussah, alle Drûaka des Heers, doch die meisten schien das nicht sonderlich zu beunruhigen. Sekesh hingegen ...

Irgendjemand schrie, irgendetwas krachte, und Krendar

rief sich selbst zur Ordnung. Er hob seinen Spieß auf, umrundete den Holzstoß und lief auf die Häuser zu. An der ersten Wand stießen die Korrach-Zwillinge zu ihm. Ihre Speerklingen glänzten rot, und sie schienen sich bestens zu amüsieren. Krendar warf einen schnellen Blick um die Hausecke. Die schmale Gasse war leer. »Wo sind Dudaki und Modrath?«

Die Zwillinge sahen sich an und zuckten synchron mit den Schultern. »Modrath schlägt das Scheunentor dort hinten ein«, sagte der Linke.

»Und das Froschgesicht haben wir zuletzt dort drüben gesehen«, ergänzte der Rechte. »Er hat Freunde zum Spielen gefunden.«

Krendar öffnete den Mund, doch wütendes Bellen beantwortete die naheliegende Frage. »Hunde?«

Die Korrach nickten. »Vier oder fünf.«

»Und ihr seid nicht auf die Idee gekommen, ihm zu helfen?«

Die Zwillinge hoben abermals die Schultern. »Er kann sich schon allein amüsieren. Und was machen wir jetzt, Broca?«

Nicht an unserem Zusammenhalt als Einheit arbeiten, wie es aussieht. Er sah nochmals um die Ecke. Die Gasse war noch immer leer. »Kommt mit.«

Die Gasse mündete in einen kleinen Platz zwischen den Langhäusern. Prakoshs Felsenbären waren bereits angekommen. Einige trieben von Norden her Grüppchen von schreienden oder weinenden Menschen zusammen. Fünf Krieger waren damit beschäftigt, die Tür zu einem Langhaus einzutreten. Zu ihren Füßen lagen zwei Aerc mit eingeschlagenen Schädeln sowie ein Wühlerkrieger, der es geschafft hatte, zumindest einen Teil seiner Panzerung anzuziehen, bevor er den Aerc entgegengetreten war. Einer der Häuptlinge der Zwerge.

Dem Fluchen der Krieger nach zu urteilen hatten sich weitere hinter dieser Tür verschanzt.

Krendar wandte sich der anderen, tiefer gelegenen Seite des Platzes zu. Dort, am Rande des Feuerscheins, schimmerte das Wasser des großen Flusses, und der Anfang eines hölzernen Stegs erstreckte sich in die Dunkelheit. Nur ein Gebäude stand direkt am Ufer des Flusses. Ein mehrstöckiges Lagerhaus aus groben Brettern, das sich düster in die Regenschleier reckte. In einer Fensteröffnung kurz unter dem Dachfirst nahm er eine Bewegung wahr. Einen Augenblick später hörte er das charakteristische Singen eines Dalkar-Kurzpfeils. Fast glaubte er auch, das Knacken zu hören, mit dem er im Rücken eines der Aerc an der Tür einschlug. Einer der Korrach schnalzte mit der Zunge. »Sie verkaufen ihre Häute nicht billig«, stellte der andere fest.

»Nein«, sagte Krendar. »Sie erkaufen den anderen Zeit.« Er deutete auf das zweiflüglige Tor des Gebäudes. Eine kleine Gruppe Gestalten huschte gerade in das Innere.

»Keine Zwerge«, stellte der Rechte fest.

»Menschenweiber und Welpen«, bestätigte sein Bruder.

»Aber warum sollten sie sich in einem Haus verstecken, statt zu fliehen?«

»Das ist kein gewöhnliches Haus.«

Der Linke nickte. »Bootshaus.«

»Was?«

»So nennen es die Menschen. Wir haben so eins schon mal gesehen. Es hat ein Tor...«

»...hinaus auf das Wasser. Ihre Fischjäger bewahren ihre Boote und Netze darin auf«, erklärten die Korrach.

»Boote?« Krendar runzelte die Stirn. »Sie wollen fliehen!«

Die Zwillinge nickten.

»Mit den Booten. Ich denke, das wird Prakosh nicht gefallen. Aus irgendeinem Grund sind die Boote wichtig.« Er sah die beiden Korrach an.

»Dann sollten wir etwas tun,« sagte der Rechte langsam.

»Sollten wir wohl«, bestätigte Krendar.

Ein weiterer Wühlerpfeil durchbohrte den Schenkel eines der Krieger am Langhaus, und die anderen hasteten eilig in Deckung. Es sah nicht so aus, als wüssten sie, woher die Geschosse kamen.

»Hm«, befand der Linke.

Krendar seufzte. »Ach, Groshakk. Kommt.«

Ein weiteres Grüppchen Flüchtlinge hatte sich in das Bootshaus geschlichen, bevor Krendar und die Zwillinge dort ankamen. Krendar sah nach oben, um sicherzugehen, dass der Schütze unter dem Dach sie nicht sehen konnte, dann trat er an den Spalt im Tor und spähte vorsichtig hinein. Die Dunkelheit im Gebäude war nicht vollkommen. Irgendwo in dem Bereich, den er nicht einsehen konnte, musste ein abgeschirmtes Licht brennen, gerade hell genug, um sich orientieren zu können. Was er erkennen konnte, waren Bretterwände, zum Trocknen aufgehängte Netze und einige klobige Boote, die auf Holzscheiten am Rand eines dunklen Rechtecks lagen. Keine Menschen. Oder Wühler, wenn er schon dabei war. Irgendwo flüsterte jemand. Ein unterdrücktes Wimmern wie von einem Kind. Etwas knarrte.

Krendar sah sich zu den Zwillingen um und nickte. Gemeinsam stürzten sie durch das Tor, die Kampfspieße vorgestreckt, die Korrach mit erhobenen Schilden. Mehr als zwanzig Menschen drängten sich im Bootshaus. Beim Anblick der drei Aerc kreischte eine Frau auf, einige Menschenkinder fingen an zu weinen. Jetzt sah Krendar, dass das dunkle Rechteck eine Aussparung in den Bohlen des Bodens war, in der dunkel das Wasser des Flusses gluckerte. Das Tor auf der Wasserseite stand offen, und draußen glitt ein Boot hinter einen Vorhang aus Regen. Weitere Boote lagen bereit, um noch mehr Flüchtlinge aufzunehmen.

Den gepanzerten Wühler, der sie von links angriff, hatte Krendar völlig übersehen. Er verdankte es nur der Geistesgegenwart und dem Schild des Linken, dass ihn die Axt des Wühlers nicht in der Mitte halbierte. Das Blatt der Waffe biss tief in den Schildrand des Korrach und riss diesen von den Füßen. Der Zwerg befreite seine Waffe mit einer fließenden Bewegung und schlug Krendars Speerspitze beiseite, während er gleichzeitig die Waffe des Rechten mit dem gepanzerten Unterarm abwehrte. Dem Rückschwung der Axt entging Krendar nur mit Mühe. Fluchend taumelte er zurück. Dieser Wühler war von oben bis unten in schimmerndes Metall gehüllt. Selbst Hände und Füße steckten in Hüllen aus Eisen, und von seinem Gesicht waren nur die Augen und der geflochtene Bart zu sehen, der unter dem halb geschlossenen Helm hervorhing. Der eiserne Speer des Rechten hatte nicht einmal einen Kratzer auf dem Panzer hinterlassen. Der Linke ließ seinen geborstenen Schild fallen und stieß mit dem Speer nach den Füßen des Gepanzerten. Doch schneller, als Krendar es für möglich gehalten hatte, wirbelte der Zwerg herum, wich dem Spieß aus und versuchte, das Knie ins Gesicht des Aerc zu rammen. Der handlange Dorn auf der Kniepanzerung verfehlte den Linken nur um Haaresbreite, als der sich rückwärts fallen ließ. Sein Bruder rammte den Zwerg mit dem Schild in den Rücken, um ihn zu Fall zu bringen, doch genauso gut hätte er gegen einen Felsen rennen können. Er prallte zurück, während der Zwerg lediglich einen Ausfallschritt machte, um den Schwung abzufangen, bevor er seine Axt Krendar zuwandte und diesen zwang, eilig zurückzuweichen. Der Gepanzerte bellte etwas in der knirschenden Sprache der Wühler, und es war purer Zufall, dass Krendar seinem Blick folgte und den Schatten auf der Plattform über ihnen sah. Er ahnte das charakteristische Knacken des zwergischen Pfeilwerfers mehr, als er es hörte, und warf sich instinktiv zur Seite. Nur eine Handbreit hinter ihm bohrte sich ein Kurzpfeil tief in den hölzernen Boden. Ohne abzuwarten rollte er sich weg und entging so knapp dem Axtblatt, das große Späne aus den Bohlen neben seinem Kopf riss. Heute schien Krendar-wälzt-sich-herum-Tag zu sein. Der Rechte sprang über ihn hinweg, fegte mit dem Schild die Axt des Wühlers beiseite und stieß seinen Speer in den Bauch des Zwergs. Mit einem Kreischen glitt die Spitze ab und unter dem Arm des Gepanzerten hindurch. Dieser packte den Schaft, zog den Aerc mit einem Ruck zu sich heran und rammte ihm den eisernen Helm in den Magen. Ächzend taumelte der Korrach rückwärts. Eine gepanzerte Faust riss ihn von den Füßen, und nur der Vorstoß des Linken bewahrte ihn vor der Axt. Während der ganzen Zeit gab der Gepanzerte keinen Laut von sich. Er bewegte sich schnell und mit einer Leichtigkeit, die Krendar erschreckte. Dieser Mordmaschine war er nicht gewachsen.

Widerliche kleine Mordmaschinen! Dudaki schnitt eine Grimasse und zog sein Messer aus dem dritten seiner Gegner. Er hasste Hunde, ganz besonders aber Wühlerhunde. Sie waren lästig, laut, hartnäckig und konnten einem Aerc glatt eine Hand abbeißen, wenn er nicht aufpasste. Das Schlimmste aber war: Man konnte die Drecksviecher nicht einmal essen. Und eigentlich aß er so ziemlich alles.

Angewidert wischte er das Messer am Schaft seines Stiefels ab und schob es zurück in die Scheide, bevor er stutzte. Drei? Hatte er vorhin nicht vier der geifernden Monster gezählt? Ein Geräusch ließ ihn herumfahren, gerade rechtzeitig, um ein hundert Pfund schweres Geschoss aus Muskeln, Krallen, Geifer und viel zu vielen Zähnen auf sein Gesicht zufliegen zu sehen. Mit einem Aufschrei ließ er sich fallen und riss seinen Dolch wieder hervor, obwohl ihm gleichzeitig klar war, dass er zu langsam sein würde. Noch bevor seine Klinge die Scheide auch nur zur Hälfte verlassen hatte, krachten die mächtigen Kiefer kaum eine Handbreit vor seinem Gesicht aufeinander. Völlig überraschend war sein Gesichtsfeld von einem Augenblick auf den nächsten vollkommen hundefrei.

Stattdessen ragte Modrath vor ihm auf, ein spöttisches Grinsen in der hässlichen Visage. Der Oger hatte den Wühlerhund am Hals gepackt und hielt das zappelnde und wütend um sich schnappende Tier am ausgestreckten Arm von sich weg. »Brauchst du den hier noch?« Er klang spöttisch.

Saurer Speichel sammelte sich in Dudakis Mund. Ausgerechnet das fette Monstrum musste ihn retten? Das war ja fast so unangenehm, wie von einem der Zwergenköter angefallen zu werden. Er betrachtete den geifernden Hund einen Moment lang. *Allerdings nur fast.* Wortlos schluckte er und grinste. Den meisten Leuten verursachte der Anblick seiner spitz gefeilten Zähne ein äußerst befriedigendes Unbehagen. Leider gehörte der Oger nicht dazu. Widerstrebend schüttelte er den Kopf. »Nein. Kannst du behalten.«

Der Oger zuckte mit den massigen Schultern. Mit spielerischer Leichtigkeit hob er den Hund hoch empor und ließ ihn auf sein Knie krachen. Hässlich knirschend brach der Rücken des Tiers, und es erschlaffte. Achtlos warf der Oger den Kadaver zur Seite, wo er klatschend in den schlammigen Fluten des Flusses verschwand. »Wo ist der Broca?«

Dudaki stand auf, klopfte sich den Schlamm ab und warf Modrath einen Seitenblick zu. »Krendar? Woher soll ich das wissen? Wer spielt denn normalerweise seinen Leibwächter – du oder ich?«

»Dachte, ich behalte besser dich im Auge.« Der Oger trat gegen einen der toten Hunde. »Nichts zu danken übrigens.«

»Keine Ursache«, murmelte Dudaki. *Er behält mich im Auge. Der fette Arsch ist mir entschieden zu neugierig.* Der Sumpfaerc schnaubte leise. *Aber wie heißt es so schön? Neugier tötet die Ratte. Oder ein schnelles Messer. Irgendwann.* Er schenkte dem Oger ein weiteres spitzzahniges Grinsen.

Die Miene des Großen verdüsterte sich, und er leckte sich über den abgebrochenen Eckzahn. »Du versuchst nicht gerade wieder eine krumme Tour?«

»Immer misstrauisch, Modrath, was? Immer misstrauisch!«

Der Oger zuckte mit den Schultern. »Ich beobachte dich, Froschgesicht.« Die Bemerkung war eine bloße Feststellung, deshalb aber nicht weniger beunruhigend.

»Falls es dir entgangen ist, ich war beschäftigt«, zischte

Dudaki und nickte zu den drei Kadavern. »Was für krumme Touren sollte ich deiner Meinung nach damit vorhaben?«

Modrath kniff die Augen zusammen und knurrte. »Das ›Wir-verkaufen-den-Oger-für-blöd-Spiel‹? Ehrlich? Vielleicht sollte ich dich das nächste Mal doch einfach von einem der Scheißviecher fressen lassen.«

Er trat einen schnellen Schritt näher, und Dudaki tastete instinktiv nach den verborgenen Giftdornen an seinem Gürtel. Beinahe wie von selbst glitt einer der tödlichen Knochensplitter zwischen seine Finger, doch er zögerte. Er konnte damit zwar auch einen Oger zu den Ahnen senden, doch der fette Klotz würde ihm trotzdem das Genick brechen, bevor er überhaupt bemerkte, dass er starb. Also lächelte er müde und sah sich unauffällig um. Auf dieser Seite des Langhauses war momentan niemand außer ihnen. Kaum drei Schritte links von ihm fiel die schlammige Uferböschung steil ab. Vielleicht hatte er ja Glück, und der Große rutschte aus und verschwand im Wasser. *Man darf doch zumindest hoffen, was?* »Worauf willst du hinaus, Modrath?«

Der Oger ragte inzwischen hoch über ihm auf, und seine kleinen Augen funkelten in der Dunkelheit. »Worauf ich hinauswill? Darauf, dass du dich bei Prakosh einschleimst, statt deinem Broca den Rücken freizuhalten. Du hast Krendar Treue geschworen, vergiss das nicht.«

Dudaki schniefte beleidigt. »Würde mir nie einfallen.«

»Du hast schon einmal deinen Broca hintergangen«, stellte Modrath düster fest.

Meine Loyalität gilt nun mal Siegern. Und mal ehrlich – sieht Prakosh etwa wie ein Sieger aus? Diesen Angriff hier hätte ja ein Halbwüchsiger im Fieberwahn besser planen können. Vielleicht sogar ein Oger. Dudaki kicherte nervös. »Mach dir mal keine Sorgen, Dicker. Ich könnte mir keinen besseren Broca vorstellen als unseren Kleinen.« *Obwohl er es natürlich nach der Schlacht in Derok glorreich verkackt hat, uns unseren rechtmäßigen Anteil an der Beute zu sichern. Aber wir wollen mal nicht kleinlich sein.* »Also bitte etwas mehr Vertrauen, was?«

Modrath starrte ihn für einen langen Moment ausdruckslos an. »Deine große Klappe wird dich eines Tages noch mal umbringen, kleiner Mann«, grollte er dann leise. »Dass du mich einmal verarschen konntest, daran bin ich wohl selbst schuld. Verarschst du mich ein zweites Mal – bist du tot. Verstanden?«

Dudaki nickte vorsichtig. »Vollkommen.«

Modrath trat einen Schritt zurück und wandte sich dann ab. »Na dann. Komm jetzt. Wir haben zu tun. Diesen Angriff hier hätte ja ich besser planen können. Nicht, dass mich je einer fragen würde...«

Dudaki entspannte sich, senkte die Hand mit dem verborgenen Giftdorn und lockerte die Schultern. *Oger.*

Das Knurren des Wühlerhunds kam so unerwartet, dass Dudaki keine Zeit zu irgendeiner Reaktion blieb. Das Tier krachte in seinen Rücken und schleuderte ihn nach vorn. Gewaltige Zähne suchten seinen Hals. »O Scheiße!« Er riss den Kopf zur Seite, und die Kiefer schlossen sich um seine Schulter, bissen tief. Gleißender Schmerz lohte auf, und er schrie. Dennoch schaffte er es irgendwie, den Hals der stinkenden Bestie zu packen, als sie sich überschlugen und durch den Morast rollten. Verzweifelt stach er mit dem Giftdorn auf das Monstrum ein. Gleichzeitig wurde ihm klar, dass das den

Hund unmöglich schnell genug umbringen würde. Wie von weit her hörte er den Oger brüllen. Die Krallen des Köters zogen brennende Spuren über seine Arme. Er grub seine Fingernägel in die Halsmuskeln des Hunds und suchte die Kehle. Unter den sich unaufhaltsam schließenden Kiefern spürte er einen Knochen in seiner Schulter knacken.

Und dann, zu Dudakis größtem Entsetzen, rollten sie über die Kante und rutschten in einem Schauer aus Grassoden, Erdklumpen und Blut die steile Uferböschung hinab. Klatschend schlugen sie auf die Wasserfläche, und im nächsten Augenblick schlossen sich die schäumenden, nachtschwarzen Fluten über dem Wühlerhund und seiner Beute.

Modrath wirbelte mit wild gefletschten Zähnen herum, den Streithammer zum Schlag erhoben, und sah sich nach weiteren Gegnern um. Schließlich stieß er ein wütendes Knurren aus und starrte in das dunkle Wasser, das Hund und Aerc zu schaumigen Blasen schlugen, bevor sie unaufhaltsam unter der Oberfläche verschwanden. »Dudaki!«

Mit gefletschten Zähnen starrte er auf die davontreibenden Blasen, die das einzige Zeichen dafür waren, dass der Fluss gerade eben einen Aerc verschlungen hatte. Aber was konnte er tun? Hinabspringen? Das wäre Wahnsinn. Er konnte nicht schwimmen. Kein Aerc konnte schwimmen!

Modrath stieß ein frustriertes Brüllen aus, bevor er vorsichtig von der morastigen Uferkante zurücktrat. »Groshakk.« Er schüttelte den massigen Schädel. »Groshakk«, murmelte er nochmals.

SECHS
Im Sumpf

»Was das für ein Gefühl ist, sich seinen Ängsten gestellt zu haben?« Glond warf dem Wolfmann einen Seitenblick zu. *Was das für ein Gefühl ist, ein denkendes Wesen zu töten? Ein beschissenes. Ziemlich sehr beschissen sogar, jedenfalls für mich. Alle anderen haben mit so etwas ja offenbar keinerlei Probleme, ich dagegen werde den Blick aus diesen sterbenden Augen wohl mein Leben lang nicht mehr vergessen.* Doch über ein schlechtes Gewissen wollte der Wolfmann wohl nicht reden, als er die Frage gestellt hatte. Was auch immer der Grund war, die Antwort sollte vermutlich aufbauend klingen, oder jedenfalls so ähnlich. »Vielleicht fühle ich mich etwas freier«, sagte er. Die Lüge kam ihm erstaunlich glatt über die Lippen. »Wer würde das nicht, nachdem er seine Ängste besiegt hat. Nach dem, was ich in letzter Zeit erlebt habe, gibt es nicht mehr viel, was mich noch schrecken könnte, richtig?«

»Hm«, machte der Wolfmann. Ob er sich mit der Antwort nun zufrieden gab oder nicht, konnte Glond nicht sagen. Jedenfalls beschleunigte er seine Schritte.

Die Schwaden brachen auf und gaben den Blick auf eine eintönige Landschaft frei, in der hier und da ein einsamer Baum wurzelte. Die Tümpel wurden zahlreicher und weitläufiger und verwandelten sich kaum merklich in eine schmutziggraue Seenlandschaft.

Gegen Nachmittag sahen sie Rauch über den Bäumen aufsteigen. Aus der schlammigen Spur wurde endlich wieder ein schmaler Pfad, der sich mit der Zeit sogar in eine Art Straße verwandelte. Die Ränder waren von in den Boden getriebenen Pfählen markiert, auf die grinsende Totenschädel aufgespießt waren. Vereinzelte kümmerliche Felder waren zu erkennen, schmale Flecken aufgewühlter Erde, auf denen zerzauste Kohlblätter wuchsen, die dem allgegenwärtigen Fäulnisgestank ihre eigene Note hinzufügten. Drei Tage nachdem sie Derok verlassen hatten, tauchten im Dunst die Umrisse menschlicher Behausungen auf. Winzige Hütten aus Holzgeflecht und Lehm, die Fenster schmal und finster, die eingefallenen Dächer mit Moos überwuchert. Aus den niedrigen Eingängen starrten ihnen zerlumpte Gestalten hinterher, die Gesichter von Hunger gezeichnet und mit Aussatz übersät. Es war ein erbärmlicher Anblick voller Dreck und Verzweiflung, über dem ein übler Geruch aus Öl, Rauch und verdorbenem Fisch lag. Die schlimmsten Viertel der Weststadt hätten kaum übler aussehen können als dieses Sumpfloch.

Der einzige Unterschied waren die Waffen. Kaum ein Mensch, der nicht mindestens ein Messer im Gürtel trug oder einen Spieß spazieren führte. Überall blitzten Rüstungsteile auf, zusammengestückelt aus rostigem Blech, Leder und was sonst noch Schutz gewähren mochte. Einige trugen sogar Armbrüste und Bögen auf den Schultern. Waffen, deren Besitz den Menschen in Derok strengstens verboten war. Hier schien sich niemand um solche Gesetze zu kümmern, und wahrscheinlich wussten sie noch nicht einmal, was Gesetze waren.

»Wo sind wir hier?«, fragte Glond, den das unbestimmte Gefühl befiel, dass einige dieser Gestalten ihn mit ihren Blicken zu töten versuchten.

»Hier bin ich geboren«, sagte der Wolfmann, während er einen großen Bogen um ein bestialisch stinkendes Schlammloch schlug, das sich über die halbe Straße zog.

»Das erklärt so einiges.« Dvergat rümpfte angewidert die Nase. »Ein wahnsinniger Berserker hätte kein schlimmeres Unheil anrichten können. In der Weststadt hätten wir so ein Viertel kurzerhand abgefackelt, um es neu aufzubauen.«

»Wenn man hier geboren wurde, fällt einem der Dreck kaum noch auf. Man gewinnt ihn sogar irgendwie lieb.« Der Wolfmann folgte Glonds nervösem Seitenblick und zuckte mit den Schultern. »Es mag vielleicht nicht ganz so gesittet zugehen wie in eurer Stadt, aber dafür sind die Menschen hier frei und ungebunden. Kein Zwerg, der ihnen Vorschriften macht, keine Mauerwacht, die sie schikaniert oder ihnen den Zugang zum Hafen verwehrt. Es gibt noch nicht einmal ein Gildengesetz, das ihnen verbietet, ihr Handwerk auszuüben, nur weil sie nicht einem euer Clans zugehörig sind. Diese Menschen haben die Freiheit, tun und lassen zu können, was sie wollen.«

»Das tut mir ehrlich leid für sie.«

Der Wolfmann grinste. »Es ist nicht alles perfekt, das gebe ich zu. Aber es ist ein Traum, der an dieser Stelle vielleicht einmal seinen Anfang nimmt.«

Der Weg wurde breiter und die Behausungen unmerklich besser, mit soliden Dächern und Wänden, die manchmal sogar gerade standen und dick genug schienen, um der klammen Kälte Widerstand zu leisten. Hier und da gab es eine Hütte aus festem Holz, die es zwar kaum mit einem Dalkarhaus aufnehmen konnte, aber immerhin schon einen Anflug von echter Zivilisation erahnen ließ. Der fischige Geruch nahm weiter zu und führte sie schließlich an den Rand eines trüben Gewässers, vor dem sich ein trutziger Fachwerkbau erhob. Mit seinen Türmchen und Giebeln wirkte er hier seltsam fremd, beinahe wie ein Überbleibsel aus einer längst vergangenen, besseren Zeit. Die massive Eingangstür war am oberen Ende einer schmalen Treppe angebracht worden und konnte leicht von einem einzigen Mann gegen eine ganze Armee verteidigt werden.

»Das ist das alte Handelshaus, in dem Nyorda das Regiment führt«, erklärte der Wolfmann, während er die Stufen erklomm. »Hier versammelt sich all der Abschaum, der in Derok keinen Zugang findet oder auf den irgendwann einmal ein Kopfgeld ausgesetzt wurde. Schmuggler, Diebe, Mörder und Schlimmeres. Wenn ihr die Siedlung schon für heruntergekommen haltet, dann werdet ihr dort drin euer blaues Wunder erleben.«

Schwerer Dunst aus ranzigem Öl und geräuchertem Fisch schlug ihnen entgegen, als sie die düstere Halle betraten. Die Wände waren unverputzt und rußgeschwärzt und der Boden von einer dicken Schicht Sägespäne überzogen, in denen sich der Unrat vergangener Jahrhunderte sammelte. Ein gewaltiger Kamin verbreitete eine beinahe unerträgliche Hitze, wie sie in den königlichen Schmieden kaum größer hätte sein können. In den unübersichtlichen Schatten drängten sich unzählige Menschen, standen in Grüppchen beieinander oder drängten sich um die langgezogene Theke, die beinahe ein Viertel des Raums einnahm.

Die Menschen, die hier versammelt waren, hatten wenig Ähnlichkeit mit den verhärmten Gestalten draußen oder denen, die Glond aus den Gassen Deroks gewohnt war. Sie waren großgewachsen und breitschultrig, ihre Gesichter hart und von hässlichen Narben überzogen. Alle Arten gut gepflegter Waffen blitzten im Dämmerlicht. Scharf geschliffene Schwerter, stachelbewehrte Streitkolben und manche Axt, die einem König zur Ehre gereicht hätte. Eine ganze Gruppe der furchteinflößendsten Exemplare hatte sich in der Mitte des Raums um einen Tisch versammelt, auf dessen abgewetzte Platte große Münzberge aufgestapelt lagen. Sie waren allesamt groß und schwer bewaffnet. Einer war hager und alt, mit grauem Stoppelbart und eingefallenem Gesicht, und trotz der Hitze trug er einen schweren, flickenübersäten Pelzmantel, während er mit finsterem Blick eine Silbermünze über den Rücken seiner Hand wandern ließ. Neben ihm saß ein stiernackiger Kerl mit einem dichten dunklen Vollbart und einer dornenbewehrten Keule, die er in Griffweite an den Tisch gelehnt hatte. Der Dritte war unglaublich fett, hatte strähniges Haar und ein schwabbeliges Doppelkinn. Er saß selbstgefällig in seinen Stuhl gefläzt, säbelte mit einem langen Messer an einer gebratenen Scheibe Fleisch herum und wirkte dabei wie ein hungriges Schwein vor dem Trog. Der Letzte war ein monströser Glatzkopf, dessen kahler Schädel speckig im Licht der Fackeln glänzte. Die linke Hälfte seines Gesichts wirkte seltsam entstellt, so als hätte jemand versucht, sie mit einem Vorschlaghammer zu Brei zu schlagen. Mit dem klobigen Schlachterbeil am Gürtel erinnerte er unangenehm an den Orkanführer, dem Glond in Derok begegnet war. Der Glatzkopf schüttelte zwei Würfel in seiner Hand und ließ sie über die hölzerne Tischplatte kullern. »Sieben! Heute muss mein Glückstag sein.« Dann fiel sein Blick auf die Neuankömmlinge, und seine Miene verfinsterte sich. »Sieh mal einer an, wen haben wir denn da? Einen Hund, der reumütig zu seiner Herrin zurückkehrt.« Er warf einen abschätzigen Blick auf Glond und Dvergat. »Und offenbar hat er ihr etwas zu spielen mitgebracht.«

Der Wolfmann grinste, als er vortrat. »Das macht den neuen Hund des Herrn ein bisschen eifersüchtig, wie?«

»Wen nennst du hier einen Hund?« Der Stuhl des Glatzköpfigen scharrte lautstark über den Boden, als er ihn ruckartig zurückschob. Er erreichte nicht ganz die Höhe des Wolfmanns, aber seine massigen Schultern waren mindestens doppelt so breit.

»Niemanden.« Das Grinsen des Wolfmanns wurde noch eine Spur breiter. »Richte deiner Herrin einfach nur aus, dass ich sie sprechen muss.«

»Warum sollte ich?« Sie standen nun beinahe Nase an Nase. »Du hast hier nichts mehr zu melden. Ich könnte dich zertreten wie eine verdammte Laus, und es würde kein Hahn danach krähen.«

»Das könntest du, Hastyr. Aber bist du dir wirklich sicher, dass der Hahn nicht kräht?« Der Wolfmann konnte verdammt irritierend grinsen, wenn es sein musste. »Nyorda kann ziemlich ungehalten reagieren, wenn man meint, schlauer sein zu müssen als die Anführerin. Das solltest du wohl am besten wissen.«

Der Glatzkopf stierte ihn unter zusammengezogenen Augenbrauen an. »Das wirst du noch bereuen.«

»Möglicherweise werde ich das.«

Hastyr kniff die Augen zusammen und spuckte auf den Boden. »Ich werde es ausrichten. Wartet hier.« Damit wandte er sich um und stiefelte davon.

Der Wolfmann grinste ihm hinterher und schlenderte zur Theke.

»Und jetzt?«, fragte Glond, dem das Hemd schweißnass am Rücken klebte. Er spürte die Augen aller Anwesenden auf sich ruhen und wünschte sich beinahe wieder auf das Schlachtfeld vor Derok zurück. Dort hatte es wenigstens noch Verbündete gegeben, hinter denen er sich hatte verbergen können.

»Jetzt genehmigen wir uns ebenfalls ein Bier«, sagte Dvergat.

»Der Zwerg will was zu trinken«, rief der widerliche Fettsack am Spieltisch so laut, dass es auch jeder der Umstehenden mitbekam. Er hob seinen Trinkbecher grüßend in die Höhe und leerte ihn in einem Zug. »Da ist er hier genau an der richtigen Stelle, was? Hier ist das Bier prickelnd und hell und nicht so eine widerliche Plörre wie das, was die Zwerge in ihren Höhlen brauen.«

»Ich habe mal ein Zwergenbier getrunken«, grunzte der Stiernackige und schnappte sich die verwaisten Würfel vom Tisch. »Hat gar nicht mal so übel geschmeckt.«

»Ach ja?« Der Fettsack fuhr sich mit der Zunge über die Lippen, den Blick unverwandt auf Glond und Dvergat gerichtet. »Aber weißt du auch, aus was die Stumpen ihr Bier brauen, Brodyn?«

»Keine Ahnung.« Der Stiernackige zuckte mit den Achseln. »Pisse!«

Schlagartig erstarben die Gespräche im Raum. Becher wurden abgestellt, und Köpfe drehten sich zu ihnen herum. Der Alte mit dem Flickenmantel legte behutsam seine Silbermünze auf den Tisch und ließ die Hände zum Gürtel wandern.

»Hundepisse, um genau zu sein. Für jede Färbung eine eigene Rasse.«

Vereinzeltes Gelächter erhob sich im Raum. Es hatte nichts Heiteres an sich, und dafür gab es auch keinen Grund. Der Scherz war nicht besonders gelungen, das konnte selbst der dümmste Mensch erkennen. Das Lachen drückte viel eher Vorfreude aus. »Schwarze Köter für das Dunkelbier und weiße Köter für das Helle.« Der Fettsack grinste selbstgefällig. »Wenn du mir nicht glaubst, dann frag die Stumpen. Die werden es dir bestätigen.«

Nach und nach ebbte das Lachen ab und wich einer erwartungsvollen Stille, in der Dvergat vortrat, die Augen zu Schlitzen zusammengekniffen und die Hände zu Fäusten geballt. Männer lösten sich von ihren Sitzen, Füße scharrten, und Klingen glitten mit leisem Scharren aus ihren Hüllen.

Langsam hob Dvergat die Hand und spreizte die Finger. »Vier.«

Das selbstsichere Lächeln verschwand aus dem Gesicht des Fettsacks und machte einem irritierten Ausdruck Platz. In seinem Kopf schienen vermutlich gerade alle Menschengeschichten über Dalkar durcheinanderzuwirbeln, die er irgendwann mal aufgeschnappt hatte.

Brutal, unberechenbar und meistens schlecht gelaunt. Ob du dir das wirklich gut überlegt hast, bevor du Dvergat beleidigt hast?

Nervös fuhr sich der Drecksack mit der Zunge über die Lippen. Die Gespräche im Raum waren jetzt vollständig verstummt, und man hätte eine Stecknadel fallen hören, wenn in diesem Augenblick jemand daran gedacht hätte, sie zu werfen. »Vier?«, fragte er und warf einen Seitenblick auf Brodyn, der ebenso irritiert zurückschaute.

»Genau.« Dvergat blickte so ernst drein, wie nur ein Dalkar blicken konnte. »Vier Zutaten braucht es für ein Dalkarbier. Wasser, Malz, Hopfen und Hefe. Pisse gehört nicht dazu.«

Es folgte eine lange Pause, in der niemand ein Wort sprach.

»Das sind wirklich nur vier Zutaten?« Brodyn hob die Hand vor sein bärtiges Gesicht und zählte mit der anderen angestrengt die entsprechende Zahl Finger ab. Fasziniert schüttelte er den Kopf. »Das ist nicht viel. Gebt ihr denn irgendwelche Gewürze dazu?«

»Keine Gewürze.«

»Also nicht.« Brodyn nickte nachdenklich, während der Raum noch immer die Luft anhielt. »Nicht zumindest Honig für die Süße?«

»Sumpfporst«, knurrte der Alte mit der Flickenjacke und ließ die Silbermünze wieder ihre Wanderung über seinen Handrücken aufnehmen.

»Ihr verwendet sicherlich Kümmel, um den brackigen Geschmack des Wassers zu übertünchen«, meldete sich von der Theke her der Wirt zu Wort.

»Nur frisches Quellwasser«, sagte Dvergat.

Der Wirt zuckte mit den Schultern. »Dann braucht ihr

natürlich keinen Kümmel. Wobei ich persönlich ja ohnehin zwei Teile Schafgarbe bevorzuge, vermischt mit einem Teil Wacholder. So hat es mich mein Vater gelehrt.«

»Mein Vater sagte immer, dass Sumpfporst die Haare auf der Brust wachsen lässt«, erklärte der Alte im Brustton der Überzeugung.

Brodyn rollte mit den Augen. »Dein Vater ist aber auch an Krämpfen und der Raserei zugrunde gegangen, Skyld. Kein Mensch mischt heutzutage noch Sumpfporst in sein Bier, und ein Zwerg schon gleich gar nicht. Das Geheimnis der Zwerge sind nämlich die Nelken.«

»Manche verwenden auch Nelken«, gab Dvergat zu. »Vor allem in der kalten Jahreszeit, wenn es draußen stürmt und schneit und sie das Bier lieber warm trinken. Aber ich persönlich halte das für eine Sünde.«

»Was habe ich gesagt?« Brodyn stieß den Alten so heftig an, dass dessen Münze klirrend zu Boden fiel. »Eine verdammte Sünde ist das. Du solltest dich was schämen.«

»Ich bleibe dabei«, grummelte Skyld und rieb sich den schmerzenden Arm. »Sumpfporst ist das einzig Wahre.«

»Dann ist das aber kein richtiges Bier, egal, wie oft du es wiederholst.«

»Ist mir scheißegal.«

»Was soll das werden?«, knurrte der Fettsack, der offenbar das Gefühl hatte, dass ihm die Situation aus den Fingern glitt. Sein Doppelkinn wackelte aufgebracht, während seine Schweinsaugen vom einen zum anderen huschten. »Wollt ihr hier über Bier reden, oder was?«

»Über was denn sonst?« Brodyn schaute ihn irritiert an. »Du hast doch damit angefangen, Joffrey.«

»Ich habe was?« Der Fettsack öffnete den Mund, aber ihm wollte keine passende Erwiderung einfallen. »Ach leck mich doch«, grummelte er und ließ sich zurück auf den Stuhl fallen.

Grinsend prostete Brodyn dem Wolfmann zu. »Dein Zwerg gefällt mir. Er hat wirklich Geschmack – was man von einigen anderen hier im Raum ja nicht unbedingt sagen kann.«

»Hast du schon Freundschaft mit den Stumpen geschlossen?« Hastyr war so leise an sie herangetreten, dass keiner ihn bemerkt hatte. Erschrocken fuhr Brodyn zurück und verschüttete beinahe die Hälfte seines Bechers über den Tisch. »Wir haben nur über Bier geredet«, murmelte er und wischte hastig mit dem Hemdsärmel über die Platte.

»Ist mir scheißegal, über was ihr geredet habt.« Hastyr beugte sich nach vorn, die Hand locker auf dem Griff seiner Waffe. »Du kannst dich jetzt wieder um deinen eigenen Scheiß kümmern.« Er sagte es nicht laut, aber mit einem gefährlich schneidenden Unterton. Seine Augen glitten zum Wolfmann. »Nyorda empfängt euch jetzt, Cryn. Dich und deine dreckigen Stumpen.«

Sie traten in eine dunkle Gasse zwischen zwei Hauswänden hinaus. Es war bereits stockdunkel, und die Kälte wirkte nach der brütenden Hitze im Inneren des Gasthofs wie ein eiskalter Schauer. Glond öffnete den Mund, sog gierig die frische Luft in sich ein und stellte fest, dass sie längst nicht so frisch war, wie es zunächst den Anschein hatte. Es stank nach totem Fisch und vergammelten Algen. Irgendwo links war das träge Gluckern von Wasser zu hören, rechts das betrunkene Gejohle einer Gruppe Menschen.

Ein Mann trat auf sie zu, leicht gebeugt und mit einem weiten Umhang, der seine Gestalt verhüllte. Als er den Umhang zurückschlug, blitzte darunter das Licht einer Laterne hervor. So unvermittelt und grell, dass es in den Augen schmerzte. Geblendet riss Glond den Arm vor das Gesicht, sah eine Bewegung, und dann explodierte die Welt auf seinem Hinterkopf. Die Beine knickten unter ihm weg, und er stürzte schmerzhaft zu Boden. Durch den Sternenregen sah er Menschen auf sich zustapfen, mit Knüppeln und Messern bewaffnet und mit diesem konzentrierten Ausdruck im Gesicht, den Männer häufig hatten, die ihre Arbeit sehr ernst nahmen. Sie zerrten ihn in die Höhe, und einer versetzte ihm einen gut gezielten Haken, der ihm die Luft zum Atmen raubte. Keuchend krümmte er sich zusammen, salzige Tränen stiegen ihm in die Augen.

»Nicht bewegen, Stumpen«, befahl eine Stimme dicht neben seinem Ohr.

Glond fiel es nicht schwer, dieser Anweisung Folge zu leisten.

Der Wolfmann befand sich ganz in der Nähe. Zwei Menschen hielten seine Arme umklammert, während ein dritter ihn wahllos mit Schlägen bedachte.

»Am Leben lassen, habe ich gesagt!« Hastyr stieß den Treter grob zur Seite und packte den Wolfmann am Kragen. »Wenn hier jemand diesen Drecksack umbringt, dann bin ich das.« Seine Faust schoss nach vorn und klatschte in Wolfmanns Bauch. Immer wieder, bis der Wolfmann hustend und würgend in die Knie ging. Hastyr zerrte ihn erneut in die Höhe und versetzte ihm einen Haken, der seinen Kopf herumriss und Spucke und Blut aus seinem Mund fliegen ließ.

»Das ist für deinen Verrat!« Noch ein Schlag in den Bauch. »Das hier ist für die Dummheit zurückzukommen.« Ein Stoß in die Rippen. »Und das hier einfach nur, weil es mir Spaß macht.« Er verpasste dem Wolfmann eine schallende Ohrfeige, die ihn zurück in den Dreck warf.

Stöhnend hob der Wolfmann den Kopf und spuckte etwas Weißes aus, das ganz nach einem Zahn aussah. »Genug«, nuschelte er zwischen aufgeplatzten Lippen hervor.

»Wann es genug ist, bestimme ich.« Leise knackend lockerte Hastyr seine Halswirbel und krempelte die Ärmel hoch. Ein bösartiges Grinsen trat auf sein eingedelltes Gesicht, als er sich über den Wolfmann beugte. »Und ich habe noch lange nicht genug…«

»Aber ich.« Eine Frau trat in Glonds Gesichtsfeld. Sie war großgewachsen und hager, und ihre Augen waren von einem eisigen Grau. Um ihren Mund lag ein harter Zug, so als hätte sie schon einige üble Dinge in ihrem Leben erlitten und mindestens genau so viele anderen zugefügt. Sie war sicherlich keine Schönheit, selbst nach menschlichen Maßstäben, aber sie strahlte etwas aus, das die Männer innehalten ließ und Hastyr dazu veranlasste, eilig einen Schritt zurückzutreten.

»Sie sind alle noch am Leben«, murmelte er, und es lag mehr als nur eine Spur Bedauern in seiner Stimme.

»Wofür ich dir sehr dankbar bin.« Sie ging vor dem Wolfmann in die Hocke und strich ihm sanft über die Haare. »Cryn, mein Liebster, was machst du nur für Sachen? Wie kannst du es nach all dieser Zeit nur wagen, hier so einfach aufzutauchen? Gefällt es dir in Derok nicht mehr, oder hat dich etwa doch die Sehnsucht zu mir zurückgetrieben?«

»Muss wohl an Derok liegen«, kicherte Hastyr. »Wahrscheinlich hatte er den Gestank der toten Zwerge nicht mehr ertragen, die da jetzt überall in den Gassen liegen.«

Die Frau sah auf. »Rede ich etwa mit dir?«

»Entschuldige«, murmelte Hastyr und senkte den Kopf.

Damit ist wohl klar, wer in dieser Gruppe das Sagen hat. Allerdings noch nicht, wer der Gefährlichere von beiden ist.

»Hastyrs dämliche Sprüche habe ich schon ein wenig vermisst«, nuschelte der Wolfmann. Er versuchte zu grinsen, was ihm aber diesmal gründlich misslang. »Fast so sehr wie Pest und Cholera und dein einnehmendes Wesen, Nyorda.«

Die Frau lachte.

Ein gefährliches Lachen, das nach einem gefährlichen Menschen klingt.

»Immer noch der alte Charmeur, wie? Ich jedenfalls habe dich tatsächlich vermisst.« Sie stand auf und musterte Glond und Dvergat mit aufmerksamen Augen. »Ich gebe mich keinen falschen Hoffnungen hin. Du bist sicherlich nicht meinetwegen hier, und schon gar nicht wegen der guten Seeluft. Ich nehme an, du hast die Zwerge nicht ohne Grund mitgebracht.«

»Wir sind wegen des Jungen hier, wie du dir vermutlich denken kannst.«

»Navorra.« Ein Anflug von Verärgerung glitt über ihr Gesicht. »Wer sagt dir denn, dass er hier durchgekommen ist?«

»Dein Blick bei der Erwähnung seines Namens.«

Nyorda schnaufte. »Du hast recht, er ist tatsächlich hier gewesen. Und wenn es nach mir gegangen wäre, hätte ich den kleinen Bastard eigenhändig in den See geworfen. Ihn und seine ganze verdammte Brut aus Bettlern und Verrückten.«

Jetzt war der Ärger deutlich in ihrem Gesicht zu erkennen.

Ärger und noch etwas anderes, das Glond irritierte. *Eine Spur von Angst?*

»Aber du weißt ja selbst am besten, dass es nicht möglich ist, ihn so einfach loszuwerden.« Abrupt stand sie auf und wischte sich einen unsichtbaren Fleck vom Hemd. »Sie sind vor ein paar Tagen hier durchgekommen. Ein abgerissenes Häuflein Menschen, so verdreckt und erbärmlich, dass selbst die Bewohner dieser Siedlung auf sie herabschauen konnten. Sie baten um Nahrung und Unterkunft, und ich habe ihnen beides angeboten, wenn sie sich mir anschließen – und wenn sie Navorra zum Teufel jagen.«

Der Wolfmann starrte Nyorda mit großen Augen an. »Du hast ihn fortgeschickt?«

»Was hast du erwartet? Dass ich ihn an Sohnes statt annehme oder ihn gleich an Ort und Stelle zum Anführer ernenne? Natürlich habe ich ihn fortgeschickt. Das hättest du dir doch denken können. Ihn und eine Handvoll Unverbesserlicher, die nicht einsehen wollten, dass seine Zeit vorbei ist. Die Schlaueren unter ihnen stehen jetzt in meinen Diensten und schätzen sich glücklich dafür. Bei mir haben sie wenigstens etwas zu essen im Bauch und ein Dach über dem Kopf. Das ist weit mehr, als Navorra ihnen noch bieten kann.«

»Wo hast du ihn hingeschickt?«, fragte Glond.

»Halt dein Maul«, zischte sein Bewacher und stieß ihm den Stiefel in die Seite.

Nyorda seufzte. »Was habt ihr Zwerge denn mit ihm zu schaffen?«

»Ich habe versprochen, ihm und seinen Leuten zu helfen«, sagte Glond. »Und ich habe vor, mein Versprechen zu halten.«

Nyorda schüttelte den Kopf. »Also bist du noch so ein Verrückter, dem dieser Bastard wirre Gedanken in den Kopf gepflanzt hat. Ich hätte ja nicht geglaubt, dass ihm das bei euch Zwergen auch gelingt. Hätte gedacht, eure Schädel wären zu dick für solche Dinge, und er würde euch genau aus diesem Grund töten.«

»Was?«

Nyorda zog eine Augenbraue in die Höhe und warf einen Seitenblick auf den Wolfmann. »Weiß dein kleiner Freund etwa gar nicht, dass Navorra ein Zwergenmörder ist? Kann es sein, dass du ihm da etwas verschwiegen hast?«

»Es war ein Unfall«, knurrte der Wolfmann.

Nyorda lachte leise. »Wie lautet das Gesetz noch mal? Ein Mensch, der die Hand gegen einen Dalkar erhebt, ist des Todes... Es muss ein Vermögen gekostet haben, diesen ›Unfall‹ zu vertuschen.« Sie tätschelte dem Wolfmann die Wange. »Eine ganze Menge Zwergengold hat unser Cryn dafür bekommen, einen Zwergenmörder zu bewachen. Das ist es nämlich, was er tun sollte. Er sollte den Jungen nicht vor der Außenwelt beschützen, sondern die Außenwelt vor ihm.«

SIEBEN
Stille Wasser

Mit einem Knurren wuchtete sich Krendar auf die Füße. Eine Bewegung am Eingang des Bootshauses lenkte ihn für einen kurzen Moment ab, was ihn beinahe den Fuß kostete, als das Axtblatt direkt neben ihm in die Bohlen krachte. Eilig stolperte er rückwärts.

»Braucht ihr Hilfe?«, erkundigte sich Sekesh, und ihre Stimme ähnelte dem Geräusch, das entstand, wenn man einem Kaninchen die Haut abzog. Sie lehnte im Torspalt und hatte die Hände, die immer noch ihre Dolche hielten, unter der Brust verschränkt. Der Feuerschein, der von draußen hereinfiel, beleuchtete nur ihre Umrisse, und dennoch konnte er ihre Augen sehen. Sie glühten tief orangerot und schienen zu flackern.

Bei den Ahnen! Wie ich es hasse, wenn sie das macht!

Die Menschenweiber auf der anderen Seite des Raums schrien auf und verdoppelten ihre Anstrengungen, in die Boote zu kommen.

Krendar grunzte unwirsch und warf der Schamanin einen bösen Blick zu. »Mach dir keine Mühe. Der kleine Kerl hier ist gar kein Problem.«

»Gut«, stellte Sekesh fest und wandte sich zum Gehen.

Krendar sprang eilig zur Seite, um der Axt zu entgehen. »Das war ein Scherz, Sekesh!«

Auch die Korrach-Zwillinge hielten jetzt mehr Abstand zur Waffe des Wühlers. Der Zwerg rumpelte etwas in der hässlichen Sprache der Menschen. Es sah nicht aus, als hätte er vor, sie vorbeizulassen.

Mit seiner eisernen Panzerung und dem Wasserbecken im Rücken war nicht an ihn heranzukommen. Nicht mit ihren Waffen. Nicht ohne einen Oger.

»Kannst du ... Sie fliehen!«, erklärte er unbeholfen und deutete auf die Menschen hinter dem Gepanzerten. »Und das wird Prakosh nicht gefallen.«

»Ein Scherz, hm?« Die junge Frau legte den Kopf schief und schob sich mit einem der Messer die verfilzten Zöpfe aus dem Gesicht. »Lustig.«

Ach verdammt, Sekesh! Krendar verdrehte die Augen. *Deine Laune ist ja nicht zum ...* Sein Blick fiel auf die Empore über ihnen, wo der Zwergenschütze gerade erneut angelegt hatte. »Groshakk!«

Ohne nachzudenken schleuderte Krendar seinen Speer. Der Schütze sah seinen Wurf und wehrte das schlecht gezielte Geschoss mit seinem Pfeilwerfer ab. Der Kurzpfeil löste sich und verschwand durch das offene Tor in der Dunkelheit über dem Fluss. Mit zwei schnellen Sprüngen war Krendar bei der Leiter und hangelte sich nach oben. Noch bevor es dem Schützen klar geworden war, stand er auf der Plattform unter den Dachsparren und zog seinen Dolch. Krendar ließ dem Wühler keine Zeit, sich zu erholen. Mit schnellen Hieben drang er auf den bärtigen Soldaten ein, der die Klinge mit dem nutzlosen

Pfeilwerfer abzuwehren versuchte. Zwei Finger fielen zu Boden, als der Dolch seine Hand traf. Der Bärtige heulte auf, und der Pfeilwerfer polterte zu Boden, als der Zwerg seine Hand umklammerte. Einen Strom abgehackter Worte ausstoßend, stolperte er rückwärts, um aus der Reichweite von Krendars Dolch zu kommen.

Krendar zuckte unwillkürlich zusammen, als der Zwerg einen weiteren Schritt machte, auf eine Seilrolle trat und das Gleichgewicht verlor. Mit einem erschreckten Aufschrei und rudernden Armen trat der Bärtige ins Leere und verschwand. Dumpfes Krachen kündete davon, dass er unten angekommen war. »Hoppla.«

Die Menschenweiber kreischten schon wieder. Der junge Aerc sah vorsichtig nach unten. Der abgestürzte Zwerg lag reglos auf den Bohlen am Rand des Beckens. Auf der anderen Seite der Wasserfläche verschwand ein weiteres Boot voller Menschen nach draußen auf den nächtlichen Fluss. Er knirschte mit den Zähnen. Wenn es der Plan der Wühler war, den Menschen Zeit zur Flucht zu erkaufen, dann ging das wohl auf. Nur neun oder zehn der Menschen waren jetzt noch übrig – und auch das nur, weil ihnen die kleinen Boote ausgegangen waren und sie Probleme zu haben schienen, das verbliebene große aus seiner Vertäuung zu lösen. Prakosh würde wirklich ganz und gar nicht begeistert sein.

Fluchend riss er sich los und wandte sich wieder dem naheliegenden Problem zu. Dem Gepanzerten. Dem Hauptproblem, das zwischen ihnen und den Flüchtlingen stand. Der Zwerg schien entschlossen, seinen Platz nicht zu verlassen, und auch von hier oben konnte Krendar keinen Weg an ihm vorbei sehen. Außer vielleicht mit einer Axt durch die Außenwand, aber auch das würde Zeit brauchen. Und keiner von ihnen hatte die Waffen, um den gepanzerten Zwergenkrieger schnell aus dem Weg zu schaffen. Ein Spieß in die richtige Fuge der eisernen Rüstung würde helfen – aber der Wühler war erfahren genug, um ihnen keine Gelegenheit dazu zu geben. Vielleicht, wenn er ...

In diesem Moment hörte er ein leises Singen. Wobei er es weniger »hörte«. Es war mehr ein Gefühl, das tief in seinem Magen zu vibrieren begann und seinen Hals hinaufstieg, wie eine Welle von Übelkeit. Unverständliche melodische Worte kamen aus Sekeshs Mund und reihten sich zu einem monotonen Gesang, der Krendars Haut jucken ließ. Für einen Augenblick glaubte er, ferne Trommeln zu hören, bevor er erkannte, dass es das Klopfen seines eigenen Herzens war, das in seinen Ohren dröhnte. Nur am Rande nahm er wahr, dass unter den Menschen erschrockene Rufe laut wurden. Der Zwerg schrie auf, und Krendar musste die Worte nicht verstehen, um es als äußerst unflätigen Fluch zu erkennen. Einen Augenblick darauf fluchte der Zwerg nochmals, schwankte und stieß ein seltsames Gurgeln aus. Der Kopf seiner Axt fiel dumpf auf den Boden, als der Wühler mit der Linken versuchte, sich den Helm vom Kopf zu reißen. Im nächsten Moment ließ er seine Waffe vollends fallen, zerrte mit beiden Händen an seinem Helm, sackte auf die Knie, kippte nach vorn und schlug mit einem misstönenden Scheppern hin. Schlagartig ließ der Druck auf Krendar nach. Gierig sog er die Luft ein. Sekesh sah zu ihm hinauf und hob eine Augenbraue.

Oder so. Krendar nickte. Aus einem Nasenloch Sekeshs rann ein dunkler Tropfen Blut.

Waffenklirren ließ ihn herumfahren. Durch die offene

Dachluke fiel jetzt Feuerschein herein, und von draußen näherten sich gedämpfte Kampfgeräusche. Die restlichen Menschen am Langboot stellten ihre verzweifelten Versuche ein, die Seile zu lösen. Einige sprangen ins Wasser, während sich zwei oder drei Männer mit dem Mut der Verzweiflung vor die verbliebenen Weibchen und Welpen stellten. Nur einer von ihnen hielt ein Messer in der Hand, ein zweiter ein abgebrochenes Ruder. Selbst ein Blinder hätte gesehen, dass sie nur wenig Ahnung davon hatten, wie man eine Waffe hielt. Keiner von ihnen stellte eine ernste Gefahr dar. Binnen weniger Augenblicke wäre alles vorbei.

Prakosh wäre stolz auf mich. Zumindest, wenn niemand etwas von den bereits Geflohenen erzählt. Und Tote reden nicht viel. Allenfalls zu den Drûaka. Aber reden die mit den Geistern toter Menschen? Krendar bleckte die Zähne. Seine Doppelfaust folgte ihm nicht, weil er ein Arschloch war, das hervorragend Befehle befolgte. Sie folgten ihm, weil er dachte. *Und gerade denke ich, dass keine Ehre darin liegt, Wehrlose abzuschlachten.* In diesem Augenblick traf er eine Entscheidung.

»He! Ihr da!« Er deutete auf die Menschengruppe. Selbst wenn ihn niemand verstehen mochte, zuckten doch alle Augen zu ihm. Krendar hob seinen Dolch und schob ihn betont auffällig in die Scheide zurück. »Wenn ihr leben wollt, lasst eure Waffen fallen! Sofort!« Er machte eine entsprechende Geste. Die Menschen glotzten verständnislos zurück.

Krendar seufzte. Er sprang von der Empore hinab und warf einen hastigen Blick auf den Eingang des Bootshauses, hinter dem jetzt Feuerschein flackerte.

Sekesh sah ihn alarmiert an. »Was tust du?«

»Ich töte keine Kinder«, gab er leise zurück.

»Der Raut hat gesagt ...«

»Scheiß auf Prakosh«, knurrte Krendar. »Wir sind keine Monster.«

»Aber es sind Blassnasen!«

»Eben.« Er nickte grimmig. »Nur Menschen. Wühler töten ist eine Sache. Sie führen Krieg gegen uns und sind ernstzunehmende Gegner. Aber das hier sind Weiber und Kinder! Die wollen fliehen, nicht kämpfen. Und wir sind Krieger, keine Mörder.«

»Wir können sie nicht entkommen lassen!«, protestierte die Schamanin und wischte sich das Blut aus dem Gesicht.

»Warum nicht? Kommt es auf die paar mehr an?«, schnappte Krendar. Dann seufzte er. »Ich weiß.«

Sekesh verzog das Gesicht und schüttelte schließlich kaum merklich den Kopf. »Das wird Prakosh nicht gefallen. Ich hoffe, du weißt, was du tust.«

Ich habe nicht die geringste Ahnung. Das wäre doch mal was Neues. Krendar verzog das Gesicht. »Ihr könntet mir ruhig mal vertrauen«, murmelte er, bevor er sich umwandte. »Menschen, ihr habt drei Atemzüge Zeit, eure Waffen fallen zu lassen. Nicht mehr!«

Zu seiner Verblüffung sahen sich jetzt alle Menschen zu einem der Kinder um, das eindringlich auf die anderen einredete. Dann polterten die Waffen der beiden Männer zu Boden. Doch sie machten keine Geste der Unterwerfung, sondern traten ruhig an den Rand des Wasserbeckens. Die Frauen und selbst die Kinder taten es ihnen nach. Lediglich der Junge und eine in einen zerschlissenen Mantel gehüllte Gestalt hinter ihm, die die Kapuze tief ins Gesicht gezogen hatte, rührten sich nicht.

Krendar runzelte die Stirn. *Was bei den Ahnen...?*

Irgendetwas an diesem Menschenkind machte ihn nervös. Dabei war der Junge nichts Besonderes. Mager, mit fettigem Haar und den schwächlichen Gesichtszügen, die die Menschen von den Aerc unterschieden. Seine Kleider waren grob, schmutzig und für den anhaltenden Regen völlig ungeeignet. Und doch war etwas an ihm, das ihn anders machte. Die Art, wie er stand, vielleicht. Mit Sicherheit aber die Art, wie alle anderen auf seine Worte hörten.

Der Junge fing seinen Blick auf und nickte ihm zu. Krendar konnte keine Angst in seinen Augen erkennen. Nur Interesse und Entschlossenheit. Dann sagte er leise etwas, und die vermummte Gestalt nickte und erhob ihre Stimme: »Ist es wahr, dass ihr Orks nicht schwimmen könnt?«

Krendar war viel zu verblüfft, um überhaupt etwas auf diese Frage zu entgegnen, doch trotzdem schien der seltsame Junge eine Antwort erhalten zu haben, denn er nickte.

»Es ist also wahr«, übersetzte der Kapuzenmann seine nächsten Worte. »Sag mir, Ork: Was sollte uns davon abhalten, ins Wasser zu springen und zu fliehen?«

Als Krendars Augen größer wurden, lächelte der Junge schmal.

»Außer vielleicht der Tatsache, dass auch nicht jeder Mensch schwimmen kann«, fuhr der Sprecher fort. »Aber sag selbst, Ork: Wäre das nicht vielleicht die klügere Wahl, wenn man bedenkt, welches Schicksal uns in eurer Gewalt erwartet?«

Krendar wog seine Chancen ab, bei den Menschen zu sein, bevor diese sich in das schwarze Wasser neben ihnen stürzen konnten. Er musterte die Frauen und Kinder im Boot und musste sich eingestehen, dass er keine Chance hatte, sollten die Menschen beschließen, den Weg ins Wasser vorzuziehen. Unwillkürlich fletschte er die Zähne. Der Menschenjunge sah Krendar aufmerksam an.

»Weil ich glaube«, sagte der Broca langsam, »dass ihr Menschen leben wollt.«

»Leben?« Der Menschenjunge lachte leise auf, doch es lag kein Humor darin. »Leben wollen wir. Natürlich. Doch zu welchem Preis? Folter? Vergewaltigung? Um dann am Ende doch in den Töpfen der Orks zu landen? Ich habe gehört, dass eure Art ihre Gefangenen frisst. Sehen wir schmackhaft für euch aus?«

»Eine Rübe im Maul würde ihm schon mal stehen«, knurrte der Linke. Er half seinem Bruder auf die Füße, der eine hässliche Platzwunde an der Stirn davongetragen hatte. Krendar warf ihnen einen bösen Blick zu.

»Essen?« Allein der Gedanke war widerlich. »Haltet ihr uns für Tiere? Ihr seid meine Gefangenen und steht damit unter meinem Schutz.«

»Das wird Prakosh wirklich nicht gefallen«, murmelte der Rechte.

Krendar ignorierte ihn. Und was das Vergewaltigen betraf – welcher Krieger hätte ein Interesse daran, eines der Menschenweiber zu besteigen? Sie waren blass, erschreckend dürr und in Krendars Augen noch dazu ausnehmend hässlich. Sicherlich würde niemand ... in diesem Moment fiel ihm der seltsame Mensch ein, Kyrk, der sie hierher geführt hatte. Konnte es sein, dass er Aercblut in sich trug? Er schob den Gedanken beiseite. »Wenn ihr euch mir ergebt, werde ich dafür sorgen, dass euch nichts Derartiges geschieht«, sagte er.

»Wenn ihr ins Wasser gehen wollt, kann ich euch nicht daran hindern. Unser Anführer will euch ohnehin tot sehen. Wie es aussieht, bin ich also eure einzige Wahl.«

Der Junge sah ihn abschätzend an. Dann nickte er in Sekeshs Richtung. »Deine Zauberin könnte uns hindern. Habe ich recht?« Krendar sah Sekesh fragend an.

Die Ayubo zuckte mit den Schultern. »Nicht alle. Einige, vielleicht. Aber warum sollte ich?«

»Weil sie die Dunkelheit sehen kann und die Stille hört«, sagte der Kapuzenmann schlicht.

Sekeshs Miene versteinerte.

»Weil sie Antworten sucht. Wie wir. Und sie erhält keine von uns, wenn wir tot sind.«

Sekesh zog die Lippe hoch, bis ihre weißen Eckzähne zu sehen waren. Sie musterte den Vermummten nachdenklich. »Der Mensch kann sehen?«, fragte sie schließlich leise.

Der Kapuzenmann schüttelte den Kopf. »Ich nicht. Aber er sieht. Deshalb folgen wir ihm.« Er deutete auf den Jungen.

Die Schamanin sah den Menschenjungen an. »Was siehst du?«

»Garantiere uns Schutz, Zauberweib.«

Für einen langen Moment sahen sich die Ayubo und der kleine Mensch in die Augen.

Schließlich zischte der Linke der Korrach entnervt: »Könnt ihr euch entscheiden? Bringen wir sie um, lassen wir sie sich selbst umbringen, oder…«

»…warten wir, bis Prakosh und seine Krieger auftauchen, die sie dann umbringen?«, ergänzte der Rechte. Er hatte seinen Speer und den Schild des Wühlers aufgehoben und sah nervös zur Tür. »Und das wird jeden Augenblick passieren.«

»Sie haben recht«, stimmte Krendar zu.

Draußen waren Aercstimmen zu hören, und ein Schrei aus einer menschlichen Kehle, der abrupt abbrach.

Die Schamanin hatte noch immer nur Augen für den jungen Menschen. Ihre Nasenflügel blähten sich, als sie die Luft einsog. Endlich nickte sie knapp. »Du hast mein Wort, Mensch. Ich gewähre euch den Schutz der Ahnen, der in meiner Macht steht.«

Der Junge nickte zufrieden. Auf sein Wort hin traten die Menschen vom Rand des Beckens zurück und knieten sich hin.

»Na großartig«, murmelten die Zwillinge im Chor.

Hinter Krendar wurde das Tor aufgestoßen, und gefolgt von einer Horde Aerc stürzten zwei Menschenmänner in das Bootshaus. Noch bevor Krendar oder einer der anderen reagieren konnte, rannten sie beinahe in Sekesh hinein und prallten erst im letzten Moment zurück. Entsetzen lag auf ihren Gesichtern. Dann zertrümmerte eine Kriegskeule dem rechten der beiden den Schädel. Verständnislos starrte der andere auf seinen Kumpan, bevor ihm eine Aercklinge so tief durch den Hals glitt, dass sein Kopf beinahe von den Schultern rollte, während er zusammenbrach. Sein Blut besprenkelte Sekesh.

»Seid ihr irrsinnig?«, brüllte Krendar. Bevor er es verhindern konnte, hatte seine Faust den Kiefer des Keulenschwingers gefunden und ihn zurück aus dem Tor hinausgeschickt. »Du wagst es, eine Drûaka zu beflecken?«

Die Augen des Aerc, der die blutige Klinge in der Hand hielt, wurden plötzlich groß, als er die Miene der Schamanin sah. Langsam fletschte die Ayubo die Zähne, und plötzlich lag ein Messer in ihrer Hand. Der Krieger neigte eilig den Kopf und stolperte zwei Schritte zurück.

»Was geht hier vor?« Ein untersetzter Aerc betrat das Bootshaus und stoppte damit den vorsichtigen Rückzug der Krieger. Krendar erkannte ihn als einen der Broca der Felsenbären.

»Sekesh!« Krendar legte der Ayubo eine Hand auf die Schulter. »Es war ein Versehen!«, sagte er leise. »Sieh nach dem Korrach.« Laut sagte er: »Das Bootshaus ist gesichert, Broca. Aber einer deiner Männer war so unvorsichtig, Blut auf unsere Drûaka zu vergießen. Ich schlage vor, du erklärst ihm bei Gelegenheit, dass sie jedes Recht hätte, ihn dafür zu töten.«

Sekesh funkelte den Krieger einen Moment lang an, bevor sie Krendars Hand abschüttelte. Abrupt wandte sie sich ab. Krendar atmete vorsichtig durch und warf dem Messerstecher einen scharfen Blick zu.

»In Ordnung«, bellte der untersetzte Broca. »Räumt hier auf!« Er deutete auf die Menschen, die am anderen Ende des Bootshauses kauerten. »Beseitigt die Ratten dort und sagt Prakosh, dass hier alles unter Kontrolle ist.«

Noch ehe die Aerckrieger jedoch seinem Befehl nachkommen konnten, erhob Sekesh die Stimme. »Halt!«

Plötzlich ruhten alle Augen auf der schwarzen Schamanin.

»Diese Menschen sind unsere Gefangenen. Ihr werdet sie nicht anrühren!«

»Was?« Ein geschätzt halbes Dutzend Aerc starrte sie mit verständnislosen Gesichtern an.

Krendar schluckte. Dann sagte er mit beinahe fester Stimme: »Ich denke, die Drûaka hat deutlich genug gesprochen. Ich erhebe Anspruch auf diese Menschen! Außerdem stehen sie unter dem Schutz der Drûaka, also ist es nicht an euch, über ihr Schicksal zu bestimmen.«

Der Untersetzte musterte ihn, warf dann einen abfälligen Blick auf das kleine Grüppchen Menschen und zog schließlich verächtlich die Oberlippe kraus. »Du weißt, dass du dir damit einen Haufen Scheiße eingebrockt hast, Kleiner? Das wird Prakosh nicht gefallen.«

»Das sagen irgendwie alle«, knurrte Krendar. »Ich hab's langsam kapiert. Aber deine Idee war nicht schlecht. Ihr könnt Prakosh sagen, dass hier alles unter Kontrolle ist.« Er wandte sich demonstrativ ab und sah, wie die Korrach-Zwillinge eilig die Köpfe senkten, um ihre Nacken zu entblößen. Er hielt in der Bewegung inne und sah Sekesh an. »Prakosh?«, frage er lautlos.

Die Schamanin nickte.

Dann straffte er die Schultern, drehte sich um und entblößte gleichfalls den Nacken. »Raut...«, sagte er.

Der Häuptling stand im Tor des Bootshauses und betrachtete die Szenerie, die sich im Inneren bot. In seiner Rechten hielt er sein blutiges Hauschwert, die Linke umklammerte die Bartzöpfe eines abgetrennten Wühlerschädels, der noch immer in seinem Helm steckte. »Alles unter Kontrolle, hm?«, fragte er ruhig. »Hatte ich nicht befohlen, alle zu töten?«

Krendar schluckte und hielt die Augen fest auf den Boden gerichtet. »Ich...«

»Ich habe entschieden, sie am Leben zu lassen«, antwortete Sekesh an seiner Stelle. »Sie werden uns noch nützlich sein.«

Prakoshs Gesicht verfinsterte sich, und er setzte zu einer scharfen Antwort an, als sich Sekesh zu voller Höhe aufrichtete. Für einen Augenblick glaubte Krendar, die Ayubo überrage sogar den gewaltigen Häuptling. Ihre nachtschwarze Haut glänzte im Flackern der Feuer vor dem Bootshaus rötlich, und ihre verfilzten Haarsträhnen schienen in Flammen zu stehen. Ihre Augen glühten wie Holzkohlen im Schmiedefeuer, und ihre Stimme füllte den Raum, obwohl sie flüsterte. Instinktiv traten die meisten der Krieger zurück, und der Häuptling schloss den Mund.

»Die Ahnen haben es beschlossen, Raut. Und es ist gut, auf ihre Worte zu hören«, sagte Sekesh.

Prakosh fletschte seine gewaltigen Hauer. Dann schüttelte er widerwillig den Kopf, als versuchte er, eine lästige Fliege zu vertreiben. »Ich kann die Stimmen der Ahnen nicht hören, Weib«, knurrte er.

Sekesh sah ihm gerade in die Augen. »Das ist der Grund, warum ihr uns Urawi habt. Wir hören, was die Toten sagen, wir sehen, was die Zukunft bringt.«

Prakosh runzelte die Stirn und warf Krendar einen Blick zu. »Sie meint Drûaka«, murmelte er schnell. »Ihre Stämme nennen die Totensprecherinnen Urawi.« Der Raut sah wieder die Schamanin an und verzog das Gesicht. »Ich habe meine eigene Drûaka«, grollte er.

Sekesh nickte. »Dann fragt sie, Fünftod. Fragt sie, wenn sie hier ist. Fragt sie nach der Dunkelheit. Die Menschen wissen davon.«

»Die Dunkelheit?« Der Raut spie abfällig aus.

Zur Seite, stellte Krendar im Stillen fest. *Er spuckt sich nicht vor die Füße. Oder ihr. Er ist sich nicht sicher.* »Scheiße. Jedes Kind weiß, dass die Dunkelheit mit dem Geistersturm kommt und mit ihm vergeht, wenn die Geister der Krieger ihren Platz bei den Ahnen eingenommen haben. Das ist unsere Aufgabe, Weib. Deshalb sind wir hier. Deshalb müssen wir unseren Weg so schnell wie möglich beenden. Was sollten die Blassnasen davon wissen?«

Sekesh sah ihm in die Augen. »Frag deine Drûaka«, wiederholte sie ruhig.

Es war Prakosh, der als Erster blinzelte. Widerwillig knurrte er: »Also gut. Behalte sie, solange es die Ahnen für richtig halten.« Jetzt erst schien ihm der Schädel in seiner Hand aufzufallen. Unwirsch ließ er ihn fallen und sah Krendar an. »Sie ist deine Drûaka, also sind die Blassnasen dein Problem. Deine Verantwortung. Sorg dafür, dass sie uns nicht aufhalten, sonst töte ich sie. Ahnen hin oder her.« Er wandte sich um. Laut sagte er: »Ihr habt es gehört. Die Menschensklaven sind das Problem dieses Brocas. Soll er sich darum kümmern. Wir haben zu tun. Du«, er zeigte auf den untersetzten Broca, »nimm deine Doppelfaust und schafft so viele Vorräte in die Boote, wie ihr könnt, solange noch Platz für uns und die heilige Fracht ist. Den Rest verbrennt ihr. Lasst nichts übrig. Kein Korn, kein Holz, kein Tier, kein Haus, keinen beschissenen Wassereimer. Zerstört alles. Ich will, dass die nächsten Wühler, die hier ankommen, wissen, was sie erwartet.« Er sah die beiden nächststehenden Krieger an. »Und ihr: Nehmt alle anderen Männer, geht zurück und sagt der Drûaka, es ist alles bereit. Bringt die Herzen der Krieger. Wir verlassen dieses Ufer noch bevor der Tag anbricht.«

Die Aerc neigten die Köpfe und verschwanden nach draußen.

»Drûaka«, wandte er sich an Sekesh. »Man sagt mir, du beherrschst das Ritual der Toten?«

Wider Erwarten gab die Schamanin diesmal keine scharfzüngige Antwort, sondern neigte den Kopf. »Wie jede Totensprecherin«, bestätigte sie.

Prakosh nickte. »Dann kümmere dich um die Gefallenen. Und vermutlich gibt es auch noch Lebende, die deine Hilfe brauchen können. Also an die Arbeit!« Er drehte sich nochmals um und musterte Krendar und die Zwillinge. »Bindet eure Menschen fest, und dann helft Kyrk. Zerstört alle Boote, die wir nicht brauchen. Ich will nicht, dass uns irgendjemand folgen kann. Wenigstens das könnt ihr ja hoffentlich.« Er trat gegen den gepanzerten Zwerg, der leblos neben seinem Fuß lag. »Und packt die Rüstung und die Waffen von diesem Ungeziefer hier ein. Wir können …«

Der Zwerg gab ein leises Stöhnen von sich, und Krendar und Prakosh erstarrten.

Langsam fletschte der Raut die Zähne, bevor er Krendar ansah. Wut funkelte in seinen Augen. »Die Wühler habt ihr also auch nicht erledigt«, stellte er leise fest. »Erhebst du etwa auch Anspruch auf dieses Arschloch hier?«

Krendar riss sich zusammen und schüttelte eilig den Kopf. »Ich … nein, Raut. Meine Drûaka hat ihn ausgeschaltet, und wir hatten noch keine Gelegenheit, es zu beenden.«

Tief in Prakoshs Kehle grollte es. »Dann beende es jetzt. Sofort. Ich mag es nicht, wenn man sich über meine Befehle hinwegsetzt, Broca. Das ist nicht besonders schlau.« Prakosh trat einen Schritt näher und fügte leise hinzu: »Solche Leute haben in meinem Trupp keine Zukunft. Du hast eine Drûaka in deiner Doppelfaust, Broca. Was sagt sie über deine Zukunft?«

Der junge Aerc schluckte und starrte auf den Gepanzerten, dessen rechte Hand schwach zuckte. Er hob den Kampfspieß und fixierte den Spalt unter dem Helm des Zwergs. Seine eigenen Hände wurden feucht. *Das ist bescheuert! Der Wühler wollte mich sowieso kaltmachen! Komm schon, bring's zu Ende.*

»Ich würde ihn am Leben lassen«, rumpelte eine tiefe Stimme hinter ihm.

Krendars Arm hielt inne. Neben ihm wandte sich Prakosh um.

»Den Wühler meine ich. Die Gepanzerten der Zwerge sind meist ihre Häuptlinge. Ich bin zwar nur'n Oger, also müsst ihr natürlich nichts auf meine Meinung geben«, fügte Modrath hinzu, der jetzt im offenen Tor aufragte und nicht wirkte wie jemand, auf dessen Meinung man nichts geben sollte. »Aber wenn ich Raut wäre und gern wüsste, was die Erdmaden hier tatsächlich vorhaben, würde ich keine Menschen fragen, sondern einen der Anführer der Wühler. Dann wäre ich froh, wenn einer meiner Broca clever genug wäre, um einen der kleinen Drecksäcke am Leben zu lassen. Denn die kriegen wir normalerweise nicht lebend.« Der Oger puhlte am Stumpf seines Eckzahns herum und betrachtete Prakosh nachdenklich.

Prakosh sah zwischen Modrath, dem Gepanzerten und Krendar hin und her. Schließlich grunzte er. »Also gut, nehmt ihm die Ausrüstung ab, fesselt ihn und werft ihn in mein Boot. Ich kümmere mich später darum. Und dann macht euch nützlich und helft beim Beladen.« Er stampfte nach draußen, ohne den Oger zu beachten, der eilig beiseitetrat, um ihn passieren zu lassen.

Als er verschwunden war, war sich Krendar sicher, in den Mundwinkeln des Ogers ein feines Lächeln zu entdecken. Er warf dem Großen einen fragenden Blick zu.

Modrath zuckte mit den massigen Schultern. »Wie Ragroth immer gesagt hat – trau niemandem weiter, als du ihn treten kannst.«

Krendar vermied es mit Mühe, die Augen zu verdrehen. Ragroth. Der Broca, der diese Doppelfaust vor ihm geführt hatte und der in Derok gefallen war. Eine lebende – besser gesagt: jetzt tote – Legende unter den Aerc der Weststämme und unerschöpflicher Quell der Weisheit aus Modraths Maul. Und den Mündern der Zwillinge, wenn sie ihn ärgern wollten. Es gab nahezu nichts, wozu Ragroth nicht etwas gesagt hatte. Krendar hatte ihn nur einige Stunden lang gekannt und eigentlich gemocht. Aber bei all den guten Ratschlägen konnte er ihm beinahe nachträglich noch unsympathisch werden. Er atmete tief durch. »Wenn das so ist, kannst du dir etwas mehr Vertrauen leisten als ich.«

Modrath hob eine Schulter und ließ sie wieder fallen. »Vertrauen gehört nicht zu meinen Stärken, Broca. Ich bin von Natur aus ein misstrauisches Kerlchen.«

»Hm.« Krendar stutzte und sah sich um. »Wo wir gerade dabei sind – wo ist eigentlich Dudaki?«

Modraths Miene verdüsterte sich. »Er ist vor die Hunde gegangen.«

Krendar fühlte seinen Mund trocken werden. »Was?«

»Hat sich mit Wühlerkötern angelegt und ist baden gegangen. Im Fluss.« Modrath wirkte nicht sonderlich betroffen, aber andererseits hatte Krendar den Oger bislang noch nie mit einer Miene gesehen, die man als Betroffenheit hätte werten können. »Lass uns den Wühler verpacken, bevor er wieder zu sich kommt. Und das Gleiche gilt vermutlich auch für deine neuen Freunde.«

Krendar sah zu dem Häuflein Menschen, die unter den wachsamen Augen der Zwillinge auf ihn warteten, und seufzte.

Die Boote legten ab, als die ersten Schwaden eines klammen Morgennebels aus dem Fluss zu kriechen begannen und sich zögerlich mit den Rauchschwaden der Feuer mischten. Noch immer schlugen Flammen aus den Ruinen der Langhäuser und Speicher und färbten Rauch und Nebel in wütendem Orange und Blutrot. Das verlassene Bootshaus zeichnete sich schwarz gegen die Flammen ab. Neben ihm standen noch immer die drei Krieger, die Prakosh zurückgelassen hatte, um das Heer der Stämme im Osten über den Handelsposten und die Zwerge hier zu unterrichten. Die drei Gestalten wandten sich jetzt ab und verschwanden im Rauch Richtung Osten. Es war möglich, dass keine weiteren Wühlerschiffe hier anlegen würden. Doch wenn sie kamen, würden die Häuptlinge vor Derok informiert sein. Langsam blieb der Geruch von brennendem Holz und verkohlendem Fleisch hinter ihnen zurück. Über acht mal zehn Menschenleichen verbrannten in den Ruinen und mit ihnen mehr als zweimal zehn tote Wühler. Krendar fragte sich im Stillen, wie vielen Menschen die Flucht gelungen war. Von den Zwergen war kein Einziger geflohen, so viel war sicher. Das taten sie nie. Die Aerc dagegen hatten nur vier Krieger verloren, und nur drei der Überlebenden hatten ernstere Wunden davongetragen. Nichts jedoch, was eine Drûaka nicht heilen konnte. Es war ein guter Kampf gewesen. So sah es zumindest Prakosh. Einzig das gepeinigte Brüllen der Rinder war noch zu hören. Der Raut hatte nicht vor, den Zwergen irgendetwas zu überlassen, also verbrannten die Tiere mit ihren Besitzern.

Krendar biss die Zähne zusammen. Vor diesem Krieg war er Herdenwächter seines Stamms gewesen. Das lag nur wenige Monde zurück, und doch war es in einem anderen Leben gewesen. Dieser Krendar war in der Schlacht von Derok gefallen. Er riss den Blick los und tauchte sein Ruder ins Wasser. Schweigend schoben sich die drei Boote mit ihrer wertvollen Fracht hinaus auf den nächtlichen Fluss, dem unsichtbaren, fernen Ufer entgegen. Wenig mehr als ein gemurmeltes Wort hier und dort fiel jetzt; die Anspannung der Krieger war deutlich zu spüren. Der Mensch hatte recht. Aerc mochten kein Wasser. Sie schwammen ungefähr so gut wie Steine, Oger noch etwas schlechter. Krendar war sich sicher, dass viele der Krieger lieber einen Wühlerpfeil ins Knie in Kauf genommen hätten, als sich in ein Boot zu setzen, mit nichts als ein oder zwei Fingerbreiten Holz zwischen sich und dem kalten, nassen Tod in der Tiefe. Wasser war ein Gegner, den man nicht bekämpfen konnte. Allerdings war die Alternative nur, sich offen gegen den Raut zu stellen. Es war jetzt wohl klar, wovor die Krieger der Felsenbären mehr Angst hatten. Trotzdem – der beißende Schweißgeruch der Nervosität lag deutlich über den Booten und würde erst weichen, wenn sie das andere Ufer erreichten. Der junge Broca biss die Zähne zusammen und tauchte das Ruder ins schwarze Wasser. Vor ihm ragte der breite Rücken Modraths auf. Der Oger saß in der Mitte des Boots und rührte sich nicht, den Blick starr auf das Häuflein gefesselter Menschen vor sich gerichtet. Wahrscheinlich, um nicht auf das Wasser sehen zu müssen. Die Muskeln, Sehnen und Narben an seinem breiten Nacken traten deutlich hervor, und Krendar konzentrierte sich auf diesen Anblick. Kein schöner, aber immer noch besser als der Fluss. Neben ihm wiegte sich Sekesh mit leisem Summen, die Augen fest geschlossen. *Hoffen wir mal, dass sie die Ahnen um eine sichere Überfahrt bittet. Und dass die einsehen, dass die siebenhundert Toten nicht auf den Grund des Flusses gehören. Von uns Lebenden ganz abgesehen.* Er begann, selbst ein Gebet an die Ahnen zu murmeln. Sicher war sicher.

Die Nebel über dem Wasser wurden dichter und hüllten alles in undurchdringliches Grau. Sie dämpften auch das unregelmäßige Platschen der Paddel, das angestrengte Schnaufen der Rudernden und das Gluckern des Wassers an den Bordwänden. Die Boote glitten leise knarrend durch die Fluten, doch es gab keinen Anhaltspunkt, der erkennen ließ, wie schnell sie sich bewegten. Der Feuerschein verschwand hinter ihnen, und Krendar beschlich plötzlich ein grausiges Gefühl der Orientierungslosigkeit, so als sei die Welt verschwunden und alles, was übrig geblieben war, waren ihre drei Boote voller verlorener Geister in der formlosen Finsternis und Stille.

»Dunkelheit kommt«, murmelten die Korrach-Zwillinge hinter ihm im Chor.

»Haltet das Maul«, knurrte er, mehr aus Reflex. *Ist es das, was Sekesh sieht? Sieht es so aus, was sie fürchtet? Das, was uns erwartet?* Er knirschte mit den Zähnen, um das Wühlen der Angstwürmer in seinen Eingeweiden zu übertönen. Sie waren also doch nicht für immer verschwunden. Nach der Schlacht um Derok hatte er darauf gehofft. Auch die Menschen schienen Angst zu verspüren, denn sie drückten sich zwischen den Vorratssäcken zusammen. Eines der Menschenjungen wimmerte, und seine Mutter versuchte, es mit leisen, unverständlichen Lauten zu beruhigen.

Nach einer schier endlos erscheinenden Zeit tauchten

dunkle Schemen vor ihnen auf, und Krendar brauchte einen Moment, um zu erkennen, dass es Sträucher waren und Reihen von Schilfstängeln, die aus dem Wasser ragten. Eine beinahe spürbare Welle der Erleichterung lief durch die Aerc, doch Krendar gestattete es sich erst durchzuatmen, als der Bug ihres Boots durch die Wand aus Schilf und Rohr brach und schließlich mit dumpfem Rumpeln auf Grund lief. Er musste sich beinahe mit Gewalt davon abhalten, aufzuspringen und ans Ufer zu klettern. Er war ein Broca. Und ein Broca hatte sich im Griff, wenn er Broca bleiben wollte. Einer der Aerc weiter vorn im Boot übergab sich leise über die Bordwand, erntete jedoch keinen Spott. Vermutlich konnten zu viele mit ihm mitfühlen.

»In Ordnung. Und ...«

»... was jetzt?«, murmelten die Zwillinge.

Krendar warf dem zweiten Broca im Boot einen Blick zu. Der Felsenbär nickte. *Täusche ich mich, oder ist er grüner als sonst?* Er räusperte sich. »Raus aus dem Boot. Ihr zwei behaltet die Menschen im Auge. Modrath, du hilfst den Kriegern, die Fracht auszuladen. Wenn wir fertig sind, zerschlag das Boot.«

»Mit Vergnügen«, knurrte der Oger. »Dann muss ich nie wieder damit fahren. Ich gehöre nicht aufs Wasser.«

Das tut niemand. Krendar wandte sich an die restlichen Krieger. »Wenn ihr fertig mit Ausladen seid, verteilt die Säcke. Prakosh will uns abmarschbereit sehen.«

Der Eifer, mit dem die Aerc an die Arbeit gingen, vor allem aber die Tatsache, dass niemand über seinen Befehl murrte, kündete deutlich davon, wie eilig es jeder von ihnen hatte, den Fluss hinter sich zu lassen.

Krendar wandte sich zu Sekesh um, die in die Nebel über dem Fluss starrte. »Keine Hoffnung, dass das die Dunkelheit und Stille waren, die auf uns warten?«

Sekesh schüttelte den Kopf. Für einen Moment standen sie wortlos nebeneinander und sahen in die Morgennebel, die langsam in ein helleres Grau zu wechseln schienen. Tagesanbruch war nicht mehr fern. Endlich seufzte Krendar. »Das dachte ich mir. Aber man kann ja hoffen.«

»Das kann man immer«, bestätigte Sekesh, doch sie klang nicht hoffnungsvoll. »Wenn es dich tröstet – für eine Weile dachte ich das auch.«

»Jetzt nicht mehr«, stellte er fest, und die Schamanin wandte sich ab, um das Ufer zu erklimmen.

Na klar. Jetzt fühle ich mich schon viel besser. Krendar spuckte in den Fluss und folgte ihr.

ACHT
Von Wölfen und Menschen

Es war so dunkel, dass Glond kaum die Hand vor Augen sah. Irgendwo über seinem Kopf fiel ein schmaler Streifen Dämmerlicht durch eine Lücke im Gebälk und ließ einen niedrigen Raum erahnen, in dem eine ganze Menge rostiger Ketten von der Decke baumelten und leise klimpernd gegeneinanderschlugen. Der Anblick war nicht gerade beruhigend. Noch weniger beruhigend war das unheilverkündende Gluckern von Wasser direkt unter seinen Füßen. Vorsichtig tastete er über die runden Holzbohlen. Sie fühlten sich feucht und glitschig an und schienen von einem Teppich aus Moos überzogen zu sein. Hier und da waren Eisenringe eingelassen, und an einen davon war er angekettet worden. Das war das Beunruhigendste an der ganzen Sache.

Der Wolfmann lag ganz in der Nähe, und soweit Glond das beurteilen konnte, war er in keiner sehr guten Verfassung. Sein Atem ging stoßweise, und ab und an gab er ein leises Stöhnen von sich. In der gegenüberliegenden Ecke zerrte Dvergat fluchend an seinen Fesseln.

Glond rutschte in eine bequemere Haltung und dachte

darüber nach, wie sie in diese Situation geraten konnten. Eigentlich war es doch ganz gut gelaufen. Sie hatten die Menschensiedlung erreicht und sogar eine Spur von Navorra gefunden. Sie hatten erfahren, dass er noch am Leben war, was immerhin ein gutes Zeichen sein sollte. Dann aber hatte man sie überwältigt. Man hatte sie geschlagen und getreten, ihnen erzählt, dass Navorra ein Mörder war, und sie zum Schluss in dieses schwankende Verlies geworfen. *Das passt zwar ganz wunderbar zu meinem restlichen verkrachten Leben, aber einen Reim kann ich mir trotzdem nicht darauf machen.*
»Wolfmann?«

Ein Stöhnen antwortete ihm. Leises Kettenrasseln, als der Mensch sich mühsam aufrichtete.

»Kannst du mir verdammt noch mal sagen, was hier vor sich geht? Was sind das für Leute, und was hast du mit ihnen zu schaffen?«

»Spielt das denn noch eine Rolle?«

»Für mich schon. Meistens weiß ich ganz genau, aus welchem Grund ich zusammengeschlagen werde. Diesmal tappe ich allerdings im Dunkeln. Ich hatte gehofft, dass du mir eine Antwort geben könntest.«

Stille, nur gelegentlich unterbrochen von Kettenrasseln und Dvergats zornigen Befreiungsversuchen. »Also gut. Ich war früher einmal der Anführer dieser Drecksäcke und Nyordas rechte Hand. Zeitweilig sogar mehr als das. Ich glaube, wir waren das, was man ein echtes Traumpaar nennt. Könige unter Bettlern und Dieben, könnte man sagen. Zusammen haben wir einen beträchtlichen Teil des illegalen Handels von Derok bis hinunter nach Vyndport beherrscht. Waffen, Rauschkraut, technische Gerätschaften. Alles, was ein Dalkar produzieren konnte, haben wir für den richtigen Preis an die Menschen im Süden weiterverkauft. Eure Gildenprivilegien kamen uns dabei sehr entgegen. Je strenger die Auflagen, desto höher die Preise, die wir auf dem Schwarzmarkt erzielen konnten.«

»Wie ist es euch gelungen, so viele Dinge unbemerkt zu stehlen?«

Der Wolfmann schnaufte. »Wozu sollten wir stehlen? Es gibt genug Zwerge, die bereit sind, für die passende Summe ihre hehren Moralvorstellungen über Bord zu werfen. Du glaubst gar nicht, wie viele Gildenmeister auf unserer Gehaltsliste standen.« Er ließ seine Worte einen Augenblick wirken und fuhr fort: »Außerdem kamen sie über uns an Waren heran, deren Erwerb euch Zwergen nicht so ohne Weiteres möglich ist. Das Boot, auf dem wir uns gerade befinden: Es wurde für den Transport von Menschen erbaut. Billige Arbeitskräfte für eure Minen zum Beispiel. Kriegsgefangene und Sträflinge, die einzigen Arbeitskräfte, die nicht vom Gildenrecht geschützt sind und deshalb gezwungen werden können, in euren Stollen bis zum Umfallen zu schuften. Für euren ungeheuren Bedarf an Erzen werden eine ganze Menge dieser armen Seelen benötigt. Weit mehr, als offiziell zur Verfügung stehen. Die ganzen Regeln und Vorschriften, verstehst du? Wegen der vielen Todesfälle ...« Als er mit den Schultern zuckte, klimperten die Ketten leise. »Du kannst dir vorstellen, dass die Preise für solche Männer entsprechend gestiegen sind und dass irgendwann jemand auf den Gedanken kommen konnte, nach neuen Quellen zu suchen. Einen heimatlosen Bettler hier, einen kleinen Taschendieb dort. Leute, deren Verschwinden nicht weiter auffällt ...«

»O Gott«, murmelte Glond.

»Der hat damit nichts zu tun, denke ich. Jedenfalls kann sich das leicht zu einem einträglichen Geschäft entwickeln, wenn man erst einmal seine Skrupel beiseitegeschoben hat. Der Verkauf ist ganz leicht. Man verschifft die Ware in eine der großen Küstenstädte. Nach Venderport zum Beispiel, wo sie einem für geringes Entgelt offizielle Papiere ausstellen. Danach werden sie wieder zurück ins Landesinnere gebracht und an die Zwerge verkauft. Wenn sie erst einmal in den Minen verschwunden sind, fragt kein Schwein mehr danach, ob sie sich zurecht dort aufhalten oder nicht.«

»Und du hast dich nie gefragt, ob das richtig ist, was du tust?«

»Nicht in dem Umfeld, in dem ich aufgewachsen bin. Moral ist ein Luxus, den man sich erst einmal leisten können muss. Als Mensch auf den Straßen Deroks hast du selten die Chance dazu.« Der Wolfmann holte tief Luft. »Aber manchmal bekommt man sie dann doch – die Chance, meine ich.«

»Vermutlich an dem Tag, als du Navorra und seinen Leuten begegnet bist.«

Der Wolfmann nickte. »Unser Geschäftspartner in Venderport stellte mich eines Tages einem Mann vor, der eine Menge Geld besaß. Er wollte zwar unerkannt bleiben, aber sein ganzes Auftreten sagte mir, dass er von hohem Stand sein musste. Er bot mir einen Beutel voller Goldmünzen, wenn ich einen Jungen mit zurück nach Derok nähme und dort in das Sanatorium brächte. Möglichst unauffällig und ohne Spuren zu hinterlassen.«

»Einen ganzen Beutel für einen einzelnen Passagier?«

»Das kam mir auch ziemlich viel vor. Also habe ich mich umgehört. Ich war nicht der Erste, dem dieses Angebot unterbreitet worden war, aber keiner der Kapitäne war bereit, ihn auf sein Boot zu lassen. Sie behaupteten, er würde Unglück bringen. Sie sagten, dass er Menschen tötet. Zum Beispiel, wenn sie nicht täten, was er ihnen befahl, oder manchmal einfach nur aus Spaß. Ich hielt das natürlich für Unsinn. Mag sein, dass ein jähzorniger junger Mann den einen oder anderen Diener verletzt, aber die Art, wie es geschehen sein sollte, schien mir doch arg an den Haaren herbeigezogen. Das machte mich eher neugierig, als dass es mich abgeschreckt hätte. Nicht zuletzt lockte mich aber auch das viele Geld.«

»Also hast du es genommen und den Jungen nach Derok verschifft. Und dort hat er einen Dalkar umgebracht.«

Der Wolfmann sah Glond kurz an und senkte dann wieder den Kopf. Aus Dvergats Ecke ertönte erneuter Lärm und lautes Fluchen. »Dieser Dalkar war ein Mechanikermeister. Er baute kunstvoll verzierte Kästchen mit Zahnrädern und Stahlfedern darin. Wenn man an einer Kurbel drehte, öffnete sich der Deckel, und ein winziger Vogel streckte den Schnabel heraus, um eine Melodie zu zwitschern. Du hättest Navorras Augen sehen sollen, als er das Kästchen zum ersten Mal erblickte. Für ihn war es reine Magie, und er konnte gar nicht genug davon bekommen. Immer wieder drehte er an der Kurbel und ließ den Vogel singen. Er bettelte mich an, den Mechaniker zu ihm kommen zu lassen, damit er ihn über das Wunderwerk ausfragen konnte. Irgendwann tat ich ihm den Gefallen und lud den Mann ins Haus ein. Was konnte schon großartig passieren? Es ging ja nur um ein Gespräch.«

»Nur ein Gespräch«, knurrte Dvergat aus seiner Ecke. »Wenn Menschen etwas sagen, dann haben sie doch immer irgendwelche Hintergedanken. Wollen einem irgendwelche grauenvollen Stickereien verkaufen oder einen Dolch zwischen die Rippen jagen.«

Der Wolfmann seufzte. »Ich hatte die beiden nur für einen kurzen Augenblick allein gelassen, doch als ich wiederkam, war der Mechaniker tot.«

Dvergat rümpfte die Nase. »Na, was sag ich?«

Glond dachte an die schmale Gestalt Navorras. Kaum stark genug, um ein Schwert zu heben. Wie hätte dieser Junge es schaffen sollen, ohne fremde Hilfe einem ausgewachsenen Dalkar den Schädel einzuschlagen? Und ohne dass es jemand mitbekam? Ungläubig schüttelte er den Kopf. »Du bist sicher, dass es kein Unfall war?«

»Oder zu viel fette Speisen?« Dvergat deutete vielsagend auf seinen Bauch. »Sie sammeln sich hier drin an, bis das Fass eines Tages überläuft und platzt. Ich habe meinen Heetmann damals oft genug gewarnt, dass ihm das eines Tages auch blühen würde, wenn er nicht auf sich achtgibt. Und nun ist er tot. Von den Orks erschlagen.« Nachdenklich kratzte er sich am Kopf. »So kann es natürlich auch kommen.«

»Er ist es tatsächlich gewesen«, sagte der Wolfmann. »Navorra hat es nie bestritten. Er hat es mir an jenem Tag gestanden. Er besitzt eine besondere Gabe. Oder einen Fluch, je nachdem, wie man es nennen will. Er kann in die Köpfe der Menschen hineinschauen und darin Dinge erkennen. Sieht in einem Menschen das, was ihn einzigartig macht. Es ist schwierig, das zu erklären …« Der Wolfmann fuhr sich mit der Hand durch die Haare. »Er hat es auch bei diesem Dalkar versucht, weil er herausfinden wollte, wie er die Vögel erschafft. Aber offenbar ist etwas dabei schiefgelaufen, und es hat ihn getötet.«

»Hm«, machte Glond. Die Dalkar glaubten nicht an so etwas wie Hexerei oder Magie. Sie vertrauten auf das, was sie mit der Kraft ihrer eigenen Hände erschaffen konnten, und brachten es darin zu wahrer Meisterschaft. Magie war ein Aberglaube für Menschen und Orks, denen es nicht vergönnt war, große Dinge zu erschaffen, und die sich daher lieber an Wunder klammerten. *Hilf dir selbst, dann hilft dir Gott, hat ein weiser Mann einmal gesagt.* Glond wollte dem gern zustimmen, aber er hatte den Jungen selbst kennengelernt, mit seinen ernst dreinblickenden Augen und der seltsamen Art, die jeden dazu brachte, ihm zu vertrauen. »Was ist dann passiert?«

»Ich habe zwei von meinen Leuten geschnappt, Veyd und den Riesen, und wir haben den Toten in der Kanalisation versenkt. Ganz unten, wo kein Mensch ihn je findet, und schon gar kein Zwerg. Wir hatten keine Sorge, dass man nach ihm fragen würde, denn er war ja nicht offiziell gekommen. Kaum einer wusste, dass er sich zuletzt im Sanatorium aufgehalten hatte. Die Handvoll, die es mitbekommen hatten, konnten wir bestechen. In der Weststadt mag niemand die Zwerge besonders gern. Ein paar Goldmünzen und die eine oder andere Drohung haben sie alle zum Schweigen gebracht.« Er zuckte mit den Achseln. »Das war nicht ehrbar, ich weiß. Aber es musste gemacht werden. Mir war nämlich klar geworden, dass Navorra mit der Zeit so etwas wie ein Ziehsohn für mich geworden ist. Ich hatte Verantwortung für ihn übernommen, und es war ein verdammt gutes Gefühl. Ich spürte, dass das die Chance war, meinem Leben einen Sinn zu geben. Navorra mochte besondere Kräfte haben, aber er war nichtsdestotrotz noch ein Kind, das beschützt werden musste und

Anleitung brauchte. Es war nie seine Absicht, diese Leute umzubringen, er würde nie einer Seele absichtlich Schaden zufügen. Er hatte nur seine Kräfte nicht unter Kontrolle. Meine Aufgabe war es, sie in die richtigen Bahnen zu lenken, verstehst du?«

Ein Krachen ließ Glond herumfahren. Ketten fielen laut klappernd zu Boden, und Dvergat lag stöhnend auf dem Rücken. In der Hand hielt er das Ende seiner Fesseln, deren rostige Kettenglieder auseinandergebogen waren. »Elender Menschenpfusch«, fluchte er, während er das geborstene Kettenende musterte. »Wer immer das verbrochen hat, man sollte ihm die Schmiedeprivilegien entziehen.« Schnaufend rappelte er sich auf und rückte sein Holzbein gerade. »Seid ihr dann fertig mit Quatschen? Können wir jetzt endlich an unsere Flucht denken?«

»Nicht so schnell.« Eine Tür schwang auf, und eine dunkle Gestalt betrat den Raum. Großgewachsen und hager, und mit einer geladenen Armbrust in der Hand.

»Hallo Nyorda«, sagte der Wolfmann, ohne den Kopf zu heben.

»Hallo Cryn.« Die Armbrust richtete sich auf Dvergat, der immer noch das Kettenende in die Höhe hielt. »Sagt bloß, ihr wollt uns schon verlassen?«

Der Wolfmann zuckte mit den Schultern. »Wir hatten das Gefühl, dass wir nicht so willkommen sind. Für einen kurzen Augenblick hatten wir sogar geglaubt, dass du uns in die Minen verkaufen willst. Oder sogar umbringen.«

»Das hatte ich auch geglaubt.« Sie stieß einen tiefen Seufzer aus. »Du hast mir aber auch einen Haufen Kummer bereitet. Und ich meine damit nicht die Tatsache, dass du eine besser bezahlte Aufgabe gefunden hast. Das war zwar ärgerlich, aber so ist das nun mal im Leben. Geld hat schon so manchen Charakter verdorben. Aber dass du mich sitzengelassen hast wie eine dumme Schankmaid, das hat mich wirklich zornig gemacht. Du kannst dir gar nicht vorstellen, was ich mir alles ausgedacht habe für den Fall, dass ich deiner noch einmal habhaft werde. Ich habe in der Hinsicht wirklich eine ganze Menge Fantasie.« Die Spitze der Armbrust schwang auf den Wolfmann zu. »Aber ich habe ja auch von dem Besten gelernt, nicht wahr, mein Liebster?«

»Ich musste dir nicht mehr viel beibringen. Du warst ein echtes Naturtalent.«

Nyorda lachte leise. »Natürlich hab ich dich nicht in die Finger bekommen. Dazu bist du viel zu gerissen. Außerdem ist die Stadt nicht mein Revier. Zu viele Zwerge dort und zu wenig Loyalität. Also habe ich meinen Zorn heruntergeschluckt und darauf vertraut, dich Hundesohn nie wieder sehen zu müssen. Als Derok erobert wurde, war ich mir ziemlich sicher, dass die Orks dir das Fell über die Ohren gezogen haben. Doch gerade als ich mir sicher war, dass du tot bist, kommst du durch meine Tür stolziert, so als wäre nichts gewesen. Was glaubst du wohl, was mir in diesem Augenblick durch den Kopf gegangen ist?«

»Nichts Gutes vermutlich«, musste der Wolfmann zugeben.

»Ich bin die Herrin dieser Siedlung. Zu den Männern, die mir dienen, gehören einige der übelsten Verbrecher, die die Menschheit je hervorgebracht hat. Sie dienen nur dem, der echte Stärke beweist. Es würde wirklich nicht gut aussehen, wenn ich den Mann, der mich verraten hat, einfach so gehen ließe. Ich meine: Was sollen die Männer denn von mir denken?«

»Das Gleiche, was sie schon immer von dir dachten. Dass du ein herzloses Miststück bist und sie eine Menge Geld verdienen können, wenn sie dir folgen.«

»Das soll gefälligst auch so bleiben.«

»Und was bedeutet das für uns?«

Es folgte eine schicksalsschwere Pause, in der keiner ein Wort sagte. Glond starrte grimmig auf Nyordas Zeigefinger, der sich mit langsamer Unerbittlichkeit um den Abzug der Armbrust krümmte. Diesmal schien das Schicksal es nicht mehr so gut mit ihnen zu meinen. Aber wenigstens würde es schneller gehen als in den Minen, wo es Wochen oder Monate dauerte, bis sich ein Zwangsarbeiter zu Tode geschuftet hatte.

Nyorda senkte die Armbrust. »Wenn ich dich hätte umbringen wollen, dann hätte ich Hastyr weitermachen lassen, wo er aufgehört hat. Es hätte ihm sicherlich viel Freude gemacht, dich leiden zu sehen.« Sie schnaufte, dann trat ein schmales Lächeln auf ihr Gesicht. »Ich habe euch zugehört. Ich verstehe jetzt, warum du abgehauen bist, Cryn. Du bist nicht wie all die anderen Männer hier, du hast noch so etwas wie Anstand im Leib. Ich glaube sogar, du kannst noch was aus deinem Leben machen. Ehrbar werden und den Göttern erhobenen Hauptes gegenübertreten und all solche Dinge. Ich habe selbst immer versucht, ehrbar zu sein, aber es wollte mir nie so recht gelingen. Wenn ich dich jetzt gehen lasse, bekommt wenigstens einer von uns die Chance.« Damit beugte sie sich zum Wolfmann hinab und schloss seine Ketten auf.

Er schaute zu ihr auf. »Du kannst uns begleiten, wenn du willst.«

Nyorda winkte ab. »Ich habe die Verantwortung für diese Menschen hier übernommen. Für mich sind sie das Gleiche wie Navorra für dich. Auch wenn manche von ihnen echte Drecksäcke sind, könnte ich es nicht übers Herz bringen, sie ihrem eigenen Schicksal zu überlassen. Irgendwer muss ja darauf aufpassen, dass sie nicht noch mehr Mist bauen als ohnehin schon.« Sie zuckte mit den Schultern. »Außerdem kann ja nicht plötzlich jeder ehrbar werden. Wo bliebe denn da der Spaß am Leben?«

Die Ketten um Glonds Handgelenke rasselten als Letzte zu Boden, und Nyorda nickte zur Tür hinüber. »Draußen findet ihr eure Ausrüstung. Das meiste ist noch da, nur die Münzen haben die Männer unter sich aufgeteilt. Aber ich denke, das könnt ihr verschmerzen.«

Glond nickte. Ja, das konnten sie. Die Münzen waren ein kleiner Preis für ihr Leben. Die ganze Sache hätte wesentlich schlimmer ausgehen können als mit ein paar blauen Flecken und einem ausgebrochenen Zahn. Er schaute sich nach Dvergat und dem Wolfmann um. »Sind wir dann so weit?«

»Bereit, wenn du es bist«, sagte der Wolfmann.

»Wir folgen dir«, sagte Dvergat.

Glond stieß einen tiefen Seufzer aus. *Wenn das mal kein riesengroßer Fehler ist.*

NEUN
Entscheidungen

Der Tag war angebrochen, bis die Boote der Aerc entladen und die Vorräte ebenso wie ihre eigentliche Fracht gleichmäßig verteilt waren. Immerhin hatte es aufgehört zu regnen, und gelegentlich fand die Morgensonne einen Weg durch die niedrig dahingleitenden Wolken. Noch klebten Nebelbänke über dem Fluss und verbargen das weit entfernte andere Ufer, doch es hatte ohnehin kaum einer der Aerc einen Blick für das hinter ihnen Liegende übrig. Langsam setzte sich die Kolonne der Krieger in Bewegung, und Krendar ertappte sich dabei, die lange Marschreihe durchzuzählen. Eine Angewohnheit aus der Zeit, in der er jeden Morgen eine Herde Rinder zu zählen hatte. Der Unterschied war nicht groß. Drei mal zehn und acht Aerckrieger, wenn man von seiner eigenen Doppelfaust absah, die die Nachhut bilden würde. Dazu kamen die gefangenen Menschen – und zwei weitere Gefangene, wie Krendar erstaunt festgestellt hatte. Neben dem gepanzerten Zwerg hatte auch der Schütze aus dem Bootshaus überlebt, und wie es aussah, hatte der Raut beschlossen, dass zwei gefangene Zwerge besser waren als einer. Beide Wühler trugen nur noch Hemd, Hose und Stiefel, und ihre Hände waren hinter dem Rücken gefesselt. Die beiden Zwerge warfen Krendar düstere Blicke zu, als Prakoshs Männer sie an ihm vorbeitrieben. Hinter den Zwergen folgte Prakosh selbst mit seinem Leibwächter und dem Menschen, der dem Häuptling als Späher gedient hatte. Der Häuptling würdigte Krendar keines Blickes, ganz im Gegensatz zu den beiden Weibern, die ihm folgten – neben Sekesh die einzigen Aercweiber in ihrem Trupp. Krendar kannte beide nur flüchtig. Die hagere war Toraka, die Schamanin der Felsenbären. Sie hatte ein kantiges Gesicht mit schmalen Lippen und beeindruckenden Eckzähnen, eine breite Nase und stechende Augen, die Krendar mit Missbilligung musterten, wann immer er in ihre Nähe kam. Vermutlich lag es daran, dass Sekesh zu seiner Doppelfaust gehörte, und die Drûaka mochte keine andere Schamanin in ihrer Nähe. Sie hatte scharf gegen die Anwesenheit der schwarzen Schamanin protestiert, doch dieses eine Mal waren die Häuptlinge unnachgiebig gewesen. Ihre Fracht war zu wertvoll, um sie von nur einer Drûaka begleiten zu lassen.

Das andere Weib war Torakas Brutschwester und damit ihre Krûshal. Ihre Leibdienerin und Leibwächterin. Die Krûshal ähnelte ihrer Schwester erstaunlich wenig. Sie war kleiner als die Schamanin, muskulös und mit einem ausladenden Hinterteil gesegnet, das es den Kriegern schwermachte, ihre Augen abzuwenden. Die Krûshal fing seinen Blick auf und nickte ihm mit einem amüsierten Lächeln zu, als sie an ihm vorbeimarschierten.

Krendar war sich ziemlich sicher, dass sich seine Ohren dunkler verfärbten, denn Sekesh neben ihm schnaubte abfällig. Torakas Blick traf ihn wie ein Eimer eiskaltes Wasser, huschte dann jedoch zu Sekesh als lohnenderem Ziel ihrer Verachtung. Krendar musste nicht hinsehen, um zu wissen, dass der Blick der Ayubo dem der anderen in nichts nachstand. Er räusperte sich und wandte sich ab. »Kommt«, sagte er, hob sein Bündel auf und hängte es sich über den Rücken. »Wir haben einen langen Tag vor uns. Und das Zeug trägt sich nicht von allein.«

»So viel Glück möchte ich mal haben«, brummte Modrath hinter ihm und baute sich vor dem Häuflein Menschen auf. »Auf, ihr mageren Würmer. Auf die Beine.«

Die Menschen kauerten sich vor dem riesigen Oger zusammen, beeilten sich jedoch, auf die Füße zu kommen, als der Kapuzenmann seine Worte übersetzte.

Krendar musterte die blassen Wesen. Die Aerc hatten sie mit ledernen Schnüren aneinandergebunden, die vom Hals eines Menschen zum nächsten führten. Auf Handfesseln allerdings hatte Krendar verzichtet. Für wen sollten diese armseligen Wesen eine Bedrohung sein? Außer für sich selbst vielleicht. Drei Männer, vier Weiber, zwei Welpen mit Tränen in den Augen und der seltsame Junge mit seinem Sprecher. Auch für jeden der Menschen gab es ein schweres Bündel. Kein Aerc würde Futter für einen der Gefangenen tragen, hatte Prakosh angeordnet. Wenn sie fressen wollten, mussten sie ihre eigenen Vorräte schleppen.

Krendar musterte jeden. »Wir brechen auf«, sagte er schließlich. »Ihr gehört jetzt mir und steht damit unter meinem Schutz. Unter drei einfachen Bedingungen.« Er hob einen Finger. »Eins. Wer zu fliehen versucht, stirbt.« Ein zweiter Finger gesellte sich zum ersten. »Zwei. Wer eine Hand gegen einen Aerc erhebt, stirbt. Und drei«, zeigte er an. »Wer zurückbleibt, wird getötet. Unser Häuptling duldet nicht, dass ihr unseren Marsch behindert.« Er wartete, bis der Kapuzenmann fertig übersetzt hatte. »Also... bleibt nicht zurück. Wenn ich oder dieses Weib nicht da sind, um euch zu sagen, was ihr tun sollt, hört ihr auf die Worte des Ogers und der Zwillinge. Niemand sonst gibt einen Scheiß auf euch.«

»Das schließt...«

»... uns ein«, murmelten die Zwillinge hinter ihm, jedoch leise genug, dass sie der Kapuzenmann wahrscheinlich nicht gehört hatte.

Der junge Mensch sah von ihm zu Sekesh und wieder zurück. Dann nickte er. »Wir werden der Zauberfrau und dir folgen.« Krendar stellte fest, dass seine Worte klangen, als hätte er ihn vor eine Wahl gestellt, und der Mensch sei zu einer freien Entscheidung gekommen. »Wohin?«

Die Frage überrumpelte Krendar völlig, und so sagte er das Erste, was ihm einfiel: »Nach Hause.«

Der Junge sah ihn ernst an. »Von dort kommen wir«, sagte er einfach. Dann hob er sein Bündel auf, und die anderen Menschen taten es ihm nach. »Lasst uns gehen.«

Krendar sah sich verunsichert zu Modrath um, doch der zuckte nur mit den Schultern und schob die mächtige Last auf seinem Rücken zurecht. »Deine Befehle, Broca?«

Krendar konnte nicht die geringste Spur von Ironie in der narbigen Visage des Ogers erkennen. Schließlich schnaubte er. »Lasst uns gehen.«

Die Korrach-Zwillinge hatten ihre Mienen nicht ganz so gut im Griff, doch der junge Broca ignorierte sie. Stattdessen reihte er seinen Zug am Ende der Felsenbärenkrieger ein.

Schweigend marschierten die Aerc flussaufwärts. Zu ihrer Rechten blinkte gelegentlich der Fluss durch die Büsche des nahen Ufers. Sonne glitzerte auf den braunen Fluten, wenn die Wolken für kurze Zeit aufrissen und den Blick auf einen klaren Frühherbsthimmel freigaben. Zum Glück für die Menschen legte Prakosh ein recht langsames Marschtempo vor. Krendar war sich allerdings ziemlich sicher, dass das keineswegs aus Rücksicht auf die Menschen geschah. Vielmehr hatte Prakosh wohl nicht vor, die Zwerge zurückzulassen, bevor er eine Chance gehabt hatte, sie zu befragen. Und Zwergenbeine mochten ausdauernd sein, doch sie waren erbärmlich kurz.

Dennoch wirkten die Menschen erschöpft, als sie gegen Mittag ihre erste Rast einlegten.

»Eins sag ich dir«, knurrte Modrath, als er sich neben Krendar auf einem modrigen Baumstamm niederließ. »Ich werde keinen von denen tragen.« Er riss einen Streifen Trockenfleisch ab und kaute mahlend. Die Menschenkinder beobachteten ihn mit faszinierter Scheu, und der Oger fletschte die Zähne. Eilig sahen die Welpen woanders hin. »Sie könnten einem beinahe leidtun, so hässlich sind die kleinen Maden.«

Krendar nahm einen tiefen Zug aus seinem Wasserschlauch. »Mach ihnen nicht zu sehr Angst.«

»Angst ist gut«, brummte Modrath. »Angst lässt sie laufen.«

Krendar rieb sich die wulstige Narbe auf der Stirn und sah zu dem seltsamen Menschenjungen und seinem Sprecher hinüber. »Ich bin mir nicht sicher, dass es Angst ist. Sie folgen dem Kleinen da. Sie wären im Bootshaus in den Tod gegangen, wenn er es beschlossen hätte, und jetzt laufen sie um ihr

Leben, weil er es sagt. Er ist selbst noch ein Welpe, und doch scheinen sie ihm und seinen Entscheidungen zu vertrauen. Kommt dir das nicht seltsam vor?«

Modrath musterte den jungen Broca mit ausdrucksloser Miene und puhlte an seinem abgebrochenen Eckzahn. »Ich habe keine Ahnung, was du meinst«, erwiderte er schließlich. »Völlig bescheuert. Könnte mir nie passieren, Häuptling.«

Der junge Broca runzelte die Stirn, bis er das spöttische Lächeln in den Mundwinkeln des Ogers sah. Dann verdrehte er die Augen, drückte dem Großen den Wasserschlauch in die Pranke und stand auf. »Behalt sie im Auge.«

»Ich denke, ich soll ihnen keine Angst machen?«

»Witzig.« Krendar ging einige Schritte beiseite, um seine Blase zu erleichtern. Die Wolken hatten sich inzwischen fast völlig verzogen, und die Sonne tat ihr Bestes, um die vergangenen Regentage der Schlacht um Derok vergessen zu machen. Lediglich der gelegentliche kühle Windstoß, der die gelblich verfärbten Rohrhalme am Flussufer rascheln ließ, kündete davon, dass der Herbst rasch näher kam. Hier, weit im Süden, war der Große Fluss so breit, dass der Schilfgürtel des gegenüberliegenden Ufers zu einem schmalen gelbbraunen Band verschwamm. Sein Wasser strömte so schnell, dass er wohl auch im härtesten aller Winter nicht zufrieren würde. Selbst oberhalb der Weißwasserfälle passierte das nur selten, und dort führte der Fluss nicht einmal einen vierten Teil des Wassers. Und es würde mehr werden.

Weit im Osten, dort, wo Derok am Fuß der Berge lag, stand eine schwarze Wand am Horizont, dunkel und brütend wie eine Gewitterfront nach wochenlanger Sommerhitze. Nicht einmal die höchsten Gipfel des Gebirges waren von hier aus zu sehen. Wenn er danach ging, musste dieser Geistersturm verdammt groß werden. Krendar stellte fest, dass ihn fröstelte. *Vielleicht ist Prakoshs Idee mit der Flussüberquerung doch nicht so blöd gewesen. Wir haben die Sümpfe hinter uns und müssen nicht hoffen, dass die Furten noch passierbar sind, wenn wir dort ankommen. Wenn uns das da im Sumpfland erwischt hätte ...*

Sein Gedankengang wurde durch die beiden Korrach unterbrochen, die sich rechts und links neben ihm postierten, um ebenfalls den Hang hinunterzupissen. Krendar warf den grauhäutigen Zwillingen irritierte Blicke zu. »Müsst ihr das hier machen?«

»Hier ist so gut wie überall«, stellte der Linke gleichmütig fest.

»Schöne Aussicht hier«, ergänzte der Rechte.

»Tatsächlich. Die Wolke dort drüben verstärkt das Bedürfnis ...«

»... zu pissen um ein Vielfaches«, ergänzten sich die Brüder.

Krendar starrte zum Horizont und atmete langsam durch. »In Ordnung«, sagte er schließlich. »Was wollt ihr?«

»Wir wissen ja, dass du gerade beschäftigt bist ...«

»Mit wichtigen Broca-Dingen und so ...«

»... nicht zu vergessen deine neuen Sklaven.«

»Und Sekesh macht es dir ja auch nicht gerade leichter ...«

Krendar knirschte mit den Zähnen. »Was wollt ihr?« Grimmig betonte er jedes Wort.

»Du solltest mit Modrath ...«

»... über den Wald reden.«

Krendar runzelte die Stirn. »Welchen Wald?«

»Der vor uns liegt«, sagte der Rechte.

»Beziehungsweise gerade im Moment hinter uns«, korrigierte der Linke.

»Was?«

Die Korrach deuteten synchron mit den Daumen über die Schultern, und Krendar sah sich um. Hinter einer Reihe von Büschen, hohem Gras und dem gelegentlichen Nesselfeld begann ein verfilzter Waldrand, der von dornigen Büschen, Ranken und Schlingpflanzen zu einer fast massiven Wand verwuchert war. Natürlich wusste Krendar, dass er dort war, immerhin war so etwas kaum zu übersehen. Aber es war eben nur ein Wald. *Zumindest bis jetzt.* »Was ist damit?«

»Tja, Modrath sagt, es ist was damit.«

»Er hat's sozusagen im Urin«, fügte der Rechte hinzu, und die Brüder kicherten.

Krendar stellte fest, dass er schon seit einigen Augenblicken fertig war, also packte er ein, verschnürte seine Hose und sah die Korrach an. »Sagt bloß, der Dicke hat jetzt auch schon Visionen.«

Die Brüder wechselten einen Blick. »Nein«, sagte der Linke dann. »Eine Geschichte...«

»...nach der du ihn fragen solltest, wenn du Zeit hast«, fügte der Rechte hinzu.

»Wenn diese Geschichte so wichtig ist, warum kommt er damit nicht zu mir?« Sobald die Worte seinen Mund verlassen hatten, ahnte Krendar die Antwort bereits.

»Wie lange kennst du Modrath...«

»...und uns schon? Zehn Tage? Fünfzehn? Du erwartest nicht im Ernst, alles über Modrath zu wissen, oder?«

Die Brüder sahen ihn an, und diesmal schien eine Spur Mitleid in ihren Gesichtern zu liegen.

Mitleid. Genau das, was ich im Moment am nötigsten brauche. Ein schöner Broca bin ich, dem von seinen Männern Mitleid entgegengebracht wird. »Es ist etwas, das Modrath Sorgen macht«, stellte Krendar fest.

»Ein Oger macht sich keine Sorgen«, widersprach der Rechte.

»Modrath macht sich Sorgen«, sagte der Linke. »Genau deshalb solltest du mit ihm reden.«

»Weil ein Oger nicht zu mir kommen wird, um mir zu sagen, dass er sich Sorgen macht«, ergänzte Krendar.

Die Zwillinge nickten.

Der junge Aerc seufzte. »Danke. Warum muss ich euch eigentlich alles aus der Nase ziehen?«

»Wo wäre sonst der Spaß dabei?« Der Rechte zwinkerte ihm zu, und die beiden marschierten davon.

Ich wette, mit Ragroth hättet ihr das nicht gemacht. Krendar schnitt eine Grimasse und sah ein letztes Mal über den Fluss. *Aber ich bin ja nur der dumme Junge, der jetzt seine Arbeit machen muss, weil euch der Broca fehlt. Nicht dass ich mich am Ende noch wie ein echter Broca fühle. Wo wäre sonst der Spaß dabei?* Er wandte sich ab und ging zurück.

Der junge Anführer der Menschen unterhielt sich leise mit dem Kuttenträger, als Krendar an ihn herantrat.

»Du«, setzte der Aerc an, und die beiden sahen zu ihm auf. Unwillkürlich zuckte Krendar zurück. Er hatte schon während der Nacht gesehen, dass sich unter der Kapuze des Sprechers ein Gesicht verbarg, das selbst für einen Menschen außergewöhnlich hässlich war. Doch erst jetzt im Licht der Mittagssonne wurde ihm das ganze Ausmaß der Entstellungen bewusst. Kraterartige Narben zerfurchten seine Haut, und sein Mund war eingefallen, so als fehlten ihm die meisten Zähne. Vor allem aber gähnten dort, wo die anderen Menschen schmale, spitze Nasen hatten, lediglich zwei schleimige Löcher. Dem Menschen war seine Reaktion nicht entgangen, doch er sah Krendar nur wartend an.

Der Aerc riss sich zusammen. »Du«, wandte er sich an den Jungen. »Wie nennt man dich?«

Der Menschenjunge kratzte sich das Kinn. »Man nennt mich viele Dinge, Ork. Aber mein Name ist Navorra von Andrien.« Er wartete, bis sein Sprecher übersetzt hatte, bevor er auf den Nasenlosen deutete: »Und meine treue Stimme hier trägt den Namen Kettwych, falls das zu unserer Verständigung beiträgt.«

Der Kuttenmann deutete eine leichte Verbeugung an.

Krendar konnte nicht an sich halten. »Was ist ...« Er deutete auf sein Gesicht. »Ist es eine Krankheit?«

Kettwych zuckte unbestimmt mit den Schultern. »Nicht, was euch betrifft, Ork. Das ist nur etwas, das die Götter mit ihrem Diener zu machen beliebten.«

»Du dienst den Göttern der Menschen?« *Was für Götter beten die Menschen an, die ihnen so etwas antun?*

Wieder das Schulterzucken. »Zur Belustigung, nehme ich an. Im Moment diene ich Navorra als Stimme. Es erscheint mir die sinnvollere Aufgabe. Du hattest eine Frage an ihn?«

Krendar riss den Blick los und ließ ihn über die restlichen Menschen schweifen. Sie sahen nicht so aus, als seien sie es gewohnt, stundenlang zu marschieren. *Aber was weiß ich schon, wie ein Mensch auszusehen hat.* »Wie kommt ihr zurecht?«

Navorra musterte ihn ungerührt. »Wir halten durch.«

»Und die Welpen? Die... eure Jungen?« Er nickte zu den beiden Kindern.

Navorra erwiderte seinen Blick ernst. »Wir kommen aus einer Stadt. Wanderungen durch die Wildnis sind für sie eine neue Erfahrung. Aber da unser Leben davon abzuhängen scheint, würde ich sagen: Wir werden laufen, solange es notwendig ist. Wie lange wird das sein?«

Krendar zögerte. »Das Land meines Stamms liegt etwa zwei mal zehn Tage von hier.«

Der Junge wirkte nachdenklich. »Ich glaube nicht, dass uns noch so viel Zeit bleibt«, sagte er leise. Seine Augen wanderten zu der dunklen Wolkenfront am Horizont.

»Was weißt du, was wir nicht wissen?«

Der Junge lächelte schmal. »Mehr, als du dir vorstellen kannst, Ork«, übersetzte der Kapuzenmann mit unbewegter Stimme, doch auch Navorras Worte hatten nicht wie eine Beleidigung geklungen. »Was die Dunkelheit betrifft, vor der sich euer Zauberweib fürchtet, so glaube ich, dass sie recht hat. Sie ist nah. Wir können uns beeilen, so viel wir wollen, wir werden ihr nicht davonlaufen können. Und wir werden uns auch nicht verstecken können.«

Krendar fletschte die Zähne. *Eigentlich sollte ich jetzt etwas davon erzählen, dass ein Aerc nicht davonläuft, oder? Dass wir uns nicht verstecken.* Aber wenn er dem Menschenjungen in die Augen sah, brachte er es nicht über sich, zu lügen. »Was macht dich da so sicher?«

Täuschte er sich, oder lag im Lächeln des Jungen eine Spur von Spott? »Hast du schon mal versucht, dich vor der Dunkelheit zu verstecken, Ork?«

Der Kapuzenmann sah an Krendar vorbei. »Navorra, ich fürchte, ihr müsst eure Unterhaltung später fortsetzen. Sparen wir uns die Luft für den Marsch und das, was uns folgt.«

Krendar sah sich um. Prakosh schien nicht vorzuhaben, eine ausgedehntere Mittagspause einzulegen. Er schnalzte mit der Zunge. »Dann verschieben wir das besser. Und denkt daran...«

»Nicht zurückbleiben«, sagte der Narbige grimmig. »Wir haben es schon verstanden.«

Einen Moment lang suchte Krendar nach einer passenden Antwort. Schließlich jedoch beschränkte er sich auf ein Nicken und ging zu Modrath zurück.

»Erleichtert, Broca?«, brummte der Hüne.

»Wie man's nimmt«, murmelte Krendar und nahm sein Bündel auf. Er straffte die Schultern und kehrte der Dunkelheit am Horizont den Rücken zu. Nachdenklich musterte er die grüne Wand der Bäume. »Modrath, erzähl mir etwas über den Wald dort.«

Erst als die Sonne hinter dem Wald zu ihrer Linken versunken war, hatte Prakosh Halt befohlen. Erste Sterne blinkten zwischen faserigen Wolkenfetzen hindurch und versprachen eine kalte und wahrscheinlich feuchte Nacht, doch der Raut hatte heute keine Feuer gestattet.

»Zu weit zu sehen. Ha«, brummte Modrath mürrisch. »Möchte mal wissen, wer uns hier sehen soll.«

»Der Wald?« Krendar musterte die düstere Wand aus Grünzeug in ihrer Nähe.

»Keine Sorge, der Wald sieht uns auch so. Wenn du mich fragst – ein Feuer würde uns nur nützen.«

»Hm?«

»Einige der Dinge, die uns auch ohne Feuer finden können, mögen Feuer nicht sonderlich. Außerdem wären wir nicht steifgefroren, wenn sie uns erwischen.«

»Ich glaube nicht, dass irgendetwas so blöd ist, fünf Doppelfäuste Aerckrieger anzugreifen«, wagte Krendar einzuwenden.

»Außer Wühlern«, warf der Linke ein.

»Nicht dass es hier viele gibt«, sagte sein Bruder.

»Ich rede nicht von offenem Angriff«, widersprach Modrath. »Mich würde es nicht wundern, wenn wir morgen zwei oder drei Krieger weniger wären. Krieger, die nie wieder auftauchen.«

Die Korrach-Zwillinge sahen sich an. »Na, da musst du dir dann aber am wenigsten Sorgen machen«, sagte der Linke. Sein Bruder nickte grinsend. »Wenn dich jemand wegschleppen will, brauchen sie so viele, dass es bestimmt jemandem auffällt.«

Der Oger grinste nicht mit. »Merkt euch, was ich gesagt habe«, murmelte er düster.

»Und wenn nicht, dann wirst du uns sicher daran erinnern«, warf Sekesh ein, ohne Modrath anzusehen. »Krendar, wir bekommen Besuch.«

Krendar drehte sich um und fand sich einem der Broca der Felsenbären gegenüber, einem gewaltigen Kerl mit zahlreichen Kriegstätowierungen, die seine Haut beinahe schwarz wirken ließen.

Der massige Aerc musterte ihn. »Der Häuptling will dich dabei haben«, knurrte er schließlich.

»Dabei? Wobei?«

Der Broca zuckte mit den Schultern. »Wirst du schon sehen.« Er sah Sekesh an. »Und du sollst auch mitkommen.«

Sekesh erwiderte den Blick des Großen ungerührt. »Du hast mir gar nichts zu sagen«, erklärte sie kühl.

Der Massige verzog seine wulstige Oberlippe abfällig. »Stimmt. Aber du folgst dem Kleinen da. Und er folgt dem Raut, oder nicht? Also solltest du trotzdem besser mitkommen... Drûaka.« Er warf dem Oger einen Seitenblick zu, als er die Anrede nachschob. Dann wandte er sich Krendar zu. »Und Prakosh sagt, du sollst deine Menschen mitbringen. Er will sehen, ob sie für irgendwas nützlich sind.«

Krendar sah Sekesh an und knirschte mit den Zähnen. »Es sind meine Gefangenen«, knurrte er trotzig. »Prakosh hat gesagt...«

»Is' mir egal«, unterbrach ihn der Massige ungerührt. »Wenn's dir nicht passt, beschwer dich beim Raut. Aber beweg deinen Arsch. Und bring die Blassnasen mit, wenn du nicht willst, dass Prakosh richtig sauer wird.« Er wandte sich ab und stapfte davon.

»Netter Kerl«, brummte Modrath. »Ich mag sie immer mehr.«

Krendar nickte.

»Sollen wir mitkommen, Broca?«, erkundigte sich der Linke.

Krendar überlegte einen Moment, doch dann schüttelte er den Kopf. »Klang nicht so, als würde er euch einladen. Aber könnt ihr die Gegend im Auge behalten?«

»Mit Sicherheit.« Modrath und die Korrach nickten.

Am anderen Ende des Lagers hatten sich Prakosh und einige seiner Krieger um ein kleines Feuer versammelt. *Kein*

Feuer? Natürlich gilt das nicht für ihn. Krendar und Sekesh wechselten einen wissenden Blick. Hinter ihnen wimmerte eines der Menschenkinder, und die Felsenbärenkrieger sahen auf.

»Ah. Seid ihr auch endlich da.« Prakosh schob einen seiner Männer aus dem Weg und winkte Krendar zu sich. »Komm her, Broca. Es wird Zeit, dass wir uns mit unseren Gefangenen unterhalten, meinst du nicht?«

Der junge Aerc neigte eilig den Kopf und präsentierte den Nacken.

»Und ich dachte, da du sie uns verschafft hast, solltest du dabei sein. Komm.« Prakosh trat beiseite, und jetzt konnte der junge Aerc die beiden Zwerge sehen, die auf der anderen Seite des Feuers saßen. Hinter den Wühlern standen Toraka, die Drûaka der Felsenbären und ihre Wächterin. Beide Frauen registrierten ihre Ankunft mit unbewegten Mienen.

Krendar sah den Raut an. »Was hast du vor?«

»Was schon? Ich will wissen, was die Wühler in dem Dorf vorhatten. Sie wollen es nicht sagen und tun so, als würden sie kein Wort verstehen. Schauen wir mal, wer das Spiel besser spielt.« Prakosh drehte sich um und sah auf den ehemals gepanzerten Zwerg zu Füßen Torakas hinunter. »Ich glaube nämlich, dass ihr ganz genau versteht, was wir von euch wollen, ihr kleinen Pisser. Stimmt's? Meine Drûaka hier sagt mir das. Und sie irrt sich nie.« Er sah zu Krendar auf. »Ich habe gehört, dass einer deiner Menschen unsere Sprache spricht. Welcher?«

Der junge Aerc sah sich um, doch der Kapuzenträger hob bereits eine Hand. »Ich, Herr«, sagte er. »Ich bin der Sprecher dieser Menschen.«

Der Raut betrachtete den Mann argwöhnisch. »Er sieht krank aus.«

»Nichts, was seine Sprache beeinträchtigt, Raut.«

»Gut. Spricht er auch die Sprache der Wühler?«

»Keine Ahnung. Du kannst ihn auch selbst fragen, Raut«, warf Krendar vorsichtig ein und erntete einen abfälligen Blick des großen Aerc.

»Ich frage aber dich.«

Er will mir jetzt nicht ernsthaft erzählen, dass es unter seiner Würde ist, mit Menschen zu sprechen, oder? Krendar sah sich etwas hilflos zu Kettwych um. Der Mensch nickte. »Ich denke schon, Raut.«

»Gut«, wiederholte Prakosh grimmig. »Dann soll dein Mensch unserem Wühlerfreund hier übersetzen.« Er wartete, bis Krendar und Kettwych genickt hatten, bevor er fortfuhr: »Ich bin Prakosh, genannt Der Fünftod, vom Stamm der Felsenbären. Ich habe fünf Ehrenduelle gewonnen und neun deiner Art in der Schlacht um Derok getötet. Ich bin der Raut dieses Trupps und gebiete über die Art deines Todes.«

Falls der Zwerg die übersetzten Worte aus dem Mund des Menschen verstand, so zeigte er das mit keiner Regung. Prakosh lächelte grimmig. Dann nahm er ein Messer aus der Glut des kleinen Feuers und betrachtete die tiefrot glühende Klinge. »Ich glaube, wir werden heute viel voneinander lernen.« Er sah auf und dem Zwerg ins Gesicht.

Der Bärtige sah ihm aufmerksam zu. Sein faltiges Gesicht verriet keinerlei Regung. Dann wandte er sich langsam ab, und sein Blick fiel auf Krendar. Seine buschigen Brauen zogen sich zusammen.

Du erkennst mich. Mir hast du das zu verdanken. Der

Zwerg spuckte aus. Allerdings nicht in seine Richtung, sondern vor Sekeshs Füße. Jetzt konnte Krendar die Augen des Zwergs sehen. Beide waren blutunterlaufen und geschwollen, als hätte ihn jemand böse verprügelt. Krendar bezweifelte, dass der Bärtige viel sehen konnte. Die Nachwirkungen von Sekeshs Zauber? *Richtig. Eigentlich hast du es ja ihr zu verdanken.* Der junge Aerc schluckte.

»Stimmt ja. Deine kranke Art kennt ja keine Angst, sagt man«, stellte Prakosh fest. Die Augen des Zwergs wanderten zurück zu Prakosh. »Ich frage mich, ob das stimmt. Finden wir es heraus, hm? Wenn ja, dann hat es vermutlich nicht viel Sinn, euch zu foltern. Wir müssen also herausfinden, was es mit eurer Ehre auf sich hat, was?« Die freie Hand des Raut schoss vor, packte die Bartzöpfe des Gefangenen und schnitt sie mit einer schnellen Bewegung ab. Die glühende Klinge zischte, als sie die Haut des Zwergs versengte. Dann ließ er die Haarsträne achtlos in das Feuer fallen, wo sie in Flammen aufgingen und beißenden Rauch verbreiteten.

Der Zwerg bleckte die Zähne, schwieg jedoch nach wie vor.

Prakosh nickte. »Da verbrennt sie, deine Wühlerehre. Und wenn ich nicht erfahre, was ich wissen will, wirst du ihr stückchenweise folgen.« Er wandte sich an Krendar. »Dein Mensch soll jedes meiner Worte genau übersetzen. Ich stelle den Wühler jetzt vor eine interessante Wahl.« Er winkte einen seiner Männer heran. »Stellt den Menschen mit dem zerstörten Gesicht ans Feuer. Und … diesen Welpen dort.« Er deutete auf eines der Menschenkinder.

Erschrockene Laute wurden unter den Menschen laut, als der Krieger das Menschenkind im Genick packte, es von der

Lederschnur schnitt, die die Gefangenen miteinander verband, und es anscheinend ohne Mühe direkt vor das Feuer stellte. »Die Blassnasen sollen schweigen, sonst töte ich das Balg sofort«, knurrte Prakosh.

Eilig übersetzte der Kapuzenmann, und die Menschen verstummten, bis auf das Kind in der Pranke des Kriegers. Der kleine Mensch wimmerte erstickt, doch Prakosh ignorierte es. Er wandte sich wieder dem Zwerg zu. »Du hast jetzt Gelegenheit zu einer interessanten Wahl, Wühler. Töte ich jetzt das Menschenjunge oder den hässlichen alten Mann, der deine Worte spricht?«

Krendar sah den Raut alarmiert an. »Die Menschen sind meine Gefangenen!«, fuhr er protestierend auf. »Du hast kein Recht...!«

Die Faust des Raut traf ihn unvermittelt und so hart, dass er rückwärtsstolperte und zu Boden ging.

»Wage es nicht, mir zu widersprechen, Broca!«, donnerte Prakosh. »Oder fordere mich zum Zweikampf! Ansonsten halt dein Maul! Du unterstehst mir, also habe ich jedes Recht zu tun, was ich für richtig halte, du kleiner Scheißer! Danke den Ahnen, wenn ich dir den Rest dieser Kreaturen überlasse.«

Er funkelte Krendar an, und der junge Aerc fühlte plötzlich die Augen aller Aerc auf sich ruhen, gespannt, ob er eine Herausforderung wagen würde. Für einen Moment war nur das leise Zischen der verbrennenden Wühlerhaare zu hören. *Ich könnte...* Nein. Er konnte nicht. Prakosh konnte ihn vermutlich einhändig zerreißen. Die Angstwürmer in Krendars Bauch schienen hämisch zu kichern, als er sich eingestand, dass er eine Herausforderung nicht wagte. Er senkte die Augen und entblößte den Nacken.

»Dachte ich mir«, stellte Prakosh fest, plötzlich so ruhig wie zuvor. »Steh auf und sag deinem Menschen, er soll übersetzen, bevor ich ihm die Gedärme herausschneide.«

Krendar rappelte sich auf die Füße. Sein Blick traf die Augen des Kapuzenmanns. Dieser nickte kaum merklich und sprach leise einige Sätze in der harten, unangenehmen Sprache der Zwerge. Allerdings zeigten auch diese keine Wirkung auf dem Gesicht des Wühlers. Der sah den Raut lediglich stumm an.

Prakosh erwiderte den Blick. »Keine Wahl? Dann werde ich sie für dich treffen.« Er legte die jetzt schwarze Klinge an den Hals des Kinds, das panisch wimmerte. »Das Blut dieses kleinen Scheißers hier geht auf dich.«

Eine der Menschenfrauen schrie erstickt auf.

Der Zwerg zuckte mit keiner Wimper.

Schließlich seufzte der Raut und nickte abermals. Er senkte das Messer. »Nein, ich denke, damit kommen wir nicht weiter. Ihr Erdmaden betrachtet Menschen ja nicht anders als Vieh, das für euch arbeiten und sterben darf.« Er tätschelte den Kopf des kleinen Menschen, der daraufhin umso lauter schluchzte. »Dabei ist diese kleine Blassnase hier so viel mehr wert als du. Siehst du, was sie für eine Angst hat? Und trotzdem versucht sie, dagegen anzukämpfen. Daraus erwächst Mut. Das kann ich respektieren. Du dagegen …« Er schüttelte verächtlich den Kopf. »Du dagegen bist lediglich störrisch und verurteilst damit Wesen, die mehr wert sind als du, zum Tod.« Ohne hinzusehen hob er die Hand und zog die schwarze Klinge mit einer heftigen Bewegung über den Hals des Kapuzenmanns.

Krendar zuckte zusammen, und die Menschen schrien auf.

Kettwych stieß ein seltsam pfeifendes Röcheln aus. Blut schoss ihm aus dem Mund und den grotesken Nasenlöchern, lief über sein Kinn und mischte sich mit dem, was aus der klaffenden Wunde in seiner Kehle strömte. Dann schwankte er und fiel auf die Knie. Sein verwunderter Blick suchte den Krendars, als könne er nicht begreifen, was soeben geschehen war. Für einen endlos scheinenden Augenblick versuchte er Luft durch seinen durchtrennten Hals zu saugen, und das feuchte Gurgeln versprühte feine Blutstropfen über die Füße der Umstehenden. Dann kippte er langsam nach vorn und blieb auf dem Gesicht liegen.

Erst als das Zucken seines Körpers aufhörte, erhob Prakosh seine Stimme wieder. »Wie ich sagte: Wir werden heute viel voneinander lernen, Wühler. Wir wissen jetzt, dass du keine Angst vor mir hast und dass es dir wichtiger ist, verstockt zu sein und mir einfache Antworten auf einfache Fragen vorzuenthalten, als deine Ehre zu behalten. Ihr scheint also tatsächlich keine Ehre zu haben.« Er sah auf den Toten zu seinen Füßen hinab. »Außerdem wissen wir jetzt alle, dass euch Erdmaden eure Verstocktheit wichtiger ist als das Leben von Menschen. Selbst das von Kindern. Die Menschen haben das gesehen, Zwerg, und sie werden es nicht vergessen.« Er entblößte seine mächtigen Hauer zu einem düsteren, humorlosen Grinsen, wischte das blutige Messer an der Schulter des Zwergs sauber und steckte es in seinen Gürtel. Auf einen Wink ließ der Krieger neben ihm das Menschenkind los, das schluchzend zu einem der Weiber lief. »Und außerdem«, fügte er leise hinzu, »hast du ebenfalls etwas gelernt. Erstens: Ich mache keine leeren Drohungen. Niemals. Und zum Zweiten: Ich bin bereit, auch wertvolle Dinge zu opfern, um zu bekommen, was ich will. Selbst einen so wertvollen Menschen wie diesen. Deswegen bin ich Raut, und deshalb bekomme ich immer, was ich will.«

Prakosh sah dem Zwerg tief in die blutunterlaufenen Augen, und diesmal glaubte Krendar, ein winziges Flackern darin zu sehen. Falls ihm der Widerschein des Feuers keinen Streich gespielt hatte. Er sah zu den Menschen und nahm gerade noch wahr, wie jede Gefühlsregung des seltsamen jungen Anführers der Menschen hinter einer versteinerten Maske verschwand. Der Junge namens Navorra stand hochaufgerichtet vor seiner kleinen Schar und musterte den Raut mit einem kalten Blick, der dem des Zwergs in nichts nachstand. Ein eisiger Schauer überlief Krendar.

Prakosh hingegen beachtete die Menschen nicht. »Ich lasse dir jetzt etwas Zeit, um darüber nachzudenken. Wir werden uns morgen Abend weiter unterhalten.« Er nickte seinen Kriegern zu. »Zieht den Wühlern die Stiefel aus und bindet sie wieder aneinander. Und niemand füttert die Erdmaden.«

Wieder grinste er, und diesmal lag etwas Boshaftes in seinem Blick. »Ich habe gehört, die Menschen haben ein Sprichwort, das besagt, man sollte einen Tag in den Stiefeln seines Feindes gehen, um zu verstehen, wie er denkt. Ich finde, man sollte seinen Feind eine Weile ohne Stiefel gehen lassen. Auf diese Weise findet man auch heraus, was er denkt. Früher oder später.« Er sah Krendar und Sekesh an. »Nehmt eure Gefangenen mit. Und werft den Toten in den Fluss. Sein Geist soll auf die Reise in den Süden gehen und seinesgleichen sagen, was sie hier erwartet, Drûaka.«

Dann wandte er sich ab und nickte seiner eigenen Schamanin zu. »Ich denke, wir werden jetzt mal sehen, was dran ist am Gerücht, dass Wühler den meisten Giften widerstehen können. Corsha, heb' den anderen auf.« Er deutete auf den Zwerg mit dem verbundenen Arm.

Die Wächterin der Schamanin zerrte den Bärtigen auf die Füße, während ihre Schwester leise und kehlig zu singen begann.

Erst als Sekesh ihn am Arm berührte, riss sich Krendar aus seiner Starre und wandte sich ab. Dann bedeutete er den Menschenmännern, den toten Kapuzenmann aufzuheben, ergriff den Jungen Navorra an der Schulter und machte sich auf den Rückweg durch das nachtdunkle Lager.

ZEHN
Köder und Haken

Den ersten Toten fanden sie etwas abseits des Handelspostens in einem Gebüsch. Ein kruder Holzspeer steckte in seinem Rücken, und die lange Blutspur deutete darauf hin, dass er noch eine ganze Strecke zurückgelegt hatte, ehe er zusammengebrochen war. Das hatte ihm zwar nicht das Leben gerettet, aber es bereitete Glond auf den Anblick vor, der sich ihm kurze Zeit später bot.

Von der Ansiedlung war kaum mehr übrig als ein Haufen verkohlter Balken und ein paar Pfähle, von denen der Rauch in dicken Schwaden in den Himmel aufstieg. Die Toten lagen überall auf dem Warenplatz verstreut. Dalkar, Menschen, Alte, Frauen und Kinder gleichermaßen. Sie sahen aus, als wären sie im Schlaf überrascht worden und hätten sich mit dem verteidigen müssen, was sie gerade zur Hand hatten, als sie überfallen wurden. Kaum einer war vollständig bekleidet oder trug eine Rüstung am Leib. Blutig und verdreckt lagen sie im Schlamm, mit eingeschlagenen Schädeln und klaffenden Wunden am ganzen Körper. Zwei Dalkarkrieger hatten die Orks an einem Baum aufgeknüpft und mit deren eigenen

Äxten beworfen, einem Weiteren hatten sie den Kopf abgeschlagen und auf einem Spieß zur Schau gestellt. Andere wiederum waren so gründlich zerschlagen, dass man kaum noch erkennen konnte, dass es sich bei ihnen einmal um lebende Wesen gehandelt hatte.

Hilflos stolperte der Wolfmann zwischen ihnen umher. Hier und da blieb er stehen und drehte einen der Toten auf den Rücken, nur um anschließend den Kopf zu schütteln und weiterzueilen. Mit gebleckten Zähnen stemmte er einen Türbalken zur Seite, unter dem ein Mann begraben lag. »Meister Schwarzfuß!« Er sah von dem Toten auf. »Er war der verrückte Puppenspieler aus der Leinwebergasse. Wusstet Ihr, dass er eine seiner Puppen nach mir benannt hatte? Die, die in der Geschichte mit der Gans die Bauerstochter entführt und am Ende vom Helden erschlagen wird.« Behutsam ließ er den Balken wieder sinken und schüttelte den Kopf. »Das bedeutet, dass Navorra hier gewesen ist.«

»Vielleicht konnte er entkommen«, sagte Glond.

»Vielleicht.« Der Wolfmann rappelte sich auf und stolperte weiter.

Am Flussufer hatte ein Bootshaus die Zerstörungswut der Orks halbwegs unversehrt überstanden. Der Wolfmann stieß die Tür auf, die nur lose in den Angeln hing, und bahnte sich seinen Weg zwischen zertrümmerten Kisten und Truhen hindurch zum Anlegesteg. Ein Teil des Dachs war heruntergestürzt und hatte den Großteil der Boote unter sich begraben. Den anderen hatten die Orks die Böden eingeschlagen und sie anschließend versenkt. Auch hier waren Spuren von Kämpfen zu erkennen. Eine lange Blutspur zog sich quer über den Bretterboden bis hin zum Rand eines Bootsstegs, wo eine Leiche kopfüber im Wasser hing.

Der Wolfmann durchwühlte die Trümmer nach Spuren, zuerst langsam und gewissenhaft, dann mit zunehmender Wut. Zerrte an Balken, trat auf Holzbretter ein, die ihm den Weg versperrten, und wühlte sich durch Berge von Schutt, bis sein Pelz ganz grau war von Ruß und Schmutz und er nicht mehr weiter konnte. Schwer atmend blieb er stehen und drehte sich um. »Ich kann ihn nicht finden«, krächzte er.

Glond nickte. *Das ist doch noch nicht einmal das schlechteste Zeichen, oder? Er könnte auch dort draußen an einem Baum hängen oder mit eingeschlagenem Schädel am Flussufer liegen. Dann gäbe es gar keine Hoffnung mehr.* »Ich schau mich mal hinter den Palisaden um.«

Eine Menge Spuren führten in das Unterholz rund um die Niederlassung, und eine Menge weiterer Toter lagen in den Büschen. Die Orks hatten gründliche Arbeit geleistet und sich offenbar alle Mühe gegeben, niemanden lebendig entkommen zu lassen. Mit sinkender Hoffnung stapfte Glond durch ein schlammiges Rübenfeld, bis er den Waldrand erreichte.

»Ist da jemand?«, rief er. *Nein, natürlich nicht.*

Unter einem Gebüsch fand er einen dreckverkrusteten Holzschuh, neben dem ein rostiges Küchenmesser im Schlamm steckte. Es war ein trostloser Anblick, und Glonds Hoffnung sank noch ein Stück weiter. Er schlug einen Bogen um das Gebüsch und tauchte in das Halbdunkel des Waldes ein.

Und dort fand er doch noch ein paar Überlebende. Als er einen niedrig hängenden Ast zur Seite bog, starrte ihm ein halbes Dutzend bleicher Gesichter entgegen. Zwei uralte

Menschen und vier Kinder. Sie standen dicht zusammengedrängt, die Augen aufgerissen und die zitternden Hände mit Stöcken und Steinen bewaffnet, die einen Ork zum Lachen gebracht hätten.

»Keinen Schritt weiter«, zischte der Menschenmann und richtete die Spitze eines lächerlich dünnen Speers auf ihn.

»Ich sehe keine Veranlassung dazu«, sagte Glond und hob langsam die Hände.

Der Alte musterte ihn misstrauisch von oben bis unten. »Du bist kein Ork, oder?«

Glond schüttelte den Kopf. »Sehe ich etwa so aus?«

»Das hat nichts zu sagen. Manche dieser Mistkerle können sich verdammt gut verstellen.«

»Mein Name ist Glond. Ich komme aus Derok.«

Der Alte kniff die Augen zusammen und leckte sich mit der Zunge über die Lippen. Schließlich nickte er und senkte den Speer. Vermutlich konnte er sich nicht vorstellen, dass sich ein Ork so gut verstellen konnte, dass er einem Dalkar ähnlich sah und auch genauso sprach. »Sie kamen mit der Dunkelheit«, sagte er. »So leise, dass keiner sie bemerkt hat. Erst haben sie die Wachen überrumpelt und danach jeden getötet, der nicht schnell genug fliehen konnte. Als sie damit fertig waren, haben sie jedes Gebäude angezündet und mit den Booten über den Fluss gesetzt.« Seine Schultern sackten nach vorn, und die rotgeränderten Augen füllten sich mit Tränen. »Wir haben nur überlebt, weil wir mit den Enkeln zum Flussufer hinuntergegangen sind, um Aale zu angeln. Nachts sind sie am leichtesten zu erwischen, musst du wissen.«

Glond fand, dass sie sich darin nicht unbedingt von anderen Lebewesen unterschieden. »Wir sind auf der Suche nach einem Jungen«, sagte er. »Einem Flüchtling aus Derok. Sein Name ist Navorra...«

Der Alte schüttelte traurig den Kopf. »Sie sind alle tot und verbrannt.«

»Kennst du ihn? Hast du gesehen, wie er gestorben ist?«

Der Alte zuckte mit den Schultern. »Nein. Der Name sagt mir nichts. Es sind so viele Flüchtlinge gekommen in letzter Zeit. Es werden täglich mehr. Die Welt geht ihrem Ende entgegen.«

»Aber ich kenne ihn«, sagte eines der Kinder, ein Mädchen mit dunklem Wuschelkopf und einem langen Kratzer im Gesicht. »Er ist mit einer Gruppe von Krüppeln gekommen, und sie mussten im Bootshaus schlafen, weil sie so seltsam waren. Er hatte einen Priester bei sich, dem die Nase fehlte. Die Erwachsenen haben gesagt, wir sollen uns von diesen Menschen fernhalten, aber wir haben uns nicht darum gekümmert. Wir haben ihnen Essen mitgebracht, Navorra hat uns Zaubertricks gezeigt, und der Priester hat Geschichten über seine Götter erzählt.«

»Weißt du, was mit ihnen geschehen ist, als die Orks gekommen sind?«

»Sie haben sie entführt. Wir haben ganz in der Nähe in einem Gebüsch gehockt und gehört, wie sie miteinander geredet haben. Zuerst wollten die Orks sie umbringen, aber dann hat Navorra sie überredet, sie am Leben zu lassen. Sie haben etwas von einer Dunkelheit erzählt, die kommen wird, und von Orkherzen, die beerdigt werden müssen.«

»Orkherzen? Bist du sicher?«

Das Mädchen nickte. »Sie hatten ganze Säcke davon mitgebracht und in den Booten verstaut. Dann haben sie die

Gefangenen auch auf die Boote gebracht und sind davongefahren.«

»Ich konnte nichts dagegen unternehmen«, sagte der Alte. »Wenn ich noch jünger gewesen wäre, hätte ich sie bekämpft, aber jetzt sind meine Augen nicht mehr so gut, und ich musste ja die Kinder beschützen. Ich konnte sie doch nicht allein lassen, verstehst du?«

Glond nickte. »Ich weiß. Du konntest nichts tun.«

»Wirst du Navorra retten?«, fragte das Mädchen.

»Ich versuche es.«

»Dann bist du der Ritter, von dem er gesprochen hat?«

Glond lächelte. »Nein, aber ich glaube, ich weiß, wen du meinst.«

»Glond!« Dvergats Stimme ertönte von den Ruinen her. Sie klang ziemlich aufgeregt.

Glond sah zu ihm hinüber. »Das ist einer meiner Begleiter. Ich muss nachschauen, was er will.«

»Wir kommen mit«, sagte das Mädchen. »Vielleicht können wir helfen.«

»Ich hätte ganz sicher auch den anderen geholfen«, fügte der Alte leise hinzu. »Wenn meine Knochen noch jünger wären.«

»Dort kommen Boote!« Dvergats Finger deutete nach Süden. Aufgeregt humpelte er auf den Bootssteg zu. »Dort hinten. Sie kommen gerade um die Biegung.«

»Orks?«, fragte Glond und kniff die Augen zusammen, um besser sehen zu können.

»Nein.« Dvergat schüttelte den Kopf. »Sie tragen die Fahne von Wludstein am Mast.«

Die Gefährte hatten kaum Ähnlichkeit mit dem, was man gemeinhin als Schiffe bezeichnete. Am ehesten konnte man sie noch mit Hausbooten vergleichen, wie sie von manchen Flussmenschen genutzt wurden, mehr aber noch mit Wehrtürmen oder kleinen Festungen. Sie waren unglaublich wuchtig und breit, mit hochgezogenen Bordwänden und je einer Plattform an Bug und Heck, auf denen schwere Katapulte standen. Ganze Eichenwälder mussten abgeholzt worden sein, um das Holz für ihren Bau zur Verfügung zu stellen. Jedes Boot hatte einen langen Mast, an dem sich ein großes Segel wölbte. Mehr brauchte es auch nicht, denn sie wurden in erster Linie von zwei übereinanderliegenden Reihen langer Ruder angetrieben, die sich im gleichmäßigen Takt einer Trommel hoben und senkten.

Behäbig drehte sich das vorderste Boot in der Strömung, bis es mit dem Bug direkt auf den Steg zuhielt. Während es langsam näher kam, klangen Befehle über das Wasser. Ketten rasselten, und mit lautem Knarren senkte sich die gesamte Vorderseite herab und gab den Blick auf Reihen waffenstarrender Dalkar in blitzenden Stahlpanzern frei.

Der Erste, der den Steg betrat, war ein Koloss von monströsem Aussehen. Unter seiner blitzenden Stahlrüstung waren gewaltige Muskelberge zu erahnen, und auf seinem breiten Gesicht mit den eng zusammenstehenden Augen lag der gemeine Ausdruck eines Mannes, der Freude daran hatte, seine Kräfte an Schwächeren auszulassen. Seine Hand ruhte auf dem Griff eines überdimensionierten Streithammers, dessen Kopf so groß und langgezogen war, dass er beinahe schon der Spitzhacke eines Bergmanns ähnelte. Träge ließ er den Blick über den Platz wandern. Nachdem er zu dem Entschluss gekommen zu sein schien, dass keiner der Anwesenden eine Gefahr darstellte, hob er die Hand und trat einen Schritt zur Seite.

Als Nächstes verließen zwei Clankrieger das Schiff. Sie wirkten nicht annähernd so gewalttätig wie der Koloss, aber immer noch stark genug, um es mit einer ganzen Wagenladung Orks auf einmal aufnehmen zu können. Sie trugen langstielige Schwertäxte, deren Stielenden sie unter beeindruckendem Rüstungsgeklapper auf die Holzbohlen des Stegs stießen. »Neigt die Köpfe vor Meister Zornthal«, donnerte einer der beiden über den Platz. »Großhertig des Wludstein-Clans und Bewahrer der Königlichen Truhen.«

Der so Angekündigte betrat als Letzter den Steg. Er war massig und breit, und der Blick seiner Augen wirkte unbarmherzig und voller Zorn. Sein stahlgrauer Bart war zu langen Zöpfen geflochten, deren Enden von goldenen Spangen zusammengehalten wurden. Um seine mächtigen Schultern lag der Pelz eines Nordbären, den er der Legende nach mit bloßen Händen erlegt hatte.

An Glonds Seite fiel Dvergat auf die Knie und senkte den Kopf. Selbst der Wolfmann war von dem Auftritt so beeindruckt, dass er einen leisen Pfiff ausstieß. Wenn Zornthal etwas beherrschte, dann einen königlichen Auftritt. Er hatte aber auch alles Recht dazu. Als Großhertig vereinte er gleich fünf Clans unter seinem Banner, und man munkelte, dass er ein Auge bis hinauf auf den Thron des Großkönigs geworfen hatte.

Zornthal betrachtete die Zerstörungen mit gerunzelter Stirn und finster zusammengezogenen Augenbrauen. »Alles zerstört«, brummte er mit einer volltönenden Stimme, der man anhörte, dass sie es gewohnt war, Befehle zu geben.

Traurig schüttelte er den Kopf. »Kein Stein steht mehr auf dem anderen. Derok achtet nicht gut auf seinen Besitz.« Grimmig wandte er sich dem Koloss zu. »Bresch, mein Sohn, wer hat das alles hier zu verantworten?«

Der Koloss deutete mit einem wurstartigen Finger auf Dvergat. »Was ist hier vorgefallen, alter Mann? Sprich!«

»Orks«, stammelte Dvergat und rappelte sich auf. »Sie haben den Handelsposten angegriffen und die Wachen überwältigt. Sie sind alle tot – die Wachen, meine ich. Nicht die Orks. Die sind...«

»Warum seid ihr nicht tot?«

»Wie?«

»Warum seid ihr noch am Leben, wenn die anderen es nicht sind?«

»Warum?« Dvergat kratzte sich am Bart. »Tja, das frage ich mich auch. Das frage ich mich die ganze Zeit.«

»Ihr hättet kämpfen müssen«, herrschte Bresch ihn an, doch Zornthal schnaubte nur und machte eine wegwerfende Handbewegung. »Wir befinden uns im Krieg, mein Sohn. Die einen Männer sterben, und die anderen sterben nicht. Es kommt jeden Tag vor, und es spielt keine Rolle, ob es einen mehr oder weniger trifft. Das Einzige, was zählt, ist das große Ganze, merk dir das. Dieser Vorfall hier hat keine Bedeutung für unsere Pläne.« Er legte Bresch kurz die Hand auf die Schulter und stapfte dann an ihm vorbei. Die Clankrieger schmetterten die Stielenden ihrer Schwertäxte noch einmal lautstark auf die Holzbohlen und folgten ihrem Anführer scheppernd über den Platz.

»Wartet!«, rief Glond und schickte sich an, Zornthal hinterherzulaufen.

Doch Bresch versperrte ihm barsch den Weg. »Das Gespräch ist beendet.«

»Es hat doch noch gar nicht angefangen...«

»Das muss es auch nicht. Ihr habt den Hertig gehört: Dieser Vorfall hier hat keine Bedeutung für ihn.«

»Aber wollt ihr denn nicht die Orks verfolgen?«

»Wisst ihr, wo sie hingegangen sind?«

Glond nickte. »Sie sind noch nicht weit gekommen.«

Breschs Blick folgte seinem ausgestreckten Zeigefinger hinunter zum Flussufer, und ein Glitzern trat in seine Augen. Aufgeregt leckte er sich über die Lippen. »Sie sind dort unten?«

»Es waren vielleicht drei oder vier Dutzend, und sie sind erst vor ein paar Stunden mit Ruderbooten auf die andere Seite übergesetzt. Wenn wir uns beeilen, können wir sie noch einholen.«

Bresch runzelte die Stirn. »Nur drei oder vier Dutzend, und wir müssten sie über das Wasser verfolgen?« Er warf einen Seitenblick auf seinen Vater und dessen Gefolge. »Das scheint mir kaum den Aufwand wert zu sein.«

»Kaum den Aufwand wert? Sie haben die Niederlassung zerstört!«

Bresch winkte ab. »Sie haben uns damit eine Menge Arbeit abgenommen. Wir benötigen den Platz ohnehin, um das Lager aufzuschlagen. Für die Clankrieger, die gekommen sind, um Derok zu befreien. Es bräuchte schon einen ganz besonderen Grund, um meinen Vater zu überzeugen.«

»Sie haben die Wachmannschaft getötet und die Siedlung niedergebrannt. Ist das nicht Grund genug? Außerdem haben sie Gefangene gemacht.« Glonds Finger deutete auf das verlorene Häuflein Menschen, das sich in der Mitte des Platzes zusammengedrängt hatte. »Ihre Väter und Söhne, Frauen und Töchter.«

Bresch riss die Augen auf und prustete los. Er lachte so laut und heftig, dass sein mächtiger Körper zu beben begann und ihm der Speichel aus dem Mundwinkel spritzte. »Aber das sind ja Menschen!«, brüllte er und schlug sich mit der flachen Hand klatschend auf den Oberschenkel. Immer noch lachend schüttelte er den massigen Kopf und wischte sich mit dem Handrücken über den Mund. »Dein Mitgefühl für Menschen in allen Ehren, aber es gibt Wichtigeres als das. Wir sind gekommen, um einen ganzen Krieg zu beenden. Da hat es doch keinen Sinn, einer Handvoll versprengter Orks hinterherzujagen. Nicht, wenn drüben in Derok Tausende darauf warten, zurück in die Berge getrieben zu werden.«

»Und was geschieht mit den Gefangenen? Sollen wir sie ihrem Schicksal überlassen? Die Orks werden sie töten. Oder Schlimmeres.«

»Ist das so?« In Breschs Stimme schlich sich jetzt ein Hauch Ungeduld. »Dann hätten sie besser gleich bis zum Tod kämpfen sollen. Hätte ihnen sicherlich eine Menge Leid erspart.«

»Das meint ihr nicht ernst.«

»So ernst, wie ich hier stehe. Und jetzt geh mir aus dem Weg.« Er sagte es nicht besonders laut, aber mit einer Eindringlichkeit, die Bände sprach. Seine Hand lag wie zufällig auf dem Griff des Streithammers, während er einen knirschenden Schritt auf Glond zutrat. »Es wird dunkel, und das Lager ist noch nicht aufgebaut. Die Krieger müssen versorgt werden, und mein Vater will heute Nacht an seiner Tafel speisen.«

Glond starrte ihn fassungslos an. Am liebsten hätte er diesem Drecksack den Hals umgedreht, wenn er denn zwischen den massigen Schultern einen besessen hätte. Aber was hätte er der rohen Kraft dieses Clankriegers schon entgegensetzen können? Er war kein Kämpfer und noch nicht einmal ein besonders überzeugender Redner. Mit einem wütenden Blick, den der Koloss nicht einmal zu bemerken schien, trat er zur Seite.

Es war kalt geworden, und Glond hatte die Decke eng um die Schultern geschlungen und trug sich mit tristen Gedanken. Der Herbst war früh gekommen dieses Jahr. War direkt auf einen verregneten Sommer gefolgt, der gut zu den Ereignissen passte, die das Land in den vergangenen Wochen überrollt hatte, und schien sich nicht lange aufhalten zu wollen. Der Winter klopfte bereits mit seinen ersten stürmischen Vorboten an die Tür. Sie saßen abseits vom Lager der Königlichen am Flussufer und hatten ein kleines Feuer angezündet, um sich daran aufzuwärmen. Der Wolfmann polierte mit mahlenden Zähnen an seinem Schwert herum, und Dvergat kämpfte leise fluchend mit dem Zapfhahn eines Bierfässchens, das er aus den rauchenden Überresten eines heruntergebrannten Lagerhauses gerettet hatte. Die überlebenden Menschen hatten das Angebot dankbar angenommen und sich ebenfalls bei ihnen niedergelassen. Im Gegenzug teilten sie mit ihnen eine Handvoll magerer Fische, die der alte Mann mit einer Angel aus dem Wasser gezogen hatte. Glond warf einen Blick auf die säuberlich aufgereihten Zelte, die von den Trossleuten in Windeseile errichtet worden waren. Aus dem größten drang lautes Gelächter und das Klirren von Bierhumpen zu ihnen herüber.

Dvergat bemerkte seinen Blick und ballte die Fäuste. »So ein elender Drecksack, dieser Zornthal. Sitzt in seinem Zelt und schlägt sich den Wanst voll, während dort drüben auf der anderen Seite des Flusses Menschen und Dalkar sterben. Ich hätte große Lust, zu ihm hinüberzugehen und ihm vor seinen Leuten gewaltig in den Arsch zu treten. So lange, bis er sich aufrafft und endlich etwas tut.«

»Vorhin am Steg hattest du ihn ja beinahe schon so weit«, brummte der Wolfmann. »Hat nur noch ein kleines Stück gefehlt, und er hätte dir aus der Hand gefressen.«

»Was soll das heißen?« Dvergats Kopf fuhr herum.

»Das, was es heißt.« Prüfend fuhr der Wolfmann mit dem Daumen über die Schwertklinge. »Ich sehe es noch ganz genau vor mir, wie Zornthal förmlich auf die Knie gefallen ist, um dir zu Diensten zu sein. Selbst dieser Bresch hat mit den Zähnen geklappert, so viel Angst hatte der vor dir.«

Dvergat warf das Fässchen zur Seite und sprang auf. »Was hätte ich denn tun sollen? Er ist immerhin ein Großhertig, verdammt noch mal. Der spricht nicht mit jedem Dalkar, der hat das gar nicht nötig! Aber im Gegensatz zu euch denke ich wenigstens noch darüber nach, etwas zu unternehmen. Ihr dagegen sitzt einfach nur herum und starrt Löcher in den Boden.«

Der Wolfmann öffnete den Mund, um etwas zu erwidern, aber Glond legte ihm die Hand auf die Schulter. »Lass ihn, er hat recht. Wenn hier einem Vorwürfe zu machen sind, dann mir. Ich hatte die Chance, etwas zu bewirken. Ich hätte in Derok einfach General Variscits Angebot annehmen sollen. Als sein Stellvertreter hätte ich jetzt genügend Einfluss, um den Orks eine Armee hinterherzuschicken. Stattdessen hatte ich geglaubt, mehr bewirken zu können, wenn ich mein eigener Herr bin. Ich habe mich geirrt.«

»Wenn du Variscits Angebot angenommen hättest, hättest du gar nicht erst aufbrechen können«, sagte der Wolfmann. »Es hat also keinen Zweck, sich Vorwürfe zu machen.«

»Das macht die Sache nicht besser, denn ich habe keine Ahnung, was wir noch tun sollen. Eines der Boote reparieren? Sie auf eigene Faust verfolgen?«

Der Wolfmann seufzte. »Fünf Dutzend schwer bewaffneten Orks? Mitten durch ein völlig unbekanntes Gebiet? Selbst wenn wir sie einholen, was sollen wir dann machen? Ich glaube kaum, dass die Orks so unaufmerksam werden, dass es uns gelingt, sie im Schlaf zu überrumpeln.«

»Siehst du denn eine andere Möglichkeit?«

Der Wolfmann schüttelte nur den Kopf.

Grimmig starrte Glond aufs Wasser hinaus.

Der alte Mann hatte aus einem Stück Rüstungsblech mit viel Geschick einen Köder gebastelt, der nun munter auf den Wellen tanzte. Das blinkende Metall schien die Fische beinahe magisch anzuziehen. »Nachts beißen sie am besten«, erklärte er dem Mädchen mit dem Wuschelkopf. »Aber man braucht einen guten Köder dafür.«

Einen guten Köder. Wo hatte Glond das schon einmal gehört? Er sah zu den Zelten des Großhertigs hinüber. Einen guten Köder hätten sie jetzt gebrauchen können, um Zornthal zu überzeugen, den Orks doch noch hinterherzumarschieren. Aber offenbar reichten ein paar entführte Menschen nicht aus. Was würde genügend blitzen, um einen mächtigen Mann wie ihn anbeißen zu lassen?

»Warum verwendest du keine Würmer?«, fragte das Mädchen.

»Weil die Fische dumm sind«, sagte der Alte. »Sie schnap-

pen lieber nach einem blinkenden Stück Metall als nach dem leckeren Wurm. Sie glauben, dass es besser schmeckt.«
»Und wenn du beides verwendest?«
»Hm.« Der Alte kratzte sich am Kinn. »Das würde wahrscheinlich noch besser funktionieren.«
Ich empfehle das Herz eines Kriegers.
Ruckartig hob Glond den Kopf. »Das ist die Lösung«, sagte er.

Er hastete den Hang hinauf, der Musik und dem Gelächter entgegen. Bratenduft stieg ihm in die Nase und ließ seinen Magen knurren. Als er das Fell vor dem Zelteingang des Großhertigs anhob, schlugen ihm brütende Hitze und aufgeregtes Stimmengemurmel entgegen. Mächtige Feuerschalen erhellten einen mit Landkarten überhäuften Tisch, über den altgediente Heetleute mit wallenden Bärten und finsteren Mienen gebeugt standen und kleine Figuren aus Holz und Bein verschoben, die liebevoll mit Zahlen und bunten Farben bemalt waren. Mitten unter den Heetleuten stand Bresch, einen Bierkrug in der Hand und einen gelangweilten Ausdruck im Gesicht. Seine blutunterlaufenen Augen starrten Glond feindselig entgegen. Großhertig Zornthal saß auf einem gewaltigen steinernen Thron, für dessen Transport vermutlich ein eigenes Schiff notwendig gewesen war. Er sah jedenfalls sehr beeindruckend und unbequem aus. Wenn er dem Besucher demonstrieren sollte, dass der darauf Sitzende neben Macht auch eine ganze Menge Sitzfleisch besaß, dann hatte er seinen Zweck erfüllt. Der Großhertig musste ein wahrer Meister im Aussitzen sein.

»Dein Name ist also Glond?« Zornthal beugte sich interessiert nach vorn. Die goldenen Spangen an seinem mächtigen grauen Bart klimperten leise. »General Variscits Auserwählter. Der Held, der in Derok die Gebeine von Meister Steinhand vor den Orks gerettet hat. Du hast dem General und seinem Herrn, dem Großkönig, alle Ehre gemacht. Warum hast du mir bislang verschwiegen, dass du dieser Glond bist?«

Glond zuckte mit den Schultern. Ob er dem Großkönig alle Ehre gemacht hatte, war fraglich. Er hatte nicht viel mehr getan, als zu überleben, während andere für ihn gestorben waren. Das zeichnete ihn in seinen eigenen Augen nicht gerade als Helden aus. Aber es war ein guter Anfang, wenn Zornthal anders darüber dachte. »Ich hielt es nicht für wichtig.«

»Du hieltst es nicht für wichtig?« Zornthal zog eine buschige Augenbraue in die Höhe. »Das klingt ungewöhnlich bescheiden für einen Dalkar, nicht wahr? Da steht ein echter Held unseres Volkes, ein Mann, der bereits Geschichte geschrieben hat, und er hält das nicht für wichtig.« Klatschend schlug seine Hand auf die Stuhllehne. »Weißt du was? So etwas gefällt uns!«

»Ich habe ihn mir größer vorgestellt«, knurrte Bresch und spuckte auf den Boden.

»Er ist kein Kämpfer, das ist wahr. Aber er hat einen hellen Kopf. Das zählt manchmal mehr als ein starker Arm.« Zornthal sah Glond eine Weile schweigsam an. »Was führt dich an diesen Ort, Glond?«

Glond räusperte sich. Seine Kehle fühlte sich unangenehm trocken an, aber niemand schien es für nötig zu halten, ihm etwas zu trinken anzubieten. Stattdessen starrten sie ihn alle nur wortlos an. Jeder von ihnen ein altgedienter Kämpfer, der schon zu viel erlebt hatte, um sich noch etwas vormachen zu lassen. Er fühlte ihre Blicke auf sich ruhen und musste sich zwingen, nicht auf der Stelle umzudrehen und aus dem Zelt zu rennen. »Ich bin auf der Suche nach Säcken voller Orkherzen«, sagte er mit krächzender Stimme.

»Willst du uns zum Narren halten?«, schnaufte Bresch, und einer der Heetleute kicherte leise.

Zornthal hob die Hand. »Sprich weiter!«

»Die Orks, die die Handelsniederlassung zerstört haben: Ich habe erfahren, dass sie auf dem Weg zurück in ihr Heimatland sind. Sie wollen die Herzen ihrer im Krieg getöteten Kämpfer an den Platz ihrer letzten Ruhe bringen. Es heißt, dass sich die Stämme aus dem Westen vor dem Zorn der Verstorbenen fürchten, solange diese nicht richtig beerdigt wurden. In dem Sturm, der am Horizont aufzieht, sehen sie ein Zeichen, dass das Unheil bereits naht.«

Bresch stieß ein glucksendes Lachen aus. »So einen abergläubischen Unsinn habe ich mein Lebtag nicht gehört. Seit wann richten die Geister von Toten irgendwelches Unheil an, wenn ihre Herzen nicht begraben wurden? Wer soll das glauben, und was interessiert es uns? Sollen die Orks doch ihre stinkenden Innereien schleppen, wohin sie wollen.«

Glond verzog das Gesicht. Bresch war vielleicht ein großer Krieger, aber er war ohne Zweifel kein sehr großer Denker. Seine Vorstellungskraft reichte vermutlich nicht weiter als bis zum nächsten Bierkrug. Dummerweise war er aber auch der Sohn des Großhertig, und das machte es schwierig, ihn zu übergehen. »Es ist gar nicht so viel anders als bei uns«, erklärte er geduldig. »Genauso, wie wir die Knochen von Meister Steinhand in Sicherheit gebracht haben, bringen die Orks die Herzen ihrer Kämpfer in Sicherheit. Erinnert euch, was wir auf uns genommen haben, um nur diese eine Reliquie zu retten. Nun stellt euch vor, was die Orks tun würden, um gleich Hunderte solcher Reliquien zurückzubekommen...«

»So ein Unsinn«, wiederholte Bresch, und der Großteil der Heetleute nickte zustimmend. »Mag sein, dass ihnen dieser Haufen Innereien irgendetwas wert ist, aber was nützt uns das in den anstehenden Kämpfen? Sollen wir sie mit den Herzen bewerfen?«

»Ich finde das eine interessante Idee.« Zornthal strich sich nachdenklich über den dichten Bart.

»Was?«

»Sie mit den Herzen zu bewerfen, meine ich. Man übergießt sie mit Öl und zündet sie an. Eines nach dem anderen, ganz langsam. Sodass die Orks dabei zuschauen können, wie sie zu brutzeln und zu stinken beginnen. Das dürfte den Argumenten der Dalkar in den Verhandlungen eine ganze Menge mehr Nachdruck verleihen.«

Bresch runzelte die Stirn. »Was meinst du mit verhandeln? Was soll das bedeuten?«

»Das, was wir Dalkar gemeinhin tun, wenn wir uns im Krieg befinden und die ersten Schlachten geschlagen sind. Wir verhandeln über Gold, wir verhandeln über Land, wir verhandeln über Städte.«

Bresch verzog das Gesicht. »In diesem Krieg kämpfen aber keine Clans gegeneinander, sondern Dalkar gegen Orks. Warum sollten wir mit Tieren verhandeln? Wir greifen sie an, und dann vernichten wir sie. So machen wir das.« Er ballte seine mächtigen Pranken zu Fäusten und schüttelte sie. »Dafür sind wir doch hergekommen. Um der Welt zu zeigen, dass der Wludstein-Clan der mächtigste Clan unter den Gipfeln der Berge ist.«

»Und was dann?«, brauste Zornthal auf. »Was willst du tun, wenn die Orks vernichtet sind und wir nur noch ein Schatten unserer selbst sind? Willst du tatenlos zusehen, wie so ein dahergelaufener Oberer die Gelegenheit beim Schopf packt und sich die Krone des Großkönigs aufs Haupt setzt, während die Knochen unserer Krieger auf dem Schlachtfeld verrotten? Oder gar einer dieser menschlichen Emporkömmlinge? Glaube mir, mein Sohn, ich wäre der Letzte, der sich einem ordentlichen Kampf widersetzt. Aber um den Krieg zu gewinnen, muss man einen Schritt weiter denken als alle anderen.« Seine Hand klatschte lautstark auf die Armlehne des Throns. »Die Orkherzen sind möglicherweise genau dieser eine Schritt, der uns noch fehlt.«

»Aber wenn es sich wirklich so verhält, wieso sollte uns Glond davon erzählen? Er dient General Variscit und damit dem Großkönig. Wenn er ihm die Orkherzen zurückbringt, dann haben wir selbst doch rein gar nichts davon.«

»Ja, das ist tatsächlich die Frage …« Zornthal stützte das Kinn in die Hand und schaute auf Glond herunter. »Warum erzählst du uns von diesen Herzen? Was hast du selbst davon?«

Es entstand eine Pause, in der keiner ein Wort sagte. Glond wusste, dass er sich auf sehr dünnem Eis bewegte. Wenn Zornthal den Köder nicht schluckte, würde er sicherlich nicht zögern, seinen Unmut darüber zum Ausdruck zu bringen. Er war der Anführer eines der ältesten Clans des Königreichs und nicht unbedingt für seine Gnädigkeit bekannt. Eher für das Gegenteil. Aber jetzt gab es ohnehin kein Zurück mehr.

Glond hatte den Stein ins Rollen gebracht und konnte ihn nicht mehr aufhalten. »Es ist richtig, dass Variscit mich zu seinem Stellvertreter ernennen wollte. Aber wie ihr wisst, habe ich abgelehnt. Er ist ein mächtiger Kriegsherr und großer Stratege, aber ich denke, dass ...«

Zornthals Hand krachte donnernd auf die Armlehne. »Sag es, wie es ist, sprich doch frei heraus!« Ein gefährliches Glitzern trat in seine Augen. »Du hast den Posten seines Stellvertreters abgelehnt und stattdessen jemand anderen dafür vorgeschlagen. Einen Oberen, und eine Frau noch dazu. Glaubst du, ich hätte nicht verstanden, wie du General Variscit auf die Probe gestellt hast, indem du ihm einen völlig unsinnigen Kandidaten vorgeschlagen hast? Als der alte Zausel darauf eingegangen ist, wurde dir klar, wie es wirklich um seinen Geisteszustand bestellt ist, nicht wahr?« Erneut donnerte die Hand auf die Stuhllehne, und die Heetleute unterbrachen erschrocken ihre Gespräche, um die Köpfe einzuziehen.

»Wir wissen beide, dass die Zeit des alten Drachentöters abgelaufen ist. Der Fall Deroks ist das beste Zeichen dafür. Die Stadt ist einer der wichtigsten Handelsposten im Norden, und sie ist der Stolz der Oberen Clans. Deren Vertreter sind entsetzt darüber, dass er sie so einfach den Orks überlassen hat. Das wird in der Clanversammlung nicht ohne Reaktion bleiben. Es wird die Stimmverhältnisse in der Clanversammlung entscheidend verändern.« Sein massiger Zeigefinger deutete auf Glond. »Es wird Veränderungen im Reich geben. Große Veränderungen! Wir wissen das beide, und im Gegensatz zu all diesen Duckmäusern im Reich reden wir gar nicht erst drum herum. Wir sagen es, wie es ist.«

Glond überfiel das dringende Bedürfnis, sich unauffällig

rückwärts aus dem Zelt zu bewegen, doch er zwang sich, ruhig stehen zu bleiben. Er hätte nicht gedacht, dass sein Plan so gut funktionieren würde. Offenbar hatte er da an einer Sache gerührt, die tiefer ging als bloße politische Streitereien. Vielleicht sogar ein wenig zu tief für seinen Geschmack.

»Große Veränderungen!«, wiederholte Zornthal. Sein Gesicht war ganz rotfleckig, und ein Diener reichte ihm eilig einen Krug Bier, den er in einem Zug leerte. Dann strich er sich mit dem Handrücken über den Bart. »Wenn es so weit ist, brauche ich gerissene Männer wie dich, Glond. Männer, die wissen, wofür es sich zu kämpfen lohnt. Unterstell dich meinem Befehl, und ich gebe dir eine Einheit meiner besten Krieger an die Hand, um die Orkherzen zu finden. Ich verspreche dir, wenn du diese Aufgabe zu meiner Zufriedenheit erfüllst, wird mein Triumph auch der deine sein.«

Glond gefiel nicht, welchen Verlauf die Unterredung genommen hatte. Das Letzte, was er wollte, war, zwischen die Fronten der Adligen zu geraten. Vor allem, wenn auf der anderen Seite Syen stand. Nachdenklich kaute er auf seiner Unterlippe. Aber hatte er denn eine Wahl? War es nicht genauso wie damals vor dem Stadtrat, als er zwischen Tod und Teufel hatte entscheiden müssen? Er konnte ablehnen, aber dann hätte er keine Möglichkeit mehr, Navorra zu retten. Nicht ohne die Hilfe von Zornthal.

Verdammtes Scheiß-Schicksal. »Also gut«, krächzte er und räusperte sich. »Ich nehme das Angebot an und unterstelle mich eurem Befehl.«

»Abgemacht.« Zornthal schmetterte den leeren Bierkrug so heftig auf die Armlehne, dass er in tausend Scherben zerbarst. »Dann ist es beschlossene Sache.«

»Aber was hindert ihn daran, sich mit den Orkherzen aus dem Staub zu machen?«, begehrte Bresch ein letztes Mal auf. »Wer wird ihn an die Abmachung erinnern, wenn er hat, was er sucht?«

»Auch daran habe ich gedacht.« Zornthals Mundwinkel zuckten eine Winzigkeit in die Höhe, während er sich kleine Tonsplitter vom Brustpanzer fegte. »Du wirst ihn daran erinnern, Bresch. Du führst die Einheit an, die die Orkherzen holt.«

TEIL II

*»Düster in das Dunkel schauend
stand ich lange starr und grauend,
Träume träumend, die hienieden
nie ein Mensch geträumt vorher.«*

EDGAR ALLAN POE: »DER RABE«

ELF
Zeichen und Knochen

»Bei den Ahnen, der Kerl ist einer der beschissensten Anführer, unter dem ich je gelaufen bin«, knurrte Modrath im Morgengrauen. »Nicht mal der Ohrensammler hätte einen Gefangenen wie den abgestochen. Und die fette Sau war schon wirklich dämlich.« Er zerrte einen moosbedeckten Baumstamm ans Ufer und ließ ihn in das schlammige Wasser fallen. Das alte Holz lag tief im Wasser, schien jedoch zu schwimmen. Krendar hatte beschlossen, bis zum Sonnenaufgang zu warten, ehe sie den Befehl Prakoshs umsetzten und den Leichnam des Kapuzenmanns auf seine Reise flussabwärts schickten.

Die Menschen hatten den Toten gereinigt und auf die mit Mühe und vielen Gesten erteilten Anweisungen der Aerc hin am Ufer abgelegt. Dabei hatten sie dem hässlichen Mann, wie Krendar fand, bemerkenswert viel Ehrerbietung entgegengebracht. Eines der Weiber weinte noch immer, während die drei Männer mit verbissener Entschlossenheit arbeiteten. Krendar warf ihnen ein paar Seile zu, mit denen sie den Toten jetzt auf dem Baumstamm befestigten. Immerhin schienen sie an der Idee eines Totenfloßes nichts auszusetzen zu haben. Aber was hätten ihnen Proteste auch genutzt? Die Anweisung Prakoshs war klar, und ohnehin hätte niemand ihren Protest verstanden. Der Kapuzenmann würde den großen Fluss bis hinab in die Länder der Menschen und Zwerge treiben. Oder aber er würde sich, was wahrscheinlicher war, irgendwo am Ufer verfangen und den Aasfressern als Mahl dienen. Auf jeden Fall würde sein Geist ihre Spur verlieren, was Krendar nur recht war.

»Blödsinnige Idee, wenn ihr mich fragt«, murmelte Modrath düster.

»Das tut aber keiner«, gab Krendar knapp zurück. »Und jetzt hör auf, dich zu beschweren.« Er trat beiseite und sah Sekesh zu, wie sie einige Zeichen in den Stamm über dem Kopf des Leichnams in die faulige Rinde schnitt. Die Menschen murrten leise, doch die Aerc ignorierten sie. Schließlich nickte die Schamanin und stand auf. »Es ist getan – dieser Stamm wird den Fluss hinabtreiben, bis er auf Menschen trifft, denen er unsere Botschaft bringen kann. Vorausgesetzt, irgendjemand unter den Blassnasen kapiert, was das soll.« Sie verzog verächtlich den Mund. »Vielleicht hätte der Mensch mit der Kapuze eine Nachricht in den Zeichen der Menschen malen sollen. Oh … halt. Prakosh musste ihn ja abstechen. Zu dumm aber auch.«

Krendar verdrehte die Augen. Er konnte den Groll seiner Leute nachvollziehen. Aber trotzdem sollte man nicht so über seinen Raut sprechen. Andererseits – vermutlich hatte man als Oger oder Drûaka gewisse Privilegien, die ein normaler Krieger nicht hatte. Er seufzte und bedeutete dem Menschenjungen Navorra, einige Worte zu sagen. Er wusste nichts über die Totenrituale der Menschen, aber es würde vermutlich nicht schaden, wenn sie sich von ihrem Gefährten verabschieden konnten.

Der Junge warf ihm einen eisigen Blick zu, bevor er sich dem Aufgebahrten zuwandte und leise zu sprechen begann.

»Ich wüsste zu gern ...«

»... was er ihnen erzählt«, sagten die Korrach-Zwillinge leise.

»Er bedankt sich bei dem Hässlichen und wünscht ihm eine gute Reise zu seinen Göttern. Außerdem soll er den Menschen im Süden sagen, dass die Aerc hier mörderische Bastarde sind, deren Stunde einst schlagen wird. Sein Tod soll nicht umsonst gewesen sein.«

Krendar nickte. *So was in der Art habe ich erwartet. Trotzdem erstaunlich. Ein Aerc würde vermutlich etwas Ähnliches sagen.* Dann runzelte er die Stirn. *Wer ...?* Er wandte sich um.

Einige Schritte hinter ihnen stand die Leibwächterin von Prakoshs Schamanin. Corsha, wenn sich Krenda richtig erinnerte. Die Aercfrau war kleiner als die meisten Männer ihres Volkes, jedoch breiter gebaut als Krendar selbst. Sie hatte sich die Haare im Stil eines Kriegers zum Zopf gebunden und die Schläfen geschoren. Außerdem trug sie einen eisernen Harnisch, dem man deutlich ansah, dass er zurechtgehämmert war, um ihrer beachtlichen Oberweite Platz zu bieten, und einen über und über mit Amuletten behängten Zwergengürtel. Allein auf die magischen Fähigkeiten ihrer Schwester schien jedoch auch sie sich nicht verlassen zu wollen, denn hinter ihren Schultern konnte Krendar den eisernen Rand eines Zwergenschilds erkennen, und auch die Axt an ihrem Gürtel war Kriegsbeute aus den Beständen der Wühler. Insgesamt eine Ausrüstung, um die sie so mancher Krieger beneiden musste.

»Was willst du?«, fragte Sekesh kühl.

Corsha musterte die Ayubo ruhig, dann berührte sie mit einer Hand ehrerbietig ihren kahlen Kopf. »Ich bringe den Gruß meiner Schwester, von Drûaka zu Drûaka. Sie bietet euch Hilfe beim Umgang mit euren Gefangenen an.«

»Ah? Will sie uns tragen helfen? Oder möchte sie lediglich die restlichen Hälse auch noch durchtrennen?«

Ein kaum merkliches Lächeln schien die vollen Lippen der Leibwächterin zu umspielen. »Weder das eine noch das andere, Drûaka.«

»Sie spricht die Sprache der Menschen«, stellte Modrath fest.

»Die Drûaka?«

»Nein. Die kleine Frau hier.« Der Oger deutete auf Corsha.

Die Leibwächterin sah lächelnd zu Modrath auf. »Aufmerksam. Ich mag meine Männer groß und aufmerksam.«

Die Korrach-Zwillinge kicherten leise, woraufhin sich der Oger mit einem Grummeln abwandte.

Corsha sah Krendar an. »Wenn ich darf, Broca, würde ich gern einige Worte an die Menschen richten.«

Krendar runzelte die Stirn. Dann zuckte er mit den Schultern. »Wenn sie dir zuhören wollen.«

Die Menschen schienen inzwischen fertig mit ihrer Abschiedszeremonie, denn die drei Männer traten jetzt ins Wasser und schickten sich an, den Stamm hinaus in die Strömung zu schieben.

Die Aerc nickte. Laut äußerte sie drei Worte, die die Menschen innehalten ließen. Navorra wandte sich um und betrachtete sie mit einem Blick, der so gar nicht in sein kindliches Gesicht passte. Einem Krieger der Stämme hätte er jedenfalls gut gestanden. Es schien, als würde Corsha für einen winzigen Moment mit dem Impuls kämpfen, einen Schritt zurückzuweichen. Dann straffte sie die Schultern und sagte einige Sätze in der seltsamen Sprache der Menschen. Die Gefangenen hörten ihr regungslos zu. Schließlich nickte der Junge knapp und wandte sich ab.

Corsha starrte seinen Rücken an, bevor sie sich umwandte. Ein seltsamer Ausdruck lag in ihren Augen. »Interessante Gefangene habt ihr da, Broca«, sagte sie. »Ich beginne zu verstehen, warum ihr sie am Leben lasst.«

Das ist mehr, als ich behaupten kann. Krendar hob abermals die Schultern. »Was hast du zu ihnen gesagt?«

»Der hässliche Mensch ist nicht umsonst gestorben, und er hat es ehrenhaft getan. Das wollte ich sie wissen lassen.«

»Ehrenhaft?« Sekesh schnaubte humorlos. »Prakosh hat ihm nicht gerade die Wahl gelassen.«

»Das bedeutet nicht, dass er nicht ehrenhaft gegangen ist, Drûaka«, gab Corsha ernst zurück. »Ich habe seine Augen gesehen, als er starb. Er wusste, dass es ihn treffen würde. Vielleicht noch bevor es Prakosh selbst wusste. Und doch war keine Angst in seinen Augen. Mehr hätte kein Krieger tun können. Ohne Angst in den sicheren Tod zu gehen … doch, er hat seine Ehre behalten. Das habe ich sie wissen lassen.« Sie schickte sich an, die Uferböschung zu erklimmen, doch Krendar hielt sie zurück.

»Und das war nicht umsonst? Wir haben den Menschen verloren, durch den wir mit ihnen sprechen konnten, und wir haben ihr Vertrauen verloren! Sie standen unter meinem

Schutz. Das haben sie akzeptiert, und ihr Vertrauen zu meinem Wort ist enttäuscht worden! Ehrenhaft gestorben? Das ist alles, was es dazu zu sagen gibt? Bei den Ahnen – was sollte das?«

Corsha bleckte die Zähne. »Das ist mehr, als ich hätte tun müssen, Broca«, sagte sie leise. »Jetzt wissen die Blassnasen, dass sie noch immer mit dir sprechen können. Durch mich. Begehe nicht den Fehler und halte Prakosh für dumm. Wenn sie jetzt mit dir sprechen, wird er erfahren, was sie sagen.«

Und das war sein Ziel, wurde Krendar in diesem Moment klar. *Er traut mir nicht. Er will wissen, was die Menschen wissen, und er erwartet nicht, dass ich es ihm sage. Also hat er dafür gesorgt, dass ich keine Wahl habe.*

Krendars Gedanken mussten sich in seinem Gesicht abgezeichnet haben, denn wieder umspielte ein feines Lächeln Corshas Mundwinkel. »Der eigentliche Grund aber ist: Prakosh will sichergehen, dass du begriffen hast, dass er es ganz und gar nicht mag, wenn man seine Befehle nicht befolgt, Broca. Auch das ist ein Grund, warum er dir den Sprecher der Menschen genommen hat. Keine Überlebenden heißt: keine Überlebenden. Egal, welche Gründe du hast. Das nächste Mal kommt er vielleicht zum Schluss, dass er auf noch jemanden verzichten kann. Und das muss keine der Blassnasen sein. Es wäre also ein Fehler von dir, ihn für dumm zu halten.«

Kendar knirschte mit den Zähnen. *Aber es wäre cleverer von ihm gewesen, wenn wir das nicht wissen...*

Ihm wurde bewusst, dass die Aerc ihn genau beobachtete, und er runzelte die Stirn. »Das ist etwas, das du mir sicher nicht hättest sagen sollen«, stellte er fest.

Das Lächeln der Aerc vertiefte sich um eine Winzigkeit. »Meine Schwester und ich sind Prakosh zugeteilt. Doch ihr kann er keine Befehle geben, kleiner Broca. Sie ist eine Drûaka. Und ich – ich bin nur ihr verpflichtet. Sagt mir Bescheid, wenn die Menschen reden wollen. Ich bin gespannt, was der kleine Mensch zu sagen hat. Er wirkt ... ungewöhnlich. Toraka wird das interessant finden.« Sie zwinkerte und marschierte davon.

»Interessant ist das richtige Wort«, brummte Modrath, während sie der Aerc hinterherstarrten.

»Meinst du das, was sie gesagt hat, oder ...«

»... nur ihren Hintern?«, hakten die Korrach-Zwillinge nach.

»Beides.«

»Haltet die Klappe.« Krendar seufzte und wechselte einen nachdenklichen Blick mit Sekesh. »Modrath, hilf den Blassnasen, den Baum auf die Reise zu schicken, und dann macht die Menschen zum Abmarsch bereit. Es wird ein langer Tag werden.«

Ein kalter Windstoß ließ die Blätter der Uferbäume rauschen. Es sollten zwei lange Tage werden.

»Was soll das darstellen?« Prakosh und seine Broca musterten den riesigen Baum, der vor ihnen aus einer beinahe kahlen Stelle des Waldbodens aufragte.

Krendar sah ebenfalls hinauf in die düstere Baumkrone, aus der die leeren Augenhöhlen eines Dutzends oder mehr Schädel zurückstarrten. Stoffstreifen und Fellfetzen flatterten an den mächtigen Ästen, und Bündel von Nüssen, Tierknochen, Federn und anderem baumelten an getrockneten Sehnen von den Zweigen herab. Ein kalter Schauer lief ihm über den Rücken.

Als Krendar Modrath vor zwei Tagen auf den Wald angesprochen hatte, war er anfangs reichlich wortkarg gewesen. Aber letztendlich hatten die Korrach-Zwillinge recht gehabt: Der Oger wusste etwas über den Wald. Etwas, das ihm nicht gefiel. Wenn auch nur die Hälfte davon stimmte, gefiel es Krendar ebenso wenig.

»Das ist'n Tabu-Baum«, grollte Modrath neben ihm.

Die Broca sahen sich zu der unerwarteten Wortmeldung um. Modrath zuckte mit den Schultern, als ihn Prakoshs strafender Blick traf. »Du hast gefragt, Raut. Wir haben selbst solche.«

Prakosh fletschte die Zähne. Doch schließlich schien er zum Schluss zu kommen, dass der Einwurf eines über vier Schritt großen Ogers ein gewisses Gewicht haben konnte. »Habt ihr? Ich habe nie davon gehört. Was sollte das sein?«

»Unser Stamm markiert damit Orte, die ein Krieger nicht betreten darf«, sagte der Oger. »Ahnenplätze. Drûaka-Land. Heilige Orte, verbotene Orte, Orte, an denen Geister wohnen. So Sachen halt.«

»Mit Bäumen?« Der Raut schnaubte verächtlich. »Wir laufen seit drei Tagen am Waldrand entlang. Warum haben wir bis jetzt keinen davon gesehen? Was hätte uns davon abhalten sollen, den Wald zu betreten?«

Das ist allerdings eine gute Frage. Irgendeiner der Broca kicherte verhalten. Krendar sah sich um, konnte jedoch nicht erkennen, welcher.

»Habt ihr schon mal versucht, durch einen wilden Wald zu laufen?«, brummte Modrath ungerührt.

»Im Land unseres Stamms gibt es wenig Wälder. Was hat das damit zu tun?« Prakosh klang unwirsch.

»Unterholz. Ranken, umgestürzte Bäume, Farne, Dornen, verschissene Schroggra-Löcher überall. Man betritt einen wilden Wald nicht einfach so. Man nutzt die Pfade der Wildtiere.«

»Oder einen Oger«, murmelte einer der Broca.

»Ist doch dasselbe«, gab ein anderer zurück.

Wieder konnte Krendar nicht erkennen, wer.

»Und?«, erkundigte sich Prakosh.

»Habt ihr in den zwei Tagen einen Wildpfad gesehen?«

Keinen, ging Krendar auf. *Nicht einen.* Und er hatte den Waldrand beobachtet.

Die anderen Aerc schüttelten die Köpfe.

Der Mensch, Kyrk, räusperte sich. »Bei allem Respekt, aber der Oger hat zwar eine treffende Feststellung gemacht – allerdings eine falsche.«

Die Aufmerksamkeit der Aerc wandte sich schlagartig ihm zu. Eilig entblößte er den Nacken und sprach erst auf einen Wink Prakoshs weiter. »Mag sein, dass sein Stamm damit heilige Orte kennzeichnet.« Er wies auf den Urwaldriesen und seinen düsteren Schmuck. »Aber ihr wisst selbst – die Felsenbären und viele andere Stämme kennen diese Art von Tabuzeichen nicht. Habe ich recht, Ayubo?« Er sah Sekesh an, die zögerlich nickte.

»Wir haben keine derartigen Bäume«, sagte sie knapp. »Wir verwenden Felsbilder.«

Kyrk nickte. »Beinahe jeder Stamm hat andere Sitten und Zeichen. Kein Wunder, dass es unter euch Aerc ständig zu Missverständnissen kommt.«

»Komm zum Punkt, Kerl«, knurrte Prakosh, und der Mensch zuckte zusammen.

»Verzeih, Raut. Was ich sagen wollte – die Stämme hier unten im Waldland verwenden Bäume dieser Art als Wegmarken. Als Warnung, gewiss, auch das.« Er deutete auf einen gelblichen Schädel, in dessen zerborstener rechter Augenhöhle Moos wuchs. Ein Zwergenschädel, wurde es Krendar plötzlich bewusst. Zwei weitere hingen in den Ästen, und am Boden zwischen den mächtigen Wurzeln lagen verstreut die zernagten Reste der zugehörigen Skelette. Und nicht nur die. Was Krendar bislang für aus dem Moos ragende, kahle Zweige gehalten hatte, sah jetzt verdächtig nach dicken Gebeinen von Ogern und den dünnen Knochen von Menschen aus.

»Wenn man ein Wühler ist oder sonst irgendein Feind seiner Bewohner, sollte man den Weg wohl besser nicht nutzen«, fuhr der Mensch fort. »Das dürfte deutlich zu erkennen sein. Für alle anderen bedeutet das jedoch nur, dass hier eine sichere Passage zu finden ist. Die unseren Weg um gut zehn Tage abkürzt.«

Modrath schnaubte. »Ich habe anderes gehört«, sagte er und klang trotzig. »Das Land meines Stamms liegt nördlich von hier, und für uns ist der Wald tabu. Niemand wird ihn betreten – und wer es dennoch tut, wird ihn nicht verlassen.«

»Ich habe diesen Wald bereits durchquert und lebe noch«, stellte Kyrk trocken fest.

Irgendjemand kicherte hämisch.

»Das heißt also wohl nur, dass Krieger deines Stamms in diesem Wald nicht gern gesehen sind.«

»Vielleicht sollten wir ihm einen Sack über den Kopf hängen«, warf einer der Broca ein.

Diesmal war sich Krendar sicher, dass es Ronkh gewesen war.

»Schöner wär's auf jeden Fall«, setzte ein anderer nach.

»Und ich sage, dieser Baum bedeutet, dass der Wald tabu ist!«, grollte der Oger. »Niemand betritt ihn. Unheil wohnt dort, schon seit Urzeiten, so lehren es unsere Drûaka.«

»Woher wollen sie das wissen, wenn niemand ihn betritt?«, gab Kyrk zurück.

Selbst Prakoshs Schnauben klang verdächtig nach einem unterdrückten Lachen. »Bei den Ahnen«, murmelte er nicht eben leise. »Nicht nur der Jungspund und das schwarze Hexenweib – jetzt hab ich auch noch den einzigen ängstlichen Oger der Stämme am Arsch. Was hab ich für ein Glück.« Lauter, vielleicht, um Modraths Knurren zu übertönen, wandte er sich an seine Schamanin: »Toraka, was sagen die Knochen? Sollen wir den Worten des ängstlichen Ogers Beachtung schenken oder denen unseres glattzüngigen Halbbluts?«

Die hagere Schamanin warf Krendar und Sekesh einen düsteren Blick zu, dann richtete sie sich hoch auf. Ihre Stimme war leise, doch sie hatte etwas Schneidendes, das Krendar an Obsidian erinnerte. »Die Dunkelheit naht schnell. Auf manchen Wegen schneller als auf anderen. Sie wird die Welt hier draußen verschlingen und folgt uns ebenso in das Herz des Waldes. Doch entgehen werden wir ihr nicht.« Unvermittelt warf sie Prakosh eine Handvoll beschnitzter Knochen vor die Füße und sah die versammelten Aerc scharf an. Auf dem Waldboden knisterte es leise, und das Moos um die Knochen verfärbte sich zusehends braun. »Die Ahnen sagen: Wenn du nicht achtgibst, Prakosh, wird die Dunkelheit die Herzen der Krieger verschlingen, bevor sie die Erde ihrer Ahnen erreichen.«

Krendar glaubte, Sekesh leise die Luft zwischen den Zähnen einsaugen zu hören. Er warf ihr einen verstohlenen Blick zu und sah, dass die Ayubo die Stirn gerunzelt hatte und die andere Schamanin durchdringend ansah.

»Stimmt das?«, fragte er leise.

»Keine Ahnung«, sagte Sekesh, ohne die Augen von der anderen zu nehmen. »Ich kann ihre Knochen nicht lesen.« Mit hohlem Klappern schüttelte sie die Knöchel, die sie selbst nutzte, um mit ihren Ahnen zu sprechen, aus ihrem Lederbeutel. Die Knochen fielen zu Boden. Auch um sie begann das Moos zu welken.

Für einen langen Augenblick hielten die beiden Schamaninnen ihren Blickkontakt aufrecht. Obwohl keine der beiden auch nur einen Laut von sich gab, schien ein Knurren in der Luft zu liegen. Schließlich sah Sekesh nach unten, wo inmitten brauner Flecken der toten Pflanzen ihre Zauberknochen lagen. »Die Urawi der Felsenbären hat recht«, sagte sie ernst. »Dunkelheit folgt uns, und sie wird uns einholen. Meine Ahnen kennen das Land hier nicht, also können sie mir nicht sagen, welcher der Wege der richtige ist.«

Prakosh grunzte unwirsch, und Sekeshs Kopf zuckte hoch. Ihre Augen bohrten sich in die des Raut. »Eines aber wissen sie – von dieser Wahl hängt ab, wer von uns die kommende Nacht überleben wird!«

Ehrlich, Sekesh? Diese Prophezeiung schon wieder? Krendar konnte ein Stöhnen gerade noch unterdrücken.

»Gut und schön«, warf Corsha in den folgenden Moment der Stille ein. »Aber das hilft uns wohl nicht weiter, Raut. Wenn selbst die Drûaka den Weg nicht sagen können – was tun wir dann?«

Das Halbblut räusperte sich. »Wenn ich auf etwas hinweisen darf?«

»Was?« Prakosh riss den Blick von den beiden Schamaninnen los und starrte den Mann düster an.

Kyrk neigte den Kopf. Dann kratzte er mit der Spitze seines Dolchs eine gewundene Linie in den Waldboden. »Der Fluss macht hier eine Biegung nach Osten.« Er stach die Spitze neben eine der größeren Schleifen. »Folgen wir ihr, benötigen wir etwa einen Tag bis hier.« Er zeichnete den Bogen nach, bis er am Scheitelpunkt des nächsten angekommen war. »Und dann folgt die nächste Schleife. Die uns einen weiteren Tag kosten wird. Vielleicht mehr, wenn es regnet, denn die Gebiete dort sind sumpfig genug, dass wir dort festsitzen könnten, wenn das Wasser steigt.«

Der Raut runzelte die Stirn. »Du weißt viel über das Aercland hier.«

Der Mann schüttelte den Kopf. »Ist kein Stammesland hier. Hier leben nur ein paar Menschen. Ich habe Schmuggler begleitet, die den Fluss hinaufgefahren sind, um Felle bei den Stämmen zu tauschen. Ein paar Mal auch Jäger, die ihr Glück in den Sümpfen versuchen wollten. Die Gegend von hier bis zu den großen Wasserfällen ist eine hässliche Wildnis, in der wohl nicht mal Aerc leben wollen.«

»Ich sag doch, es ist verbotenes Land. Kein Aerc wird hierherkommen«, knurrte Modrath düster.

»Das hatten wir doch gerade schon.« Kyrk zuckte mit den Schultern und zog mit dem Dolch eine gerade Linie, die vom Fluss wegführte. »Wenn wir durch den Wald gehen, sind wir auf erhöhtem Grund. Kein Sumpf, Schutz vor Regen und Wind, und wir dürften etwa zehn Tage sparen. Vielleicht mehr. Das, oder ...« Er deutete nach hinten, wo der bleigraue Fluss einen weiten Bogen schlug und direkt aus dem Dunkel zu kommen schien, das sich im Osten zusammenbraute. »... wir folgen weiter dem Fluss.« Er steckte sein Messer ein und erhob sich. »Was mich betrifft, ich ziehe den Wald vor. Wenn uns das dort einholt, möchte ich nicht im Sumpf stecken. Ich kann nicht schwimmen.« Er neigte den Kopf und entblößte ehrerbietig den Nacken. »Du hast mich mitgenommen, damit ich dir einen brauchbaren Weg weise, der dich und deine Männer schneller nach Hause bringt, Raut. Aber die Entscheidung liegt natürlich bei dir.«

Prakosh starrte hinaus auf den Fluss, dessen Oberfläche von einem kalten Ostwind in schmutzigen Schaum geschlagen wurde. Ein Windstoß ließ die Äste des alten Baums knarren. Die gelben Schädel schlugen mit hohlem Klappern gegeneinander. Schließlich stieß er seine Kriegskeule dumpf pochend auf den Boden. »Wir haben keine Zeit zu verlieren. Wir gehen durch den Wald«, entschied er und wandte sich ab.

Schweigend nahmen die Aerc ihre Lasten auf und reihten sich hinter dem Raut ein.

Großartig. Es wird immer besser. Krendar trat neben Modrath und ließ seine Hand auf den Arm des Ogers fallen, bevor dieser etwas sagen konnte. »Prakosh hat seine Entscheidung getroffen, Großer. Du weißt, was Corsha gesagt hat. Wir sollten jetzt besser nicht weiter diskutieren.«

»Ich sag's euch: Dieses verdammte Gestrüpp ist kein Ort für Aerc.« Modrath grunzte. »Aber klar. Niemand hört auf den Oger.«

»Das geht nicht nur dem Oger so«, murmelte Sekesh und sammelte ihre Zauberknöchel ein.

ZWÖLF
Bresch

»Das ist kein Ort für einen Dalkar.« Bresch zog den Kopf zwischen die mächtigen Schultern. Angewidert rieb er die Handflächen gegeneinander. »Viel zu nass, kalt und zugewachsen. Überall dieses verdammte Unterholz, in dem sich der Bart verheddert, und tückische Wurzeln, die versuchen, dich zu Fall bringen.«

Sie hatten am frühen Morgen über den Fluss gesetzt. Gute sechs Dutzend Mann, ein Drittel davon Armbrustmeister, ein Drittel deren Schildträger und der Rest schwer gepanzerte Clankrieger. Die Bäume waren noch nass vom Tau und der Boden aufgeweicht und tückisch. In ihren schweren Rüstungen hatten die Krieger Mühe voranzukommen, und selbst Glond musste das eine oder andere Mal seinen Stiefel aus einem Schlammloch befreien oder sich unter einem zurückfedernden Ast wegducken. Der Weg war kaum weniger beschwerlich als die Reise durch die Sümpfe. Dazu kam das unheilvolle Rauschen der Eichen, die wie moosbewachsene Riesen aus längst vergangenen Zeiten auf die kleinen Männer herabblickten und nur darauf zu warten schienen, sich in einem unbeobachteten Augenblick auf sie zu stürzen, um sie mit ihren langen, knotigen Armen zu erfassen und mit Haut und Haaren zu verschlingen. Kaum ein Dalkar hatte vor irgendetwas Angst, aber selbst die hartgesottenen Clankrieger warfen nervöse Seitenblicke auf die undurchdringliche Wand aus Ästen und Zweigen, die sich bis weit in die Ferne vor ihnen ausbreitete.

Bresch war der Einzige, den das Rauschen der Blätter nicht im Geringsten zu interessieren schien. Dafür war er viel zu sehr damit beschäftigt, sein eigenes Missgeschick zu beklagen. »Ich könnte jetzt an der Spitze eines mächtigen Heerzugs stehen. Ich könnte in den Gassen Deroks Orks töten und große Heldentaten vollbringen. Stattdessen krieche ich in diesen widerlichen Wäldern im Dreck umher und suche nach einem Sack voller Innereien.« Bresch sprach es zwar nicht laut aus, aber es war klar, wem er die Schuld an dieser Misere gab. Seine finsteren Seitenblicke sprachen Bände.

Glond hätte schreien können. Warum konnte es nicht ein einziges Mal im Leben so laufen, wie er sich das vorstellte? Jedes Mal, wenn er dachte, dass er einigermaßen anständig aus einer Sache wieder herausgekommen war, warf ihm irgendjemand den nächsten Stolperstein vor die Füße. Es war, als würde sich irgendwo da draußen ein Gott köstlich über sein Schicksal amüsieren. Dementsprechend war es eigentlich kaum verwunderlich, dass Zornthal ihm ausgerechnet seinen missratenen Sohn vor die Nase gesetzt hatte. Ein übermotivierter Krieger, der sich benachteiligt fühlte und in Glond eine Bedrohung sah. Das hatte ein wenig was von Kearn Einauge, der ihm in Derok das Messer an die Kehle gesetzt hatte. Wann Bresch wohl sein Messer ziehen würde, um ihn zu bedrohen? Vermutlich würde Bresch gleich mit dem Hammer zuschlagen. Diskretion schien eher nicht so seine Sache zu sein.

»Du hast doch mit Kearn gekämpft...«

Breschs Pranke klatschte auf Glonds Schulter und ließ ihn schuldbewusst zusammenzucken. Woher wusste Bresch davon? Er hatte doch nie jemandem etwas darüber erzählt.

»Seite an Seite gegen die Orks, nicht wahr? Ihr seid die großen Helden der Schlacht um Derok gewesen. Kearn ist mein großes Vorbild, seit ich ihn das erste Mal kämpfen gesehen habe. Damals in der Arena, als ich noch ein kleiner Junge war. Erzähl mir, wie er so ist. Was hat er für einen Eindruck auf dich gemacht?«

»Er ist... ein bemerkenswerter Mann«, erwiderte Glond ausweichend.

»Das kann ich mir vorstellen. Ich habe immer davon geträumt, mich eines Tages mit ihm im Zweikampf zu messen. Du vermutlich auch, kann ich mir vorstellen.«

»Eher weniger.«

Bresch hörte gar nicht hin. »Zu schade, dass er in Variscits Diensten steht. Der alte Hammel wird niemals zulassen, dass wir uns bekämpfen. Weil er nämlich weiß, dass Kearn verliert.« Missmutig trat er einen vertrockneten Ast beiseite und beschleunigte seine Schritte. »Wie mich diese ganze Politik ankotzt.«

Wem sagst du das. Es wäre alles so viel einfacher, wenn es keine Politik gäbe. Verhandlungen, Diplomatie, Posten und Ränge, wohin man sieht, und keiner versteht es wirklich. Dafür fühlt sich jeder benachteiligt und gegenüber einem anderen zurückgesetzt.

»Ich könnte ja dich herausfordern«, rief Bresch ihm über die Schulter zu.

»Was?« Glond wäre beinahe über eine Wurzel gestolpert.

»Aber das würde mein Vater nicht zulassen. Er lässt nie zu, dass ich gegen irgendjemand Bedeutenden kämpfe. Das ist so verflucht ungerecht.«

»Man kann nicht alles haben«, krächzte Glond. »Außerdem haben wir ja einen Auftrag zu erfüllen.«

»Du hast recht.« Bresch bückte sich unter einem tief hängenden Zweig hindurch. »Ich werde die Männer zu mehr Eile antreiben. Je schneller wir die Orks eingeholt haben, desto eher können wir uns wieder dem richtigen Krieg zuwenden. Wenn alles vorbei ist, ergibt sich sicherlich irgendwann auch noch die Gelegenheit für ein Duell.«

Glond verzog das Gesicht. Als ob sein Leben nicht schon kompliziert genug wäre.

»Was ist denn daran so kompliziert?« Dvergat klopfte mit den Fingerknöcheln auf sein Holzbein. »Wenn es anfängt zu jucken, dann zieht ein Unwetter auf. Ein stinknormales Unwetter, wie wir es schon oft erlebt haben. Wo ist denn da das Problem?«

»Ich weiß nicht«, sagte der Wolfmann und schielte hinauf zu der Wolkenwand, die den Himmel im Osten verdunkelte. »Für mich sieht das nicht normal aus. Eher bedrohlich.«

Dvergat warf einen gelangweilten Blick in die Höhe und zuckte mit den Schultern. »Es sind Wolken. Was soll daran bedrohlich sein?«

»Schwarz wie die Hölle, so hoch das Auge reicht, und so voller Blitze, dass sie die Nacht zum Tage machen? Ich habe so etwas Gewaltiges noch nie zuvor gesehen. Kommt dir das nicht wenigstens ein bisschen seltsam vor?« Seine Kiefer mahlten, während er unverwandt in die Höhe starrte. »Sie scheinen direkt aus Derok herauszuwachsen, so als hätte die Schlacht sie heraufbeschworen oder so etwas in der Art. Als hätten die Götter beschlossen, die Erde zu vernichten.«

»So ein Blödsinn. Erstens gibt es nur einen Gott, und zweitens ist das dort nur ein Sturm wie jeder andere. Nichts Unerklärliches oder gar Übersinnliches, einfach nur ein Sturm. Pass auf, ich erklär es dir noch mal mit einfachen Worten.« Erneut klopfte er auf sein Holzbein. »Immer wenn ein Sturm aufzieht, juckt mein nicht vorhandener Fuß. Ist also alles ganz einfach erklärbar. Ohne übersinnlichen Hokuspokus und ohne Magie.«

Zugegeben, diesmal juckte das Holzbein wie die Hölle, aber das änderte nichts daran, dass diese Wolkenwand nur eine weitere Laune des Wetters darstellte, die mit dem Ende der Welt so wenig gemeinsam hatte wie ein Dalkar mit einem Ork. Amüsiert schüttelte Dvergat den Kopf. Diese Menschen würde er wohl nie begreifen. Beinahe drei Jahrzehnte hatte er in Derok in der Mauerwacht gedient, aber sie waren ihm immer noch so fremd wie am Anfang. Mit all ihrem Aberglauben und dieser unabänderlichen Furcht vor allem, was ihnen unerklärlich und fremd war. Wenn das Bein juckte, dann gab es einen Sturm, und wenn man den Befehl dazu bekam, dann kämpfte man. Das Leben war überhaupt nicht kompliziert, wenn man sich an gewisse Regeln hielt.

Zugegeben, in letzter Zeit waren einige Dinge passiert, die selbst einen gestandenen Dalkar ganz schön aus dem Konzept bringen konnten. Aber Glond hatte das wieder geradegerückt. Der junge Mann hatte ihn wieder auf den festen Boden der Tatsachen zurückgeholt, ihm wieder ein klares Ziel vor Augen geführt. So wie Talus, als er in Derok die Zwölfte gegen die Orks in Stellung gebracht hatte. Aus Glond würde sicher mal ein richtig guter Anführer werden. Das Zeug dafür schien ihm Gott bereits in die Wiege gelegt zu haben. Wenn man es genau betrachtete, gab es für Glond gar keine andere Option. Sein Weg war vorherbestimmt, so viel war sicher.

»Wenn alles so einfach ist«, sagte der Wolfmann, der sich mit einfachen Erklärungen offenbar nicht zufriedengab, »und ihr immer alles im Griff habt, wieso gelingt es euch dann nicht, die Orks aufzuhalten? Ihr habt eine überlegene Armee, besitzt Zugang zu den mächtigsten Kriegstechnologien und seid die furchtlosesten Kämpfer, die die Welt je zu Gesicht bekommen hat. Wieso werdet ihr dann nicht mit einer Horde Wilder fertig, die mit Waffen aus Stein kämpft und an Magie glaubt?«

Dvergat seufzte. »Auch dafür gibt es eine ganz einfache Erklärung: die Oberen. Es gab mal eine Zeit, da waren wir Dalkar noch ein einziges großes Volk unter den Bergen. Wir hatten einen Großkönig, und der herrschte über die Minen von den nördlichen Ebenen bis hinunter zu diesem unaussprechlich widerwärtigen Meer. Damals hatte jeder von uns noch genügend Bier und Brot, und es herrschte Frieden im Reich. Aber einigen Clans war das offenbar nicht gut genug. Sie beschlossen, die Sicherheit der Höhlen zu verlassen, um Städte unter freiem Himmel zu bauen und Handel mit anderen Völkern zu treiben.«

»Wie schrecklich…«

»Nicht wahr?« Angestrengt kratzte Dvergat über sein Holzbein. »Immer wenn andere Völker ins Spiel kommen, wird es kompliziert. Vor allem bei euch Menschen mit euren komischen Ideen, dem Aberglauben und den vielen Göttern, deren Namen sich kein Schwein merken kann. Wenn man dann noch anfängt, sich mit Orks einzulassen, kann man die Sache endgültig vergessen. Das Resultat hast du ja selbst gesehen.«

»Du glaubst also, dass die Oberen schuld an diesem Krieg sind?«

»Blöde Frage.« Natürlich waren die Oberen schuld. Diese verweichlichten Dalkar in ihren prunkvollen Gewändern und mit dem Reichtum, den sie so schamlos zur Schau stellten wie Gockel ihr Gefieder. »Wären sie nicht so dumm und gierig gewesen, sich mit euch einzulassen, dann wären wir heute noch die Herren der Berge, und ihr würdet immer noch auf Bäumen leben und Blätter kauen, oder was immer ihr Menschen früher so gemacht habt. Stattdessen tanzt ihr uns auf der Nase herum und betreibt Schmuggel im Schatten unserer Städte.« Diesmal nahm Dvergat beide Hände zum Kratzen. Seit einiger Zeit juckte es so verdammt heftig, dass er das Gefühl hatte, es nicht mehr aushalten zu können. Er hätte es abgesägt, wenn er gewusst hätte, dass ihm das Erleichterung verschaffen würde. Aber was hatte es für einen Sinn, ein Holzbein abzusägen? »Scheiß-Obere«, grummelte er. Die Mauerwacht war das einzig Sinnvolle, was sie zustandegebracht hatten. Dort hatten all jene Männer eine Zuflucht gefunden, die zu sonst nichts mehr zu gebrauchen waren. Die zu alt, verkrüppelt oder zu vertrottelt waren, um noch einem anständigen Handwerk nachgehen zu können. Die Mauerwacht war ausnahmsweise mal eine gute Idee der Oberen gewesen, und sie hatte sich trotz aller Widrigkeiten bewährt. Dort hatten sie sogar eine gewisse Art von Stolz entwickeln können. Bei den Unteren hätten sie diese Chance nicht bekommen. Ein Krüppel, der bei den Unteren eine Familie hatte, mochte vielleicht noch einen Platz in der Wohnhalle ergattern. Ganz hinten in der äußersten Ecke, weit entfernt vom Herdfeuer. Ab und an würde ihm ein gnädiger Clankrieger vielleicht mal ein Bier überlassen, wenn er guter Laune war. Das war aber auch schon alles.

Alles in allem musste Dvergat zugeben, dass er den Oberen doch das eine oder andere zu verdanken hatte. Ein paar ihrer Ideen waren gar nicht so übel. Wenn sie nur nicht so furchtbar kompliziert wären, diese Drecksäcke. Sollten sich doch einfach mal ein Beispiel an Glond nehmen, oder an Bresch. So sahen echte Dalkarvorbilder aus.

So hatte sich Bresch seinen ersten Kriegszug nicht vorgestellt. Ausgezogen war er, um zu beweisen, dass in ihm ein ebenso großer Krieger steckte wie in seinem Vater. Ein mächtiger Kriegsherr, auf den der alte Mann stolz sein konnte und der von allen Dalkar verehrt und von seinen Feinden gefürchtet wurde. Dafür hatte er jahrelang trainiert, hatte den Streithammer geschwungen, bis seine Arme schwer waren wie Granit und die Flächen seiner Hände rau und zäh wie Leder. Im Ring hatte er zahllose Siege erfochten, und sein Name war in aller Munde. Doch was zählte das schon gegen die Ehren, die einen Clankrieger erwarteten, der den Feind im Zweikampf auf Leben und Tod niederringen konnte oder in der Kampfreihe der zehnfachen Übermacht standhielt wie eine Mauer aus Stein. Die Narben eines Kriegers waren die einzigen Ehren, die wirklich zählten.

Bresch hatte seinen Vater angefleht, ihn auf dessen Kriegszüge mitzunehmen. Er hatte gebettelt, gedroht und geflucht, hatte gebeten, ihn wenigstens in die Grenzlande zu versetzen, wo er gegen wilde Orkstämme seine Kraft hätte beweisen können. Doch der Alte war hart geblieben. »Ein Hertig gibt sich nicht mit dem einfachen Volk ab«, hatte er gesagt. »Ein Hertig hat Männer, die für ihn in der Kampfreihe stehen und seine Zweikämpfe für ihn ausfechten.« Er, Bresch, wäre geboren, um zu führen, und nicht, um geführt zu werden. Er wäre zu wertvoll, um in der Schlacht zu sterben.

Allein die Erinnerung an die Worte seines Vaters brachten Bresch zur Weißglut. Dieser ganze Politikmist interessierte ihn einen Scheißdreck. Alles, was er wollte, war zu kämpfen und sich zu beweisen. Das war es, wofür er wirklich geboren worden war.

Dieser Krieg war nun endlich die Chance gewesen, auf die er so lange gewartet hatte. Zornthal hatte sämtliche Mitglieder des Clans zu den Waffen gerufen, und er hatte höchstselbst die Rüstung übergestreift, um sein Volk anzuführen. Dadurch war es ihm unmöglich geworden, das Ansinnen seines eigenen Sohns abzulehnen. Er musste ihn mit in die Schlacht ziehen lassen. In den buntesten Farben hatte sich Bresch diesen Tag ausgemalt, an dem er an der Spitze eines mächtigen Heers dem obersten Anführer der Orks gegenübertreten würde, um ihn mit donnernder Stimme zum Zweikampf herauszufordern. Unter dem ohrenbetäubenden Waffenschlagen der mächtigsten Krieger aller Clans hätte er den Drecksack niedergerungen und seinen abgeschlagenen Kopf in die Reihen der furchtsam zurückweichenden Horde geschleudert. Dann hätte er die Waffe erhoben, und Tausende Krieger wären wie ein Mann seinem Ruf in die Schlacht gefolgt.

Dieser Glond hatte alle seine Träume auf einen Schlag zunichtegemacht. Bresch warf einen hasserfüllten Blick auf den unscheinbaren Mann, der all das bereits erreicht hatte, was ihm bislang verwehrt geblieben war. Gemeinsam mit den größten Helden seines Volkes war er in die Schlacht gezogen, hatte Gerüchten zufolge einen gefürchteten Kriegsherrn der Orks getötet, um am Ende die heiligen Reliquien von Meister Steinhand in Sicherheit zu bringen. Wie er so dastand, voller Stolz und mit der Gewissheit, dass man dereinst voller Ehrfurcht seine Geschichte erzählen würde, weckte er in Bresch einen Zorn, der beinahe noch größer war als der auf seinen eigenen Vater. Wenn es das Clanrecht zugelassen hätte, dann hätte er diesen selbstgerechten Arsch auf der Stelle zum Zweikampf herausgefordert. Stattdessen blieb ihm nichts anderes übrig, als in hilfloser Wut die Zähne aufeinanderzupressen, bis es knirschte.

Eines musste er den beiden immerhin lassen, sie hatten die Sache geschickt eingefädelt. Zornthal hatte von vorneherein bedacht, dass er Bresch nicht daran hindern konnte, am Feldzug teilzunehmen. Also hatte er den Helden angeheuert, damit der ihm diese Geschichte von irgendwelchen Orkherzen auftischen konnte, die unbedingt gefunden werden mussten. Diese Sache war natürlich so wichtig, dass er niemand Geringeren als seinen eigenen Sohn mit auf die gefährliche Reise schicken konnte. Und niemand würde behaupten können, dass die Reise nicht gefährlich war, wenn so jemand wie

Glond sie anführte. Damit war sie genau das Richtige, um Bresch aus der Gefahrenzone zu schaffen und gleichzeitig den Ruhm des Clans zu mehren. Niemand würde die Wahrheit erkennen.

Doch das stimmte nicht ganz. Selbst wenn sich das Volk narren ließ, gab es einen, der es immer wissen würde: ihn selbst. Bresch ballte die Fäuste. *Wenn wir diese Orkherzen gefunden haben – falls sie überhaupt existieren –, fordere ich dich zum Zweikampf auf Leben und Tod. Sobald ich gewonnen habe, schneide ich dir das Herz aus der Brust und präsentiere es meinem Vater auf einem silbernen Tablett. Danach fordere ich, was rechtens mir zusteht. Das Kommando über die Heere. Und ich werde es bekommen, so wahr ich hier stehe.*

DREIZEHN
Sekesh

Sekesh zog die lederne Decke fester um sich. Vor ihr hockten die Aerc des großen Prakosh wie dampfende Felsen im grünlichen Zwielicht unter den Bäumen, und einige Schritte entfernt kämpften die Korrach-Zwillinge mit nassem Holz, um ein Feuer in Gang zu bringen.

Vielleicht sollte ich helfen, überlegte sie beiläufig und hing dem Gedanken an einen heißen Kräutersud nach. Doch am Ende rührte sie sich nicht.

Sie fröstelte. Die anderen Aerc mutmaßten, es läge an ihrer Herkunft, weil es im Norden, wo es heiß war, so gut wie nie regnete und noch weniger schneite. Aber das war es nicht. Die Nächte im Ödland, das die Ayubo, ihre Art, ihre Heimat nannten, wurden oft genug so kalt, dass das Wasser in den Schläuchen gefror. Kälte war sie ebenso gewohnt wie Hitze. Nässe, das war etwas anderes. Sie erschauerte, als ein Tropfen aus dem Geäst über ihr hart in ihrem Nacken aufschlug und unter ihr Hemd rollte. Dieses Land hier war so unglaublich verschwenderisch mit Nässe, dass sich seine Einwohner beinahe ständig darüber beschwerten. Sümpfe! Tagesmärsche weit Land, das so voller Wasser war, dass die Erde es nicht aufnehmen konnte und Morast entstand, tiefer als jedes Treibsandloch. Dazu kamen Seen, Teiche, Bäche, ganze Flüsse, die diesen unglaublichen Schatz nach Süden trugen, wo es noch mehr Wasser geben sollte, das Große Wasser, dessen gegenüberliegendes Ufer noch niemand gesehen hatte. Und als ob all das nicht genug wäre, fiel ständig noch mehr davon vom Himmel. Es war ungerecht. Ein einziger dieser unbeachteten Bäche in diesem Wald hätte ein Dorf in ihrer Heimat zum reichsten im Umkreis von vielen Tagesmärschen gemacht. Trotzdem ertappte sie sich dabei, wie alle anderen auf den Regen zu fluchen.

Und dann diese Bäume. Sie waren so... lebendig. Sie bewegten sich, sie knarrten, raschelten, wisperten, sobald sie nur der leiseste Lufthauch berührte – was quasi unausgesetzt der Fall war. Ständig meinte Sekesh, ein Huschen zu sehen, eine Bewegung, und nie konnte sie sich sicher sein: war es nur ein fallendes Blatt oder etwas anderes, das sie beobachtete und auf seine Zeit wartete? Die Wüste kannte sie. Sie war still. Sicher, auch dort säuselte oder pfiff der Wind, rieselte Sand, klackten Steine, huschten Insekten über heißen Fels. Doch das waren Geräusche, mit denen sie aufgewachsen war. Und noch eines: Die Wüste roch nicht. Sie duftete sanft nach Hitze, trockenem Staub und Salz, doch darüber hinaus war sie geruchlos. Dieses Land hier dagegen stank: nach Schimmel, verrottendem Grün, schmutzigem Wasser, nach Moder, Verfall und dem Sterben unzähliger kleiner und großer Kreaturen. Der Marsch durch die Sümpfe war eine Tortur gewesen. Der Gestank, den der Wind ihr hier in Schwaden zutrug, schnürte ihr immer wieder die Kehle zu, und sie konnte den unsichtbaren Tod, den er herantrug, beinahe schmecken. Sie schniefte.

Krendar sah sich um und warf ihr einen fragenden Blick zu. »Alles in Ordnung?«

Was willst du hören? Dass ich fast kotzen muss vom Gestank deiner Heimat? Sicher nicht. Ayubo jammern nicht, und ich werde mich sicher nicht vor euch erniedrigen. Am Ende sparte sie sich eine Antwort, wie so oft in den letzten Tagen, und funkelte den jungen Weststamm-Aerc nur düster an. Schließlich zog Krendar die Brauen hoch, zuckte mit den Schultern und konzentrierte sich wieder auf das Durchwühlen seines Proviantbeutels. Wobei es da nicht mehr allzu viel zu wühlen gab. Wie bei ihnen allen.

»Nein, er ist wirklich kein Broca-Material«, flüsterte sie Vress fast lautlos zu. »Ein Broca muss hart sein. Er ist zu weich. Aber was haben wir für eine Wahl?« Der Spilo auf ihrer Schulter zwitscherte zur Antwort leise. Was er damit meinen mochte, blieb ihr allerdings verborgen.

Der wahre Grund für ihr Frösteln waren die beschnitzten Runenknöchel, die in ihrer Handfläche brannten. Mit einer unwirschen Geste ließ sie die Knochen auf das feuchte Stück Leder vor sich fallen. Ein beinahe lautloses Stöhnen entfuhr ihr. Es änderte sich nicht. Es änderte sich nie. Die Knochen fielen immer gleich, egal, wie sie die Frage formulierte. Sie taten das bereits seit einem Jahr, doch wie alle Urawi – oder Drûaka, wie die Aerc hier im Süden ihre Totensprecherinnen nannten – war sie davon ausgegangen, dass sich das mit dem Fall von Derok ändern würde. Dass das Kommende aufgehalten wäre. Es hatte sich nichts geändert.

Seit dem Untergang der Zwergenstadt Derok hatte sie die Knöchel wohl vier mal zehn mal geworfen, doch immer sagten sie dasselbe: Die Zeit der Dunkelheit war nahe. Schweigen folgte ihr. Selbst die Zwiesprache mit den Ahnen war beinahe ein Ding der Unmöglichkeit geworden. Auch auf der anderen Seite schien die Dunkelheit beinahe das einzige Thema zu sein. Inzwischen gab sich die junge Urawi alle Mühe, ihre Stimmen zu ignorieren – und sie hatte gelernt, den Schlaf zu fürchten. Denn dann konnte sie das Wispern der Stimmen nicht ausschließen. Sie drängten sich in ihre Träume. Und mit ihnen kam die Dunkelheit in ihren Schlaf.

Mit einer heftigen Bewegung wischte sie durch die Knöchel vor sich, zerstörte das Bild. Vress, der unter ihren Haaren Schutz vor dem Nieselregen gesucht hatte, zischte irritiert.

»Alles gut, mein Kleiner«, murmelte sie. »Ich weiß, das geht dir genauso auf die Nerven wie mir.« Sie strich der kleinen Echse abwesend über den Kopf. Der Spilo hasste den Regen. Seine Art stammte wie sie aus den trockenen Salzwüsten des Nordens, und die ewige Feuchtigkeit machte seine Flughäute weich, den kleinen, auf Wärme angewiesenen Körper langsam und das ganze, kaum handlange Wesen erschreckend gereizt. Bei einer derart giftigen Kreatur nicht unbedingt ein angenehmer Zustand.

Vress beruhigte sich wieder, klappte die grellbunten Flughäute zusammen und verkroch sich tiefer unter Sekeshs verfilzten Zöpfen, aus denen der Regen beinahe schon die rote Lehmfarbe ausgewaschen hatte. Noch so etwas: Man bekam in diesem von Nässe verfluchten Land keinen ordentlichen roten Lehm. Nicht dass er im Regen lange gehalten hätte, doch ohne die angemessene Frisur der Urawi ihrer Heimat fühlte sie sich seltsam nackt. Es gab ohnehin nicht viel, was sie hier noch an ihre Heimat erinnerte, und täglich vergaß sie etwas mehr, entfernte sie sich etwas weiter von ihrem Volk. Es war beinahe schon die Zeit des Regens, Winter, wie die Aerc der Weststämme diese Zeit des Jahres nannten. Zu Beginn der letzten Zeit des Regens waren sie zu dem Feldzug gegen die Zwerge aufgebrochen. Rogorus Feldzug nannte man ihn, nach dem Shirach, dem Feldherrn der Salzläufer-Stämme, dem es gelungen war, die Dörfer der Ayubo unter sich zu vereinen.

Die Urawi wussten es besser.

Warum hätten die Ayubostämme einen Feldzug gegen die Wühler und Menschen anfangen sollen? Noch lagen große Gebiete der Weststämme zwischen dem Land der Ayubo und dem, das die Siedler für sich beanspruchten. Noch hatte man keinen einzigen Menschen oder Zwerg im Norden gesehen. Wäre es nach den meisten Ayubo gegangen, hätte man das Problem der Siedler noch für viele Regenzeiten den Weststämmen überlassen. Die Urawi der Stämme hatten das anders gesehen.

Vor drei Regenzeiten hatten die Knöchel der Totensprecherinnen begonnen, von der Dunkelheit zu sprechen, und die Stimmen der Ahnen hatten angefangen, von einer Gefahr zu wispern, von einem Schrecken, der sich im Süden regte und allen Stämmen der Aerc ein Ende bereiten würde, wenn er über die Fallenden Wasser hinaus in den Norden gelangte.

Eine ganze Trockenzeit hatten die Ältesten der Urawi die Zeichen gedeutet, mit den Ahnen gesprochen und Bündnisse geschmiedet. Schließlich aber war es beschlossen: Zwei mal zehn und drei Urawi wurden ausgewählt, um in den Süden zu ziehen und den Vorzeichen auf den Grund zu gehen. Doch die Urawi gingen nicht allein. Sie wählten den größten Krieger aller Ayubostämme zu ihrem Shirach, ihrem Feldherrn. Shirach Rogoru sammelte in den folgenden Monden Krieger um sich. Er verpflichtete jedes Dorf, Krieger auszuwählen, die die Totensprecherinnen begleiten sollten, und als die nächste Regenzeit kam, marschierte er an der Spitze von vielen Hundert Aerc nach Süden in die Länder der Weststämme.

Sekesh marschierte mit ihnen. Sie war unerfahren, doch sie hatte den anderen Urawi ihres Dorfs eines voraus: Sie war jung, kräftig und konnte mit den besten Kriegern laufen.

Während sie nach Süden marschierten, schmiedete Rogoru unaufhörlich weitere Bündnisse, und immer mehr Krieger schlossen sich seinem Marsch an. Krieger – und Totensprecherinnen der Weststämme. Drûaka, deren Knöchel und Zeremonien vom selben Übel sprachen.

Noch etwas erfuhren sie von den Weststämmen: Die Zwerge und Menschen, die weit im Süden aufgetaucht waren, hatten dort Stamm für Stamm unterworfen, vertrieben oder vernichtet. Jeder Stamm, der sich ihnen beugte, um zu überleben, wurde von den Ahnen mit Krankheit und Elend geschlagen. Es hieß, im Süden lebten keinerlei Aerc mehr, und die Fremden breiteten sich von Jahr zu Jahr weiter über das Land aus, wie Fäulnis auf einem brandigen Bein. Ja, sie hatten sogar schon die Grenze überschritten, die das Land der Weststämme markierte.

Das war es, sagten die Totensprecherinnen damals, was über das Land hereingebrochen war. Die Wühler waren die Krankheit, die die Aerc vernichtete, oder sie brachten sie zumindest. Die Wühler und ihre Hunde, die Menschen, mussten aufgehalten und aus dem Norden vertrieben werden. Die weisen Frauen beschlossen, den Süden wie ein schwärendes Glied zu behandeln. Er war verloren und musste abgetrennt werden, damit die Krankheit nicht auch auf den Rest des Körpers übergriff. Und so kam es, dass ein Heer von Tausenden Aerc gegen das Geschwür anrannte, das sie in der Zwergenstadt Derok erkannten. Sie zerstörten es, brannten es aus und vertrieben die Erdmaden über den Fluss zurück in den Süden. Damit war die Gefahr gebannt und die warnenden Stimmen der Ahnen beruhigt.

So hätte das zumindest sein sollen. Und was haben wir jetzt davon? Kopfschmerzen! Sekesh fluchte leise, als ihr Fuß wegglitt und sie beinahe der Länge nach im Morast landete. *Und ich darf durch dieses groshakk Land waten, bis mir die Stiefel von den Füßen faulen.*

Was ein Triumph hätte sein sollen, hatte sich schon am Tag nach dem Fall von Derok als hohler Sieg erwiesen. Die Knochen sprachen noch immer von der Dunkelheit, und auch in den Eingeweiden der Gefallenen, die die Totensprecherinnen befragten, standen unverändert die Zeichen der Gefahr, mehr noch als zuvor. *Falls das überhaupt möglich ist.*

Dazu kam, dass die Aerckrieger die Zahl der Wühler und Menschen unterschätzt hatten. Die Zwerge waren in Derok geschlagen, doch sie waren nicht besiegt, wie die Shirach angenommen hatten. Die Aerc hatten Gefangene befragt, bevor sie als Opfer für die Ahnen gebracht wurden, und schon nach wenigen Tagen war klar: Das Heer der vereinigten Aercstämme mochte aus fünftausend und mehr Kriegern bestehen, doch die Wühler und Menschen verfügten im Süden noch über weit größere Zahlen an Kämpfern. Sie würden zurückschlagen. Es war nur eine Frage der Zeit. Und Zeit war etwas, das die Aerc nicht hatten.

Die Versammlung der Schamaninnen war zu einem unglaublichen Schluss gekommen: Nicht die Wühler waren die Gefahr, vor der die Knochen gewarnt hatten. Die kommende Dunkelheit, das waren die Geister der Gefallenen selbst, die Seelen all jener, die die Aerc in den vergangenen hundert und mehr Jahren an die Eroberer verloren hatten. Jene, die nie eine Bestattung erfahren hatten, wie sie jedem Aerc gebührt. All die, die nie ihren Platz bei den Ahnen hatten einnehmen können, die Vergessenen. Und die tausend und mehr gefallenen Aerc vor Derok waren der letzte Tropfen in einer ohnehin schon übervollen Schale. Diese Schale war zerbrochen und ergoss sich über die Welt der Aerc. Das war die Dunkelheit, die sich jetzt im Osten über Derok sammelte. Sie waren der Geistersturm, der den Himmel verhüllte und über das Land rasen würde, um alle Geister, die er fand, egal, ob von den Toten oder den Lebenden, zu verschlingen.

Sekesh schnaubte ein freudloses Lachen. *Ja, an dieser Stelle sind die alten Krähen in Panik verfallen. Die Krieger sehen es ihnen nicht an, aber ihre Ratschläge und weisen Worte sind nur noch leeres Geschwätz. Was gibt es auch noch zu sagen? Die Dunkelheit und der Sturm werden nicht anhalten, bis sie nicht die letzte Seele aufgesaugt haben. Wie ein Buschfeuer nicht innehält, bevor es nicht den letzten Halm verschlungen hat. Oder wenn es regnet. Aber woher sollten wir einen Regen bekommen, der dem Ende der Welt ein Ende setzt?*

Die Drûaka in Derok glaubten einen Weg gefunden zu haben. Sie verbrannten die Toten der Stämme auf den Körpern ihrer Feinde, um so den erzürnten Geistern ein gewaltiges Opfer darzubringen. Das Wichtigste aber waren die Herzen.

Ja, vergiss die Scheiß-Herzen nicht.

Wenn die Welt zu voll mit den Geistern der Gefallenen war, dann war es ein guter erster Schritt, die Krieger, die in Derok ihr Leben gelassen hatten, so schnell wie möglich in das Land ihrer Mütter zu bringen. Dort konnten sie beigesetzt werden und ihren Weg zu den Ahnen antreten. Es musste nur schnell geschehen, befanden die Drûaka. Denn wenn alle Totensprecherinnen der Stämme die richtigen Rituale abhielten, dann wäre es vielleicht möglich, die ruhelosen Geister zu besänftigen. Das zumindest war der Plan, und deshalb waren sie jetzt hier.

Was für ein groshakk Plan. Sekesh sammelte die Knochen vor sich ein. Einen Moment lang kämpfte sie mit dem Impuls, sie noch einmal zu werfen, doch schließlich ließ sie die Runen zurück in ihren Beutel gleiten. *Was hat es für einen Sinn? Sie sagen doch dasselbe aus. Weil es nicht funktionieren wird.*

»Ich habe es gesehen«, murmelte sie düster vor sich hin. Unbewusst tastete sie nach ihrer Stammesmutter, der kleinen, steinernen Figur, die an einem Lederband um ihren Hals hing. Ihr Ehrenzeichen als vollwertige Schamanin ihres Stamms und das Bindeglied zur Welt der Ahnen. Augenblicklich drang wieder das stimmlose, wortlose Flüstern in ihren Kopf ein, das Wispern vom Kommen, vom großen Umbruch, vom Ende der Stämme. Es gab keine Stille im Reich der Ahnen, und es gab keine Hilfe von dort. Sie öffnete die Faust und ließ die Figurine wieder in ihr Hemd gleiten. »Ich habe es gesehen«, wiederholte sie. Ja, das hatte sie. In Derok, als sie einem Menschen begegnet waren, der die Stammesmutter eines längst untergegangenen Aercstamms bei sich trug. Sie hatte die Figur berührt, und wie jedes Mal, wenn eine Schamanin zwei Stammesmütter gleichzeitig anfasste, so hatten auch in jenem Moment die Ahnen der Stämme ihr Wissen durch sie hindurch getauscht. Und was sie dabei gefühlt hatte, war kein Zorn gewesen, keine Wut, wie die Totensprecherinnen sagten. Nein, es war Freude gewesen, wilde ungezähmte Freude, die von den Ahnen des alten Stamms aus- und auf ihre eigenen überging. Sie hatte es damals nicht beachtet; der Kontakt der Mütter brachte die seltsamsten Gefühle hervor. Doch im Rückblick war sie sich fast sicher, dass in diesem Moment etwas erwacht war. Etwas, das seinen Blick nach Westen richtete. Nach Westen, wohin jetzt auch sie gingen; dorthin, wohin auch der Sturm zog. Sekesh war sich ziemlich sicher, dass sie einen Anteil daran hatte. *Nichts, was man vor den übrigen Urawi laut sagen sollte. Wirklich nicht.* Sie wischte sich über das Gesicht und sah auf.

Erst jetzt entdeckte sie, dass der Menschenjunge Navorra sie musterte, und für einen Moment glaubte Sekesh beinahe, so etwas wie Begreifen in seinen wässrigen Augen zu entdecken. Gerade so, als habe er die Worte in ihrem Kopf hören können.

Allerdings war es wesentlich wahrscheinlicher, dass sie langsam den Verstand verlor.

Sie bleckte die Zähne, wobei sie selbst nicht sicher war, ob es ein Lächeln oder eine Drohung sein sollte.

Ist im Grunde auch egal. Aus Sicht der kleinen Blassnase dürfte beides gleich erschreckend sein.

Sekesh musterte der Reihe nach die restlichen Menschen.

Ein erbärmliches Häufchen weichlicher, verdreckter Kreaturen, deren dünne Haut, dort wo sie unter den Schichten von Dreck und Schorf überhaupt zu sehen war, erschreckend blass schimmerte. Wie grausam es sein musste, in einer so dünnen Haut zu stecken, die von jedem Dorn, jeder Nessel zerkratzt, zerstochen und zerschnitten wurde. Borstige Haare sprossen aus den Gesichtern der Männchen und ließ sie wie kümmerliche, langgezogene Wühler wirken. Und ihre Welpen ... in ihrer Heimat hätte man derart jämmerliche Junge im Schlaf erschlagen. Das war gnädiger, als sie unvermeidlich zum Opfer irgendeines Raubtiers werden zu lassen. Und doch zeigten sie eine Zähigkeit und Intelligenz, die sie nach allen Geschichten über die Menschen nicht erwartet hätte.

Besonders dieser Junge namens Navorra.

Natürlich hat er Angst, wie alle anderen. Nichts, wofür man sich schämen müsste; sie haben sie zu Recht. Und dennoch beherrscht er die Angst, als wäre er ein Aerckrieger. Vor allem ist da noch mehr. Sekesh war nicht umsonst eine Urawi geworden. Sie hatte ein Gespür für die Magie, die sie umgab. Das musste sie haben. Und bei diesem Menschlein fühlte sie die Magie, die tief in ihm lag, wie eine Trajuuk-Natter in ihrer Höhle, schlafend vielleicht, doch deshalb nicht weniger gefährlich. Das war der Grund gewesen, ihn vor Prakosh zu retten. Zugegeben, Sekesh wusste nicht viel über die Menschen, so wie die meisten der Ayubo. Menschen, das war das Dienervolk, das sich unter den Wühlern duckte und als Gegenleistung für den Schutz der Bärtigen all die Arbeiten erledigte, für die sich jene zu schade waren. Niemand hatte bisher auch nur einen Gedanken darauf verschwendet, dass ausgerechnet dieses Volk eine solche Gabe haben könnte. Und dennoch,

Sekesh war in Derok einem Menschenmann begegnet, dem gelang, was kein Stammeskrieger und kein Weib der Aerc vermochte, ohne von Kindesbeinen an dafür ausgebildet zu sein. Er hatte eine Stammesmutter berührt, ja, in den Händen gehalten, ohne schreiend daran zugrunde zu gehen. Stattdessen hatten die Ahnen zu ihm gesprochen. Die Ayubo schüttelte unwillkürlich den Kopf, als sie daran zurückdachte. Das war unerklärlich, im Grunde unmöglich. Und doch, vielleicht konnte dieser Junge dort drüben Ähnliches? Vielleicht lag der Same zu ihrer Rettung ja in der Magie der Menschen? Denn in der der Aerc und ihrer Ahnen, fürchtete Sekesh im Stillen, lag er nicht. Andererseits – am Ende war es auch nur der letzte Stein auf dem Grab der Aerc. Wer konnte das schon wissen.

Sie zog die Lederdecke fester um sich.

VIERZEHN
Treibholz

Dudaki schrak hoch und schnappte nach Luft. Etwas Schweres, Nasses bedeckte sein Gesicht, und er versuchte instinktiv, sich zu befreien. Seine Arme gehorchten ihm nicht. Oder waren sie gefesselt? Er hatte nicht genug Gefühl in den Händen, um das sagen zu können. Ein Gurgeln entrang sich seiner Kehle.

Hatte irgendjemand etwas gesagt? Geräusche drangen zu ihm durch, doch sie klangen, als hätte er den Kopf unter Wasser. Erst mit Verspätung kam er auf die Idee, die Augen zu öffnen. Nasses Tuch bedeckte seine Augen und verschleierte seine Sicht. Er versuchte ein zweites Mal zu sprechen und stellte fest, dass ihm weder Lippen noch Zunge gehorchten. Also beließ er es beim Gurgeln. Das hatte sich bereits bewährt.

Wieder sprach jemand, und dieses Mal meinte er, einzelne Laute unterscheiden zu können.

»... bleiben.«

»Hu?«

»Liegen bleiben, habe ich gesagt«, wiederholte die Stimme,

dumpf, wie durch Schlamm in seinen Ohren. »Und versuch nicht zu sprechen. Dich versteht eh kein Schwein.«

Das Tuch über seinem Gesicht wurde weggezogen, und grelles Licht stach in seine Augen, sodass er sie schleunigst schloss.

»Oi«, sagte der Besitzer der Stimme. »Ich weiß, dass ich nicht der Hübscheste bin. Aber das bist du ja auch nicht gerade, Ork.« Er kicherte heiser.

Dudaki sparte sich eine Antwort und bleckte die Zähne. Sein Zahnfleisch fühlte sich trocken und pelzig an.

»Woah.« Der Unbekannte klang beeindruckt. Und außerdem war sein Dialekt keiner, den er kannte. »Hat dir schon mal jemand gesagt, dass deine Zähne nicht gesund aussehen? Na ja, is ja nich meine Fresse.« Er hob die Stimme. »Verhüllter, der Ork ist wach, und er scheint mich zu verstehen.«

Der Ork? Das sagt kein Aerc. Menschen sagen das. Aber Menschen, die Frakra, die Zunge der Weststämme, so gut sprechen? Vorsichtig wagte Dudaki, ein Auge zu öffnen. Tatsächlich. Ein Mensch. Und noch dazu ein Exemplar, das für die Blassnasen durchaus ansehnlich war. Knotige Muskeln überzogen seine bloßen Arme, und sein Brustkorb war beinahe so fassförmig wie der eines Aerckriegers. Fettige Haare hingen ihm ins Gesicht. Er schien sie achtlos mit einer groben Klinge auf Schulterlänge gestutzt zu haben.

Da stecken wir ja ganz schön in der Scheiße, was? Große Menschen, die Frakra sprechen, als wären sie in den Stämmen geboren. Beschissene Welt. Vorsichtig versuchte er nochmals, seine Arme zu bewegen, doch sie gehorchten ihm immer noch nicht. Er war sich jetzt sicher, dass sie festgebunden waren. Der Mensch hatte seinen Versuch bemerkt, wandte sich ihm zu und entblößte eine Reihe schwarzer Zahnstummel zu einem breiten Grinsen. *Und du redest über ungesunde Zähne?*

»Spar dir die Mühe«, kommentierte der Mensch gleichmütig. »Wir ham dich festgeschnallt. Der Verborgene meint, es wär besser für uns alle. Zumindest, bis er mit dir geredet hat. Er will nicht, dass jemand verletzt wird. Wär ja schade, wenn wir dich nur dafür aus dem Wasser gefischt hätten.« Er legte die Hand bedeutsam auf ein großes Schlachterbeil an seinem Gürtel. »Is' besser für dich und für uns. Ah.« Der grobschlächtige Mensch trat beiseite, um einer zweiten Gestalt Platz zu machen.

»Schau an. Unsere Wasserleiche ist von den Toten auferstanden.« Der Neuankömmling war kleiner als Schwarzzahn und vermutlich auch kleiner als Dudaki selbst. Auf jeden Fall war er schmaler als jeder Aerc oder Wühler. Also auch ein Mensch. Mehr konnte er allerdings nicht erkennen. Dieser Mensch trug einfache, jedoch saubere Kleidung aus grauem Wollstoff. Sein Kopf wurde allerdings von einer Kapuze bedeckt, und ein dünnes Tuch verhüllte seine Züge. Dünn genug, um ungestört hindurchzusehen, wie es schien, denn er schien Dudaki interessiert zu mustern.

»Ein Ork, der nicht absäuft wie ein Stein, wenn er ins Wasser fällt. Und der nicht erst hochkommt, wenn er eine aufgedunsene Wasserleiche ist. Hab noch nie davon gehört, aber wie es aussieht, lernt man nie aus.« Die Stimme des Verhüllten war lediglich ein heiseres Flüstern. »Du entschuldigst, dass wir dich festgebunden haben. Aber irgendwas hat dich ziemlich gründlich angefressen. Und wir möchten doch nicht, dass du meine Bemühungen, dein Leben zu retten, gleich wieder zunichtemachst. Lass mich mal sehen.« *Nimm deine be-*

schissenen Finger von mir! Diesmal gelang es Dudaki tatsächlich, etwas zu krächzen, das entfernt an Worte erinnerte. Was den Verhüllten allerdings nicht im Geringsten daran hinderte, sich an seiner Schulter zu schaffen zu machen.

»Entspann dich, Ork. Du bist unter Freunden.«

Unter Freunden, was? Menschen, die Freunde von Aerc sind. Verarschen kann ich mich allein. Dudaki bäumte sich auf. Der Verhüllte seufzte und gab Schwarzzahn einen Wink, der daraufhin die Schultern des Aerc mit erstaunlicher Kraft nach unten drückte. »Es ist vermutlich schwer zu glauben, aber wir sind alle Freunde hier. Auch wenn ich zugebe, dass Freund Brodyn hier nicht das freundlichste Gesicht hat. Aber wir alle müssen letztlich mit der Visage leben, die uns die Götter verpasst haben. Doch nach den Launen der Götter sollte man einen Menschen nie beurteilen. Oder einen Ork. Also halt still.«

Dudaki musste widerwillig zugeben, das der Mensch nicht im Geringsten feindselig klang.

Der Grobschlächtige, den sie Brodyn genannt hatten, musterte ihn von oben her. »Sieht so aus, als würde er uns tatsächlich verstehen, Verborgener!«, stellte Schwarzzahn verblüfft fest.

»Selbstverständlich. Er versteht uns. Das habe ich dir doch gesagt. Du solltest wirklich ein wenig mehr Vertrauen haben. Wozu sollte ich dir Scheiß erzählen?«

»Weiß nicht...«

»Natürlich weißt du nicht. Das, nicht dein Gesicht, ist das eigentlich Tragische an dir. Zum Glück sind wir nicht auf das angewiesen, was du weißt.« Diesmal seufzte der Verborgene tatsächlich leise und wandte sich wieder dem Aerc zu. »Du kannst von Glück reden, dass wir dich gefunden haben, sonst hättest du den nächsten Sonnenaufgang nicht erlebt.« Der Mensch hielt kurz inne und sah ihm ins Gesicht. Zumindest glaubte Dudaki das. »Na, das sieht doch gut aus.« Der Mensch nickte nach einigem Stochern, von dem Dudaki merkwürdigerweise nicht mehr als ein dumpfes Ziehen spürte. Wenn er darüber nachdachte, wunderte ihn das. Der Menschenhund hatte sich tief in seiner Schulter verbissen, und Dudaki war sich ziemlich sicher, dass er ein ordentliches Stück Fleisch verloren hatte, als er den Köter im Wasser endlich losgeworden war. Auf jeden Fall hatte er viel Blut verloren, als ihn der Fluss schnell weg von den Feuern des Dorfs getrieben hatte, hinein in die Dunkelheit. Jetzt aber spürte er kaum noch etwas davon. Keine Fieberhitze wühlte in seiner Wunde. Im Gegenteil, seine Schulter fühlte sich kalt an, als wäre sie in eisige Tücher geschlagen. Eigentlich ganz angenehm. Die Kälte breitete sich aus und machte ihn schläfrig.

»Keine Sorge.« Der Verborgene beugte sich über ihn, doch sein Flüstern klang schon wieder weiter entfernt. »Es ist gut so. Das soll so sein. Schlaf, mein Orkfreund. Wenn du aufwachst, werden wir uns weiter unterhalten. Wir haben viel zu besprechen.«

Und Dudaki versank ein weiteres Mal in der Dunkelheit.

Als Dudaki das nächste Mal die Augen öffnete, konnte er lediglich eine grobe Zeltplane ziemlich nahe über seinem Gesicht erkennen. Es musste Nacht sein, denn abgesehen von dem schwachen Feuerschein, der auf dem groben Stoff flackerte, war es dunkel um ihn. Von irgendwo auf der anderen

Seite der Plane hörte er gedämpfte Stimmen, ein leises, raues Lachen, das Knacken von Holz in einem Feuer.

Erst mit einem langen Augenblick Verzögerung wurde ihm klar, dass nichts mehr seine Handgelenke umschloss. Hatte man ihm die Fesseln abgenommen? *Ganz schlechte Idee, wer immer ihr seid.* Noch immer reglos machte er eine Bestandsaufnahme. *Beine – ungefesselt und in Ordnung. Bauch und Brust – nackt, schmerzfrei, hungrig. Vor allem nackt.* Er verschob dieses Problem auf später. *Arme – auch ungefesselt. Seltsam. Schultern – schmerzfrei. Kaum ein leichtes Ziehen mehr. Kopf – ein leises Hämmern, aber dafür, dass ich eigentlich tot sein sollte, kann ich nicht meckern, was?*

Vorsichtig, ganz sachte, drehte er den Kopf. Das Zelt war klein und nicht sonderlich kunstfertig aus mehreren geflickten Leinenplanen zusammengebaut, die man an grob behauene Haltestangen gebunden hatte. Er schien auf einer groben Wolldecke zu liegen, der Rest des Bodens hier drin war jedoch nichts weiter als niedergetretenes welkes Gras. Wenig mehr als einen Doppelschritt von ihm entfernt auf der anderen Seite des Zelts saß eine Gestalt auf einem Fell. Sie hatte ihm den Rücken zugekehrt. Der Figur nach kein Aerc, so viel war sicher. Ein schlichtes Leinenhemd nach Art der Menschen hing von viel zu mageren Schultern, und eine Kapuze aus demselben Stoff bedeckte den Kopf. Die Gestalt schien etwas vor sich auf dem Boden zu betrachten, das vom Licht einer einzelnen Kerze beleuchtet wurde – der Quelle des Feuerscheins im Zelt. Was immer es war, es war Dudaki reichlich egal, solange es den Kerl lange genug ablenkte, um unbemerkt aufzustehen. Er leckte sich über die Zähne und rollte sich geräuschlos auf alle viere. Nackt oder nicht, er war ein Aerc und würde mit einem Menschen spielend fertigwerden. Er spannte sich an, bleckte die Zähne und machte sich zum Sprung bereit.

»Wenn du wach bist«, sagte die Gestalt mit kratziger Stimme, »dann kannst du dir das hier gleich mal ansehen.«

Dudaki schrak so heftig zusammen, dass er beinahe vornüberfiel.

»Ach ja. Deine Hosen liegen dort drüben.« Die Gestalt deutete an das gegenüberliegende Ende des Zelts, ohne sich umzusehen. »Zieh sie an. Dann fühlen wir uns beide besser.«

Ein Knurren entwand sich Dudakis Kehle, und er schob sich vorsichtig rückwärts. *Hose. Gute Idee.* In den Verzierungen der Nähte waren Hüllen eingearbeitet, in denen giftige Dorne staken. Wenn er ...

Die Gestalt stieß einen Seufzer aus und drehte sich um. Dudaki war nicht klar, was ihn zurückhielt, sich in diesem Moment auf den Kerl zu stürzen. Immerhin wirkte er dünn genug, um ihm mit einem schnellen Handgriff das Genick zu brechen. Vielleicht war es der dünne Stoffschleier, der noch immer das Gesicht des Fremden verbarg. Vielleicht aber auch nur die völlige Abwesenheit von Angst, die der andere auszustrahlen schien. Alles, was seine Haltung ausdrückte, war Resignation.

»Also was soll's sein? Greifst du an, oder lässt du es bleiben? Dann solltest du dir was anziehen. Dein Gehänge mag ein Grund für Stolz sein, aber es ist trotzdem kein schöner Anblick.«

Dudaki sah an sich hinab. Verblüfft stellte er fest, dass sich sein Verlangen, sich auf sein Gegenüber zu stürzen, in Grenzen hielt. Mit einem Grunzen streckte er stattdessen den Arm aus und zog seine Hose zu sich heran.

Die Gestalt nickte. »Dachte ich mir. Wie fühlst du dich?«

»Am Leben.« Seine Antwort verblüffte den Aerc selbst.

»Interessantes Gefühl, nicht?«

»Ich war tot«, stellte der Aerc fest.

Sein Gegenüber schüttelte den Kopf. »Nicht völlig. Als wir dich aus dem Wasser gezogen haben, war kaum mehr Leben in dir als in einem Moskito. Gerade genug, damit ich dich zurückholen konnte.« Er stieß ein heiseres Kichern aus. »Aber wenn dir das hilft – ich weiß, wie es ist, wenn man stirbt, nur um irgendwann festzustellen, dass man doch nicht tot ist. Am Anfang ein echtes Drecksgefühl. Aber man gewöhnt sich schnell dran.«

Dudaki runzelte die Stirn, unfähig, seine Gedanken zu ordnen. Unschlüssig leckte er sich über das Gebiss und erkundete nachdenklich mit der Zunge die Stelle, an der ihm ein Schneidezahn fehlte. »Wo bin ich?«, erkundigte er sich schließlich, weil ihm nichts Besseres einfiel.

»Noch immer dort, wo wir dich gefunden haben. Du warst nicht gerade in einem Zustand, in dem wir dich durch die Gegend schleppen wollten. Außerdem mussten wir sowieso ein Lager aufschlagen.«

»Bin ich ein Gefangener?«

Der andere kicherte abermals. »Könnte dich dieses Zelt hier aufhalten, Aerc?« Er wartete Dudakis Antwort nicht erst ab, sondern schüttelte den Kopf. »Wärst du ein Gefangener, würden wir dich ja wohl kaum ungebunden und unbewacht in meinem Zelt liegen lassen. Nein, mein Freund. Du bist ein Gast. Es steht dir frei, das Zelt zu verlassen und zu verschwinden. Wie du willst. Es wird dich niemand aufhalten.«

Dudaki ließ diese Eröffnung auf sich wirken. Tatsächlich

gab es nichts an diesem Zelt, das ihn aufhalten würde. *Nichts, wenn diese Leute nicht einen oder zwei Pfeilwerfer-Schützen dort draußen haben, die auf mich warten. Es gibt keinen Grund, voreilig oder unvorsichtig zu sein.* »Was habt ihr dann mit mir vor?«

»Du hast viele Fragen, mein Freund«, stellte die verhüllte Gestalt ungerührt fest. »Nichts. Ich habe dich zusammengeflickt.«

Die Verwirrung des rotzahnigen Aerc vertiefte sich. *Warum? Warum sollte er das tun? Ein selbstloser Mensch? Na sicher. Und ich bin ein edler Raut der Weststämme, was?*

Der andere zuckte mit den Schultern, als hätte er Dudakis Gedanken gehört. »Warum? Weil ich es kann. Und weil ich denke, dass jeder eine zweite Chance verdient. Selbst ein hässlicher Kerl wie du. Vielleicht aber auch nur, weil es die Götter so wollten. Wir sind alle aus einem bestimmten Grund hier.«

»Einem Grund, was?« Dudaki hob zweifelnd eine Augenbraue. »Und welcher sollte das sein?«

Wieder das Schulterzucken. »Gerade im Moment könnte ich einen Ork brauchen, der sich das hier ansieht.«

»Aerc«, knurrte Dudaki.

»Was?«

»Es heißt Aerc. Ork ist ein Menschenwort.«

»Ork, Aerc, mir egal. Aber wenn es dich glücklich macht. Kannst du damit hier etwas anfangen, Aerc?« Er rückte beiseite und gab damit den Blick auf eine Steintafel frei, die neben einem Talglicht im Gras lag.

Der Rotzahnige betrachtete den Stein. Die Tafel war etwa so lang und breit wie sein Unterarm und zwei oder drei Finger dick. Auf ihrer geglätteten Oberfläche waren Keilschriftzeichen eingeritzt. Seine Augen verengten sich. »Das sind Drûaka-Zeichen.«

»Das weiß ich selbst. Kannst du sie lesen?«

»Seh ich aus wie'n Weib?«, zischte Dudaki. »Kein Mann kennt ihre Bedeutung.«

»Ist das so?« Der Verhüllte schien ihn nachdenklich zu mustern. »Im Grunde aber nicht wichtig. Ich ahne, was sie sagen. Mich interessiert vielmehr die Karte hier.« Er deutete auf ein paar eingekratzte Linien, denen Dudaki noch keine Beachtung geschenkt hatte. »Zumindest vermute ich, dass es eine Karte ist.«

Uneigennützig, was? Dudaki schnürte seine Hose fertig und betastete dabei unauffällig die Verstecke seiner Giftstacheln.

»Ich habe keinen davon entfernt«, flüsterte der Verhüllte heiser, wiederum ohne den Aerc überhaupt anzusehen. »Aber falls du mit dem Gedanken spielst, sie an mir auszuprobieren, muss ich dich enttäuschen. Die Götter sorgen dafür, dass derartige Scheußlichkeiten bei mir nicht wirken. Also, Aerc, kannst du etwas mit diesen Kratzern anfangen?«

Fast ohne es zu wollen wurden Dudakis Augen wieder von der Steinplatte angezogen. »Keine Ahnung. Könnte eine Karte sein, ja. Aber was weiß…« Dudaki stutzte. Den linken Rand der willkürlichen Kratzer, die auch eine Karte sein konnten, bildete ein tief eingegrabener Riss. Er legte den Kopf schief. Ein Riss, der erstaunlich der Schlangenlinie glich, die er vor nicht allzu langer Zeit in feuchten Waldboden gezogen hatte. Sein Blick fiel nochmals auf die Zeichen der Schamaninnen. Etwas stimmte nicht mit ihnen. Sie waren… nicht richtig.

Natürlich! Der Mensch kennt die Zeichen nicht, also hat er wohl keine Ahnung, wie sie zu liegen haben! Schnell versuchte er, seinen Gesichtszügen einen möglichst unbewegten Ausdruck zu geben. Allerdings zu spät.
»Du hast etwas wiedererkannt«, stellte der andere fest.
»Hm.« Der Aerc äußerte seine Erkenntnis nicht sofort. Es war besser, wenn er …
»Natürlich!« Verblüffung schwang in diesem heiseren Ausruf mit, als sich der Verhüllte über die steinerne Karte beugte. »Warum habe ich das nicht gleich gesehen? Das da links ist der Fluss! Der Große Fluss. Ihr Aerc richtet Karten nach der Mittagssonne, nicht wahr? Das heißt …« Er drehte den Steinbrocken um, sodass sich der stilisierte Fluss auf der rechten Seite befand »… dass ich sie die ganze Zeit verkehrt herum betrachtet habe. Kein Wunder!« Er sah auf. »Siehst du: Wie ich gesagt habe. Die Götter haben für jeden von uns eine Aufgabe vorgesehen. Anscheinend bist du dazu auserkoren, uns den Weg zu weisen. Das heißt«, er sah wieder auf die steinerne Karte, »dass uns der Weg auf die andere Seite des Flusses führt. Komm. Komm!« Der Verhüllte stand auf und lief gebückt zum Zelteingang. Dann hielt er inne. »Wie soll ich dich eigentlich nennen?«

Nenne niemandem, dessen Gesicht du nicht kennst, deinen Namen. Du weißt nicht, welche Hexerei er im Sinn hat. Du weißt nicht, ob du ihm vertrauen kannst. Du … Seine Hand suchte beinahe ohne sein Zutun seine Schulter. Er strich über die wulstige Narbe – ein verästeltes Geflecht frischen, noch empfindlichen Fleischs, das in zornigem Violett über sein Schlüsselbein und bis auf die Brust kroch. Der Hund hatte tief gebissen und in seinem Todeskampf eine Wunde hinterlassen, die den Aerc hätte töten müssen, selbst wenn er nicht in den Fluss gestürzt wäre. Und doch lebte er, und von der tödlichen Wunde war nur dieses hässliche Andenken geblieben. Welche Magie der seltsame Fremde auch gewirkt hatte, der Aerc schuldete ihm sein Leben. »Man nennt mich Dudaki.«

»Schön, Dudaki. Es wird Zeit, dass ich dich den Männern vorstelle. Komm, wir haben viel zu tun.«

Der Verhüllte schlug die Plane vor dem Eingang beiseite und trat nach draußen.

Dudaki folgte ihm – und erstarrte. Direkt vor dem Zelt brannten mehrere Feuer, um die sich Männer scharten. Viele Männer. Ganz sicher konnte er sich in der Dunkelheit nicht sein, doch es schien, als handelte es sich bei den meisten davon um Menschen. Sehnige, narbige, rohe Männer, einige davon beinahe so kräftig wie ein Aerc. Er sog die Luft ein. Torffeuer, Hasenbraten, Getreidefladen – oder was Menschen stattdessen buken, der scharfe Geruch von berauschenden Getränken und altem Schweiß. Viele der groben Gestalten unterhielten sich leise, hier und dort war ein raues Lachen zu hören, und irgendwo zog jemand einen Wetzstein über eine Klinge.

Der Verhüllte ging zwischen den Männern hindurch und nickte einem oder zweien zu. In seiner Nähe verstummten die Gespräche und wurden von einem Schweigen ersetzt, das auf Dudaki beinahe ehrfürchtig wirkte. Dann jedoch fielen die Blicke auf ihn, und die Stille veränderte sich, wurde frostiger. Er sah Hände, die nach Waffen tasteten, hässliche Menschengesichter, die sich abfällig verzogen. Dudaki bleckte die Zähne und stellte mit Befriedigung fest, dass einige der Kerle zurückzuckten.

»Du hattest recht, Brodyn. Der Kerl ist noch hässlicher, als sie gesagt haben.«

Dudakis Kopf ruckte herum und fixierte den Menschen. *Er hat in der Zunge der Aerc gesprochen! Hat er das wirklich? Eigentlich unwahrscheinlich, was? Es gibt nicht viele Menschen, die Frakra aussprechen können, ohne es hässlich zu verstümmeln. Aber wie kann es dann sein?* Verwirrt schüttelte Dudaki den Kopf und knurrte.

Auch der Verhüllte hatte jetzt die Unruhe bemerkt, die bei Dudakis Anblick aufkam. Er blieb stehen und hob die Hände.

»Ruhig, meine Freunde! Lasst die Finger von den Waffen.« Seine Stimme war nur ein heiseres Flüstern gewesen, und doch verstummten die Männer, als hätte er mit der befehlenden Stimme eines Raut gesprochen. »Dieser Ork stellt keine Gefahr dar. Im Gegenteil – er bringt uns die Antwort, nach der wir gesucht haben. Brodyn, bring eine Fackel und folge mir.« Er winkte einem grobschlächtigen Menschen zu, der Dudaki vage bekannt vorkam, und bedeutete Dudaki, ihm zu folgen. Der Aerc ließ den Blick über die Menschen schweifen, die ihn anstarrten. Dann zuckte er mit den Schultern. Seinem Retter zu folgen war sicherlich eine bessere Alternative, als allein hier stehen zu bleiben.

Der Verhüllte schritt zügig aus, begleitet vom Grobschlächtigen, der mit einer Fackel den Weg ausleuchtete. Dudaki kniff die Augen zusammen und versuchte, das Pulsieren dahinter zu ignorieren. Bei den Ahnen, er hasste Fackeln. Fackeln waren eine so nutzlose Menschenangewohnheit, ohne die man ohnehin besser sah. Zumindest wenn man ein Aerc war. Die Blassnasen waren wohl darauf angewiesen. Im Flackern des Feuerscheins konnte er erkennen, dass sich ihnen noch mehr Männer anschlossen. Wo immer der Verhüllte ihn hinführte, es sah nicht so aus, als wollte er ihm nur zeigen, wo die Männer hier pissen gingen.

Der Pfad vor ihnen stieg jetzt an und führte einen Hügel hinauf, der mit scharfkantigem, gelbem Sumpfgras und verkümmerten Sträuchern bewachsen war.

»Komm, Freund Dudaki. Ich werde dir zeigen, warum uns die Götter hierhergeführt haben, dich und mich.«

Dudaki warf dem Grobschlächtigen einen Blick zu, doch der zog nur die Augenbrauen hoch und entblößte die fauligen Zähne zu einem Grinsen. Er wandte den Blick ab und sah nach vorn, wo jetzt der nächtliche Fluss zwischen Büschen zu sehen war.

»Weißt du«, flüsterte der Verhüllte, »ich habe mich gefragt, warum der Fluss mich hierhergebracht hat. Und dich, wo wir schon dabei sind. Das Wasser scheint hier alles abzuladen, was anderswo verloren gegangen ist. So wie mich, wie dich, wie diese Männer hier.« Der Mann blieb stehen und deutete auf eine Bucht unter ihnen, in der sich dunkle Schemen zu einem formlosen Gewirr zwischen großen Felsbrocken auftürmten. Dann bewegte sich einer der Schemen, und Dudaki meinte, ein raues Schaben wie von Holz auf Holz zu hören. Jetzt wurde ihm klar, dass es keine Felsen waren, die in der Bucht lagen, sondern Boote, die das Wasser ans Ufer drängte. Der Verhüllte schniefte. »Dann habe ich begriffen, dass das hier ein heiliger Ort ist, der das Tote sammelt, das auf dem Fluss treibt. Deshalb bist du hier, und daher bin ich hier. Dich hat der Fluss für tot gehalten, und auch ich war eine Zeit lang tot.«

»Ich nicht«, murmelte der Grobschlächtige.

Du riechst zumindest so. Dudaki rümpfte unwillkürlich die Nase.

Der Verhüllte musste seine Gedanken erraten haben, denn er kicherte leise. »Freund Brodyn, natürlich warst du tot, als wir uns getroffen haben. Du hast deine Götter vergessen, genau wie ich. Dein Leben hatte keinen wirklichen Sinn, genau wie meines. Wir waren alle tot. Nur hatten manche von uns noch nicht aufgehört zu atmen.« Er wandte sich wieder an Dudaki: »Eine Zeit lang bin ich jemandem gefolgt, von dem ich dachte, er kenne den Weg und könne uns in ein neues Leben führen. Ich dachte, er umgibt sich mit den Ausgestoßenen, den Blinden, den Monstern und Verlorenen, weil er ihnen eine Zukunft bringen will. Ich hatte mich getäuscht. Er hat sich nur unter ihnen versteckt und uns letztendlich nur noch tiefer in die Dunkelheit geführt. Erst als es zu spät war, habe ich begriffen, dass auch er nichts weiter war als einer der Verlorenen, der Blinden. Aber ganz zum Schluss, auf der Schwelle zum Tod, haben mich die Götter gefunden, die ich schon lange verloren geglaubt hatte. Sie haben uns alle, die Toten, auf den Fluss geführt, und der hat uns dort abgeladen, wo er alle Toten hinbringt. Hier.«

Dudaki runzelte die Stirn. »Soll das heißen, das hier ist das Land der Ahnen? Ich dachte nicht, dass Menschen ebenfalls hier landen.«

Wieder lachte der Verhüllte leise, bevor er abwinkte. »Ich fürchte, du hast mich falsch verstanden, Aerc. Das hier ist nicht die Nachwelt eurer Art. Und ich hoffe doch, es ist nicht die, die auf die Menschen wartet. Ich wäre verdammt enttäuscht, wenn sie so beschissen aussähe wie das hier. Nein, die Götter haben mich ins Leben zurückgeholt, und ich habe dir und unseren Freunden hier ins Leben zurückgeholfen. Und jetzt werden wir das für den Rest der Welt ebenfalls tun.«

»Was?«, fragten Brodyn und Dudaki im Chor.

»Ihr habt die Dunkelheit gesehen, die heraufzieht.« Der Verhüllte drehte sich um und deutete nach Osten.

»Sie ist kaum zu übersehen.« Dudaki starrte in die Nacht und glaubte beinahe, die schwarze Wand am Horizont auch jetzt noch sehen zu können. »Der Geistersturm.«

Der Verhüllte sah ihn an. »Nennt dein Volk es so?«

Der Aerc hob die Schultern. »Das ist es, was unsere Totensprecherinnen sagen. Eine Dunkelheit, die aufzieht, weil die Gefallenen der großen Schlacht den Weg in die Welt der Ahnen nicht finden können.«

Der grobschlächtige Mensch neben ihm wirkte wie jemand, der sich nicht wohl in der eigenen Haut fühlte. *Und wie einer, der kurz davor ist auszuprobieren, ob er sich in der Haut eines Anderen besser fühlt.*

Schließlich spie Brodyn aus. »Die Seherin hat auch von der Dunkelheit gefaselt. Ich hab ihr nicht geglaubt, aber ...«

»Aber du spürst es auch. In deinen Knochen, in deinen Adern.« Der Verhüllte nickte. »Sie ist da, und sie schickt sich an, die Welt zu verschlingen. Vielleicht sind es die Ahnen der Orks, ja, doch am Ende wird sie uns alle umfangen, Menschen, Zwerge und auch die Orks. Wir können ihr nicht davonlaufen, und niemand kann sie aufhalten, sagt man.« Er machte eine Pause, und erst jetzt fiel Dudaki auf, dass es vollkommen still geworden war. Die Menschen, die ihnen gefolgt waren, hatten angehalten, und jeder starrte in die Finsternis nach Osten, gerade so, als könnten sie die Dunkelheit bereits sehen. »Die große Schlacht hat die Dunkelheit nur geweckt«, flüsterte der Verhüllte. Dudaki war sich sicher, dass ihn trotzdem jeder hören konnte. »Sie war schon immer da, doch der Hochmut der Zwerge und die Wut der Orks haben sie aus ihrem Schlaf geweckt. Die Stumpen sehen die Gefahr nicht, so wie sie schon immer blind waren für die Warnungen der Götter und der Menschen. Und die Orks?« Er sah Dudaki an. »Sie fürchten die Dunkelheit, denn sie haben keine Götter, die sie retten könnten.«

Dudaki bleckte die Zähne. »Wir fürchten die Dunkelheit nicht, Mensch. Jeder Krieger hat die Angst besiegt, sonst wäre er kein Krieger. Und wir brauchen dafür keine Götter. Wir folgen den Pfaden der Ahnen!«, knurrte er.

Der Verhüllte nickte, und seine Stimme klang nachsichtig. »Das tut ihr. Und schon eure Ahnen haben die Dunkelheit gefürchtet. Deshalb haben sie versucht, sie zu beherrschen, einzusperren und zu vergessen, damit ihr nicht in ewiger Angst lebt. Aber die Angst ist da, Krieger, und diese Dunkelheit dort lässt sich nicht einsperren.«

»Und wie wollt ihr sie dann aufhalten?«, fragte Brodyn.

Das ist die Frage, was? Dudaki sah den Verhüllten argwöhnisch an – und er war nicht der Einzige. Alle Augen richteten sich auf den Verhüllten.

»Aufhalten?« Brodyn lachte freudlos auf. »Wer könnte einen Sturm anhalten, wenn er erst einmal begonnen hat? Wer könnte die Nacht daran hindern, hereinzubrechen?«

Der Verhüllte sah nach Osten in die Finsternis. »Ich will sie nicht aufhalten.« Er klang tatsächlich ein wenig amüsiert. »Aber wir können sie beenden. Noch ist Zeit. Wenn auch nicht mehr viel.«

Dudaki erschauerte, als ihm etwas Eiskaltes den Rücken hinabzukriechen schien. Er kannte die Angstwürmer, die im Magen jedes Kriegers wohnten, und in diesem Moment schienen sich seine leise zu regen. *Was soll der ganze Vortrag?* »Komm zur Sache. Was willst du von uns?«

Die Hand des Verhüllten berührte Dudakis Arm, und eine seltsame Ruhe durchfloss ihn. »Ich? Nichts. Die Götter. Sie haben uns alle auserwählt. Es geht nicht darum, die Dunkelheit aufzuhalten, es geht darum, sie zu beherrschen, sie am Ende zurückzudrängen und den nächsten Morgen zu erreichen. Und wie besiegt man die Dunkelheit?«

Er sah Dudaki und die Menschen der Reihe nach an, als erwarte er in einem der Gesichter eine Antwort. Der Aerc folgte seinem Blick. Nur Schemen standen in der Finsternis, hoben sich schwarz gegen die Feuer ab oder wurden vom flackernden Licht vereinzelter Fackeln beleuchtet. *Fackeln.*

»Licht. Man zündet ein Licht an«, sagte Dudaki.

»Richtig! Wir entzünden ein Licht. Wir werden das Licht sein, das die Völker durch die Dunkelheit führt. Nicht nur Fackeln – wir werden ein Leuchtfeuer entzünden, das die ganze Welt sieht! Die Götter werden uns helfen, gestärkt aus der Dunkelheit hervorzugehen. Vielleicht wird es keine Clans der Zwerge mehr geben, wenn sie vorüber ist, vielleicht auch keine Stämme der Orks mehr, wie du sie kennst, Dudaki. Es gibt ab jetzt keine Orks mehr, keine Zwerge und keine Menschen. Der Krieg ist sinnlos geworden, denn wenn wir uns weiter bekämpfen, werden wir am Ende alle verlieren. Aber wir werden tun, was in unserer Macht steht, um dafür zu sorgen, dass es noch jemanden gibt, der aus ihr hervorgeht in einen neuen Morgen. Wir werden dafür sorgen, dass wir noch da sind!«

Er schwieg einen langen Moment, und keine Grille, kein Nachtvogel, nicht einmal ein Plätschern des dahinströmenden Wassers durchbrach die absolute Stille. Dudaki hielt unwillkürlich den Atem an.

»Deshalb sind wir hier«, sagte der Verhüllte schließlich. »Das Feuer ist seit langem vorbereitet, doch jemand muss es erreichen und entzünden, bevor es zu spät ist. Es ist an uns, den Ort zu finden, an dem das Schicksal unserer Welt entschieden wird, Freunde. Ich war mir nicht sicher, dass es uns gelingen könnte, doch die Götter haben uns diesen Ork hier geschickt. Und sie haben mir gesagt, wo wir suchen müssen. Kommt. Uns bleibt nicht viel Zeit.« Er wandte sich ab und stieg weiter den Pfad hinauf.

Der Grobschlächtige und Dudaki sahen sich an.

»Hast du ein Wort von dem verstanden, was er gesagt hat, Ork?«

Dudaki zuckte mit den Schultern. »Nein. Aber Feuer zu legen ist meiner Erfahrung nach nie eine schlechte Idee.«

Brodyn grinste.

Als sie auf der Kuppe des Hügels ankamen, stand der Verhüllte neben einem steinernen Monument. Es war in die grobe Gestalt einer überaus voluminösen Frau gehauen: riesige, volle Brüste, die auf einem monströsen Bauch lagen, ein noch umfangreicheres Hinterteil und wulstige Arme. Der steinerne Körper war mit Fellstreifen, Stoffbahnen und Girlanden aus Knochen behängt, doch der Schmuck war alt, von Wind und Wetter angegriffen und beinahe verrottet. Irgendjemand hatte der Statue den Kopf abgeschlagen.

»Eine Stammesmutter!«, flüsterte der Aerc in ehrfürchtigem Erkennen. »Das hier ist ein Totenhügel! Ein heiliger Ort.«

Der Verhüllte nickte. »Der Fluss trägt die Toten hierher, und dein Volk hat dasselbe getan. Deshalb haben uns die Götter hierher geführt.« Der Mensch deutete auf ein Loch, das vor dem Bauch der Figur im Boden gähnte. Eine Steinplatte lag daneben, und Dudaki konnte erkennen, dass sie erst vor kurzem bewegt worden war. »Wir haben diesen Ort geöffnet, weil ich gehofft hatte, dass wir hier einen Wegweiser zu dem Ort finden, an den wir müssen, um unser Leuchtfeuer zu entzünden.«

Dudaki erschauderte. »Aber ... das ist ein heiliger Ort der Drûaka! Niemand darf ihn betreten!«

»Genau deshalb habe ich mir hier Hilfe erhofft. Die Götter haben mir ein Geheimnis verraten: Ihr Orks wusstet einst von der Dunkelheit. Ihr habt sie eingeschlossen, und eure Schamaninnen und Ahnen bewachten sie. Ihr habt Vorkehrungen für diesen Tag getroffen – und dann habt ihr sie vergessen. Aber sie hat euch nicht vergessen.«

Er sah hinab in das dunkle Loch. Dann nahm er Brodyn die Fackel ab und warf sie hinab in die Finsternis. »Sieh selbst.«

Zögernd trat Dudaki vor. Die Fackel war zwischen Knochen gelandet. Hunderten, Tausenden von Knochen.

»Die Wächter«, sagte der Verhüllte leise. »Sie bewachen viele Geheimnisse. Unter ihnen auch das Wissen um den Weg – für die, die es deuten können.« Der Verhüllte sah auf. »Ich hätte die Hoffnung beinahe aufgegeben. Doch du hast uns den Weg eröffnet. Du kannst uns führen.«

»Kann ich?«

»Der Stein, mein Freund. Ich weiß, es gibt andere Orte wie diesen, und die steinerne Karte in meinem Zelt weist uns den Weg. Wenn es Morgen wird, brechen wir auf.« Der Mensch sah hinaus über die Boote am Ufer und über den Fluss. »Dort hin. Wie es aussieht, haben dich die Götter zu uns geschickt, um uns den nächsten Schritt auf unserer Reise zu zeigen, die uns ins Herz der Dunkelheit führt. Und darüber hinaus.«

Dudaki sah nachdenklich hinab, wo die zischende Fackel langsam erlosch. Dann blickte er auf und ebenfalls über den Fluss, auf dessen anderer Seite sich schwarz die Silhouette des Waldes vor den Sternen abzeichnete. »Da haben wir aber noch mal Glück gehabt, was?«

FÜNFZEHN
Düstere Legenden

»Wir sind ja wohl wirklich die glücklichsten Ärsche diesseits von Derok«, knurrte Modrath bitter. Er sah nach oben, wo eine Lücke in den Kronen der Urwaldriesen den Blick auf ein Stück Abendhimmel freigab. Zornig rote Wolken zogen so tief über den Wipfeln dahin, dass die höchsten Äste drohten, ihnen die Bäuche aufzuschlitzen. Krendar war sich sicher, dass sie in diesem Fall eine Menge eisiges Wolkenblut verlieren würden.

»Ich möchte nicht hier lagern, wenn es ...«

»... anfängt zu regnen. Das hier wird ein einziger ...«

»... Sumpf«, beschwerten sich die Korrach-Brüder.

»Das liegt daran, dass es ein verdammter Sumpf ist.« Modrath polkte etwas zwischen den Zähnen hervor, musterte es kurz und schnippte es in das Farndickicht, das ihren Lagerplatz von allen Seiten umgab. Sie hatten sich ihren Lagerplatz nicht deshalb ausgesucht. Es hatte seit Stunden keine Stelle gegeben, die nicht so aussah. »Was wollt ihr wetten, dass es heute Nacht noch regnen wird?«

Krendar zuckte mit den Schultern, zurrte die letzte Seite

der Feuerplane über der Feuerstelle fest und leerte einen Wassersack hinein. »Sekesh? Was meinst du?«

»Hey!« Modrath drehte sich um. »Die Drûaka fragen ist Betrug.«

»Vergesst es. Ich bin nicht dazu da, euch das Wetter vorherzusagen.« Ein schmales Lächeln kroch in die Mundwinkel der Schamanin. »Außerdem wäre es wirklich Betrug, die Knochen zu werfen. Ich setze zwei Scheiben Wühlergold darauf, dass es regnet.«

Modrath stöhnte auf. »Du bist ein brutales Weib, Ayubo. Keiner von den Kerlen wird jetzt noch gegen mich wetten.«

Die Korrach feixten, und das Lächeln der Schamanin wurde eine Spur breiter.

»Schau mich nicht an.« Krendar hob abwehrend die Hände. Er sah hinauf in die mächtigen Kronen, die sich bereits deutlich gelb und rot zu verfärben begannen. »Ich bin nur ein dummer Broca. Der gegen euch schon fünf Goldscheiben in ebenso vielen Tagen verloren hat. Du glaubst doch nicht im Ernst, ich würde gegen euch setzen?«

Der Oger verzog das Gesicht und warf die letzten zwei Säcke unter die aufgespannte Plane, die ihr Gepäck vor eventuellen Regenfällen schützen sollte.

»Ich halte dagegen.« Die Stimme hinter Krendar war leise, jedoch fest. »Zwei Scheiben.«

Krendar senkte den Blick und starrte in das verblüffte Gesicht des Ogers. Sekesh legte den Kopf schief. Der junge Broca drehte sich um. Hinter ihm stand die Leibwächterin der Felsenbären-Schamanin. Das Lächeln auf ihrem Gesicht war dasselbe, das Sekesh trug.

Corsha zog zwei goldene Scheiben aus einer Tasche ihres Gürtels und warf sie in die gefüllte Feuerplane. »Es wird regnen, bevor die Monde untergegangen sind. Und ich sage: Es wird auch noch verdammt windig werden.«

Die Korrach sahen sich an. Dann warfen sie jeder eine Goldscheibe in die Feuerplane. »Wir sind dabei.«

»Im Ernst?« Sekesh strich sich die verfilzten Haarsträhnen aus den Augen und musterte sie spöttisch. »Ihr wettet nur auf ihr Wort hin gegen mich?«

»Ihre Schwester ist eine Drûaka. Vielleicht hat sie die Knochen geworfen«, sagten die Zwillinge gleichzeitig.

»Vielleicht.« Das Lächeln auf Sekeshs Gesicht verschwand nicht. »Krendar? Was ist mit dir? Was glaubst du?«

Krendar sah zwischen den beiden lächelnden Aerc-Frauen hin und her. Dann schüttelte er den Kopf. »O nein. Vergesst es, ohne mich. Ich werde mich nicht in die Gefahr begeben, nochmals gegen einen von euch zu verlieren. Ein Broca muss einen Rest von Würde bewahren.«

»Indem er einen Rückzieher macht?«, fragte Sekesh, ohne die Augen von Corsha zu nehmen.

»Ich dachte eher, indem er sich nicht provozieren lässt.«

Modrath grinste breit und leckte sich über seinen Eckzahnstummel. »Sieh an, der Junge ist lernfähig. Also gut, und zwei von mir.« Er holte zwei Goldscheiben hervor und warf sie zu den anderen ins Wasser. »Ich glaub an dich, Ayubo.«

»Na dann. Wenn ihr fertig seid, kümmert euch um ein ordentliches Feuer. Und du«, er stand auf, klopfte sich die Hände ab und wandte sich an Corsha. »Was willst du? Du bist doch sicher nicht hier, um Wetten mit meinen Leuten abzuschließen und übers Wetter zu reden?«

Die stämmige Aerc riss ihren Blick von dem Sekeshs los. Sie nickte. »Was gibt es bei euch heute zu essen?«

Der Oger zuckte mit den mächtigen Schultern. »Trockenfleisch. Was sonst?«

»Rind?«

Die Zwillinge seufzten synchron. »Davon träumen wir. Pferdefleisch.«

»Ich hasse Pferd.« Corsha hob einen ledernen Sack und warf ihn dann neben die Feuerstelle. »Ein Gastgeschenk. Torrek-Wurzeln und ein Schroggra. Ist ein mageres kleines Mistvieh, aber mit den Wurzeln zusammen dürfte es für einen guten Eintopf reichen. Besser als Pferd ist es allemal.«

Modrath grinste. »Kleines Weib«, sagte er anerkennend und öffnete den Sack. »Du weißt, wie man für gute Laune bei mir sorgt.«

»Da kannst du dir sicher sein.« Corsha warf Modrath einen verschmitzten Blick zu.

»Genau das macht mir Sorgen«, sagte Sekesh. »Zurück zu Krendars Frage. Was willst du?«

Das Lächeln der Kriegerin verblasste. Sie seufzte. »Meine Schwester will, dass ich mich mit den Menschen unterhalte. Sie will wissen, was sie wissen.«

»Wollen euch die Wühler nicht helfen?«

Corsha hob die Schultern. »Die kleinen Drecksäcke sind zäh. Sie wollten nicht reden. Selbst nach drei Tagen ohne Stiefel und den Tränken meiner Schwester.«

»Tränke?« Sekesh hob eine Augenbraue. Sie strich sich die Zöpfe aus dem Gesicht, und ihre bernsteinfarbenen Augen wurden hart. »Was für Tränke?«

Die andere zuckte mit den Schultern. »Sie sollen den Erdmaden die Zungen lockern und dafür sorgen, dass sie die Wahrheit sagen. Aber sie sind trotzdem nicht sonderlich gesprächig. Toraka hofft, dass wir bei den Blassnasen mehr Erfolg damit haben.« Sie löste einen kleinen ledernen Wassersack von ihrem Gürtel und hielt ihn der Schamanin hin.

Sekesh nahm das Gefäß, entkorkte es und roch daran. Dann ließ sie es fallen. Mit leisem Gluckern versickerte der Inhalt im Moos. »Die Gefangenen sind ebenso meine Gefangenen wie die meines Broca. Wenn ihnen jemand Tränke bereitet, dann bin ich das«, sagte Sekesh kalt. »Prakosh sollte das endlich respektieren. Und das gilt auch für deine Schwester. Verstanden?«

Corsha sah mit einem leisen Stirnrunzeln auf die leere Flasche. Dann hob sie die Schultern. »Ich werde mich da sicher nicht einmischen, Drûaka. Dann eben keinen Trank. Meine Schwester wird allerdings nicht erfreut sein, dass du das Zeug weggeschüttet hast. Soweit ich mich erinnere, hat sie zwei Tage damit zugebracht, es zu kochen.« Nach einem kurzen Moment zuckte sie nochmals mit den Schultern und sah auf. »Andererseits – wann ist sie schon mal erfreut? Habe ich trotzdem eure Erlaubnis, mit den Menschen zu reden?«

Sekesh öffnete den Mund.

»Du hast die Erlaubnis«, warf Krendar schnell ein, bevor sie etwas sagen konnte. Er ignorierte den scharfen Seitenblick der Schamanin. »Wenn das Lager fertig errichtet ist und wir alle versorgt sind. Einige von uns sind nämlich nicht sie selbst, wenn sie hungrig sind. Und die Menschen sind erschöpft. Der Marsch setzt ihnen zu.«

Corsha winkte ab. »Selbst die Wühler halten mit. Und die tragen seit Tagen keine Stiefel mehr.«

»Es sind Wühler! Nach allem, was wir wissen, vertragen sie mehr als jeder Aerc. Die Menschen dagegen sind schwach. Und sie haben Welpen bei sich.« Der junge Broca hob eine Hand, um den Widerspruch beider Frauen abzuwehren. »Sekesh, wir brauchen sie, um mit den Menschen zu reden. Aber nicht so dringend, dass wir euch selbstlos helfen. Wir brauchen eine Gegenleistung.«

Die rundliche Aerc hob fragend eine Augenbraue. Dann seufzte sie und sah sehnsüchtig zu dem mageren Schroggra, der neben der Feuerstelle im Gras lag. »In Ordnung. Nenn deinen Preis, Broca.«

Krendar folgte ihrem Blick. »Nach dem Essen, denke ich.«

Während die Dunkelheit langsam zwischen den Bäumen und aus dem Unterholz hervorkroch, bereiteten die Korrach-Zwillinge leise schwatzend den Eintopf zu.

Die Aerc lagerten in einer langgestreckten Reihe kleiner Feuerstellen auf dem Pfad zwischen den Bäumen. Eine ungünstige Art zu lagern, aber die Alternative wäre, in den unwegsamen Filz aus Farnen und Nesseln einzudringen. Sie hatten es in der ersten Nacht im Wald versucht, doch das Ergebnis war den Aufwand nicht wert gewesen. Daran, einen der gigantischen Urwaldriesen zu beseitigen, war erst gar nicht zu denken. Also schlugen sie nur Gras, Farne und Ranken beiseite und lagerten direkt auf dem Pfad, der sich zwischen den mächtigen Stämmen hindurchwand.

Krendar starrte in die Finsternis. *Da ist nichts. Der verdammte Oger macht dich nur verrückt.*

Modrath neben ihm riss seinen Blick vom Wald los. »Da ist

nichts. Überhaupt nichts«, brummte er. »Das gefällt mir nicht, Broca.«

Krendar schnaubte. »Wäre es dir lieber, wenn da was wäre?«

»Nicht irgendetwas. Vögel, Schweine, Ratten, ja. Aber ...«

»Na komm, wir haben gerade einen Schroggra geschenkt bekommen. Wo einer davon ist, sind noch mehr.«

»Sie hat ihn aus einem Erdloch gezogen, klar. Das Vieh hatte sich versteckt. So wie alle anderen Tiere.« Modrath kniff die Augen zusammen und sog schnüffelnd die nach Moder und Pilzen riechende Waldluft ein. Dann schüttelte er den mächtigen Kopf. »Hast du dich nicht gefragt, wovor sich all die Viecher verstecken?«

Der junge Broca rieb sich nachdenklich die wulstige Stirnnarbe. »Vor der Dunkelheit, vermute ich. Keiner von uns will von dem eingeholt werden, was da kommt.«

»Das will niemand, stimmt«, sagte Corsha direkt hinter ihnen.

Krendar zuckte zusammen. Er hatte sie nicht kommen hören, und auch der Oger hatte instinktiv die Fäuste geballt. »Keine gute Idee, sich so anzuschleichen«, knurrte er düster, und Krendar nickte. »Modrath ist ein wenig ... angespannt, und ich kann es ihm nicht verdenken.«

Corsha sah die beiden Männer an, dann neigte sie kaum merklich den Kopf. »Das geht uns genauso. Meiner Schwester und mir«, sagte sie leise. »Dieser Wald ist zu still – aber es ist nicht die kommende Dunkelheit. Da ist noch etwas anderes.«

»Tatsächlich«, stellte Modrath trocken fest und sog an seinem abgebrochenen Zahn. »Das hätte euch aber mal jemand sagen können, was?«

»Wir haben dich gehört, Hübscher«, sagte die Kriegerin, ohne den Oger anzusehen. »Und Toraka hat deine Worte nicht vergessen. Die Knochen haben ihr gesagt, dass etwas in diesem Wald ist, doch Prakosh will ihre Worte nicht hören. Deshalb bin ich hier.« Sie sah zu Modrath auf. »Erzähl mir mehr über diesen Wald. Du hast gesagt, er sei tabu?«

Der Oger hob eine wulstige Augenbraue. »Auf einmal?«

»Auf einmal.« Die Aerc imitierte seine Miene, dann grinste sie. »Mich interessiert alles, was du zu bieten hast.«

Die zweite Augenbraue des Ogers schnellte nach oben, und Krendar verdrehte die Augen. »Erzähl's ihr schon, Modrath. Die kurze Version.«

Modrath sog nochmals schmatzend an seinem Zahnstummel. Schließlich nickte er. »Ich hab ja schon gesagt – das Gebiet des Hyänen-Stamms, in dem ich geboren wurde, grenzt direkt an diesen Wald. Genauer gesagt endet das Stammesgebiet an dem kleinen Fluss, der irgendwo nördlich von hier durch den Wald fließt. Alles Land südlich davon ist verbotenes Land. Kein Hyänen-Krieger wird es betreten, denn bei uns weiß jeder Welpe, dass jene, die es dennoch tun, nie zurückkehren.«

»Diese Art von Geschichte?«, erkundigte sich Corsha mit leicht spöttischem Unterton.

»Diese Art von Geschichte. Du hast gefragt«, knurrte Modrath. »Nein! Natürlich nicht diese Art von Geschichte! Denkst du, ich habe Zeit für so einen Scheiß? Natürlich haben wir die verbotenen Orte, die nur so heißen, damit die Welpen dort nicht herumstromern. Aber das ist keiner davon. Du erinnerst dich an den Baum, an dem wir den Wald betreten haben? Ich habe so etwas schon gesehen. Mehr als einmal. Entlang des ganzen Flusses kann man diese Bäume finden. Und du kannst deinen knackigen … also du kannst drauf wetten, dass wir über den Fluss gegangen sind, sobald wir die Gelegenheit bekamen, im Jahr bevor wir unsere Krûnar-Riten erhielten.«

Knackig? Krendar musterte Corshas Rückseite unauffällig. Üppig trifft's besser.

»Knackig? Danke.« Die Aerc feixte. »Red ruhig weiter.«

Modrath räusperte sich. »Jedenfalls – wir waren zu neunt, als wir über den Fluss gegangen sind. Drei Nächte später waren wir wieder zurück. Nur noch drei von uns, Ragroth, sein widerlicher Zwilling und ich, und alle drei hatten wir was abbekommen.« Er deutete auf eine lange alte Narbe an seinem Oberarm.

»Was ist aus den anderen geworden?«

»Ich weiß es bis heute nicht. Ich weiß nur, dass dieser Wald bewacht ist. Wir sind nicht einmal tief eingedrungen. Nur ein oder zwei Hügelketten vom Fluss entfernt sind wir auf Ruinen gestoßen.«

Corsha sah den Oger scharf an. »Ruinen?«

»Jo. Steinerne. Ich hatte so etwas noch nie gesehen. Wir Hyänen bauen keine Häuser aus Stein, und ich war gerade mal zwölf Winter alt. Bis heute habe ich nie wieder solche Gebäude gesehen. Sie waren alt, das war uns gleich klar. Bäume wuchsen auf ihnen, so dick wie die hier, aus den Fensterlöchern krochen Schlingpflanzen, und in den leeren Räumen lagen Nester, Knochen und die Scheiße von irgendwelchen Tieren. Wir durchsuchten die Häuser, doch bis zum Abend fanden wir nichts. Wir wollten gerade schon aufgeben und weitergehen, als einer von uns in einem Loch in einer der

Wände eine Kette aus Blaustein entdeckte. Ihr wisst, wie wertvoll Blaustein ist. Vielleicht war da noch mehr? Wir beschlossen, am kommenden Morgen die Wand aufzureißen, und schlugen dort unser Lager auf. Spätestens da hätte uns auffallen müssen, wie still es war. Keine Vögel. Kein Rascheln von kleinen Tieren, keine entfernten Rufe des Wilds. Genau wie hier.« Der Oger musterte die Baumwipfel, und Krendar konnte nicht anders, er tat es ihm nach.

Nach einem Moment fuhr der Hüne leise fort: »Aber wir waren jung und unerfahren. Wenn wir es bemerkten, schrieben wir ihm keine Bedeutung zu. Meine Güte – wir waren Aerc, praktisch schon Krieger. Und ich immerhin ein Oger. Wir waren also das Gefährlichste weit und breit! Was sollte schon passieren? In dieser Nacht kamen die Schatten. Es war eher Zufall, dass Ragroth rechtzeitig erwacht ist, sonst hätten sie uns alle im Schlaf erwischt. Die beiden von uns, die Wache halten sollten – wir waren damals vielleicht blöd, aber nicht so blöd, keine Wachen aufzustellen – waren verschwunden, und als ich aufgewacht bin, sah ich gerade noch, wie einer der anderen durchs Fenster gezogen wurde. Ich hörte das Krachen seiner brechenden Halswirbel, danach wurde es undeutlich. Irgendetwas Scharfes traf mich und hätte mir beinahe den Arm abgehauen. Ich habe vielleicht nach einem oder zwei der Schatten geschlagen, doch es war unmöglich, sie zu treffen. Genauso gut hätte ich versuchen können, den Nachtwind zu fangen. Dann hab ich gemacht, was ich immer getan habe: Ich bin Ragroth gefolgt. Und der ist gerannt, also hab ich das auch gemacht. Ich bin nicht stolz darauf, aber es war das einzig Richtige. Die, die stehen geblieben sind, um zu kämpfen, haben wir nie wiedergesehen.

Wir hatten keine Chance.« Er runzelte die Stirn. »Na gut – fast keine. Sonst wäre ich wohl nicht hier. Ich denke, dass ich ein Oger bin, war unser Glück. Das, und Ragroth. Der Drecksack war schon immer einer der besten Krieger, die ich je gesehen habe. Wir sind zu dritt geflohen, Ragroth, sein Nestbruder und ich. Den Schatten ausgewichen, sobald wir sie sahen, und schneller gerannt, als je ein Aerc vor uns. Warum auch immer – irgendwann haben sie aufgegeben, aber wir haben nicht angehalten, bis wir wieder über den Fluss waren.«

Krendar musterte argwöhnisch den Wald. »Wie sehen sie aus?«

»Keine Ahnung. Schwarze Schatten zwischen den Bäumen. Wir haben gekämpft und sind gerannt, bis wir wieder über den Fluss waren.« Der Oger wirkte etwas betreten. »Ich erinnere mich nicht mehr an viel. In meinem Arm wütete das Feuer, und den Drûaka ist es nur mit Mühe gelungen, mich unter den Lebenden zu halten. Ragroth hat nie darüber gesprochen. Aber eines ist klar. Es sind nicht nur Geschichten.«

Eine Weile schwiegen sie alle drei.

»Und du meinst, sie sind hier?«, fragte Corsha schließlich.

»Hört ihr etwas?«

Corsha schüttelte den Kopf.

»Eben.« Modrath nickte. »Traut der Stille nicht.« Er wandte sich vom Wald ab, als ein dicker Tropfen sein Gesicht traf. Weitere folgten ihm. Missmutig sah er hinauf in den nachtschwarzen Himmel, und die übrigen Aerc folgten seinem Beispiel. Schwere, kalte Regentropfen fielen aus den unsichtbaren Wolken und klopften einen anschwellenden Rhythmus auf das Blätterdach der Urwaldriesen um sie.

»Groshakk«, murmelte er, und Krendar war sich nicht sicher, was der Oger meinte.

»Broca, ich glaube, das solltest du dir anhören.«

Die Stimme eines der Korrach-Brüder riss Krendar endgültig aus dem unruhigen Schlaf. Der Waldboden unter ihm war unbequem. Sein Rücken war nass, und irgendwelche Insekten schienen Zuflucht in seinen Hosenbeinen gesucht zu haben. Es war noch immer dunkel; er brauchte nicht die Augen zu öffnen, um das zu erkennen. Regentropfen trommelten auf die Plane über seinem Kopf, rauschte in den Baumkronen und dämpfte die Stimmen, die ein Stück entfernt etwas riefen. Krendar gab einen mürrischen Laut von sich und zwang ein Auge auf.

»Sucht sie!«, donnerte Prakoshs Stimme von irgendwoher. »Findet sie, ihr unfähigen Arschlöcher!«

Krendar schrak hoch, Schlaf und Nässe waren sofort vergessen. »Was?«

»Sieht aus, als hätten wir ein Problem, Kleiner.«

»Wir? Das ist wohl eher Prakoshs Scheiß-Problem.«

»Wenn der Raut ein Problem hat, dann ist das unser Scheiß-Problem. Darauf könnt ihr wetten.« Der Oger sog an seinem Zahnstummel und musterte den nächtlichen Wald. Regen troff ihm von den zusammengezogenen Brauen.

»Zwei Goldräder?«

»Hä?« Modrath riss den Blick los.

»Wetten. Du hast …«

»… gesagt, darauf können wir …«

»Leckt mich, ja?«

»Könnt ihr mal die Fresse halten und mir sagen, was los

ist?« Krendar warf einen besorgten Blick in Richtung der Menschen, doch diese drängten sich um die schwelenden Reste ihres Feuers und starrten blind in die Finsternis.

»Also was jetzt?« Das Gesicht des Ogers war eine hässliche Maske. Aber das war es meist. »Fresse halten oder sagen?«

Krendar beschränkte sich darauf, tief durchzuatmen. »Also?«

»Keine Ahnung. Der Raut und sein Gefolge sind in heller Aufregung, aber ...«

»... es scheint nicht so, als würden wir angegriffen.«

»Und was dann?« Gedanken rasten durch Krendars Kopf. Er widerstand der Versuchung, sich zum Unterholz umzusehen.

Modrath hob die Schultern.

Krendar verdrehte die Augen und schob sich an ihm vorbei. »Ihr bleibt hier und behaltet die Menschen im Auge. Ich will keine Überraschungen erleben.« Er lief los. Nach einigen Schritten wurde er langsamer und sah sich um. »Was ist?«

Modrath stand direkt hinter ihm und sah ausdruckslos auf ihn hinab. »Ich komme mit.«

»Ich habe doch gerade gesagt ...«

»Ich komme mit, Kleiner«, wiederholte der Oger gleichmütig. »Egal, ob's dir passt oder nicht. Ein Broca braucht Rückendeckung.«

»Wir sind hier mitten unter groshakk Aerc!«

»Ein Grund mehr, würde ich sagen.«

»Modrath, das war ein Befehl!« Krendar stellte fest, dass seine Faust geballt war.

Der Oger zuckte mit den Schultern. »Ich weiß. Aber das heißt ja nicht, dass ich ihn befolgen muss, oder? Ayubo, kommst du?«

Sekesh riss den Blick von der schweigenden Wand des Waldes los und nickte. Sie wirkte besorgt.

Der junge Aerc starrte sie sprachlos an. »Wofür bin ich eigentlich der groshakk Broca hier, wenn jeder macht, was er will?«, knurrte er schließlich.

»Weil du für die schlauen Vorschläge zuständig bist.«

»Was? Vorschläge?« Krendar schnappte nach Luft. »Ragroth, hat der etwa auch nur Vorschläge gemacht?«

»Jo. Er war gut im Vorschläge machen.« Der Oger kratzte sich die narbige Wange. »Meistens jedenfalls.«

»Können wir dann jetzt gehen?« Die Ayubo streichelte abwesend die kleine Echse. Das Tier saß auf ihrem Handrücken und klappte mit leisem Zischen die grellbunten Flughäute immer wieder auf und zu. »Vress ist nervös, und das ist kein gutes Zeichen. Nie.«

Krendar runzelte die Stirn. Die kleine Flugechse fürchtete für gewöhnlich nichts und niemanden. Das hatte sie auch nicht nötig – wenn man den Worten der Ayubo Glauben schenkte, war ihr Biss giftig genug, um einen kräftigen Aerc umzubringen. Vielleicht sogar einen Wühler.

Sekesh hatte seinen fragenden Blick aufgefangen. Wortlos hob sie die Hand und streckte sie in Richtung Wald aus. Der Spilo wickelte seinen Schwanz um ihr Handgelenk und zischte lauter. Er sah nicht so aus, als würde er abheben wollen.

»Etwas ist dort drin«, sagte sie leise. »Etwas, das er nicht mag.«

Na danke, Modrath. Jetzt hast du sie also auch schon ver-

rückt gemacht? Krendar schüttelte müde den Kopf. »Wahrscheinlich ist die Echse schlauer als wir. Und sicher schlauer als Prakosh. Können wir jetzt gehen, bevor der große Raut auf die Idee kommt, wir sollten auch dort drin sein?«

Die Schamanin nickte. Sie ließ die kleine Flugechse in ihr Haar klettern, wo das Tier mit leisem Zirpen zwischen ihren Zöpfen verschwand. »Das wäre keine gute Idee.«

»Tatsächlich.«

»Wir sollten uns beeilen.« Die Ayubo wandte sich ab und marschierte in die Richtung, aus der Prakoshs Stimme kam.

Krendar stieß einen verzweifelten Laut aus und beeilte sich, ihr zu folgen. Der Oger warf einen düsteren Blick auf das verfilzte Unterholz und saugte an seinem Zahnstummel. »Ich hab's doch gesagt«, murmelte er. »Ich hab's ihnen gesagt.« Er spie einen Fladen Schleim in die tropfenden Farne und wandte sich ab.

Krendar hastete den Pfad entlang.

Inzwischen standen alle Aerc, die Rücken zu den Feuern, Kriegskeulen, Speere, Äxte und Schilde in den Fäusten. Doch niemand schien wirklich zu wissen, was vor sich ging. Die Broca hatten ihre Männer auf dem schmalen Pfad in Verteidigungsstellung gebracht, und verschiedene Leute knurrten widersprüchliche Anordnungen, die im Rauschen des Regens untergingen. Er musste sich mühsam seinen Weg zwischen den fluchenden Männern hindurchbahnen. Die Flüche wurden allerdings schnell leiser, wenn die Krieger den Oger bemerkten, der ihm dichtauf folgte. *Wenigstens etwas.*

Am anderen Ende des langgezogenen Lagers ragte Prakosh auf. Sein verbranntes Gesicht war zu einer wütenden Grimasse verzerrt, und der Widerschein des Feuers, das zu seinen Füßen brannte, verbesserte den Anblick auch nicht gerade. Genauso wenig wie die Tatsache, dass ihm Speichel aus dem verstümmelten Mundwinkel flog, als er einen seiner Broca aus vollem Halse anbrüllte. »Wie konnte das passieren, du schleimiges Stück Gnarrascheiße? Mach's Maul auf!« Er packte den Mann am Hals und zerrte ihn auf die Zehenspitzen.

»Ich ... ich ...« Der Broca stotterte vor Furcht. »Ich ... sie müssen sich unbemerkt befreit haben! Ich habe Goddra und Drukkor für die Wache eingeteilt. Goddra sagt, er war nur kurz pissen, und als er zurückkam ...« Hektisch deutete er auf einen leblosen Körper zu ihren Füßen, den Krendar bis jetzt übersehen hatte. Prakoshs Schamanin kniete über ihm, ohne den Wutanfall des Raut zu beachten.

»Pissen?« Prakosh schüttelte den massigen Krieger in seiner Faust wie einen Sack Stroh. Geifer troff aus seinem Maul. »Pissen? Habe ich mich irgendwie undeutlich ausgedrückt? Es ist mir scheißegal, ob euch die Pisse am Bein runterläuft – niemand hat seinen Posten zu verlassen!«

Krendar starrte den leblosen Aerc am Boden verständnislos an. »Was ...?«

»Die Wühler«, murmelte Sekesh. »Sie sind weg.«

Krendar riss die Augen auf. Sie hatte recht. Die beiden Zwerge waren nirgendwo zu sehen. Und noch etwas fehlte. Ein eisiger Schauer kroch über Krendars Rücken, und diesmal war es nicht nur der Regen. Auf der anderen Seite des Feuers fing Corsha seinen Blick auf und nickte kaum merklich, bevor sie ihrer Schwester ein Tuch reichte.

Die dünne Schamanin der Felsenbären stand auf und

wischte sich etwas von den Händen, das Krendar jetzt als But erkannte. »Er ist tot«, stellte sie nüchtern fest.

»Ich weiß nicht, wie das möglich ist, Raut!« Der bullige Broca winselte beinahe. »Sie waren gefesselt und unbewaffnet. Ich meine, sie haben ja noch nicht mal Stiefel! Ich dachte nicht...«

»Du dachtest nicht? Natürlich hast du nicht gedacht, du dämlicher Faulschwanz! Weil du das überhaupt nicht kannst!« Prakosh stieß ein wütendes Knurren aus und stieß den Krieger von sich. Noch ehe sich der Aerc gefangen hatte, erwischte der Raut ihn mit der Seite der Axt am Kiefer und schleuderte ihn ins Unterholz. Für einen Augenblick sah es so aus, als würde der gewaltige Raut nachsetzen wollen. Dann jedoch ließ er die Waffe fallen und wandte sich angewidert ab. »Wo ist dieses blödsinnige Arschloch Goddra?«

Die restlichen Krieger sahen sich an. »Er ist den Wühlern nach«, stellte einer der restlichen Broca fest.

»So. Ist er. Was steht ihr blöden Drecksäcke hier noch rum?«, donnerte Prakosh seine Männer an. »Sucht sie! Findet die Wühler und diesen ausgeschissenen Schwachkopf! Bringt mir Goddra. Und bringt mir die Wühler! Bei den Ahnen, es sind kurzbeinige Erdmaden! Wie weit können sie gekommen sein?«

»Halt!« Sekeshs Ruf hallte zwischen den Bäumen wider, und die Köpfe der Krieger, die schon halb im Unterholz verschwunden waren, fuhren herum.

»W... bist du total bescheuert?«, zischte Krendar, doch auch Prakosh starrte sie jetzt an.

»Verzeih, Raut, aber sie sollten nicht alle gehen!«

»Was?«, flüsterte Krendar verzweifelt.

»Was?« Der Raut wirkte, als würde er im nächsten Augenblick platzen, und Krendar war widersinnig froh darüber, dass Prakosh in diesem Moment keine Waffe in der Hand hatte. Wobei ihnen das im Zweifelsfall wohl auch nichts nutzen würde.

»Raut, ich denke nicht, dass wir unsere Fracht allein zurücklassen sollten.« Sekesh starrte den narbigen Häuptling bestimmt an.

Prakosh kniff die Augen zu schmalen Schlitzen zusammen. »Die Zwerge sind nicht wichtig. Nicht so wichtig wie die Geister unserer Gefallenen. Ich kann nicht zulassen, dass ihr sie ihres Schutzes beraubt.«

Der Häuptling bleckte die Zähne, doch noch ehe er etwas erwidern konnte, räusperte sich der Halbaerc. Als ihn der Blick des Raut traf, neigte er den Kopf so tief, dass er beinahe vornüberzukippen drohte.

»Verzeih, Raut, aber die Drûaka hat recht.«

In Kyrks Stimme lag so viel Unterwürfigkeit, dass Krendar schauderte. Aber vermutlich war es für diesen Kerl notwendig. Einen Schlag wie den gerade eben würde er wohl nicht so einfach wegstecken.

»Ihr dürft den Weg nicht verlassen!«

Ein tiefes Grollen drang aus der Brust des Häuptlings. »Ich darf nicht? Du wagst es, mir zu sagen, was ich darf, du kleiner…?«

»Prakosh!« Die Stimme der Felsenbär-Schamanin durchschnitt scharf den Ausbruch des Häuptlings. »Sie haben recht. Die Herzen unserer Krieger sind das, was zählt. So ärgerlich, wie dieser Verlust ist, er darf unsere Aufgabe nicht gefährden, Raut. Die Herzen müssen ins Herz des Stammeslands, wenn die Dunkelheit aufgehalten werden soll.« Im Widerschein des Feuers glühten ihre Augen gelblich. Dann streckte sie die Hand aus, und ihre Schwester reichte ihr ein Steinbeil, dessen gezackte Kante im Feuerschein schimmerte. Als sie weitersprach, nahm ihre Stimme einen leisen, jedoch schneidenden Ton an: »Uns geht die Zeit aus, Prakosh. Die Dunkelheit ist nahe, und wir können es uns nicht leisten, noch mehr Männer zu verlieren. Wir haben genug Männer und Kraft verschwendet, um deiner Eitelkeit Genüge zu tun. Jetzt ist Schluss damit.« Sie hockte sich wieder neben den Leichnam und betastete dessen Brustbein.

Die Zähne des Raut knirschten hörbar. »Drohst du mir, Drûaka?« Seine Stimme war heiser und zitterte vor kaum kontrollierter Wut.

Die Schamanin sah auf. »Nein. Ich stelle nur fest, wie es ist. Also droh du nicht mir, Raut.« Ungerührt wandte sie sich wieder ab und ließ die Axt mit einem kräftigen Hieb in die Brust des Toten fahren.

Für einen langen Moment starrte Prakosh auf den schmalen Rücken der Drûaka, die mit geübten Griffen die Rippen auseinanderbog und das Herz des Aerc freilegte. Dann sog Prakosh zischend zwischen noch immer zusammengebissenen Zähnen die Luft ein. »Also gut.« Er wandte sich seinen Kriegern zu, die sich Mühe zu geben schienen, mit dem umliegenden Unterholz zu verschmelzen, ohne sich dabei zu bewegen. Krendar konnte den Wunsch durchaus nachvollziehen. »Bringt dieses Arschloch auf die Beine.« Er deutete auf den Broca, den er ins Gebüsch befördert hatte. »Er und zwei Weitere sollen sich auf die Spur der Wühler setzen. Findet sie und findet Goddra.«

»Aber...«

Prakosh fuhr zu Sekesh herum. »Wage es nicht«, knurrte er und ragte plötzlich über ihr und Krendar auf. Vress breitete die Flügel aus und zischte, doch der Raut beachtete ihn nicht. »Widersprich mir noch einmal vor meinen Kriegern, Ayubo, und ich vergesse, dass du eine Drûaka bist. Glaub mir, niemand wird nach dir fragen.«

»Ich schon«, rumpelte Modrath.

Prakosh starrte ihn ungläubig an. »Hast du gerade...?«

Krendar räusperte sich. »Modrath hat recht«, warf er ein und verfluchte seine Stimme, die dünner klang, als er gehofft hatte. »Wir werden fragen, Raut. Du hast kein Recht, meine Doppelfaust zu bedrohen.«

Der Narbige fletschte abermals die Zähne, und diesmal war er Krendar nahe genug, dass der junge Aerc sehen konnte, dass sogar das Zahnfleisch des Raut von feuerroten Narben überzogen war. »Ich habe nicht das Recht, du kleiner Scheißer? Forderst du mich etwa heraus?«

Krendar machte unwillkürlich einen Schritt zurück, und die Angstwürmer in seinen Eingeweiden kicherten hämisch. »Ich...«

»Tut er nicht«, warf Modrath ein. Eine winzige, unbestimmte Spur von Bedrohlichkeit schwang in seiner Stimme mit. »Er stellt nur fest, dass er einen Oger hat.«

Etwas flackerte in Prakoshs Augen, als sie von Krendar zu Modrath und wieder zurückzuckten. »Übertreibt es nicht«, flüsterte er schließlich. »Übertreibt es nicht.« Er trat einen Schritt zurück. »Was steht ihr hier noch herum, ihr Drecksäcke?«, brüllte er seine Männer an. »Verteilt die Säcke auf euch. Wir marschieren im Morgengrauen ab. Und du...« Er schenkte Kyrk, der noch immer tief gebeugt vor ihm stand, einen abfälligen Blick. »Bring uns aus diesem verdammten Wald, bevor ich die Geduld verliere, Bastard.«

Er wandte sich zu Krendar und seinen beiden Begleitern um. »Pack deine Leute und verschwinde aus meinen Augen, Broca. Wenn ich euch noch mal sehen muss, ohne euch gerufen zu haben, schneide ich euch die Ohren ab. Allen.«

SECHZEHN
Töten, grunzen, fressen

Unbehaglich rutschte Dudaki auf dem feuchten Boden umher und versuchte, eine bequemere Position einzunehmen, in der sich ihm keine Äste in die Seite bohrten oder der kalte Wind durch die Kleidung fuhr und seinen Körper zum Zittern brachte. Wind war eine verdammt widerliche Sache, wenn er direkt aus dem eisigen Süden kam und von dort die Kälte des Ewigen Eises mitbrachte, die Dudaki so hasste. Normalerweise konnte man sie mit einem kräftigen Feuer fernhalten und einem Schluck Shranga, der im Magen brannte und die Knochen erwärmte. Aber Feuer war keine gute Idee, denn der Rauch und der Geruch des brennenden Holzes würde viel zu schnell ihre Anwesenheit verraten, und das war an diesem Ort nicht gerade ratsam.

Von ihrem Standort aus hatten sie einen guten Überblick über den Hang, an dessen Flanke sich eine Handvoll Ruinen drängten. Sie waren beinahe vollständig vom Wald überwuchert, aber hier und da blitzte noch ein Mauerstück oder eine geborstene Säule aus dem Unterholz hervor und ließ einen Bruchteil der Pracht erahnen, die sich hier vor ewigen

Zeiten einmal entfaltet haben musste. Jetzt war dort nicht mehr viel zu entdecken. Nur noch uralter Stein, noch ältere Geschichten und möglicherweise noch etwas anderes, das besser in Vergessenheit geblieben wäre.

»Das Weltenende kündigt sich mit Krieg und Pestilenz an«, murmelte Joffrey dicht neben ihm. »Das Korn verfault auf den Feldern, Kröten fallen vom Himmel, und eine leuchtende Schrift erscheint am Firmament.«

»Wirklich?«, fragte Brodyn erstaunt. »Was besagt die Schrift?«

»Das weiß ich doch nicht. Warte es einfach ab, so lange ist es ja nicht mehr hin.«

»Ich kann aber doch nicht lesen. Was ist, wenn ich dadurch etwas Wichtiges verpasse? Was ich zum Beispiel tun muss, um erlöst zu werden?«

»Das ist dein Problem. Wenn du die Schrift nicht lesen kannst, dann bist du es eben nicht wert, erlöst zu werden.«

»Das ist nicht gerecht.« Brodyn warf Joffrey einen bösen Blick zu. »Du bist kein Kupferstück besser als ich, nur weil du irgendwann einmal die Möglichkeit bekommen hast, Buchstaben verstehen zu lernen. Meine Mutter hat immer gesagt, die Gebildeten sind es, die uns ehrliche Bauern übers Ohr hauen und um den Weizenertrag betrügen. Warum sollten die also Erlösung finden?«

»Weil die Götter keine Dummköpfe gebrauchen können, das ist der Grund.«

Dudaki rollte mit den Augen. Menschen waren mit Abstand das Dümmste und Nutzloseste, was ihm in seinem gesamten bisherigen Leben untergekommen war. Schwächlich, mager und vollgestopft mit unsinnigen Gedanken. Im Vergleich zu ihnen waren selbst Zwerge ein Wunderwerk der Natur. Die konnten wenigstens richtige Häuser bauen und ein Bier brauen, das den Magen noch viel besser wärmte als ein Shranga. Er leckte sich über die Lippen. Menschen dagegen konnten gar nichts. Irgendein Oger, vermutlich war es Modrath, hatte sie nicht ganz zu Unrecht mal als Zahnstocher bezeichnet. Dumm wie Holz, nadeldünn und gerade mal geeignet, um einen hohlen Zahn damit auszupulen. Wenn das selbst ein Riesentrottel wie Modrath so sonnenklar erkannte, musste es ja stimmen.

»Ich weiß genau, was du denkst, Froschfresse!«

Dudakis Kopf schoss herum, und seine Hand tastete nach dem Dorn mit dem tödlichen Gift, den er immer griffbereit am Gürtel mit sich führte.

»Du denkst dir, lass den Weltuntergang doch kommen.« Joffrey stützte sich auf die Ellbogen und rieb sich den Nacken. »Soll es doch Kröten und Blut regnen. Das ist genau das Wetter, bei dem ihr Orks euch so richtig wohlfühlt. Und dann das Morden und Foltern – etwas Schöneres gibt es für euch doch nicht.«

Dudaki schnaubte und zog die Hand unauffällig wieder vom Gürtel zurück. »Ich ersehne das Weltenende genauso wenig wie ihr. Was nützt mir das schönste Gemetzel, wenn ich am Ende nichts davon habe. Was nützen mir tausend erschlagene Zwerge, wenn ich nicht an ihre Schätze komme. Das Weltenende, wie ihr es nennt, heißt doch nicht umsonst so. Es bedeutet nämlich, dass danach nichts mehr ist. Erst kommt das große Schlachten, dann folgt die große Dunkelheit und danach Stille.« Er deutete nach Osten, wo sich nun bereits gefährlich nah die nachtschwarze Wolkenwand zum

Himmel hinauftürmte. Ein plötzlicher Windstoß fegte durch das Unterholz und ließ ihn schaudern. »Die große Dunkelheit wird alles Leben verschlingen und nichts zurücklassen. Das ist der Grund, warum ich hier bin. Ich habe nämlich verdammt noch mal keine Lust auf so einen Scheiß.« Er beugte sich nach vorn und ließ den Blick aufmerksam über die Ruinen wandern. Nichts rührte sich, kein Laut war zu vernehmen, bis auf das Rauschen des Winds, der unaufhaltsam die große Dunkelheit näher trieb. »Lasst uns aufbrechen«, knurrte er. »Es hat keinen Zweck, noch länger zu warten.«

»Aber warum gerade wir?«, fragte Brodyn. »Sind für solche Dinge nicht Helden zuständig oder so etwas?«

»Nicht dafür. Für diese Aufgabe braucht es Männer wie uns. Aufrechte Verbündete, die den Helden zur Seite stehen, damit die genügend Zeit haben für die wirklich großen Taten.«

»Aber in den Geschichten sterben die Verbündeten meistens.«

Dudaki sog verächtlich an seinen roten Zähnen. »Du möchtest wohl lieber hierbleiben und darauf warten, bis die Schrift am Horizont erscheint, was? Dann wünsche ich dir viel Spaß beim Entziffern.«

Leise schlichen sie den Abhang hinunter, einer nach dem anderen, die Menschen schön hinter Dudakis Rücken geduckt, damit sie nur ja nicht die Ersten waren, die einen Speer zwischen die Rippen bekamen oder eine Keule ins Gesicht. Wenn sie gewusst hätten, dass das, was hier auf sie lauern mochte, bevorzugt aus dem Hinterhalt angriff, hätten sie sich die Marschordnung wohl anders überlegt. Doch Dudaki hatte nicht vor, ihnen das zu erzählen.

Trotzdem halfen ihm diese Gedanken nicht, die Angstwürmer in seinen Eingeweiden zu beruhigen, als er den Bereich der Tempelanlage betrat. Gewaltige Steinbrocken waren übereinandergeschichtet worden, roh und beinahe unbehauen, aber dennoch so kunstvoll, dass kaum eine Lücke blieb, zwischen die man die Klinge eines Messers stoßen konnte. Nach all dieser Zeit, in der sie sich selbst und den Unbilden des Wetters überlassen waren, standen sie noch aufrecht, obwohl kein Mörtel sie hielt und kein Baumeister die Wurzeln der Bäume aus ihren Ritzen entfernte.

Dudaki trat näher an eine der mächtigen Säulen, die den Vorhof einfassten, und fuhr mit der Hand über die tiefen Rillen, die kunstvoll in den Stein geschlagen worden waren. Es handelte sich ohne Zweifel um Frakra. Eine krude Form der alten Keilschrift zwar, aber dennoch unverkennbar aercische Sprache. Letzte Überbleibsel einer Zeit, die nur noch in den Geschichten der Schamanen existieren mochte. Den einzigen Aerc, die heutzutage in der Lage waren, solche Worte zu lesen.

»Was ist das?«, fragte Brodyn, der sich interessiert vorbeugte, um die Inschriften genauer in Augenschein zu nehmen.

»Nichts. Nur alter verwitterter Stein.«

»Haben das Zwerge erbaut?«

»Wer sonst?«, brummte Joffrey. »Oder kennst du noch jemanden, der in der Lage wäre, so etwas zu errichten?«

Zwei mächtige Findlinge markierten den Eingang zum eigentlichen Tempel. Sie waren aufrecht stehend gegeneinandergelehnt worden, und in dem dadurch entstandenen Dreieck zwischen ihnen lauerte unheilvolle Dunkelheit. Das Tor zu den Ahnen.

»Dort hinein«, zischte Dudaki und zog eines seiner langen Messer. Der kalte Stahl hatte eine angenehm beruhigende Wirkung und drängte die Angstwürmer zurück, die sich ihren Weg seine Kehle hinaufzubahnen begannen.

»Nach dir, Froschfresse.« Joffrey machte eine einladende Geste und grinste dreckig. »Danach geht Brodyn. Ich halte euch beiden den Rücken frei.« Er zog eine Fackel aus seinem Gürtel und entzündete sie mit einem Feuerstein.

Dudaki warf ihm einen bösen Blick zu. »Bleib mir mit dem Licht vom Leib«, zischte er und trat über die Schwelle. Seine Augen gewöhnten sich nur langsam an die Dunkelheit. Es war, als läge ein schwarzes Tuch über dem langen Gang, der sich vor ihm erstreckte. Wie ein Vorbote der Finsternis, die auf die gesamte Welt zukommen würde. Er streckte den Arm aus, bis seine Hand gegen die Wand stieß. Auch hier fühlte er uralte Schriftzeichen, die sich in unendlichen Bahnen über den Stein zu ziehen schienen. Behutsam setzte er einen Fuß vor den anderen und watschelte los.

Endlos schien sich der Weg dahinzuziehen. Zuerst schnurgerade, dann im Zickzack, dann wieder in unverständlichen Kurven, die keinen Sinn zu ergeben schienen, außer den Wanderer zu verwirren und ihm die Orientierung zu rauben. Falls es doch ein Muster ergab, so interessierte es Dudaki allerdings auch nicht. Bei jedem Schritt erwartete er einen Angriff oder eine Fallgrube, die sich unter seinen Füßen auftat und ihn mit Haut und Haaren verschlang. Vielleicht war es ja das. Dieser ganze verschissene Weg sollte einfach nur die Angstwürmer in Aufruhr bringen und die Kehle zuschnüren. Verdammte Ahnen und ihre dämlichen Spielchen.

In Wirklichkeit waren es vielleicht nur vierzig lange

Schritte und eine ganze Menge hektischer Herzschläge, bis sich vor ihnen ein großer Raum auftat, in dessen Mitte ein Steinblock stand. Eine Art Tisch, wie ihn die Menschen verwendeten, um darauf ihren Göttern Opfer darzubringen. Eine Sitte, die unter den Sumpffaerc auf Unverständnis stieß, aber bei anderen Stämmen nicht unbekannt war. Nur dass diese, statt irgendwelche Ausgeburten ihrer seltsamen Gedanken zu beschenken, darauf den Ahnen die täglichen Speisen präsentierten.

Es knirschte unter seinen Füßen, und er blickte hinab. Der Boden war übersät mit Knochensplittern, Scherben und zerbrochenem Stein. Verwundert beugte er sich hinab und hob eine der Scherben auf. Dann ließ er den Blick über die Reste wandern, und seine Augen weiteten sich voller Entsetzen.

»Zerstört. Es ist alles zerstört.«

»Lass mal sehen.« Joffrey trat neben ihn und hob die Fackel in die Höhe. »Heilige Scheiße, was für ein Durcheinander.« Irritiert drehte er sich um. »Bist du sicher, dass wir uns hier am richtigen Ort befinden?«

»Das hier war einmal der richtige Ort.« Verärgert schleuderte Dudaki die Scherbe in die Dunkelheit. »Aber wie es aussieht, ist uns jemand zuvorgekommen, was?«

»Das ist nicht gut, oder?«

»Das ist überhaupt nicht gut.« Finster dachte Dudaki an die Wolkenwand und an all die anderen Zeichen. Mit einem Mal meldeten sich die Angstwürmer wieder zurück, so heftig und unerwartet, dass er würgen musste. Bis zu diesem Augenblick hatte er sich immer auf der Seite der Sieger gewähnt. Selbst dann noch, als sich die ersten Zweifel bemerkbar gemacht hatten, als die Wolken am Horizont aufgetaucht waren und gedroht hatten, alles Leben zu verschlingen. Zu diesem Zeitpunkt hatte er noch Hoffnung gehabt, ein Ziel, für das es sich zu kämpfen lohnte. Doch allmählich dämmerte ihm, dass es diesmal vielleicht gar keinen Sieger geben würde, dass es diesmal für alle zu spät war. Er schwankte und krümmte sich zusammen. Eben noch voller Tatendrang und Ehrgeiz, und mit einem Schlag nichts weiter als ein weiteres Blatt im Sturm. Hilflos den Elementen ausgeliefert, darauf wartend, dass es irgendwann zu Ende ging.

Wenn es eine Weisheit gab, die in so einem Augenblick noch Gültigkeit besaß, dann die, dass es immer noch schlimmer kommen konnte. Dudaki hätte es sich eigentlich denken können, denn er hatte es oft genug miterlebt. Bislang zwar noch nicht am eigenen Leib – aber irgendwann war immer das erste Mal. Er spürte die Bewegung mehr, als er sie sah. Das flackernde Licht von Joffreys Fackel machte es schwer, irgendetwas Genaues zu erkennen. Ein hässliches Knirschen ertönte, dann fiel die Fackel in den Dreck und erlosch. Übrig blieben ein paar grelle Lichtpunkte, die vor seinen Augen einen Tanz aufführten. Dann wurde es still.

Nein, nicht ganz.

Hastige Schritte knirschten über den Boden. Das Geräusch eines fallenden Körpers. Metall, das über Stein schabte.

»Was ist passiert?«, rief Brodyn. »Ich kann nichts sehen! Joffrey, Dudaki! Wo seid ihr?«

Dudaki zuckte zusammen. *Halt dein Maul, Brodyn.* Hastig sprang er einen Schritt zurück, duckte sich, lauschte angestrengt in die Dunkelheit. Er streckte die Hand mit dem Messer aus, bewegte sie behutsam von rechts nach links. Mit der anderen tastete er nach dem Giftdorn und versuchte gleichzeitig, sich zu orientieren. Joffrey hatte keine vier Schritt entfernt gestanden, direkt vor dem Steinblock.

»Lasst mich nicht allein!«

Knochensplitter knirschten, als Brodyn nicht weit entfernt durch die Dunkelheit stolperte. Sein schluchzender Atem hallte von den Wänden wider. Dazwischen die surrenden Geräusche seiner Keule, die ziellos durch die Luft sauste.

Halt dein verdammtes Maul, du dämlicher Mensch! Dudaki kauerte sich noch mehr zusammen, machte sich so winzig wie möglich und watschelte vorsichtig rückwärts, bis er mit den Fersen gegen die Wand stieß. Alle Ängste waren von ihm gewichen, seine Sinne bis zum Äußersten gespannt. Er spürte die Anwesenheit des Gegners, der sich beinahe lautlos durch den Raum bewegte und einen schwachen Geruch von Raubtier hinter sich herzog. Dudaki steckte das Messer zurück in den Gürtel und fummelte sein Blasrohr hervor. So behutsam wie möglich schob er den Giftdorn hinein und setzte es an den Mund. Dann wartete er.

»Scheiße, Joffrey, sag doch endlich was!«

Mit lautem Krachen schlug die Keule gegen die Wand. Gesteinsbrocken rieselten herab, und Brodyn wimmerte leise. Dudaki richtete das Blasrohr auf das Geräusch aus und hielt den Atem an. Ein schmatzendes Reißen, dann ein Schrei.

»Ah! Es hat mich erwischt...«

Ruckartig stieß Dudaki den Atem aus, und der Dorn zischte durch die Luft und traf sein Ziel. Jedenfalls mit großer Wahrscheinlichkeit, denn er hörte ein überraschtes Schnaufen, dann ein Röcheln. Er erlaubte sich ein siegessicheres Lächeln und steckte das Blasrohr zurück in den Gürtel. Jetzt musste er nur noch...

»Uff!« Etwas Schweres prallte mit der Wucht einer Ogerfaust gegen seinen Brustkorb und riss ihn herum. Benommen taumelte er gegen die Wand und stürzte auf die Knie. Ein glühend heißer Schmerz streifte seine Schulter, ließ ihn aufjaulen und verwandelte die Siegesgewissheit in lähmendes Entsetzen. Röchelnd schnappte er nach Luft, versuchte zu begreifen, was um ihn herum vorging, hustete Speichel und Blut. Zwei schwere Pranken legten sich um seinen Hals und drückten zu. *Nein!* Röchelnd zerrte er an den Armen seines Angreifers. Sie waren sehnig und voll zotteliger Haare, und sie stanken bis zum Himmel. *Nein!* Aber alles Jammern hatte keinen Zweck. Unerbittlich drückten die kräftigen Finger zu, während ihm heißer Raubtieratem ins Gesicht schlug und er hilflos auf die Arme einschlug, kratzte und zog und doch keine Chance hatte. Langsam begannen seine Kräfte zu erlahmen. Lichtpunkte tanzten vor seinen Augen, und seine verzweifelten Atemzüge wurden schwächer. Das war es dann also. Gerade noch dem Tod entronnen und auf wundersame Weise geheilt, nur um kurz darauf in einer stinkenden Raubtierhöhle erdrosselt zu werden. Brodyn hatte recht behalten, die Verbündeten der Helden starben eben im Verlauf der Geschichte. Verdammter Drecksack. Dudaki hasste es, wenn Menschen recht behielten.

Dann ließ der Druck an seinem Hals nach. Erschauernd schnappte er nach Luft. Süße, frische Atemluft, die im Hals brannte und doch so gut tat. Jetzt war es an seinem Gegner, zu röcheln und zu schnaufen. Dudakis Überlebensinstinkte setzten wieder ein, und er langte nach den Fingern, die ihn umklammert hielten, bog sie zurück, bis sie von ihm abließen und er wieder frei atmen konnte. *Ein Hoch auf die wunder-*

samen Eigenschaften des Shran-Strauchs, was? Auf dieses Gift war doch immer Verlass, auch wenn es manchmal etwas länger brauchte, bis es zu wirken begann.

Er sog einen rasselnden Atemzug in die Lungen, spannte die Muskeln an und schlug zu. Einfach mitten hinein in die Dunkelheit. Ein stechender Schmerz schoss durch seinen Arm, als er auf Widerstand traf. Irgendetwas zerbarst unter dem Aufprall. Er war sich nicht sicher, was es war, vielleicht seine Fingerknochen, vielleicht etwas anderes. Jedenfalls zeigte es Wirkung. Sein Gegner heulte auf und taumelte von ihm fort. Dudaki setzte nach, bekam zottelige Haare zu fassen und zog sie zu sich zurück. Dann schlug er noch mal zu, einmal links, dann rechts, und ließ die Wut heraus, die sich in ihm angesammelt hatte. Bis seine Hände schmerzten und er sich dunkel erinnerte, dass er ja immer noch zwei Dolche nutzlos im Gürtel trug. »Groshakk!« Die Erkenntnis machte ihn nur noch wütender, und er packte seinen Gegner am Schopf, stieß ihn mit dem Gesicht voran in den Dreck und schlug so lange auf ihn ein, bis sich irgendwann eine Hand auf seine Schulter legte und ihn sanft zurückzog.

»Lass ab.« Erst jetzt bemerkte er, dass es wieder hell geworden war und eine ganze Menge Menschen um ihn herumstanden und ihn finster musterten. Die Waffen zwar nicht direkt auf ihn gerichtet, aber bereit zum Schlag. Ihre Blicke sagten ihm, dass sie ihm in diesem Augenblick nicht weiter über den Weg trauten, als ein Oger pissen konnte.

Ist auch besser so für euch. Dudaki spuckte einen blutroten Schleimklumpen aus und ließ seinen Gegner los. Es war ohnehin nicht mehr viel von ihm übrig, und das Gift würde in Kürze den Rest erledigt haben. Er blickte zu dem Verhüllten auf, dessen Hand immer noch beruhigend auf seiner Schulter lag. »Es ist alles zerstört«, murmelte er.

Der Verhüllte nickte und schaute sich um. Nachdenklich wanderte er an den zerschlagenen Wandbildern entlang, hob einen zerschmetterten Knochen auf, drehte ihn in den Händen und legte ihn wieder fort. Das Gleiche wiederholte er mit einem halben Dutzend weiterer Bruchstücke, während die Männer seinen Weg mit leeren Gesichtern verfolgten.

Vorbei. Es war vorbei. Sie hatten die Spur verloren. Ohne die Wandbilder mochten nur noch die Ahnen wissen, wo die Entscheidung stattfand. Erneut kochte Zorn in Dudaki hoch, und er packte seinen Gegner an den zottigen Haaren, zerrte ihn in die Höhe und schüttelte ihn. »Warum habt ihr das getan? Warum habt ihr die Wegweiser vernichtet? Ist euch das Ende der Welt denn völlig egal, oder seid ihr verrückt geworden?«

»Dudaki!« Die Stimmte des Verhüllten fuhr schneidend durch den Raum. »Habe ich dir denn nicht gesagt, dass Zorn dich nicht weiterbringt? Warum seid ihr verdammten Aerc nur immer so dickköpfig? Lass ihn los, vielleicht können wir mit ihm reden.«

Dudaki spuckte zornig aus. »Diese Kreatur wird nicht mit uns reden. Auf gar keinen Fall.«

»Das habe ich früher von euch Aerc auch geglaubt, und doch unterhalten wir uns nun miteinander.«

»Diese hier sind aber nicht wie wir. Ich kenne sie. Sie können wirklich nicht reden, nur töten und grunzen und fressen.«

Die Augen des Verhüllten blitzten amüsiert, als er näher trat. Er kniete sich vor der Kreatur auf den Boden und bettete ihren Kopf vorsichtig auf seine Knie. Dann zog er eine Flasche aus seinem Gewand und setzte sie ihr an den Mund. »Töten und grunzen und fressen ... So sehr unterscheiden wir uns gar nicht voneinander.«

SIEBZEHN
Kleine Geheimnisse

Schweigend saß Krendars Trupp um das Feuer, und nur ein gelegentliches Grunzen durchbrach die angespannte Stille. Die Korrach hatten aus getrocknetem Pferdefleisch, Fett und Mehl einen zähen Eintopf gekocht, der Krendar wünschen ließ, er hätte einen so schlechten Geschmackssinn wie der Oger. Sehnsüchtig dachte er über den mageren Schroggra nach, den ihnen Corsha vor drei Tagen gebracht hatte. Früher hatte der die hässlichen, nackten Nager nicht sonderlich gemocht.

Man weiß die Dinge wohl erst zu schätzen, wenn man sie nicht hat. Verstohlen musterte er die Überreste seiner Doppelfaust. Wie in den vergangenen Tagen schon, seit die Wühler verschwunden waren, saß Modrath mit dem Rücken zum Pfad und ließ auch während des Essens den Wald nicht aus den Augen. Sekesh schien wie üblich tief in Gedanken versunken. Die Ayubo rührte kaum etwas von der Mahlzeit an. Ihre tiefschwarze Haut wirkte fahl und spannte sich straff über ihre hohen Wangenknochen, während die orangenen Augen noch tiefer in den Höhlen zu brennen schienen als gewöhnlich.

Sie schläft kaum, sie isst nicht genug, und ihre Laune ist mittlerweile kaum zu ertragen. Irgendwann sollte ich mit ihr reden. Bald. Krendar wurde sich bewusst, dass die Schamanin ihn zwischen den herabhängenden Zöpfen hindurch anstarrte, und wandte eilig die Augen ab. *Bald. Aber nicht jetzt.*

Die Korrach-Zwillinge auf der anderen Seite schienen ihn ebenfalls beobachtet zu haben, denn sie wechselten einen stummen Blick und konzentrierten sich auf ihre Mahlzeit. Krendar sah weiter zu Corsha. Die rundliche Aerc, die sich neben den Oger gesetzt hatte und als Einzige die Mahlzeit wirklich zu genießen schien. Der junge Aerc mahlte mit den Zähnen.

Sie sind unzufrieden, ging ihm auf. *Aber was erwarten sie? Dass ich etwas ändere? Was, bei den Ahnen? Hätte ich mich gegen Prakosh stellen sollen? Ich bin nicht ihr verdammter Ragroth! Ich habe keine Ahnung, was ich tun soll!*

Grunzend stellte er seine Schale ab. »Irgendwas Neues von den Wühlern?« *Blödsinnige Frage.* Wären die Sucher zurückgekehrt, hätten sie mit Sicherheit davon erfahren.

Corsha schüttelte den Kopf. Nachdenklich kratzte sie sich über den Schädel. Ein hörbares Raspeln deutete darauf hin, dass sie schon seit einiger Zeit nicht dazu gekommen war, sich die Kopfhaut zu rasieren, wie es die Tradition erfordert hätte. »Nichts. Keiner der Männer ist bis jetzt zurückgekehrt. Prakosh kocht – und das zu Recht. Wie schwer kann es sein, zwei verletzte Wühler in einem Wald zu finden? Ist ja nicht so, dass sie dafür bekannt sind, sich leichtfüßig fortzubewegen. Nicht einmal solche ohne Stiefel.«

»Die kleinen Scheißer haben sich in Derok als erstaunlich einfallsreich erwiesen«, warf Modrath ein.

Corsha schnaubte. »Sie sind beachtliche Krieger, das ist klar. Aber kommt – sie haben keine Waffen, keine Ausrüstung, sie sind verletzt, kennen sich in den Wäldern der Stammesländer nicht aus, und vier Krieger der Felsenbären sind auf ihrer Spur. Was für eine Chance sollten sie haben?«

»Zumindest eine größere, als Prakosh erwartet hat«, murmelte Sekesh höhnisch. »Sonst wären die großen Krieger ja wohl zurück.«

»Ich hab euch doch gesagt, es gibt andere Dinge in diesem Wald, die schlimmer sind als ein paar Wühler.«

»Bitte, Modrath. Kannst du endlich mal aufhören? Hier gibt es nichts ...«

»... außer Bäumen, beschissenem Wetter und viel zu wenig zu essen.«

Das stimmte allerdings. Das Land, durch das sie zogen, war hügeliger geworden, doch noch immer marschierten sie durch schier endlosen Wald. Gegen Mittag dieses Tages, als sie auf einem Hügelkamm Rast gemacht hatten, waren die Bergaerc-Zwillinge auf einen der Bäume gestiegen. Sie kamen höher hinauf als jeder der Felsenbären; nicht nur, weil ihnen Höhe nichts auszumachen schien, sondern auch, da sie leichter als jeder andere Aerc in ihrem Zug waren. Gebracht hatte es nichts außer der Erkenntnis, dass sich das wogende Meer der grünen, gelben und roten Wipfel in jeder Richtung bis an den Horizont zu erstrecken schien. Und dass dieser in der Richtung, aus der sie kamen, von einer schwarzen Wand verschluckt wurde, die vielleicht noch näher war als befürchtet.

Der Oger warf den Zwillingen einen düsteren Blick zu. »Zumindest beim letzten habt ihr recht.« Er wischte mit dem Rest seines angebrannten Teigfladens die letzten Tropfen des

Eintopfs aus seiner Schale.«Könnte fast auf die Idee kommen, mal einen der Menschenwelpen zu probieren. Sollen ja bei den Froschfressern im Süden beliebt sein.«

Krendar sah alarmiert auf.»Über meine Leiche! Du wirst die Menschen nicht anrühren.«

»Deine Leiche? Ich glaube nicht, dass du einen guten Eintopf abgibst, Kleiner.« Modrath zwinkerte Corsha zu.»Keine Sorge, Broca. War nur Spaß. Ich bin doch kein Wühler.«

Krendar verdrehte die Augen. Er sah zu den Menschen, die einige Schritte entfernt am Boden kauerten. Die Blassnasen drängten sich frierend in der Mitte des Pfads zusammen, kauten Trockenfleischstreifen und knotige Herbstäpfel aus ihrem Gepäck und starrten mit weit aufgerissenen Augen in den Wald. Eines der Menschenjungen hustete trocken. Krendar hob den Blick und stellte fest, dass es inzwischen so dunkel war, dass die Menschen jenseits des schwachen Widerscheins der Glut wohl überhaupt nichts mehr als Schwärze sehen konnten. *Blind und so schwach, dass sie sich als Beute für beinahe alles eignen. Erbärmliche Wesen.* Der junge Aerc schüttelte sich unbewusst. *Sie wissen nicht, wohin*, wurde ihm in diesem Moment klar. *Noch viel weniger als ich.* Er runzelte die Stirn.»Corsha, hast du, was ich will?«

Die Aerckriegerin riss den Blick los.»Toraka war nicht begeistert.«

Krendar hob die Schultern und ließ sie wieder fallen. »Kann ich mir denken. Aber so ist es nun mal. Also?«

Corsha nickte, zog einen Beutel aus ihrem geräumigen Brustpanzer und reichte ihn an Sekesh weiter.»Pranok. Drei Wurzeln. Das ist alles, was meine Schwester hatte.«

»Das bezweifle ich«, murmelte die Ayubo und öffnete das

Päckchen. Die drei knorrigen welken Wurzeln in seinem Inneren verströmten einen intensiven, beißenden Geruch. »Nicht allzu frisch.«

Corsha schnaubte. »Frischer geht's nicht. Sei froh, dass wir überhaupt noch welche dabeihatten. Esst nicht alles auf einmal.«

»Sicher nicht.« Krendar beugte sich zu Sekesh hinüber und nahm eine der gelblichen Wurzeln. »Komm.« Er griff nach einem Stapel Feuerholz, zog einen glühenden Zweig aus dem Herdfeuer und stand auf. »Du wolltest mit den Menschen reden. Dann kannst du jetzt anfangen.«

Er trat an die Gruppe der Menschen und ließ das Holz vor die Füße der Weiber fallen. »Sag ihnen, sie sollen sich ein Feuer entzünden. Ein kleines, wenn sie nicht selbst in den Wald wollen, um Holz zu sammeln.« Er blies gegen die Glut, drückte den auflohenden Zweig einem der Männer in die Hand und trat zurück. »Sag ihnen, ich werde sie jetzt losmachen.«

Die untersetzte Aerc sah ihn an. »Sicher? Sie könnten...«

»Was? Uns angreifen und überwältigen? Davonlaufen? In den Wald, so blind wie sie sind? Na komm, entspann dich.«

»Aber...«

»Ich bin der verdammte Broca. Zumindest behaupten das einige Leute.«

Während Corsha mit einem letzten Seitenblick begann, zu den Menschen zu sprechen, zog Krendar seinen Dolch aus dem Gürtel. Ein erschrockenes Raunen ging durch die Menschen. Der junge Aerc runzelte die Stirn, sah in die entsetzten Gesichter, in Corshas alarmierte Miene und dann auf seine Waffe, deren Klinge in sanftem Blau glühte. »Oh. Das. Keine

Sorge, das leuchtet nur. Ist nicht heiß oder so etwas. Ich habe das Ding in Derok gefunden. Es ist vermutlich irgendeine Zauberei der Wühler, aber ihr müsst zugeben – ziemlich praktisch, oder?« Er packte die lederne Schnur, die die Hälse zweier Menschen verband, und zerschnitt sie mit einer schnellen Bewegung. »Also los, macht euer Feuer. Und du«, er deutete auf den Menschenjungen namens Navorra, »komm mit mir.«

»Und was, wenn ich das nicht will?«

Als die Aerc ihm die Worte des Jungen übersetzte, hielt Krendar inne. Dann beugte er sich zu dem mageren Menschenkind hinunter. »Ich fürchte, dann wird der große Häuptling Prakosh selbst mit dir sprechen wollen«, sagte er leise. »Und wir haben beim letzten Mal schon gesehen, was er unter ›reden‹ versteht.«

Der Mensch erwiderte seinen Blick ohne Angst. Seine Augen zuckten zu der blau glimmenden Klinge und wieder zurück zu Krendar, bevor er nickte. »Du bist ein seltsamer Ork«, stellte er leise fest.

»Du hast ja keine Ahnung.« Krendar seufzte, richtete sich auf und sah empor, wo in dem schmalen Streifen Nachthimmel zwischen den Wipfeln drohende Wolken brodelten. »Wir werden uns jetzt unterhalten, Mensch. Und wenn ich zufrieden bin, gebe ich euch noch etwas anderes.« Er zog die Wurzel aus seinem Gürtel und zeigte sie dem Jungen. »Pranok«, sagte er. »Sie dämpft den Hunger, verleiht neue Kraft und bekämpft das Fieber. Ich glaube, ihr braucht sie dringend.« Wie um seine Worte zu bekräftigen, hustete das Menschenkind erneut. »Hör zu: Ich lasse euch das Feuer und verzichte auf die Fesseln. Aber wenn einer von euch auf die dämliche Idee kommt, in der Nacht davonlaufen zu wollen, denkt daran:

Im Gegensatz zu euch sieht unsere Art im Dunkeln hervorragend. Und es gibt Schlimmeres in diesem Wald als uns.«

Navorra nickte abermals.

»Dann komm.«

Es war noch immer genug von dem grässlichen, fetten Eintopf übrig, um dem Menschenjungen eine Schale davon in die Hände zu drücken. Wortlos sahen ihm die Aerc dabei zu, wie er gierig die erste Hälfte der heißen Brühe in sich hineinschlürfte, bevor er sich den Mund am Ärmel abwischte und zu den über ihm aufragenden Aerc aufsah.

Keine Furcht, stellte Krendar fest. *Ich könnte ihn mit einer Hand zerquetschen, und das Menschenkind zeigt so wenig Furcht wie ein Wühler. Irgendetwas stimmt nicht mit ihm.*

»Ihr wolltet reden, Ork«, sagte Navorra ernst und wartete, bis Corsha übersetzt hatte. »Reden wir.«

Krendar nickte. »Unser Anführer, Prakosh, will immer noch wissen, was die Zwerge vorhaben. Deshalb hat er euch am Leben gelassen, und deshalb hat er mir gestattet, euch zu behalten. Verstehst du das?«

Navorra sah ihn ernst an bevor er nickte. »Aber die interessantere Frage ist: Warum habt ihr uns mitgenommen? Warum am Leben gelassen? Warum habt ihr eurem Häuptling das erzählt? Nicht, weil ihr dachtet, dass wir mehr über die Pläne der Zwerge wüssten als sie selbst, oder? Lässt du den Menschenwurm tatsächlich so mit uns reden?«

Krendar sah Corsha irritiert an. »Hat er das …?«

Die Aerc schüttelte den Kopf. »Natürlich nicht. Das war meine Frage. Soll ich all das wirklich übersetzen?«

Krendar wechselte einen Blick mit Sekesh.

»Wie unsere Gefangenen nicht mit uns reden, hat euer Häuptling ja schon eindrucksvoll vorgeführt«, sagte die Ayubo leise. »Jetzt machen wir das auf unsere Art, Krûshal. Übersetze und lerne.«

»Lernen?« Corsha schnaubte. »Ich diene wahrscheinlich schon mehr Jahre einer Drûaka, als du lebst, Kleines. Im Übrigen, Broca«, sie sah Krendar an. »Prakosh schickt mich nicht. Wenn der Raut deine Gefangenen will, holt er sie sich. Nein, ich bin wegen meiner Schwester hier.«

Krendar und Sekesh starrten die Aercfrau alarmiert an, die jedoch nur Augen für Sekesh hatte.

»Toraka meidet den Schlaf, sooft sie kann. Das zehrt an ihren Kräften. Schwächt sie. Du weißt, warum, oder? Sie träumt von der Dunkelheit, sie träumt von der Stille. Jede Nacht. Der sich stetig nähernden Stille, nach der nichts mehr ist. Und in ihren Träumen kommt kurz vor der Stille ein Mann. Ein Mensch ohne Gesicht. Toraka fürchtet ihn, denn er stellt sich uns in den Weg. Vielleicht weiß das Menschenjunge Antworten, Drûaka. Denn du weißt sie nicht, habe ich recht?«

Krendar suchte in Sekeshs Miene nach Antworten. Doch er entdeckte nichts als einen Hauch von Furcht, bevor die Ayubo den Kopf senkte und der anderen damit zu verstehen gab, dass deren Vermutung richtig war. Er nickte Corsha zu.

Die Krûshal wandte sich an Navorra, der ihren Austausch interessiert beobachtet hatte. »Du hast recht. Unser Häuptling will wissen, was die Wühler vorhaben, doch uns interessiert das tatsächlich wenig. Wir wissen beide, warum ihr wirklich hier seid und nicht auf dem Grund des Flusses. Ihr habt die Dunkelheit erwähnt, und die Stille. Deshalb haben wir für euch gesprochen. Es ist an der Zeit, dass du uns erzählst, was ihr darüber wisst.«

Der Junge hielt ihrem Blick stand. Als Corsha fertig mit der Übersetzung war, nickte er. »Ich glaube nicht, dass ich viel mehr darüber weiß als ihr. Aber ihr seid nicht die Einzigen, die davon wissen und ihre Ankunft fürchten. Ein paar Tage, bevor wir den Fluss erreicht haben, sind wir einer Frau begegnet, die uns dasselbe gesagt hat.«

»Eine andere Drûaka?«, fragte Sekesh, doch der Junge schüttelte den Kopf.

»Eine Menschenfrau. Wir waren in einer Siedlung der Schmuggler in den Sümpfen. An einem Ort, den ich kannte und von dem ich mir Hilfe versprach. Sie warnte mich davor zu bleiben. Dunkelheit käme aus Derok über das Land. Sie war es, die uns an jenen Ort schickte, an dem… wir uns begegnet sind. Wir wollten ein Schiff nehmen und nach Süden fahren, weit weg von dem, was da kommt. Wie es aussieht, hatten die Götter andere Pläne.«

»Eine menschliche Seherin?« Sekesh schnaubte abfällig, und die Korrach kicherten. »Ich glaube, du lügst, Kind. Es ist bekannt, dass Menschen und Wühler keinerlei Begabung für das Sehen der Wahren Welt haben. Es ist die Kraft unserer Ahnen, die uns die Macht gibt,…«

»Sicher?«, unterbrach sie Navorra leichthin. Er warf den hölzernen Löffel vor sich in das Gras, das vor aller Augen sofort zu verdorren begann. »Mein Löffel sagt etwas anderes.«

Sekesh kniff die Augen zusammen, während die anderen verblüfft nach Luft schnappten. Lediglich auf Corshas Gesicht kroch ein amüsierter Ausdruck. Navorra fing ihren

Blick auf und lächelte. Dann sah er Sekesh an und fingerte eine Fingerkuppe voller feinem grauem Staub aus seinem Hemdsärmel. Er schnippte das Pulver in die Flammen, die bläulich auflohten und einen intensiven Blutgeruch verströmten. »Taschenspielerei, natürlich. Nicht nur ihr Orks kennt diese kleinen Tricks. Glaub mir, wenn es um's Betrügen geht, könnt ihr noch einiges von uns Menschen lernen. Allerdings,« und damit verschwand sein Lächeln und wich einem seltsam kühlen Ausdruck, der ihn schlagartig älter wirken ließ, »ist nicht alles Taschenspielerei.« Er lehnte sich vor und sah Sekesh über das Feuer hinweg eindringlich an. »Ich kann zum Beispiel sehen, dass es nicht die Dunkelheit ist, die du fürchtest, sondern vor allem die Stille, die ihr folgt. Das konnte ich schon in dem Bootshaus sehen, und es frisst dich auf. Du«, er wandte sich Krendar zu, »fürchtest die Furcht. Vor allem aber fürchtest du die Entscheidung. Solange du das tust, wirst du die, die dir folgen, ins Verderben führen. Ich weiß, wovon ich spreche. Das ist eine wirklich dumme Angewohnheit.«

»Der Große da.« Navorras Finger deutete auf Modrath, ohne die Augen von Sekesh zu nehmen. »Er scheint zwei Personen in einem Körper zu sein, gerade so, als habe die eine davon die andere gefressen. Allerdings habe ich noch nie einen Oger gesehen. Also kann ich nicht sagen, ob das etwas Besonderes ist.«

»Du siehst richtig«, sagte Sekesh leise. »Deshalb nennt man ihresgleichen unter den Stämmen auch ›Bruderfresser‹.«

Der Menschenjunge riss die Augen auf. »Der hat tatsächlich seinen Bruder gefressen?«

Sekesh hob die Schultern. »Ihr Menschen seid so schwächlich, dass ihr allein geboren werdet. Und doch ist das Neugeborene schwächer als jedes Aerckind. Unsere Art dagegen wird fast immer zu zweit geboren. Gelegentlich aber kommt es vor, dass nur ein Kind zur Welt kommt, größer und stärker als alle anderen. Sie sind wild und wachsen schneller als jeder andere Aerc: die Oger. Man sagt, der stärkere Bruder habe schon im Leib ihrer Mutter den schwächeren erwürgt und gefressen, weshalb sie so groß werden.«

Navorras Augen strahlten begeistert, er klatschte in die Hände. »Das ist mal eine wirklich feine Geschichte.« Er musterte den Oger mit neuem Interesse. »Aber in seinem Fall bin ich mir nicht sicher, ob es der Stärkere war, der den anderen gefressen hat. Ich mag ihn. Aber ich schätze, ich würde ihn nicht mögen, wenn er wütend ist.« Seine Augen wanderten weiter zu den Zwillingen. »Einfach. Die sind das Gegenteil des Ogers. Eine Person in zwei Körpern.«

Der Linke feixte. »Wieso ist das ...«

»... noch niemandem vor ihm aufgefallen«, ergänzte der Rechte trocken.

»Das eigentlich Interessante an euch ist, dass ihr auf der Flucht vor etwas seid, von dem jeder glaubt, der andere habe es begangen. So wie es aussieht, lauft ihr ganz umsonst davon.«

Die Mienen der Zwillinge erstarrten, doch Navorra hatte seine Aufmerksamkeit schon Corsha zugewandt.

»Die stets dienstbeflissene Schwester der Schamanin. In Wahrheit hast du keine Lust, die Arbeit deiner Schwester zu machen, doch das ist immer noch besser, als das Drittweib im Haus deiner Mutter zu dienen und jährlich Kinder zu gebären. Also schluckst du deinen Ärger und machst dich nützlich damit, Ohren, Augen und Stimme für die Schamanin zu sein, die die ganze Verehrung erhält. Übrigens findest du den Oger attr...«

Corsha unterbrach ihre Übersetzung, als sie alle Augen auf sich ruhen fühlte, und funkelte das Menschenkind zornig an.

Navorra hob die schmalen Schultern und grinste, bevor er weitersprach.

Mehr Worte, als sie uns weismachen will, stellte Krendar fest, als Corsha schließlich ihre Übersetzung wieder aufnahm.

»Nicht jede Begabung ist wie die andere, doch viele von denen, die mir folgen, haben eine. Manche sind groß und mächtig, andere klein und unscheinbar. Aber sie kommen zu mir, die Außergewöhnlichen, die Verlorenen, die Ausgestoßenen.«

Das beschreibt uns doch ganz gut. Wenn du ein Aerc wärst, könntest du meinen Trupp wahrscheinlich besser führen als ich, Kleiner. »Wenn du jetzt fertig bist – die Dunkelheit«, knurrte Krendar.

Navorra nickte. »Wie ich gesagt habe – diese Seherin hat uns davor gewarnt. Aber Seherinnen warnen ja immer vor irgendeinem Weltuntergang. Genauso schlimm wie die Priester. Ich bin da nicht der Richtige, um euch viel über Weltuntergänge zu erzählen. Ihr solltet Kettwych fragen.«

»Kettwych? Wer...«

»Der alte Priester mit dem zerstörten Gesicht. Meine Stimme. Ach halt. Geht ja nicht. Den hat ja euer Häuptling unbedingt abstechen müssen.« Navorra klang bitter für einen Welpen.

Corsha gab eine scharfe Erwiderung, bei der sie sich die Übersetzung schon wieder sparte, wie Krendar auffiel. Immerhin nickte der Menschenjunge zögerlich und sprach weiter.

»Kettwych hat ständig von diesen Dingen gesprochen. Ich fürchte, ich war ihm kein allzu guter Schüler. Ich habe ihm oft nicht besonders aufmerksam zugehört.« Der Junge schniefte und starrte vor sich hin. »Lässt sich jetzt nicht mehr ändern.«

Sekesh lehnte sich vor. »Richtig, Welpe. Also, an was erinnerst du dich? Was hat er erzählt?«

Der Junge zuckte mit den schmalen Schultern. »Legenden. Kettwych glaubte, jedes bekannte Volk hat Geschichten über das Ende der Welt. Selbst die Zwerge. Die meisten widersprechen sich genug, um zu sehen, dass nicht alle davon wahr sein können. Aber eines haben fast alle gemeinsam: Sie erzählen von einer Dunkelheit, die am Ende kommen wird. Einer Dunkelheit, die so alt ist, dass sie schon vor der Welt da war und die irgendjemand, ein Gott, ein Held, ein graubärtiger Zauberer oder eine goldene Eidechse an das eine oder andere Ende der Welt verbannt hat, wo sie liegt, bis sie irgendein Trottel weckt.«

»Goldene Eidechse?«

Der kleine Mensch hatte tatsächlich den Mut, die Korrach-Brüder düster anzusehen. »Goldene Eidechse, ja. Aber das ist nicht wichtig. Jedenfalls unterscheiden sich die Geschichten danach hauptsächlich in ihren blutigen Details. Heulen, Zähneklappern, Blut und Feuer spielen meist eine große Rolle, und am Ende verschlingt die Dunkelheit die Welt. Manchmal hält sie ein von den Göttern gesandter Retter auf und führt die Menschen in eine neue Zeit. Meist aber nicht.«

»Lässt sich das Ende aufhalten?«, fragte Krendar leise.

Der Junge zuckte mit den Schultern. »Kettwych glaubte daran. Aber er glaubte auch an Gerechtigkeit in der Welt. Er glaubte an mich und daran, dass ich die, die mir folgen, schützen könnte.« Navorra schniefte abermals. »Seine propheti-

schen Fähigkeiten waren nicht sonderlich groß, wie ihr seht.«
Er umschlang seine mageren Knie mit den Armen und starrte in die leise zischenden Flammen.
Die Aerc schwiegen.
Die schützen, die mir folgen. Kommt mir bekannt vor. Krendar betrachtete den schweigenden Wald und wurde das kalte Gefühl nicht los, dass der Wald zurückstarrte.
»Ich glaube, so kommen wir nicht weiter«, stellte Corsha schließlich fest. »Der Junge weiß darüber nicht mehr als wir. Vielleicht ist da wirklich nichts, Drûaka.«
Sekesh schnaubte verächtlich.
Die Krûshal überging das und sah Krendar an. »Vielleicht hat Prakosh recht, und es sind die Zwerge, die kommen und uns die Dunkelheit bringen. Ich denke auch, dass die Wühler eine größere Gefahr sind, als die Häuptlinge glauben. Wir haben sie in Derok geschlagen, ja. Aber Prakosh glaubt, dass sie zurückkehren werden. Sie sind nicht wie wir. Sie wissen nicht, wann sie verloren haben.«
Oh? Und wir wissen es? Krendar zuckte unbestimmt mit den Schultern. *Und selbst wenn – interessiert uns das? Wir haben die Herzen von über sieben mal hundert Kriegern bei uns, und jeder Aerc denkt, dass sie nicht verloren, sondern einen Platz bei den Ahnen gewonnen haben. Ich bin mir nicht sicher, was das über uns sagt.*
»Ihr wart in Derok, ihr habt gesehen, wie stur sie sind. Sie sind nicht gewichen. Keinen Doppelschritt. Sie haben die Stadt verloren, aber sie wissen jetzt, wie viele wir sind.«
»Eben«, sagte Modrath. »Sie wissen es, und sie werden nicht den Fehler machen, noch einmal einen Fuß in den Norden zu setzen. Sie mögen sture kleine Ärsche sein, aber sie

sind nicht dumm. Sie haben gesehen, dass wir sie wegfegen können, wenn sie ihre bärtigen Fratzen nochmals hier im Land der Stämme blicken lassen.«

Corsha sah ihn nachdenklich an. »Können wir das wirklich? Überlegt mal – wissen wir, wie viele von ihnen noch da draußen sind, unten im Süden?«

»Die Häuptlinge werden eine Ahnung haben«, warf Krendar ein.

Jetzt war es an Corsha, zu schnauben. »Ich habe meine Schwester zu genügend Treffen der Häuptlinge begleitet, um mir da nicht mehr sicher zu sein. Wenn Prakosh recht hat, wenn sie zurückkehren und wir die nächste Schlacht verlieren, was dann? Das kann gut die Dunkelheit sein, die ihr Drûaka kommen seht, Sekesh. Das Ende der Stämme. Deshalb will Prakosh herausfinden, was sie wissen.«

»Und wie weit ist er damit gekommen? Hat er wenigstens ihre Namen erfahren?«, fragte Sekesh.

Die Korrach-Zwillinge kicherten leise.

Corsha hatte den Anstand, verlegen auszusehen. »Sie waren wirklich stur.«

»Tatsächlich«, brummte Modrath trocken.

Krendar seufzte. »Frag den Jungen danach. Er hat die Wühler gesehen, vielleicht weiß er, was sie in diesem Dorf vorhatten. Aber wir wollen hören, was du sagst. Und was er antwortet.«

Corsha sah ihn zweifelnd an, wandte sich jedoch an den Menschenjungen.

Navorra sah auf und musterte die Aerc erstaunt. »Keine Ahnung! Glaubt ihr, die reden mit uns? Es sind Stumpen, die Herren der Welt. Wir sind nur Menschen. Und selbst die mögen mich nicht. Sogar meine Freunde haben mich verlassen! Ich habe sie aus Derok geführt und bei der ersten Gelegenheit...« Er stockte. Dann räusperte er sich, und als er weitersprach, klang seine Stimme fester. »Wir waren nicht lange unter den Zwergen, und die Menschen, die dort wohnten, waren auch nicht begeistert, uns Flüchtlinge zu sehen. Die haben mit uns nur das Nötigste gesprochen. Immerhin haben sie uns nicht vertrieben. Es hieß, sie erwarten Schiffe. Große Schiffe voller Krieger. Und die sollten den Fluss wieder hinunterfahren, um noch mehr Krieger zu holen. Dann würden sie uns mitnehmen. Schon bald.«

»Wann? Und von wie vielen Zwergen reden wir?«

»Weiß nicht. Viele. Die Menschen dort waren besorgt, dass es zu viele wären. Sie hatten Vorräte für dreihundert, vielleicht dreihundertfünfzig Leute, aber sie fürchteten, die Zwerge würden zu wenig Nachschub mitbringen, um mehr Krieger transportieren zu können. Jedenfalls sollten sie in den nächsten Tagen dort sein. Also ungefähr jetzt.«

Die Aerc wechselten alarmierte Blicke, und Navorra nickte. »Ja. Die Stumpen sind wohl nicht der Meinung, dass der Krieg schon vorbei ist.«

»Und dann?«

»Und dann? Ich weiß es nicht!«

Der Junge sah hilflos aus, und für einen kleinen Moment glaubte Krendar, etwas in seinem Augenwinkel glitzern zu sehen. Dann senkte der kleine Mensch den Kopf, und seine Stimme wurde kalt. »Dann wart ihr da, und unsere Fahrt in den sicheren Süden ist ausgefallen. Ich denke aber, die Zwerge werden nicht glücklich sein über das, was ihr zurückgelassen habt. Vielleicht könnt ihr sie ja bald selbst fragen.«

ACHTZEHN
Wenn es blutet ...

Was das für ein Gefühl ist? Das Herz schlägt bis zum Hals, die Hände werden feucht, und man hat abwechselnd den Drang abhauen oder ganz eilig pissen zu müssen.« Glond starrte in die Flammen des niedrigen Feuers, um das sie sich gedrängt hatten. Sie saßen ein Stück abseits von Breschs Clankriegern in einer Senke, nur notdürftig geschützt vor Wind und Kälte und gefährlich nah am Rand des Waldes. Sie mochten vielleicht den Anlass für den Marsch der Clankrieger geboten haben, aber das gab ihnen offensichtlich noch lange nicht das Recht, sich im Schutz ihrer wohlgeordneten Zeltreihen niederzulassen oder die Hände an ihren Feuerstellen aufzuwärmen.

»Was meinst du jetzt?« Dvergat hielt ihm die Flasche unter die Nase. »Angst oder Liebe?«

»Beides.« Glond nahm einen kräftigen Schluck und spürte, wie sich die Wärme des Alkohols in seinem Bauch auszubreiten begann und von da aus bis hinauf in den Kopf stieg, wo sich bereits eine ganze Menge mehr von dem widerlichen Gesöff angesammelt hatte.

»Das ist ja furchtbar.«

»Ich weiß.«

»Kann man denn nichts dagegen machen?«

»Schnaps.« Glond hob die Flasche in die Höhe und schwenkte sie ungelenk hin und her. »Schnaps hilft. Aber auch nur für kurze Zeit. Danach kehrt das Gefühl zurück.«

»Vielleicht hast du ihn nur nicht lange genug ausprobiert. Vielleicht funktioniert er wie Medizin, und du musst ihn regelmäßig zu dir nehmen, bis die Krankheit vollständig auskuriert ist. Schau mich an, ich bin ...« Dvergat hob seine Hand dicht vor die Augen und zählte lautlos etwas an den Fingern ab. »Ich bin schon verdammt alt und habe noch keinen einzigen Tag in meinem ganzen verdammten Leben Angst gehabt. Weißt du auch, warum?« Er stieß Glond den Zeigefinger gegen die Brust. »Weil ich meine Medizin regelmäßig nehme, das ist der Grund. Wenn ihr zwei mehr trinken würdet, hättet ihr auch keine Angst mehr.«

»Und keine Liebe«, wandte der Wolfmann ein und nahm Glond die Flasche aus der Hand.

Dvergat verzog das Gesicht. »Liebe wird viel zu wichtig genommen. Von Liebe kannst du dir nichts kaufen, und von Liebe wirst du nicht satt. Lass dir das von einem altgedienten Krieger gesagt sein. Sie ist der Grund, warum ihr Menschen nichts zustande bringt. Ihr denkt zu viel mit dem Herzen und zu wenig mit dem Kopf. Wie die dämlichen Orks, die für einen Sack voller Herzen sogar einen Krieg beenden würden.«

»Einige Dalkar sehen das aber ganz anders als du. Stimmt's?« Der Wolfmann warf Glond einen vielsagenden Blick zu. »Für deine kleine Dalkarfrau würdest du doch auch einen Krieg beenden.«

»Hm«, machte Glond und starrte trübe ins Feuer. Für Axt würde er eventuell sogar einen Krieg beginnen, wenn sich ihm der Anlass dafür bot. Aber er war nur ein einfacher Mann ohne Stand und Namen, und die Frau seiner Träume eine waschechte Adlige. Sie mochte ihm zugetan sein, aber das war auch schon alles. Liebe spielte im Leben der Clanführer noch weniger eine Rolle als in dem der einfachen Leute. Für sie zählten ja doch nur Status und Macht. »Ich muss pissen«, knurrte er und stemmte sich in die Höhe.

»Kehrt die Angst wieder zurück?«, fragte Dvergat.

»Nein, ich muss einfach nur pissen.« Für einen Moment dachte Glond daran, seine kurze Klinge in den Gürtel zu stecken, entschied dann aber, dass es zu viel Aufwand wäre, sich noch einmal danach zu bücken. »Ich habe keine Angst«, murmelte er und wankte auf den Rand der Lichtung zu.

Es war eine sternenklare Nacht, und es fühlte sich verdammt gut an, für einen Augenblick tatsächlich keine Angst zu verspüren. Sein Kopf war leicht, und die Gedanken marschierten so messerscharf durch sein Gehirn, wie es sich für Dalkargedanken gehörte. Aufstehen, Beine koordinieren, den nächsten Baum ansteuern, mit einer Hand am Stamm abstützen und laufen lassen. So einfach war das.

Der Wald lag dunkel und still vor ihm. Kein Blatt regte sich, kein Laut war zu vernehmen, bis auf das leise Knacken der Lagerfeuer auf der Lichtung, gelegentliches Räuspern und Husten der Wachen und die kratzige Stimme Dvergats, der dem Wolfmann die Zutaten für ein echtes Dunkelbier aufzählte. Trotz mehrfacher Anläufe kam er nicht über drei hinaus.

»Wasser«, murmelte Glond und kicherte leise vor sich hin.

»Wasser ist die vierte Zutat, du alter Saufkopf.« Er hatte bereits Luft geholt, um es dem alten Mann über die Schulter zuzurufen, als ihm auffiel, dass die Stille des Waldes beinahe greifbar geworden war. *Wie in der Nähe des Schädelbaums.* Ein eisiger Schauer fuhr ihm über den Rücken. Angestrengt kniff er die Augen zusammen und ließ den Blick über die düsteren Baumreihen schweifen. Den Wachen schien nichts Ungewöhnliches aufzufallen. Glond zählte vier. Zwei standen am oberen Ende des Hangs, locker auf ihre Speere gestützt und in ein angeregtes Gespräch vertieft. Ein weiterer hatte sich auf einem Fels postiert, um bessere Übersicht zu haben. Vom vierten war nur der Spieß zu sehen, über dessen mattglänzende Spitze das Licht der Lagerfeuer zuckte. Alles in bester Ordnung. Es gab nichts, über das sich diese Armee Sorgen machen musste. Höchstens über eine noch viel größere Armee. Aber es war höchst unwahrscheinlich, in diesen Wäldern auf so viele Gegner auf einmal zu treffen. Sicherheitshalber zählte er aber trotzdem noch mal nach. Diesmal kam er auf drei.

»Oh«, murmelte er und runzelte irritiert die Stirn. Die zwei am Hang waren noch da, und die Spitze des Spießes blitzte ebenfalls noch durch die Bäume. Wahrscheinlich hatte der auf dem Stein es sich nur anders überlegt und war wieder heruntergestiegen. Kein Grund, sich Sorgen zu machen. Beim nächsten Zählen kam Glond allerdings nur auf zwei. Augenblicke später waren auch die verschwunden.

»Oh«, murmelte Glond noch einmal. Jetzt begann er doch, sich langsam Sorgen zu machen.

Als sich zu seiner Rechten etwas im Unterholz rührte und ein muffiger Raubtiergeruch zu ihm herüberschwappte, zuckte er zusammen. Gleich darauf raschelte es auch auf der rechten Seite.

Sie waren überall. Unheimliche schwarze Schatten, die zwischen den Bäumen hervorbrachen und auf das Lager zuhuschten, gebückt und vorsichtig, um nicht entdeckt zu werden. Sie hasteten rechts von ihm durch das Unterholz und links die Senke hinab auf die Feuerstellen zu, und es war wohl einfach nur Glück gewesen, dass er gerade hinter einem Baum gestanden hatte, als eine der Gestalten keine zwei Schritt entfernt an ihm vorübersprang, mit seltsam abgehackten Bewegungen und einem leisen Knurren, das tief aus seiner Kehle drang. Nur ein winziges Stück weiter rechts wäre sie direkt in ihn hineingelaufen. So blieb ihm immerhin noch die Zeit, auf einen Schlag nüchtern zu werden und sich die Hose hochzuziehen.

Die Kreatur fuhr herum, mit verzerrtem Gesicht und einem weit aufgerissenen Maul, das nur aus Zähnen zu bestehen schien. Glond drehte sich um und rannte so schnell, wie er noch nie zuvor in seinem Leben gerannt war. Schneller noch als auf der Flucht vor seinem orkischen Verfolger in Derok, und das wollte was heißen. Er setzte über einen umgestürzten Baumstamm hinweg und brüllte dabei aus vollem Hals. Er sah die flackernde Glut seines Lagerfeuers aus der Dunkelheit auftauchen, sah den Wolfmann, der sich unsicher aufrappelte, und Dvergat, der vor lauter Schreck einen ganzen Mund voll Dalkarbrand in das Feuer hustete. Die Flammen schlugen so hoch, dass die Lichtung für einen kurzen Augenblick taghell erleuchtet wurde. Es mussten Dutzende sein, vielleicht sogar Hunderte, und trotzdem war es ihnen gelungen, sich unbemerkt bis ins Lager hineinzuschleichen. Sie hatten zottige Felle, beinahe wie Bären, und lange Arme mit hässlichen

Krallen daran. Ihre Augen leuchteten rot wie das Feuer der Hölle und blitzten voller Wut, als sie ihre Deckung verließen und zum Angriff übergingen.

»Zu den Waffen!«, schrie ein Unteroffizier. »Schildträger zu mir!«

Hastig übergestreifte Rüstungen klapperten, Waffen fuhren aus ihren Scheiden, und zornige Befehle wurden gebrüllt. Der Wolfmann riss sein Schwert in die Höhe und verletzte sich beinahe selbst. Irgendwie gelang es ihm, die Klinge gerade noch rechtzeitig zu drehen, um statt seinen eigenen Arm die ausgestreckte Klaue eines heranstürmenden Gegners zu zerschmettern. Dvergat schleuderte dem Nächsten die Flasche ins Gesicht, zog sein Messer und warf sich brüllend hinterher. Schlagend und um sich tretend stürzten sie zu Boden. Ganz in der Nähe schwang ein Krieger irre kreischend seinen Streithammer, ein anderer schmetterte einem Angreifer die Stirn gegen das Nasenbein, während der Nächste unter dem Ansturm von gut einem halben Dutzend Kreaturen zu Boden ging, wo er knurrend und geifernd in Stücke gerissen wurde. Eine sprang in die Senke hinein und landete direkt vor Glond im Schlamm. Ihre Augen blitzten, während sie das Kinn in die Höhe streckte und witternd Luft durch die Nase sog.

Glond tastete nach dem Griff seiner kurzen Klinge und erinnerte sich fluchend daran, dass er sie am Feuer liegen gelassen hatte. Langsam hob er die Hände. »Ich bin unbewaffnet.«

Die Kreatur schien sich nicht daran zu stören. Sie stieß ein lautes Fauchen aus und sprang. Glond fuhr zurück, stolperte unglücklich über die eigenen Beine und fiel auf den Rücken. Die Kreatur setzte über ihn hinweg und stürzte sich auf einen Speerträger, der hinter ihm herangestürmt kam.

Glond wälzte sich herum und kroch auf allen vieren auf die Feuerstelle zu. Über seinen Kopf prasselte ein Schwall Armbrustbolzen hinweg. Gleich darauf hallten spitze Schmerzensschreie durch die Nacht. Ein halbes Dutzend Clankrieger hastete am Feuer vorüber, die Gesichter verzerrt und die Waffen dunkel von Blut. Hinter einem der Zelte schrie ein Verwundeter nach Hilfe, bis ein hässliches Reißen seine Rufe abrupt beendete. Ein anderer lag hilflos auf dem Rücken, über sich einen geifernden Angreifer, der mit irrem Kreischen nach ihm schnappte.

Glonds suchende Finger stießen auf Widerstand und zogen ein knorriges Stück Ast aus dem Schlamm. Gerade rechtzeitig, denn eine besonders hässliche Kreatur sprang direkt auf ihn zu. Panisch schwang Glond den Ast und verpasste ihr einen heftigen Schlag auf die Nase. Blut spritzte, und als Glond das Gleichgewicht wiedergefunden hatte, hatte die Kreatur winselnd das Weite gesucht. »Komm doch!«, schrie Glond ihr hinterher und hoffte im Stillen, dass sie blieb, wo sie war. Keuchend stemmte er sich in die Höhe und schaute sich um.

Die Angreifer schienen wie vom Erdboden verschluckt. Nur hier und da waren noch Schreie und das Klirren von Metall zu hören. Der Wolfmann stand ganz in der Nähe und senkte sein Schwert. Als er Glond entdeckte, nickte er ihm zu.

»Sie sind fort!«, rief Dvergat, der von Kopf bis Fuß blutbesudelt war und etwas in der Hand hielt, das entfernt an ein abgerissenes Ohr erinnerte. Ein Clankrieger schlug seine Waffe gegen den Schild. Es klang ein wenig zögerlich, so als wäre er sich seines Triumphs noch nicht wirklich sicher.

Bresch kam mit klapperndem Plattenpanzer auf das Feuer zugestapft. Sein gewaltiger Streithammer war blutbesudelt, und seine aufgelösten Bartzöpfe hingen ihm in wirren Strähnen über den Bauch. »Was soll die Scheiße? Wo sind sie hin? Ich habe sie doch getroffen! Ich habe den Streithammer direkt in ihre hässlichen Fratzen hineingeschmettert, daran besteht absolut kein Zweifel. Aber sie sind alle fort! Ohne eine Spur zu hinterlassen. Selbst ihre Toten sind wie vom Erdboden verschluckt. Dabei muss es von denen doch eine ganze Menge gegeben haben.« Bresch wirkte so aufgebracht wie ein Hund, dem man den Fressnapf unter der Nase fortgezogen hatte. »Was ist das für ein Gegner, der in aller Heimlichkeit durch die Dunkelheit schleicht und sich in Luft auflöst, wenn man ihn schlägt?«

Ein schlauer Gegner vielleicht? Glond zuckte mit den Schultern. Aus irgendeinem Grund ging ihm die Frage durch den Kopf, wie es Bresch gelungen war, so schnell seinen kompletten Plattenpanzer überzuziehen. Ob der Kerl etwa darin schlief? Zuzutrauen wäre es ihm.

»Wir kehren um«, rief Bresch. »Scheiß auf Ruhm und Ehre. Die gibt es gegen so etwas ohnehin nicht zu gewinnen. Scheiß auf die Orkherzen. Ich will mich mit echten Gegnern messen. Gegnern, die in ordentlichen Schlachtreihen anrücken und tot liegen bleiben, wenn ich sie erledigt habe. So wie es sich gehört.«

»Ich habe es ja gleich gesagt«, murmelte der Wolfmann, der sich einen Fetzen Stoff um den blutenden Unterarm wickelte. »Die Geschichten sind wahr.«

Glond schüttelte den Kopf. Diese Kreaturen waren keine Hirngespinste. Sie durften es einfach nicht sein. Das waren lebendige Wesen aus Fleisch und Blut. Wenn sich einer damit auskannte, dann er. Das Leben war ihm viel zu kostbar, als dass er es nicht erkannt hätte. Und was lebte, das konnte auch getötet werden. Das war ja auch ein Teil seines Problems – dass Lebewesen viel zu schnell starben. »Es gibt sicherlich eine einfache Erklärung.«

»Wofür?«, zischte Bresch. »Dafür dass es keine Toten gibt? Keinen einzigen verfluchten Toten?«

»Auch dafür gibt es eine Erklärung.« Es musste sie geben. Sie konnten doch jetzt nicht mehr umkehren.

»Glond hat recht«, sagte Dvergat und trat vor. »Wenn das Bein juckt, dann zieht ein Sturm auf, und wenn Glond sagt, dass es eine Erklärung gibt, dann gibt es eine.« Gelassen streckte er den Arm aus und öffnete die Hand.

»Was ist das?« Misstrauisch beugte sich Bresch nach vorn. »Es sieht aus wie ein Ohr. Wem gehört es?«

»Einem unserer Angreifer. Er hat es zurückgelassen, als sie verschwunden sind.«

»Sind das da Bissspuren?« Erschrocken riss Bresch die Augen auf und starrte Dvergat an.

»Ay«, bestätigte Dvergat. »Es ist alles ganz einfach: Was verletzt werden kann, das kann auch getötet werden.« Er kratzte sich am Bart. »Falls es sich aber wider Erwarten doch nicht töten lässt, können wir es zumindest in so kleine Stücke hauen, dass es uns nicht mehr gefährlich wird.«

»Ich weiß nicht«, murmelte Bresch. »Das sind mir zu viele Unwägbarkeiten auf einmal. Ich ziehe dann doch lieber richtige Gegner in Schlachtenreihen vor.«

»Manchmal kann man es sich nicht aussuchen.«

Bresch runzelte irritiert die Stirn. »Bist du sicher?«

NEUNZEHN
Waldschatten

Der Wald lichtete sich allmählich. Das galt leider nicht für die Wolken. Die Regenfälle hatten in den letzten zwei Tagen an Heftigkeit zugenommen, und der Wind ähnelte mehr und mehr einem ausgewachsenen Sturm. *Geistersturm.* Das war das Wort, das die Aerc immer häufiger murmelten. Es half nicht gerade, dass Modrath und Sekesh das Wort ebenfalls verwendeten, wenn sie zum Himmel sahen. Oder in die Tiefen des Waldes, was Modrath anging.

Verstohlen musterte Krendar den schweigenden Wald. Das Schweigen war es, das ihm auf die Nerven ging. Seit Modrath sie darauf hingewiesen hatte, konnte er es nicht mehr ignorieren. Der Wald schwieg. Sicher, es gab Geräusche. Das Pfeifen des Winds in den Baumkronen, das Rauschen der Blätter unter immer neuen Wogen stetigen Regens, hier und da das leise Knarren nassen Leders, das Schmatzen eines Stiefels oder den leisen Fluch eines Kriegers. Aber die Geräusche, die Krendar mit einem Wald verband, die Geräusche des Lebens fehlten. Nicht immer – es gab Zeiten, in denen Insekten durch das Unterholz summten, irgendwo ein Vogel einige zaghafte Laute von sich gab oder schimpfend tiefer im Wald verschwand. Das waren die Momente, in denen Mäuse durch das welke Farndickicht neben dem Pfad huschten und ein Knacken tiefer im Wald verriet, dass dort auch größere Tiere lebten. Doch diese Momente waren seltener, als es Krendar lieb war. Zugegeben, er kannte sich nicht mit Wäldern aus. Auf dem Gebiet seines Stamms, der Roterdedörfer, waren Wälder selten. Es gab Gehölze, lichte Laubwälder an Wasserläufen, einzelne Baumgruppen, aber nicht – das hier. Nicht diese bemoosten Riesen, bei denen drei Aerc nicht reichen würden, um sie zu umfassen.

Was es jedoch gab, war Stille. Diese Momente, in denen alle Grillen verstummten, in denen die kleinen Nager im Gras erstarrten und nicht zu atmen wagten, in denen sogar die ewig vorlauten Trukkavögel schwiegen. Das waren die Momente, in denen ein Herdenwächter wach sein musste, denn es bedeutete stets eines: Ein Raubtier schlich durch den Wald, ein Jäger, der so furchterregend war, dass sich das Leben um ihn versteckte und erst wieder zu atmen wagte, wenn er vorübergezogen war.

Das war die Stille, die sie zu begleiten schien. Krendar war sich nicht sicher, ob die anderen Aerc sie wirklich bemerkt hatten. Doch das Land der Felsenbären lag in einer steinigen Steppe weit nördlich von hier, in der eine Baumgruppe schon Wald genannt wurde, wenn man durch sie hindurch nicht das andere Ende sehen konnte. Wenn Krendar das richtig verstanden hatte. Sekesh dagegen hatte nur trocken gelacht, als er sie auf ihre Heimat angesprochen hatte. Im Land der Ayubo schien es so wenig Holz zu geben, dass es als Kostbarkeit galt. Sand herrschte dort. Und Sand war, wie Sekesh bemerkt hatte, noch stiller als dieser Wald.

Nur Modrath teilte die Bedenken des jungen Broca. Ein Umstand, der nicht gerade zu Krendars Beruhigung beitrug. Ein Oger mit Bedenken war immer ein schlechtes Zeichen. Nichtsdestotrotz hatte die bedrückende Stimmung auch die anderen Krieger erfasst. Der Wald zerrte an ihren Nerven, und jeder Tag verstärkte die Anspannung noch, die über dem schweigenden Zug der Aerc lag.

Prakosh hatte das Marschtempo erhöht. Seit die Zwerge verschwunden waren, gab es nichts mehr, was ihn bremsen konnte, und es schien, als hätte ihn dieser Verlust wachgerüttelt. Sie hatten eine Fracht, die den Stämmen wertvoller war als jeder Wühler, und der Raut schien jetzt alles daran setzen zu wollen, die Herzen der Toten ins Stammesland zu bringen, bevor der Sturm sie eingeholt hatte.

Was die Menschen in Krendars Obhut anging, so schien er sie vergessen zu haben. Auf jeden Fall war es ihm vollkommen egal, ob sie das Tempo der Aerc mithielten oder nicht. Noch taten sie es, auch wenn die Männer die Welpen inzwischen tragen mussten. Viel länger würden sie das nicht mehr tun können, selbst mit Hilfe der Pranokk-Wurzeln, die sie in ihre Mahlzeiten mischten. Nicht nur, weil Krendars Vorrat langsam zur Neige ging.

Sekeshs Warnungen wurden eindringlicher: Auch der stärkste Aerc-Krieger konnte Pranokk nicht länger als einige Tage nehmen. Pranokk vertrieb die Müdigkeit, sorgte dafür, dass man den Schmerz nicht spürte und verlieh neue Kräfte. Aber das gab es nicht geschenkt. Die Wurzel schob all das nur auf, doch es ging nicht endlos. Zu lange, und der Preis wurde zu hoch. Wie lange »zu lange« war – wer wusste das schon, gerade bei einem Menschen. Wenn Krendar ehrlich war, dann war er erstaunt, dass die Männer noch lebten. Vom Bewegen ganz zu schweigen.

Und der ständige Nieselregen machte das Bewegen nicht einfacher, vor allem, wenn man am Ende eines Zugs von fast vierzig Aerc laufen musste. Der Waldboden war durchweicht und voller schlammiger Löcher, wo krumme Wurzeln gut getarnte Stolperfallen bildeten. Krendar spielte mit dem Gedanken, langsamer zu laufen, doch das war natürlich nicht möglich. Prakosh hatte es unmissverständlich erklärt: Die Menschen hielten mit, oder sie waren tot. Ihre Wahl. Und seine, Krendars, Verantwortung. Hinter ihm hustete eines der Menschenweiber, keuchend und schleimig. Sie alle husteten inzwischen.

»Sie hat das Fieber«, sagte Sekesh leise.

Krendar warf ihr einen Seitenblick zu.

»Der kleinere der Welpen ebenfalls.«

Krendar biss die Zähne zusammen. »Was meinst du? Sollten wir sie töten, bevor es auf die anderen überspringt?«

Die Ayubo schüttelte den Kopf. »Das würde nichts nutzen. Es sind die Nässe und die Kälte, die das Fieber verursachen. Vielleicht auch das Pranokk. Mit oder ohne – sie werden nicht mehr lange durchhalten.«

»Wir hätten sie ins Wasser springen lassen sollen.« Modrath unterbrach das ausdauernde Murmeln, das schon seit längerem seine schweren Schritte durch den Morast begleitete. »Es wäre ein leichterer Tod gewesen.« Missmutig saugte er an seinem abgebrochenen Zahn.

Vielleicht. Der junge Aerc massierte abwesend die Narbe auf seiner Stirn und sah sich um. *Sie sind so schwach, diese*

Blassnasen, dass selbst etwas Regen und Kälte sie umbringen. Kein Wunder, dass sie lieber als Sklaven der Wühler leben. Auf sich allein gestellt, ohne den Schutz der bärtigen Erdmaden, sind diese schwächlichen Kreaturen geradezu zu einem qualvollen Tod verdammt. Das Stammesland ist kein Platz für Schwächlinge. Und selbst der schwächste Aercwelpe erträgt mehr als sie.

»Nein.« Sekesh strich sich die nassen Zöpfe aus der Stirn. »Wir brauchen sie noch. Zumindest den Jungen, Navorra.«

Wozu? Wenn wir sie noch länger durch diesen von den Ahnen verdammten Wald hetzen, taugen sie nicht einmal mehr als lebender Proviant.

Die Rationen wurden knapp. Das machte zwar ihre Lasten leichter, doch die Laune der Krieger verbesserte es nicht. Dafür sahen sie entschieden zu wenig Jagdwild. Mehr als einer der Felsenbären hatte inzwischen die Menschen nachdenklich gemustert. Die Überlegung, ob man Blassnasen essen könnte, hatte in mehr als einem Gesicht gestanden.

»Wir brauchen ihn«, wiederholte Sekesh, als habe sie seine Gedanken gelesen. »Die Ahnen mögen wissen, warum, aber sie sagen es mir nicht.«

Sollte mich das jetzt wundern?

»Noch nicht. Aber an ihm ist etwas, das Menschen nicht haben sollten.«

»Und was ist das?«

»M'rakkar. Entschlossenheit.« Sekesh warf einen Blick hinauf in die rauschenden Kronen der Urwaldriesen, aus denen kalte Wassertropfen und welke Blätter fielen, bevor sie Krendar ansah. In ihren Augen lag etwas, das ihm Unbehagen bereitete. »Er hatte das Unglück, in einem menschlichen Körper geboren zu sein. Er hätte einen großartigen Aerc abgegeben.«

»Du meinst, er ist ein Arschloch?«

Modrath schnaubte. Es klang beinahe wie ein Auflachen. »Guter Einwurf, Kleiner. Prakosh hat auch Entschlossenheit. Jede Menge sogar.«

Für einen Moment sah es aus, als wollte Sekesh etwas entgegnen, doch dann deutete sie nur nach vorn. »Täuscht es, oder wird es dort heller?«

Krendar richtete seine Aufmerksamkeit auf die Spitze des Zugs. Tatsächlich schien sich der Wald zu lichten. Stimmen wurden vor ihnen laut, als ihr Marsch ins Stocken kam. Er kämpfte sich die letzten Doppelschritte den rutschigen Hügel hinauf und blieb stehen. Der Wald endete hier direkt an einem steilen Felsenabbruch. Wobei – endete war das falsche Wort, denn mehrere Mannslängen unter ihnen wogten weitere Baumwipfel am Boden eines Talkessels, der sich nach links und rechts in einem ausladenden Bogen bis in die diesige Ferne erstreckte. Gelegentliche Risse in den dahinjagenden Wolken über ihnen ließen Sonnenstrahlen hinabfallen, die über das Blättermeer strichen und hier und da leuchtendes Gelb, Orange oder Rot aufflammen ließen, wo sich die Wipfel bereits verfärbt hatten. Windböen peitschten durch die Baumkronen und verliehen dem Tal etwas von einem aufgewühlten, tiefgründigen See.

Ohne dass ein Befehl gefallen war, verteilten sich die Krieger am Rand der Felsstufe und sogen wortlos das atemberaubende Panorama in sich auf, das sich vor ihnen eröffnete.

»Was ist das da?«, durchbrach schließlich Ronkh, rechts von Krendar, die ehrfürchtige Stille.

Krendars Blick folgte dem ausgestreckten Finger des massigen Broca. Inmitten des wogenden Grüns entdeckte er etwas, das er bei flüchtigem Hinsehen als Fels abgetan hatte, der aus den Baumkronen ragte. Doch irgendetwas daran stimmte nicht. Er runzelte die Brauen. Der Fels war zu regelmäßig. Wie ein perfekt geformter Hügel verbreiterte er sich nach allen Seiten, bevor er hinter den ihn umgebenden Bäumen verschwand. Und einmal darauf aufmerksam gemacht, entdeckte er weitere dieser Hügel, zwei, drei, eine halbe Doppelfaust voll. Manche von ihnen waren so klein, dass sie kaum über die Kronen spitzten, andere, das wurde ihm jetzt klar, mussten sich doppelt so hoch wie die höchsten Zweige der Bäume erheben. Wenn man bedachte, wie gigantisch die sie umgebenden Urwaldriesen waren, war das wirklich hoch. Und alle hatten dieselbe, gleichmäßige Form. Ein Sonnenfleck strich über die seltsamen Gebilde und enthüllte weitere Strukturen. Massive, graue Klötze, in deren Seiten Krendar jetzt Öffnungen zu erahnen glaubte und schmal aufragende Säulen, die wie die geborstenen Rippen eines titanischen Urtiers zwischen den Bäumen aufragten.

»Gebäude«, murmelte jemand.

»Ruinen«, ergänzte ein anderer.

Krendars Blick wanderte umher, und jetzt erkannte er überall weitere Reste, die aus dem Wald unter ihnen aufragten. Mehr und noch mehr, so weit er sehen konnte. Eine Stadt lag vor ihnen, eine gewaltige Stadt, größer als Derok vermutlich, unter den Baumriesen verborgen. Oder zumindest die Überreste einer solchen, denn der Krieger hatte recht: Was dort vor ihnen lag, war keine bewohnte Stadt, sondern stumme Ruinen, aus denen nirgendwo der Rauch von Herdfeuern aufstieg oder andere Anzeichen von Leben zu erkennen waren.

Ein großer Greifvogel stieg irgendwo aus der Felswand auf, glitt mit heiserem Schrei hinaus über das Tal und durch einen der Sonnenstrahlen. Das Licht glänzte auf seinen Schwingen, und für einen Moment sah es aus, als wäre der Vogel aus purem Metall geschmiedet.

Noch vor einem halben Mond hätte ich die Schönheit, die Magie des Augenblicks genossen und wäre in Ehrfurcht erstarrt. Und jetzt? Jetzt sehe ich Omen. Groshakk Vorzeichen. Versauen einem selbst die kleinen Freuden.

Unruhe kam unter den Kriegern auf. Wie es aussah, hatten auch Prakoshs Krieger nicht viel für die Schönheit des Stammeslands übrig.

»Was ist das für ein Ort?«, knurrte der Raut. Seine Brandnarbe zuckte und zog seinen Mundwinkel immer wieder nach unten. »Wohin hast du uns geführt, Kyrk?«

Der Führer entblößte den Nacken, wie er es immer tat, wenn Prakosh ihn ansprach. »Wohin ihr wolltet, Raut. Auf dem schnellsten Weg in das Herz der Stammesländer. Dieser Ort – er liegt auf dem Weg.«

»Du hast nichts davon erwähnt. Was ist das dort? Und bring mich nicht dazu, mich noch mal zu wiederholen.«

»Nein, ich hab ihn nicht erwähnt. Ich dachte, es wäre nicht wichtig. Es ist nur ein Haufen Ruinen im Wald. Sie markieren den besten Weg.« Das Halbblut zuckte mit den Schultern. »Irgendwohin muss der Weg, den wir gekommen sind, schließlich führen. Ein Weg hinein, ein anderer wieder hinaus.« Er deutete nach Norden. »Der Pfad ist der schnellste Weg, und er ist sicher, solange wir ihn nicht verlassen. Das war es, was ich dir versprochen habe, Raut, und das ist es, woran ich mich halte.«

»Was für Ruinen?« Ronkh kratzte sich nachdenklich den Nacken. »Das sieht nach einer groshakk Wühlerstadt aus!«

Kyrk schüttelte den Kopf. »Keine Wühler. Fragt mich doch nicht, wer das dort gebaut hat, aber es sieht nicht nach Wühlern aus. Diese Ruinen sind uralt.«

»Wer denn sonst? Aerc, die steinerne Städte bauen?«

Der Halbaerc hob abermals die Schultern. »Ihr könnt ja fragen, wenn ihr jemandem begegnet. Ich habe die letzten Jahre unter Blassnasen und Wühlern verbracht und kann nur sagen, dass die es nicht waren. Wie auch immer – wir müssen dort hinunter, Raut.«

»Ich bin dagegen«, rumpelte Modrath und schob sich zwischen den Kriegern in Prakoshs Richtung vor. »Raut, ich habe diese Art von Ruinen schon gesehen. Wenn wir dort hinuntergehen, sind wir tote Männer.«

Die restlichen Krieger verstummten und sahen den narbigen Riesen an.

»Vertrau mir, Raut. Das dort ist ein Ort des Bösen. Das dort ist der Grund, warum dieser Wald tabu ist.«

Ronkhs Mund verzog sich spöttisch. »Böse? Ernsthaft, Raut, der Kerl jammert schon, seit wir den Wald betreten haben. Wenn es nach ihm ginge, wären wir alle schon lange tot. Ich fühl mich aber nicht so. Bruder?«

Sein Bruder schüttelte sich die strähnigen Haare aus dem Auge und grinste. »Kann ich nich' sagen. War noch nie tot.«

Kyrk nickte. »Ich war bereits dreimal dort unten«, sagte er leise. »Einmal allein, zweimal mit Jägern der Blassnasen. Und die lebten alle noch, als ich sie wieder aus dem Wald gebracht habe. Wenn sie heute tot sind, ist es jedenfalls nicht die Schuld dieses Wegs. Aber wir sollten uns beeilen.«

Prakosh starrte über das Tal. Seine mächtigen Kiefer mahlten. Ein Windstoß vertrieb den Sonnenfleck, trug einen neuerlichen Regenschleier heran und ließ die Baumkronen wogen. Schließlich straffte er die mächtigen Schultern. »Ich trau diesem Ort nicht.« Er deutete nach Norden, wo sich der Wald an der Abbruchkannte entlangzog. »Finde uns einen Weg darum herum, Bastard.«

Corsha, die unweit des Raut kritisch den Abgrund vor ihren Füßen untersucht hatte, wandte sich um und öffnete den Mund. Dann weiteten sich ihre Augen, und ihr Gesicht nahm einen Ausdruck an, der Krendar wünschen ließ, er müsse sich nicht umdrehen. Auch andere Aerc hatten den seltsamen Ausdruck auf dem Gesicht der Krushâl bemerkt und wandten ebenfalls die Köpfe. Der Anblick schien ansteckend, und mehr als einer schlug ein Zeichen gegen das Böse.

»Bei Drangogs haarigen Eiern«, murmelte Ronkh.

»Ich denke, das ist keine gute Idee, Raut«, pflichtete ihm Razar bei.

Krendar hörte jetzt sogar die erschrockenen Ausrufe der Menschen. *Na großartig. Was immer hinter mir ist, mit Sicherheit ist mein ganzer Tag im Arsch.* Bedauernd blickte er ein letztes Mal über das friedlich vor ihnen liegende Tal, während ein eisiges Gefühl seinen Rücken hinaufkroch und seine Nackenhaare dazu brachte, sich aufzustellen. In seinem Magen regte sich etwas, ein schleimiges Gefühl, als würde sich etwas darin winden. Angstwürmer. Sie kehrten zu ihm zurück, wie gute alte Bekannte.

»Will ich mich umdrehen?«

»Du willst dich nicht umdrehen«, murmelte Sekesh. Ihre Stimme klang seltsam flach.

»Hilft das?«

»Nein.«

»Dachte ich mir schon.« Krendar seufzte und sah hinter sich. Unwillkürlich bleckte er die Zähne. Es war keine einfache Wolkenwand, die da aufragte. Es war keine Gewitterfront; nicht einmal eine gewaltige. Dieses nachtschwarze Monstrum so zu nennen, wäre, als würde man ... ein mordbrennendes Heer blutrünstiger Dalkar als einen leicht irritierenden Besuch der freundlichen Nachbarn bezeichnen. Was sich dort über den Bäumen auftürmte, war lebendig gewordene Dunkelheit, eine Schwärze, so tief, dass sie violett wirkte. Die wenigen Strahlen der tiefstehenden Sonne im Westen, die die Wand trafen, beleuchteten die wirbelnde, sich windende, brodelnde Masse, bevor sie von unerbittlich vorankriechenden Tentakeln der Schwärze gleichsam verschluckt wurden. Die Schwärze reichte so hoch hinauf, dass sie sich bereits über die Aerc zu beugen schien. Wenn es etwas gab, das den Himmel, die Monde und alle Sterne fressen konnte, dann sah es exakt so aus. Wirbelnde Trichter rissen in der Wand auf, blicklosen Augenhöhlen oder fauligen Mäulern gleich, bevor Schwärze aus ihnen hervorquoll wie Maden aus einem platzenden Kadaver, um sich über ein weiteres Stück Himmel zu ergießen. Unterhalb der Wand erkannte er – nichts. Die Strahlen der sinkenden Sonne konnten nicht in die ölige Dunkelheit vordringen. Vielleicht aber war da auch nichts mehr, an dem sie sich brechen konnten. Vielleicht war dort die Welt bereits zu Ende. Wetterleuchten flackerte tief in der Schwärze und hinterließ unscharfe Nachbilder in Krendars weit aufgerissenen Augen. Nachbilder, die ihm wie qualvoll verzerrte Gesichter erschienen. Die Würmer in seinen Eingeweiden wurden unruhiger, krochen seinen Hals hinauf, machten ihm das Atmen schwer und ließen sich nicht wieder hinunterwürgen. *Geistersturm.* Das Wort hallte in Krendars Kopf wider, schwoll an und füllte ihn vollständig aus.

»Und ich dachte, wir hätten bisher schon beschissenes Wetter für diese Jahreszeit gehabt.« Modrath spie geräuschvoll aus und brach damit den Bann.

Krendar riss die Augen von der heranrückenden Dunkelheit los und sah Sekesh an. »Ist es das da, was du die ganze Zeit siehst?«

Die Bernsteinaugen der Drûaka flackerten im Gegenlicht des seltsamen Wetterleuchtens. Langsam wandte sie sich um, und das Flackern wich etwas Dunklerem. Ihre Lippen nahmen einen harten Zug an, als sie, kaum merklich, nickte.

»Ich habe keine Ahnung, wie du das ausgehalten hast«, flüsterte der junge Aerc.

»Ich auch nicht.«

Die Krieger begannen zu murmeln, jenes unheilvolle Raunen, das voranging, bevor eine Horde gefährlicher, bis an die Hauer bewaffneter Männer etwas Unkontrollierbares taten. Ziemlich wahrscheinlich etwas Dummes.

»HALT!« Das Brüllen Prakoshs donnerte in die Unruhe wie eine Kriegsaxt. Der Raut kehrte der Wolkenwand demonstrativ den Rücken zu. »Broca, sorgt für Ordnung! Nehmt euer Gepäck. Schlagt jedem den Schädel ein, der nicht in zwanzig Herzschlägen auf seinem Platz steht und abmarschbereit ist. Uns läuft die Zeit davon. Den Stämmen läuft die Zeit davon. Kyrk?«

Der Halbaerc zuckte zusammen und neigte den Kopf. »Zeig mir den groshakk Weg. Ruinen oder nicht, wir gehen dort runter.«

Der Abstieg grenzte beinahe an Selbstmord. Kyrk hatte sie zu einem Abschnitt der Felskante geführt, die niemand auch nur für einen Abstieg in Betracht gezogen hätte. Erst als sie nur wenige Schritte entfernt waren, konnten sie sehen, dass irgendjemand Kerben in den Fels geschlagen hatte. Sie bildeten eine Treppe, die so steil in die Tiefe führte, dass es wohl schon bei weit besserem Wetter an Selbstmord gegrenzt hätte zu versuchen, auf ihr hinunter in das Tal zu steigen. Dass die ausgetretenen Absätze mit Flecken von Moos und Flechten überzogen waren, über die kleine Rinnsale ihren Weg den Felsen hinab suchten, machte die Sache nicht besser. Ein Aerc musste schon wahnsinnig sein, um sein Leben dieser beschissenen Ausrede von einem Pfad anzuvertrauen.

Die gedämpften Flüche der Krieger verstummten unter Prakoschs zornigen Blicken jedoch rasch, als selbst die Mutigsten unter ihnen überschlugen, bei welcher der Alternativen die Chancen besser waren. Lohnte es, dafür einen Zweikampf mit dem massigen Raut einzugehen? Zwischen der Schwärze in ihrem Rücken, der Kriegskeule des Raut und der sehr realen Gefahr, bei den nächsten Schritten in den Tod zu stürzen, gewann schließlich die Treppe deutlich an Reiz. Zähneknirschend tasteten sich die Männer einer nach dem anderen über die Kante und verschwanden in der Wand, bis nur noch Krendars Trupp übrig blieb. Die Menschen wimmerten und wichen vor dem Abgrund zurück.

Ich kann euch nur zu gut verstehen. Keine zehn Rinder

würden mich da runterkriegen, wenn ich ihr wäre – und wenn ich die Wahl hätte. Hab ich aber nicht. Also müsst ihr da wohl auch durch. Oder aber ...

Mit einem Knurren machte Krendar Navorra auf sich aufmerksam. Unwirsch deutete er auf die Treppe und hob einen Finger. »Ihr könnt jetzt dort runtergehen und vielleicht überleben«, sagte er leise. Der Mensch mochte seine Worte nicht verstehen, aber vielleicht kam der Sinn an. Vor allem aber musste er es für sich aussprechen. Gesagt war gesagt. Und das Wort eines Aerc galt. Als ihn der Junge fragend ansah, hob er einen zweiten Finger und deutete auf den Wald, der in wenigen Schritten Entfernung begann. Die Frage im Gesicht des Menschen vertiefte sich. »Oder ihr könnt abhauen. In den Wald. Es wird kein Schwein nach euch fragen, schätze ich.«

Navorra betrachtete nachdenklich den Wald, bevor er wieder zurück zu Krendar sah.

Der junge Broca nickte. Dann deutete er auf den Himmel über dem Wald und zuckte mit den Schultern. »Deine Wahl. Aber wenn ich du wäre, würd' ich nicht hierbleiben.«

Die Augen des Jungen verengten sich. Er sah abermals hinter sich, diesmal über die Wipfel hinaus. Am Ende nickte er Krendar zu und wandte sich an das verängstigte Häuflein Blassnasen, die ihm noch immer folgten. Für einige Augenblicke sprach er leise und eindringlich auf sie ein. Eines der Kinder weinte lauter, und die ausgewachsenen Menschen schienen zu protestieren, bevor ihre Blicke auf die nahende Schwärze auch ihre Einwände zu ersticken schien und schließlich ganz zum Verstummen brachte.

Navorra nickte und nahm sein Bündel auf. Einen Moment lang betrachtete er die schmierig aussehenden Stufen, dann straffte er die schmalen Schultern und tat entschlossen einen ersten Schritt hinab. Die übrigen Menschen folgten ihm stumm.

»Modrath, du bist der Nächste.« Krendar schulterte sein Gepäck und nickte dem Oger zu.

Der Hüne rührte sich nicht vom Fleck. Mit geblähten Nasenflügeln starrte er auf die Rücken der letzten Menschen, schien jedoch nicht willens zu sein, auch nur einen Schritt in Richtung Treppe zu tun.

»Was ist?«

»Die Höhe«, sagte der Rechte leise.

»Der Große hat's nicht so mit Höhen«, erklärte sein Bruder, und der andere Korrach nickte.

»Überhaupt nicht, um genau zu sein.«

»Jedes Mal dasselbe.« Der Linke ging bis an die Kante und beugte sich vor, um hinunterzusehen. »Dabei ist überhaupt nichts dabei.«

Sein Bruder trat neben ihn. Geräuschvoll sammelte er Schleim im Mund und spie ihn in den Abgrund. »Genau. Das sind gerade mal zwanzig oder fünfundzwanzig Mannslängen. Ein Katzensprung.«

»Gut, eine bescheuerte Katze vermutlich, und ...«

»... unten ziemlich tot. Aber trotzdem.«

Die Korrach nickten einander zu und verschwanden so schnell über die Kante die Treppe hinab, als wäre das alles nur ein Spiel für sie.

»Ich hasse sie«, stellte Modrath mit einem düsteren Seitenblick auf die Bergkrieger fest. Er rieb sich den Nacken. »Ich hasse Treppen. Sie sind nicht für solche wie mich gemacht. Vielleicht gibt es noch einen anderen ...«

Krendar verdrehte die Augen. »Ich hab doch gerade gesagt, du bist dran. Bin ich der Scheiß-Broca hier oder du?«

»Ich mein' ja nur ...«

»Du sollst nicht meinen, sondern deinen Arsch da runterbewegen.« Dem jungen Aerc wurde bewusst, dass er bissig klang. Aber so war das nun mal. »Hast du bei Ragroth auch ständig diskutiert? Was sollen wir deiner Meinung nach tun? Eine Pause machen, bis du's dir überlegt hast? Oder sollen die Zwillinge dir die Hand ...« Weiter kam er nicht, denn die narbige Visage des Ogers schwebte plötzlich so dicht vor seinem Gesicht, dass er den fauligen Atem auf seinem Gesicht spüren konnte. Ein dumpfes Grollen drang aus dem Brustkorb des Kolosses.

»Ganz vorsichtig, kleiner Broca«, knurrte er. »Zieh besser den Kopf ein, bevor ich ihn dir abreiße. Wage es nicht, dich mit Ragroth zu vergleichen. Dazu solltest du noch ein paar Winter älter werden, bevor du dir dieses Recht verdient hast. Und das gilt auch für den Versuch, mich zu beleidigen.« Der Oger zog die Oberlippe hoch und entblößte seine gelben, rissigen Hauer. »Du bist Broca, ja. Aber dort«, er deutete auf die Felskante, »kann ein vorlautes Arschloch schnell einen Unfall haben. Dann brauchen wir einen neuen Broca. Aber das wär' ja nicht das erste Mal.«

Krendar verspürte das dringende Bedürfnis zu schlucken. Sein Mund war allerdings zu trocken dafür. Er war sich nicht sicher, dass es nur Schweiß war, der ihm warm die Beine hinabrann, als ihm bewusst wurde, dass ihn ein Fausthieb des Riesen vermutlich töten würde. Irgendwie gelang es ihm dennoch, Modraths Blick standzuhalten. Seine Stimme klang heiser in seinen Ohren, als er antwortete. *Immerhin zittert sie nicht. Das ist doch schon mal was.* »Nein, Modrath. Ich bin nicht Ragroth. Wir haben keine Zeit für diesen Scheiß, also halt keine Reden. Tu es, oder aber scher dich dort runter.«

Der Oger fletschte die Zähne, und Krendar brauchte einen Moment, um sich darüber klar zu werden, dass der Oger tatsächlich grinste. »Du hast tatsächlich Eier, Kleiner. Hab ich glatt vergessen«, sagte der Riese leise. Er wandte sich ab und hob sein Gepäck auf. »Wenn ich mir den Hals breche, dann könnt ihr sicher sein, dass mein Geist euch alle heimsuchen wird. Drecksäcke.« Mit einem Knurren machte er sich an den Abstieg.

Krendar wartete vorsichtig, bis sich die Angstwürmer in seinen Eingeweiden etwas beruhigt hatten, dann atmete er vorsichtig aus und begegnete dem Blick Sekeshs. Etwas wie Bewunderung lag darin, wie er verblüfft feststellte. »Was?«

Ein Lächeln umspielte die Lippen der Ayubo, als sie leicht den Kopf schüttelte und wortlos dem Oger folgte. »Was?«

Nur zwanzig oder fünfundzwanzig Mannslängen hatten die Korrach gesagt. Hintereinander mochte das nicht viel sein – übereinander war es beängstigend, selbst wenn man kein Oger war. Krendar ertappte sich dabei, wie Modrath eng an der rauen Felswand zu gehen, eine schmierige, schiefe Stufe nach der anderen. Darüber hinaus war der Abstieg deutlich länger, als er erwartet hatte. Immer wieder zog sich der Pfad eine Weile halbwegs eben an der Wand entlang, bevor die nächste Treppenflucht folgte. Warum, das entzog sich Krendars Verständnis. In seinem Heimatdorf gab es nicht einmal eine Treppe, und selbst in Derok hatte er weniger Stufen zu

Gesicht bekommen. Und die waren in deutlich besserem Zustand. Vor allem breiter.

Für einige lange Atemzüge war ihr Abstieg ohnehin ganz ins Stocken gekommen, als irgendwo vor ihnen einer der Krieger Prakoshs ins Rutschen kam, den Halt verlor und mit einem Aufschrei in die Tiefe stürzte. Krendar widerstand dem Impuls, sich nach vorn zu beugen, um zu sehen, wo er aufgeschlagen war. Das Geräusch war Hinweis genug. Danach kamen sie noch langsamer voran, was vor allem an Modrath lag, der beschlossen hatte, sich den Rest des Wegs mit dem Rücken zum Fels seitwärts hinunterzutasten.

Die Stufen endeten unter einem Blätterdach, das womöglich noch dichter war als das des Waldes oben. Hier herrschte ein Zwielicht, als sei die Nacht bereits hereingebrochen, so dunkel, dass es tatsächlich keinerlei Unterholz mehr gab. Lediglich abgebrochene, faulige Äste lagen in dem dichten Teppich verrottender Blätter, überzogen von Pilzgeflecht und dunkelroten Moosen, die wie verklumptes Blut wirkten. Ein durchdringender Geruch nach Moder, Pilzen und nasser Erde hing in der Luft. Selbst das Tosen des Winds in den Baumkronen war verschwunden und nicht mehr als ein weit entferntes Rauschen von irgendwo über ihnen. Hier unten, zwischen den Stämmen und Wurzeln, war es vollkommen windstill. Prakosh hatte seine Männer einen Halbkreis um den Fuß der Treppe bilden lassen, den er jetzt auflöste, als Krendar als Letzter den Fuß auf den Waldboden setzte.

»Na siehst du, Großer. War doch gar nicht so schlimm.« Der Linke klopfte dem Oger grinsend auf den Arm.

Modrath sah mit gefletschten Zähnen auf ihn herab. Dicke Schweißperlen standen auf seinem narbigen Gesicht. »Nimm die Finger weg. Oder du findest raus, wie schlimm es ohne Arm ist.«

Der Korrach zog eilig seine Hand zurück und wechselte einen schnellen Blick mit seinem Bruder. »Er steht wirklich nicht...«

»...auf Höhen, ja.«

»Hört auf, ihn zu reizen.« Zwei Kopfnüsse trafen die Zwillinge beinahe gleichzeitig. Krendar schüttelte die Hände. Es hatte wehgetan, doch jetzt fühlte er sich besser.

»Holt das Gepäck dieses Idioten«, ordnete Prakosh an und sah in die Richtung, in der der zerschmetterte Körper des Abgestürzten liegen musste. Er deutete auf eine Handvoll Krieger und nickte Toraka und ihrer Schwester zu. »Gebt ihm die Riten, aber beeilt euch damit. Wir werden nicht mehr Zeit als nötig verschwenden.«

Niemand widersprach ihm; sie alle hatten gesehen, was ihnen folgte.

»Kyrk, wohin jetzt?«

Das Halbblut sah sich sorgfältig um und sog tief die modrige Luft ein. Dann nickte er in eine Richtung, die sie zu den Ruinen in der Mitte des Tals bringen musste. Hier war kein Pfad zu erkennen, doch das war auch nicht notwendig. Es gab kein Unterholz, das ihr Fortkommen behindern konnte.

»In Ordnung. In Doppelreihe. Haltet die Augen offen und die Mäuler geschlossen. Ich will keine Überraschungen erleben.«

»Zu spät«, stellte der Broca namens Ronkh halblaut fest und deutete in die dämmrige Tiefe des Waldes.

Prakosh wandte sich um, während rund um ihn die Aerc ihre Waffen hochrissen. Etwa zwanzig Doppelschritte von ihnen entfernt stand eine Gestalt zwischen den Stämmen, so unbewegt, als habe sie schon immer dort gestanden. Im ersten Augenblick hätte sie Krendar beinahe für einen Menschen gehalten, doch ihr Körperbau war eindeutig der eines Aerc. Sie war vielleicht weniger hochgewachsen und schlanker als die Felsenbären und vor allem deutlich unbekleideter als die meisten Krieger der Weststämme zu dieser Jahreszeit. Doch die Augen des Mannes dort glommen eindeutig in aercischem Gelb, als er jetzt langsam den Kopf wandte, um die Krieger Prakoshs zu begutachten. Daran, dass er ein Mann war, bestand ohnehin kein Zweifel, denn bis auf einen kurzen Schurz und einige Bänder an Armen und Beinen trug er nichts – wenn man von einem Stamm – oder einem Bündel Stangen – in seiner Rechten absah. Schweigend musterte er die Aerc, bis er ihre volle Aufmerksamkeit auf sich gerichtet fand. Dann hob er langsam eine Hand.

»Was bei den Ahnen…«, murmelte Razar.

»Ärger«, knurrte Modrath. »Was sonst?«

»Ich wette, da sind noch mehr«, flüsterte Krendar.

Einige der umstehenden Krieger sahen ihn an und wandten dann langsam ihre Köpfe, um die sie umgebende Dämmerung abzusuchen.

Der Raut hob seine Rechte und trat einen Schritt vor.

»Wer bist du?«

»Einer, der gewartet hat«, entgegnete der fremde Aerc. Seine Art, die Worte der Weststämme zu verwenden, war guttural und noch fremdartiger als die Sekeshs. Außerdem lispelte er deutlich. »Wir alle haben euch erwartet?« Er beendete den Satz, als stelle er eine Frage.

Weitere Gestalten traten hinter den Bäumen um sie hervor.

Sie alle waren bekleidet wie der Sprecher – nämlich kaum – und trugen Bündel in ihren Händen. Allerdings hatten sie jeweils eine Stange in ihrer Rechten.

Wurfspieße, wurde Krendar klar.

»Ich zähle fünf«, murmelte Ronkh nervös.

Einige der anderen nickten.

»Fünf, die wir sehen«, wandte Modrath ein.

Der fremde Aerc ließ die Beobachtung wirken, bevor er weitersprach. »Ich bin Lorracc, Broca Stamm der Waldschatten. Ihr habt unser Land betreten. Wer ihr und warum seid ihr?«

Die Augen des Felsenbär-Raut zuckten zwischen den nackten Kriegern hin und her, bevor er betont seine Axt senkte.

»Ich bin Prakosh, genannt der Fünftod, Raut vom Stamm der Felsenbären, und wir passieren dieses Land im Auftrag der Kriegsherrn der verbündeten Weststämme und der Aerc des Nordens. Wir erbitten freies Geleit durch dieses Land«, sagte er förmlich, die freie Hand flach auf die Stammestätowierungen auf seinem Schädel gelegt.

Lorrac musterte den Raut ausgiebig, bevor er ein breites Grinsen aufsetzte. Ihm fehlten sämtliche Schneidezähne, und da er um die Augen, den Unterkiefer und den Hals vollständig schwarz gefärbt war, wirkte es, als schwebe ein grinsender, halber Totenschädel ein Stück über seinen Schultern.

»Prakosh, der Fünftod. Genau den Fünftod haben wir erwartet.« Er erwiderte Prakoshs Ehrbezeugung und legte ebenfalls die Hand auf den Scheitel.

»Ihr habt uns erwartet?« Der Raut wirkte nicht besonders beruhigt.

Der halbe Schädel hüpfte auf und ab, als der fremde Aerc

eifrig nickte. »Es wurde vorhergesagt, ihr kommt zu uns, Fünftod. Wir erwarten schon seit Tagen eure Ankunft. Ihr seid spät.« Er sah bedeutungsvoll hinauf, wo das dichte Blätterdach gnädig den monströsen Anblick des Himmels verbarg. »Doch nicht zu spät. Kommt. Kommt, folgt uns.«

»Was?« Prakosh rührte keinen Fuß. Misstrauisch taxierte er den schmalen Waldschatten-Broca. »Wieso sollten wir das tun? Und wohin?«

»Nicht fragen, Fünftod. Ihr folgt uns, wenn ihr leben wollt.« Der Fremde riss den Blick vom Blätterdach los und lächelte abermals.

Fragt sich, ob er uns damit beruhigen oder erschrecken will.

»Ihr seid hier in Land der Waldschatten, ihr kommt und begrüßt ihre große Mutter.«

»Land der Waldschatten?« Prakosh warf seinem Halbblutführer einen düsteren Blick zu, beließ es jedoch dabei. Es sah aus, als würde er Kyrk nicht vor den Fremden zurechtweisen und damit eingestehen, dass er nicht über alles im Bilde war. Seine Stimme nahm einen gereizten Ton an. »Wie wollt ihr uns zwingen?«, knurrte er. »Wir haben keine Zeit dafür, und wir passieren nur das Land, ohne zu jagen. Das könnt ihr uns nicht verwehren.«

»Nicht verwehren.« Der schwebende Schädel hüpfte in einem neuerlichen Nicken. »Tun wir nicht. Zwingen auch nicht. Ihr kommt freiwillig, die große Mutter erwartet euch. Lange schon.«

Der Raut knirschte hörbar mit den Zähnen und überlegte. »Entschuldige uns. Wir müssen uns beraten«, knurrte er schließlich.

Wieder ein Nicken. »Beratet. Beratet nicht zu lange.« Der Waldschatten legte den Kopf schief, stützte sich auf sein Bündel Wurfspieße und schlug die Füße übereinander.

Prakosh wandte sich um. »Bei den Ahnen! Was ist das, Kyrk?«, zischte er leise. »Du hast gesagt, das hier sei unbewohntes Land?«

Der Angesprochene neigte eilig den Kopf. »Ist es«, murmelte er verteidigend. »Die Waldschatten leben einige Tage südlich von hier. Ich dachte nicht, dass wir ihnen begegnen werden.«

»Du dachtest? Und du hast es nicht für nötig gehalten, mir davon zu erzählen?«

»Du wolltest den kürzesten Weg.« Kyrk klang beinahe trotzig. »Das hier ist der kürzeste Weg. Das letzte Mal, als ich hier war, haben sie mich nicht aufgehalten.«

»Ich sollte dir deinen dämlichen Schädel einschlagen.«

»Das solltest du vielleicht, Raut. Aber dann können dich nur die dort noch führen.«

Hätte Prakosh mit Blicken töten können, wäre der Halbaerc jetzt als blutiger Fleischhaufen zu Boden gefallen. Doch auch so fehlte nicht viel. Ein Grollen drang tief aus Prakoshs breiter Brust.

»Wenn das hier das Stammesland von denen ist, kannst du dich kaum weigern, Raut«, warf Ronkh leise ein und rettete Kyrk damit vermutlich das Leben.

»Ist mir klar, Arschloch.«

»Wir sollten ihnen tatsächlich folgen«, mischte sich von hinter ihnen die kratzende Stimme Torakas ein.

Der Raut riss seinen Blick von der gebeugten Figur des Halbbluts los und fuhr herum.

Die Schamanin trat zwischen den Bäumen hervor. In ihrem Gefolge befanden sich nicht nur Corsha und die Felsenbären, sondern vier weitere Krieger der Waldschatten. »Wenn es hier eine Drûaka gibt, weiß sie vielleicht mehr über das, was uns erwartet. Und in jedem Fall können wir uns einen Kampf nicht leisten.« Sie machte sich nicht die Mühe, ihre Stimme zu senken. »Das weißt du, und das wissen sie. Verschwende nicht noch mehr Zeit, Raut.«

Für einen Moment schien Prakosh mit sich zu ringen, und Krendar musste an sich halten, um keinen Schritt zurückzutreten. Dann bleckte der Raut die Hauer und richtete sich zu voller Größe auf. »Worauf warten wir dann noch?«, fragte er laut. »Führt uns.«

Der schwebende Totenkopf warf ihm ein weiteres lückenhaftes Lächeln zu, wandte sich ohne weitere Worte um und lief in das Zwielicht des Waldes.

ZWANZIG
Wie gefällt dir das?

»Warum greifen wir sie nicht an?«, fragte Brodyn, während er nervös zu den Hütten hinüberblickte, die zwischen den Bäumen hervorblitzten. »Worauf warten wir noch?«

»Auf den Verhüllten«, sagte Dudaki und kaute in aller Seelenruhe auf einem vertrockneten Stück Apfel herum. Ihm war bislang nie wirklich aufgefallen, wie gut diese Dinger schmeckten, aber wenn man dem sicheren Tod in Form von zweihundert Pfund Fell und Zähnen ins Auge geblickt hatte, sah man die Dinge vermutlich anders. Jedenfalls in der ersten Zeit. Irgendwann ging vermutlich auch dieses Gefühl wieder vorbei. Die Kratzer, die er aus dem Kampf davongetragen hatte, heilten bereits ab, und selbst die Würgemale an seinem Hals machten ihm kaum noch zu schaffen. Er hatte verdammt viel Glück gehabt, so viel war klar. Ganz im Gegensatz zu Joffrey, dessen gebrochenes Genick selbst die unglaublichen Heilkräfte des Verhüllten überstiegen hatte. Aber niemand hatte gesagt, dass es einfach werden würde, und wenn das größte Opfer der Tod dieses fetten Arschlochs war, dann war Dudaki gern bereit, es zu bringen. »Wie geht's deinem Arm?«

»Tut kaum noch weh.« Brodyn ballte die Hand versuchsweise zur Faust und nickte zufrieden. »Hätte ja nie gedacht, dass einer wie du mir mal das Leben retten würde. Ich meine, wo wir doch Feinde sind, du und wir Menschen.«

»Keine Feinde. Gegen die große Dunkelheit müssen wir alle zusammenstehen. Das hat der Verhüllte gesagt. Und der Verhüllte sagt eine ganze Menge schlauer Sachen, was?«

»Kannst du laut sagen. Er ist ein verdammt kluger Mann, der weiß, was er tut.« Brodyn verlagerte sein Gewicht auf das hintere Bein und machte ein paar Übungsschläge mit seiner Keule. »Hoffentlich weiß er auch, warum wir die Orks da drüben nicht einfach plattmachen.«

Dudaki rollte mit den Augen. »Weil er mit ihnen reden will, du Holzkopf. Das Fellbündel hat uns zu diesem Dorf geführt, weil die Bewohner angeblich den Ort kennen, an dem die Entscheidung stattfindet. Wenn ich das Geknurre dieser Kreatur richtig verstanden habe, handelt es sich um die Wächter irgend so eines wichtigen Heiligtums. Es macht sich daher nicht so gut, ihnen die Schädel einzuschlagen, bevor sie uns den Weg weisen können.«

»Bei dem Fellbündel hast du es doch auch versucht.«

Dudaki blies die Backen auf. »Das war etwas anderes. Es hat mich angegriffen, und ich musste mich verteidigen.«

»Konntest kaum damit aufhören.« Brodyn kicherte leise. »Mit dem Verteidigen, meine ich. Du hättest das Ding beinahe totverteidigt.«

»Das sollte uns eine Lehre sein. Du hast selbst gesehen, was es mir gebracht hat. Der Verhüllte hat all seine Überredungskünste aufwenden müssen, um das Fellbündel zu überzeugen, uns trotzdem noch zu helfen. Wenn er nicht eingeschritten wäre, hätten wir hilflos mit ansehen müssen, wie die Dunkelheit über uns hinwegrollt. Dann wäre durch meine Schuld alle Mühe umsonst gewesen.« In Wirklichkeit fühlte sich Dudaki nicht halb so schuldig, wie es vielleicht angemessen war. Es hatte ihm sogar eine ganze Menge Freude bereitet, den Schädel dieses Drecksviehs gegen den Felsen zu schmettern. Auch wenn das der Verhüllte nicht gern gesehen hatte.

»Das Ding aus der Höhle war eine Sache.« Brodyn ließ die Keule sinken und drehte sich um. »Aber die Orks da drüben sind viel zu zahlreich, und sie werden uns wohl kaum genügend Zeit geben, mit ihnen zu reden. Was will der Verhüllte machen? Ihren Häuptling zu einem Zweikampf herausfordern, wie es eure Anführer so gern tun?«

»Nee, der Verhüllte ist doch kein Aerc. Die würden sich niemals auf so etwas einlassen. Zweikämpfe um den Posten des Anführers sind ausschließlich Vertretern unseres Volkes vorbehalten.«

»Und das ist der Grund, warum du ihn herausfordern wirst«, erklang die Stimme des Verhüllten so dicht hinter Dudakis Rücken, dass er sich beinahe an seinem Apfelstück verschluckte. Verdammt, wie gelang es ihm eigentlich immer, sich so leise zu bewegen? Ihm und diesem Menschen Skyld, der in Dudaki immer so unangenehme Erinnerungen an seinen früheren Raut Gorotak weckte und der sich nie von der Seite des Verhüllten fortbewegte. Er stieß ein meckerndes Lachen aus, doch es erstarb, als er den ernsten Blick des Verhüllten sah. Wenn er es recht bedachte, hatte der seit ihrer ersten Begegnung noch nie einen Scherz gemacht. Alles, was er von sich gab, war weise und hatte Gewicht. Für den heiteren Part waren andere zuständig. »Du meinst das wirklich ernst, was?«

»Du solltest mehr Vertrauen haben, mein Freund. Ich weiß, warum ich dich mitgenommen habe, und tief in deinem Inneren weißt du es auch.« Die Hand des Verhüllten legte sich gewichtig auf seine Schulter, und Dudaki spürte die Angstwürmer in sich aufsteigen, wie Geier, die einen frischen Kadaver gesichtet hatten. Im Zweifelsfall würde es sein Kadaver sein, auf den sie sich stürzten.

»Ich bin kein großer Kämpfer«, murmelte er. »Und schon gar kein Zweikämpfer. Ich überlasse solche Dinge lieber Stärkeren und Dümmeren. Ist sehr viel gesünder so für mich.«

»Du hast bereits bewiesen, dass du zu kämpfen verstehst.«

»Ich habe betrogen.«

»Dann betrüge erneut. In dieser Situation gibt es kein Richtig oder Falsch, nur das Ziel, das wir erreichen müssen, bevor die Entscheidung fällt.«

Dudaki spürte, wie sich eine dicke Schweißperle ihren Weg seine Schläfe hinabbahnte. Mit einer nervösen Handbewegung wischte er sie fort. Sein Mund fühlte sich mit einem Mal furchtbar trocken an. »Aber was machen wir, wenn ich verliere? Schließen wir uns dann dem Dorf an und bauen uns eine Hütte aus Weidenruten?«

»Du wirst nicht verlieren.«

»Und wenn doch?« Wenn der Anführer der Aerc ihm bei lebendigem Leib die Arme ausriss und sie sich als Trophäe um den Hals hing?

Doch bevor er seine weiteren Bedenken äußern konnte, drehte sich der Verhüllte um und ging davon.

»Und wenn doch?«, rief Dudaki seinem Rücken hinterher.

»Dann grabe ich eine hübsche Grube für deine Leiche.« Hastyrs eingedelltes Gesicht verzog sich zu einem fiesen Grinsen. »Genau so eine wie für Joffrey, nur etwas weniger breit. Danach stecke ich mir deine zwei Dolche und den Beutel mit den Münzen ein. Weil du die dann vermutlich nicht mehr brauchen wirst.«

»Arschloch«, murmelte Dudaki und nahm sich vor, den Geldbeutel noch schnell mit einem vergifteten Dorn zu präparieren.

Die Dorfbewohner erwarteten ihn bereits. Sie hatten sich auf einem schlammigen Flecken Erde zusammengefunden, der von unzähligen Stiefeln aufgewühlt und vom Regen durchweicht war, bis er mehr einem Teich ähnelte als einem rituellen Kampfplatz. Es waren eine ganze Menge Aerc, schwer bewaffnet und mit jener feierlichen Ernsthaftigkeit in den Augen, die all jenen zu eigen war, für die ein Zweikampf noch eine religiöse Handlung war und nicht bloßes Kräftemessen.

Ob sie etwa auch noch den Unterlegenen verspeisten? Dieser Gedanke ließ Dudaki innehalten, doch die Hand des Verhüllten schob ihn unbarmherzig voran, bis sie den Rand des Platzes erreicht hatten und es kein Zurück mehr gab.

Der Häuptling der Aerc war nicht viel größer als er, aber mit seinem narbendurchfurchten Gesicht und den knotigen Muskelbergen sah er aus wie ein Mann, der zeit seines Lebens nichts anderes getan hatte, als auf diesem Platz Köpfe einzuschlagen und Arme auszureißen. Er trug einen schweren Umhang aus Fell und Federn um die Schultern, in der Hand eine lange, gebogene Kriegskeule und um den dicken Hals eine

Kette aus Zähnen. Wahrscheinlich handelte es sich um die Zähne all der anderen Idioten, die so dumm waren, jemanden wie ihn herausfordern zu wollen.

»Der Kerl sieht verdammt übel aus«, brummte Brodyn. »Vor dem bekomme ja sogar ich Angst.«

»Beeindruckendes Aussehen ist nicht alles.« Dudaki fuhr mit der Zunge über seine nadelspitzen Zähne. Noch hatte er seine speziellen Waffen im Gürtel, und der Verhüllte hatte ihm erlaubt, sie einzusetzen. Es würde zwar inmitten dieses Platzes schwierig werden, sie unbemerkt einzusetzen, aber diese Wilden hatten vermutlich keinen blassen Schimmer, zu was ein Sumpfaerc fähig war. Ein gezielter Stich im richtigen Augenblick, und er würde den Kampf für sich entscheiden. Er durfte sich bis dahin nur nicht treffen lassen, aber zum Glück war Schnelligkeit eine seiner weiteren Stärken. Alles in allem standen seine Chancen also gar nicht mal so schlecht. Er spuckte aus und trat in den Kreis.

Die Augen der Dorfbewohner verfolgten seinen Weg mit Kopfschütteln und unverhohlener Verärgerung. Ein runzliger alter Mann, dem Aussehen und der Kleidung nach der Dorfälteste, richtete einen zitternden Zeigefinger auf ihn und bedachte ihn mit einem Schwall kaum verständlicher Worte irgendeines alten Bergdialekts.

Du mich auch. Dudaki bleckte die Zähne und hob seine Messer. »Lasst uns endlich anfangen, was?«

Die Stimme des Alten wurde schneidender, und sein Gesicht verzerrte sich voller Zorn, während sein verwelkter Zeigefinger Löcher in die Luft stocherte. Jetzt begannen auch die anderen Dorfbewohner, auf ihn zu zeigen und missbilligend die Köpfe zu schütteln.

»Was ist los?«, brummte Brodyn und fummelte nervös am Griff seines Streitkolbens herum.

»Keine Ahnung.« Dudaki zuckte mit den Schultern. »Ich verstehe kein Wort von dem, was er sagt.«

»Ausziehen«, sagte einer der jüngeren Dorfbewohner und deutete erst auf Dudakis Messer und Gürtel und dann auf den Häuptling, der gerade dabei war, sich seiner Kleidung bis hinunter zum Lendenschurz zu entledigen. »Ihr werdet kämpfen, wie unsere Ahnen vor uns.« Mit feierlicher Miene streckte er Dudaki eine federgeschmückte Kriegskeule und einen Tonkrug entgegen.

Dudaki schnüffelte daran und verzog angewidert das Gesicht. »Ranziges Öl«, stellte er fest und reichte den Krug weiter an Brodyn.

»Damit du nachher auf dem Grill schön knusprig wirst?«

»Reiben«, erklärte der junge Aerc und deutete erneut auf seinen Häuptling, der sich, begleitet vom zustimmenden Gebrabbel der Dorfbewohner, den Oberkörper einölte. Als er damit fertig war, reckte er die glänzenden Fäuste in den Himmel und brüllte so laut, dass von den umstehenden Bäumen eine Schar Vögel aufflog und hektisch schimpfend davonflatterte.

Dudaki wäre wirklich gern mit ihnen mitgeflogen. Genauso wie seine Angstwürmer, die sich in hellen Scharen seine Kehle hinaufwanden. »Ich kann doch nicht nackt kämpfen«, krächzte er Brodyn ins Ohr und erwartete im gleichen Augenblick eine weitere dämliche Erwiderung. Doch der Stiernackige runzelte nur sorgenvoll die Stirn, und das beunruhigte ihn mehr als alles andere.

Der Häuptling hatte endlich aufgehört zu brüllen, stieß noch ein raues Grunzen aus und stapfte in den Kreis.

Dudaki spürte einen Stoß im Rücken und stolperte ebenfalls vorwärts. Beinahe hätte er sich dabei hingelegt und konnte sich gerade so noch fangen. Er warf einen bösen Blick über die Schulter und sah Hastyr hinter sich stehen, mit einem bösartigen Grinsen in dem eingedellten Gesicht. Er stieß ein zorniges Knurren aus und wollte gerade etwas sagen, als ein Sternenregen auf seinem Hinterkopf explodierte und er doch noch im Schlamm landete. Benommen schüttelte er den Kopf, schmeckte Blut und befürchtete, dass er sich die Zunge abgebissen hatte. »Waff war daff?«, lallte er und rappelte sich auf.

Der Häuptling stand keine zwei Schritt entfernt, die Keule in die Luft gereckt und offenbar hocherfreut über die eigene Schnelligkeit. Die Dorfbewohner brachen in Begeisterungsstürme aus, und irgendwo begann eine Trommel zu schlagen.

Dudaki blinzelte die Benommenheit fort und schaute sich nach einem Fluchtweg um. Aber zwischen die brüllenden Dorfbewohner auf der einen und die fluchenden Menschen auf der anderen Seite passte nicht einmal mehr die Klinge eines Messers, so eng hatten sie sich um die Kontrahenten zusammengedrängt. Widerstrebend hob er seine Keule, und sie umkreisten einander. Dudaki unsicher und schwankend, sein Gegner mit konzentrierten, knapp bemessenen Schritten, die ihn jeden Atemzug näher heranbrachten. Sie tauschten ein paar Schläge aus, und Dudaki wurde an der Schulter getroffen und dann am Oberschenkel, während seine Keule eher wie ein Dreschflegel durch die Luft fuhr und seinem Gegner im besten Fall ein wenig Kühlung verschaffte. Wie konnte er eigentlich so blöd gewesen sein, sich auf so einen Irrsinn einzulassen? Sein Gegner war stärker, deutlich geübter im Umgang mit der Waffe und hatte zu allem Überfluss wohl auch noch Spaß an der Sache. Jedenfalls ließ er sich eine Menge Zeit damit, ihn fertigzumachen, und zog den Kampf genüsslich in die Länge. Er hatte aber auch keinen Grund zur Eile. Mit jedem Schritt ging Dudakis Atem schneller und rasselnder, und seine Beine wurden so schwer, dass er sie kaum noch aus dem Schlamm ziehen konnte.

Aber er hatte keine Wahl, er musste kämpfen, wenn er da lebend wieder herauskommen wollte. Er wartete, bis der Häuptling das Gewicht auf den vorderen Fuß gesetzt hatte, dann sprang er vorwärts. Der Häuptling machte sich kaum die Mühe, seinem Schlag auszuweichen, drehte sich nur gerade so weit, dass die Keule an seinem eingeölten Arm hinabglitt und zur Seite abgelenkt wurde. Dudaki zog den Kopf zwischen die Schultern und stolperte an ihm vorbei, in Erwartung eines weiteren, diesmal sicherlich tödlichen Schlags.

Stattdessen reckte der blöde Drecksack erneut die Arme in die Höhe und ließ sich feiern.

»Greif endlich an«, brüllte Brodyn, und Dudaki glotzte ihn entgeistert an.

»Was glaubst du denn, was ich gerade mache?«

»Greif ihn härter an!«

Dudaki stöhnte und holte tief Luft. Sie hatten kaum eine Handvoll Schläge ausgetauscht, und er war bereits völlig am Ende.

Der Häuptling ging erneut zum Angriff über. Seine Keule fuhr zischend durch die Luft, und Dudaki wich aus. Immer im Rückwärtsgang, während sein Gegner unermüdlich vorwärtsstapfte. Die Rufe der Dorfbewohner hatten sich zu einem infernalischen Gebrüll gesteigert, und die Trommel schlug mit jedem Atemzug einen schnelleren Takt. Die einzige Genugtuung, die Dudaki von seiner Niederlage haben würde, war, dass Hastyr und Brodyn und die anderen Menschen dann den Aerc auf Gedeih und Verderb ausgeliefert sein würden. Vielleicht würden sie kunstvoll in Stücke gehackt, oder, noch schlimmer, man nahm sie in den Stamm auf und zwang sie dazu, eine ihrer Frauen zum Weib zu nehmen. Die waren selbst für aercische Maßstäbe kein schöner Anblick. Er erhaschte einen Blick auf den Verhüllten, der inmitten der tobenden Masse stand und ihn anschaute. Ernst und würdevoll wie immer, und er strahlte dabei eine Gelassenheit aus, die so gar nicht zu der Situation passte, in die er sie alle gebracht hatte. *Hab Vertrauen… Was für ein Blödsinn.*

Mit einem hellen Sirren rauschte die Keule an Dudakis Ohr vorbei, streifte seine Schulter und ließ ihn taumeln. Im Gegenzug erwischte einer von Dudakis wilden Schwingern seinen Gegner am Unterarm. Der Häuptling brüllte auf, wahrscheinlich mehr vor Überraschung als vor Schmerz, und Dudaki starrte erschrocken auf seine Keule, so als würde sie ihm zum ersten Mal in diesem Kampf überhaupt auffallen. »Na so was«, sagte er und wehrte beinahe nebenbei den nächsten Angriff ab.

Der Verhüllte lächelte. Auch wenn er es unter dem Mundtuch nicht erkennen konnte, war sich Dudaki ziemlich sicher. Manchmal zählte eben doch nicht nur die reine Kraft. Manchmal war alles, was zählte, Vertrauen. Zu seinen Freunden, zu der Macht der Ahnen und den eigenen Fähigkeiten.

»Hab Vertrauen.« Dudakis Keule beschrieb einen Halbkreis, krachte in die Seite des Häuptlings, und zum ersten Mal flackerte so etwas wie Unsicherheit in dessen Blick auf.

Er stolperte zwei Schritte rückwärts und grunzte verwirrt. Seine Augenbrauen zogen sich zusammen, und er schüttelte den massigen Schädel. Als er zum nächsten Angriff überging, sparte er sich große Gesten. Diesmal schien er es wirklich beenden zu wollen. Er machte einen wütenden Satz nach vorn und zielte auf Dudakis Knie.

Dudaki zog es gerade so weit zurück, um den Angriff ins Leere laufen zu lassen, und sah seine Chance gekommen. Er spürte die Unsicherheit seines Gegners. Er spürte seine eigenen Kräfte zurückkehren. Er hatte Vertrauen. Mit einem Aufschrei stieß er sich ab und sprang. Er drückte sich ab, spürte, wie der Schlamm unter seinen Zehen nachgab, immer mehr, und sein Fuß ins Rutschen geriet …

»Wah!« Er riss die Arme in die Höhe, spürte, wie seine Füße den Halt verloren und gleichzeitig die Keule seinen Fingern entglitt, und dann raste der Boden auf ihn zu, und sein Schrei wurde in einer Fontäne nassen Schlamms erstickt.

Bevor er wusste, wie ihm geschah, hatte sich der Häuptling auf ihn gestürzt und drückte sein Gesicht in den Dreck. Mit der ganzen beeindruckenden Masse seines Körpers hielt er ihn unter sich gefangen, die mächtigen Pranken auf Dudakis Hinterkopf gelegt, und musste nur noch warten, bis ihm die Luft ausging.

Dudaki zappelte und wand sich, versuchte, sich irgendwo festzuhalten, aber alles, was seine suchenden Finger zu fassen bekamen, waren schlammige Lehmklumpen, während in seinen Ohren der Klang der Trommeln dröhnte und das blutgierige Johlen der Menge, die seiner Niederlage mit fasziniertem Entsetzen entgegensah.

»Groshakk!« Er wusste, dass es vorbei war. Wie viel Vertrauen er auch gehabt haben mochte, aus dieser Lage kam er aus eigener Kraft nicht mehr heraus. Das hier war der Ort, an dem er seinen Tod finden würde. Und es war ja auch ein passender Ort zum Sterben für einen Sumpfaerc. Sie mussten sich noch nicht einmal die Mühe machen, ihn zu beerdigen, konnten ihn einfach liegen lassen, wo er war, und dazu ein paar der alten Lieder zu Ehren der Ahnen singen.

Aber so hatte er sich das wirklich nicht vorgestellt. Eiskalte Wut kroch in ihm hoch. Wut auf den beschissenen Ort, an dem er sterben würde, Wut auf seinen durchgeknallten Gegner und ganz besondere Wut auf den Verhüllten, der ihn hierhergebracht hatte. Hatte er sich nicht geschworen, immer auf der Seite des Siegers zu stehen? Was war aus diesem Vorsatz geworden? Er dachte zurück an Krendar, mit dem das alles angefangen hatte, dem verschissenen Häuptlingstöter, der sich nur mit Hilfe einer Urawi und eines Ogers zum Anführer erheben konnte und der ihn dann im Fluss verrecken ließ. Wahrscheinlich sogar absichtlich, weil er wusste, dass Dudaki seine Freunde eines Tages um die Ecke bringen würde. Vor allem den Oger, der ihn in Derok gegen einen Felsbrocken geschleudert und damit einen seiner schönen Eckzähne ausgeschlagen hatte. Und das, obwohl er ihnen eine Kiste voller Zwergenschätze mitgebracht hatte. Er spürte, wie die Wut heiß in ihm hochkochte, spürte, wie sie seine müden Knochen durchdrang und mit neuer Kraft erfüllte. Er stieß seine Hände gegen den Boden und stemmte sich grunzend in die Höhe. Langsam, aber unaufhaltsam wie die Flut, egal, wie sehr der Häuptling auf seinem Rücken zappelte und drückte. Er stemmte sich in die Höhe, bis sein Gesicht frei war und er rasselnd Luft schnappen konnte, erhob sich weiter, und das

Gewicht des Häuptlings in seinem Rücken wog kaum noch mehr als ein Federkissen.

Er wand und drehte sich, bis er einen Arm seines Gegners zu fassen bekam, umklammerte ihn mit eisernem Griff und zog den Häuptling von seinem Rücken, so wie man einen Umhang vom Rücken zog, wenn man im Winter von der Jagd zurück zum Herdfeuer kam. Kurz begegneten sich ihre Blicke, und Dudaki sah, dass sich die Unsicherheit in den Augen des Häuptlings in etwas anderes verwandelt hatte. Keine Angst, eher eine Art Erkenntnis – so als habe er etwas erkannt, das noch viel entsetzlicher war als ein wütender Sumpfaerc. Vielleicht hatte er bereits seinen eigenen Tod gesehen.

Während Dudakis Linke weiterhin den Arm des Häuptlings umklammert hielt, tastete seine rechte Hand nach dem Griff der Keule, die er im Schlamm verloren hatte. Als er sie endlich gefunden hatte, holte Dudaki tief Luft und schlug zu. Die Keule hinterließ ein sauberes Loch, genau in der Mitte der Stirn, und der Häuptling glotzte ihn mit weit aufgerissenen Augen an, während seine Kiefer mahlten, als wollte er noch etwas sagen.

»Was du nicht sagst«, murmelte Dudaki und schubste ihn von sich.

Der Häuptling blieb einige Augenblicke in einem seltsam verkrümmten Winkel hocken, ehe er langsam zur Seite kippte und sein Gesicht im Schlamm versank. Die Trommeln schlugen ein paar verwirrte letzte Takte, dann legte sich Stille über den Platz.

Dudaki richtete sich auf und blickte in die Gesichter der Dorfbewohner und Menschen, die ihn voll stummem Entsetzen musterten. Bis auf den Verhüllten vielleicht, dessen

Augen glitzerten, als würde er unter seiner Vermummung lächeln.

»Ghourak, Erhok.« Der dürre Zeigefinger des Ältesten deutete zitternd auf ihn, während die anderen Dorfbewohner ernst nickten und die Worte zu wiederholen begannen. »Ghourak, Erhok.«

»Was sagt er?«, fragte Brodyn, die Hand nervös auf den Griff seiner Waffe gelegt.

»Häuptlingstöter«, übersetzte der junge Aerc mit atemloser Ehrfurcht in der Stimme. »Du bist der Häuptlingstöter, von dem die Schamanin erzählt hat.«

»Mein Vertrauen zu dir war mehr als gerechtfertigt, du bist ein großer Krieger.« Der Verhüllte war an Dudaki herangetreten und hatte die Hand auf seine Schulter gelegt. Jetzt bestand kein Zweifel mehr, dass er lächelte. »Wie nennt ihr Orks noch gleich eure Anführer? Broca?«

Dudaki nickte langsam. »Ein Broca ist der Anführer von zwei mal fünf Kriegern, einer Doppelfaust.«

»Nein, das erscheint mir zu gering.« Der Verhüllte neigte nachdenklich den Kopf. »Jetzt fällt es mir wieder ein. Shirach war der Begriff, den ich suchte. Shirach Dudaki, der Kriegsherr unserer Armee gegen die Dunkelheit. Wie gefällt dir das?«

Dudaki dachte darüber nach, während er sich über seinen abgebrochenen Schneidezahn leckte und die Worte auf der Zunge zergehen ließ wie einen kräftigen Schluck Shranga. Shirach Dudaki, das hatte mal wirklich einen guten Klang. Er drehte sich um, und ein rotzahniges Grinsen trat in sein Gesicht.

Gulraka Valak
Die Weiße Stadt

TEIL III

»Dies Geschöpf der Finsternis, ich nenn es mein.«

WILLIAM SHAKESPEARE: »HAMLET«

EINUNDZWANZIG
In Trümmern

»Du klingst schon wie Dudaki.« Sekesh seufzte. »Immerhin sind sie keine Geister.«

»Ach?« Der Oger warf Sekesh einen mürrischen Blick zu. »Bist du dir da so sicher?«

»Ich spreche mit den Ahnen, schon vergessen? Ich erkenne einen Geist, wenn ich ihn sehe.«

Die Miene des Großen verriet deutlich seine Skepsis. »Da hast du mir was voraus. Ich erkenne nur Ärger, wenn ich ihn sehe.«

»Du meinst, sie bedeuten Ärger?«, fragte Krendar leise.

Modrath lachte trocken auf. »Was in diesem Scheiß-Wald hat denn bisher nicht Ärger bedeutet, Kleiner?«

Da ist was dran. Krendar sah sich unauffällig um. Er hätte sich die Heimlichkeit auch sparen können, denn die Krieger der Felsenbären glotzten regelrecht, seit sie den Wald verlassen hatten. Die seltsam wilden Aerc hatten sie geradewegs zu einer Lichtung im Wald geführt, in der es dem grünen Meer nicht vollständig gelungen war, die Ruinen unter sich zu begraben. Vielleicht wurde dieser Bereich auch gelegentlich von

Sprösslingen gereinigt. Wer konnte das schon so genau sagen. Jedenfalls konnte man erahnen, dass hier so gut wie alles aus Stein bestand. Die Mauern, die aufragten, waren aus sorgfältig behauenen Steinen aufgeschichtet. Wetter und Zeit hatten tiefe Spuren an ihnen hinterlassen, und doch lagen sie noch immer so exakt, dass man in die meisten Fugen kein Messer würde schieben können. Das bedeutete allerdings nicht, dass die Gebäude noch bewohnt wirkten. Leere Lichtlöcher und dunkle Türöffnungen gähnten in den Wänden und schienen ihnen hinterherzustarren. Von anderen Strukturen standen nur noch die Außenmauern, wo die Dächer und Zwischenböden eingestürzt und weggerottet waren. Büsche wuchsen in den Zwischenräumen, und selbst wenn der Wald seinen Eroberungszug hier noch nicht vollständig gewonnen hatte, so war doch seine Vorhut schon längst angekommen. Gräser hatten ihre Wurzeln in Risse und Spalten geschlagen, Schlingpflanzen krochen über den Stein, hier und da wuchs ein dünnes Bäumchen auf einer Mauerkrone, und in dem einen oder anderen Bauwerk stand einer der Waldriesen und schob mit Ästen und Wurzeln die alten Mauern auseinander. Dennoch ließ sich erahnen, dass einst sämtliche Wege hier von Steinplatten bedeckt gewesen waren. Häuser erhoben sich noch immer in Stufen von drei, vier oder mehr Ebenen in den Abendhimmel. Von der Zeit in Schräglage gebrachte Treppenstufen verbanden verschiedene Ebenen, und Wasserläufe in flachen Rinnen führten welke Blätter mit sich und gaben dicken Moospolstern eine Heimat.

Der Weg zwischen den Gebäuden war breit genug, um acht Aerc bequem nebeneinander passieren zu lassen, doch Prakoshs Zug hielt sich vorsichtig in der Mitte der Straße. Die

Krieger umklammerten ihre Waffen und beäugten misstrauisch die leeren Gassen und gähnenden Eingänge zu beiden Seiten, während sie den fremden Aerc folgten. Die Waldschatten führten sie zielstrebig durch das Gewirr der verlassenen Häuser ins Herz der Ruinen.

Dieses Herz war, wie sich nur ein paar Schritte später herausstellte, ein sandiger, grob sechseckiger Platz, wie eine riesige einsame Bienenwabe. Drei der Seiten wurden von heruntergekommenen, jedoch noch halbwegs intakt wirkenden Steinbauten begrenzt, zwischen denen breite, vom Gras überwucherte Straßen auf den zentralen Platz führten. Straßen wie jene, auf der sie gerade diesen Ort betraten.

Die anderen drei Seiten bildeten drei gewaltige Hügel, deren Basen hier zusammenstießen. Oder nein, nicht Hügel. Prakoshs Krieger standen vor den gewaltigsten steinernen Kegeln, die je ein Aerc der Weststämme gesehen hatte. Selbst der kleinste von ihnen mochte fünfzehn Mannhöhen in den Himmel ragen, der zentrale Kegel ließ ihn jedoch geradezu winzig wirken. Alle drei waren aus sorgfältig behauenen und ineinandergeschichteten Felsen errichtet, gigantischen, grauen Blöcken, die einem Aerc bis zur Brust gehen mussten. Sie wuchsen, Stufe um Stufe nach innen versetzt, bis zu einer stumpfen Spitze in schwindelnder Höhe an.

»Jetzt bin ich beeindruckt.« Modrath sah nach oben, wo auf den Dächern, zwei Stockwerke über ihnen, weitere der fremden Aerc auftauchten.

Prakosh gab das Zeichen zum Halt, bevor sie den Platz betraten. Er bedeutete seinen Kriegern mit knappen Handbewegungen, aufmerksam zu sein und ihre Waffen bereitzuhalten.

Das kommt reichlich spät. Und ist außerdem überflüssig. Vermutlich hatte keiner der Männer auch nur einen Augenblick nicht mit einer Falle gerechnet.

Der Raut packte Kyrk im Genick. »Was ist das für ein Ort?«

Das Halbblut versuchte, mit den Schultern zu zucken. »Ich habe keine Ahnung, Raut. Sie haben mich nie hierhergebracht.« Der Mann klang verängstigt. »Woher sollte ich wissen, was diese Leute vorhaben? Seh ich aus wie ein Aerc?«

Prakosh knurrte. Er sah den Anführer der Waldschatten an, der stehen geblieben war und ihn jetzt mit schief gelegtem Kopf ansah. Dann stieß er Kyrk von sich. »Nein. Ich schätze nicht. Du da. Was ist das hier? Warum habt ihr uns hierher gebracht?«

»Wir haben euch nicht hergebracht«, widersprach Lorrac. »Ihr seid gefolgt. Und das ist gut so. Keine Angst.« Er stieß sein Bündel Wurfspieße in den Sandboden und verschränkte die Arme. Dann nickte er den Aerc auf dem Dach zu, die sich daraufhin zurückzogen. Ohne dass es einen Befehl gebraucht hätte, traten die restlichen Waldschatten zu ihm, stellten sich in einem weiten Halbkreis neben ihm auf und stießen ebenfalls ihre Speere in den Boden. Aus den umliegenden Häusern traten weitere der nackten Krieger und stellten sich zu ihnen, bis etwa zwanzig von ihnen auf dem Sandplatz standen.

»Angst?« Prakosh schnaubte abfällig. »Warum sollte ich Angst haben? Ich könnte dir mit einer Hand das Genick brechen.«

Der andere nickte. »Könntest du. Wirst du nicht. Wozu auch?«

»Weil ich es hasse, wenn man in Rätseln mit mir spricht?«
Der andere runzelte die Stirn, dann schüttelte er den Kopf.
»Keine Rätsel. Wir sind in Frieden hier. Ihr seid in Frieden hier.«

»Und was soll das dann jetzt?« Prakosh funkelte ihn mit zusammengekniffenen Augen an.

»Wir warten«, war die einfache Antwort.

»Warten? Worauf?«

»Drûaka.«

»Was?«

Ein hohler Ton erklang, so als würde weit entfernt jemand in ein altertümliches Kriegshorn stoßen. Die Felsenbären zuckten zusammen und griffen ihre Waffen fester.

Ohne eine Antwort traten die Waldschatten zur Seite, bis sie zwei Reihen bildeten, die sich vor Prakosh und seinen Kriegern öffneten und den Blick auf eine dunkle Öffnung am Fuß des höchsten der Steinkegel freigaben. Diese wurde von zwei mächtigen Steinplatten gebildet, die gegeneinander gelehnt waren und so ein dreieckiges Tor bildeten, das in das Innere des künstlichen Bergs führte. Für einen Augenblick geschah nichts, außer dass der Ruf des Horns noch weitere dreimal erklang.

Es kommt aus dem Inneren! Krendar sah Sekesh an, die kaum merklich den Kopf schüttelte und abwesend die kleine Echse in ihrem Haar streichelte.

»Haltet die Augen offen.«

»Was du ...«

»... nicht sagst.« Die Korrach klangen beinahe beleidigt, doch sie wandten den Blick nicht von den umliegenden Häusern.

Eine Bewegung im Inneren des Torbogens zog die Aufmerksamkeit der Aerc auf sich. Krendar brauchte ein wenig, um zu erkennen, dass das, was sich dort näherte, tatsächlich ein Aerc war. Oder eine Aerc, um genau zu sein. Sie war gewaltig. Nicht gewaltig groß, doch ihre schiere Masse wirkte, als könne sie es selbst mit Modrath aufnehmen. Ein gewaltiger Busen thronte auf einem fassförmigen Bauch, der aus gleich mehreren sich überlagernden Fettschichten zu bestehen schien und der Gestalt beinahe bis zu den Knien hing. Der junge Aerc schluckte. Sicherlich, ein großer Hintern entsprach dem Schönheitsideal vieler Aerc, doch das, was das Weib dort als Gegengewicht zu ihrem Wanst mit sich herumtrug, war mehr, als jeder Krieger vertrug, und ließ ihre säulenartigen, von tiefen Rillen durchzogenen Beine beinahe grotesk kurz erscheinen. Der Kopf der Gestalt wirkte ebenfalls geradezu winzig, wie er dort zwischen den fleischigen Schultern zu versinken drohte.

Sekesh murmelte etwas kaum Hörbares, und aus dem Augenwinkel sah er, wie sie das Frauenamulett, das an einem Lederband um ihren Hals hing, umfasste. »Große Mutter!«

Das ist es! Daran erinnerte Krendar der Anblick. Diese Aerc glich geradezu unheimlich der beinahe kugelförmigen Statuette, die die Schamaninnen aller Stämme mit sich trugen. Nur dass sie aus lebendem, wogendem Fleisch bestand, statt aus Stein zu sein. Viel Fleisch.

»Klapp das Maul zu, Kleiner«. Modrath schubste ihn sacht gegen die Schulter.

Die Waldschatten sanken einer nach dem anderen auf die Knie, als die monströse Aerc mit kleinen, schwerfälligen Schritten in das letzte Tageslicht hinaushumpelte, schwer auf einen langen Speer mit einem altertümlichen, breiten Blatt gestützt. Jetzt, da sie aus dem Schatten des Eingangs trat, konnte Krendar erkennen, dass sie bis auf einige wenige Stoffbänder und Federn vollkommen nackt war. Jeder Fingerbreit ihrer Haut war jedoch mit komplizierten Mustern und Spiralen tätowiert oder bemalt, die sich in der unaufhörlichen Bewegung ihrer Fleischmassen zu winden und umeinander zu schlingen schienen. Fasziniert beobachtete er, wie sich ganze Bilder auf ihrer Haut zu formen schienen und wieder vergingen. Schließlich blieb die Schamanin stehen und musterte die Felsenbären bedächtig. Ihr Schnaufen war für einige Augenblicke das einzige Geräusch neben dem leisen Singen des Winds.

»Fünftod, sagt man mir?« Als sie schließlich sprach, war ihre Stimme die einer weit jüngeren Frau.

Prakosh neigte nach kaum merklichem Zögern den Kopf. »So nennt man mich, Drûaka.«

»Das ist gut. Das ist gut. Uns wurde gesagt, dass du kommst.« Sie schien Prakoshs Frage zu hören, bevor er sie aussprach. »Die Ahnen sagen uns, dass der Fünftod kommt, und er bringt sieben mal Hundert Tote mit sich. Ja, Raut, wir wissen um deine Last und deine hohe Aufgabe. Daher haben wir euch den Weg hierher gewiesen.«

»Was wisst ihr davon, Drûaka?«, fragte Toraka anstelle des Raut. Eine gewisse Schärfe lag in ihrer Stimme, und die massige Schamanin wandte ihr jetzt die Aufmerksamkeit zu. Ihre winzigen Augen blitzten. »Genug, Schwester. Wir wissen genug von eurer Aufgabe, die die Stämme unserer Völker erretten soll. Die Ahnen sprachen auch von dir. Die Drûaka, die die Toten begleitet. Die der Dunkelheit vorangeht, die das kommende Schweigen kennt. Wir stehen bereit, den Stämmen zu helfen. Ihr kommt spät, Schwester.« Sie sah hinauf zu der brodelnden Schwärze, die sich im Westen auftürmte und den Himmel verschlang. »Doch noch nicht zu spät. Rastet, Aerc der Stämme. Rastet heute in meiner Stadt, und ich werde dir deine Bestimmung weisen.«

»Deine Stadt?«

»Meine Stadt und doch nicht meine Stadt.« Die fette Schamanin machte eine wegwerfende Geste. »Die Stadt unserer Ahnen: Gulraka Valak, die Weiße Stadt. Wir sind nur ihre Wächter, die Wächter der Ahnen und der Vergangenheit. Wir hüten das Erbe der Toten, so wie ihr es tut. Diese Stadt wurde errichtet, um über die Dunkelheit zu wachen.« Der Speer schwenkte über die Ruinen. »Viel ist nicht übrig, das meiste ist vergessen, doch noch immer ist genug hier, um uns Hoffnung zu geben, Schwester. Rastet heute Nacht, und wenn die Ahnen uns hören, wird die hungrige Dunkelheit uns nicht verschlingen.« Sie lächelte, und Krendar konnte sehen, dass sie, wie die Krieger der Waldschatten, keine Schneidezähne hatte. »Das hier ist ein heiliger Ort, und solange wir hier sind, wird die Dunkelheit nicht sein. Rastet. Unsere Diener werden euch einen Ort weisen. Und ich werde dir heute Nacht deine Bestimmung weisen, Schwester.« Sie nickte Prakosh zu. »Du hast deine Bestimmung gut erfüllt, Fünftod. Der Rest deines Wegs wird mit unserer Hilfe leicht sein.« Sie neigte den Kopf, und für einen Moment hatte Krendar das absurde Bild vor Augen, wie die gewaltige Frau das Gleichgewicht verlieren und vornüberkippen würde. »Unsere Diener werden für euch sorgen. Ich werde dich rufen, Drûaka.« Sie machte ein Zeichen der Ehrerbietung in Torakas Richtung. »Heute Nacht werde ich dir den Rest des Wegs weisen.« Mit diesen bestimmten Worten wandte sie sich schwerfällig um und sah auf den Anführer der Waldschatten hinab, der noch immer neben ihr kniete. »Diese Krieger sind unsere Gäste. Erweist ihnen Ehre, denn ohne sie werden wir alle den Weg in den Morgen nicht finden. Gebt ihnen einen Platz zum Lagern und bereitet ihnen das Mahl. Sie müssen bei Kräften sein für das letzte Stück ihrer Reise.«

Langsam verschwand sie wieder in Richtung des dunklen Tors, und Krendar war es unmöglich, den Blick von ihrer wogenden Rückseite abzuwenden, bis sie wieder in der Schwärze verschwunden war.

»In Ordnung«, murmelte Modrath schließlich, als sich die Waldschatten wieder erhoben. »*Jetzt* bin ich beeindruckt.«

»Wovon genau?«, erkundigte sich der Linke.

»Brauchst nicht zu antworten«, fügte sein Bruder hinzu.

Der Oger knurrte und kratzte sich den Nacken. »Lasst gut sein. Das ist selbst für meinen Geschmack etwas viel.«

Krendar sah hinüber zu Prakosh. Der Raut schien mit sich zu ringen. Mit einem Blick in den roten Abendhimmel nickte er. »Wir nehmen eure Gastfreundschaft an, Lorrac. Heute Nacht werden wir euer Mahl teilen.«

»Es stinkt«, murrte der Rechte.

Sein Bruder rümpfte zustimmend die breite Nase. »Als hätten sie ein totes Gnarra hier vergraben.«

Krendar sog die säuerliche Luft ein. *Eher einen Ochsen. Einen nassen, toten Ochsen.* Der Geruch war tatsächlich durchdringend, beinahe beißend, mit einer unverkennbaren Moschusnote. Ein wenig so, wie die großen Herden seiner

Heimatebenen rochen. Nur um ein Vielfaches stärker. Das schien schon eine halbe Ewigkeit zurückzuliegen.

Er trat an einen mit einer Wand aus rohen Balken verbarrikadierten Torbogen und sah zwischen den Lücken der Konstruktion hindurch. »Rinder«, bestätigte er seinen Verdacht. »Ziemlich viele. Da draußen ist ein Pferch, in dem unsere Gastgeber ihre Herde untergebracht haben.« Er kniff die Augen zusammen. *Verdammt viele Rinder.* Die Nacht senkte sich rasch herab, und im schwachen Mondschein war kaum mehr als eine wogende, dampfende Masse zottiger Rinderrücken zwischen den Ruinen zu erkennen, aus der hier und da ein kurzes, schwarzes Horn ragte. Ohren zuckten, und die vertrauten Geräusche gemächlich mahlender Wiederkäuerzähne und gurgelnder Innereien drangen leise herein. Das Wiedererkennen traf ihn beinahe heftiger als der Gestank leise blubbernder Blähungen. Es waren nicht die riesigen Fleischberge der halbwilden Büffel seiner Heimat, sondern kleine, verfilzt aussehende Waldrinder. Und doch war er in diesem Moment seit Beginn des Feldzugs der Stämme seinem früheren Leben so nah wie noch nie. *Krendar, der Herdenwächter, passt jetzt auf einen Haufen vertrockneter Herzen auf. Was für ein glänzender Aufstieg.* Verdrossen rieb er sich die Narbe auf seiner Stirn.

»Sie machen Vress nervös.« Die Schamanin kraulte nachdenklich die kleine Flugechse, die auf ihrer Schulter saß und immer wieder gereizt zischte. »Krendar, bist du sicher, dass das hier ein guter Ort für die Blassnasen ist?«

Der Einwand war berechtigt. Die Waldschatten hatten sie in eines der weniger baufälligen Gebäude am Rande des Platzes geführt. Das Innere bestand aus einem einzigen großen

Raum, dessen hohe, rußgeschwärzte Decke von mächtigen Säulen getragen wurde. Wie es aussah, nutzten die Waldkrieger diesen Ort schon seit längerem regelmäßig als Unterkunft, denn Lager aus altem trockenem Heu zogen sich an den Wänden entlang, und zwischen einigen der Säulen waren Trockengestelle befestigt, auf denen dunkle Fleischstreifen zum Räuchern hingen. In der Mitte der Halle zischte inzwischen das Fleisch von zwei Rindern über den Feuern, und die Felsenbärenkrieger stopften gut gelaunt große Brocken blutigen Bratens in sich hinein. Die Gastfreundschaft der Waldschatten ließ nichts zu wünschen übrig. Wenigstens in dieser Nacht würden Prakoshs Männer satt und im Trockenen schlafen. Die kleinen Waldkrieger hatten ihre Reserviertheit abgelegt und sich unter die massigen Felsenbären gemischt. Irgendjemand spielte auf einer Knochenflöte, und einer der Waldschatten schlug eine kleine Trommel. Ihre Gastgeber hatten einige Ledereimer herangeschafft, die ganz sicher kein Wasser enthielten. Der süßliche Geruch von Shranga, dem traditionellen vergorenen Aercbier, wehte heran.

Shranga und fettes Essen waren eine gefährliche Mischung. Vollgefressene und angetrunkene Aerc rauften gern, und wenn es einem der Krieger einfiel, dass sie einige der verhassten Menschen mit sich führten, konnte das mehr als unangenehm werden.

Krendars Blick fiel auf das Häuflein abgerissener Menschen, die wirkten, als wären sie am Ende ihrer Kräfte. Vermutlich waren sie das auch. Sie hatten sich in einer dunklen Ecke des Gewölbes auf einem Haufen alten Strohs zusammengekauert. Die beiden bärtigen Männchen unterhielten sich leise mit Navorra, der den Erwachsenen wie üblich Mut zuzusprechen schien. Der Menschenwelpe schien in seiner Rolle als Anführer der Menschen unermüdlich.

»Er wär'n verdammt guter Broca, der Kleine«, brummte Modrath neben ihm.

Im Gegensatz zu mir, oder wie? »Willst du dich ihm anschließen?«

Der Oger zog die Brauen zusammen. »So hab ich das nicht gemeint.«

Krendar seufzte. »Schon klar.« Er packte den letzten der Transportsäcke seiner Doppelfaust auf den Stapel neben der Barrikade und massierte sich den Nasenrücken. *Ich habe wirklich keine Lust, einem der Säcke dort drüben die Zähne einzuschlagen, weil er auf dumme Ideen kommt.*

Auf der anderen Seite der Halle erhob sich Corsha und suchte sich ihren Weg zwischen den Kriegern hindurch zu ihnen.

»Ihr seht alle nicht begeistert aus«, stellte sie fest.

»Unser Broca hier hat was gegen's Feiern.« Der Oger hob die Schultern. »Er ist nicht sonderlich gesellig.«

»Ich hab nichts gegen das Feiern.« Krendar verdrehte die Augen. »Ich halte es nur nicht für eine gute Idee, wenn uns das Ende der Welt im Nacken sitzt.«

»Welchen besseren Moment gäbe es, um zu feiern?« Corsha zwinkerte ihm mit einem spöttischen Lächeln zu. »Du musst noch viel lernen, junger Broca.«

Tatsache. »Ich würde lieber feiern, wenn wir das alles überstanden haben.«

»Falls wir es überstehen.«

»Modrath hat recht. Wer sagt dir, dass wir morgen noch leben?« Die untersetzte Aerc grinste. »Ich für meinen Teil fände es eine verdammte Schande, wenn ich morgen aufwache und feststelle, dass die Dunkelheit uns gefressen hat. Und ich bis dahin den Großen hier nicht gefressen habe.« Sie boxte Modrath, dessen wulstige Augenbrauen nach oben schnellten, in den Oberschenkel. »Mach dir mal keinen Kopf, Krendar. Ich hab eine gute Nachricht für dich: Nach dem, was ich gehört habe, haben die Drûaka der kleinen Waldaffen hier eine Ahnung, wie sie den Geistersturm aufhalten können.«

Krendar riss den Blick von der verblüfften Miene des Ogers los, um jetzt seinerseits verwirrt auszusehen. »Was?«

Corsha nickte. »Wie's aussieht, ist das hier eine heilige Stadt der Aerc. Oder sie war es zumindest. Als sie... besser aussah.«

»Was?« Modrath wechselte einen Blick mit Krendar und den Zwillingen. »Aerc? Das hier?«

Corsha hob die Schultern. »Das ist es, was die Kerle erzählen.«

»Unsinn! Aerc bauen keine Städte. Zumindest keine aus Stein.«

»Das ist...«

»... nicht ganz wahr. Unser Volk baut steinerne Häuser«, warfen die Zwillinge ein.

Modrath sah sich um. »So etwas hier?«, fragte er vorsichtig.

Die Korrach folgten seinem Blick, bevor sie die Köpfe schüttelten. »Nä. Das hier sieht eher...«

»... nach Wühlerarbeit aus.«

»Das denk ich doch auch. Wozu sollten Aerc so etwas...«

Ein Räuspern unterbrach sie. Sekesh strich sich einen Zopf

aus dem Gesicht. »Können wir vielleicht noch mal auf die Sache mit dem ›Geistersturm aufhalten‹ zurückkommen?«

Corsha verdrehte mitfühlend die Augen. »Jedenfalls: Sie kennen die Prophezeiung der Knochen, so wie du sie kennst, Sekesh, und wie Toraka sie kennt.«

»Und vermutlich jede verdammte Drûaka von hier bis hinauf in die Wüsten«, murmelte die Ayubo.

»Exakt. Ihre Drûaka wissen, was sie bedeuten soll. Und wenn ich es richtig verstanden habe, wissen sie auch, was zu tun ist. Sie haben Toraka zu sich gerufen, um ihr zu erklären, was unsere Rolle dabei ist«

»Was?« Sekesh starrte die Krûshal an. Dann sah sie alarmiert auf und suchte den Raum ab. »Und wieso haben sie mich nicht …?«

Corsha winkte ab. »Sie haben nach der Drûaka der Felsenbären verlangt. Es war ihnen wohl nicht bewusst, dass wir zwei von euch dabeihaben. Kann man ihnen kaum verdenken, oder? Die dürften noch nie eine Ayubo gesehen haben.«

Sekeshs nächste Worte schienen die Luft mit Eis zu füllen: »Und deine Schwester hielt es nicht für nötig, sie darauf hinzuweisen?«

»Toraka tut, was sie für richtig hält«, gab Corsha ungerührt zurück. »Und das ist, unsere heilige Fracht nicht ohne Drûaka zu lassen. Meinst du nicht auch?«

»Guter Einwand«, sagte Krendar und zuckte zurück, als Sekeshs Blick ihn traf. »'tschuldigung.«

»Wie auch immer.« Corsha schien entschlossen, sich ihre gute Laune durch nichts verderben zu lassen. »Wir werden erst mehr erfahren, wenn Toraka zurück ist. Bis dahin schlage ich vor, dass ihr euch etwas entspannt und zu Kräften kommt. Darf ich mir den Großen hier so lange ausborgen, Broca?«

»Was?« *Das scheint die Frage des Abends zu werden.*

»Modrath. Und bitte frag jetzt nicht, wozu.« Sie grinste breit und zwinkerte den Zwillingen zu.

Krendar konnte nur nicken und der rundlichen Aerc zusehen, als sie mit dem Oger im Schlepptau abzog. »Äh.« Er war sich sicher, dass sein Kopf eine sichtbar dunklere Farbe angenommen hatte. »Kann mir mal einer erklären, was sie mit Modrath ... ich meine, sind Oger nicht ... ihr wisst schon. Oger haben doch keine Nachkommen.«

Corshas Grinsen kroch jetzt auf die Gesichter der Korrach. »Das heißt nicht, dass sie es nicht ...«

»... können, Raut. Die Weiber sind sogar ganz wild auf den Großen. Sie wollen alle ...«

»... wissen, ob ...« Der Rechte ließ den Satz in der Luft hängen.

Sein Bruder zog süffisant die Brauen hoch. »Und dass er keine Nachkommen produziert, ist wohl eine willkommene Zugabe. Die Weiber der Stämme sind nun mal ...«

»... sehr fruchtbar. Was meinst du, Sekesh?«

Die Ayubo fletschte düster die Zähne, und das Grinsen in den Gesichtern der Grauhäutigen verblasste.

»Autsch«, murmelte der Linke. »Falsches Thema bei 'ner Drûaka, Bruder. Wie wär's, wenn wir ...«

»... uns was zu beißen holen?«, lenkte der Rechte eilig ab und deutete auf die Fleischberge an den Feuern.

Krendar räusperte sich und nickte. »Macht das. Und bringt uns und den Menschen etwas mit. Wir können alle einen vollen Magen gebrauchen. Aber lasst die Finger vom Shranga.

Wir sind noch nicht raus aus der Scheiße.« Er deutete mit dem Daumen nach oben. Das Heulen des Winds war selbst hier drin zu hören.

Die untersetzten Bergkrieger sahen sich an und stießen einen gemeinsamen Seufzer aus. »Keine Sorge, Broca. Wir rühren das Zeug nicht an. Vermutlich ...«

»... brauen die Waldaffen hier das sowieso aus der Pisse ihrer Rindviecher.«

»Zumindest könnt ihr von den Weststämmen ...«

»... kein Shranga machen, das trinkbar ist.«

Die beiden Grauen kicherten und zogen in Richtung Feuer ab, an dem die Felsenbären gerade ein Kriegslied anstimmten.

»Hör mal, Sekesh.« Krendar wandte sich um, sobald er sich einigermaßen sicher war, dass seine Ohren nicht mehr glühten. »Ich bin froh, dass du hier bist.« *In Ordnung, das klingt immer noch blödsinnig.* »Ich meine, wenn einer von Prakoshs Säcken auf die Idee kommt, zur Feier des Abends einer der Blassnasen die Knochen zu brechen, bin ich mir nicht sicher, dass ich sie davon abhalten kann.«

»Dann hättest du sie dir nicht aufhalten sollen«, schnappte Sekesh.

Krendar blinzelte. »Wenn ich mich nicht irre, warst du dafür, dass sie mitkommen.«

»Das war ein Fehler.« Die Ayubo drehte abwesend das Amulett an ihrem Hals zwischen den Fingern. Dann wandte sie sich brüsk ab und setzte sich neben ihr Bündel, um wütend darin herumzuwühlen. »Nicht mal ich hätte mitgehen sollen. Schwachköpfe.«

Krendar war sich nicht sicher, wen sie damit meinte. Doch er hatte so eine Ahnung, dass ihn das in jedem Fall mit einschloss. Stirnrunzelnd betrachtete er sie einen Moment lang. Dann schniefte er und sah sich um. Der Menschenjunge Navorra schien ihn aufmerksam zu beobachten.

Der junge Broca seufzte und warf einen weiteren Blick durch die Bohlen nach draußen, auf die Rücken der friedlich wiederkäuenden Rinder. Er beneidete sie. Die Welt dort draußen, seine Welt, früher, war so einfach gewesen. Leider war sie das nicht mehr. Und nicht nur die Bohlen trennten ihn davon.

Die Wolken trugen neuen Regen heran, der im Mondlicht silbern schimmerte.

ZWEIUNDZWANZIG
Einfach großartig

Broca?« Über den Ruinen ging gerade die kleinere der Mondschwestern auf, eine schmale rote Sichel, während ihre größere Schwester rund und gelb durch die dahineilenden Wolken sah. Noch einige wenige Tage, und sie würde gänzlich voll sein. Irgendwie passend für etwas so Bedeutsames wie den Untergang der Welt.

Widerwillig riss Krendar den Blick vom Nachthimmel los. Die Korrachs waren von der anderen Seite der Halle zurückgekehrt, und einer der beiden hielt ihm ein großes Stück Braten hin, während der andere einige Brocken zu den Menschen trug. Dankbar biss er in das Fleisch und ließ sich Saft und Blut die Kehle hinabrinnen. Ein unglaublicher Genuss, einer jener Art, die man erst zu schätzen wusste, wenn man viel zu lange darauf hatte verzichten müssen. Er kaute mit geschlossenen Augen und ließ sich vom würzigen Aroma des heißen, frischen Rindfleischs erfüllen. Als er die Augen schließlich wieder öffnete, entdeckte er, dass der Korrach noch immer neben ihm stand. Irgendetwas in der Miene des Bergkriegers vertrieb ihm allen Genuss aus dem Braten. Er warf einen

Blick auf den anderen Korrach, dessen Gesicht ebenfalls jede Fröhlichkeit verloren hatte, und schluckte. »Was ist los?«

»Du erinnerst dich an Jarroc?«

Der Sack, den Prakosh geschickt hat, um die Wühler wieder einzufangen, ja. Krendar nickte vorsichtig. »Ist er wieder aufgetaucht?«

»Kann ich so nicht sagen.«

Der Bissen in Krendars Magen schien sich in einen kalten Klumpen zu verwandeln.

»Wir haben ihn zumindest nicht gesehen.«

»Aber?«

»Du erinnerst dich an sein Messer?«

Das er dem Wühlerhäuptling abgenommen hat. Wieder nickte Krendar.

»Einer der kleinen Drecksäcke am Feuer hat es.«

Der Klumpen in seinem Magen verwandelte sich in einen Stein. Krendar sah von dem Korrach zu dessen Bruder, der jetzt zu ihnen trat. »Bist du sicher?«

»Ziemlich. Jarroc hat oft genug damit angegeben.«

Die Gedanken überschlugen sich im Kopf des jungen Broca, die sich schließlich mit einem Wort zusammenfassen ließen. »Groshakk.« Krendar spürte seine Handflächen feucht werden. »Hat das sonst jemand gemerkt?«

Die Korrach sahen sich an.

»Unwahrscheinlich«, sagte der Rechte.

»Du glaubst doch nicht, dass sie sonst so entspannt wären.«

Auf der anderen Seite klopfte Prakosh dem Anführer der Waldschatten auf die schmale Schulter und lachte dröhnend.

»Hm. Vermutlich nicht, nein.«

»Er könnte es natürlich auch gefunden haben«, gab der Rechte zu bedenken.

Die drei Aerc starrten einen Moment nachdenklich vor sich hin. Dann schüttelten sie die Köpfe.

»Groshakk«, wiederholte Krendar leise.

»Und was jetzt, Broca?« Die Zwillinge sahen ihn an, als würden sie tatsächlich seine Meinung wissen wollen.

Das ist neu. Unentschlossen knetete Krendar seine Unterlippe. »Hol Modrath«, wies er den Linken an.

Der starrte mit großen Augen zurück. »Ich soll ihn stören? Dabei ... ich meine ... jetzt?«

»Nein, lass dir ruhig Zeit. Klar, jetzt! Aber ... unauffällig, wenn's geht. Und du«, er deutete auf den anderen, »halt die Augen offen. Ich will keine Überraschungen erleben.«

»Geht klar, Broca.«

Krendar ließ den Blick durch die Halle schweifen. Die Felsenbären fraßen sich mit Eifer durch die Fleischberge, die ihre Gastgeber aufgetürmt hatten, und ließen die Eimer mit dem Shranga kreisen. Einige der Krieger grölten sich lautstark durch ein Heldenlied, während die Waldschatten kichernd daneben saßen und sich köstlich zu amüsieren schienen. Nichts deutete auf eine Gefahr hin, doch der eisige Klumpen in Krendars Magen wurde nicht kleiner. Sicher, das Gastrecht schützte sie. Falls die anderen sich an das Recht der Stämme gebunden fühlten. Aber wer konnte das so genau sagen?

Einer der Fremden griff nach einem langen Flintmesser. Er schnitt einen langen Streifen Fleisch vom Braten über dem Feuer. Die Augen des jungen Broca wanderten weiter. Dort lehnten sich zwei der Felsenbären gegen eine Säule und machten es sich mit einem Eimer Shranga bequem. Zwei zähnefletschende Hünen waren in ein verbissenes Armdrücken verwickelt. Weitere Felsenbären feuerten sie an, zwei Waldschatten beobachteten sie kichernd. Lorrac, der Waldschatten-Broca, war aufgestanden, gähnte mit weit aufgerissenem Mund und kratzte sich ausgiebig den nackten Hintern. Prakosh schien träge in eine leise Diskussion mit seinem Leibwächter vertieft zu sein.

Nichts, was beunruhigend oder fehl am Platz gewesen wäre. Und doch ...

Hinter ihm zischte die kleine Echse der Ayubo, und Krendar sah sich um. Vress öffnete und schloss aufgeregt die bunten Flughäute und zeigte gereizt seine nadelspitzen Zähne.

»Ich habe keine Ahnung, was er hat.« Sekesh kraulte das kleine Monster im Nacken. Dann sah sie auf. »Sie haben aufgehört zu trommeln.«

»Was?« Für einen Moment hörte Krendar nur das Rauschen des Regens, das leise Grölen der Felsenbären und fühlte kalte Finger, die seinen Rücken hinaufstrichen. Die Trommeln waren verstummt. Er drehte sich um und sah, wie einer der Waldschattenkrieger ein langes Knochenmesser in den Nacken eines der Aerc stach, der gebannt dem Armdrücken zusah. Der Waldschatten am Feuer beugte sich ohne Hast vor und zog Prakoshs Leibwächter das Flintmesser über die Kehle. Das Blut des Kriegers sprühte über den Raut und klatschte auf seinen Panzer. Prakosh fuhr zurück und entging dadurch mehr aus Zufall der Kriegskeule, die jetzt in Lorracs Hand lag und über den Brustpanzer des Raut schrammte, statt in seinen Schädel zu fahren.

Dann brach Chaos aus.

Während die ersten Felsenbären Alarmrufe ausstießen und

nach ihren Waffen griffen, nur um festzustellen, dass diese verschwunden waren, schossen riesige schwarze Schatten durch den Eingang auf der fernen Seite des Gewölbes. Zwei, drei, eine halbe Doppelfaust, eine ganze, zwei...

Mit infernalischem Heulen warfen sie sich auf die verwirrten Stammeskrieger. Die ersten Felsenbären kamen taumelnd auf die Füße, nur um unter den Angreifern wieder zu Boden zu gehen. Einer der Armdrücker hieb mit der Faust nach einem der heranfliegenden Schatten, nur um im nächsten Moment verständnislos auf den bleichen Knochen zu starren, wo noch einen Lidschlag zuvor sein Ellbogen und Unterarm gewesen waren. Das abgerissene Glied fiel noch zu Boden, als sein Gegner ihm schon auf die Brust sprang, ihn zu Boden riss und mit einem brutalen Ruck seinen Kopf verdrehte. Krendar meinte, das feuchte Knirschen der Nackenwirbel zu hören, obwohl das völlig unmöglich war. Die Schreie, das Heulen und der aufbrandende Kampflärm waren viel zu laut. Und noch immer strömten weitere Schatten durch den Eingang und warfen sich auf Prakoshs Krieger, die torkelten, taumelten und teilweise wieder zu Boden fielen, noch bevor die Angreifer sie erreicht hatten.

Eines der Monster setzte über das Knäuel der Kämpfenden, sprang mit scheinbar müheloser Leichtigkeit an einer der Säulen hinauf, stieß sich ab, federte von der nächsten Säule ab und landete wieder auf der Erde, um mit großen Sätzen auf Krendar zuzujagen.

»Groshakk...« Jetzt endlich begriff Krendars Gehirn, was seine Augen ihm zeigten. »Skrag! Verschissene Drecks-Skrag!«

Der junge Aerc riss sich aus seiner Starre und warf sich zur Seite. Der riesenhafte, zottige Waldaerc landete dort, wo er sich gerade eben noch befunden hatte, und fletschte die mächtigen Hauer. In seinem schwarzledrigen Gesicht blitzte das Raubtiergebiss umso weißer, während er die Lippen weiter zurückzog, als es ein anderer Aerc je vermocht hätte. Kurzes, drahtiges Fell bedeckte den gesamten muskelbepackten Köper des Wesens, und in die silbriggraue Mähne, die von seinem Scheitel bis über den Rücken lief, waren Knochen, kleine Vogelschädel und bunte Steine eingeflochten. Als der Waldaerc den jungen Broca fixierte, glommen die winzigen tiefliegenden Augen im Widerschein der Feuer für einen Augenblick rötlich. Mit einem tiefen Grollen richtete er sich auf und setzte zum Sprung an. Dann versteifte er sich plötzlich, und eine tropfende Klinge ragte aus seiner Kehle.

Sekesh riss ihr Messer aus dem Nacken des Monstrums, und der schwarze Körper brach wie vom Blitz gefällt zusammen.

»Ein... Skrag!«, stellte Krendar nochmals fest, einfach weil ihm nichts Besseres einfiel.

»Ich hätte es wissen müssen«, knurrte die Schamanin. »Vress. Er hasst die Scheißviecher.« Die winzige Flugechse saß auf ihrer Schulter und zischte wie zur Bestätigung wütend.

Krendar sprang auf. Im vorderen Teil der Halle wurden die Felsenbären buchstäblich überrannt. Er sah weitere Krieger taumelnd auf die Füße kommen, schwankend, als würden ihnen die Beine nicht gehorchen. Einer der Männer übergab sich und brach wieder zusammen, ohne dass einer der schwarzfelligen Waldaerc nachhelfen musste. Ein Skrag warf sich auf ihn und riss ihm den Kopf von den Schultern. Andere versuchten, sich mit Messern oder was immer gerade zur Hand war, zu verteidigen, doch auch ihre Bewegungen wirkten ungelenk, und im nächsten Moment gingen sie unter einer Welle der Angreifer zu Boden. Die hageren Waldschattenkrieger dagegen schienen sich kaum am Kampf zu beteiligen. Stattdessen machten sie sich über die aufgestapelten Säcke mit der heiligen Fracht her und begannen, sie zum Eingang zu schleppen. Wo immer sich ihnen einer von Prakoshs Männern in den Weg stellen wollte, warfen sich gleich mehrere der Skrag auf ihn und zerfetzten ihn geradezu. Die schwarzen Monstren kämpften ohne erkennbare Finesse, doch das hatten sie gar nicht nötig. Ihre Wildheit ließ eine Welle der Übelkeit in Krendar aufsteigen. »Es war eine Falle«, murmelte er entsetzt. »Sie wollen die Herzen!«

»Tatsache.« Sekesh warf ihm seinen Speer zu.

Gerade rechtzeitig, denn ein weiterer Skrag löste sich aus dem Dunkel der Halle und jagte auf das kleine Grüppchen Menschen zu, die entsetzt aufschrien. Er – oder vielleicht war es ein Weibchen – lief auf allen vieren, die Zähne gebleckt. Ohne nachzudenken schleuderte Krendar die Waffe. Der schlecht gezielte Wurf warf den Angreifer aus der Bahn, und er setzte nach und rammte seinen Dolch in den bepelzten Rücken der Kreatur, bevor sie wieder auf die Füße kommen konnte.

»Pssssst!«, zischte er die wimmernden Blassnasen an, riss seine Waffe aus dem zuckenden Körper und wirbelte herum. »Modrath!«

Ein wütendes Brüllen antwortete ihm aus der Tiefe der Halle, und im nächsten Augenblick tauchte der Oger auf. Sein nackter Oberkörper blutete aus mehreren Kratzern, die er jedoch gar nicht zu bemerken schien. Er fing einen Skrag, der ihn anspringen wollte, aus der Luft, und rammte ihn mit knochenbrecherischer Wucht in die nächste Säule, ohne auch nur innezuhalten. Hinter ihm erwischte Corsha einen weiteren mit etwas, das Krendar erst mit etwas Verspätung als ihren Brustpanzer erkannte. Der Angreifer stolperte seitwärts, und der Dolch des Korrach neben ihr öffnete ihm den Unterleib. Weitere Felsenbären folgten ihnen.

»Ihr kleinen Scheißsäcke!« Ein Skrag sprang dem Oger auf die Schultern und versuchte, ihm den Kopf herumzudrehen. Unter einem steten Strom ausgesuchter Flüche riss Modrath die Kreatur herunter, schmetterte sie auf den Steinboden und zerstampfte ihren Kopf, der unter der Wucht zerplatzte wie eine sehr schleimige Nuss. »Wenn hier einer Schädel zermatscht, dann bin immer noch ich das!«, donnerte er. »Broca, das ist eine groshakk Falle!«

»Du wirst lachen – ist uns auch schon aufgefallen!« Krendar riss seinen Speer aus der Leiche neben ihm. »Und wir sitzen mittendrin. Oder kannst du uns rausbringen?«

»Raus?« Der Oger blickte wild um sich. Dann grinste er plötzlich. »Kein Problem.«

»Hä?«

Modrath deutete auf das verbarrikadierte Tor zum Rinderpferch. »Wenn sie 'nen Oger fangen wollen, müssen sie schon besser bauen.« Er packte eine der mächtigen Bohlen und riss sie aus dem Hindernis. »Haltet mir den Rücken frei. Das kann einen Moment dauern.«

Krendar nickte und hob seinen Speer auf. Neben ihm bauten sich die Korrach-Zwillinge auf, jetzt beide wieder mit Schild und Spieß bewaffnet.

»Lange werden wir ...«

»... das nicht durchhalten«, stellten sie nüchtern fest.

»Dann hoffen wir mal, dass der Große nicht lange braucht.«

Sekesh und die fünf oder sechs Felsenbären bildeten einen Halbkreis hinter Modrath, während sich Corsha fluchend in ihre Rüstung zwängte. »Ist das alles?«

»Wie ...«

»... alles?«

»An Kriegern«, zischte Krendar. Das entfernte Ende der Halle war mit mehr als vier mal zehn Skrag gefüllt, und jetzt, da die Gegenwehr der letzten Felsenbären zu erlahmen schien, wurden die Ersten auf ihr Grüppchen aufmerksam. Dumpfes Geheul kam auf.

»Mehr waren nicht abkömmlich«, zischte der Linke. »Sie ...«

»Kacke«, unterbrach ihn sein Bruder.

Krendar sah auf.

Hinter einer der Säulen tauchten zwei Felsenbären auf, die einen Dritten mit sich zogen. Prakosh. Ein Vierter in ihrem Rücken hielt mit etwas, das für Krendar verdächtig nach einem der Grillspieße aussah, zwei Skrag auf Abstand. Irgendeiner aus der Masse der Waldaerc in der Nähe des Feuers bellte, und dann setzte sich die gesamte Flut der Schwarzpelze in Bewegung und stürmte unter heiserem Brüllen und Kreischen hinter dem Grüppchen her.

»Jetzt leck' mich doch ...« Der junge Broca bleckte frustriert die Zähne. »Helft ihnen, verdammt noch mal!« Er lief los, als plötzlich Sekesh einen harten Befehl donnerte. »Augen zu!«

Ohne einen Gedanken zu verschwenden, ließ er sich fallen. Etwas Dunkles, Faustgroßes flog mit scharfem Pfeifen dicht über ihn hinweg, schoss schnurgerade wie ein Wühlerpfeil durch die Halle und klatschte in die Feuerstelle. Einen Moment lang geschah nichts. Dann blühte das Feuer mit einem dumpfen Knall zu einer riesigen, gleißenden Wolke auf. Im letzten Moment kniff Krendar die Augen zusammen, und dennoch brannte sich der Lichtschein in seinen Schädel und hinterließ tanzende Funken, die wie brennende Skrag durch sein Blickfeld zuckten.

Dann fiel ihm das Kreischen auf, und ihm wurde klar, dass die brennenden Gestalten keine Trugbilder waren. Blinzelnd zwang er seine Augen auf und schüttelte den Kopf.

Eine Handvoll der Skrag hatte tatsächlich Feuer gefangen und sprang kreischend zwischen ihren Gefährten herum oder rollte sich auf dem Boden, um die Funken und Glutnester zu ersticken, die sich in ihre Pelze fraßen. Ein Großteil der anderen kauerte auf dem Boden oder rannte durcheinander und hielt sich mit hohlem Jaulen die Augen.

»Das wird nicht lange vorhalten«, keuchte Sekesh. »Machen wir, dass wir wegkommen! Modrath!«

»Hetz mich nich!«, blaffte der Hüne zurück. Er riss einen weiteren armdicken Stamm aus dem Durchgang, und endlich brach die Konstruktion zusammen und gab den Blick auf eine Herde äußerst nervöser Rinder frei.

Krendar rappelte sich auf. »Los, los! Holt die Menschen und nichts wie raus!«

Neben ihm stolperten die beiden Aerc mit dem halb bewusstlosen Raut vorbei. Ronkh und Razar, wie er jetzt erkannte. Der Bullige warf ihm einen zornigen Blick zu. Blut troff aus einem langen Riss auf seiner Wange. »Scheiß auf die Blassnasen. Machen wir, dass wir wegkommen.«

Krendar funkelte ihn düster an. »Wir lassen niemanden zurück«, bellte er kurz angebunden.

Ronkh fletschte die Zähne. »Seit wann gibst du hier die Befehle?«

Modrath stand plötzlich hinter dem Massigen und verpasste ihm eine Kopfnuss. »Seit gerade. Wie Ragroth zu sagen pflegte: Ein Broca, der den Arsch hochkriegt, steht immer über einem, der nur Scheiße redet und keine Ahnung hat. Beweg dich!« Er drückte ihm einen der Transportsäcke in die Hand und stieß ihn durch das Loch in der Barrikade. Dann warf er sich zwei weitere über die Schulter. »Kommst du, Broca?«

Krendar starrte die nervösen Rinder an, die vergeblich versuchten, Abstand zu den Aerc zu gewinnen, die sich jetzt in ihren Pferch drängten. *Nur gut, dass das keine Torcc-Bullen sind. Das wäre vom Regen in den Fluss ge...* Eine plötzliche Bewegung unterbrach seinen Gedankengang. Ein zottiger, rostbrauner Bulle, der ihm bis an die Schulter reichte, starrte durch das Loch in der Wand, die kleinen, schwarzen Augen zornig auf die Eindringlinge in seinem Verschlag gerichtet. Krendar kannte diesen Blick. Wenn ihn vier lange Jahre als Wächter für die Herden seines Heimatdorfs etwas gelehrt hatten, dann zu erkennen, was im tumben Schädel eines Stiers vor sich ging, der sich einer unbekannten Situation gegenübersah. Wenn etwas nicht so aussah, als könne man sich damit paaren, gab es im Grunde nur zwei Optionen: Flucht und Angriff. Und an Flucht war in diesem engen Pferch nicht zu denken. Wider Willen schlich ein Grinsen auf sein Gesicht. »Modrath! Alle an die Wand! Sofort!«

»Was? Aber...«

»Hör auf zu quatschen, mach!« Krendar ließ den Bullen nicht aus den Augen, der jetzt ungehalten den mächtigen Schädel schüttelte, als wollte er unsichtbare Fliegen vertreiben.

»He, du!« Er schlug dem Tier mit dem Spieß gegen die Hörner. Das Rindvieh wandte ihm seine Aufmerksamkeit zu und muhte heiser.

»Ja, du. Mit dir rede ich.« Krendar schlug fester zu, diesmal auf die Nase des Tiers. Der Stier schnaubte gereizt.

»Komm schon, lass es raus.« Er stach nach dem Bullen, und diesmal traf das massige Tier eine Entscheidung. Mit einem zornigen Brüllen senkte es den Schädel und stürmte vorwärts. Es war nur ein Sprung, doch der genügte Krendar. Er sprang hoch, sein Fuß fand auf der breiten Stirn Halt, und ein Ruck des massigen Schädels katapultierte ihn hoch und über den Rücken des Rinds. Er landete auf dem Hintern des Tiers, schwankte einen Augenblick und fand sein Gleichgewicht wieder, bevor es ihn abwerfen konnte. Der Bulle trat aus und traf zwei andere Rinder, die ihrerseits erschrocken auskeilten. Mit einem wilden Grinsen riss Krendar sein Messer aus der Scheide und stach es seinem Reittier in den Hintern. Der Stier brüllte nochmals, und diesmal lag eine gehörige Portion Wut darin. Der Aerc stach ein zweites Mal zu, und der Stier machte einen Sprung nach vorn, dann noch einen, und stürmte schließlich los. Der Rest der Herde, inzwischen am Rande einer beginnenden Panik, tat, was er immer tat, wenn eines von ihnen in eine bestimmte Richtung rannte: Sie rannten ebenfalls. *Darin sind wir uns wohl ziemlich ähnlich.* Als der Stier das Loch in der Wand passierte, warf sich Krendar zur Seite und schlug klatschend im schwarzen Morast auf. Die riesige Faust des Ogers packte ihn und riss ihn auf die Füße, nur einen Wimpernschlag, bevor ihn scharfe Hufe in den Schlamm stampfen konnten. Unter Schnauben, Brüllen und ganzen Wogen von spritzendem Dreck drängelten sich die Rinder durch die gähnende Öffnung, fanden Halt auf dem steinernen Boden und donnerten voran. Von innen drangen die erschrockenen Rufe der Skrag zu ihnen, verwandelten sich jedoch gleich darauf in Schmerzenslaute.

»Du bist wahnsinnig, weißt du das?«

Krendar zuckte mit den Schultern. »Ich lerne von den Besten.« Ein warmes Gefühl breitete sich in seinem Magen aus. Was eine durchaus angenehme Abwechslung war, ein breites Grinsen auf sein Gesicht kriechen ließ und sich als Jubelschrei seinen Weg nach draußen bahnte. »Legt euch nicht mit dem Herdenwächter an, ihr hässlichen Drecksäcke!«, brüllte er in den Regen.

»Ich werde versuchen, es nicht zu vergessen.« Der Oger schlug ihm auf die Schulter und riss ihn damit beinahe wieder von den Füßen. »Was ist dein Plan, Broca?«

Die restlichen Aerc starrten ihn an, als sei er von allen Geistern verlassen. Was vermutlich stimmte, wenn man die brodelnde Wolkenwand über ihnen betrachtete. Geisterhafte Lichter flackerten darin, und Krendar vermeinte, ein entferntes Grollen zu hören.

Er schniefte und sog sich dabei Morast in die Nase, der in erster Linie aus ordentlich eingeweichtem und langsam gärendem Kuhdreck zu bestehen schien. Das trug vermutlich nicht viel zur Verbesserung seiner Erscheinung bei. Er wischte sich den stinkenden Schlamm aus dem Gesicht.

Irgendwo bellte ein Skrag, und das Hochgefühl verflog so schnell, wie es gekommen war.

»Mein Plan?«

Noch ein Skrag bellte, diesmal deutlich näher. Krendar war sich plötzlich sicher, dass sich dort oben vor dem kochenden Himmel ein Schatten bewegt hatte. »Tja, also im Grunde: Lauft!«

Und sie rannten.

So schnell es eben ging. Zwei der Aerc zogen den blutenden Raut mit sich, schleiften ihn halb, während die Menschenmänner unter der Last ihrer Welpen schwankten und versuchten, Schritt zu halten.

Wie seit dem Tag, an dem wir uns begegnet sind. Und dennoch – sie hielten noch immer durch. *Was bleibt ihnen auch anderes übrig.* Krendar hatte sich zwei der Säcke mit den Herzen über die Schulter geworfen, Modrath schleppte drei weitere. Neben ihnen rannten die Korrach, Spieß und Schild in den Händen, um jeden Widerstand beiseitezufegen.

Die Schatten auf den Dächern über ihnen waren mehr geworden. Ein riesiger Skrag sprang vor ihnen in die Gasse herab, richtete sich auf und trommelte sich auf die breite Brust. Falls er gehofft hatte, sie mit dieser Drohgebärde zu beeindrucken, enttäuschten ihn die Korrach gewaltig. Sie rammten ihm ihre Spieße gleichzeitig in die Seiten, rissen die Waffen wieder heraus und rannten weiter, ohne auch nur ihre Schritte zu verlangsamen. Der Aerc brach zusammen, und Modrath trampelte einfach über ihn hinweg. Krendar lief an der Gestalt vorbei, ohne sich umzusehen. Er konnte nicht erkennen, ob der Skrag bereits tot war oder nicht, aber es war unwahrscheinlich, dass sich jemand, über den ein Oger gestürmt war, so schnell wieder erhob. Er sah sich nicht um. Umsehen brachte nichts. Natürlich waren sie hinter ihnen her. Noch hielten sich die Biester zurück, also waren es wohl nicht genug, um sie einen Angriff wagen zu lassen. Mehr wollte er gar nicht wissen. Eine mit Trümmern übersäte Kreuzung tat sich vor ihnen auf, vor ihnen war eines der Gebäude in sich zusammengestürzt, und als Krendar einen Blick nach rechts warf, entdeckte er mehr der Schwarzpelze. »Links!«, brüllte er.

Vielleicht nicht die beste Entscheidung, wie sich gleich darauf herausstellte. Eingepfercht zwischen den Ruinen war hier nur ein schmaler Durchgang, der nach wenigen Doppelschritten an einer steilen Treppe endete. *Was soll's. Heute sind schon genug schlechte Entscheidungen gefallen. Kommt es auf die eine auch nicht mehr an.* Jetzt hatten sie ohnehin keine Wahl mehr. Mit großen Sätzen sprang er die glitschigen Stufen hinauf.

»Ich hasse Treppen«, knurrte Modrath hinter ihnen.

»Kannst ja unten bleiben.«

Der Oger lachte auf.

Die Treppe war steil genug, um beim Klettern die Hände mitzubenutzen, und sie schien nicht enden zu wollen. Der Regen war stärker geworden, machte den Stein schmierig und lief ihnen in kleinen Rinnsalen entgegen. Schon nach wenigen Augenblicken ließen sie die zerbröckelnden Häuser unter sich zurück. *Wo bei den Ahnen ...*

»Ja leck mich doch!«, keuchte Modrath hinter ihm. »Das ist einer dieser beschissenen Hügel!«

Krendar wurde klar, dass der Große recht hatte. »Was soll's. Ich bin lieber über den Skrag als die über mir. Und irgendwo muss das hier ja hinführen.«

Die Treppe zog sich die Flanke eines der seltsamen Berge

aus riesigen Steinblöcken hinauf, immer weiter hinauf über die Dächer der Ruinenstadt und schließlich über die Wipfel der Bäume hinaus. Windböen packten ihn und versuchten, ihn von der Wand zu reißen, doch der junge Aerc biss die Zähne zusammen und kletterte weiter, Stufe um Stufe, wahrscheinlich mehr, als er hätte zählen können, selbst wenn er sich die Zeit genommen hätte. Was blieb ihm auch anderes übrig.

Hinter ihm – unter ihm – hörte er einen Schrei, das Brüllen der Skrag, doch noch immer sah er sich nicht um. Vermutlich war es die Angst vor dem, was er gesehen hätte. Einer seiner Fingernägel brach, er riss sich die Hände an scharfen Kanten des verwitterten Gesteins auf, und noch immer nahmen die Stufen kein Ende. Bis sie plötzlich genau das taten. Krendar zog sich den letzten Absatz hinauf und stolperte einige Schritte vorwärts. Keuchend drehte er sich im Kreis. Was bei all den groshakk Ahnen …

Modrath begann hemmungslos zu fluchen. »Welches komplett schwachsinnige Arschloch baut denn eine Treppe, die nirgendwohin führt?«

»Vermutlich ist das eine spirituelle Sache«, stellte Sekesh fest. »Erfahrung der Entbehrung und so.«

»Und am Ende stellt man fest …«

»… dass man sich für nichts abgemüht hat«, warfen die Korrach ein.

»Ja, ich kann die Weisheit sehen.«

»Immerhin hat man eine nette Aussicht«, fügte der Linke hinzu.

»Man fliegt auch sicher gut, wenn man von hier geworfen wird«, grollte der Oger.

»Ich denke eher, die Treppe führt hinab«, mutmaßte Sekesh leise.

Die anderen Aerc sahen sie an.

»Ein Weg für die Geister, um auf die Erde zu kommen. Unsere Stämme im Norden bauen Geistertreppen an die heiligen Berge. Sie sind nicht für die Lebenden gedacht.«

Modrath sah in den brodelnden Himmel und sog nachdenklich an seinem Zahnstummel. »Tja. Wenn das so ist, wird hier bald ein ziemliches Gedränge herrschen.«

Krendar sah sich um, Verzweiflung stieg in ihm auf.

Die Plattform, auf der sie standen, maß nur wenige Schritte im Durchmesser, und das Licht der beiden Monde beschien nichts als nackten, nassen Stein. Über ihnen wirbelten die von Wetterleuchten durchzogenen Wolkentürme, und im Westen zeichnete sich die Silhouette eines noch höheren Hügels scharf gegen den Nachthimmel ab. Sonst gab es hier nichts. Absolut nichts.

Er trat an den Rand und sah hinab.

Vor ihm fiel die steile Wand des steinernen Kegels bis zu dem zentralen Platz der Anlage ab. Schemenhaft konnte er die Gestalten der Waldschattenkrieger ausmachen, die etwas zum Eingang am Fuß des großen Hügels schleppten. Die Gefallenen vermutlich, oder zumindest ihre Ausrüstung. Hilflos knirschte er mit den Zähnen. Dunkle Schemen kletterten von dort unten herauf, ein Dutzend oder mehr. Skrag.

»Es war ein guter Versuch«, sagte Sekesh leise.

Krendar schüttelte den Kopf. »Ein Scheißdreck war es. Ich schätze, wir sind erledigt. Es gibt keinen Ausweg mehr. Wir hätten genauso gut auch mit den anderen sterben können.«

»Sag so etwas nicht. Es gibt immer Hoffnung.«

Der junge Aerc schnaubte sarkastisch. »Ach ja?«

Ein Gleißen erfüllte die Luft und trennte die Welt in schmerzhaft weißes Licht und scharf umrissene Schatten. Beinahe unmittelbar darauf zerriss ein Donnern die Luft. Es schien ewig anzuhalten, sogar noch anzuschwellen, bis es alles andere verschlang, selbst in seinen Knochen widerzuhallen und den Boden unter seinen Füßen zu durchdringen schien. Als es schließlich in einem lang anhaltenden Grollen verging, stellte Krendar fest, dass er sich zusammengekauert hatte und die Hände auf die Ohren gepresst hielt. Eine Windböe zerrte an ihm, als wollte sie ihn über den Rand der Plattform und in die Tiefe reißen.

»Na großartig«, durchdrang Modraths Stimme das Dröhnen in seinen Ohren. »Einfach großartig.«

DREIUNDZWANZIG
Am Arsch der Welt

»Großartig«, maulte ein blonder Clankrieger, dessen Knollennase an eine bereits überreife Frucht erinnerte. »Einfach großartig.«

Vor ihnen war das Land zu Ende. Eine Felskante versperrte ihnen den Weg und eröffnete einen grandiosen Ausblick auf ein Meer von Baumwipfeln unter ihnen. Windböen peitschten die Kronen, und das düstere Licht der untergehenden Sonne gab ihnen die Anmutung eines sturmgepeitschten Feuersees, aus der der Wind abgerissene Blätter Funken gleich emporpeitschte und davontrug. Selbst das Rauschen des Waldes erinnerte eher an eine zornige Brandung oder das entfernte Brüllen einer Feuersbrunst.

»Willkommen am Arsch der Welt«, murmelte ein anderer.

»Am Arsch sind wir schon lange«, erwiderte Knollennase und spuckte die Klippe hinab. Der Wind riss den Speichel fort und ließ ihn auf den Rücken von Breschs Rüstung klatschen. Zwei der Clankrieger kicherten leise, während der Knollennasige schniefte. »Das hier dürfte das Loch sein, und wir stehen direkt am Rand.«

Tatsächlich zog sich die Felswand nach beiden Seiten wie ein hellgraues Band an den Hügeln entlang und fasste ein tiefes Tal ein, dessen gegenüberliegende Seite nur als undeutlicher Schattenriss zu erkennen war.

Glond ging einige Schritte beiseite. Der Boden war hier dünner, wo die verrottenden Blätter des verdammten Waldes keine tiefe, weiche, modrige Schicht bilden konnten. Hier und da blitzte nackter Fels aus dem kargen Boden hervor. Der Wind hatte an Kraft zugenommen, zerrte selbst unter den nie schweigenden Bäumen an der Kleidung und behinderte das Vorankommen. Hier an der Kante zum Nirgendwo stellte er sich als Sturm heraus, der sie vor sich her immer weiter ins Unbekannte trieb. Jeder Hügel, den sie erklommen hatten, war steiler als der vorhergehende gewesen, und es schien, als seien nur noch mehr verdammte Hügel vor ihnen. Der Weg war schon seit Tagen kaum noch als solcher zu erkennen, nurmehr ein schmaler Trampelpfad, über den sich die Kolonne der Clankrieger im Takt ihrer nagelbeschlagenen Stiefel vorwärtskämpfte. Die Wolkenwand am Horizont hatte inzwischen den gesamten Himmel im Osten tief schwarz gefärbt, so als hätte ein enttäuschter Maler im Zorn sein misslungenes Gemälde überpinselt. Und sie folgte ihnen wie ein verbissener Bluthund.

Es spielt keine Rolle, dass Dalkar bis ans Ende der Welt marschieren können, wenn es nötig ist. Die Dunkelheit ist schneller als wir. Sie wird uns einholen. Eher früher als später. Glond sah über das wilde Land, das sich vor seinen Füßen ausbreitete. Regenschleier aus zerfaserten, tief über ihren Köpfen dahineilenden Wolken verschleierten große Teile des Tals immer wieder, teilten sich und ließen abermals die letzten Strahlen der Sonne zu den Wipfeln der Bäume hindurch.

Das hier war Orkland: chaotisch, unberührt, ungezähmt, unzivilisiert. Es konnte sie verschlingen, ohne dass jemals wieder ein Clan von ihnen hören würde. *Vielleicht hat es das schon, ebenso wie die Menschen, deren Spur wir zu folgen glauben.*

»Wir werden sie finden.« Der Wolfmann und Dvergat waren unbemerkt neben ihn getreten.

»Falls sie noch leben«, brummte Dvergat.

Der Wolfmann schnaubte. »Wären sie tot, hätten wir ihre Leichen gefunden.«

Glond schielte zu dem hageren Menschen empor. »Es gibt hundert Gründe, warum wir sie nicht gefunden haben könnten. Das weißt du.«

»Ich versuche sie alle zu ignorieren.«

»Um diese Fähigkeit beneide ich dich.«

Der Wolfmann seufzte. »Ich habe nicht gesagt, dass es mir gelingt. Aber wir werden nur Gewissheit bekommen, wenn wir weitergehen.«

»Ist wohl so.« Glond runzelte die Stirn. Täuschte er sich, oder ... »Ist das dort drüben Rauch?«

Wolfmann blickte mit zusammengekniffenen Augen in die angegebene Richtung. »In diesem verdammten Gegenlicht sehe ich fast nichts«, räumte er nach einigen Augenblicken ein, »aber du könntest recht haben.«

Glond kratzte sich den Bart. »Bresch«, rief er leise. »Das solltest du dir ansehen.«

Jetzt, wo er die Stelle im wogenden Meer der Baumwipfel genauer betrachtete, meinte er Einzelheiten zu erkennen. Seltsam geometrische Formen, die vereinzelt zwischen den Bäumen aufblitzten, beinahe so, als ob ...

»Häuser!«, rief Bresch überrascht aus.

»Ruinen«, korrigierte Glond. Wenn man wusste, wonach man Ausschau hielt, konnte man mehr und mehr davon entdecken, besonders aber dort, wo der Rauch in den Himmel stieg. Wahrscheinlich war der Bewuchs dort lichter, denn jetzt konnte er eine ganze Reihe Formen ausmachen, die kaum etwas anderes als die Reste von Gebäuden sein konnten. Beeindruckend großen Gebäuden, wenn er die Höhe der umliegenden Bäume in Betracht zog. Aus der Mitte dieser Ansammlung ragten drei unterschiedlich hohe, graue Kegel heraus, die Glond beim ersten Hinsehen für felsige Hügel gehalten hatte. Jetzt wurde ihm klar, dass diese Gebilde künstlich erschaffen worden sein mussten, Festungen oder Wachtürmen gleich, die noch über den umliegenden Bewuchs hinausragten. Wenn er genau hinsah, meinte er sogar, Treppenstufen an ihren Flanken zu sehen.

»Eine Stadt mitten im Wald«, murmelte Glond.

»Keine Dalkarstadt«, knurrte Dvergat. »So viel ist mal sicher.«

»Von wem denn dann?«

»Menschen?« Dvergat warf einen fragenden Blick auf den Wolfmann, der den Kopf schüttelte.

»Ich habe noch nie etwas Vergleichbares gesehen. Dieses Plateau ist größer als jede Menschenstadt, die ich kenne. Höher als Gereyn oder Vyntport.«

»Vielleicht haben die Orks sie erbaut«, vermutete Glond.

»Ha!«, machte Bresch. »Diese verdammten Wilden können doch nicht einmal gerade scheißen. Wie wollen sie da in der Lage seinen, einen Stein über den anderen zu setzen?« Er zog sein Fernrohr auseinander und ließ den Blick über die Ruinen wandern. »Wie dem auch sei, eine Stadt verleiht dem ganzen Unternehmen seine besondere Würze. Das ist etwas völlig anderes als diese schrecklichen Bäume. Mauern, die man erstürmen kann, Türme zum Schleifen, Tore, die aufgebrochen werden wollen. Es geht nichts über eine fachmännisch durchgeführte Belagerung. Wir hätten ein paar Ingenieure mitnehmen sollen, und Belagerungsgerät.«

»Und eine verdammte Armee«, raunte Dvergat. »Hat der eigentlich gesehen, wie verdammt groß das ist?«

Bresch warf ihm einen scharfen Blick zu. »Es sind Ruinen! Wenn es hier eine echte Stadt gäbe, ob Orks oder Dalkar oder was auch immer, dann wüssten wir davon. Das wäre unseren Spionen nicht entgangen. Das dort unten werden die Drecksäcke sein, denen wir folgen. Sie haben sich ein Lager gesucht und fühlen sich sicher genug, um ein Feuer zu entzünden.«

Klar. Nur ein ausgemachter Idiot würde ihnen in diese gottverlassene Wildnis folgen. Oder eine Horde von Idioten.

»Wir sollten trotzdem vorsichtig sein, Bresch. Wir wissen nicht, was dort unten ist. Das sieht mir nach einem ziemlich großen Feuer aus. Es könnte genauso gut ein ganzes Dorf der Grünhäute sein.«

Bresch setzte das Fernrohr ab und wandte sich um. »Ich sehe nicht, was das ändern sollte. Die Armeen der Orks liegen vor Derok, wenn ich mich recht erinnere. Diese Dörfer der Wilden sind nicht groß, haben mir unsere Kundigen versichert. Ein paar Weiber und Kinder mehr spielen keine Rolle. Und wenn sie tatsächlich ein Dorf erreicht haben, in dem sie sich sicher fühlen, dann werden sie saufen, fressen und ihre barbarischen Feste feiern und uns überhaupt nicht kommen sehen.

Niemand weiß, dass wir ihnen folgen. Wir können sie also umso besser überraschen.«

Glond, Dvergat und der Wolfmann wechselten bedeutungsvolle Blicke.

»Ich wäre mir da nicht sicher. Sie kamen mir bis jetzt nicht sonderlich unvorsichtig vor, diese Orks«, gab Dvergat zu bedenken.

Bresch wischte den Einwand beiseite. »Wir können hier lagern, oder wir können jetzt da hinuntergehen, sie mit heruntergelassenen Hosen an ihren Feuern erwischen und im Handstreich überrennen.« Der Anführer sah hinauf in den brodelnden Himmel im Osten, an dem unaufhörlich das Wetterleuchten flackerte. Leises Donnergrollen untermalte seine Worte. »Ich sage, wir suchen uns einen Weg hinunter. Das Wetter wird nicht besser, und ich möchte keine Felswand hinabklettern, wenn das dort erst losbricht.«

»Gut. Das ist ein Argument«, gab Dvergat zu und beäugte misstrauisch die Felswand zu ihren Füßen. »Was das angeht, bin ich voll und ganz auf deiner Seite.« Ein Windstoß, den man mit etwas gutem – oder auch bösem – Willen als Sturmböe bezeichnen konnte, zerrte an seinen Kleidern. Vorsichtig trat er einige Schritte zurück. »Und ich schätze, es wäre auch keine gute Idee, hier ein Zelt aufzustellen. Ich hab's nicht ausprobiert, aber ich habe mir sagen lassen, dass wir Dalkar nicht sonderlich gut fliegen.«

Für diese Bemerkung fing er sich gleich zwei Seitenblicke ein; einen irritierten aus Breschs Richtung und einen vom Wolfmann, der tatsächlich amüsiert wirkte. Soweit er das bei dem haarigen Menschen beurteilen konnte.

»Ich halte das für keine gute Idee«, warf Glond ein.

Der Wolfmann zuckte mit den Schultern. »Wir sollten zumindest dort hinuntergehen und nachsehen, was das ist. Wir wissen nicht, was die Orks vorhaben. Ich halte es nicht für ausgeschlossen, dass sie zur Siegesfeier heute Nacht ein paar Menschen braten. Es wäre zumindest ein Grund, sie bis hierher mitzuschleppen, oder?«

Ein eiskalter Schauer überlief Glonds Rücken.

»Also gut.« Bresch wandte sich ab und erhob die Stimme. »Wir gehen weiter. Sucht den Abstieg. Gerastet wird erst unten. Und dann lasst uns Orks jagen.«

»Ich bin gespannt, wer hier am Ende wen jagt«, brummte Dvergat düster.

Glond und der Wolfmann nickten.

Brodyn trat einen Schritt zur Seite und fummelte einen Streifen Blauwurzel aus dem Beutel an seinem Gürtel. Grunzend schob er sich das holzige Pflanzenstück zwischen die Zähne und kaute langsam und nachdenklich darauf herum, während die Marschkolonne an ihm vorbeizog. Fünfzig, vielleicht sechzig Orkkrieger, bekleidet mit kaum mehr als Lendenschurzen und vereinzelten Panzerstücken aus Leder, Horn, Knochen und Borke, bewaffnet mit Kriegskeulen, Messern und Speeren. Kein äußerst beeindruckendes Arsenal. *Andererseits*, dachte Brodyn, *kommt es auf beeindruckend wohl auch nicht an, wenn dir jemand damit den Schädel einschlägt. Tot ist tot, schätze ich.*

Hinter den Orks kam jetzt das menschliche Gefolge des Verhüllten. Drei Dutzend Seelen, die bis vor Kurzem noch verloren gewesen waren. *So wie ich. Und was das angeht, bin ich mir nicht sicher, dass sich das entscheidend geändert hat. Mehr als einer der Männer und Frauen hätte noch vor wenigen Tagen jemandem wie dem Verhüllten den Hals durchgeschnitten, um ein schimmliges Stück Brot zu stehlen.*

Jetzt folgen wir ihm an den Arsch der Welt. Und starren dabei auf die nackten Ärsche von Orks. Die Wege der Götter sind wahrhaft unergründlich.

Langsam durchströmte ihn das warme, leicht unwirkliche Gefühl wie nach einem Krug Bier zu viel, das Blauwurzel immer hervorrief. Deshalb nahm man das Zeug ja.

Die Sache war doch die – wenn sie morgen noch ein Stück Brot stehlen können wollten, musste jemand dafür sorgen, dass es ein verdammtes Morgen gab. Vermutlich hätten die meisten lieber jemand anderen dazu gezwungen, doch wenn ihnen der Verhüllte eines wirklich klar gemacht hatte, dann das: Es gab niemand anderen. Und es fehlte die Zeit, jemanden zu finden. Also musste man wohl mit dem arbeiten, was einem der Fluss so zuspülte. Ziemlich beschissene Welt, wenn man darüber nachdachte. Da drängte sich doch die Frage auf, ob sie es wert war, gerettet zu werden.

Wenn es nach Brodyn ging, dann durfte sie um einiges ärmer an Grünhäuten und Stumpen sein, wenn alles vorbei war. Das war ja der Sinn des Ganzen, wenn er den Verhüllten richtig verstanden hatte. Am Ende konnte man vielleicht gar nicht alle retten. Man musste nur die anderen davon abhalten, *alles* dem Untergang zu weihen. Und natürlich, selbst zu überleben. Was den Rest der Welt betraf – nun ja, ein wenig Schwund war schließlich immer, nicht?

»Hast'n Stück für mich?« Hastyr blieb neben ihm stehen und starrte den Bachlauf hinauf. Vor ihnen wichen die steilen

Felswände zurück, die den Bach während der letzten Stunden eingeschlossen hatten wie düstere, fensterlose Festungsmauern. »Bei den Göttern, ich bin froh, dass das hinter uns liegt.«

Brodyn warf dem Glatzkopf einen Seitenblick zu. Er kannte Hastyr beinahe sein halbes Leben, und für gewöhnlich konnte er die Narben in der Visage seines Anführers übersehen. Im silbrigen Licht der tiefstehenden Monde jedoch wirkte seine deformierte Gesichtshälfte ganz und gar nicht menschlich.

Hastyr musterte die Schlucht, die der Bach hier über Äonen in den Fels gewaschen hatte, und schauderte. »Ich hasse diese Enge«, murmelte er. »Erinnert mich an …« Dann riss er sich sichtlich zusammen und sah Brodyn düster an. »Vergiss es, in Ordnung?«

Brodyn kratzte sich den Bart und zuckte mit den Schultern. »Was'n?«

»Genau. Gib schon her.« Hastyr stopfte sich den Wurzelstreifen in den Mund und begann, auf der gesunden Gesichtsseite zu kauen. »Traust du den Drecksorks?«

Brodyn wiederholte sein Schulterzucken. Was sollte er schon sagen. »Der Verhüllte traut ihnen, und ich traue ihm.«

»Hm-hm. Ich frag mich nur, ob das eine gute Idee ist.«

»Du bist der Boss. Du hast beschlossen, ihm zu folgen.«

Hastyr verzog das Gesicht, was ihn nicht schöner machte. »Das meine ich nicht. Du weißt, dass der Verhüllte unsere einzige Chance ist, diesen Scheiß hier zu überstehen. Wer sollte uns sonst helfen? Die Stumpen?« Er schnaubte. »Ich frag mich nur, ob es gut ist, dass der Verhüllte den Nacktärschen traut.«

»Er sieht mehr als wir«, gab Brodyn zu bedenken. *Ich bin mir nur nicht sicher, was er sieht.*

»Nur das Gute. Er sieht nur das Gute in allen. Selbst in Drecksäcken wie uns. Das ist es, was mir Sorgen macht. Ist nich' nur Gutes in uns, das weißt du selbst.«

Brodyn nickte. *Und verdammt sicher ist nicht nur Gutes in den Orks. Ich meine – dafür sind sie ja Orks, oder? Bekannt dafür, hinterhältige, große Wichser zu sein. Vielleicht nicht so große wie du, aber immerhin.* »Das spielt aber keine Rolle. Die Grünhäute sind seltsam. Mehr Ehre als die Wühler, wenn man weiß, wo man sie packen muss. Und der Verhüllte hat sie am richtigen Ei erwischt. Dudaki als ihr Kriegshäuptling. Wenn das mal kein wirklich großer Einfall ist.«

Hastyr nickte versonnen. »Jo. Dudaki ist in Ordnung. Hätte nie gedacht, dass ich das mal über eine Grünhaut sagen würde, aber ich mag ihn. Auch wenn ich nicht die geringste verschissene Ahnung habe, warum.«

»Weil er ist wie du«, sagte das heisere Flüstern hinter ihm. Brodyn zuckte zusammen. Der Verhüllte war, wie es seine Art war, unbemerkt an sie herangetreten. »Er ist, wenn man die Äußerlichkeiten beiseitelässt, einer von uns.«

»Ein Mörder und ein Dieb?«

Der Verhüllte legte Brodyn eine Hand auf die Schulter. »Vielleicht war er das, ja. Jetzt ist er nur noch eines: ein Werkzeug der Götter.«

Die Götter haben einen seltsamen Geschmack bei der Wahl ihrer Werkzeuge. Ein warmes Gefühl durchströmte Brodyn, wie immer, wenn der Verhüllte in seiner Nähe stand.

»Du zweifelst, mein Freund. Noch immer, nach allem, was du gesehen hast.« Der Verhüllte seufzte. »Dudaki hat eine

Armee für uns gewonnen. Nicht weil er der beste Orkkrieger wäre, den wir uns wünschen könnten, sondern weil die Götter es so beschlossen haben und ihm die Kraft verliehen, wie sie jedem ihrer Werkzeuge die Kraft verleihen, damit wir zumindest eine Chance haben.« Er beugte sich hinab und hob einen faustgroßen Steinbrocken auf, der vor Hastyrs Füßen lag. »Hier. Nimm ihn.« Er hielt ihn Brodyn hin.

Brodyns Stirn legte sich in Falten. Zögernd griff er nach dem Stück Fels und wog ihn unsicher in der Hand. Er war kalt, hart und schwer. »Was …«

»Zermalme ihn.«

»Was?«

Der Verhüllte nickte ermutigend. »In dir wohnt dieselbe Kraft, die die Götter dem Ork gegeben haben. Hab Vertrauen. Drück zu.«

»Ich …«

»Drück!«, fuhr ihn der Verhüllte an.

Brodyn zuckte zusammen und ballte instinktiv die Faust. Der Stein knirschte und zersprang mit einem leisen Knall in einem Schauer aus scharfkantigen Splittern.

»Immer noch Zweifel? Ihr seid gesegnet, mein Freund. Vergiss das nicht.« Belustigung schwang in der leisen Stimme ihres Anführers: »Sie hätten sicher andere Werkzeuge gewählt, wenn es möglich gewesen wäre, Freund. Feldherrn. Helden. Generäle. Aber in Zeiten wie diesen müssen selbst die Götter mit dem arbeiten, was zur Verfügung steht. Und Zeit ist etwas, das sie nicht hatten. Genauso wenig wie wir.« Er deutete auf die schwarze Wand, die sich vom Osten heranschob und bereits zwei Drittel des Nachthimmels verhüllte. Wetterleuchten flackerte in ihrem Inneren und tauchte ihren Zug in unwirkliches Licht. »Aber am Ende ist das vielleicht besser so.« Er legte Hastyr die andere Hand auf die Schulter. »Könige und Helden haben eine Menge zu verlieren. Ihr dagegen habt nichts zu verlieren, jedoch alles zu gewinnen. Vor allem eine Zukunft, die ihr ohnehin nie haben würdet. Oder die wir alle nicht haben werden, wenn wir uns nicht ein wenig beeilen.« Der Verhüllte klopfte ihnen beiden auf die Schultern. »Die Götter sagen, dass jene, die unsere Zukunft verhindern wollen, nahe sind. Sie wissen vielleicht nicht, was sie da tun, doch wenn wir sie nicht aufhalten, wird die Dunkelheit auf uns alle niederfallen und uns in der Asche der brennenden Welt zermalmen. Kommt, meine Freunde. Wir sind nahe. Oh, und noch eins: Lasst die Finger von dem Zeug. Es macht euch langsam. Und in diesem Kampf werden wir jeden Vorteil brauchen, bevor diese Nacht vorüber ist.«

Der Verhüllte tätschelte nochmals ihre Schultern und marschierte in die Dunkelheit, dem schweigenden Zug der Orks und Menschen hinterher.

Brodyn und Hastyr sahen noch einige Augenblicke über das Tal, das sich vor ihnen öffnete. Die Wolken waren beiseitegeglitten, und das Licht der Monde schien fahl von riesigen Ruinen zurück, die aus leeren Fensterhöhlen zu ihnen zurückstarrten. Schließlich spuckte Hastyr die Reste der Blauwurzel aus, und Brodyn tat es ihm nach. Er schniefte und strich sich die fettigen Haarsträhnen aus dem Gesicht. Der Verhüllte hatte recht. Wie immer. Und es war wohl keine gute Idee, die Götter zu enttäuschen, nur weil das warme Gefühl in seinen Eingeweiden die Kälte dämpfte, die in seine Gliedmaßen kroch. *Am Ende räumen sie mir nur deshalb keinen Platz in der Welt nach der Dunkelheit ein. Und dann wär ich ja wohl schön angeschissen.* »Gesegnet, was?« Er sah auf seine Hand hinab und zog einen Steinsplitter aus der Handfläche. Im fahlen Mondlicht sah das Blut beinahe schwarz aus. Er schloss und öffnete die Hand ein paarmal, dann wischte er sie an seiner Hose ab. »Das wär mal was anderes.«

Bist du sicher, dass sie dort sind? Es sieht mir ziemlich verlassen aus.«

Der Wolfmann war einige Zeit nach Sonnenuntergang zurückgekehrt und hatte die Dalkar zu einem verwitterten Gebäude am Rande der Stadt geführt. Das Bauwerk bestand aus gigantischen, aufeinandergeschichteten Steinblöcken und wirkte trotz seines Alters noch massiv genug, um auch Katapultschüssen zu widerstehen. Mehrere Steinhaufen in sich zusammengebrochener Konstruktionen lagen in der Nähe, überwuchert und begraben von Schlingpflanzen, Nesseln und Gestrüpp. Der steinerne Gigant jedoch ragte trutzig fünf Stockwerke in die Höhe. Vielleicht war er einst ein Turm in einer Stadtmauer gewesen, die schon lange nicht mehr existierte. Er selbst sah jedenfalls so aus, als könnte er die Zeiten überdauern, bis schließlich die ganze Welt verging. *Wobei wir eine gute Chance haben, dass dieser Moment ziemlich bald kommt.* Glond konnte nicht anders – sein Blick wanderte immer wieder zu der hoch aufragenden Wolkenfront. Und jedes Mal schien es, als hätte sie ein Stück Himmel mehr verschlungen. Schaudernd wandte er sich ab und blickte über die Stadt. Oder das, was davon übrig war. Der erste Eindruck hatte nicht getrogen: So groß diese Stadt auch einst gewesen sein mochte, ihre Bewohner waren schon längst verschwunden und hatten nichts als düstere Straßenzüge hinterlassen, die wie die abgenagten Skelette vorzeitlicher Giganten wirkten. Schritt für Schritt, Baum für Baum eroberte sich der Wald die Ruinen wieder. *Ich frage mich, ob Derok in einigen Jahrzehnten auch so aussehen wird.*

»Die Spuren führen hinein«, erklärte der Wolfmann leise. »Ich habe nicht geprüft, ob sie auf der anderen Seite wieder herauskommen, aber die Ruinen hier sind vermutlich das Beste, was sich auf Tagesmärsche hin finden lässt, wenn so ein Wetter wie das da auf einen zukommt. Wenn ich raten müsste, würde ich sagen, dass sie noch immer dort drin sind.«

Bresch kniff die Augen zusammen. »Sie könnten sich überall versteckt halten. Es wird beinahe unmöglich sein, sie in diesem Schutthaufen aufzuspüren.«

»Nicht unbedingt.« Der Wolfmann streckte einen Finger aus und deutete in die Ferne. »Ihr hattet Feuer vermutet, oder?«

Bresch spähte in die angegebene Richtung. »Du hast verdammt gute Augen, Mensch.«

Zuerst war es nur eine Bewegung, ein kurzes Huschen zwischen den Häuserreihen. Ein Schatten hastete aus einer schmalen Gasse hinaus auf einen großen Platz, der direkt zu Füßen der drei Bergkegel im Zentrum der Ruinen lag. Irgendwo dort vorn flackerten Lichtquellen, Fackeln vielleicht, oder Feuer, die von hier aus nicht zu sehen waren. Die Bewegungen der Gestalt waren seltsam, fast so, als laufe sie mal auf zwei, mal auf vier Beinen. Aus dem Schatten wurde ein zweiter, dann ein dritter und vierter.

»Schaut auf die Dächer«, murmelte Bresch.

Tatsächlich. Oben auf den Ruinen huschten weitere Gestalten, vielleicht ein Dutzend, vielleicht mehr.

»Wohin rennen die?«, hörte sich Glond fragen.

»Zumindest nicht in unsere Richtung«, sagte der Wolfmann. »Das finde ich schon mal beruhigend.«

Glond nickte. Ein seltsames Bellen drang zu ihnen herüber. »Was sind das für Wesen?«

Bresch schnaubte. »Die wichtigere Frage ist doch: Was zum Grubenteufel geht dort vor?«

»Kommen wir noch mal zur ersten Frage«, raunte der Wolfmann. »Wo wollen sie hin?«

»Das dürfte einfach sein.« Glond deutete auf den rechten, niedrigsten der Kegel. Der erste der Schatten tauchte hinter den Ruinen auf und erklomm die steile Wand mit weiten, kraftvollen Sprüngen. Sein Finger wanderte nach oben. Dort kletterte eine zweite, deutlich langsamere Gruppe.

»Sind sie das?«

»Woher soll ich das wissen?« Glond streckte die Hand aus. »Fernrohr.«

»Was?«

»Gib mir dein Fernrohr«, zischte Glond abwesend. Dann sah er in Breschs Gesicht. »Heetmann«, fügte er nach kurzem Zögern hinzu. »Ich kann es dir auf diese Entfernung ja wohl schlecht sagen, oder?«

Bresch schnaubte mürrisch, zog jedoch das Instrument hervor und reichte es weiter.

Glond spähte hindurch und zuckte erschrocken zurück. Dann setzte er das Fernrohr erneut an sein Auge. Es war ein meisterhaftes Stück Handwerksarbeit, mit Runen verziert und handverlesenen Kristallen bestückt. Ein echtes Schmuckstück, das in der Tat so hervorragend gefertigt war, dass es schien, als blicke er durch die Linse direkt in das aufgerissene Maul eines Skrag, einer jener Kreaturen, gegen die er in Derok gekämpft hatte. Er schluckte. Damals hatten zwei von dieser Art genügt, um mühelos Esse zu töten und beinahe noch Kearn zu besiegen, einen der größten Dalkarkrieger seiner Zeit. Dort drüben waren nicht nur zwei einzelne, sondern ein, nein, zwei Dutzend dieser Bestien auf der Jagd. Bei ihrem Glück sicherlich sogar noch mehr. Er ließ das Fernrohr weiterwandern bis zu der Handvoll Gestalten, die sich mühsam den Berg hinaufkämpften.

»Das sind sie«, stellte er kurz darauf leise fest und senkte das Fernrohr. »Glaube ich zumindest. Acht Menschen, die Hälfte davon Kinder, eine Handvoll Orks, wie die, gegen die wir in Derok gekämpft haben. Kaum mehr als ein Dutzend. Und ein Oger. Das dürfte hier selten genug sein.«

Bresch und der Wolfmann sahen ihn an. »Ein Dutzend nur? Und was machen sie da?«

»Sie fliehen. Vor den Skrag.«

Die Verständnislosigkeit in Breschs Gesicht vertiefte sich, wenn das überhaupt möglich war. Er nahm das Fernrohr entgegen und starrte hindurch. »Skrag? Das sind die Kreaturen, die ihnen folgen? Sie ... was beim Grubenteufel sind sie?«

»Sie haben in Derok auf der Seite der Orks gekämpft. Wenn ich das richtig verstanden habe, sind sie selbst so etwas wie Orks, doch sie sind sehr selten. Haben sie in Derok zumindest immer erzählt. Sie sehen aus wie Tiere und kämpfen auch so. Aber sie sind stark genug, um einem Dalkar den Kopf abzureißen. Einfach so.«

»Lächerlich. Na, sieht nicht aus, als wären sie auf der Seite dieser Orks dort. Bei Sucinits Bart!« Bresch stellte die Schärfe des Fernrohrs nach. »Die Säcke.« Er setzte das Instrument ab. »Diese Drecksäcke dort oben haben Gepäck bei sich, das aussieht wie das, was wir wollen.«

Der Wolfmann starrte in die Dunkelheit. »Was macht dich so sicher?«

»Sie schleppen die Säcke mit sich, obwohl sie nicht mal genug Waffen haben.«

»Vielleicht sind sie nur sehr hungrig?«

Bresch sah den Wolfmann missmutig an. »Ich fange an, deinen Menschenhumor zu verabscheuen. Wir marschieren.«

VIERUNDZWANZIG
Herzensangelegenheiten

»Sie sind stehen geblieben«, stellte der Linke fest. Er kniete am Rand der Plattform, den Schild am Arm, den Kampfspieß griffbereit neben sich liegend.

»Hier auch«, ergänzte sein Bruder von der gegenüberliegenden Seite des Plateaus.

»Vielleicht haben die Drecksäcke Schiss, jetzt, wo sie uns nicht mehr überraschen und in den Rücken fallen können«, knurrte Razar.

»Na sicher.« Modrath sog an seinem Zahn, schniefte und knackte mit dem Nacken. »Wo bei Ragroths Eiern hast du dich herumgetrieben, als wir Derok eingenommen haben? Skrag und Angst?« Er sah in die Tiefe, sein narbiges Gesicht eine steinerne Maske. »Sie können uns überrennen, wann immer sie wollen. Sie wollen nur nicht.«

Krendar musterte die Schemen der schwarzen Waldaerc unter ihnen. Tatsächlich waren die Skrag nicht mehr als drei oder vier Stufen des steinernen Bergs hinaufgestiegen, bevor sie haltgemacht hatten. Jetzt saßen sie dort und starrten zu ihnen herauf. Er konnte drei mal zehn oder mehr allein von dort aus sehen, wo er stand, und noch immer kamen mehr dazu. Sie saßen stumm auf den Terrassen und starrten reglos zu ihnen herauf. Ihre Augen glommen gelblich in der Dunkelheit. »Vielleicht ist das hier tabu für sie«, überlegte er leise. »Und sie trauen sich deshalb nicht hier herauf.«

»Immerhin ist dieser Ort leicht zu verteidigen«, warf Ronkh ein. »Das verschafft uns etwas Zeit.«

»Klar. Eine ungeschützte Plattform in einem aufkommenden Gewittersturm«, murmelte Krendar düster. »Ich könnte mir keine bessere Position vorstellen.« *Wahrscheinlich warten sie einfach nur darauf, dass uns der Sturm hier runterfegt. Oder ein Blitz uns röstet. Wozu sollten sie sich die Mühe machen?*

»Wir waren schon ...«

»... in beschisseneren Situationen«, entgegneten die Korrach. Der Linke fing Krendars zweifelnden Blick auf und hob die Schultern.

»Nennt eine.«

»Allerdings fällt mir grad keine ein«, gab der Rechte zu. Sein Bruder nickte bedauernd.

Krendar seufzte und sah sich um. Es waren kläglich wenige Aerc bei ihm. Seine Doppelfaust, dazu Ronkh und Razar, Corsha und der noch immer bewusstlose Raut. Das machte neun. Und dazu fünf Felsenbären, deren Namen er nicht einmal kannte, wie ihm jetzt bewusst wurde. Ganze vierzehn Aerc. Das bedeutete, dass sie seit Einbruch der Nacht mehr als dreißig Krieger verloren hatten. Von der Drûaka der Felsenbären ganz zu schweigen. Unwillkürlich wanderte sein Blick zu Corsha, die mit wütenden Handgriffen ihren Brustpanzer festzurrte. Sie war die Krûshal, die Leibwächterin

Torakas. Er wollte sich gar nicht vorstellen, wie sie sich fühlte. Vermutlich nicht besser als er. Ganz sicher sogar nicht.

»Wenn ...« *Oh, sicher. Mitleid. Das ist es, was sie jetzt ganz sicher brauchen kann.* Krendar räusperte sich. »Bereit zu kämpfen, Krûshal?«

Corsha sah auf, und was immer es war, das in ihren Augen schimmerte – es wurde von einer gewaltigen Portion Wut begleitet. »Sie haben meine Schwester. Und du fragst, ob ich bereit ...?«

»Also ja. Gut.«

»Ich bin ihre Krûshal. Ich hätte an ihrer Seite sein müssen! Stattdessen habe ich mit diesem ... diesem ...«

»Ich kann dich hören«, murmelte Modrath.

»Großartig«, sagte Krendar abwesend. Er sah Sekesh an, die die zusammengesunkene Gestalt des Raut untersuchte. »Wir haben eine Drûaka hier, die deine Hilfe gebrauchen könnte.«

Corsha starrte ihn an. »Seit wann gibst du hier Befehle?«

»Einer muss es tun.«

Ronk drehte sich um. »Ach ja? Und warum solltest ausgerechnet du das sein?«

»Weil es sonst niemand tut«, knurrte der Oger und sah düster auf den letzten der Felsenbären-Broca hinunter. »Und der Kleine ...«

»Modrath, halt's Maul.«

Der Oger zuckte zusammen, als habe Krendar ihn geschlagen. *Vermutlich mehr, als wenn ich das wirklich getan hätte*, stellte er fest. »Wenn ich deine Verteidigung brauche, sag ich's dir.« Er sah Ronkh an. »Willst du das Kommando? Von mir aus. Ich will es nicht. Was sind deine Vorschläge, Broca?«

Ronkh starrte ihn an und öffnete den Mund. Dann kroch Unsicherheit in seinen Blick. »Ich... was? Keine Ahnung! Ich...«

»Nicht? Also kannst du auch die Fresse halten. Sonst jemand?«

Inzwischen starrten ihn alle Aerc an.

»Keiner? Das hatte ich befürchtet. Prakosh?« Er sah sich nach dem Raut um, doch dieser lag lediglich schwer atmend auf dem nassen Fels und gab nicht zu erkennen, was seine Meinung dazu war. »Auch nicht. Na dann.«

Krendar straffte die Schultern. »Kommt schon. Irgendeiner von euch wird doch das Kommando wollen! Ihr seid die Krieger hier. Ich bin doch nur der dämliche Kuhhirte, den ihr zum Broca gemacht habt, weil ihr das lustig fandet.« Er deutete in die Tiefe. »Der Spaß ist vorbei. Jetzt darf gern jemand anderes die Scheiße auslöffeln, die uns der große Prakosh eingebrockt hat. Ich lass euch gern den Vortritt. Ernsthaft. Die Rindviecher dort hinten sind mir lieber.« Er verstummte und musterte die Krieger, noch immer mit ausgestrecktem Arm. Nur ganz am Rande wurde er sich der Tatsache bewusst, dass er immer noch das leuchtende Messer in der Hand hielt. Einer nach dem anderen wichen die Aerc seinem Blick aus.

Das schmatzende Geräusch, mit dem Modrath an seinem Zahnstummel sog, brach schließlich den Bann. »Alles klar, Broca. Was sind deine Befehle?«

Krendar blinzelte. »Keine Ahnung. Aber ich weiß, wie man eine Herde sichert«, fügte er lauter hinzu. »Das da ist unsere Herde.« Er deutete auf die Menschen, die vor der schimmernden Klinge zurückzuckten, und senkte das Messer eilig. »Das da«, er deutete auf die sieben bestickten Säcke, die in der

Mitte der Plattform lagen. »Und er.« Er deutete auf den reglosen Raut. »Also werden wir zuerst mal dafür sorgen, dass niemand an sie herankommt. Ihr«, er nickte den Korrach zu, »behaltet den Platz im Auge. Und Ronkh, du verteilst die übrigen Männer um die Plattform. Verteilt, was wir an Waffen haben. Modrath, du bist für die Säcke verantwortlich. Was immer passiert, wir haben zweihundert Seelen der Weststämme hier, und unsere Aufgabe hat sich nicht geändert: Wer immer sie haben will, muss zuerst durch dich hindurch. Verstanden?« Zu Krendars größter Verblüffung nickte der Oger nur. »Gut. Großartig. Corsha, du bewachst Sekesh und den Raut. Und Sekesh …« Er sah in ihre Augen, die in der Dunkelheit tief orange glommen wie Holzkohlen. »Du weißt selbst, was du zu tun hast. Du bist die Drûaka. Dir muss ich ja wohl keine Befehle geben.« Die Ayubo regte sich nicht, doch die kleine Flugechse auf ihrem Kopf zwitscherte. Krendar unterdrückte den Impuls, Vress ebenfalls einen Befehl zu geben. Es gab Grenzen. Er nickte und wandte sich um. Sein Blick fiel auf das verlorene Grüppchen Menschen. Stumm und wahrscheinlich nahezu blind in der Dunkelheit, starrten sie mit weit aufgerissenen Augen zu ihm herauf. »Und ihr … ach, scheiß drauf.« Er trat an die zerlumpten Gestalten heran, die vermutlich nur deshalb nicht vor ihm zurückwichen, weil es nichts gab, wohin sie hätten zurückweichen können. »Corsha, übersetze. Ihr seid meine Gefangenen und meine Verantwortung. Also entscheide ich, was mit euch geschieht.« Er sah dem Menschenjungen Navorra in die Augen. Was er sah, verblüffte ihn. Im Gegensatz zu den restlichen Menschen zeigte er noch immer keine Angst. Lediglich aufmerksames Interesse und vorsichtiges Abwägen. *Was völliger Quatsch sein kann.*

Sie sind so verdammt schwer zu lesen. »Und ich entscheide, euch freizulassen. Vermutlich werden wir diese Nacht ohnehin nicht überleben, also was soll ich mit euch?«

Navorra runzelte die Stirn. »Und was sollten wir mit dieser Freiheit?«, fragte er leise.

Krendar zuckte mit den Schultern. »Was weiß ich. Immerhin sterbt ihr frei. Und ihr könnt wählen, wie ihr sterbt.« Er griff nach der ledernen Leine, die Navorras Hals mit den anderen verband, und durchtrennte sie. Mit schnellen, entschiedenen Bewegungen zerschnitt er auch die anderen Halsfesseln, bevor er sich wieder dem Jungen zuwandte.

Navorra massierte sich den Hals und nickte. »Das ist doch auch schon was«, murmelte er.

»Könnt ihr kämpfen?«

»Was?« Navorra und Corsha stießen die Silbe beinahe gleichzeitig aus.

»Könnt ihr?«

Der Menschenjunge nickte zögerlich.

»Gut. Dann könnt ihr im Kampf sterben.« Er drückte dem ungläubigen Menschen das leuchtende Messer in die Hand. »Ich denke, es ist besser, wenn ihr seht, was ihr macht.«

Hinter ihm stotterte Razar protestierend. »Du kannst den Blassnasen doch keine Waffen ...«

Krendar fuhr herum, und der Aerc zuckte so heftig zurück, dass er beinahe vom Rand der Plattform stürzte.

»Ich kann verdammt noch mal tun, was ich will. Würdest du ohne Waffe in der Hand sterben wollen?«

»Was? Nein ...«

»Dann bring mich nicht dazu, deine einem der Menschen zu geben. Wovor hast du Angst? Dass sich die Skrag mit ihnen verbünden? Dass dich ein Menschenweib angreift oder einer der Welpen?« Er hob abermals die Stimme. »Wir sind Aerc. Wir sind vielleicht die dämlichsten Aerc in zwanzig Tagesmärschen Umkreis, wenn man bedenkt, wie uns die verschissenen Waldärsche vorgeführt haben. Aber zumindest einige von uns haben genug Ehre, um diese Sache hier mit Anstand zu Ende zu bringen. Was immer das wert sein mag.«

Die Korrach sahen sich an. »Na ja. Wir könnten immer...«

»...noch abhauen. Ohne Prakosh und die Säcke sind wir vielleicht schnell genug...«

Der einzig richtige Gedanke. Der einzig richtige Gedanke. Der einzig... »Wir lassen niemanden zurück«, sagte er mit mehr Festigkeit in der Stimme, als er in den Knien hatte. Oder im Magen, wenn er schon beim Thema war.

Modrath schnaubte. »Der? Er *ist* niemand.«

Krendar schüttelte den Kopf. »Wir laufen nicht.« Er sah hinauf in die blutrote und schwarze Wolke. *Wohin auch? Dafür ist es zu spät.* »In Ordnung. Geht auf eure Posten. Und gebt den Menschen ein paar Messer. Wenn sie auch nur einen Skrag abstechen, dann... ist es ein Skrag weniger.«

Während sich die Männer verteilten, hockte er sich neben Sekesh, die damit beschäftigt war, dem noch immer reglosen Prakosh irgendwelche Dinge aus kleinen Fläschchen und Beutelchen einzuflößen. Er musterte den Raut. Zu seiner Verwunderung wies der massige Aerc nur wenige oberflächliche Verwundungen auf.

»Schöne Ansprache«, raunte die Ayubo, während sie ein gelbes, streng riechendes Pulver in den Mund des Raut schüttelte. »Das wird sie zumindest ein Weilchen bei Laune halten.«

Krendar zuckte unschlüssig mit einer Schulter. »Was immer das nützen wird.«

»Nicht viel vermutlich«, gab die Ayubo zu. »Aber trotzdem. Und was ist jetzt unser Plan?«

»Keine Ahnung«, murmelte Krendar und rieb sich die Narbe auf der Stirn. »Darüber mach ich mir Gedanken, sobald ich dazu komme.« Er seufzte. »Was ist mit Prakosh? Mir wäre wohler, wenn er ...«

»Mach dir nicht zu viele Hoffnungen. Er ist vergiftet.«

Krendar hielt in der Bewegung inne. »Vergiftet? Scheiße.«

»Das kannst du laut sagen«, stellte Sekesh nüchtern fest. »Loccras. Bitterpilz. Hässliches Zeug. Es lähmt die Muskeln und Gelenke. Genug davon, und ein Aerc kann die Brust nicht mal mehr zum Atmen heben.« Ernst sah sie hinab in die offenen Augen des Raut. »Und das Hässlichste: Es macht alle Sinne klar wie Quellwasser. Man hört besser, sieht besser ... bei den Ahnen, man spürt sogar mehr. Momentan können ihm sogar Regentropfen Schmerzen bereiten. Ich weiß es. Ich habe es schon verwendet«, fügte sie hinzu.

»Aber ... Wie? Warum?«

»Warum? Da musst du unsere Gastgeber fragen. Aber ich vermute, sie werden es uns bald selbst sagen. Das ›wie‹ ist einfach: Shranga. Man kann es gut hineinmischen. Das Bier verbirgt das Bittere, während es die Aufmerksamkeit trübt. Simpel und effektiv.«

»Diese miesen kleinen Nacktärsche«, knurrte Corsha, die sich neben sie gehockt hatte. »Einen Krieger mit Shranga vergiften! Allein dafür sollte man ihnen die Ohren abschneiden!«

»Du kannst es ihnen ja anbieten.«

»Da kannst du dir sicher sein.«

Sekesh sah auf und klopfte sich die Reste des Pulvers von den Fingern. »Wenn er viel Glück hat, reicht es, was ich für ihn tun kann. Kommt drauf an, wie viel er davon getrunken hat. Ändert aber nichts daran, dass du jetzt das Kommando hast.«

Krendar schluckte. Bevor er jedoch zu irgendeiner sinnvollen Entgegnung ansetzen konnte, rief einer der Korrach seinen Namen. Er grunzte. »Keine Pause für uns dumme Schweine, was?«

Sekesh sah auf den reglosen Raut hinunter. »Würde ich so nicht sagen.«

Der Linke deutete hinab auf den Platz an der Basis der drei steinernen Hügel. Irgendjemand dort unten hatte inzwischen mehrere Feuer rund um die sandige Fläche entzündet. Die Flammen lohten in den wiederkehrenden Windstößen, die ihnen immer wieder Wolken von zornigen Funken entrissen, und tauchten Sand und Ruinen in flackerndes Licht. Sand, Ruinen und Skrag: Die schwarzpelzigen Waldaerc hatten sich von den unteren Stufen der Kegel zurückgezogen und sammelten sich jetzt rund um die Basis ihrer Zuflucht. Inzwischen waren es sicher mehr als vier mal zehn. Und das waren nur die, die er sehen konnte. *Natürlich. Kein Wunder, dass sie so viele Rinder haben. Viel zu viele für die Handvoll Waldschatten. Hätte mir gleich auffallen müssen.*

Das war es jedoch nicht, worauf ihn die Korrach hinweisen wollten. Aus dem dunklen Dreieck, das den Eingang in den größten Felsturm bildete, lösten sich jetzt mehr und mehr der Waldschatten-Krieger. Sie schritten durch die Reihen der

Skrag, die eilig vor ihnen zurückwichen, bis sie am Fuß der Treppe angekommen waren, die zu ihnen heraufführte. Von hier oben sah es jetzt mehr den je aus, als würden blanke Totenschädel über ihren Schultern schweben. Schließlich blieb die Abordnung von fünf Kriegern stehen. Die Waldschatten sahen zu ihnen auf und hoben ihre Speere wie zum Gruß.

»Krieger der Stämme, hört mich«, intonierte einer von ihnen über das Pfeifen des Winds hinweg.

Krendar war sich ziemlich sicher, dass die Stimme dem drahtigen Anführer gehörte. Und außerdem fühlte er in diesem Augenblick schon wieder die Augen aller Aerc hier oben auf sich ruhen. Eine Aufmerksamkeit, die auch mit der Wiederholung nicht angenehmer wurde, aber was half es? Er straffte die Schultern und trat an den oberen Rand der Stufen. »Was willst du, Lorrac?«, rief er zurück.

Der Waldschatten legte den Kopf schief und winkte mit einem mit Federn und Bändern verzierten Stock. Einem Unterhändlerstab. Waffenstillstand. »Ich will Prakosh sprechen, den Raut dieses Kriegstrupps.«

Wollen wir das nicht alle? »Der hat gerade Besseres zu tun. Sprich mit mir, oder lass es bleiben.«

Lorrac schien zu überlegen. »Ich kenne dich nicht, Aerc. Wie lautet dein Name?«, entgegnete er endlich.

»Wenn du mich nicht kennst, was willst du dann mit meinem Namen? Er würde dir sowieso nichts sagen. Von mir aus kannst du mich ... Häuptlingstöter nennen. Das tun einige.« *Drei, um genau zu sein. Vor allem, wenn sie mich verscheißern.* »Sonst noch was?«

Mit Verwunderung registrierte er, dass irgendetwas an seinen Worten die Waldschatten zu beunruhigen schien. Gut. Beunruhigen war immer gut.

»Du bist der Häuptlingstöter?«, rief Lorrac von unten herauf.

Ist ein komischer Augenblick, um sich über die Bedeutung von Namen zu unterhalten. »Ich habe einen oder zwei getötet, ja. Was willst du von uns? Ich habe nicht die ganze Nacht Zeit.« *Vermutlich sind wir vorher schon tot.*

Die Waldschatten diskutierten einen Moment miteinander. Sie schienen aufgeregt. Dann wandte sich Lorrac um und rief: »Wir möchten mit euch verhandeln.«

Krendar lachte humorlos auf. »Verhandeln? Das fällt euch aber früh ein.«

»Die Zeit drängt«, entgegnete Lorrac. »Kannst du für euch sprechen, Häuptlingstöter?«

Kann ich? Krendar sah sich nach den Aerc auf der Plattform um. Es sah nicht so aus, als würde sich jemand freiwillig vordrängen. »Sieht so aus.«

»Dann triff uns auf der Mitte der Treppe.«

»Euch? Lass deine Männer dort unten.«

»Das hatte ich vor.« Lorrac winkte, und seine Krieger traten einige Schritte zurück. »Ich werde nur einen Mann mitbringen, dem ihr vielleicht mehr Glauben schenkt als mir.«

Na darauf bin ich ja mal gespannt. »Dann werden wir auch zu zweit sein.« Er drehte sich um. »Modrath?«

Der Oger verzog das Gesicht. »Was soll ich? Auf dieser Scheiß-Treppe ausrutschen, auf sie stürzen und alle unter mir begraben?« Er schüttelte den massigen Schädel. »Wenn es Ärger auf der Treppe gibt, bin ich der Falsche, Broca.«

Broca? Schon wieder? Was ist aus »Kleiner« geworden?

Krendar nickte. »Hast recht.« Sein Blick wanderte weiter. »Sekesh, sieh zu, dass Prakosh wieder auf die Beine kommt. Corsha? Du kommst mit mir.«

Die Krûshal warf ihm einen düsteren Blick zu, nickte jedoch und griff nach ihrer Axt. »Sag mir, wen ich töten darf.«

»Halt einfach die Augen offen und mir den Rücken frei. Und lass sie ausreden.«

»Ich werde mir Mühe geben.«

Sie trafen sich auf halber Strecke. Krendar war für einen kurzen Moment beruhigt von dem Gedanken, im Zweifelsfall von oben herab kämpfen zu können, auch wenn seine Bewaffnung im Moment nur aus dem federverzierten Unterhändlerstab der Felsenbären bestand. Diese Beruhigung hielt bis zu dem Moment an, in dem ihm aufging, dass die Skrag wesentlich schneller die Treppe hinaufkommen würden als er. Hinter Lorrac stieg eine zweite Gestalt herauf, und erst jetzt fiel Krendar auf, dass dieser Zweite nicht die seltsame Gesichtsverzierung der Waldschatten hatte.

»Kyrk!« Corsha spie den Namen in einem wütenden Aufschrei aus. »Du widerlicher, kleiner …!«

»Bastard. Verräter. Ja ja ja.« Das Halbblut winkte ab. Er stand hoch aufgerichtet hinter Lorrac, von seiner üblichen Unterwürfigkeit war nichts mehr zu sehen. »Wie geht's unserem großen Raut?«

Corsha öffnete den Mund, doch Krendar bedeutete ihr zu schweigen.

»Wie kommst du darauf, dass wir dem da Glauben schenken, Lorrac?«

Der sehnige Waldschatten hob die Schultern. »Weil es seine

Idee war, mit euch zu verhandeln. Wäre es nach mir gegangen, hätte ich die Skrag geschickt, um euch zu überrennen, aber er meinte, es würde vielleicht schneller gehen, wenn wir reden. Wenn uns eines fehlt, dann Zeit.«

»Zeit wofür?«

Der fremde Broca sah ihn seltsam an. »Um die Welt zu retten, natürlich. Ihr seht doch selbst.« Er wedelte in Richtung Himmel. »Es ist beinahe so weit.«

Krendar sah aus dem Augenwinkel zu Corsha und legte ihr dann zur Sicherheit eine Hand auf den Arm. »Die Welt retten?«

»Natürlich. Dafür seid ihr an diesen Ort gekommen.« Lorrac zuckte mit den Schultern. »Unsere Welt zumindest. Man kann nicht alle retten.«

Corsha stieß ein Zischen aus. »Du kleine Drecksmade von einem Bastard hast uns hierhergeführt!«

Kryn imitierte das Schulterzucken des Waldschatten. »Natürlich. Das war meine Aufgabe. Wobei es nicht um euch ging. Auch wenn sich Prakosh für so unglaublich wichtig hält.« Er deutete hinter sich.

Mit wachsendem Entsetzen nahm Krendar jetzt die Waldschatten wahr, die unten auf dem Platz etwas in den Eingang des größten Felsenkegels schleppten.

»Die Herzen!«, spie Corsha aus. »Sie wollten die Herzen! Die Seelen der Krieger!«

Der bullige Halbaerc nickte. »Acht mal hundert Kriegerseelen. Sie sind das Opfer, das wir brauchen, um die Dunkelheit aufzuhalten. Und ihr konntet sie uns bringen. So einfach ist das.«

»Uns? Du bist ein Felsenbär, Kyrk! Hast du das vergessen?«

Der Halbaerc verzog das Gesicht, als hätte er in etwas Fauliges gebissen. »Ich bin kein Felsenbär! Ich habe nie die Krûnar-Riten bestanden. Und Prakosh hat dafür gesorgt, dass es niemand in diesem Scheißdorf vergisst. Soll ich dankbar sein, dass ich dummer Bastard wenigstens für euch spionieren durfte? Das habe ich nicht vergessen, falls du das meinst.« Er lächelte düster. »Die Waldschatten sind anders. Sie sehen nicht, dass ich ein Bastard bin. Für sie bin ich ein vollwertiges Mitglied des Stamms, nicht nur der unglückliche Wurf eines Menschenweibs. Für sie bin ich ein Krieger. Und ihr seid nichts als Skragfutter!«

Krendar musste fester zupacken, um Corsha daran zu erinnern, dass er immer noch den Unterhändlerstab in der Hand hielt.

Krendar atmete tief durch. »Fertig? Dann halt's Maul, denn ehrlich gesagt interessiert mich das einen feuchten Haufen Gnarrascheiße.« Er wandte sich an Lorrac. »Was für ein Opfer? Was wollt ihr mit den Herzen der Krieger?«

»Die Dunkelheit aufhalten, das hat Kyrk doch schon gesagt.«

»Ich glaube nicht, dass ihr das da noch aufhalten könnt.« Er deutete nach oben. »Mit Herzen oder ohne. Es gibt nur einen Weg, den Geistersturm zu bannen, bevor er uns alle verschlingt. Die Herzen müssen in das Land der Stämme.«

Lorrac schüttelte den Kopf. »Das ist Unsinn. Das da aufhalten? Natürlich nicht. Dieser Sturm wird seinen Lauf nehmen, ob wir das wollen oder nicht und egal, wo die Herzen sind. Viele werden sterben, noch mehr werden leiden. Das ist beschlossene Sache. Dieser Sturm lässt sich nicht besänftigen.«

Krendar runzelte die Stirn. »Wozu wollt ihr die Herzen dann opfern, wenn sie nutzlos sind?«

Der Waldschatten-Broca sah ihn an, als spräche er mit einem begriffsstutzigen Kind. »Ich habe nicht gesagt, dass sie nutzlos sind. Wir können mit ihnen den Sturm nicht verhindern, Häuptlingstöter, wir können die Stämme nicht vor ihm retten. Dieser Sturm weckt, was von alters her im Schoß der Welt ruht. Doch wir, die Waldschatten, sind die Hüter der Dunkelheit. Seit unzähligen Generationen, schon seit diese Stadt hier aus dem Boden wuchs, seit die Ahnen dieses Tal schufen, wachen unsere Drûaka über sie. Und wir wachen über die heilige Stadt! Wir haben schon so lange auf diesen Augenblick gewartet!«

Ihr macht eure Aufgabe nicht besonders gut, so wie's hier aussieht. »Das ist ja schön. Und ich bin mir sicher, dass es dazu auch eine schöne Prophezeiung gibt.« Krendar hob die Hand, um einen Einwurf Lorracs zu unterbinden. »Ich will sie nicht hören, in Ordnung? Ich kann Prophezeiungen nicht ausstehen. Ihr wollt die Herzen als Opfer für die Dunkelheit?«

»Die und euch«, knurrte Kyrk. »Die Drûaka brauchen jedes Opfer, jeden gefallenen Krieger, den wir kriegen können. Je mehr, desto besser. Und wenn's nach mir geht – wenn sie das dämliche Schwein Prakosh dabei ausbluten lassen können, bin ich doppelt glücklich.«

»Ist es das, was ihr mit meiner Schwester gemacht habt?«, zischte Corsha, nur mühsam beherrscht.

Kyrk zuckte mit den Schultern. »Hab ich doch gesagt. Skragfutter. So wie die anderen Arschlöcher. Sie haben mich wie Dreck behandelt. Und deine liebe Schwester vor allen anderen!«

Lorrac zischte den Halbaerc an, dann neigte er den Kopf. Krendar meinte fast, so etwas wie Bedauern auf der schwarz tätowierten Visage des Mannes zu erkennen. »Wie Kyrk sagt, wir benötigen jedes Opfer. Und sagt selbst, gibt es ein größeres Opfer als das Blut einer Drûaka? Falls dir das ein Trost ist, ich kann deinen Schmerz fühlen.«

»Das glaube ich kaum«, presste die Krûshal durch gefletschte Zähne hervor. »Aber das werdet ihr noch.« Sie hielt ihren glühenden Blick starr auf Kyrk gerichtet. »Das werdet ihr.«

Krendar seufzte. »Wollt ihr uns nur treffen, um Beleidigungen und Drohungen auszutauschen, oder ist es das, was ihr hier unter verhandeln versteht? Was wollet ihr uns anbieten? Einen schnellen Tod?«

Lorrac ließ die Zahnlücken sehen. »Nein, junger Krieger. Wisst ihr, wir könnten versuchen, die Herzen mit Gewalt an uns zu bringen, doch ich denke, ihr seid ehrenhaft genug, um sie mit eurem Leben zu verteidigen. Ich muss zugeben, dass wir nicht damit gerechnet haben, dass ihr euch dort oben verschanzen könntet. Und ihr habt den Oger noch bei euch. Die Skrag haben Respekt vor ihm. Das dauert zu lange und könnte unnötig verlustreich werden.«

»Ihr wolltet doch ein paar Opfer mehr. Das wäre eine schöne Gelegenheit, euch selbst zu opfern.«

»Wir alle müssen in der Dunkelheit Opfer bringen«, erwiderte Lorrac unwirsch. »Nein, ich biete euch euer Leben gegen die restlichen Herzen. Die Seelen dieser Krieger sind uns mehr wert als ihr. Die Zeit drängt, und die Dunkelheit ist nicht geduldig. Überlasst uns die Säcke, und ihr könnt gehen, wohin ihr wollt. Ihr habt mein Wort.«

Krendar konnte ein Schnauben nicht unterdrücken. »Ihr habt bereits das Gesetz des Gastrechts verletzt. Weshalb sollten wir euch glauben?«

Lorrac runzelte die Stirn. »Weil es eure einzige Chance ist zu überleben. Wir bekommen die Seelen der Krieger, daran habe ich keinen Zweifel. Ihr könnt nur entscheiden, ob eure dazugehören werden.«

»Und ihr könnt sicher sein, dass wir euch leiden lassen, wenn ihr es uns schwermachen wollt«, raunte Kyrk.

»Hm. Ich werde über deinen Vorschlag nachdenken.« Krendar sah Corsha an.

»Nein, Broca. Wir haben geschworen, die Seelen der Toten mit unserem Leben zu schützen. Und im Gegensatz zu anderen Leuten hier halten wir unser Wort«, knurrte sie.

Krendar seufzte und nickte. »Du hast sie gehört. Wenn ihr die Herzen so dringend wollt, dann kommt hoch und holt sie.«

Der Waldschatten schüttelte bedauernd den Kopf. »Es ist eure Totenfeier. Ich werde deinem Herzen einen Ehrenplatz auf dem Altar der Dunkelheit geben.«

»Ich kann's kaum erwarten.« Krendar massierte sich die Stirnnarbe, bevor er den Unterhändlerstab unter den Arm klemmte, sich abwandte und ohne ein weiteres Wort die Treppe wieder hinaufstieg.

Corsha folgte ihm. »Du hast das Richtige getan, Krendar«, sagte sie leise und warf einen wachsamen Blick zurück. »Prakosh hätte dasselbe getan.«

Das beruhigt mich jetzt nicht wirklich. »Beeilen wir uns. Ich denke, die Skrag klettern schneller als wir.«

»Ja.« Corsha klang plötzlich schicksalsergeben. »Ich seh's.«

FÜNFUNDZWANZIG
Angriff!

»Wie sieht's aus?« Glond beobachtete unruhig die Ruinen über ihnen.

Eine dunkle Gestalt rührte sich in einem der dunklen Fensterlöcher, und der Wolfmann flüsterte von oben. »Beschissen, wenn du es unbedingt wissen willst. Die Orks – also die, die wir suchen – sitzen auf diesem Berg aus Stein fest und sind umstellt. Von anderen Orks und diesen behaarten Biestern.«

»Verwandte von dir?«

Der Wolfmann knurrte, und im nächsten Augenblick fiel ein kleiner Steinbrocken von oben herab und prallte von Dvergats Schädel ab.

Der Unteroffizier stieß einen erstickten Fluch aus.

»Seid still!« Glond sah sich nervös um. »Skrag? Was tun sie?«

»Die da oben sitzen mächtig in der Kacke. Wie es aussieht, konzentrieren sich alle auf den Berg.«

»Ich glaube nicht, dass wir hier wären, wenn das anders wäre.«

Glond gab Dvergat im Stillen recht. Sie mochten eine beeindruckende kleine Armee sein, aber ... *Wir sind Dalkar. Und wenn man eines nicht behaupten kann, dann, dass wir unauffällig sind. Besonders die von uns, die gern Blech tragen.* Glond warf einen Seitenblick auf Bresch. *Axt hätte ich gern hier. Und Esse. Beim Grubenteufel, selbst Kaern wäre mir im Moment recht.* Aber Axt war nicht hier, Esse war tot und Kaern ... in Ordnung, das wäre wahrscheinlich wirklich keine gute Idee. *Ich sollte vorsichtig sein, was ich mir wünsche.* »Wie viele?«

Der Wolfmann stieß leise zischend die Luft aus. »Vier Dutzend. Vielleicht fünf, und das sind nur die, die ich sehen kann. Diese Skrag gefallen mir wirklich nicht. Sie sehen zäh aus.«

»Zäher als ein Dalkar?« Der Knollennasige schnaubte abfällig.

»Sei still«, raunzte Bresch. »Was tun sie genau?«

»Sie verhandeln«, flüsterte der Wolfmann. »Vier von den normalen Orks stehen auf einer Treppe auf halber Höhe des Bergs. Sie ... Oh. Nein.«

»Was?«

»Sie haben aufgehört zu verhandeln.«

»Du klingst, als wäre das schlecht.«

»Kommt drauf an. Ist es schlecht, wenn die Skrag die oben auf dem Berg angreifen?«

Breschs Brauen zogen sich zusammen, bis sie zu einer einzigen zu verschmelzen schienen.

»Ich denke schon«, übersetzte Dvergat.

Glond nickte. *Wenn Navorra dort oben ist, bleibt uns nicht viel Zeit. Verdammt! Wir sind so nah dran! Aber fünfzig und mehr Aerc? Es wäre Schwachsinn. Allerdings auch typisch Dalkar. Wenn ...*

»Wir greifen an. Wenn sie abgelenkt sind, sind wir im Vorteil.« Bresch hob seinen Kriegshammer auf und ließ die Schultern knacken. »Wir sind Dalkar. Fegen wir sie weg. Die Zeit für Heimlichkeiten ist vorbei.«

»Ich denke auch.« Der Wolfmann sprang von oben herab und zog sein Schwert.

Glond schüttelte resigniert den Kopf. *Es ist doch schön, dass man sich immer auf Dalkar verlassen kann.*

So eine Dalkar-Armee war schon ein beeindruckender Anblick, wenn sie in die Schlacht marschierte. Ein stählernes, waffenstarrendes Ungetüm, mit gefletschten Zähnen und zu allem entschlossenen Augen, die nur ein Ziel sahen: vorwärts.

Brüllend und fauchend stürzte sich das Ungetüm auf die Masse der schwarzpelzigen Monster, die sich in diesem Moment anschickten, den rechten der Steinkegel zu erklimmen. Die gleichen Kreaturen, die einige Nächte zuvor noch das Lager der Dalkar in ein panisches Durcheinander verwandelt hatten, wurden nun selbst durcheinandergewirbelt wie Blätter im Sturm. Im freien Feld war die dalkarische Kriegsbestie in ihrem Element.

Die gepanzerten Nahkämpfer marschierten unaufhaltsam voran, während die Armbrustmeister aus dem Schutz ihrer hoch erhobenen Schilde einen tödlichen Bolzenschauer auf die dicht gedrängten Rücken der Skrag niederprasseln ließen. Kalt und routiniert begannen die Schützen, ihre Waffen nachzuladen, ohne auch nur ihre Schritte zu verlangsamen. Sie verließen sich voll und ganz auf den Wall der sie umgebenden Nahkämpfer, der im nächsten Moment unter die verwirrten, verwundeten, kreischenden Monster fuhr und alles in Fetzen hackte, was sich ihm entgegenzustellen versuchte oder nicht schnell genug ausweichen konnte.

Mittendrin marschierte Bresch, dem Furcht so fremd zu sein schien, dass er noch nicht einmal die Bedeutung dieses Wortes verstand, den Streithammer hoch über den Kopf erhoben und mit einem seltsamen Glanz in den Augen, vor dem man sich nur fürchten konnte.

»Linke Flanke vorrücken! Nehmt sie in die Zange! Schließt die Schildreihe!« Sein Streithammer deutete mal hierhin, mal dorthin, und die Clankrieger befolgten die Befehle mit der Präzision eines Uhrwerks, trieben die Kreaturen auseinander und mähten nieder, was ihnen unter die Äxte kam.

Glond verstand nicht viel vom Krieg. Genau genommen bestanden seine einzigen Schlachterfahrungen aus Augenblicken größten Entsetzens, gefolgt von panischer Flucht, an deren Ende meist noch viel größeres Entsetzen auf ihn gewartet hatte. Doch selbst er konnte erkennen, dass Bresch bei allen sonstigen Defiziten sein Handwerk beherrschte und die Männer nach Lehrbuch führte.

Dann war das Überraschungsmoment vorbei.

Die Skrag erholten sich schnell von ihrem anfänglichen Entsetzen und brandeten vor der Reihe der Dalkar zurück. Sie waren schneller und wendiger als die Clankrieger, und schon gingen die ersten der muskelbepackten Schwarzpelze zum Gegenangriff über. Die Lehrbücher der Kriegsmeister schienen sie dabei wenig zu interessieren.

Glond nahm aus dem Augenwinkel eine Bewegung wahr und stolperte instinktiv einen Schritt beiseite. Das rettete ihm vermutlich das Leben. Zwei riesige Skrag waren mit einem unmöglich weiten Satz von einer der Ruinen zu ihrer Linken gesprungen und mitten unter den Dalkar gelandet. Der Knochendolch in der Pranke des einen verfehlte Glonds Gesicht nur um Haaresbreite und bohrte sich stattdessen in den Nacken eines der Schildträger. Der andere Skrag packte den Helm des Kriegers daneben und riss ihn mit brutaler Gewalt nach hinten. Der Kinnriemen des Helms hielt, was man von den Nackenwirbeln des unglücklichen Dalkar nicht sagen konnte. Mit einem hässlichen Krachen brachen Knochen, und der Mann sackte wie vom Blitz getroffen zusammen. Der Skrag stieß ein Triumphgeheul aus. Eine Axt, die sich in sein Gesicht fraß, beendete es abrupt. Ihr Träger riss die Waffe wieder heraus und tränkte Glond mit einem Schauer aus heißem Blut und klebrigen Stückchen.

Bresch war plötzlich neben ihm, packte den anderen von hinten am Pelz, riss ihn von seinem Opfer fort und schlug ihm mit einer einzigen, fließenden Bewegung den Schädel ein. Gerade so, als wären zweihundert Pfund Skrag nur eine haarige Lumpenpuppe.

Dennoch genügte den übrigen Skrag diese Lücke. Ein halbes Dutzend weiterer drängte sich hindurch, fiel mit Klauen, Zähnen und steinernen Klingen über die dahinter marschierenden Armbrustschützen her. Der Schütze zu Glonds Rechter schob seine halb gespannte Waffe in das aufgerissene Maul eines Angreifers, um ihn auf Abstand zu halten, doch die langen Arme der Kreatur reichten mühelos an dem Hindernis vorbei, und scharfe Krallen zerfetzten dem Schützen Gesicht und Kehle. Noch im Fallen betätigte der Mann den Auslöser seiner Waffe. Der Bügel schnellte nach vorn und zertrümmerte seinem Mörder Oberkiefer und Schädel.

Doch noch immer blieben die Dalkar nicht stehen. Klingen hoben und senkten sich und zerhackten die Monster eines nach dem anderen, ohne auf ihre Verluste zu achten.

Glond stolperte keuchend voran, wurde von der stählernen Flut fortgerissen, und sein einziger Gedanke war die absurde Hoffnung, irgendwo am anderen Ende mit dem Leben wieder herauszukommen. Im Tempel in Derok hatte er zwar den Großteil seiner Angst verloren, aber an das Schlachten und Morden würde er sich wohl nie gewöhnen. Ganz in seiner Nähe schrie jemand unnatürlich hoch und langgezogen, ob Skrag oder Dalkar war im Getümmel nicht auszumachen.

Ein haariger Arm griff nach Glond; eine Axtklinge blitzte neben ihm auf und durchtrennte die Gliedmaße, bevor sie ihn erreichte. Bresch rannte wieder neben ihm, deutete auf den Fuß des Steinkegels und brüllte weitere Befehle, von denen Glond über all dem Kreischen, Schreien, Brüllen, dem Klirren, Hacken, Zischen und Krachen, vor allem aber über dem Rauschen in seinen Ohren nicht einen einzigen verstand.

Dann brach die Schlachtenreihe abermals auseinander, und ein riesiger, geifernder Skrag walzte durch die Lücke. Mit seltsam losgelöster Faszination nahm Glond die unzähligen roten Bänder wahr, die seine Arme umwanden und in die Mähne geflochten waren. Kleine, beschnitzte Knochen waren in einzelne Fellsträhnen geknüpft, und ein Gürtel aus der Haut irgendeines Reptils hielt mehrere Dolche mit schwarzen Steinklingen. Das Maul hatte er so weit aufgerissen, dass bis auf seine Zähne kaum noch etwas von seinem Gesicht zu erkennen war. Seine mächtigen Pranken hoben sich zum Schlag, und Glond riss sein Schwert hoch mit der schrecklichen Gewissheit, dass es ihm gegen diesen Koloss rein gar nichts nützen würde. »Bleibt standhaft«, murmelte er und stemmte die Füße in den Dreck. *Was für ein bescheuerter Spruch.* Standhaftigkeit brachte einem nur den Tod.

Brüllend rempelte ihn ein Clankrieger von der Seite an, drängte sich an ihm vorbei und prallte so heftig mit dem heranstürmenden Skrag zusammen, dass sie in einem Gewirr aus Armen und Beinen zu Boden stürzten und Augenblicke später zwischen den Stiefeln der vorrückenden Dalkar verschwunden waren. Ein zweiter Skrag wurde von einem Armbrustbolzen in den Bauch getroffen und krümmte sich jaulend zusammen. Sofort sprangen zwei Clankrieger auf ihn zu und stachen mit den Spitzen ihrer Stieläxte so lange unermüdlich auf ihn ein, bis nicht mehr viel übrig war als ein durchlöchertes, zuckendes Bündel Fell.

»Armbrustschützen: Bereit.« Breschs Brüllen übertönte den Kampflärm. Die Gepanzerten stoppten ihren Lauf und duckten sich hinter ihre Schilde.

»Schuss!«

Krachend lösten sich die Armbrüste, und ein zweiter tödlicher Bolzenhagel jagte mit zornigem Summen in die angreifenden Monster. Überall schrien und kreischten getroffene Skrag, stoben auseinander wie ein aufgescheuchter Hühnerhaufen, und plötzlich war der Ansturm vorbei.

Bellend verschwanden sie in den Gassen und zwischen den Ruinen der Häuser, während die Clankrieger johlend und mit klappernden Rüstungen voranmarschierten und niedermähten, was nicht schnell genug oder zu verletzt war, um noch fliehen zu können.

Glond sank keuchend auf die Knie und stellte voller Verwunderung fest, dass er keinen einzigen Streich getan hatte und immer noch am Leben war. Sein Hemd war blut- und schweißgetränkt, und der kalte Wind ließ ihn frösteln. Der Platz war übersät mit Toten und Verwundeten, und grimmig dreinblickende Clankrieger stapften mit erhobenen Hämmern über den Platz, drehten verletzte Skrag auf den Rücken und gaben ihnen mit gezielten Schlägen den Rest.

»Glond!« Dvergat kam herangehumpelt, von Kopf bis zu den Füßen mit Blut und Schlimmerem bespritzt und mit einem Grinsen im Gesicht, als wäre das Gemetzel eine Überraschung zu seinem Ehrentag gewesen. »Hab mindestens vier von diesen Mistkerlen erwischt, vielleicht sogar fünf. Wie viele waren es bei dir?«

»Weiß nicht«, murmelte Glond. Angewidert wischte er sich das klebrig warme Blut aus dem Gesicht und schob seine saubere Klinge zurück in die Scheide. »Tote zählen ist nicht so meine Sache.«

»Du konzentrierst dich lieber auf das Wesentliche, wie?« Dvergat klopfte ihm auf die Schulter. »Nicht so wie der alte Dvergat, der mit Zahlen prahlt wie ein junger Anwärter. Aber lass mir doch die Freude, es kommt nicht alle Tage vor, dass so ein alter Sack wie ich noch einmal Schulter an Schulter mit den Clankriegern in die Schlacht zieht.« Er wischte die blutbesudelten Hände an seinem ebenso blutbesudelten Hemd ab. »Und was machen wir jetzt?«

»Jetzt kommt der schwierige Teil. Der, in dem wir verhandeln müssen.«

»Ach ja.« Dvergat warf einen Blick nach oben zur Spitze des steinernen Bergs, wo im Wetterleuchten des aufziehenden Sturms die Umrisse der Orks und Menschen zu erkennen waren. »Das wird ein verdammt hartes Stück Arbeit mit denen da oben.«

»Ich dachte dabei eher an Bresch.«

Tatsächlich war Bresch nicht leicht davon zu überzeugen gewesen, nicht in einem Sturmangriff die Treppe hinaufzutrampeln, um die Orks dort oben auch noch vernichtend zu schlagen, wie er es genannt hatte.

Vernichtend geschlagen. Natürlich. Glond schnaubte unauffällig. *Ich zähle gerade mal ein Dutzend tote Skrag. Das ist erschreckend wenig. Es sind doch deutlich mehr als das dort draußen. Mehr als wir. Wie »vernichtend geschlagen« aussieht, haben wir in Derok gesehen.*

Gut, Breschs Männer hatten einige der Schwarzbepelzten mehr erwischt, doch wie es sich herausstellte, ließen die seltsamen Kreaturen wirklich keine Verwundeten zurück. Und auch keine Toten, wenn es sich vermeiden ließ. Was mehrere blutige Schleifspuren bezeugten.

Bei aller Euphorie hatte Dvergats Argument allerdings zumindest Breschs Unteroffizieren eingeleuchtet. Egal, wie gut Breschs Männer wirklich waren, die Orks hatten auf diesem überdimensionierten Steinhaufen ganz sicher die bessere Position. Armbrüste halfen, ja. Aber eine Verteidigungsposition wie die dort oben war lange zu halten. Besonders gegen kurzbeinige Dalkarkrieger, die bergauf kämpfen müssten. Keine gute Idee, wirklich nicht. Also kletterten sie jetzt zu viert die verdammte Treppe hinauf.

Mal sehen, ob das eine bessere Idee war. Glond sah sich um. Breschs Männer hatten unten am Fuß einen Schildwall gebildet, um die Skrag im Auge zu behalten. Sie waren noch da, ganz sicher. Glond konnte in der Dunkelheit ihre Augen sehen und das Huschen, wenn eine der Kreaturen die Deckung in den Ruinen oder an den Seiten der Pyramiden wechselte. *Wie es aussieht, haben die Dreckskerle Respekt vor den Armbrüsten der Dalkar. Zumindest für den Moment.* Er wandte sich ab und kletterte weiter, dem schmutzigen Hosenboden des Wolfmanns hinterher. Hinter ihm schnauften Bresch und Turmal, der schwarzbärtige Unteroffizier, der dem Heetmann als Adjutant dienen sollte. *Er hätte wirklich unten bleiben sollen. Aber vermutlich hat er die Befürchtung, dass ich ihm den Ruhm stehle.* Glond schnaubte leise. *Dabei kann er sich den an den Helm stecken. Ich hab nicht danach gefragt. Aber es musste ja unbedingt meine Idee sein.* Zumindest hatten sie den Wolfmann bei sich. *Es könnte also funktionieren. Vielleicht. Nur vielleicht. Falls irgendeiner der Grünhäute die Menschensprache versteht. Und sie uns nicht einfach mit Speerwürfen abschlachten. Das war auch eine Option. Bei den Orks weiß man ja nie.* Sicherheitshalber hob er den Stock mit dem weißen Tuch noch etwas höher.

Es könnte funktionieren. Vielleicht. Krendar stellte fest, dass er den Unterhändlerstab so fest umklammerte, dass seine Knöchel schmerzten. *Falls einer von denen die Menschensprache versteht. Und sie uns nicht mit ihren Bolzenwerfern niedermähen, sobald wir in Reichweite sind. Aber wozu sollten sie uns sonst eine Verhandlung anbieten? Ich mein', außer dem Niedermähen. Das ist ja immer eine Option. Und bei den Wühlern weiß man ja nie.* Er sah sich nach Corsha und dem Linken um, die ihn begleiten würden. Wie es aussah, kamen die Zwerge mit vier Leuten, also sollte er das wohl auch tun. Er hätte wirklich gern den Rechten auch noch mitgenommen, doch Prakoshs Männer hatten darauf bestanden, dass er zumindest einen der Ihren mitnahm. Die Wahl war auf Razar gefallen. Sein Bruder hatte argumentiert, dass er als Einziger anderer Broca besser oben bleiben sollte. *Kann ich verstehen. Hätte ich auch gemacht, wenn ich gekonnt hätte.* Die Angstwürmer in seinem Bauch rumorten. *Aber es hilft wohl nichts.*

Krendar lockerte ein letztes Mal unauffällig die hoffnungslos verspannten Schultern. »Gehen wir.«

»Halt.« Die Stimme klang so dünn und kam so unerwartet, dass Krendar für einen Moment glaubte, er habe sich verhört. Auf Corshas Gesicht jedoch wuchs die gleiche Verblüffung, die in ihm aufstieg. Langsam drehte er sich um. Hinter ihm stand der Menschenjunge Navorra.

»Was?«

»Halt«, wiederholte der Junge und senkte den Kopf in einer Imitation der aercischen Unterwerfungsgeste. »Ich habe ›Halt‹ gesagt.«

Krendar stellte fest, dass ihm der Mund offen stand, und schloss ihn. »Du sprichst Frakra?«

Navorra nickte und sah ihn von unten herauf an. »Ich spreche. Nicht richtig, aber genug.«

»Aber ... warum hast du das nicht ... ich meine, warum tust du es?«

»Kettwych, der alte Mann, war mein Lehrer. Habe ich doch gesagt. Er sprach eure Sprache. Er sagte, es kann nie schaden, andere Sprachen zu lernen. Ich habe nicht immer auf ihn gehört, aber wohl genug.«

Inzwischen schwiegen alle Aerc und starrten den kleinen Menschen an. Lediglich das Heulen des nahenden Sturms war zu hören.

»Ich meine, warum tust du es jetzt erst?«, fragte Krendar schließlich. »Warum nicht früher?«

Krendar konnte dem Jungen ansehen, dass er sorgsam nach Worten in der Aercsprache suchte, die ihm nur holperig von der Zunge kamen. »Weil es jetzt nützt. Hätte ich vorher sprechen sollen? Hätte euer Anführer mich dann auch erstochen, wie Kettwych?«

Damit könntest du vermutlich sogar recht haben. Prakosh ist ein unberechenbarer Arsch. Da kann man wohl nie wissen.

Navorra schüttelte den Kopf. »Wir waren Gefangene. Es ist nützlich, Geheimnisse zu haben, wenn man gefangen ist, oder?«

Und auch da könnte was dran sein. Krendar bedeutete dem Jungen, sich aufzurichten. »Und warum hast du's dir jetzt anders überlegt?«

»Du hast uns freigelassen. Wir sind keine Gefangenen mehr. Wir kämpfen um unser Leben. Und ich kämpfe besser mit dem hier.« Navorra grinste schief und tippte sich an den Kopf. Dann hielt er Krendar sein Messer hin: »Besser als hiermit. Wenn ihr kämpfen wollt, bin ich euch im Weg. Wenn ihr reden wollt, kann ich helfen.«

»Du?« Ronkh musterte den kleinen Menschen so abfällig, als würde er einen frischen Haufen Gnarra-Dung inspizieren. Krendar sah auf, und Modrath legte dem massigen Broca wortlos die riesige Pranke auf die Schulter. Die Geste wirkte ebenso gut, als hätte er Ronkh niedergeschlagen. Krendar nickte dem Oger zu.

»Ich bin gut mit Worten. Und ich spreche die Sprache der Menschen und verstehe die der Dalkar. Besser als sie.« Mit einer Kopfbewegung deutete Navorra auf Corsha. »Vor allem bin ich ein Mensch. Ich verstehe sie besser als ihr.«

»Mal davon abgesehen, dass er Leuten in den Kopf sehen kann«, warf Corsha ein.

»Das auch.« Der Junge nickte ernst. »Ich kann helfen, Missverständnisse zu vermeiden.«

Krendar sah die schmächtige Gestalt eine Weile an. *Missverständnisse vermeiden? Wenn du dieses Wunder beherrschst, dann könntest du der Schlüssel zum Ende dieses Kriegs sein. Aber andererseits – was haben wir schon zu verlieren. Außer unsere Leben natürlich. Aber die sind, wenn man es genau betrachtet, ohnehin nicht mehr viel wert. Wenn uns die Wühler nicht erschlagen, dann fressen uns die Skrag. Gut angebraten, wenn uns hier vorher ein Blitz erwischt.* Er wandte den Blick hinaus in die von Wetterleuchten durchzuckte Finsternis. Eine Wolkenbank machte sich gerade daran, die beiden Monde zu verschlingen. Bald würde die Dunkelheit endgültig da sein. Die Zeit, um davonzulaufen, war verronnen.

Er seufzte und hob die Schultern. »In Ordnung. Du bist dabei«. *Wie es aussieht, nehme ich im Moment alles, was auch nur glaubhaft so tut, als sei es eine Chance, lebend von diesem groshakk Steinhaufen herunterzukommen.* »Aber heul nicht herum, wenn die Wühler dir den Schädel einschlagen.«

Der Junge schluckte unauffällig, straffte jedoch die schmalen Schultern und nickte.

Krendar schnaufte. Dann trat er an die steile Treppe und sah hinunter. Unten löste sich jetzt eine Vierergruppe aus dem dicht geschlossenen Pulk der Zwerge und begann, die Treppe hinaufzusteigen. Einer von ihnen hielt sich den Speerschaft mit dem weißen Tuch hoch über den Kopf.

Missverständnisse. Was für die Wühler ein Zeichen für Unterhändler war, war für die Aerc der Weststämme die Farbe des Todes und konnte nur zu leicht als Drohung oder Spott aufgefasst werden. *Wenn ich's in Derok nicht schon mal gesehen hätte… Kein Wunder, dass sich Wühler und Aerc so schwertun, wenn sie sich selbst auf diese Kleinigkeiten nicht einigen können.* Derok – der Gedanke gab Krendar Mut. Dort hatte es tatsächlich funktioniert, mit den Wühlern zu verhandeln. Und es waren nicht die Zwerge gewesen, die am Ende ihr Wort nicht gehalten hatten. Er konnte nur hoffen, dass sich das nicht herumgesprochen hatte.

»Also los.«

SECHSUNDZWANZIG
Bündnisse

»Orks!«, eröffnete Bresch die Verhandlung, bevor Glond es verhindern konnte. »Im Namen des Wludstein-Clans fordere ich eure sofortige Kapitulation im Austausch für euer Leben!«

Glond und der Wolfmann wechselten einen entsetzten Blick.

Das versteht der Kerl unter Diplomatie? Eilig legte Glond die Hand auf die Armbrust des schwarzbärtigen Adjutanten und drückte sie zur Seite.

Der Wolfmann räusperte sich und hob seine Stimme. Zu Glonds Erleichterung fiel seine Übersetzung etwas anders aus: »Heetmann Bresch grüßt euch und bittet um eine Unterredung zu unser aller Wohl«, sagte er laut.

Das Orkweib, das neben dem Krieger mit dem befiederten Unterhändlerstab stand, nickte und übersetzte die Worte des Wolfmanns in die gutturale Sprache der Wilden.

Glond ertappte sich dabei, vorsichtig auszuatmen. Sie verstand also die Worte der Menschen, nicht jedoch die der Dalkar. Das konnte man getrost als Gnade bezeichnen.

»Krendar, der für Prakoshs Trupp spricht, grüßt euch, Zwerg. Er hat deine Bitte vernommen«, entgegnete sie dann, ohne dass der mit dem Unterhändlerstab überhaupt ein Wort geäußert hatte. So weit, so gut. Er wandte seine Aufmerksamkeit dem Stabträger zu und stutzte. Hatte er diesen Ork schon einmal gesehen? Gut, die Wilden sahen sich alle ähnlich, und doch... Der Ork war jung, weniger vernarbt als die meisten der Stammeskrieger, die er in Derok gesehen hatte, doch die Art, wie er dort mit diesem federgeschmückten Stück Holz stand, erinnerte ihn verblüffend an eine ganz ähnliche Verhandlung, die er im Tempel von Derok geführt hatte. Nur dass damals die Plätze vertauscht gewesen waren. Sie hatten oben gestanden und die Orks unter ihnen. Und jener, der damals – vor einer Ewigkeit? Vor kaum zwanzig Tagen? – den Unterhändlerstab getragen hatte... Glond entdeckte in der Visage des Orks ein Spiegelbild seiner eigenen Erkenntnis.

»Du«, stieß er hervor, und er musste dessen Sprache nicht beherrschen, um den Laut, den der Ork im selben Augenblick ausstieß, zu verstehen. Sie beide teilten denselben Gedanken. *Das ist doch einfach nicht wahr...*

In diesem Moment drängelte sich eine kleine dünne Gestalt zwischen den massigen Orks hindurch. »Cryn!«

Glond zwinkerte, machte einen Schritt zurück und konnte gerade noch den Bolzen von der Armbrust des Schwarzbarts packen, bevor dieser reflexartig abdrückte, als das blasse Etwas die sie trennenden Stufen herabsprang und auf den Wolfmann zuhielt. Das Krachen des leer schlagenden Stahlbogens ließ alle Anwesenden zusammenzucken, und der kleine Mensch stoppte seinen Lauf, bevor er den Wolfmann gänzlich erreicht hatte. Er starrte Glond an. »Du!«

»Navorra!«, echoten Wolfmann und Glond zeitgleich.
Für einen langen Augenblick sahen sich alle acht sprachlos an.

»Was ist hier eigentlich los?«, fragte Bresch in die Stille hinein. Er klang nörgelig. »Ich denke, wir verhandeln? Es sieht mir nicht so aus, als würden sie verhandeln. Und wer ist dieser ...«

»Mensch«, schnitt ihm Glond das Wort ab. »Das ist der Menschenjunge, den wir suchen.«

Unverständnis kroch in die Miene des Heetmanns. »Das da? Aber ich denke, der Mensch ist ein Gefangener der Orks? Das habt ihr zumindest behauptet.«

»Das haben wir auch gedacht«, sagte der Wolfmann, ohne sich umzusehen. »Aber Dinge ändern sich nun mal.« Er wandte sich dem Jungen zu und verneigte sich tief. »Navorra, ich stehe zu Euren Diensten.«

Der Junge setzte gerade zu einer Entgegnung an, als der Ork mit dem Unterhändlerstab die Hand hob. Er wirkte verwirrt. *Kann ich nachvollziehen. Das ist manchmal schon eine verdammt komische Welt.*

Der Große richtete einige Worte an Navorra, dann sah er Glond an. »Ihr wolltet reden. Wenn ich mich richtig erinnere, haben wir schon einmal vernünftig miteinander reden können, in Derok.«

Glond nickte. Erstaunlicherweise entsprach das der Wahrheit, und nichts hätte ihn mehr verwundern können, als hier, im Nirgendwo am Ende der Welt, auf denselben Ork zu treffen. Und wie es aussah, könnte das mit dem Ende der Welt durchaus wörtlich zu nehmen sein. *Wie stehen die Chancen dafür?* »Du bist also jetzt der Wortführer?«, fragte er.

Der Ork nickte.

»Was ist aus dem Dicken geworden? Und aus dem Narbigen?« Es war eigentlich nicht wichtig, doch aus irgendeinem Grund musste er das fragen.

Der junge Ork zuckte mit den Schultern. »Der Fette hat meinen Broca umgebracht, und ich habe den Fetten umgebracht. Jetzt bin ich der Broca«, übersetzte die Orkfrau die Antwort des Kriegers. Offensichtlich war das auch für sie neu, denn sie sah ihren Anführer unter zusammengezogenen Brauen an. »Sie nennen mich nicht umsonst den Häuptlingstöter«, fügte er hinzu. »Aber ich denke nicht, dass du darüber reden wolltest.«

Da hast du wohl recht. »Ich bin eigentlich hier, um Navorra und sein Gefolge zu retten«, sagte er nachdenklich. »Aber das ist scheinbar nicht mehr notwendig. Oder?«

Der Ork neigte den Kopf. »Der Menschenjunge und seine Leute sind frei zu gehen, wohin sie wollen.«

Glond runzelte die Stirn. »Heißt das, sie sind dir freiwillig gefolgt?«

Der andere brachte es tatsächlich fertig, so auszusehen, als fühle er sich unwohl, auch wenn das nur so kurz anhielt, dass sich Glond nicht sicher war, ob er richtig gesehen hatte.

»Das habe ich nicht gesagt. Ihr seid uns den ganzen Weg bis hierher gefolgt, um ein Menschenkind zu retten?«

Jetzt war es an ihm, ein gewisses Unwohlsein zu verbergen. *Vermutlich mache ich das auch nicht besser als er.* »Der Wolfmann und ich sind deshalb hier, ja.«

»Warum?«

»Weil ich in Derok mein Wort gegeben habe, ihm und

seinen Leuten zu helfen. Noch bevor wir uns begegnet sind. Und ich halte mein Wort.«

Der Ork schien seine Antwort abzuwägen, dann nickte er knapp. »Ich weiß. Du hast es auch gehalten, als wir uns das erste Mal begegnet sind.« Er warf Bresch einen Blick zu, der deutlich ungehalten wirkte. »Gilt das auch für ihn?«

Das muss sich erst noch herausstellen.

»Was sagt der Wilde?«, erkundigte sich Bresch, der die Orks düster anstarrte und sich wohl nur mühsam zurückhalten konnte, seinen Hammer zu ergreifen.

Glond ließ den Ork nicht aus den Augen. »Wir sind noch bei der Vorstellung, Heetmann.«

Bresch sah ihn argwöhnisch an. »Eine ziemlich komplizierte Vorstellung«, stellte er fest.

Du hast ja keine Vorstellung. Glond nickte. »Es ist kompliziert.«

Krendar sah zwischen ihm und Bresch hin und her. »Also gut, was ist es, das er zu unserem Wohl mit uns besprechen will? Ich schätze, es geht nicht nur um die Freilassung der Menschen?«

»Nein. Er und sein Trupp wollen die Herzen, die ihr mit euch herumtragt.«

Krendars verdunkelte sich. »Woher wisst ihr davon?«

Glond hob die Schultern und ließ sie wieder fallen. »Wir wissen so Einiges. Spielt es eine Rolle? Heetmann Bresch will die Herzen und ist bereit, euch dafür gehen zu lassen. Oder aber ihr lehnt ab, und seine Schützen werden euch von dort oben herunterholen. Oder sie zwingen euch dazu, oben zu bleiben, bis euch ein Blitz erschlägt. Auch wenn es Bresch lieber wäre, die Herzen nicht beschädigt zu wissen.«

Der Ork fletschte die Zähne, als seine Übersetzerin ihm Glonds Nachricht überbracht hatte. Die folgenden Worte spie er geradezu aus. »Das ist eine dreiste Forderung, die er da stellt. Warum glaubt ihr, wir würden uns auf so etwas einlassen?«, übersetzte die Orkfrau.

»Genau genommen hat er etwas in der Art von: ›Wer hat dem denn in den Kopf geschissen? Auf keinen Fall!‹ gesagt«, murmelte der Wolfmann.

Dachte ich mir schon. »Sie sind nicht begeistert von der Idee«, gab Glond an Bresch weiter. »Und sie wüssten gern, was wir ihnen an Gegenleistung bieten können.«

Bresch verzog angewidert das Gesicht. »Gegenleistung? Habe ich mir fast schon gedacht. Die verkaufen einem ja die Leiche ihrer toten Großmutter, wenn sie die Chance wittern, Gold damit zu machen.«

»Ich glaube nicht, dass sie an Gold interessiert sind.«

Der Heetmann sah ihn zweifelnd an. »Wer sollte nicht daran interessiert sein?«

Der Kerl ist wirklich eine Zierde seiner Art. Glond hielt seinen Gesichtsausdruck bewusst neutral. »Sie sind Wilde. Wo sollten sie etwas dafür kaufen? Also, was sollen wir ihnen bieten?«

Bresch winkte ab, was von den Orks mit düsteren Mienen quittiert wurde. »Biete ihnen irgendetwas an. Glasperlen, Bier, beim Grubenteufel, von mir aus auch ein paar unserer Decken. Du hast gesagt, du kennst dich mit so etwas aus. Also ist das ja wohl deine Sache.«

»Wir könnten ihnen auch seinen fetten Arsch anbieten«, murmelte der Wolfmann düster.

Glond vermied es sorgfältig, eine Miene zu verziehen. Der

Wolfmann hatte die Sprache der Menschen verwendet, also durfte Bresch das Letzte glücklicherweise nicht verstanden haben. Stattdessen nickte er und wandte sich zu den Orks um, die sich wenige Stufen über ihnen raunend beratschlagten und ihnen dabei finstere Blicke zuwarfen. Der Himmel hinter den Kreaturen flackerte unstet, und das Grollen des Donners wurde lauter. *So hatte ich das nicht geplant.*

So war das nicht geplant«, murmelte Krendar, als die Bärtigen untereinander beratschlagten.

»Ach, du hattest einen Plan?«, knurrte Razar gehässig.

»Halt bloß den Mund.« Corsha ließ die Wühler nicht aus den Augen. »Ich wüsste zu gern, wie diese Säcke von den Herzen erfahren haben.«

»Ich kenne da jemanden, der gern Menschen am Leben lässt,« zischte Razar und fletschte die Zähne in Krendars Richtung. »Wer weiß, wie viele er am Fluss noch hat laufen lass…« Als Corsha ihm den gepanzerten Ellbogen in die Seite rammte, verstummte er mit einem Keuchen.

»Ich hab gesagt, du sollst dein Maul halten«, stellte sie fest. »Vielleicht war es auch der Trottel Jarroc, der die weggelaufenen Wühler nicht gekriegt hat. Wenn die ihn dort erwischt haben, haben sie wahrscheinlich alles aus ihm rausgequetscht, bevor sie ihn abgestochen haben. Der konnte sein dummes Maul ja auch nicht halten.«

»Es ist ziemlich egal, woher sie es wissen. Wenn sie die Herzen wollen, dann…«

»…kommen sie sowieso zu spät«, warf Corsha ein.

Krendar massierte sich die Stirn. Seine Narbe schmerzte

schon wieder. »Ich glaube nicht, dass wir ihnen das sagen sollten.«

»Ich glaube nicht, dass sie uns glauben würden«, murmelte Razar.

»Ich glaube, es würde am Ende kein Unterschied machen.« Der Himmel flackerte, und für einen Augenblick wurde es taghell. Gleich darauf rollte lang anhaltender Donner über den Himmel und ließ den Fels unter ihren Füßen vibrieren. Corsha zuckte mit den Schultern.

Krendar zeigte es nicht, aber er musste der Krûshal recht geben. *Wenn sie uns nicht glauben, sitzen wir dort oben fest. Wenn sie uns glauben und abziehen, sitzen wir immer noch dort oben fest, denn dann kommen die groshakk Skrag wieder.* »Ich ...«

»Darf ich einen Vorschlag machen?«

Krendar sah auf Navorra hinab. Er hatte den kleinen Menschen für einen Moment vergessen. Der Junge schien zu frieren. Zumindest waren seine Lippen blau angelaufen. *Kein Wunder. Der Kerl ist so dünn, dass der Wind beinahe direkt durch ihn hindurchblasen kann.* »Ich bin für jeden guten Vorschlag offen.«

Navorra nickte. Er schien Mühe zu haben, seine Zähne vom Klappern abzuhalten. »Erstens: Wir haben nicht viel Zeit. Wir müssen von diesem steinernen Berg hinunter, bevor uns der erste Blitz erschlägt. Zweitens erfrieren wir Menschen, wenn wir länger dort oben bleiben. Drittens.« Er hielt einen dritten Finger in die Höhe. »Wir kommen nur dort hinunter, wenn wir die Skrag loswerden. Und das schaffen wir nur mit den Zwergen. Viertens: Man kann mit Zwergen meist handeln, wenn man ihnen etwas anbietet.«

Ja. So weit war ich dann auch schon.

»Fünftens: Wir Menschen sind keine gute Tauschware. Wir interessieren ihren Heetmann nicht.«

»Woher willst du das wissen, Hosenscheißer?«, knurrte Razar.

»Ich kann in Köpfe sehen. In deinen, in ihren«, er deutete auf Corsha, »und auch in seinen. Und glaub mir, wir interessieren ihn nicht im Geringsten. Wenn es nach ihm geht, könntet ihr uns auch fressen. Alles, was er will, sind die Herzen. Und vielleicht noch ein paar Orks töten. Das mag er, und darin ist er gut.«

»Der Menschenwurm kann in meinen Kopf sehen?« Razar starrte den Jungen entsetzt an.

»Japp. Aber keine Sorge. In deinem ist vermutlich nicht genug drin, um ihn zu interessieren. Kannst du jetzt endlich mal ruhig sein? Sonst kommandiere ich dich zur Herdenwache ab, wenn wir hier raus sind«, knurrte Corsha.

Hört sich für mich gerade wie eine Belohnung an. »Falls.«

Sie warf Krendar einen Blick zu. »Wenn«, wiederholte sie fest. »Also, was ist dein Vorschlag, Mensch?«

»Lasst mich ihnen die Herzen anbieten, die ihr noch habt.«

Krendar starrte den Jungen verständnislos an. »Wir sollen ihnen die Geister unserer Krieger vorwerfen? Niemals.«

Navorra schüttelte den Kopf. »Natürlich nicht. Das würdet ihr nicht tun, das weiß ich. Nein, bietet sie ihm als Pfand an. Als Pfand für einen Waffenstillstand. Dann wird er euch zuhören. Oder zumindest der Zwerg mit der Fahne und der haarige Mensch werden euch zuhören. Cryn gehört zu meinen Männern. Er wird alles tun, um mich und die unseren zu retten.«

Der junge Broca warf den Zwergen, die etwas weiter unten selbst heftig diskutierten, einen düsteren Blick zu. »Und was dann?«

»Nehmt ihnen das Versprechen eines vorübergehenden Waffenbündnisses ab.«

Die drei Aerc starrten auf den kleinen Menschen hinab.

»Hä?«, machte Razar.

»Ein Waffenbündnis? Mit den Wühlern? Wozu denn das?«

Navorra sah Krendar ungeduldig an. »Damit wir von diesem Berg runterkommen und sie euch gegen die Skrag helfen, natürlich. Die Waldschatten und die Skrag haben die Herzen und wollen sie opfern. Sie sind eigentlich ohnehin schon verloren. Ihr wollt die Seelen eurer Krieger retten. Dafür braucht ihr die Zwerge. Und der Heetmann will die Herzen für sich. Da aber nur ihr wisst, wo sie sind, muss er euch helfen, sie zurückzuholen.«

»Aber warum sollten wir die Geister der Toten der Gefahr aussetzen, den Wühlern in die Hände zu fallen?«

Der Junge verdrehte die Augen und stieß entnervt die Luft aus.

»Weil jetzt die Herzen schon für uns verloren sind«, sagte Corsha nachdenklich. »Und weil die Wühler die Herzen sicher nicht beschädigen werden. Weil sie sich sicher nicht die Mühe gemacht haben, uns bis hierher zu folgen, wenn sie sie zerstören wollten.«

Navorra nickte erleichtert. »Nein. Ich glaube, sie wollen sie als Pfand und Geiseln im Krieg gegen eure Stämme.«

Jetzt dämmerte es Krendar. »Und damit werden sie alles dafür tun, dass ihnen nichts geschieht. Sogar uns gegen die Waldschatten und Skrag helfen.«

»Sie sind schwer davon abzubringen, wenn sie sich einmal etwas in die Köpfe gesetzt haben, die Zwerge.«

»Und wenn sie sich in den Kopf gesetzt haben, uns umzubringen, sobald wir von dort oben herunterkommen?«, wandte Razar ein.

Krendar sah Navorra an. »Dann sind wir auch nicht mehr tot, als wenn wir dort oben bleiben. Wir haben wohl nicht die Wahl. Aber vielleicht wenigstens eine Chance. Also gut, versuchen wir unser Glück.«

Ein Waffenbündnis mit Orks. Wer hätte das gedacht? Glond sah dem Wolfmann zu, der sich mit Navorra unterhielt.

Der Menschenjunge war tatsächlich noch magerer als das letzte Mal, als sie sich getroffen hatten, damals in Derok. Vor vielleicht zwanzig Tagen. *Oder sind es schon dreißig? Vor einer Ewigkeit.* Das damals schon zerschlissene Hemd bestand nur noch aus Löchern und verkrustetem Dreck, und der letzte Rest des Spitzenkragens war abhandengekommen. Er trug eine fadenscheinige Jacke, doch Glond konnte sehen, wie der kleine Körper im kalten Wind zitterte. Dennoch hielt sich der seltsame Junge gerade. Er strahlte eine Selbstverständlichkeit aus, die ihn absurderweise an jenen Tag in Derok erinnerte, als er diesem Kind das erste Mal begegnet war. Damals hatte es auf einem Thron gesessen und verlangt, dass zwei Männer ihre Arme in kochendes Wasser stecken, um eine wertlose Münze herauszufischen und ihm oder den Göttern etwas damit zu beweisen. *Ehrlichkeit. Oder Vertrauen. Oder bodenlose Blödheit.* Glond konnte sich nicht mehr genau erinnern. *Wie es aussieht, haben sich seine Vorlieben in der Zwischenzeit nicht großartig geändert.*

Der lange Menschenkrieger war vor dem Jungen auf ein Knie gesunken, und Navorra hatte ihm die Hand auf den Kopf gelegt, ganz der gütige Lehnsherr, der seinen treuen Vasallen segnet. Dann jedoch, nur ganz kurz, warf der Junge in einer kindlichen Geste die Arme um den Hals des haarigen Manns und vergrub sein Gesicht an dessen Schulter, bevor er sich nur einen Moment später von ihm löste und einen Schritt zurücktrat. Es war ein seltsam intimer Augenblick, und Glond wandte sich etwas betreten ab.

Stattdessen betrachtete er die übrigen Neuzugänge ihres Trupps. Tatsächlich kam ihm nicht nur der junge Ork, der das Kommando übernommen zu haben schien, bekannt vor. Auch den riesenhaften Oger, der mehr als zwei Mannslängen über die Dalkar hinausragte und nur aus knorrigen Muskeln, Sehnen und Narben zu bestehen schien, hatte er während der Schlacht in Derok schon einmal gesehen. Das Monstrum hielt einen zweihändigen Kriegshammer kampfbereit in der Linken und musterte unablässig die Dalkarkrieger, die sich um den Fuß der Treppe aufgebaut hatten. Die seltsame schwarze Orkfrau mit den verfilzten Zöpfen hatte er damals ebenfalls gesehen, bei einigen der anderen war er nicht sicher. Der junge Ork schien jedoch nicht gelogen zu haben, als er gesagt hatte, dass die beiden Anführer, die bei ihrem letzten Aufeinandertreffen das Wort gehabt hatten, nicht mehr da waren. Insgesamt waren es nur ein reichliches Dutzend Orks, und einer von ihnen schien kaum bei Bewusstsein und wurde von zwei anderen halb getragen, halb geschleift. Der Rest der Krieger hielt die Waffen fest umklammert, bereit loszuschlagen, sobald auch nur einer der Dalkar eine falsche Bewegung machen würde.

Und sind wir mal ehrlich: Wer von uns weiß schon, was für einen Ork eine »falsche Bewegung« ist?

Dazu kam eine Handvoll abgerissener, ausgemergelter Menschen, denen er ansehen konnte, dass sie fast ausnahmslos am Ende ihrer Kräfte waren. Immerhin – auch was sie anging, schien Navorra nicht gelogen zu haben. Einige von ihnen trugen Waffen, auch wenn es nur orkische Krummdolche waren, die jedoch in den Händen der Menschen beinahe wie kurze Schwerter wirkten.

Ihm entging allerdings nicht, dass sie sich von den Dalkar genauso fernhielten wie von den Orks. *Warum sollten sie uns auch trauen? Wir haben sie verraten und der Gnade der Orks überlassen. Und wie es aussieht, sind sie damit auch nicht viel schlechter dran gewesen als in der Obhut unserer Clans.* Es war der Wolfmann, den sie mit scheuen Blicken ansahen. Ehrfurcht lag darin.

»Sieh ihn dir an.« Dvergat war neben ihn getreten, ohne dass er es bemerkt hatte. »Sieht so aus, als hätten die Blassnasen einen neuen Helden.«

»Meinst du?«

Der alte Dalkar kratzte sich die Nase. »Natürlich. Er ist einer von ihnen. Und er ist durch das Ende der Welt marschiert, um sie zu finden. Er hat eine ganze Zwergenarmee mitgebracht, um ein paar verlorene Menschen in der Wildnis zu retten. Sie folgen Navorra, weil er ihnen eine Richtung vorgibt, doch Cryn ist ihnen gefolgt. Das macht ihn wohl in ihren Augen zum Helden.«

Glond nickte zögerlich. *Ganz im Gegensatz zu mir. Ich*

bin einfach nur irgendein Zwerg. Und nicht mal ein beeindruckender.

Der Alte klopfte ihm mitfühlend auf die Schulter. »Bresch will dich sehen.« Mit zusammengekniffenen Augen musterte er die umliegenden Gebäude. »Wir sollten zusehen, dass wir hier wegkommen. Verdammt viele von diesen Drecksviechern dort draußen. Und noch einmal werden sie sich nicht überrumpeln lassen. Sie hatten jetzt genug Zeit, uns zu zählen.«

Glond zuckte mit den Schultern. »Die haben uns schon lange gezählt. Gewogen, gemessen und für gefährlich befunden. Gefährlich genug, um uns hier im Freien nicht anzugreifen. Aber warum sollten sie? Wir können nicht ewig hierbleiben.«

Dvergat zupfte ein Stück Schorf von seiner Nase. »Ich denke, wir können sogar bis zum Ende der Welt hierbleiben.« Ein scharfer Donnerhall rollte durch die Ruinen, und er sah hinauf in die kochende Wolkenmasse, die jetzt eine fahlgelbe Färbung annahm. »Wird ja nicht mehr lange dauern. Aber ich schätze, du hast recht. Wir sind vielleicht vierzig Orks hierhergefolgt. Jetzt sehe ich gerade mal ein Dutzend, und wir beide wissen, wie zäh diese Bastarde sind. Ich möchte diesen schwarzen Dingern wirklich nicht zwischen den Häusern begegnen.«

Bresch stand mit zweien seiner Unteroffiziere am Rand des steinernen Bergs und zupfte sich ungeduldig ein paar undefinierbare Stückchen Skrag von der Rüstung, als Glond und Dvergat ihn erreichten. Düster starrte er auf die sieben Säcke, die die Orks vom Berg hinabgetragen hatten und jetzt sorgfältig aufstapelten. »Ganze sieben«, schnaubte er. »Ich hoffe doch, das ist nicht alles, warum wir durch diese beschissene Wildnis marschiert sind.«

Dvergat schüttelte den Kopf. »Nein. Die Orks sagen, dass die Skrag und ihre Verbündeten fünfzehn weitere Säcke verschleppt haben.«

»Ich frage mich nur, warum«, murmelte Glond.

»Ein Opfer«, sagte der Wolfmann.

Glond drehte sich um. Der Wolfmann trat mit Navorra an sie heran. »Die Orks sagen, die fremden Orks wollen die Herzen der Dunkelheit opfern.«

Bresch musterte ihn und den Jungen und spuckte abfällig aus. »Wie ich diese Wilden und ihre abergläubischen Rituale hasse«, knurrte er. »Als ob sich ein Sturm von ein paar geopferten Fleischbrocken beeindrucken ließe, Herzen hin oder her.«

Der Wolfmann zuckte mit den Schultern. »Rituale«, gab er zurück. »Wir alle haben sie. Und letztendlich kann man es nie wissen, bis man es ausprobiert hat.«

»Wenn man verzweifelt ist, probiert man eine Menge dummes Zeug«, stimmte Dvergat nachdenklich zu. »Da sind sie nicht anders als wir.«

Der Heetmann warf ihm einen verächtlichen Blick zu. »Aberglaube ist nichts, was ein echter Dalkar ausprobieren würde.«

»Nein«, murmelte Glond. »Da hast du wohl recht.« *Wir halten uns an handfeste Symbole wie Rangabzeichen, Fahnen, heilige Waffen oder die Gebeine von toten Helden. Vollkommen vernünftig.*

»Und wohin haben die das jetzt verschleppt?«

»Ich denke, das werden euch eure neuen Freunde sagen«,

entgegnete Navorra und deutete auf die Orks, die jetzt auf sie zuhielten.

»Können wir aufbrechen, Ork?«, raunzte Bresch den jungen Ork-Anführer an, der ihnen als Krendar vorgestellt worden war. An dessen Seite stand nicht nur die Orkfrau, die seine Worte übersetzte, sondern jetzt auch die Schamanin, deren Haut so tiefschwarz glänzte, als habe sie sich mit fettiger Kohle eingerieben. *Ob sie tatsächlich abfärbt?*

Sie war es, die Bresch antwortete: »Ich werde euch den Weg weisen.«

»Was?«

Die Verachtung im Blick der hochgewachsenen Frau stand der in Breschs Gesicht in nichts nach.

Na, das kann ja heiter werden.

»Ich bin eine Totensprecherin. Wenn die Herzen noch vorhanden sind, kann und werde ich sie finden. Das ist meine Aufgabe.«

Bresch zog die dichten Brauen zusammen. »In Ordnung. Also du, der Häuptling hier, und wer noch? Die Übersetzerin, nehme ich an, und ein paar von deinen Kriegern. Der Oger?«

Krendar schüttelte den Kopf. »Der Oger nicht. Wo wir hingehen, kann er uns nur schlecht folgen.«

Die Schamanin hob eine Hand. Sie sagte etwas zu ihrem Anführer, der sie verblüfft anstarrte. Bezeichnenderweise sparte sich die andere Orkfrau diesmal die Übersetzung.

»Sie sagt, er soll ebenfalls hierbleiben. Er wäre hier nützlicher als drinnen«, flüsterte Navorra unauffällig.

»Drinnen?«

Der Junge nickte kaum merklich in Richtung des größeren, mittleren Kegels. Erst jetzt wurde Glond die dreieckige Lücke bewusst, die zwischen zwei aneinandergelehnten Steinplatten an der Basis des Bauwerks gähnte. »Dort drin.«

Der Ork-Anführer protestierte immer noch.

»Sie ist ein Weib«, murmelte Dvergat amüsiert in seinen Bart. »Also gewinnt sie. Das ist so. Bei den Orks bestimmen die Weiber alles.«

»Ein Dalkar würde sich nie dem Willen einer Frau beugen«, sagte Bresch bestimmt.

»Du bist nicht verehelicht, oder?«, fragte Dvergat leichthin. Die beiden Unteroffiziere hinter dem Heetmann kicherten leise. Bresch ignorierte sie.

Der Ork warf jetzt die Hände in einer Geste hoch, die keiner Übersetzung bedurfte.

»Was hab ich gesagt?« Dvergat grinste breit.

»Sekesh wird mit euch kommen«, richtete Krendar seine Worte abermals an Bresch, »und zwei meiner Krieger werden sie begleiten und beschützen.«

»Glaubst du, meine Krieger könnten das nicht?«, fragte Bresch verächtlich.

»Ich denke eher, er meint vor deinen Kriegern, Heetmann«, warf Dvergat ein.

»Corsha hier«, der Ork deutete auf seine füllige Sprecherin, »wird ebenfalls mit euch gehen, um eure Worte zu übersetzen. Ich werde hierbleiben, um meine Männer zu führen.«

Er sieht nicht glücklich darüber aus. Bresch übrigens auch nicht.

»Darf ich einen Vorschlag machen?«, warf Navorra plötzlich ein.

»Schon wieder?«

An der Art, wie der Ork seine Sprecherin ansah, war zu

erkennen, dass sie diese Bemerkung nicht hatte übersetzen sollen.

Navorra dagegen nickte nur. »Ihr braucht jemanden hier, der zwischen Orks und Zwergen vermitteln kann«, stellte er fest. »Ich werde die Schamanin begleiten. Das ist meine Bestimmung«, fügte er hinzu. »Und ich kann für euch übersetzen.«

»Was?« Dieses Mal sprachen Bresch, die füllige Orkfrau und Krendar beinahe gleichzeitig.

Der Junge hob die schmalen Schultern. »Hier draußen nütze ich euch nichts. Die Schamanin weiß, dass ich recht habe. Ihr dagegen habt hier sicherlich einen oder zwei Dalkar, die die Handelssprache so gut beherrschen wie die Orkfrau, habe ich recht?«

Dvergat und der Schwarzbärtige nickten.

»Ich werde den Menschen nicht mitnehmen!«, protestierte Bresch entschieden. »Wir haben keine Zeit, uns um ein Menschenkind zu kümmern!«

Navorra hielt dem Blick des Heetmanns stand, ohne Angst zu zeigen. »Ihr werdet Euch nicht um mich kümmern müssen. Ich kann besser auf mich aufpassen, als Ihr glaubt, Bresch.«

Er wäre ein verdammt guter Dalkar, stellte Glond fest.

Neben ihm nickte der Wolfmann. »Das kann ich bestätigen, Heetmann. Wenn Navorra das sagt, stimmt es. Und ihr werdet hier draußen jeden Arm brauchen, wenn die Skrag zurückkommen.«

»Richtig. Außerdem wird mich Cryn beschützen«, fügte Navorra hinzu.

»Wird er?«, platzte Glond heraus.

Der Wolfmann nickte abermals. »Wir haben ihn gefunden,

und ich werde ihn nicht mehr allein lassen. Ich werde ihn begleiten. Glond?«

Ich habe nicht das Bedürfnis, schon wieder den Helden zu spielen! Glond seufzte. »Ich ebenfalls«, sagte er.

»Was? Warum?«

Ich habe nicht die geringste Ahnung. Aber so ist das nun mal. »Erinnerst du dich an die Worte deines Vaters, Bresch? Ich führe diese Unternehmung. Ich glaube nicht, dass ich dir erklären muss, warum ich meine Entscheidungen treffe. Oder wäre es dir lieber, wenn ich in deiner Abwesenheit das Kommando über deine Leute übernehme? Die Skrag werden wiederkommen, so viel ist sicher.«

Bresch starrte ihn an. Dann gab er sich einen Ruck. »Das wird nicht nötig sein«, knurrte er. »Turmal, du wirst mich hier vertreten! Sichert diesen Eingang, bis wir wieder da sind. Und habt ein Auge auf die Orks und diesen Oger. Ich will keine Überraschungen erleben. Und du«, er wandte sich an den Knollennasigen, »wähle zwanzig Krieger aus. Ich will sechs Schützen dabeihaben. Lasst uns endlich aufbrechen!«

Das ist vollkommen bescheuert!«, protestierte Krendar. Sekesh sah ihn ungerührt an.

»Was an dieser Geschichte ist nicht bescheuert?« *Auch wieder wahr.* »Aber wir brauchen deine Kampfkraft hier.«

Sekesh winkte ab. »Du meinst, ich könnte etwas, das fünfzig Wühler nicht können? Ich fühle mich geschmeichelt.« Sie lächelte spöttisch. »Krendar, du weißt, es ist der einzige Weg. Wir können die Zwerge nicht allein gehen lassen, wenn wir eine Chance haben wollen, die Herzen der Ahnen zu retten.

Wen willst du sonst schicken? Einen von Prakoshs Leuten? Das ist eine Sache der Totensprecherinnen! Also muss ich gehen. Mit den Skrag werdet ihr ohne mich fertig, nicht jedoch mit ihrer Drûaka. Wenn sie dort drin Magie beschwören, bin ich eure einzige Chance. Außerdem hat der Menschenjunge recht. Die Ahnen sagen es seit Tagen: Er ist auf irgendeine Weise wichtig bei dem, was kommt. Es ist vorbestimmt, dass er uns begleitet. Also brauchst du Corsha hier draußen. Ihr müsst die restlichen Herzen beschützen, und du musst die Orks anführen.«

Krendar knirschte mit den Zähnen. *Es ist unfair. Sie ist die Drûaka. Damit ist mein Widerspruch wohl von vornherein müßig. Am Ende bestimmen immer die Drûaka. Das ist die Art der Stämme. Zum Kotzen, wenn man's genau betrachtet.* Widerstrebend nickte er. »Also gut. Die Korrach-Zwillinge werden dich begleiten. Ich kann sonst niemandem vertrauen. Und du weißt, dass sie gut sind. Pass auf dich auf.«

Sekesh schenkte ihm einen langen, unlesbaren Blick, bevor sie nickte. »Ich werde mir das Ende der Welt doch nicht entgehen lassen«, sagte sie leise. »Pass auf dich auf, Broca. Ich gewöhne mich langsam an dich.«

Krendar sah sie verdutzt an, doch Sekesh hatte sich bereits abgewandt und wechselte einige geflüsterte Worte mit Corsha.

Seufzend wandte er sich Navorra und dem jungen Zwerg, Glond, zu. »Ich vertraue dir, Zwerg. Ich weiß, dass du dein Wort halten wirst, und du weißt, dass ich meins halte. Es ist entschieden. Sekesh und zwei der meinen werden euch begleiten. Tu, was in deiner Macht steht, um sie zu schützen. Sie ist vielleicht unsere einzige Chance, die Dunkelheit noch aufzuhalten.«

Navorra übersetzte seine Worte, und der Zwerg nickte.

»Davon bin ich überzeugt«, sagte der Junge. »Wir alle werden unseren Teil beitragen.«

Wenig später verschwand der kleine Zwergentrupp in Begleitung von Sekesh, den Zwillingen und Navorra im Inneren des Bergs.

Ich habe ganz und gar kein gutes Gefühl dabei. Aber was heißt das schon. Ein gutes Gefühl hatte ich schon lange nicht mehr. Krendar starrte in das zornige Flackern des Himmels. Die Dunkelheit war endgültig über sie gekommen.

SIEBENUNDZWANZIG
Halle des Feuers

Hinter dem Eingang wartete ein düsterer Tunnel auf sie. Seine glatten Wände aus sorgfältig behauenem Stein neigten sich in einem spitzen Winkel zueinander und gaben ihm einen dreieckigen Querschnitt. Der Fels wirkte glattgeschliffen, so als hätten ihn tausende Hände über Jahrhunderte gestreift und jede Unebenheit geglättet.

Vielleicht stimmt das sogar. Glond musterte nachdenklich die Rinne im Boden. Unzählige Füße waren diesen Weg vor ihnen gegangen und hatten den Fels Körnchen für Körnchen abgetragen. Nur wenige Schritte hinter der steinernen Toröffnung machte der Gang einen scharfen Knick nach links und zog sich in einer sanften Rechtskurve in die Dunkelheit davon. Stille umfing sie, sobald sie die Ecke passiert hatten; das Heulen des nahenden Sturms verwandelte sich in ein dumpfes Brausen, das mit jedem Schritt mehr verklang.

Die Dalkar trugen lediglich drei Fackeln mit sich, doch selbst wenn jeder von ihnen eine mitgebracht hätte, wäre nicht mehr zu erkennen gewesen als ein Gang, der sich in der Ewigkeit zu verlieren schien.

Was wahrscheinlich Blödsinn ist. Vermutlich folgt der Stollen nur der Rundung dieses künstlichen Bergs. Warum auch immer.

»Meditationsweg«, murmelte der Wolfmann.

»Hm?«

»Die Bilder hier sollen uns auf das Innere vorbereiten.«

»Bilder?«

Der Wolfmann deutete auf die Wänd neben seinem Kopf. »Die hier.«

Glond hob den Blick. Tatsächlich, im Schattenwurf der flackernden Fackeln konnte er schwache Reliefs erkennen, die sich zu beiden Seiten des Gangs hinzogen. *Natürlich. Das hier ist keine Dalkar-Arbeit. Es ist für größere Wesen gebaut.*

»Was siehst du?«

Der Wolfmann zuckte mit den Schultern. »Figuren. Manche mit Speeren, andere mit Keulen oder anderen Waffen. Tiere, Bäume, Höhlen. Kreise, die wie Sternbilder aussehen, immer wieder die Sonne, Monde, Figuren im Himmel, liegende Figuren unter der Erde, noch mehr Leute, die essen, vögeln, sich gegenseitig umbringen, Zelte, brennende Zelte, Bauwerke, Feuer, Berge, Wasser ... Es sieht aus, als würden sie Geschichten erzählen. Keine Ahnung. Es erinnert mich an die Bildwege in unseren Tempeln.«

»Wir hatten einen im Sanatorium«, flüsterte Navorra aufgeregt. »In der Halle, in der wir uns das erste Mal begegnet sind.«

»So einen meine ich.« Der Wolfmann nickte. »Man ging ihn vom Eingang aus entlang, und er erzählte die Geschichte von der Besiedlung der Welt bis zur Gründung des Tempels.«

Glond sah zu dem fremdartigen Bildband hinauf und kratzte sich das Kinn. »Das sind ziemlich viele Bilder hier.«

»Ist vermutlich auch eine ziemlich alte Welt«, brummte der knollennasige Unteroffizier vor ihm.

»Yan Shagul«, murmelte Sekesh ehrfürchtig.

»Was sagt sie?«

Navorra und die schwarze Orkfrau wechselten einige Worte, dann antwortete der Junge. »Sie nennt es den ›Pfad der Träume‹. Diesen Zugang haben alle heiligen Stätten der Orks. Er soll die Schamaninnen von der Zeit und der lebenden Welt lösen, damit sie ungestört mit den ewigen Toten sprechen können. Dieser Weg führt direkt bis in das Allerheiligste. Wenn man eingeweiht ist.«

»Und wenn nicht?«

Sekesh sah auf Glond hinab. »Dann führt er in die Irre. So lange, bis man wieder draußen ist. Oder vor Entkräftung stirbt.«

»Toll«, knurrte der Wolfmann.

»Worauf sollen wir achten?«

»Wenn ihr das wüsstet, wäre es ja kein Geheimnis mehr«, übersetzte Navorra die Worte der Schamanin. Glond hatte den Eindruck, dass sie ihn spöttisch musterte. »Dafür ist sie hier, sagt Sekesh. Sie findet den richtigen Weg, und wir sind mitgekommen, um die Hindernisse beiseitezuräumen, auf die wir treffen.«

»Ich fürchte, das Weib macht sich falsche Vorstellungen«, knurrte Bresch. Drohend funkelte er Navorra an. »Wehe, du übersetzt das. Sag ihr, sie soll vorangehen und uns den Weg zeigen. Nicht, dass wir hier in irgendwelche Fallen laufen.«

»Fallen?« Glond sah alarmiert vor seine Füße.

Der Wolfmann warf einen Blick über die Schulter und grinste ihn an. »Ich würde welche einbauen, wenn ich ein Ork wäre. Wie weit geht dieser Gang noch, meint ihr?«

Wie sich herausstellte, erstreckte er sich noch ein ganzes Stück weiter in die Dunkelheit.

Wenn uns das hier verwirren soll, dann funktioniert es hervorragend. Jedenfalls bei mir. Hatten sie die Innenseite des riesigen Steinhügels bereits umrundet? Mehr als einmal? Glond konnte schon nach kurzer Zeit nicht mehr sagen, wie weit oder lange sie gelaufen waren. Ein Dalkar aus den Minenclans hätte es mit Sicherheit vermocht, doch den Oberen war dieses untrügliche Gespür wohl abhandengekommen.

Schließlich jedoch erreichten sie ein Ende – oder zumindest einen Kreuzungspunkt: Eine kleine, runde Kammer mit gewölbter Decke öffnete sich vor ihnen; sie wies mehrere andere Tunneleingänge wie den auf, durch den sie gekommen waren. In ihrem Zentrum klaffte ein ebenfalls kreisrundes Loch im Boden, gleich einem riesigen, weit aufgerissenen Maul, das darauf wartete, sie alle zu verschlingen. An seinem Rand führten federgeschmückte Holzleitern in die Tiefe hinab.

»Das Tor zur Welt der Ahnen«, gab Navorra leise die Worte der Orkfrau wieder. Sein Flüstern hallte durch die Kuppel, wiederholte sich mehrfach und schien die Richtung zu wechseln, bis es als losgelöstes Wispern den gesamten Raum zu erfüllen schien.

Na toll.

»Großartig«, flüsterte der Knollennasige begeistert. »Habt ihr das gehört? Das ist echte Handwerkskunst!«

»Ay«, knurrte Bresch düster. »Und jetzt halt's Maul. Wie geht es weiter, Weib?«

Sekesh warf dem Heetmann einen finsteren Blick zu, bevor sie in den Schacht deutete.

Die beiden anderen Orks flüsterten etwas, das Navorra nicht übersetzte. Vermutlich war das auch besser so. Binnen weniger Augenblicke waren die Grünhäute in der Tiefe verschwunden.

Wirklich – ganz toll.

Die Leitern waren erstaunlich stabil, jedoch ganz sicher nicht für Dalkar gedacht. Es dauerte eine halbe Ewigkeit, die weit auseinanderliegenden Sprossen bis zum Grund des Schachts hinabzusteigen. Auch hier wartete ein kuppelartiger Raum auf sie, etwas größer als der am oberen Ende und über und über mit Linien, Spiralen, gepunkteten Mustern und stilisierten Figuren bemalt, die im Licht ihrer Fackeln in grellen Farben leuchteten.

Unzählige Tunnel zweigten von hier in die Finsternis ab.

»Und weiter?«

»Das ist wohl offensichtlich.« Bresch steuerte auf den größten der Eingänge zu, der sich zwischen reich bemalten Wänden in die Finsternis erstreckte. Er hatte ihn fast erreicht, als die Schamanin etwas sagte.

»Halt!«, stieß Navorra hervor, und seltsamerweise rief seine dünne Stimme weder Echo noch Hall hervor. Irgendetwas an seinem Tonfall ließ Bresch mitten in der Bewegung innehalten.

»Sie sagt, dass sie den dort nicht nehmen würde. Die Überlegung mit den Fallen war schon richtig.«

Bresch drehte sich langsam um, und Glond schaffte es

irgendwie, ein unbewegtes Gesicht zu behalten, während der Wolfmann ungeniert vor sich hingrinste. Auch in den Mundwinkeln der beiden männlichen Orks zuckte es verräterisch.

»Ach, und wohin dann?«

Wortlos deutete Sekesh auf einen unscheinbaren Nebengang.

Bresch schnitt eine Grimasse. »Geh du vor!«

Die Orkfrau deutete eine Verbeugung an und übernahm die Führung.

Ihre Stiefel polterten über den glattgeschliffenen Boden, und ihre Rüstungen klapperten und scharrten, während sie den Gang hinunterliefen, in weitere Gänge abbogen und Weggabelungen nahmen, ohne dass Glond ein Muster in den Entscheidungen der Orkfrau erkennen konnte. Sie mussten meilenweit zu hören sein, und jeder Gegner konnte sich lange genug auf ihr Erscheinen vorbereiten. Wohin auch immer die Schamanin sie führte, Glond blieb nichts anderes übrig, als zu hoffen, dass sie wusste, was sie tat. *Denn der Rest von uns weiß es gerade ganz sicher nicht.*

Sie traten durch einen weiteren, dreieckigen Torbogen, der von oben bis unten mit Zeichen überzogen war, und fanden sich unvermittelt in einer hohen Kammer wieder. Über ihren Köpfen erscholl ein Ruf, und ein Speer flog heran und klapperte keine zwei Schritt von Glond entfernt über den Boden.

Bresch stieß einen Fluch aus. »Zusammenrücken! Schilde!«

Ohne zu zögern rissen die Clankrieger die stählernen Schilde hoch – gerade rechtzeitig, denn zwei weitere Speere zischten heran, prallten von dem Wall aus schimmerndem Stahl ab und verschwanden klappernd im Dunkel.

Dann hatten die Armbrustschützen die Angreifer entdeckt: Direkt über ihnen, beinahe unter der Decke der Kammer, verlief ein Sims, auf dem zwei Orks standen und die nächsten Wurfgeschosse erhoben.

»Räumt die Arschlöcher weg!«, bellte Bresch.

Zwei Armbrüste krachten trocken, und die Orks kippten mit leisem Gurgeln aus ihrem Blickfeld.

»Scheiße!« Wolfmanns Ausruf kam gerade noch rechtzeitig. Ein halbes Dutzend Skrag stürzte sich aus Löchern in der gegenüberliegenden Wand des Gangs auf sie herab.

Wieder kamen die Schilde der Dalkar hoch, und statt auf ungeschützte Nacken und Rücken zu springen, prallten die vordersten zwei Angreifer auf eine stählerne Wand.

Breschs Hammer zerschmetterte dem Ersten den Schädel, noch während das Monster nach seinem Gleichgewicht suchte. Der andere geriet mit dem Fuß zwischen zwei der Schilde. Mit einem hässlichen Schaben schloss sich die Lücke, und die scharfen Stahlkanten trennten die Gliedmaße ab, bevor der Skrag reagieren konnte. Sein hohles Kreischen erstarb, als ihm der Wolfmann sein Schwert in den aufgerissenen Rachen stieß.

Weitere Skrag begegneten noch in der Luft den Bolzen der Armbrustschützen, wurden aus der Bahn geworfen, prallten an die Felswand und fielen schwer zu Boden, wo sich die Clankrieger grimmig über sie hermachten und sie in Stücke hackten.

Der Letzte hatte die unglückliche Wahl getroffen, sich auf die beiden Orks an der Spitze des Zugs zu stürzen. Er starb noch in der Luft, als er sich selbst auf den Speeren der grauhäutigen Stammeskrieger aufspießte.

Bresch starrte mit gefletschten Zähnen auf die zuckenden Leichname, dann spuckte er aus. »Dreckspack.« Er wandte sich um und deutete mit dem Streithammer auf einen weiteren Torbogen, der in der Dunkelheit vor ihnen zu erahnen war. »Nachladen und vorwärts!«

Der Durchgang war noch höher und breiter als der vorherige und über und über mit grellbunten Felsenbildern bemalt, grässlichen Kreaturen mit weit aufgerissenen Mäulern voller Zähne und mit Krallen, die lang und gebogen waren wie die Klingen von Säbeln. Im Licht der Fackeln schienen sie zu tanzen und zu zucken, als wären sie lebendig gewordene Dämonen aus der Hölle.

Mist Mist Mist... Glond ging das alles viel zu schnell. Er war zwar ein guter Läufer, aber eigentlich lief er viel lieber der Gefahr davon, als ihr sehenden Auges entgegenzueilen. Jeder Ruf ließ ihn zusammenzucken, und hinter jedem Klappern von Metall erwartete er einen tödlichen Speer oder eine Falle, die direkt unter seinen Füßen zuschnappte. Wütend starrte er auf den Rücken des voranstürmenden Heetmanns. Bresch kannte solche Gedanken wohl nicht.

Natürlich nicht. Dafür fehlt diesem Idioten doch die Fantasie. Einen Dalkar wie ihn kann vermutlich nur eine Felswand im Lauf stoppen! Oder eine Axt im Schädel. Wobei auch dann nicht sicher ist, ob sie etwas Lebenswichtiges trifft.

Doch solange keines von beidem eintraf, war Glond direkt hinter dem Heetmann wohl am sichersten aufgehoben. Also biss er die Zähne zusammen und rannte weiter. Ein Schaudern überlief seinen Rücken, als er unter dem Torbogen hindurcheilte, doch die tanzenden Dämonen waren nichts im Vergleich zu dem Anblick, der sich vor ihnen eröffnete.

Der Torbogen führte in eine gigantische Höhle.

Nein, Höhle war der falsche Ausdruck: Die Kaverne, die es mit den größten Hallen, die je von Dalkar geschaffen worden waren, mühelos aufnehmen konnte, schien zu perfekt, um natürlichen Ursprungs zu sein. Sie war, wie schon die Räume zuvor, kreisrund, mit einem ebenen, beinahe polierten Steinboden und Wänden, die aus perfekt ineinandergefügten, gewaltigen Felsquadern errichtet worden waren. Instinktiv verlangsamten die Dalkar ihre Schritte und richteten die Blicke nach oben. Die schwarzen Mauern bildeten eine spitz zulaufende Kuppel, deren Scheitelpunkt so hoch über ihren Köpfen lag, dass er selbst für die Augen eines Dalkar in der Dunkelheit verschwand. Es war unmöglich zu sagen, wie weit dieses Gewölbe hinaufreichte.

Bis zur Spitze des höchsten dieser künstlichen Berge, vermutete Glond. *Das verdammte Ding ist hohl! Ich wette, dieser Ort nimmt den größten Teil des Bauwerks ein!*

Ein hohles Dröhnen lag in der Luft, so als würde jemand über die Öffnung einer leeren, tönernen Flasche blasen. So tief, dass das Geräusch weniger zu hören als vielmehr in den Knochen zu spüren war. Das Geräusch wühlte sich in Glonds Eingeweide und ließ Übelkeit in ihm aufsteigen.

»Der Sturm!«, platzte der Wolfmann heraus.

Tatsächlich. Irgendwo in der Dunkelheit über ihnen musste es eine Öffnung geben, in der sich der stärker werdende Wind verfing.

Breschs Ruf riss seinen Blick von der Decke los. Erst jetzt nahm er das Zentrum der Halle wirklich wahr. Ungefähr in der Mitte des Runds erhob sich eine Plattform etwa zwei Dalkarhöhen über den Boden der Kaverne, groß genug, um einem kompletten Bauernhof der Menschen Platz zu bieten. Aus ihrem Zentrum ragte eine Miniaturversion der künstlichen Hügel draußen hervor, komplett mit steilen Treppen, die von mehreren Seiten auf die Spitze hinaufführten.

Dort oben thronte eine gewaltige Statue aus sorgfältig behauenem Stein, die von einem hölzernen, mit Federn und Tüchern bunt geschmückten Gerüst eingefasst war. Es war das Abbild einer obszön fetten Orkfrau, groß wie ein Haus und hässlich wie die Nacht, mit riesigen Schenkeln, blanken Brüsten und einem beinahe grotesk aufgedunsenen Bauch. Ihr abstoßendes Gesicht mit der platten Nase und den großen Eckzähnen war eine Maske des Zorns, und ihre gewaltigen Hände liefen in lange, gebogene Krallen aus. Doch sie waren nicht zum Töten erhoben, sondern lagen zu einer Schale geformt in ihrem Schoß und hielten einen grob eiförmigen schwarzen Fels; beinahe so wie ein Neugeborenes.

Am Fuß ihres kegelförmigen Throns lohten mannshohe Flammen von der Plattform empor und tauchten die Halle in flackerndes, rotes Licht und zuckend tanzende Schatten. Beißender Rauch waberte durch den Raum, umwallte die Statue und stieg hinauf in die Dunkelheit der Kuppel. In ihrem unruhigen Licht schien das steinerne Gesicht der Orkfrau auf unheimliche Weise lebendig zu sein, gerade so, als murmele sie unhörbare Flüche.

Um die Flammen entdeckte Glond jetzt andere Gestalten; knorrige, gebeugte Kreaturen, die er erst mit einem Moment Verzögerung als eine Gruppe Orkweiber erkannte. Sie schienen alt zu sein, uralt, mit zerfurchten Gesichtern, faltigen Armen, schlaffen Brüsten und knochigen Hüften. Ihre mit strähnigem, schütterem Haar bedeckten Häupter waren gesenkt.

Jetzt konnte er über dem monotonen Dröhnen einen beinahe ebenso eintönigen Singsang wahrnehmen. »Sie halten ein Ritual ab«, murmelte er mehr zu sich selbst.

»Ist mir völlig egal, was die Wilden da treiben«, knurrte Bresch. »Ich will die Herzen! Sichert die Halle und findet sie!«

Mit einem Ruck setzten sich die Krieger in Bewegung. Nach wenigen Schritten hatten sie die Plattform erreicht und stürmten polternd und mit scheppernden Rüstungen die breiten Treppen hinauf.

Jetzt konnte Glond auch die gesamte Fläche überblicken: Die Flammen schlugen aus einer Feuergrube, die einen Großteil des Plateaus einnahm. Die alten Frauen hockten um die lohnende Vertiefung verteilt und schienen die gewaltige Hitze, die ihnen entgegenschlug, nicht wahrzunehmen, so wie sie auch keinerlei Notiz von den heranstürmenden Zwergen nahmen.

Unmittelbar am Fuß des Felsenthrons, auf der anderen Seite des Feuers und beinahe von den Flammen verborgen, entdeckte er noch jemanden: Ihnen gegenüber stand eine unglaublich fette Frau, die sich schwer auf einen Speer mit langer Eisenspitze stützte. Sie war beinahe nackt und über und über mit Knochenperlen und Federn behängt. Zudem war ihr gesamter Körper von oben bis unten mit denselben Kreisen, Spiralen und Linien bemalt, die auch die Gänge und Torbögen verziert hatten. Mit ihrem gewaltigen Bauch und den zornig blitzenden Augen schien sie ein kleineres, allerdings kaum weniger beeindruckendes Abbild der Statue in ihrem Rücken zu sein. Ihre erhobene Hand zog Glonds Aufmerksamkeit auf sich. Die Schamanin, denn nichts anderes konnte sie sein, hielt einen dunklen, verschrumpelten Klumpen, der entfernt an einen Brocken Trockenfleisch erinnerte, über den Kopf. Ein unmelodischer Singsang drang aus ihrem aufgerissenen Maul.

»Nein!«

Glond brauchte kein Orkisch beherrschen, um den entsetzten Ausruf Sekeshs zu verstehen, als die monströse Gestalt mit einem lauten Krächzen das Herz in die fauchenden Flammen warf.

»Verdammte Scheiße! Haltet sie auf!«, brüllte Bresch.

Der Kopf der Schamanin zuckte herum, erst jetzt schien sie die Eindringlinge zu bemerken. Sie fletschte ihr beeindruckendes Gebiss, in dem nur die Schneidezähne fehlten, und trat von der Feuergrube zurück, um den heranstürmenden Clankriegern zu begegnen.

Der Erste, der sie erreichte, war ein bulliger Unteroffizier. Als er mit großen Schritten die Feuerstelle umrundete, schwang er einen klingenbesetzten Streitkolben und schnaufte wie ein Ochsengespann. Der Speer schoss auf ihn zu, doch die Spitze verfehlte ihn um Haaresbreite, und der Krieger grinste, während er den Streitkolben schwang. Doch statt den Speer zurückzuziehen, ließ die Schamanin ihn seitwärts zucken und zerschnitt mit dem scharfen Blatt die Bartzöpfe und danach das Grinsen des Angreifers. Der Unteroffizier blieb einen Augenblick mit erhobenem Streitkolben stehen, ehe er langsam nach hinten kippte und scheppernd von der Kante der Plattform fiel. Der Speer schoss ein zweites Mal nach vorn und bohrte sich in den Arm des nächsten Angreifers, der laut fluchend den Rückzug antrat.

»Armbrustschützen!«, brüllte Bresch. »Holt das Weibstück dort runter!«

Die Schamanin machte eine unwirsche Bewegung mit dem Speer, und wie aus dem Nichts fuhr ein Windstoß durch die Höhle, ließ das Feuer aufflackern und fegte die heranzischenden Bolzen klappernd gegen den Stein der Statue.

»Ihr unfähigen Schwachköpfe!«, brüllte Bresch außer sich vor Zorn, doch Sekesh schüttelte den Kopf und murmelte etwas in ihrer Sprache.

»Einer Urawi können Pfeilwerfer nichts anhaben«, übersetzte Navorra.

»Blödsinn«, schnauzte Bresch und entriss einem der Schützen die Armbrust. »Das ist orkischer Aberglaube, und diese Männer sind einfach nur unfähig.«

Sekesh erwiderte nichts, zog lediglich eine Augenbraue in die Höhe und verschränkte die Arme.

Die Schamanin stieß das Ende ihres Speers klirrend gegen den Boden und erhob die Stimme.

»Ihr werdet mich nicht daran hindern, das Ritual zu beenden«, übersetzte Navorra. »Die Ahnen müssen erwachen, noch ehe er eintrifft.«

»Welches Ritual?«, fragte Glond. »Und wer soll eintreffen?«

»Wen interessiert das?« Bresch hob die Armbrust. »Alles, was zählt, ist, dass wir sie daran hindern, meine wertvollen Orkherzen zu verbrennen.«

Der Bolzen zog eine schnurgerade Bahn durch den Raum, prallte scheppernd von der Spitze des Speers ab und trudelte harmlos davon. Fluchend schmetterte Bresch die Armbrust zu Boden und fasste den Streithammer mit beiden Händen. »Dann eben auf die herkömmliche Art.« Mit hochrotem Kopf und vorquellenden Augen machte er sich daran, die Stufen zu erklimmen, während die Schamanin ihm zornige Worte entgegenschleuderte und eine ausgreifende Armbewegung machte.

»Die Dunkelheit zieht über unseren Köpfen auf«, sagte Navorra. »Sie hat im Osten ihren Anfang genommen und wird hier ihr Ende finden. Ihr müsst mir zuhören, denn das, was mit der Dunkelheit kommt, muss aufgehalten werden.«

»Warte, was hat sie gesagt?« Glond spürte erneut die eisige Kälte seinen Rücken hinaufkriechen, und in seinen Eingeweiden machte sich ein unheimliches Gefühl breit.

»Die Dunkelheit zieht auf.«

»Nein, nicht das. Das andere meine ich. Das, was sie danach gesagt hat.«

Navorra zuckte mit den Schultern. »Ich verstehe im besten Fall die Hälfte von dem, was sie sagt, aber ich denke, sie will, dass wir ihr zuhören, weil etwas mit der Dunkelheit kommen soll, das aufgehalten werden muss.«

Glond blieb vor Überraschung der Mund offen stehen. »Das hat die Schamanin in meinem Traum gesagt.«

»Die Orkherzen gehören mir, und ich werde sie mir holen, du Miststück.« Die eisernen Platten von Breschs Rüstung schabten leise gegeneinander, als er sich im Vorbeigehen zu dem getöteten Unteroffizier hinunterbeugte und ihm das Kurzschwert aus dem Gürtel zog. »Vielleicht stopfe ich dir auch das Maul mit ihnen.«

Die Schamanin hatte aufgehört zu reden. Der Ausdruck in ihrem Gesicht hatte sich verändert. Es war nun nicht mehr vor Zorn verzerrt, sondern wirkte nur noch müde. Sie fasste den Speer mit beiden Händen und senkte Bresch die Spitze entgegen.

Der Clankrieger machte einen mächtigen Satz nach vorn, fegte ihre Waffe mit dem Kurzschwert beiseite und schlug mit dem Streithammer nach ihren Füßen. Unbeholfen stolperte die fettleibige Schamanin zurück, und Bresch umrundete die letzte Ecke der Feuergrube. Sein nächster Hieb verfehlte das Orkweib um Haaresbreite, schlug krachend ein Loch in den Boden und ließ winzige Steinsplitter durch die Luft fliegen. Die Schamanin stieß ein wütendes Zischen aus, und ihr Speer zuckte nach vorn wie der Kopf einer angreifenden Schlange. Bresch wehrte den Angriff mit dem Kurzschwert ab, und sie stieß ein zweites Mal zu. So schnell, dass dem Clankrieger diesmal keine Zeit mehr blieb, ihn abzuwehren. Die eiserne Spitze bohrte sich in die schmale Spalte zwischen Brust- und Schulterpanzerung. Bresch brüllte wie ein Ochse und wand sich, während die Schamanin ihr gesamtes, beachtliches Körpergewicht in den Stoß legte. Für einen Augenblick sah sie wie die sichere Siegerin dieses Zweikampfs aus, bis sie bemerkte, dass sich der Speer nicht weiter bewegte.

»Noch nie was von einem Kettenhemd gehört?«, fauchte Bresch. Er warf sich herum, und die Speerklinge glitt kreischend von seiner Rüstung ab, als er sich nach vorn warf und ihr das Kurzschwert in den Bauch stieß. Mit hörbarem Schmatzen glitt die Klinge bis zum Heft in ihren Wanst. Verblüfft starrte die Schamanin ihn an, taumelte zwei Schritte rückwärts. Die Klinge glitt leicht aus ihrem Bauch; ihre Knie konnten das Gewicht ihres Leibs nicht mehr tragen, also plumpste sie schwer auf den Hintern. Klappernd fiel der Speer zu Boden, und ihr bemaltes Gesicht erschlaffte. Mit beinahe neugieriger Verständnislosigkeit betrachtete sie das Rinnsal Blut, das sich jetzt aus der Wunde ergoss und eine Lache zwischen ihren Beinen bildete, die mit erschreckender Geschwindigkeit wuchs. Vorsichtig tippte sie das Loch an, und in ihrem Gesicht zuckte es, einmal, zweimal, bevor sie den Kopf hob und Bresch ansah.

»Hör mir zu«, übersetzte Navorra ihr röchelndes Stammeln. »Das Ritual muss vollendet werden.«

Bresch musterte verärgert die Stelle, an der der Speer von seinem Kettenhemd aufgehalten worden war, und bewegte versuchsweise den Arm. »Es ist vorbei. Du kannst dir den Blödsinn sparen. Niemand hört dir mehr zu. Wir nehmen uns jetzt die verdammten Orkherzen, und dann kannst du mit den Ratten sprechen oder wer auch immer dir noch Gesellschaft leisten will.«

»Hör mir zu! Er kommt! Er wird die letzten Fesseln der Dunkelheit zerschlagen, und der Sturm wird euch ebenso davonreißen wie uns!« Die Schamanin hustete, und aus ihrem Mundwinkel tropfte Blut, das sie mit dem Handrücken fortwischte. »Tausend Krieger brauchen wir, um sie zu binden, und vielleicht reicht noch nicht einmal das! Vielleicht muss am Ende nichts als Schweigen bleiben. Das ist der Preis!« Sie sackte vollends in sich zusammen und kippte mit beinahe komischer Langsamkeit zur Seite.

Sie starb, das war deutlich zu sehen, und Glond konnte daran nicht viel Komisches finden.

Die Fettmassen der Ork wogten noch einen Moment, dann lag sie still, und ihre Atemzüge kamen schnell und stoßweise. Ihre kleinen Augen wanderten zu Sekesh, und sie öffnete noch einmal den Mund. Glond erwartete lediglich einen kleinen Schwall Blut. Der kam auch, doch mit ihm brachen weitere Worte aus ihr hervor, nur noch geflüstert, doch in einem einzigen, hastigen Strom, so als wollte sie in den letzten Augenblicken, die ihr noch blieben, der jüngeren Frau ihre gesamte Lebensgeschichte erzählen.

Sekesh erwiderte nichts, starrte sie bloß mit ihren orangefarbenen Augen an und hörte zu.

»Dafür, dass am Ende nur Schweigen bleibt, redet sie aber noch verdammt viel«, knurrte Bresch. »Sag ihr, dass sie aufhören soll. Es ist vorbei!«

Die Schamanin schnaufte und warf ihm einen wütenden Blick zu, ehe sie weitersprach. Die Augen hatte sie fest auf Sekesh gerichtet und die Hand in einer beschwörenden Geste erhoben.

»Das ist erbärmlich«, stellte Bresch ohne das geringste Bedauern in der Stimme fest. Er wandte sich ab, und sein Blick fiel auf den Stapel Säcke mit den orkischen Herzen. Er war nicht sonderlich groß, was vor allem daran lag, dass gut die Hälfte davon leer zur Seite geworfen war. Ein weiteres der Behältnisse stand offen am Rand der Feuergrube; bereits die Hälfte seines Inhalts war unwiederbringlich in den Flammen verschwunden.

Bresch stieß einen unflätigen Fluch aus. »Diese beschissene fette Hexe!«, brüllte er. »Und ihre verdammten hässlichen alten Vetteln! Ihr kotzt mich an, ihr blödsinnigen Tiere!«

Wütend stürmte er zu einer der alten Frauen, die noch immer tief in Trance um die lohende Grube verteilt saßen, und versetzte ihr einen Tritt. Ohne einen Laut kippte die dürre Greisin nach vorn in die tosenden Flammen. Funkenregen stob auf und wurde vom Luftzug in die Höhe gerissen. Ein dünnes Kreischen war alles, was sie von sich gab, als die Flammen gierig nach ihr griffen und sich in ihr Fleisch fraßen. Sie schlug nur kurz um sich, doch ihr Jaulen erstarb erst, als das Feuer ihre Stimmbänder reißen ließ. Übelkeit stieg in Glond auf, und einige der Clankrieger gaben entsetzte Geräusche von sich.

»Du solltest das nicht tun«, knurrte der Wolfmann, und Glond sah, dass die Spitze seines Schwerts auf den Heetmann gerichtet war. Nicht direkt in Angriffsposition, doch wenig genug davon entfernt, um Bresch die Bedeutung klar zu machen.

»Nicht? Und wer wollte mich davon abhalten?« Er musterte den Wolfmann verächtlich. Dann schniefte er und spuckte aus. »Sie sind nichts als Tiere. Brutale, abergläubische und schwachsinnige Tiere. Die Mühe nicht wert.« Er wandte sich ab und deutete auf die übrig gebliebenen Säcke. »Sammelt alles ein, und lasst uns verschwinden. Das hier ist kein Ort für Ruhm und Ehre. Nur ein Grab mit alten Weibern darin.«

ACHTUNDZWANZIG
Höhere Ziele

»Ich glaube nicht, dass sie so einfach verschwinden«, rief Krendar. Er musste inzwischen beinahe gegen den Sturm anschreien, um sich verständlich zu machen.

Sie hatten vor dem Eingang in das Heiligtum der Waldschatten Stellung bezogen. Die gepanzerten Schildträger standen in geordneten Viertelkreisen links und rechts von ihnen. Sie hatten Krendars Aerc das Zentrum der Verteidigungslinie überlassen. Das mochte den Felsenbären vielleicht nicht passen, doch daran ließ sich nichts ändern. Mit dem hoch aufragenden Oger in ihrer Mitte war das der nützlichste Ort für sie.

Die Zwergenschützen knieten auf dem Absatz über der Tunnelöffnung, ihre Pfeilwerfer schussbereit in den Händen, um über die Köpfe der übrigen Verteidiger hinwegschießen zu können. *Was immer das bei diesem verdammten Wind nützen mag.* Sie hatten die Menschen in den Schutz des Tunneleingangs geschickt. Hier draußen würden sie nur im Weg stehen. *Und wenn es so weit kommt, dass sie kämpfen müssen, ist ohnehin alles egal.*

»Und ich fürchte, zum Reden ist es auch zu spät.«

»Denke ich auch«, gab Corsha zurück. Sie stand mit Krendar im Inneren des Halbkreises, um bei Bedarf für ihn übersetzen zu können.

Außer ihnen befanden sich noch zwei der Wühler hier: ein massiger Kerl mit schwarzem Bart namens Turmal, der den Oberbefehl hatte, und der alte Zwerg, den sie Dvergat nannten und der sich um die Männer auf der rechten Flanke kümmern sollte. Die Wühler starrten in unheimlicher Ruhe in die Dunkelheit, still wie Statuen, als hätten sie alle Zeit der Welt.

Was vermutlich sogar stimmt. Viel Zeit ist ja nicht mehr.

Der Donner war inzwischen zu einem mehr oder weniger konstanten Grollen geworden, das beinahe ohne Unterbrechung über sie hinwegrollte, und das Flackern der Blitze kam so schnell, dass es den Platz in ein unwirkliches Licht tauchte, das beinahe an Tageslicht erinnerte.

Eine kleine weiße Flocke wirbelte heran und blieb an seinem Handrücken kleben. Eine weitere landete auf dem Rücken des Kriegers vor ihm. *Schnee?* Ungläubig sah Krendar in den schwarzvioletten, kochenden Himmel hinauf.

»Schnee!«, rief Corsha und hob ihren Arm, auf dem weitere Flocken klebten.

Krendar starrte auf den weißen Fleck auf seinem Handrücken. Er machte keine Anstalten zu schmelzen. Vorsichtig schnüffelte er daran. Ein leicht beißender, schwefliger Geruch stieg ihm in die Nase, und er fletschte unwillkürlich die Zähne. »Nein!«, gab er zurück und wischte sich den Handrücken an der Hose ab. »Asche!«

Inzwischen sahen auch die Zwerge in den Himmel, aus dem der Sturm immer mehr weiße und graue Ascheflocken heranwehte.

»Woher...?«

Modrath sah sich mit grimmiger Miene über die Schulter zu ihnen um. »Der Geistersturm! Ich wette, das sind die Toten, die der Sturm bis zu uns trägt!«

Krendar erinnerte sich an die Rauchsäulen der unzähligen stinkenden Scheiterhaufen vor Derok und schauderte. *So weit, und sie haben uns doch eingeholt.*

»Der Sturm ist voll von ihnen! Er ist so voller Geister, dass sie auf uns herabsteigen. Macht euch auf eine interessante Nacht gefasst!«, rief der Oger.

»Und wenn wir keine Lust auf sie haben?«

»Oh, gegen Ragroth hätte ich gerade nichts einzuwenden!«, gab Modrath zurück. »Nichts gegen dich, Kleiner!«

Natürlich nicht. Krendar verbiss sich eine Antwort.

»Was mich angeht – ich glaube nicht, dass mich die Ahnen so schnell sehen wollen. Ich hab noch einige Rechnungen mit ein paar dieser Säcke offen!« Der Oger grinste wild und drehte sich wieder nach vorne.

»Ich mag ihn«, stellte Corsha fest und zwinkerte ihm zu.

Einer der Zwerge rief etwas, und sie wurde schlagartig ernst. »Sie haben eine Bewegung gesehen. Rechts!«

Krendar starrte in die angegebene Richtung, doch außer wirbelnden Flocken, die das Flackern der Blitze reflektierten, konnte er nichts erkennen. »Sicher?«

Ein anderer Zwerg, außen in der Reihe, deutete in die Dunkelheit. »Sie kommen!«

Er murmelte einen halbherzigen Fluch und gab den Befehl an seine Aerc weiter. »Macht euch bereit. Bleibt in der Reihe und haltet sie geschlossen! Es sind verschissene Skrag, also achtet auf euren Nebenmann!«

Nicht, dass sie diese Befehle brauchen. Jeder von denen hat öfter gekämpft als ich. Er schniefte. *Vermutlich brauch nur ich sie.* Er wischte sich ein letztes Mal die Handflächen an der Hose ab, bevor er seinen Speer fester fasste und Corsha ansah. Die Krûshal wog ihre Axt in der Hand und nickte ihm aufmunternd zu.

Wieder ein Ruf aus einer rauen Zwergenkehle.

Im nächsten Moment zuckte ein gleißender Blitz vom Himmel herab und schlug in die Spitze des rechten Hügels ein. Ein ohrenbetäubendes Krachen zerriss die Luft, und für einen langen Augenblick war der gesamte Platz taghell erleuchtet. Er wimmelte von Skrag.

Erschrockene Rufe wurden in der Reihe der Felsenbären laut, und Krendar lief es eiskalt den Rücken hinab. »Groshakk. Das sind viele.«

»Kannst du laut sagen!«, rief Corsha.

Wozu? Ich glaube nicht, dass ich damit jemandem etwas Neues sage. Dann runzelte er die Stirn. »Sie greifen nicht an!«

Der Zwerg namens Dvergat rief etwas und deutete nach rechts.

»Dort kommt jemand!«, übersetzte Corsha, und Krendar bemühte sich, das flirrende Chaos mit den Augen zu durchdringen. Tatsächlich, drüben zwischen den Häusern konnte er etwas erkennen, das Fackellicht sein mochte, Flammen, die der Sturm beinahe mit sich davonriss. »Das sind keine Skrag!«

Der nächste Blitz ließ erkennen, dass die Skrag eilig vor den Neuankömmlingen zurückwichen.

»Verstärkung?«

»Wo sollte die denn herkommen?«, raunzte Modrath.

»Keine Ahnung. Die Wühler?«

Der Schwarzbärtige, Turmal, richtete eine Frage an Corsha, die den Kopf schüttelte.

»Wohl nicht.«

»Sehen auch nicht wie Wühler aus.«

Der nächste Blitz zerriss die Dunkelheit, und Krendar musste dem Oger recht geben. Sie sahen eher nach Orks aus. *Oder Menschen?* Auf jeden Fall waren es viele. Es war unmöglich, inmitten der zuckenden Blitze und wirbelnden Asche Genaues zu erkennen, doch es mussten Dutzende sein. Im Licht der Entladungen konnte er Stahl blitzen sehen. »Was meint ihr? Hilfe oder mehr Ärger?«

»Wann hatten wir schon mal Glück?«, knurrte Modrath.

»Finden wir es heraus.« Turmal legte die Hände vor den Mund. »Hey, hier drüben!«

»Jo!« Irgendwer rief von der anderen Seite des Platzes zurück, über Sturm und Donner kaum zu hören.

Toll.

Der andere Zwerg, Dvergat, murmelte etwas, das dem wohl ebenfalls recht nahe kam.

Turmal schien allerdings doch nicht dumm genug, um leichtsinnig zu werden. »Stopp«, brüllte er, als die Gestalten mit den Fackeln in den wirbelnden Aschewolken auftauchten. »Stehen bleiben. Ich habe Schützen hier. Wer seid ihr?«

»Ist das eine Art, Freunde zu empfangen, Stumpen?« Es war eine menschliche Stimme, wenn sich Krendar nicht irrte.

Schwarzbart schien zum selben Schluss gekommen zu sein. »Ich wüsste nicht, dass ich Freunde unter den Menschen hätte«, gab er zurück.

»Mit dieser Einstellung wirst du auch keine finden. Aber ich sehe schon, ihr habt schon einige Bekanntschaften mit den Eingeborenen geschlossen. Hör zu, ich mache dir einen Vorschlag. Ich und zwei meiner Freunde«, der Fremde betonte das Wort, »kommen rüber, wo wir uns sehen können. Und dann unterhalten wir uns.«

Der Schwarzbärtige wechselte einen Blick mit Dvergat, dann nickte er, gab den Schützen ein Zeichen und hob wieder die Hände. »In Ordnung, kommt.«

Drei Figuren lösten sich aus der Gruppe der Fremden.

»Ja leck mich an meinem haarigen Arsch!«, grollte Modrath verblüfft. »Dudaki?«

»Modrath!« Aus den unablässig wirbelnden Flocken schälte sich jetzt die wohlbekannte Gestalt des dünnen Sumpfaerc, dessen riesige Augen im Widerschein des nächsten Blitzes violett schimmerten. »Mein Lieblingsoger! Und ... schau an, schau an, was haben wir denn da? Krendar, du lebst ja immer noch! Da haben wir aber noch mal Glück gehabt, was?«

»Ich dachte, du bist tot!«

»Tja, Dicker. Das dachte ich auch!« Dudaki grinste breit, und seine spitzen Zähne glänzten. »Aber ich bin jemandem begegnet, der mich vom Gegenteil überzeugt hat. Und jetzt seht mich an. Mir ging es nie besser!« Er legte den Kopf zur Seite. »Was man von euch nicht gerade behaupten kann, was?«

»Ihr kennt diese Leute?« Schwarzbart sah argwöhnisch zwischen ihnen hin und her.

Krendar riss sich aus seiner verblüfften Erstarrung. »Den Dünnen. Er gehört zu uns.« Er musterte die beiden Menschen. Jeder von ihnen war massiver gebaut als Dudaki und trug ein ganzes Arsenal Waffen bei sich. Der rechte der beiden hielt einen Bogen in der Hand, auf dem ein Pfeil lag. Die Spitze des Geschosses war zwar zu Boden gerichtet, aber das konnte sich ja schnell ändern. Und egal, wie stark der Wind war – auf diese Entfernung würde er auf jeden Fall irgendjemanden treffen. Allerdings galt das wohl auch für die Pfeilwerferschützen der Dalkar über ihnen.

Der andere Mensch war ein stiernackiger Kerl mit struppigem Bart, der nachlässig eine Keule in der fleischigen Faust hielt.

»Denke ich«, fügte Krendar hinzu. »Die Menschen habe ich noch nie gesehen.«

»Was machst du hier, Dudaki? Wer sind diese Männer?«

Der Froschaerc hob die Hände. »Fragen, Fragen, Fragen. Ihr könntet euren verloren geglaubten Freund wenigstens anständig begrüßen. Aber gut, du warst ja schon immer ein misstrauischer Sack, Modrath. Der Kerl mit der Keule hier ist mein Freund Brodyn. Wir haben wirklich viel gemeinsam. Und der andere hier ... ich habe ehrlich gesagt keine Ahnung, wie er heißt. Die Leute nennen ihn den Grinser. Vermutlich, weil er fast so fröhlich ist wie ich.« Der Bogenschütze musterte die Zwergentruppe grimmig. »Wie auch immer, wir folgen einem höheren Ziel.« Er sah einen Moment nachdenklich aus, dann schüttelte er den Kopf. »Nein, das ist falsch. Wir folgen einem Mann, der einem höheren Ziel folgt. Wir sind gewissermaßen seine nützlichen Werkzeuge, was, Brodyn?«

Der bärtige Mensch murmelte etwas und spuckte aus. Vermutlich war das seine Art der Zustimmung.

»Wovon spricht diese Kreatur?«, knurrte Turmal ungeduldig.

Krendar hob die Schultern und ließ sie wieder fallen. »Wem folgst du?«, fragte er verständnislos.

»Dem Mann, der verstanden hat, worum es hierbei geht.«

»Du bewegst dich in seltsamen Kreisen, Dudaki.«

»Das musst du gerade sagen, Häuptlingstöter. Das musst du gerade sagen.« Er schenkte den Zwergen einen von Abscheu erfüllten Blick, bevor sich seine Miene aufhellte. »He, du bist übrigens nicht mehr der einzige Häuptlingstöter hier. Ich bin jetzt der Häuptling von einem ganzen Stamm Nacktärsche aus einem Walddorf. Shirach Dudaki. Wie klingt das? Hättet ihr nicht erwartet, was?«

»Tatsache«, knurrte Modrath. »Und das sorgt dafür, dass die Skrag euch in Ruhe lassen?«

Dudaki musterte den Oger. »Tja, es sieht ganz so aus. Im Ernst, sie lassen uns vorerst in Ruhe, weil ich den Nacktärschen gesagt habe, dass sie das tun sollen. Und die Skrag hören auf die Nacktärsche. Warum auch immer.« Er deutete auf den Höhleneingang. »Können wir vielleicht reingehen? Ich finde es langsam etwas ungemütlich.«

Krendar und Corsha wechselten einen alarmierten Blick. »Dein... dein neuer Stamm – sie nennen sich nicht zufällig Waldschatten?«

Dudaki sah in den Himmel, aus dem jetzt die Ascheflocken immer dichter fielen. »Schon putzig, nicht? Ich habe gehört, dass ihr mit denen vor kurzem Ärger hattet. Die Welt ist schon klein, was?«

»Zu klein«, knurrte Modrath.

»Das mein' ich doch auch, Dicker. Man trifft immer auf dieselben griesgrämigen Gesichter. Und irgendwelche Drecksäcke, die dir den Rücken zukehren, wenn dir das Wasser bis zum Hals steht.«

»Die Waldschatten haben die Herzen gestohlen! Und sie haben verdammt noch mal versucht, uns umzubringen!«, brüllte Ronkh zornig, und nur die Pranke des Ogers auf seiner Schulter hinderte ihn daran, die Verteidigungslinie zu verlassen.

»Ich habe davon gehört. Tut mir außerordentlich leid, das könnt ihr mir glauben. Aber zu ihrer Verteidigung: Da wussten sie auch nichts vom Häuptlingswechsel. Es ist Krieg. Da passieren solche Dinge. Und was die Herzen angeht: Ich habe gehört, dass sie nicht völlig erfolgreich waren.«

»Das ist richtig«, rief der Schwarzbart. »Wir haben einen Teil und werden bald den Rest haben. Zieh deine Krieger zurück, Ork, und es wird keine Toten geben!«

Dudaki schenkte dem Zwerg keine Beachtung. »Ich glaube, da haben deine kleinen Verbündeten etwas falsch verstanden. Ich will die Herzen, Häuptlingstöter.«

Wieder kroch ein eisiger Schauer über Krendars Rücken. »Ich dachte, du würdest uns zu Hilfe kommen?«

Dudaki zuckte mit den knochigen Schultern. »Tu ich doch. Ich bekomme die Herzen, ihr lebt. Und das tue ich nur, weil wir so gute Freunde sind.«

»Und was willst du jetzt auch noch mit den Herzen? Opfern, wie deine Waldschatten-Freunde es dir befohlen haben?«, bellte Modrath.

Alle Heiterkeit verschwand auf einen Schlag aus dem Gesicht des Froschaerc. »Mir befiehlt niemand mehr. Das ist vorbei. Und die Herzen opfern? Ich bin nicht so bescheuert wie diese Wilden. Sie sind viel wertvoller, wenn man sie sorgfältig aufbewahrt. Ich denke, das ist es auch, was eure Wühlerfreunde damit vorhaben. Welcher der Häuptlinge würde nicht gehorchen, wenn man auf einen Schlag Hunderte von Seelen seiner besten Krieger auslöschen kann? Und weißt du was? Ich finde, da hatten sie gar keine schlechte Idee. Ich glaube sogar, das funktioniert ebenso gut, wenn ich das tue.«

Ein Murren ging durch die Reihen der Aerc, und als Krendar zur Seite sah, hatte zumindest Dvergat den Anstand, etwas verlegen auszusehen.

»Du würdest tatsächlich die Seelen deines eigenen Volkes als Geiseln nehmen?«

Ein gleißender Blitz durchzuckte den Himmel und schlug hinter ihnen in den höchsten Gipfel der Felshügel ein. Krendar war es, als habe ihm jemand einen Stock gegen die Kniekehlen geschlagen, und auch einige der Zwerge strauchelten kurz. Donner grollte, hämmerte auf seine Ohren ein und vibrierte in seinen Knochen.

Anscheinend ungerührt, sah Dudaki abermals in den Himmel. Dann streckte er die Zunge heraus und fing eine der Ascheflocken auf ihrer Spitze ein. Nachdenklich kaute er, bevor er wieder mit den Schultern zuckte. »Mein Volk ist schon lange tot. Es hat niemanden interessiert, als wir so tief in die Sümpfe vertrieben wurden, dass schließlich alle ersoffen, die nicht vorher verhungert oder am Fieber, das die Menschen in die Sümpfe geschleppt haben, verreckt sind. Uns kam niemand zu Hilfe, kein Rogoru, kein Drangog, kein Ragroth.« Er schluckte. »Bitter. Aber weißt du was? Das ist jetzt egal. Stämme sind jetzt egal. Nimm deinen.« Er deutete auf die Asche. »Was ist davon schon übrig? Das da. Asche. Asche, ein paar Weiber in den Dörfern, die bald von den Fiebern der Menschen hinweggerafft werden, und ein paar starrsinnige Säcke, die vor Derok ihren großartigen Krieg führen und von einer Zeit träumen, die längst vorüber ist.

Die Welt der Orks geht unter, Krendar. Deine Zwergenfreunde wissen es, und tief in dir weißt du es auch.« Dudaki sah Corsha an. »Du kannst dir übrigens sparen zu übersetzen, Krûshal. Die Wühler hören und verstehen jedes meiner Worte.«

Erst jetzt fiel Krendar auf, dass die Zwerge mit verbissenen Mienen lauschten. *Was zum ...*

»Ganz recht, kleiner Häutlingtöter. Ich spreche in allen Zungen. Jener, der mich gerettet hat, hat uns zu besseren Wesen gemacht. Ist doch so, was, Brodyn?«

Der bärtige Mann grinste. »So ist es.«

Zu seinem Entsetzen stellte Krendar fest, dass er den Mann verstanden hatte, obwohl jener ganz sicher nicht Frakra, die Sprache der Weststämme, gesprochen hatte.

»Wir sind gesegnet, Krendar. Scheiße noch eins, wir sind gesegnet! Das ist die Macht der neuen Götter. Nicht die verschissene Geheimniskrämerei der Ahnen, die nur mit ein paar alten Weibern reden. Falls sie es je getan haben, was ich, ehrlich gesagt, inzwischen bezweifle. Diese Dunkelheit wird die alte Welt verschlingen, und was übrig bleibt, sind wir. Es ist völlig egal, ob du ein Aerc bist oder eine Blassnase wie Freund Brodyn hier oder sogar eine engstirnige Erdmade. Stämme und Völker spielen keine Rolle mehr. Du stehst auf unserer Seite, oder die Dunkelheit verschlingt dich.« Ein neuerliches, nicht enden wollendes Donnergrollen untermalte seine Worte.

Krendar räusperte sich. »So einfach ist das?«

Dudaki nickte ernst. »So einfach ist das. Sieh dich um. Menschen, Aerc, Skrag, vereint unter mir, der guten alten Froschfresse. Meine Güte, sieh dich doch selbst an! Du stehst da, vereint mit Zwergen, gegen ein Heer von Aerc. Sie stehen mit dir, bereit, den Menschen die Schädel einzuschlagen, die doch auf ihrer Seite stehen! Die alte Ordnung ist im Arsch. Gebt mir die beschissenen Herzen, und wir lassen euch ziehen. Oder ihr schließt euch uns an. Wie ihr wollt. Wir bringen die neue Welt, eure einzige Chance, diesen ganzen Mist hier zu überleben. Zusammen können wir diesen Krieg beenden!« Dudaki hatte die Arme ausgebreitet, und seine Stimme übertönte inzwischen mühelos das Heulen des Sturms.

Er machte eine Pause, und für einen langen Moment war nichts zu hören als das Wüten des Sturmes zwischen den Ruinen, das Knarren der gepeinigten Bäume und das unablässige Donnern der Blitze, die in immer schnellerer Folge in den Ruinen und den drei Felskuppeln einschlugen.

»Bist du jetzt fertig, Ork?«, entgegnete Turmal schließlich.

Dudaki runzelte die Stirn. »Ja. So ziemlich.«

»Gut. Es wird nämlich langsam langweilig. Verschwinde von hier, und nimm deine haarigen Freunde mit. Wir haben nicht vor, uns diesen Mist noch länger anzuhören. Wir sind Dalkar. Wir weichen nicht, und wir lassen uns nicht von ein paar dahergelaufenen Menschen und Orks einschüchtern. Verschwinde in deinen Sumpf, und von mir aus verreck dort. Möglichst leise!«

»Ich geb's nicht gern zu, aber der Wühler spricht mir aus dem Herzen«, murmelte Corsha so leise, dass sie über das Jaulen des Himmels kaum zu hören war.

Dudaki senkte die Arme, und für einen Moment sah er beinahe traurig aus. Er sah Krendar an. »Ist das euer letztes Wort?«

Krendar schluckte und hatte das Gefühl, eine Handvoll Kieselsteine seine Kehle hinabzwingen zu müssen. Er sah die

Reihe der gepanzerten Zwerge an, die angespannten Rücken der Aerc vor ihm. Und er dachte an die Menschen im Inneren des Tunneleingangs hinter ihm und die Herzen, die dort lagen, die Seelen der gefallenen Krieger, die ihm anvertraut worden waren. Hilfesuchend sah er zu Modrath. Der Oger erwiderte seinen Blick mit einem humorlosen Lächeln. »Deine Entscheidung, Broca. Aber denk dran, wer Dudaki ist.«

Tja. Wer ist er? Ein Lügner, ein Feigling, ein gewissenloser Drecksack? Aber vielleicht hat irgendwas ihn tatsächlich verändert. Vielleicht kann sich ein Mann ja ändern.

Krendar atmete tief durch und nickte dem Wühleranführer zu.

»Letztes Wort, Dudaki«, rief er, so bestimmt er konnte.

Der Froschaerc nickte. »Hab ich mir schon gedacht, Broca. Du warst schon immer zu weich. Na dann. Grinser?«

Der Bogenschütze neben ihm riss seine Waffe hoch und ließ den Pfeil fliegen, bevor irgendjemand Zeit hatte zu reagieren. Für einen entsetzlichen Moment sah Krendar das Geschoss auf sich zufliegen, dann riss eine Bö es zur Seite, und sie bohrte sich in Turmals kunstvoll geflochtenen Bart. Der Dalkar stolperte einen Schritt zurück, fasste unsicher an seine Kehle und fiel ohne einen Laut nach hinten. Noch bevor er aufschlug, übertönte das Krachen der Pfeilwerfer das Unwetter, und ein Dutzend Kurzpfeile fand ihr Ziel. Der Schütze wurde von den Füßen gerissen und wie eine Lumpenpuppe nach hinten geschleudert, überschlug sich und blieb schließlich seltsam verdreht liegen. Gut ein halbes Dutzend Kurzpfeilschäfte ragte ihm aus Bauch und Brust, während einer in seinem Auge saß. Das andere sah Krendar verwundert an, bevor eine Ascheflocke darauf fiel und kleben blieb.

Drei der übrigen Bolzen hatten Dudaki getroffen. Mit einem Aufbrüllen stolperte der Froschaerc rückwärts, bevor er sich fing und schwankend stehen blieb. Der menschliche Stiernacken namens Brodyn musterte verblüfft den Kurzpfeil, der aus seiner Brust ragte. Dann kroch ein Grinsen in sein Gesicht. Es war kein schönes Grinsen. Er packte den Pfeil und zog ihn mit einem Ruck aus der Wunde, die eigentlich hätte tödlich sein müssen. Dann ließ er das Geschoss fallen und sah die Zwerge an. Sein Grinsen verbreiterte sich.

Dudakis Grinsen glich dem seinen. »Na sieh mal an. Die Götter des Verhüllten haben uns wohl tatsächlich zu besseren Leuten gemacht. Man entdeckt doch täglich neue Seiten an sich, was?«

»Jo!«, nickte Brodyn begeistert.

Dudaki sah auf den Bogenschützen hinab und zuckte mit den Schultern. »Wie es aussieht, gilt das nicht für jeden von uns. Vermutlich auch nicht für euch.« Er riss sich einen der Bolzen aus dem Bauch und warf ihn in die Richtung der Zwerge, bevor er seine beiden langen, krummen Messer aus dem Gürtel zog. »Macht sie nieder!«, brüllte er, und trotz des Sturms hallte seine Stimme über den gesamten Platz.

»Scheiße«, stellte Modrath nüchtern fest.

NEUNUNDZWANZIG
Enthüllungen

»Scheiße«, murmelte Glond und fühlte Galle in seiner Kehle aufsteigen. Das war wirklich kein Ort für Ruhm und Ehre, nicht einmal für etwas Anstand. Er zuckte zusammen, als sich mehrere Clankrieger an ihm vorbeidrängten, um ihrem Anführer die Plattform hinauf zu folgen. Sein Augen wanderten zur Orkstatue, deren Blick nun ebenso hoffnungslos wirkte wie der der Schamanin in ihrem letzten Moment. »Vielleicht hätten wir ihr zuhören sollen.«

»Ich kenne dieses Gefühl, wenn einem niemand zuhören will.«

Glond zuckte erneut zusammen und warf den Kopf herum.

Eine schlanke Gestalt trat durch den Torbogen. Sie war in eine schlichte Kutte gehüllt, und eine Kapuze verbarg ihre Züge beinahe vollständig. Ihre Stimme klang heiser und knisternd, wie trockenes Pergament »Es ist eine äußerst schmerzhafte Erfahrung. Man redet, man bittet, man bettelt. Aber es ist keiner da, der Erbarmen zeigt.«

Bresch trat an den Rand der Plattform und stemmte die

Hände in die Hüften. »Wer ist dieser Narr, und wie ist er an den Wachen vorbeigekommen?«

»Es waren Wachen da? Sie sind mir gar nicht aufgefallen.« Der Verhüllte winkte mit einer gelangweilt wirkenden Geste ab. »Ist auch nicht wichtig. Viel wichtiger ist, dass ...«

»Kettwych?«, unterbrach der Wolfmann verblüfft. »Bist du das?«

Der Verhüllte stockte. »Cryn? Cryn von Norderstadt!«, rief er heiser aus. »Na so etwas! Ich wusste ja, dass sich eine Horde Wühler hier herumtreibt, aber mir wäre nie im Traum eingefallen, dass du dich noch immer mit diesem Gesindel abgibst! Dann ist wohl auch dein ... ah.« Sein Blick fiel auf Glond. »Dein neuer Herr. Habt ihr Derok also überlebt. Ich bin beeindruckt.«

Navorra stieß einen erstickten Laut aus und sprang auf.

»Sieh sich das einer an! Unser alter Herr und Meister ist auch hier! Der kleine Junge, der sich für etwas Besseres hält und doch jene, die ihm nachfolgen, im Stich lässt, wenn sie seine Fürsprache am dringendsten benötigen. Heute muss wahrlich mein verdammter Glückstag sein.«

Er schob die Kapuze zurück, und jetzt konnte Glond sehen, dass ein dünnes Tuch sein Gesicht verhüllte. Seine Rechte wirkte seltsam verkrüppelt, beinahe krallenartig. Glond runzelte die Stirn. *Kann es sein ...?*

»Doch ich muss euch enttäuschen. Den alten Narren Kettwych habe ich schon eine ganze Weile nicht mehr gesehen. Nicht, dass ich ihn großartig vermissen würde. Aber ich hoffe trotzdem, dass ihr euch freut, mich zu sehen. Obwohl ... Vermutlich eher nicht.« Er machte eine theatralische Pause und zog sich ruckartig das Tuch vom Gesicht. Es war von einer dicken Schicht schuppenartiger Plättchen überzogen, die ihm beinahe das Aussehen einer menschlichen Eidechse verliehen. Sein Mund verzog sich zu einem faulzahnigen Lächeln, als er das Entsetzen sah, das der Anblick auslöste.

»Veyd!«, brach es aus dem Wolfmann hervor.

»Der Echsenmann«, hauchte Glond. *Der elende Mensch aus Derok, der mit seinen Kumpanen ungerührt einen Mann ermordet hat, als die Orks bereits plündernd durch die Straßen zogen. Der Drecksack, der von Navorra verstoßen wurde!*

Der Echsenmann verzog das Gesicht. »Der Echsenmann. Na herzlichen Dank. So nennen mich die ganzen Arschlöcher, die mich für mein Aussehen fürchten und verachten. Aber alle meine Freunde nennen mich Veyd.« Er legte seinen verkrüppelten Zeigefinger an den Mund. »Ach ja, ich vergaß. Ihr habt ja die meisten meiner Freunde umgebracht. Und der Rest hat sich von mir abgewandt, um weiter diesem kleinen Scheißer Navorra dort in den Arsch kriechen zu dürfen. Nichts für ungut, Eure Hoheit. Mir ist also nichts anderes übriggeblieben, als mir neue Freunde zu suchen.« Er nickte in Richtung des Tors, durch das jetzt ein gutes Dutzend bis an die Zähne bewaffneter Menschen strömte; allen voran Hastyr, der Mensch aus der Sumpfstadt, auf dessen eingedelltem Gesicht ein bösartiges Grinsen lag. »Uns alle verbindet ein gemeinsames Schicksal, denn wir dienten einst unter Herren, die unsere Ergebenheit und Treue nicht zu schätzen wussten.«

»So sieht's aus«, knurrte Hastyr und warf einen finsteren Seitenblick auf den Wolfmann, der mit dem Schwert in der Hand neben Glond getreten war.

»Du arbeitest jetzt also für Veyd?«, knurrte der Wolfmann.

»So weit scheint es um deine Treue zu Nyorda also nicht bestellt zu sein.«

»Das musst gerade du sagen. Du warst es doch, der uns für eine Handvoll Gold damals den Rücken gekehrt hat und in die Stumpenstadt gezogen ist. Veyd hat mir erzählt, wie du dich dort aufgeführt hast. Wie ein verdammter Adliger, der auf die kleinen Leute herunterschaut, als wären sie Würmer! Du hast deine Männer dort genauso behandelt wie mich damals. Du hast dich sogar den verschissenen Stumpen an den Hals geworfen und zugelassen, dass sie Veyd zum Tode verurteilen.«

Der Wolfmann verzog das Gesicht. »Weil er ein genauso großes Arschloch ist wie du.«

»Wenigstens behandelt er mich mit Respekt!«

Der Wolfmann schnaufte. »Nur solange es ihm in den Kram passt. Das wirst du früher oder später auch noch feststellen.«

»Du meinst, genauso wie Nyorda? Die dir so einfach verziehen hat, als du zurückgekehrt bist? Glaubst du, ich hätte nicht bemerkt, dass diese Schlampe euch befreit hat? So lange habe ich ihr treu gedient, und dann steckst du deinen haarigen Schädel durch die Tür, und alles ist vergeben und vergessen, und du bist wieder ihr Liebling, der tun und lassen kann, was er will? Drauf geschissen, sage ich dir! Da bin ich mit Veyd allemal besser dran. Er kann uns weit mehr bieten als ein Leben in einem stinkenden Schlammloch.«

»Keinen Streit!« Der Echsenmann hob beschwichtigend die Hände. »Wir sind nicht gekommen, um alte Fehden mit euch auszufechten. So sehr es mich auch reizt. Wir wollen nur reden.«

»Für meinen Geschmack redet ihr bereits viel zu viel«, knurrte Bresch von der Plattform herab. »Was willst du?«

»Das da!« Mit ausgestrecktem Zeigefinger wies der Echsenmann hinauf zu der über ihnen thronenden Orkstatue. »Ich will nur diesen Stein, mehr nicht. Ihr könnt alles andere haben. Gold, Silber, Schmuck. Was immer ihr in diesen Ruinen findet. Von mir aus auch diese stinkenden Orkherzen, sie interessieren mich nicht.«

Die Dalkar sahen sich verwirrt an. »Was? Warum den Stein? Was hat es damit auf sich?«

»Nichts Besonderes.« Der Echsenmann schob das Tuch in eine Tasche seiner Robe.

Irgendwo hoch über ihren Köpfen schlug mit ohrenbetäubendem Krachen ein Blitz in der Kuppel ein, tauchte für einen Augenblick alles in gleißendes Licht, und der darauf folgende Donner ließ den Boden unter ihren Füßen erzittern. Staub und kleine Gesteinsbrocken rieselten von der Decke. Ungerührt sprach der Echsenmann weiter. »Lasst es mich so ausdrücken: Er besitzt einen gewissen ideellen Wert für mich. Für euch dagegen ist er so wertlos, wie ihr es für mich seid.« Er breitete die Arme aus. »Also was haltet ihr von meinem Angebot? Das ist doch ein ordentlicher Handel, oder nicht?«

Bresch spuckte auf den Boden. »Ich habe einen anderen Vorschlag. Warum steckt ihr euch nicht eure hässlichen Visagen gegenseitig in die Ärsche und macht, dass ihr davonkommt? Alles, was du hier siehst, ist Eigentum meines Clans, und niemand wird hier etwas einfordern außer mir.«

Der Echsenmann runzelte die Stirn. »Warum können wir nicht wie vernünftige Menschen miteinander reden?«

»Weil sie keine Menschen sind?«, vermutete Hastyr.

»Ich fürchte, damit hast du den Nagel auf den Kopf getroffen, mein Freund.« Die Stimme des Echsenmanns klang nachdenklich und auch ein wenig traurig. »Ihr Zwerge seid ein so urtümliches Volk, so voller Zorn. So selbstgerecht und stolz. Aber vielleicht ist es an der Zeit, diesen Stolz endlich zu Grabe zu tragen und auf andere zuzugehen. Endlich mit ihnen zu reden.«

»Das sind ja ganz neue Töne aus deinem Mund«, knurrte der Wolfmann. »Bist das noch du, der da spricht, Veyd?«

»Ein Mensch kann sich ändern.«

»Du nicht. Du warst dein Leben lang ein Arschloch und wirst es immer sein. Egal, welche Weisheiten du noch von dir gibst.«

Der Echsenmann lächelte milde. »Das Gleiche habe ich auch immer von dir gedacht, Cryn. Und nun sieh dir an, was aus dir geworden ist. Ein Beschützer von Witwen und Waisen, ein strahlender Ritter voller guter Vorsätze und Taten, ein wahrhaftiger Edelmann. Gibt es irgendwo auf der Welt ein besseres Beispiel dafür, dass ein Mann es schaffen kann, über seinen eigenen Schatten zu springen?«

»Er hat mich einen Hund genannt«, zischte Hastyr und starrte den Wolfmann hasserfüllt an. »Er hat sich vor meinen eigenen Männern über mich lustig gemacht und meine Autorität untergraben.«

»Ich weiß, ich weiß. In ihm steckt immer noch eine ganze Menge Zorn. Ein Mann ändert sich eben nicht von einem Tag auf den anderen. Auch ich habe das nicht. Du musst ihm schon ein wenig Zeit geben.«

»Du hast mir versprochen, dass ich meine Rache bekomme. Dass Blut fließen wird!«

»Das habe ich, mein Freund, und im Gegensatz zu manch anderem pflege ich die Versprechen zu halten, die ich meinen Männern gebe. Andererseits habe ich diesen Herrschaften gerade eben ein Angebot gemacht und kann es nun schlecht wieder zurücknehmen.« Nachdenklich rieb sich der Echsenmann das Kinn. »Da haben wir uns in ein echtes Dilemma hineingeredet, was?«

Reden konnte der Echsenmann, das musste Glond neidlos anerkennen. In seiner Stimme lag nichts als Freundlichkeit, und sein Vorschlag schien durchaus vernünftig und wohlüberlegt zu sein. Andererseits hatte er aber auch schon bei ihrer ersten Begegnung damals in Derok mit goldener Zunge gesprochen, während keine drei Schritte entfernt eine Leiche mit eingeschlagenem Schädel gelegen hatte. Glond fühlte, wie seine Haut zu kribbeln begann. Wo hatte der Drecksack diesmal seine Leiche vergraben? Er warf einen Blick auf die tote Schamanin.

Hör mir zu …

Lächelnd tätschelte der Echsenmann Hastyr den Arm, dann schlenderte er gemächlich auf die Mitte des Platzes zu. »Ihr Zwerge liebt doch Zweikämpfe über alles, nicht wahr? Was haltet ihr denn davon, wenn wir die Sache Mann gegen Mann austragen? Ganz wie in alten Zeiten. Euer Kämpfer tritt gegen meinen an, und sie kämpfen auf Leben und Tod. Die Seite des Siegers bekommt alles, die Verlierer ziehen sich zurück.«

Bresch schnaubte. »Offenbar schätzt du die Lage falsch ein, Mensch. Du hättest besser daran getan, meinem Vorschlag Folge zu leisten und abzuhauen, anstatt hier große Reden zu schwingen. Es ist unter meiner Ehre, sich mit Krüppeln zu messen.« Er gab zweien seiner Krieger ein Zeichen, und sie stapften auf den Echsenmann zu. Der eine, ein rotbärtiger Schwertkämpfer, näherte sich grinsend von links, der andere kam gemächlich von rechts, während die Axt in seiner Hand kleine Kreise beschrieb.

Der Echsenmann sah ihnen lächelnd entgegen, ohne sich vom Fleck zu rühren.

»Ich habe keine Probleme damit, 'nen Krüppel fertigzumachen«, sagte der Rotbärtige. »Du etwa?«

»Überhaupt nicht. Macht die Sache ja nur leichter.« Der Axtkämpfer machte einen Satz nach vorn und schlug zu.

Immer noch lächelnd fing der Echsenmann die Waffe kurz unterhalb des Blatts ab, riss sie dem Axtkämpfer aus der Hand und stieß ihm gleichzeitig die verkrüppelte Klaue in die Kehle. Elegant drehte er sich um und schleuderte die Axt dem Rotbärtigen gegen die Stirn, die in einem Schauer aus Blut und Knochensplittern zerbarst. Genüsslich zog er die Klaue aus der Kehle des Axtkämpfers und trat einen höflichen Schritt zur Seite, um dem Sterbenden Platz zum Fallen zu machen. »Sie funktioniert immer noch besser, als ich dachte«, sagte er und betrachtete seine blutbesudelte Klaue so, wie ein Händler ein wertvolles Artefakt betrachten mochte.

Brüllend stürmte ein weiterer Clankrieger heran, ließ seinen Streitkolben kraftvoll auf ihn niedersausen und quiekte überrascht auf, als sein Gegner nicht mehr dort war, wo er soeben noch gestanden hatte, und sich dafür sein Ellbogen knackend in die falsche Richtung bewegte.

»Huch«, murmelte er, stolperte noch ein paar Schritte weiter und blickte verwirrt auf den verdrehten Arm. Dann murmelte er noch einmal »Huch«, als Hastyr grinsend vortrat und ihm mit einem einzigen kraftvollen Hieb seines Haumessers den Schädel bis zum Kiefer hinab spaltete.

»Armbrustschützen!«, brüllte Bresch, und eine Bolzensalve schoss klackernd in die Luft.

Irgendjemand stieß einen durchdringenden Schrei aus, und einer der Menschen taumelte mit einem Bolzen im Hals davon. Ein weiterer wurde in die Seite getroffen, als er sich schützend vor den Echsenmann warf. Der Echsenmann sprang lächelnd über den zuckenden Körper hinweg, wich elegant dem Stoß einer Schwertklinge aus und rammte dem Angreifer die Stirn gegen das Nasenbein.

»Rache«, brüllte Hastyr aus vollem Hals, während er sich nun ebenfalls auf die Dalkar warf. Einem entsetzt dreinblickenden Nahkämpfer riss er einfach den Schild aus der Hand und schlug einem nachladenden Schützen damit den Schädel ein. Seine Schläge waren so hart, dass das Blut meterweit spritzte, und sein Grinsen verwandelte sich dabei in eine irre Grimasse.

Glond sah, wie sich die anderen Menschen nun ebenfalls in Bewegung setzten und die Clankrieger sich ihnen entgegenstellten. »Scheiße«, flüsterte er zum wiederholten Male, unfähig, sich zu rühren.

Zwei Schildträger setzten sich Rücken an Rücken gegen ein halbes Dutzend Angreifer zur Wehr und teilten ordentlich aus. Doch die Menschen lachten und ließen nicht locker, und einer, dem sie die Beine zerschmettert hatten, zog sich mit den Armen voran und stocherte mit seinem langen Messer nach ihren Füßen. Der eine Schildträger wehrte einen hohen Schlag ab und schrie auf, als sich ein Speer in seinen Unterschenkel bohrte und ihn in die Knie zwang. Zwei der Angreifer nutzten die Gelegenheit, um knurrend vorzuspringen und ihn mit ihren rostigen Klingen in Stücke zu hauen.

»Scheiße ...«

»Zurück«, schrie der Wolfmann und schwang sein Schwert. »Zieht euch auf die Plattform zurück!«

»Wir hätten zuhören sollen«, flüsterte Glond, während er zusah, wie ganz in der Nähe ein weißhaariger Armbrustmeister in Stücke gehackt wurde. Er drehte sich um und sah den hageren Alten mit dem Flickenmantel, den sie in der Sumpfsiedlung Skyld genannt hatten, auf sich zukommen. Unter seinem offenen Flickenmantel blitzte ein Gurt mit unzähligen Messerklingen hervor, von denen er eine mit der rechten Hand herauszog, während er über den Rücken der Linken seine Silbermünze wandern ließ. Beinahe im Vorbeigehen schlitzte er einem Clankrieger die Kehle auf, grinste dabei so irre, als hätte er soeben einen halben Liter Sumpfporst in sich hineingeschüttet, und warf die Münze hoch in die Luft. Noch während sie flog, wirbelte er herum, schleuderte ein zweites Messer gegen die Beine eines zurückweichenden Schildträgers, und fing die Münze wieder auf. »Bei Zahl lasse ich dich am Leben, kleiner Stumpen, und bei Kopf schlitze ich dich auf ...«

Erstarrt sah Glond zu, wie Skyld die altersfleckige Hand öffnete, als der Stahl einer Schwertklinge hinter ihm aufblitzte. Der alte Mann sprang im letzten Augenblick zur Seite, sodass das Schwert des Wolfmanns, statt ihm den Kopf zu spalten, nur seine Schulter streifte, und die Münze klirrend zu Boden fiel. Knurrend und fauchend wich er zurück und zückte zwei neue Messer.

»Zahl«, stellte der Wolfmann fest. »Da hat er wohl diesmal Glück gehabt.«

»Kann gar nicht sein«, krächzte Skyld. »Diese Münze besitzt gar keine Zahlseite. Ich habe sie selbst gefälscht.«

»Hier, schau selbst.« Der Wolfmann schob ihm die Münze mit dem Stiefel entgegen, und während Skyld sich stirnrunzelnd hinabbeugte, rammte er ihm das Schwert in den Bauch. Dann hob er die Münze auf und warf sie Glond zu. »Komm endlich. Wir ziehen uns auf die Plattform zurück.«

Bresch wollte es einfach nicht in den Kopf, wie sich die Lage in so kurzer Zeit zu seinem Nachteil hatte entwickeln können. Gerade war alles noch unter Kontrolle gewesen, und Sekundenbruchteile später herrschte reinstes Chaos. Die Menschen waren wie ein Unwetter über die Dalkar hereingebrochen und hatten sie überrannt, ehe auch nur einer von ihnen an Widerstand denken konnte. Bresch konnte brüllen, so viel er wollte, die Männer folgten seinen Befehlen nur zögerlich, und manche schienen sie schlichtweg zu ignorieren. Stattdessen stolperten sie ziellos in der Gegend herum und stachen auf alles ein, was sich ihnen in den Weg stellte. Einschließlich ihrer eigenen Kameraden. Es machte allerdings auch keinen Unterschied, ob sie ihm noch folgten oder nicht, denn Bresch musste zugeben, dass er schlichtweg keine Ahnung hatte, was er befehlen sollte. Es war alles so chaotisch und ungeordnet. Überhaupt nicht mehr so, wie er es auf den Kartentischen der Heetleute gesehen hatte. Er hatte immer genau gewusst, wo er die liebevoll geschnitzten Figürchen und bunt bemalten Standarten hinschieben musste, um den Feind zu umgehen, einzukesseln und in die Knie zu zwingen. Es hatte Regeln gegeben und klare Vorgaben, und alles hatte seinen Sinn gehabt. Sieg oder Niederlage waren allein vom Geschick des Anführers abhängig gewesen. Hier dagegen schien es reiner Zufall zu sein, wen es erwischte und wer überlebte. Der Armbrustmeister wurde erschlagen, während sein unfähiger Schildträger einen tödlich geglaubten Stoß beinahe unversehrt überstand. Der umsichtige Clankrieger wurde vom Spieß seines wild um sich stechenden Kameraden durchbohrt, der standhafte Axtkämpfer einfach so ohne Vorwarnung überrannt. »Zusammenrücken! Armbrustschützen...« Breschs Stimme brach, und seine Worte verloren sich im allgemeinen Kampfgetöse. Es hatte keinen Sinn, niemand hörte zu. Er hätte genauso gut auf einen Stein einreden können oder auf einen dieser furchterregenden Menschen, die auf den Kartentischen meistens nur eine Holzmünze als Zeichen erhalten hatten, statt einer vollständig ausgearbeiteten Figur. Sie waren immer so unnütz erschienen, so entbehrlich. Im besten Fall hatten sie als Grabenfutter getaugt, wenn es galt, den Vormarsch des Feinds lange genug zu verzögern, bis die richtigen Einheiten in Stellung gebracht waren. Hier dagegen reichte eine Handvoll Menschen, um gestandene Clankrieger wie Hasen über die Felder zu treiben. Von fast zwei Dutzend seiner besten Männer lag ein Großteil mit eingeschlagenem Schädel im Dreck. Ein paar wehrten sich mit dem Mut der Verzweiflung, die anderen waren schwer verwundet oder befanden sich auf dem Rückzug. Eine Handvoll hatte sich auf das obere Ende der Plattform zurückgezogen und immerhin noch so etwas Ähnliches wie eine Gefechtsreihe zustandegebracht. Eine letzte Insel der Ordnung in diesem Meer aus Chaos. Bresch rannte darauf zu wie ein Verdurstender auf ein Fass kühlen Biers. Schnaufend stolperte er die Stufen hinauf, vorbei an der Leiche der Orkschamanin, die sein Selbstbewusstsein zum ersten Mal ins Wanken gebracht hatte, als sie ihm ihren verdammten Speer in die Schulter gerammt hatte. Wäre sein Kettenhemd nicht gewesen, hätte sie ihn abgestochen wie eine Sau. Er sah Glond und den Wolfmann, und es versetzte ihm einen Stich, dass gerade sie es waren, die die Ordnung aufrechterhielten. Einen letzten Rest Würde bewahrend, drängte er sich zwischen ihnen hindurch. »Zusammenrücken! Schilde hoch!«, herrschte er einen rotbärtigen Unteroffizier an. Er konnte sich nicht einmal mehr an seinen Namen erinnern.

»Kämpft mit mir!«, brüllte der irre Mensch mit dem eingedellten Gesicht und schlug auf einen Hellebardenträger ein. Er verfehlte ihn und traf stattdessen einen seiner eigenen Leute, der zufällig zwischen die Fronten geraten war.

Mit offenem Mund sah Bresch zu, wie das Monstrum sein Schlachtermesser aus dem zuckenden Körper zerrte und weiterstapfte, als wäre nichts geschehen. Bresch spürte, wie seine Zähne zu klappern begannen, er konnte nichts dagegen tun. Tief im Innern wusste er, dass dies sein großer Moment war. Der Zweikampf, mit dem er sich endlich vor der Welt beweisen konnte und seinen Vater stolz machen würde. Mit einem Sieg würde er eine jener Geschichten schreiben, die man noch in Generationen vor den Herdfeuern erzählte. So war es vorherbestimmt, so hatte er es in seinen Träumen gesehen.

Doch was er tatsächlich sah, war die Beliebigkeit des Sterbens.

Zufall. Das war es, was im Krieg über Leben und Tod entschied. Es war vollkommen gleich, wie gut oder schlecht er den Streithammer zu schwingen vermochte, am Ende entschieden lächerliche Zufälle darüber, ob er das Schachtfeld als Held verließ oder als verstümmelte Leiche, der kein Dalkar eine Träne nachweinte. Welchen Sinn hatte es denn, ein großer Kämpfer werden zu wollen, wenn der verirrte Spieß eines Kameraden aus dem Heldenstück eine Farce machte? Sein Vater hatte recht gehabt: Warum sollte ein Hertig in diesem Irrsinn sein Leben aufs Spiel setzen?

»Wer soll der Nächste sein?«, brüllte der Mensch wie von Sinnen. Er blieb stehen, und sein Blick wanderte die Stufen hinauf. »Wer will sich mit mir anlegen?«

Der Echsenmann lachte. »Mein Angebot gilt noch immer. Euer Mann gegen Hastyr. Falls ihr gewinnt, bekommt ihr alles. Falls ihr verliert, muss nur noch einer sterben. Sucht es euch aus...«

»Ich habe Männer, die für mich kämpfen«, flüsterte Bresch. Er spürte, wie sich seine Kehle mehr und mehr zusammenschnürte und eine schreckliche Hilflosigkeit ihn zu übermannen drohte. »Du da!« Mit zitterndem Finger wies er auf den blonden Unteroffizier mit der Knollennase, dessen Name ihm einfach nicht mehr einfallen wollte. »Mach diesen Drecksack fertig. Hack ihn in Stücke und bring mir seinen Kopf.«

»Ich bin kein Nahkämpfer«, sagte der Knollennasige ausweichend. »Als Armbrustmeister wurde ich nicht für den Zweikampf ausgebildet.«

»Dann eben einer von euch anderen! Es ist mir völlig egal, wer.«

Die Krieger schauten sich an. »Dieser Mensch ist uns körperlich überlegen«, murmelte einer und scharrte betreten mit der Stiefelspitze im Dreck. »Das hätte keinen Sinn.«

»Außerdem ist ein Zweikampf eine rituelle Handlung«, erklärte ein Zweiter. »Kein Dalkar kann dazu gezwungen werden.«

»Das ist Befehlsverweigerung«, krächzte Bresch. »Dafür wirst du dich vor dem Clanrat verantworten!«

Der Clankrieger schluckte und verzog das Gesicht. »Streng genommen ist es eigentlich kein Befehl, weil ihr es uns ja nicht befehlen könnt...«

»Wo er recht hat, hat er recht«, sprang der Knollennasige ihm bei. »So lautet das Gesetz, wie es von unseren Vorvätern in Stein gemeißelt wurde. Selbst euer Vater muss sich den steingemeißelten Worten beugen.«

Bresch wurde heiß und kalt zugleich. Die Ungeheuerlichkeit dieser Worte ließ ihn schwanken. »Ihr verdammten Scheißkerle!«, schrie er. »Das werdet ihr noch bereuen!«

»Warum kämpfst du nicht selbst?« Die Worte waren kaum laut genug, um das Rauschen des Winds zu übertönen, doch sie schienen durch den Raum zu hallen wie ein Trompetenstoß. Selbst der Sturm hielt für einen Augenblick die Luft an.

»Warum kämpfst du nicht selbst?«, wiederholte der Echsenmann. »Ich biete dir die Chance, die Leben all deiner Männer zu retten. Du musst dich nur Hastyr zum Zweikampf stellen. Am Ende gewinnst du ja sogar, wer weiß?«

Da war sie also, die Herausforderung. Ausgesprochen und für jedermann klar verständlich und ganz allein für ihn bestimmt. Sein Opfer konnte das Leben vieler guter Krieger retten. Er musste dafür nichts weiter tun, als vorzutreten und seinen Mann zu stehen, wie es sich für einen richtigen Anführer gehörte. Er war der größte Turnierkämpfer des Reichs. Kein Dalkar war stärker oder geschickter, es gab niemanden, der es mit ihm aufzunehmen vermochte.

Aber ein einziger zufälliger Schlag konnte sein Leben beenden.

Es war wie ein grässlicher Albtraum, aus dem es kein Erwachen gab. Er spürte, wie sich alle Augen auf ihn richteten. Wie sie ihn anstarrten, voller Hoffnung und Flehen. Wie der Echsenmann erwartungsvoll lächelte und Hastyr das entstellte Gesicht zu einem verächtlichen Grinsen verzog. Alles, all seine Träume, Wünsche und Hoffnungen – in diesem Augenblick zerplatzten sie wie eine riesige Seifenblase.

Bresch schloss die Augen und schüttelte stumm den Kopf.

DREISSIG
Fluch der Dunkelheit

Der kleine Mann lachte meckernd, als er sein rostiges Langmesser aus dem gefallenen Schildträger zerrte. Er sah sich nach dem nächsten Gegner um, nach irgendeinem der Zwerge. Da musste doch ... sein Blick fiel auf die noch immer rund um das Feuer hockenden Orkvetteln, und er zuckte mit den Schultern. Ein Tod war so gut wie der andere. Mit einem geübten Wirbeln der Klinge wechselte er den Griff an seinem Messer und nahm Maß, um die Klinge im Rücken der nächsten Alten zu versenken. Vielleicht schaffte er ja zwei oder gar drei davon, bevor die erste ins Feuer fiel. Das wäre doch mal einen Versuch wert.

In diesem Augenblick spürte er einen scharfen Schmerz am Hals. Als seine Hand instinktiv nach oben zuckte, schwebte plötzlich ein kleines, buntes Wesen vor seinem Gesicht und zwitscherte fröhlich, bevor es im Aufwind des nahen Feuers davonschwebte. Der kleine Mann sah ihm verwundert nach. Es sah aus wie eine Eidechse, besaß jedoch Flügel, die wie die eines Schmetterlings schillerten. »Na so was«, murmelte er. Dann begann der Raum um ihn zu verschwimmen. Er machte zwei, drei schwankende Schritte, kämpfte um sein Gleichgewicht, verlor den Kampf und stolperte an der alten Frau vorbei in die Flammengrube.

»Merry?« Sein Kumpan starrte ihm alarmiert nach, als unvermittelt eine Klinge über seinen Hals glitt und ihm den Kopf beinahe vom Rumpf trennte. Mit einem Gurgeln kippte er vornüber.

»Komm!« Sekesh schüttelte das Blut von ihrer Klinge, packte Navorra am Arm und zog ihn hinter sich her.

Der Junge starrte in das Gesicht der alten Aercfrau und zuckte zurück. »Ich dachte, sie sind in Trance!«

Sekesh schüttelte stumm den Kopf. *Sind sie nicht, nein. Sie sind hellwach. Sie haben nur viel zu viel Angst, um mit dem Gesang aufzuhören. Obwohl ihre Älteste tot ist. Warum? Was fürchten sie mehr als uns?*

Sie stieß das Menschenkind hinter den riesigen Leib der toten Anführerin der Schamaninnen. »Bleib liegen!«, zischte sie. »Rühr dich nicht, dann hast du vielleicht Glück.«

Geduckt lief sie um den gewaltigen Körper herum und suchte nach den Zwillingen. Sie entdeckte sie gerade rechtzeitig, um mitzubekommen, wie sie einen der Menschen auseinandernahmen, ohne sich von dem Chaos um sie ablenken zu lassen.

Mit einem Pfiff machte sie auf sich aufmerksam. Der Linke nickte.

»Sekesh!«

Sie fuhr herum, das Messer bereit.

Hinter dem Körper der fetten Schamanin sah Navorra hervor. Sekesh bleckte die Zähne. »Ich habe dir doch gesagt, du sollst liegen bleiben!«, fauchte sie.

»Sie lebt noch.«

»Was?«

Navorra verdrehte die Augen. »Die Dicke hier. Sie lebt noch.«

Sekesh starrte auf die Blutpfütze um die Älteste und zog zweifelnd eine Augenbraue hoch. Bei dieser Menge war das eigentlich unwahrscheinlich. Andererseits – in diesen Berg aus Fleisch ging vermutlich auch mehr als gewöhnlich hinein. Gehetzt sah sie sich um. Die Menschen und Zwerge kämpften unvermindert und verbissen. Sie nickte und huschte zu Navorra zurück. Er hatte tatsächlich recht. Die Schamanin der Waldschatten atmete noch.

So flach! Es ist fast ein Wunder, dass es dem Jungen überhaupt aufgefallen ist. Aber immerhin. Wenn sie noch lebt, kann ich ihren Geist erreichen. Sekesh zog ihre eigene Stammesmutter hervor und umfasste sie fest. Dann tastete sie mit der anderen Hand nach der Stammesmutter, die unter den vielen Amuletten zwischen den Brüsten der gestürzten Schamanin verborgen liegen musste.

»Was tust du da?«, flüsterte Navorra neben ihr.

Das geht dich einen Dreck an, Kleiner. Sie antwortete trotzdem, auch wenn sie nicht genau wusste, weshalb. »Ich kann mit ihrem Geist sprechen, wenn unsere heiligen Figuren miteinander in Kontakt treten.«

»Warum?«

»Ich will wissen, was die alten Drûaka dort so fürchten. Die Dicke hier kann es ja nicht sein. Und jetzt sei still und halt den Kopf unten.«

Sie schrak zusammen, als sich plötzlich eine Hand um ihr Handgelenk schloss.

»Nicht.« Das Wort war so leise, dass sie es beinahe für eine Täuschung des Winds gehalten hätte, der in der Kuppel heulte. Verblüfft starrte sie auf die unförmigen Finger der Schamanin, die sie unerbittlich festhielten und daran hinderten, an das fremde Amulett zu kommen. Die Lippen der Gefallenen bewegten sich kaum merklich.

»Nicht«, wiederholte die andere. »Sie ... lügen!«

»Was?«

»Sie ... lügen!«, hauchte die Fettleibige abermals. »Nicht die ... Ahnen. Fass ... nicht an! Sie ... lass sie nicht ... wissen, was ... du weißt. Sie ...« Der Griff ihrer Finger lockerte sich.

»Was?«, wiederholte Sekesh verwirrt. Das war doch der Sinn. Wenn sie den Kontakt zum heiligen Amulett der anderen herstellte, konnten die Ahnen miteinander sprechen. Auf diese Weise erfuhr eine Schamanin, was die andere wusste. Das war der Weg, auf dem sie ihr Wissen teilten! Was wollte die andere verbergen? Sie entzog ihre Hand den schwächer werdenden Fingern der Schamanin und griff nach deren Stammesmutter, als Navorra eine Hand auf ihren Arm legte.

Zornig sah sie den Menschen an. Der Junge zuckte zurück, ließ jedoch nicht los. »Sie will nicht, dass du das Ding anfasst«, flüsterte er eindringlich. »Sie hat Angst vor dem, was dann geschieht. Große Angst.«

»Ich muss wissen, was sie weiß!«, zischte sie.

»Das ist mir klar. Es gibt einen anderen Weg.«

Sekesh hielt inne. »Wieso glaubst du, dass sie Angst hat?«

»Ich kann in die Köpfe anderer sehen, schon vergessen? Ich weiß, was sie wünschen und was sie fürchten.«

Vorsichtig zog Sekesh ihre Hand zurück und sah ihn forschend an. Dann betrachtete sie die Sterbende. *Die Idee ist vollkommen bescheuert!* »Kannst du ... was siehst du?«

Navorra nickte. Er rutschte zum Kopf der reglosen Schamanin und nahm ihn in beide Hände. Dann schloss er die Augen.

Als er den Mund öffnete, war das Flüstern, das über seine Lippen kam, nicht seins: »Lass sie nicht wissen, was du weißt!«

Sekesh starrte den kleinen Menschen an, bevor sie sich zusammenriss. Darüber konnte sie später nachdenken. »Warum? Das ist unsere Art! Die Ahnen ...«

»Sie sind nicht unsere Ahnen«, unterbrach sie Navorra. »Sie waren es nie. Die Stammesmütter sind Gefängnisse, und wir sind ihre Hüter. Doch jetzt erwachen sie. Die Stammesmütter erwachen!«

Sekesh spürte ein Kribbeln, das von der Stammesmutter in ihrer Hand ausging. »Aber das ist unser Weg, mit den Ahnen zu sprechen!«

Navorra schnaubte ungeduldig, doch Sekesh war sich sicher, dass das von der Sterbenden stammte, die aus ihm sprach. »Wir sprechen nicht mit den Ahnen, Schwester. Glaubst du das etwa wirklich? Habt ihr dort draußen in der Welt alles vergessen? Wir haben sie eingeschlossen im Stein, wir lernten, sie zu beherrschen und ihr Wissen zu nutzen. Würden wir das wirklich mit unseren Ahnen tun? Nein! Sie sind etwas anderes. Sie sind ... Dinge. Wesen. Sie sind Nol'Ru, die flüsternde Dunkelheit. Sie liegen in den Stammesmüttern, und wir sorgen dafür, dass sie schlafen und träumen. Es sind ihre Träume, die zu uns sprechen, nicht unsere Ahnen.«

Sekesh hörte die Worte, die aus dem Mund des Jungen kamen, doch sie ergaben keinen Sinn.

»Ich habe keine Zeit mehr, Schwester! Ich kann es dir nicht erklären. Wichtig ist nur: Sie erwachen. Eines von ihnen ist erwacht, und es breitet sich aus. Es sucht nach etwas, und sein Geist weckt die anderen! Jene, die wir in dieser Stadt hüten, wissen, was es sucht. Deshalb leben wir hier, fort von euch, fort von der Welt! Wir sind die Hüterinnen!«

Das Kribbeln in ihrer Hand verstärkte sich, wurde zu einem Brennen. Plötzlich stieg Grauen in ihr auf. Ungläubig ertappte sich Sekesh dabei, wie sie ihren heiligsten Gegenstand losließ.

»Sprich nicht mit ihnen! Sie lügen! Sie wollen erwachen. Wenn du meine Stammesmutter berührst, werden sie wissen, was du weißt. Sie werden erwachen, und die Dunkelheit wird uns fortreißen. Ich ...« Navorra hustete, und Sekesh wurde klar, dass auch dieser Husten nicht seiner war. Schweißperlen traten auf seine Stirn, und sein Flüstern war kaum noch zu hören, als er weitersprach. »Keine Zeit. Vertraue mir, ich flehe dich an, Schwester. Rette uns! Vollende das Ritual, sende sie zurück in den Schlaf, bevor sie ganz erwachen!«

»Das Ritual?« Sie merkte, dass sie selbst flüsterte, und es klang heiser.

»Unterbrich mich nicht!«, fauchte die Stimme aus Navorra. »Tu es! Die Toten müssen die Schlafenden bewachen! Vollende das Opfer! Die Seelen der Helden bringen den Schlaf.«

Ein Bild schoss Sekesh durch den Kopf. Das Bild eines Gefangenenopfers, in dessen Rauch sie ihre eigene Stammesmutter erhalten hatte. Der Mann, ein Krieger und Gefangener eines Feldzugs, war ehrenvoll gestorben, kunstvoll getötet in einem Ritual der ältesten Urawi ihres Stamms.

»Tausend Seelen. Sie ... vielleicht genügen sie. Sie müssen reichen! Das ist unsere einzige Chance!«

»Die Herzen!«, stieß Sekesh hervor.

Navorra nickte. »Vollende das Ritual, Schwester. Bevor jener, der erwacht ist, das Herz der Dunkelheit erreicht! Beeil dich!«

»Jener, der erwacht ist? Das Herz der Dunkelheit? Ich verstehe nicht!«

Ein frustriertes Zischen drang über die bebenden Lippen des Jungen, der die Zähne so fest aufeinanderbiss, dass sein Zahnfleisch blutete.

»Du weißt so wenig! Jener, der erwacht ist, ist einer von ihnen! Er hat sich eines Körpers bemächtigt und ist bereits hier! Kannst du ihn denn nicht spüren? Und das Herz ... sieh über dich! Es liegt vor deinen Augen!«

Sekesh riss den Blick vom Gesicht der Sterbenden los und sah auf. Direkt über ihr, auf ihrem Felsenthron, saß die unförmige Statue der Orkfrau, und in ihren Händen lag ein ölig glänzender, tiefschwarzer Stein.

»Das Herz«, bestätigte Navorras Stimme. »Der Fluch, der über unserer Stadt liegt. Unsere Ahnen waren vermessen. Sie wollten mehr als die Stammesmütter. Sie suchten ihren Ursprung, und von dort brachten sie das Herz hierher. Es gab ihnen Macht, doch es wurde ihr Fluch. Tausende und tausende Opfer mussten sie bringen, um selbst sicher zu sein, und am Schluss reichte auch das nicht. Wer konnte, floh, nach Osten, nach Norden. Nur wir blieben übrig, die Hüter, und wir sorgen dafür, dass das Herz ewig schläft und träumt. Wir sorgen dafür, dass niemand hierherkommt und es weckt! Doch jemand ist hier!«

Sekesh dröhnte der Kopf. »Aber ... warum habt ihr es nicht vernichtet? Es muss doch einen Weg geben ...«

»Fragen. Fragen! Natürlich gibt es einen Weg! Aber dann müssten wir ohne die Träume leben, ohne die Stimmen, die du die Ahnen nennst, ohne ihr Wissen! Dann würden die Stämme in Dunkelheit leben, ohne Glauben und verloren in der Stille. Könntest du leben, wenn die Stille über uns fällt?«

Sekesh dachte an das Wispern der Ahnen ... der Stimmen, die sie beinahe ihr gesamtes Leben lang begleitet hatten, das Wissen, durch das sie eine Urawi, eine Totensprecherin war. Das Gedächtnis ihres Stamms. Sie schüttelte den Kopf.

»Aber ich kenne das Ritual nicht!«, flüsterte sie, und es klang beinahe flehentlich.

»Du nicht, aber ...«

Navorra sackte zusammen und fiel nach hinten. Ein letzter, kaum wahrnehmbarer Atemzug wich aus der fremden Schamanin, dann stand ihre Brust still.

»Nein!«, keuchte Sekesh auf. Sie warf sich zu dem kleinen, blassen Körper des Menschenjungen. »Nein!«, wiederholte sie. »Nein, nein, nein!«

Navorra schlug die Augen auf und holte tief Luft. »... aber ich«, flüsterte er, und grinste schwach.

Sekesh stieß ein erleichtertes Schluchzen aus. Sie sah hinauf zu dem schwarzen Herz, das sie bedrohlich anzufunkeln schien. Der Rauch des Opferfeuers umwehte es in dichten Wolken, bevor er weiter hinaufstieg.

Ein neuerlicher Blitz traf die Kuppel und erhellte für einen Augenblick die Öffnung hoch oben im Scheitel, aus der der Rauch entwich und vom Sturm davongerissen wurde. Ohrenbetäubender Donner rollte durch die Halle und wurde von den Wänden dutzendfach zurückgeworfen. Und für diesen einen Augenblick, im gleißenden Licht des Blitzes, glaubte

Sekesh zu sehen, wie der Stein den Rauch in sich aufzusaugen schien.

Sie riss den Blick los und heftete ihn auf Navorra. »Sag mir, was ich tun muss. Und dann sag dem Zwerg, der hören will, dass wir Zeit brauchen. Oder dem Wolfsgesichtigen. Völlig egal, aber verschaff uns Zeit!«

»Verdammt! Uns geht die Zeit aus!«
»Die Zeit wofür?« Ein kleinerer Skrag sprang kreischend heran.

Modrath fing ihn aus der Luft und klatschte ihn so heftig gegen die Felswand, dass die Kreatur zurückprallte und unter den übrigen Kämpfenden verschwand.

»Die Zeit für so ziemlich alles, schätze ich!«, keuchte Krendar. Sein Speer war in irgendjemandem abgebrochen. Kurz hatte er gehofft, dass es bitte keiner der Zwerge gewesen war, aber auch für diesen Gedanken war nicht viel Zeit geblieben. Er schwang den Streitkolben, den er einem der toten Aerckrieger abgenommen hatte, erwischte einen jungen Waldschattenkrieger an der Schulter und ließ ihn in die Axt von Ronkh stolpern.

Sie hielten sich nicht gut.

Als der schwarzbärtige Anführer der Zwerge gefallen war, waren die übrigen Wühler kurz verunsichert gewesen. Nur kurz, aber es hatte gereicht, um hässlich zu werden.

Niemand gab ihnen Befehle, und sie wussten nicht, was sie tun sollten. Sie sind anders als wir. Sie brauchen ihre Befehle. Sie ... Ein vor Dreck starrender Mensch schwang ein langes Messer nach ihm und fügte ihm einen hässlichen Schnitt am

Unterarm zu. Krendar stolperte nach hinten und stieß mit dem Rücken gegen die Felswand des Hügels, verlor das Gleichgewicht und stürzte. *Groshakk!* Der Mann hechtete kreischend auf ihn, doch eine Axt krachte in seine Seite und schleuderte ihn zurück in die wirbelnden Aschewolken. Plötzlich stand Corsha neben ihm, riss ihn am Kragen wieder auf die Beine. »Alles in Ordnung?«

Beinahe hysterisch lachte Krendar auf. Die Frage war ja wohl vollkommen bescheuert. Sie hatten in den ersten Augenblicken dieser traurigen Entschuldigung für eine Schlacht eine ganze Handvoll Schildträger verloren, bevor Dvergat das Kommando übernommen hatte. Die Schützen hatten die erste Welle der Skrag niedergemäht, bevor sie die Schildreihe erreicht hatten, doch das hatte jene, die hinter ihnen kamen, kaum aufgehalten. Kreischend und um sich beißend waren sie über die Wühler hergefallen und hatten versucht, an ihren Schilden vorbei- oder über sie hinwegzukommen. Einigen war es gelungen, und die Übrigen hatten die Lücken genutzt, um die Wühlerkrieger niederzuwerfen. Das einzige Glück war wohl, dass sich Zwerge nur verdammt schlecht umwerfen ließen und dass Zähne, Krallen und blinde Zerstörungswut nicht die besten Waffen gegen in Eisen gekleidete, eiskalte Drecksäcke von Wühlerkriegern waren. Zugegeben, diese Skrag waren außerdem kein Vergleich mit jenen beiden, die in Derok für Ragroths Doppelfaust gekämpft hatten. Und selbst die hatten den offenen Kampf mit Wühlern gescheut, die auf sie warteten. Dennoch gelang es ihnen beinahe, den Verteidigungsring zu durchbrechen. Vereinzelte Speere der Waldschatten waren aus der wirbelnden Asche geflogen, doch sie hatten nicht die Wucht der Wühlerpfeile, und die wenigen, die nicht vom Sturm weit aus ihrer Bahn getragen wurden, prallten harmlos auf die Schilde der Zwerge. Die Schützen auf den Felsen über ihnen hatten so Zeit für eine zweite Salve gefunden, und die Skrag, die noch laufen konnten, hatten sich eilig zurückgezogen.

Im ewig rollenden Donner waren vereinzelte Jubelrufe der Wühler zu hören gewesen, doch das war verfrüht. Natürlich. Schon der nächste Blitz hatte ihnen einen neuerlichen Angriff offenbart. Menschen waren es und Waldschatten, die jetzt die Reihen der Zwerge bestürmten, und wieder verloren sie zwei oder drei Zwerge, bevor sich diese Angriffswelle zurückzog. Inzwischen türmte sich vor den Zwergen ein Wall aus Toten auf, den sie als Deckung verwenden konnten.

»Läuft doch ganz gut!«, hatte Razar gebrüllt, doch Dvergat hatte nur das Gesicht verzogen. »Bislang stellen sie uns nur auf die Probe«, hatte der alte Zwerg festgestellt. »Sie wollen wissen, wie wir kämpfen und was wir zu bieten haben!«

Er hatte recht behalten. Während sie sich auf den nächsten Angriff konzentrierten, waren plötzlich Schreie über ihnen laut geworden. Eine Gruppe Skrag hatte den Hügel über ihnen erklommen und sich auf die Schützen gestürzt. Diese Skrag waren Krieger gewesen, und die Wühler mit den Pfeilwerfern waren deutlich schlechter gepanzert als jene in der Schildreihe. Bevor Krendar und die verbliebene Handvoll seiner Aerc ihnen zu Hilfe kommen konnten, hatten die Schwarzpelze bereits die Hälfte der Schützen zerrissen. Nur mit Mühe gelang es ihnen, die Monster zurückzutreiben, und die ganze Zeit hatten Dudaki und sein bärtiger Menschenfreund im tosenden Aschesturm gestanden und gelacht.

»Noch zwei dieser Angriffe, und wir sind erledigt«, brüllte Krendar gegen Sturm und Donner an. Das Flackern der Blitze verwischte die wirbelnden Aschewolken zu einer blendenden Wand, gerade so, als tobe um sie herum der schlimmste Schneesturm. Die beißenden Flocken krochen in Nasen und Münder, ließen die Männer keuchen und husten und verklebten die Augen, sodass man kaum mehr als Schemen wahrnehmen konnte.

»Wir sind noch lange nicht erledigt, Ork!« Blut rann aus einer Platzwunde auf Dvergats Stirn und gab ihm das Aussehen einer Kreatur geradewegs aus den schlimmsten Albträumen eines jeden Kriegers. Dass er über das ganze Gesicht grinste, trug nicht dazu bei, diesen Eindruck zu lindern. »Geben wir diesen Arschlöchern mal etwas zum Nachdenken!« Er griff sich einen der Schildträger und gab ihm eine Anweisung, die im Wüten des Sturms unterging. Der Wühler, dessen Bart unter der Ascheschicht inzwischen weiß wirkte, nickte, warf seinen Schild ab und kletterte hinauf zu den verbliebenen Schützen, die inzwischen von einer Handvoll der verbliebenen Wühlerkrieger bewacht wurden.

»Was hast du vor?«

»Wir machen ihnen Feuer unter den haarigen Ärschen. Wirst du gleich sehen!«

Auf Dvergats Anweisung zogen sich die restlichen Schildträger einige Schritte zurück und schlossen die dünner gewordene Reihe wieder. Ihr Verteidigungskreis war deutlich kleiner geworden.

Und da kommen sie schon wieder. Menschen und Waldschattenaerc jagten aus dem wirbelnden Chaos des Sturms heran. Sie schrien, kreischten und brüllten, und für einen

Moment drohten Krendars Knie nachzugeben. Es waren so viele, und sie selbst wurden immer weniger!

»Du solltest deinen Kopf einziehen, Oger!«, brüllte Dvergat. Im nächsten Moment segelten dunkle Schatten über sie hinweg, Wurfgeschosse, die von den Schützen auf dem Hügel über ihnen kamen. Verwundert starrte Krendar ihnen hinterher, als sie sich auf die Köpfe der nächsten Angreifer senkten. Dvergat rempelte ihn an und schrie etwas.

»Augen zu!«, echote Corsha.

In diesem Augenblick schlugen die dunklen Schemen inmitten der Angreifer ein und zerplatzten auf Köpfen, Rücken und Schilden. Blendend weiße Feuer flammten an ihrer Stelle auf und brannten sich in seine Augen, als er den Arm vor das Gesicht riss. Das wütende Brüllen der Angreifer verwandelte sich in spitze, gellende Schreie. Krendar blinzelte verzweifelt, um wieder klar sehen zu können. Die Gegner standen in Flammen. Nicht alle, doch jene, die getroffen worden waren, brannten lichterloh, schlugen kreischend um sich und steckten weitere in Brand, bevor sie zu Boden fielen und in der Asche rollten, um die Flammen zu ersticken. Es schien nichts zu nutzen. Was immer die Zwerge unter sie geworfen hatten, es lief in brennenden Rinnsalen zwischen ihre Beine und entzündete alles auf seinem Weg. Selbst die Spritzer, die auf den Schilden der Verteidiger gelandet waren, brannten, und der tosende Sturm riss die Flammen hoch hinauf und trug Funken in die Kleider der Fliehenden und die Kronen der Bäume.

Grauen fraß sich in Krendar wie das Dalkarfeuer in das Fleisch der Unglücklichen vor ihnen. »Was bei den Ahnen war das?«

»Flüssiges Feuer.« Das Zucken der Flammen tanzte auf

den grimmigen Zügen Dvergats. »Hässliche Sache. Du kannst sie nicht löschen. Die Wichser aus Breschs Clan haben es erfunden. Das, Ork, ist ein Vorgeschmack von dem, womit die Dalkar diesen Krieg führen werden.«

»Diese Art zu kämpfen ist unehrenhaft, Zwerg!«, grollte Modrath. Etwas Ungewohntes stand in seinem narbigen Gesicht. Abgrundtiefe Abscheu.

»Ich weiß«, gab der alte Zwerg zurück und spuckte schmierige Asche aus. »Aber wirkungsvoll. Es gibt Leute da draußen, die auf Ehre scheißen. Und wer sollte sich beschweren, wenn sie erst gewonnen haben?«

»Krendar!«, gellte Dudakis Schrei durch das tobende Inferno. »Ich verliere langsam den Spaß an der Sache. Genug gespielt! Ich komme dich holen! Dich und Modrath und deine ganze verschissene Bande! Ich flechte mir einen Mantel aus den Bärten deiner kleinen Scheißfreunde!«

»Ach ja? Ich glaube, du überschätzt dich, Fischfresse!«, brüllte Modrath zurück. »Hast du schon immer getan. Du hängst dich an jeden, von dem du dir Vorteile erhoffst, weil du selbst nichts kannst.«

»Das erklärt wohl, warum ich mich nie an dich gehängt habe«, kam Dudakis Antwort aus dem Sturm. »Warum sollte ich den Verlierern dieser Welt folgen? Natürlich folge ich denen, die besser sind als ich. Und weißt du, was es mir gebracht hat? Es hat mich zu einem der Besseren gemacht! Jetzt folgen die Leute mir! Ich werde Teil der neuen Welt sein. Und du? Du bist einer der Reste der alten Welt. Nutzlos, Oger. Nutzlos! Aber vielleicht finden wir ja noch eine schöne Verwendung für dich.« Er sah hinauf in den Himmel, als müsste er überlegen. »Weißt du was? Aus deinem hässlichen Schädel werde ich mir einen Helm machen, Halbzahn. Dann stirbst du wenigstens nicht ganz umsonst.«

»Das ist ja wohl eine der ältesten Drohungen der Kriegsgeschichte«, knurrte Ronkh.

Dvergat schüttelte den Kopf. »Und eine der blödsinnigsten. Was ist nur aus dem guten alten ›Kopf abreißen und in den Hals scheißen‹ geworden?«

Ein gewaltiger Blitz schlug in die Spitze des Bergs hinter ihnen und ließ große Felsbrocken die Seiten des Bauwerks hinunterpoltern. In seinem Widerschein schälten sich die Silhouetten von Dudaki, dem bärtigen Menschenriesen und einer Handvoll weiterer aus dem Sturm. Ihnen folgte eine dichte Wand von Kriegern: Aerc, Menschen, Skrag. Diesmal rannten und brüllten sie nicht, sondern traten langsam und schweigend näher, und das war wesentlich beängstigender als das ganze Brüllen und Rennen zuvor.

Schon seltsam. Vor wenigen Tagen waren die Fronten noch klar. Aerc auf der einen Seite, die Wühler und Menschen auf der anderen. Und jetzt sieh uns an. Aerc kämpfen gegen Aerc, Wühler gegen Menschen, und Modrath steht Seite an Seite mit einem Zwerg, dem er in Derok noch den Schädel zerquetscht hätte. Und ich, Krendar, der Herdenwächter, stehe mittendrin. Krieg ist schon eine komische Sache. Nur nicht zum Lachen. Das ganz gewiss nicht. Wie hatte Ragroth gesagt? Da kann man nichts machen.

Inzwischen waren Dudaki und seine Begleiter deutlich zu sehen, als sie unmittelbar vor dem brennenden Kreis stehen blieben. Der Froschaerc sah auf einen der lohenden Körper, der zusammengekrümmt vor seinen Füßen lag. Er schniefte und warf den Verteidigern einen langen Blick zu. Flammen tanzten in seinen Augen. »Also gut. Bereit zu sterben, Oger?«

»Immer.« Modrath legte den Kopf erst auf die eine, dann auf die andere Seite und leckte sich über den Zahnstummel.

»Und du, Froschgesicht?«

Dudaki schniefte. »Nö. Ist aber auch nicht nötig. Wollen wir?«

»Nein«, entgegnete Krendar. »Zumindest, was mich angeht – ich habe schon lange keine Lust mehr.«

Dudaki musterte ihn fragend.

»Aber weißt du was? Wir sind trotzdem noch hier. Mir fällt gerade nicht mehr ein, warum, aber wenn das bedeutet, dass nicht du hier stehst, reicht das eigentlich. Ich hab's satt, Dudaki. So was von satt, das kannst du mir glauben. Aber wir können das trotzdem die ganze Nacht machen, den ganzen Sturm hindurch bis ans Ende der Welt. Und mir fallen so viele schöne Wortspiele mit dem Ende der Welt ein, für die wir keine Zeit mehr haben. Aber so ist das ja immer.«

»Meine Güte, Krendar«, bellte Dudaki zurück. »Du willst unbedingt als Held sterben, was?«

»Blödsinn! Ich hab eine Scheißangst! Aber wenn die neue Welt mit Leuten wie dir anfängt, dann haben wir sowieso nichts mehr zu verlieren, oder? Und da du jetzt ein großer Häuptling bist, Shirach Dudaki, solltest du eines im Kopf behalten: was ich mit Häuptlingen mache!«

Dudaki sah ihn an. »Bist du fertig?«

Krendar warf Dvergat einen Blick zu. Der alte Zwerg zuckte mit den Schultern und schüttelte den Arm aus, der den Streithammer hielt.

»Ich denke schon.«

Die übrigen Zwerge nickten und strafften einer nach dem anderen die Schultern.

»Heute ist ein schöner Tag zum Sterben«, murmelte Razar trotzig.

Corsha sah ihn finster an. »Red keinen Scheiß.« Sie seufzte. »Ich hätte meine Söhne doch selbst erziehen sollen. Tja. Ist jetzt wohl etwas spät dafür.«

Ronkh nickte. Dann hob er seine Axt und grinste wild. »Lasst uns spielen.«

EINUNDDREISSIG
Das Ende der alten Zeit

»Dann haben wir also verhindert, dass die Schamanin das Ritual beendet?«, fragte Glond. »Wir haben dafür gesorgt, dass das Böse im Körper des Echsenmanns unaufhaltsam geworden ist?«

Navorra nickte. »So kann man es ausdrücken.«

»Scheiße«, murmelte Glond hilflos. Mit anderen Worten hatten sie die Sache also versaut. So richtig versaut. »Es gibt also keine Möglichkeit mehr, ihn noch aufzuhalten?«

»Nicht, solange das Ritual nicht vollendet wurde.«

»Die Schamanin ist tot.«

»Sie ist nicht die einzige Schamanin hier.« Navorra deutete auf Sekesh. »Sie hat die Fähigkeiten, das Ritual durchzuführen, und ich kenne die Worte und Handlungen.« Er tippte sich an die Stirn. »Sie sind hier drin.«

Glond nickte. »Es gibt da nur ein Problem. Der Echsenmann wird niemals zulassen, dass ihr das Ritual zu Ende bringt. Ich meine, was hindert ihn denn noch daran, uns alle miteinander umzubringen und sich danach den Stein zu schnappen?«

»Sein Ego.« Der Wolfmann war vorgetreten und hatte sein Schwert mit der Spitze nach unten vor sich abgestellt. Eine Menge Blut rann an der Klinge herab und bildete eine Pfütze auf dem Boden. »Wenn er gewollt hätte, dann wäre dieser Kampf schon vor einiger Zeit vorbei gewesen. Doch er liebt es, sich in seiner Allmacht zu sonnen, und er liebt es, andere scheitern zu sehen. Wie ich bereits sagte: Er war schon früher ein Arschloch und ist es immer noch.« Er wischte mit dem Ärmel über das schweißnasse Fell im Gesicht. »Wenn ich seine Herausforderung annehme, wird er mit Freuden darauf eingehen. Einfach nur, um mich leiden zu sehen.«

»Das mag sein«, sagte Glond, »aber du hast gesehen, was Hastyr mit den Clankriegern angestellt hat. Glaubst du, dass du eine größere Chance hättest, ihn zu besiegen?«

Der Wolfmann zuckte mit den Schultern. »Ich muss ihn ja nicht besiegen, nur lange bei Laune halten, oder? Bis Navorra und die Schamanin das Ritual beendet haben und die Dunkelheit gebannt wurde. Danach sehen wir weiter.«

»Das ist völliger Wahnsinn!«

»Ganz genau.« Der Wolfmann zeigte sein typisches, unbekümmertes Grinsen. »Aber irgendwer muss es ja tun, jetzt, wo Bresch geflohen ist.« Er räusperte sich und schaute die Treppen hinab. »Außerdem habe ich immer noch ein Hühnchen mit ihm zu rupfen. Wie es aussieht, ist das hier meine Chance, die Sache ein für alle Mal zu klären.«

Krendar hatte den Skrag erst im allerletzten Moment kommen sehen. Es war nicht einmal einer aus der Handvoll der besonders großen, beeindruckenden, die Dudaki aufbieten konnte. Aber er kam geradewegs aus dem wirbelnden Nichts angeflogen, als Krendar versuchte, die Klinge seines Kampfspießes aus dem Knäuel der miteinander ringenden oder gefallenen Körper vor ihm zu befreien.

»Dudaki!«, brüllte der Oger irgendwo rechts von ihm, und er sah auf, gerade rechtzeitig, um ein weit aufgerissenes Maul voller riesiger gelber Zähne auf sein Gesicht zufliegen zu sehen. Instinktiv ließ er sich fallen und riss den Speerschaft hoch, im verzweifelten Versuch, irgendetwas zwischen sich und den Angreifer zu bringen. Die Kiefer krachten zusammen, und ein greller Schmerz durchfuhr seine Hand. Für einen Moment starrten er und der Skrag sich aus wenigen Fingerbreit Entfernung an. Die Augen der Kreatur waren nichts als tiefschwarze, glänzende Flächen, ohne das geringste Weiß. Dann kroch ein tiefes Grollen aus der Kehle des Skrag, bevor das Monstrum den Kopf schüttelte. Der Schaft seiner Waffe zersplitterte, und der Schmerz in seiner Hand vervielfachte sich. Mit einem hässlichen Knirschen schloss sich das Gebiss des Waldaerc vollständig, und Krendar fiel nach hinten. Blut lief aus dem Maul der Kreatur, die sofort nachsetzte und mit schartigen Krallen nach seinem Gesicht hieb. Sie riss das Maul auf, und zwei kleine, blutige Fleischstückchen fielen heraus. *Finger?* Sie verschwanden in der Asche.

Krendar schob sich rückwärts, so schnell er konnte. Seine Linke landete auf einer Klinge, und er griff so hastig danach, dass er beinahe auch an dieser Hand Fingerkuppen verlor. »Du verdammtes, stinkendes Drecksvieh!« Er riss die Klinge hoch und stach nach dem Gesicht des Skrag, als dieser nach ihm griff. Er traf die Wange der Kreatur und schlitzte sie bis fast zum Ohr auf, bevor sie sich aus dem Weg werfen konnte.

»Wie gefällt dir das, hm?« Er warf einen schnellen Blick auf seine Rechte. Sein Zeigefinger war verschwunden und mit ihm der halbe Mittelfinger. Blut quoll aus den Wunden und troff auf den Boden. Krendar biss die Zähne zusammen und stieß ein Knurren aus. Als er den Skrag jedoch wieder ansah, konnte er gerade noch erhaschen, wie schwarze, ölig schimmernde Fäden aus der oberen Hälfte der Wunde rannen, sich mit der unteren verbanden und sie langsam zusammenzogen. Die Kreatur bleckte die Zähne zu einem bösartigen Grinsen und bellte etwas. Auch ihr Zahnfleisch war glänzend schwarz, und Fäden der Flüssigkeit krochen über ihre Zähne. Sie hob eine Hand, und die schwarzen Krallen schienen wie von selbst zu unmöglicher Länge zu wachsen.

»Was bei den Ahnen bist ...«

Mit einem Brüllen warf sich der Skrag vorwärts, doch bevor er Krendar erreichte, sprang eine große Gestalt über den jungen Aerc hinweg und rammte das Wesen. Beide überschlugen sich und rollten durch den Aschesturm, bis sie einige Schritte entfernt an einem Leichenhaufen liegen blieben. Die große Gestalt kam zuerst auf die Füße, schwankend und so voller Asche, dass sogar ihre Umrisse zu verschwimmen schienen. Sie packte den Skrag im Genick und riss ihn in die Luft. Ein Hauschwert traf die Kreatur im Gesicht, noch ehe sie ihre Benommenheit abschütteln konnte.

»Wenn hier einer meine Broca umbringt, dann bin das immer noch ich!«, brüllte eine Stimme, die verdächtig nach Prakosh klang. Der Raut riss seine Klinge aus dem Kopf und ließ den zuckenden Körper achtlos fallen. Er schwankte, sein Gesicht wirkte verquollen. Einer der Zwerge stolperte vorbei, und Prakosh rammte ihm die Waffe in die Seite.

»Nein!« Keuchend stemmte sich Krendar auf die Beine.
»Nein, Raut! Die Wühler kämpfen auf unserer Seite!«
Prakosh hielt inne und starrte Krendar verständnislos an.
»Tun sie?«
Krendar nickte heftig, und der Raut sah auf sein Schwert hinab, das noch immer in dem Zwerg steckte, der verwirrt zu ihm aufsah. »Aber ...«
Ein grauweißer Schatten sprang ihn von der Seite an, schlug lange, ölig schwarze Zähne in seinen Hals und riss mit einem Ruck seine Kehle heraus. Gurgelnd fiel Prakosh hintenüber, riss den Wühler und den Skrag mit sich und verschwand im Gewühl der Kämpfenden.
»Was war das?« Corsha tauchte neben ihm auf und starrte keuchend in das Chaos vor ihnen.
»Prakosh«, stieß Krendar hervor.
»Weiß ich selbst«, brüllte die Krûshal gegen den Sturm an und riss den Blick los. Sie packte seine blutige Hand, wickelte einen Stofffetzen darum und zog ihn fest. »Das andere Ding. Der Skrag!«
»Ich habe keine Ahnung!«
Einige Schritte entfernt tauchte der bärtige Mensch aus der Dunkelheit auf, und Krendar sah, dass seine Augen ebenso schwarz waren wie die des Skrag.
»Groshakk.«

Das ist der Anfang einer neuen Zeit!«, brüllte der Echsenmann über den Sturm hinweg, der tosend durch die Halle fegte, die Flammen des Feuers auflodern ließ und die Welt in zuckende Schattenbilder verwandelte. Die Öffnung hoch oben über ihren Köpfen flackerte inzwischen fast ununterbrochen im gespenstischen Licht unzähliger Blitze, deren Donnerschläge die Erde unter den Füßen beinahe ohne Pause erbeben ließen.

»Das ist das Ende der Welt«, krächzte Glond, während er tatenlos dem Geschehen am Fuß der Plattform zuschauen musste. Zwei Schatten tanzten dort im Licht des Feuers. Der eine hochgewachsen und wendig, der andere massig und gedrungen, mit fiebrig glänzenden Augen und einem irren Grinsen im Gesicht. Der Wolfmann hatte die Reichweitenvorteile auf seiner Seite, doch den gnadenlosen Hieben seines Gegners hatte er wenig entgegenzusetzen. Hastyr war eindeutig überlegen und schien sich dessen bewusst zu sein. Er ließ sich Zeit.

Der Wolfmann täuschte einen Schlag von links an und ließ das Schwert über dem Kopf auf die andere Seite wirbeln. Hastyr parierte mit dem Haumesser, sprang nach vorn und stieß dem Wolfmann die flache Hand gegen die Brust, ließ ihn nach Luft schnappend zurücktaumeln. Die Menschen johlten vor Begeisterung und schlugen ihre Waffen klirrend gegeneinander, und der Echsenmann lächelte sein Lächeln und ließ den Blick selbstbewusst durch die Halle schweifen.

»Konzentrier dich auf den Kampf«, murmelte Glond. Hinter seinem Rücken wurden die Gesänge der Orkfrauen lauter und eindringlicher und steigerten sich zu einem kreischenden Stakkato, das selbst das Tosen des Sturms zu übertönen vermochte.

Sekesh und Navorra reckten ihre Arme in die Höhe und stießen schaurige Laute aus, die Glond die Haare zu Berge stehen ließen. Von ihren Händen tropften Schweiß und Ruß – oder war es Blut aus den Orkherzen, die im Licht der zuckenden Flammen aussahen, als würden sie zu schlagen beginnen? Die Luft war heiß und zäh wie Sirup, und sie stank nach Tod und noch etwas anderem. Magie? Glond zuckte zusammen, als der Blick des Echsenmanns zu ihm hinaufwanderte. Seine Zunge zuckte wie ein aufgeregtes kleines Tier zwischen den Lippen hervor, und die Augen glänzten voller Mordlust.

»Konzentrier dich auf den Kampf, du Arsch.«

»Ah!« Hastyrs Schlachtermesser zog eine blutige Spur über den Oberschenkel des Wolfmanns bis hinunter zum Knie. Krachend schlug der Knauf von Wolfmanns Schwert gegen Hastyrs Kiefer und trieb den massigen Mann zurück. Der Wolfmann setzte nach, belastete das verletzte Bein und verzog das Gesicht.

Hastyr grinste. »Schmerzen«, sagte er, »machen doch den Reiz solcher Kämpfe erst aus, nicht wahr?« Er legte das Haumesser an den eigenen Oberschenkel und fügte sich selbst eine Verletzung zu. Dann riss er die Waffe in die Höhe und drehte sich langsam im Kreis, während das menschliche Publikum ihn mit begeistertem Waffenschlagen feierte. Den nächsten Angriff schien er irgendwie zu spüren, denn er machte sich nicht einmal die Mühe hinzuschauen, während er das Schwert des Wolfmanns von seiner Klinge abgleiten ließ. Laut klirrend schlugen die Klingen erneut aufeinander, so heftig, dass die Funken flogen.

»Eigentlich schade, dass mir dieser Genuss nur noch kurz gewährt ist.« Er blickte nach unten auf seinen Schenkel, und mit Entsetzen sah Glond, wie die Wunde für einen kurzen Augenblick schwarz zu schimmern schien, um dann einfach zu verschwinden und nur einen Riss in der Hose des Mannes zurückzulassen.

Dann ging Hastyr zum Angriff über. »Schluss mit der Spielerei«, dröhnte er und trieb den Wolfmann mit schnellen Hieben rückwärts. Es bestand kein Zweifel mehr, dass er dem ungleichen Kampf endlich ein Ende machen wollte. Jeder neue Schlag kam härter und schneller, und die Arme des Wolfmanns wurden mit jeder Parade schwerer, während das Blut aus seinem Bein und aus zahllosen weiteren Schnittwunden tropfte.

Ein greller Blitz erhellte den Raum, gefolgt von einem Donnerschlag. Glond blickte erschrocken nach oben durch die Öffnung in der Hallendecke und sah, dass der Himmel vom gleißenden Licht unzähliger Blitze erhellt war. Ein zweiter Blitz schoss herab und schlug krachend im Rand der Öffnung ein. Steinsplitter, so lang wie Schwerter, wurden durch die Luft geschleudert und regneten als tödliche Geschosse in die Halle herab.

Der Wolfmann duckte sich vor einem Hieb zur Seite, wurde dabei beinahe von einem Steinbrocken getroffen und sprang vor. Die Klinge flog auf Hastyrs Bauch zu, und dem Hünen gelang es gerade noch, den Arm nach unten zu reißen. Mit einem schmatzenden Geräusch bohrte sich das Schwert zwischen Elle und Speiche hindurch, während im gleichen Augenblick Hastyrs Faust schwer gegen die Rippen des Wolfmanns krachte und ihn zu Boden schleuderte. Japsend wälzte sich der Wolfmann auf den Rücken und erstarrte. Das Schwert steckte noch immer bis zum Heft in Hastyrs Unterarm, und der hässliche Mensch schien es nicht einmal zu spüren. Mit konzentriertem Blick drehte er den Unterarm hin und her, packte mit der anderen Hand zu und zog die Klinge wieder heraus. Dann verzog er das Gesicht zu einem hässlichen Grinsen, trat auf den Wolfmann zu und richtete die Spitze des Schwerts gegen dessen Bauch. »Endlich ist es mit dem Hund vorbei ...«

Der Wolfmann hob den Kopf und grinste wortlos zurück.

»Stirb!«, zischte Hastyr voller Hass. Damit riss er die Klinge zurück und stach zu.

Erneut krachte es, diesmal so heftig, dass der Fels unter ihren Füßen zu bocken schien und Menschen und Dalkar wie Lumpenpuppen durcheinandergewirbelt wurden. Irritiert stellte Glond fest, dass er auf dem Boden lag. Er schüttelte den Kopf, um das Dröhnen in seinen Ohren loszuwerden, und schaute sich um. Beißender Rauch drang ihm in Nase und Augen und behinderte seine Sicht, doch im Dämmerlicht sah er Menschen und Dalkar umherhasten, die sich vor fallenden Steinbrocken in Sicherheit brachten. Ganz in der Nähe saß ein Clankrieger auf den Stufen und starrte verwundert auf sein Knie, dessen Gelenk in die falsche Richtung geknickt war. Eine Orkfrau lag mit dem Gesicht nach unten im Dreck, der Hinterkopf eine breiige Masse aus Blut und Knochensplittern. Irgendwo schrie jemand hoch und langgezogen wie ein Tier.

»Scheiße«, murmelte Glond und presste die Hand gegen die Schläfe. Etwas Warmes, Feuchtes lief an ihm herab und tropfte zu Boden. Er wischte es am Hemd ab und richtete sich auf alle viere auf. Sein Kopf hämmerte unerträglich, und die Knochen schmerzten, als wären ihm ein Dutzend Kerkerwächter mit Knüppeln zu Leibe gerückt. Stöhnend kroch er zu Navorra, der ganz in der Nähe in einem Haufen aus Geröll und Schutt kauerte. »Haben wir es geschafft?«

Der Junge schaute ihn mit ausdruckslosen Augen an.

»Das Ritual meine ich. Ist es erfolgreich gewesen?«

Langsam, so als müsste er sich erst wieder erinnern, wie das ging, schüttelte Navorra den Kopf. Dann zuckte er mit den Schultern. »Ja, nein. Vielleicht. Ich weiß es nicht.«

Glond nickte und zog ihn am Ärmel. »Wir müssen hier raus. Ehe der ganze Scheiß-Tempel über uns zusammenbricht.«

»Warte.« Navorra rappelte sich auf und humpelte zu einer schmalen Gestalt, die in einer Blutlache am Rand der Feuergrube lag. Ächzend drehte er sie auf den Rücken. Es war Sekesh, die Orkshamanin. Ihr Gesicht war kalt und wächsern, die Augen weit aufgerissen und der Blick starr gen Himmel gerichtet. Vorsichtig fühlte er ihr den Puls, dann legte er das Ohr an ihre Brust.

»Sie ist tot, Navorra.«

Navorra schüttelte den Kopf. »Hilf mir! Wir müssen sie in Sicherheit bringen.«

»Also gut.« Glond packte Sekesh unter den Achseln. Gemeinsam schleiften sie sie zu einer großen Steinplatte, die so gefallen war, dass unter ihr ein kleiner Hohlraum entstanden war. »Hier sollte sie für den Augenblick geschützt liegen. Warte hier. Ich gehe den Wolfmann suchen.«

Er schaute sich um. Zuletzt hatte der Wolfmann dort unten gelegen, wo sich jetzt ein Berg Steine türmte. Er blinzelte und sah eine Bewegung. Steine polterten, Geröll rutschte, dann kam Hastyrs Kopf zum Vorschein.

Glond erstarrte und fühlte, wie ihm der Schweiß ausbrach. Es knackte und polterte, als Hastyr einen Stein von sich herunterwälzte, der jeden anderen vermutlich zerquetscht hätte. Langsam richtete er sich auf und schaute sich um. Seine Halswirbel knackten, als er den Kopf von rechts nach links bewegte und dann den Blick die Stufen hinaufwandern ließ. »Jetzt mache ich euch fertig«, knurrte er und hob das Schwert des Wolfmanns in die Höhe.

Dann stürmten die Orkzwillinge an Glond vorbei, der eine rechts von ihm, der andere links, und sprangen brüllend die Stufen hinab auf den Menschen zu. Der Speer des Rechten schoss nach vorn, und Hastyr schlug im selben Augenblick zu.

»Argh«, sagte der Rechte und fiel nach vorn.

Lachend stieß Hastyr ihn seinem Bruder entgegen und trat einen Schritt zurück. Dann schaute er an sich hinab und entdeckte den Speer, der aus seinem Bauch ragte. Grinsend packte er ihn mit der freien Hand und zog ihn wieder heraus. Blut quoll aus der Wunde. Er runzelte die Stirn und schaute auf. Seine Augen weiteten sich vor Entsetzen, als er den Speer des Linken auf sich zusausen sah.

Eine Berührung an der Hand ließ Glond zusammenzucken. Er schaute hinab und sah in Sekeshs weit aufgerissene Augen. »Hör mir zu!« Ihre Hand umklammerte seine mit erstaunlicher Kraft. »Es ist noch nicht vorbei. Das Echsengesicht... er kann immer noch gewinnen. Der Stein... du musst ihn... vernichten!«

»Wie?«

»Feuer. Er fürchtet das Feuer...«

Glond wandte den Kopf und blickte zur Statue hinauf, die seinen Blick mit einem zornigem Stirnrunzeln zu erwidern schien. Er atmete tief durch und nickte. »Feuer also.«

Seine Beine wollten ihm kaum gehorchen, als er sich aufrichtete und den ersten Schritt machte.

ZWEIUNDDREISSIG
Fall

Ein unsichtbarer Kreis hatte sich um Modrath geöffnet, als er schließlich vor Dudaki stand. Die übrigen Kämpfer mieden ihn; keiner von ihnen wollte sich dem Oger in den Weg stellen, und wie es aussah, hatte auch niemand gesteigertes Interesse, die Aufmerksamkeit des Sumpforks auf sich zu ziehen.

»Hallo Dicker. Wie es aussieht, können wir jetzt endlich unsere Unterhaltung vom letzten Mal fortsetzen. Was hattest du gleich noch mal gesagt, kurz bevor du beschlossen hast, mich ersaufen zu lassen?«

Modrath schnaubte. »Ich hab' gesagt, ich werde dich umlegen, wenn du uns noch mal hintergehst.«

»Ja, richtig. Gilt das hier?«

Modrath lockerte die Schultern und starrte in Dudakis Augen, die jetzt vollkommen schwarz waren. »Schätze schon.«

Im Gesicht des Sumpforks blitzte ein blutrotes Grinsen auf. »Na dann musst du das wohl versuchen.«

Ein Skrag, in mörderischem Zweikampf mit einem der gepanzerten Zwerge verschlungen, stolperte Dudaki vor die

Füße. Die beiden Messer in den Händen des Froschgesichtigen blitzten gedankenschnell auf, als er sie Skrag und Zwerg gleichzeitig in die Kehlen stieß, ohne ihnen weiter Beachtung zu schenken. Die beiden Kontrahenten sahen unendlich verblüfft aus, als sie in enger Umarmung noch ein, zwei Schritte weiterstolperten, bevor sie zusammenbrachen. »Weißt du, ich habe darüber nachgedacht. Du hast mir in Derok einen Zahn ausgeschlagen. Das war nicht nett.« Er streckte die Zungenspitze durch die Lücke in seinem Gebiss. »Ich mochte diesen Zahn. Ich denke, ich werde mich dafür revanchieren müssen, was?«

Modrath verzog das Gesicht und leckte sich über seinen Zahnstummel. »Da hättest du früher kommen müssen.«

Dudaki zuckte mit den Schultern. »Du hast ja noch mehr davon. Ich denke, ich werde sie dir alle ausreißen.« Mit diesen Worten sprang er aus dem Stand ab und überbrückte die Entfernung zum Oger mit einem einzigen gewaltigen Satz. Modraths Hammer fuhr hoch und erwischte ihn mit voller Wucht am Brustkorb, riss ihn aus der Bahn und ließ ihn einige Schritte entfernt krachend zu Boden gehen. Ein Messer schlitterte klirrend über den Platz in die Dunkelheit davon.

»So viel dazu«, stellte Modrath fest, als er zu der verkrümmten Gestalt hinüberstapfte. »Aber du hast dich ja schon immer selbst überschätzt.« Er hob den Hammer, als Dudaki plötzlich auf die Füße schnellte und sich geduckt nach vorn warf. Der Oger spürte einen scharfen Stich im Oberschenkel, dann wirbelte der Froschgesichtige unter seinem Arm hindurch und hinter seinen Rücken. Sein Messer hinterließ einen tiefen Schnitt auf dem Unterarm des Ogers. Mit einem wütenden Aufbrüllen fuhr Modrath herum, doch der Rotzahnige war bereits wieder aus der Reichweite seines Hammers gehuscht.

»Selbst überschätzt, was?« Dudaki kicherte gehässig. Er streckte sich, und Modrath beobachtete ungläubig, wie der eingedrückte Brustkasten des Kleineren mit einem Krachen zurück in seine frühere Form sprang. »Besser. Ihr dämlichen Oger seid so berechenbar. Brutale Gewalt, keinen Sinn für Feinheiten und Details. Wie das da.« Er deutete auf Modraths Bein.

Der Oger sah an sich hinab und entdeckte einen schmalen Holzsplitter, der aus seinem Oberschenkel ragte. Seine Augen verengten sich. »Du kleiner Pisser hast mich vergiftet?«

Dudaki sah empört aus. »Vergiftet? Aber nein! Ich fand es nur lustig, dir einen harmlosen Holzspan in die Schwarte zu stechen.« Er seufzte theatralisch. »Natürlich hab ich dich vergiftet. Wo bleibt denn sonst der Spaß?«

Knurrend riss Modrath den Splitter aus seinem Bein und hieb nach Dudaki, der jedoch spielend auswich.

»Weißt du«, grinste der Froschaerc, »wir könnten dieses Spiel jetzt machen, bis du einfach umfällst, aus dem Maul schäumst, dich bepisst und dann an deiner eigenen Kotze erstickst. Gar kein Problem.« Er wich einem weiteren Schwinger des Hammers aus. »Aber ich hatte dir doch noch was versprochen, was? Und ein Dudaki hält seine Versprechen.« Er hielt inne. »Ach nein. Das war Quatsch. Aber zumindest dieses.« Statt dem nächsten Schlag auszuweichen, drehte er sich in den Hieb Modraths und packte dessen Handgelenk. Noch bevor der Oger überrascht grunzen konnte, rammte ihm Dudaki das Messer durch den baumstammgleichen Unterarm.

Modrath brüllte auf und stolperte rückwärts. Der Hammer entglitt seiner Faust, und das Bein, das Dudaki vorher angegriffen hatte, gab unter ihm nach.

Der Froschaerc seufzte abermals. »Das ist so enttäuschend. Dafür brauche ich nicht einmal die Gaben, die mir der Verhüllte verliehen hat. Dich fettes Schwein könnte ich auch so umbringen.«

Er beugte sich hinab und hob den riesigen Hammer des Ogers auf, als wöge er nicht mehr als ein Holzscheit. »Das hier allerdings ist neu«, stellte er fest. Bösartig grinsend wirbelte er die Waffe herum und ließ sie mit mörderischer Wucht gegen den Kiefer seines Gegners krachen. Modrath wurde herumgerissen und fiel wie ein gefällter Baum in den Staub.

Der Froschaerc betrachtete den Hammer und nickte. »Und weißt du was? Es gefällt mir. Das, mein tumber Freund, ist die neue Welt. Und so was wie dich braucht niemand mehr.« Er hob den Hammer erneut.

Ein Hammerkopf traf sein linkes Knie, das mit einem sogar über den Sturm hörbaren Krachen nachgab und nach hinten durchknickte. Brüllend kippte er zur Seite.

Modrath stemmte sich auf die Ellbogen und schüttelte den Kopf. Neben Dudaki stand Dvergat, über und über mit Blut besprizt. Der Zwerg nickte ihm zu, bevor er seinen Streithammer hob und ihn auf Dudakis Schädel niedersausen ließ. Der Rotzahnige lag jedoch bereits nicht mehr dort, wo der Hammerkopf aufschlug und eine dichte Aschewolke aufwirbelte. Er hatte sich blitzschnell zur Seite geworfen und schmetterte im nächsten Augenblick den Kriegshammer des Ogers mit solcher Wucht gegen das Bein des Zwergs, dass es unter dem Knie abriss und in die Dunkelheit flog. Mit einem Aufschrei ging der alte Zwergenkrieger zu Boden.

Dudaki bleckte die Zähne. »Du dämliches Arschloch hast auch nichts kapiert, oder?«, fauchte er. Er streckte sein verdrehtes Bein, und mit einem hässlichen Klicken klappte sein Knie wieder in die richtige Position, bevor er aufstand. »Ihr könnt uns nicht besiegen. Niemand kann das. Die neuen Götter mögen den Verhüllten auserwählt haben, um Frieden über die Welt zu bringen. Mich allerdings haben sie dazu auserkoren, vorher den Dreck wegzuräumen.« Er versetzte dem stöhnenden Zwerg einen Tritt, der diesen durch den Staub rollen ließ, bevor er sich wieder Modrath zuwandte, dem es inzwischen gelungen war, sich auf die Knie zu stemmen. »In Ordnung, wo waren wir? Ah ja.«

Modrath grunzte. Sein Kiefer fühlte sich an, als sei er gebrochen. Auf jeden Fall jedoch hatte er zumindest einen Backenzahn eingebüßt. Also spuckte er das nutzlose Ding aus und bleckte trotzig die verbliebenen Zähne. »Fick dich.«

»Ehrlich? Mehr fällt dir nicht ein?« Der dünne Aerc hob den Hammer. »Machen wir's kurz. Es gibt noch mehr zu töten.«

Bevor er jedoch die Waffe niedersausen lassen konnte, tauchte ein untersetzter Schatten hinter ihm auf, und etwas traf ihn im Rücken und ließ ihn direkt auf den Oger zustolpern.

Modrath nutzte die Gelegenheit. Er warf sich nach vorn, schlang die Arme um den dünnen Leib Dudakis und ließ sich mit seinem ganzen Gewicht auf ihn fallen. Der dünne Aerc kreischte auf, als seine Rippen abermals brachen. Er wand sich und strampelte so heftig, dass er einen kleineren

Krieger mühelos von sich gestoßen hätte. Bei einem Oger war das jedoch trotz seiner enormen Kräfte nicht so einfach. Immerhin gelang es ihm, einen Arm zu befreien. Er packte das Messer, das noch immer in Modraths Unterarm stak, riss es heraus und rammte es dem Oger bis zum Heft in den Bauch. Glühender Schmerz durchfuhr den riesigen Krieger, doch er ließ nicht los. Verbissen presste er den Rotzahnigen nur noch fester auf den Boden und hörte weitere Knochen brechen. Ob es seine eigenen oder die des Kleineren waren, hätte Modrath nicht sagen können. Dudaki riss den Mund auf, um nach seinem Gesicht zu schnappen, doch da zuckte eine behandschuhte Faust vor Modraths Gesicht vorbei und rammte ein zersplittertes Holzbein tief in den Rachen des Froschaerc.

Modrath sah hoch und blickte in das grimmige Gesicht Dvergats.»Das war das falsche Bein, Wichser«, knurrte der Zwerg. In der anderen Hand hielt er einen kleinen Tontopf. Einen dieser Art hatte Modrath erst vor kurzem über sich hinwegfliegen sehen. Seine Augen wurden groß.

Dvergat nickte und rammte das Gefäß neben dem Holzbein in Dudakis Rachen. Dann warf er sich zur Seite, und einer plötzlichen Eingebung folgend stieß Modrath den kleineren Aerc von sich und rollte sich ebenfalls weg.

Dudaki gurgelte kurz. Dann drang grelles Leuchten aus seinem Mund. Flammen schossen empor und tränkten ihn in flüssigem Feuer. Für einige lange Augenblicke zuckte und wand sich sein Körper noch, dann lag er still.

Modrath hustete und holte rasselnd Luft. Er sah zu Dvergat hinüber, der sich ebenfalls aufsetzte und grüßend die Hand hob.

Der Oger erwiderte den Gruß. »Ich hab's ihm doch gesagt«, murmelte er. »Sein verdammtes großes Maul bringt ihn eines Tages um.«

Ein Schatten huschte an der Feuerstelle entlang, tief geduckt und mit nervösen Seitenblicken.

»Echsenmann!«, rief Glond und humpelte auf ihn zu.

Erschrocken zuckte der Schatten zusammen und fuhr herum. Diesmal lag kein Lächeln mehr auf seinem schuppigen Gesicht, stattdessen eine ganze Menge Dreck und Blut. Seine Robe war an etlichen Stellen eingerissen, und die Kralle hatte er eng gegen den Bauch gepresst. Er starrte Glond mit blutunterlaufenen Augen an, und ein widerwärtiges Zischen drang aus seinem halb geöffneten Mund. »Du! Du bist immer noch am Leben?«

Glond nickte. »Scheint so.«

Der Echsenmann wich einen Schritt zurück. »Bist du so etwas wie ein Fluch? Ein böser Geist, der mich heimsuchen soll? Habe ich etwas getan, um dich zu verdienen?«

Glond zuckte mit den Schultern. »Du hättest diesen Mann in Derok nicht töten sollen. Dann hätten wir wohl nie Probleme miteinander gehabt.«

»Ich hätte stattdessen dich töten sollen«, zischte der Echsenmann. »Aber anscheinend bist du ein Liebling der Götter. Das Schicksal meint es offenbar gut mit dir.«

»Ich glaube nicht an Schicksal.« Glond trat einen Schritt auf den Echsenmann zu. Überrascht fiel ihm auf, dass seine Hand auf dem Griff seines Kurzschwerts lag.

Der Echsenmann fletschte die Zähne. »Komm mir bloß

nicht zu nahe. Ich warne dich.« Langsam humpelte er um den Rand der Feuergrube herum auf die Statue zu. »Ich töte dich genauso gnadenlos wie all die anderen Stumpen. Du hast gesehen, zu was ich imstande bin.«

»Ja, das habe ich.« Glond warf einen Blick auf die Toten und Verwundeten am Fuß der Plattform. »Du hast eine ganze Menge Unheil angerichtet. Es wird Zeit, dass das endlich aufhört.«

»Wann es aufhört, bestimme ich!« Der Echsenmann wich weiter zurück und stolperte beinahe über die Leiche eines Axtkämpfers. Schnell beugte er sich zu ihm hinab und hob mit der gesunden Hand seine Waffe auf. »Ich war so nahe dran, etwas Großes zu erschaffen. Etwas wahrhaft Magisches. Doch du hast alles kaputt gemacht, du elender Drecksack!« Knurrend ließ er die Axt durch die Luft fahren. »Dafür mache ich jetzt dich kaputt…«

»Das glaube ich nicht. Weißt du, was ich stattdessen glaube? Ich glaube, dass das Ritual erfolgreich war und dass das Tor, oder was immer es ist, sich schließt. Deine Kräfte sind verschwunden. Wenn du sie tatsächlich noch hättest, würdest du nicht nur reden, sondern handeln. Habe ich recht?«

»Du kannst mich mal!« Erneut ließ der Echsenmann die Axt durch die Luft sausen. Dann machte er einen humpelnden Schritt auf die Statue zu.

»Bleib stehen.«

»Nein!«

Glonds Hand umklammerte den Griff des Schwerts und zog es aus dem Gürtel. »Dann werde ich dafür sorgen, dass du stehen bleibst.«

Langsam wandte sich der Echsenmann um, und seine Augen hefteten sich auf die Klinge in Glonds Hand. Er leckte sich mit der Zunge über die Lippen. »Hör mal, Stumpen, wir können uns doch gütlich einigen, jetzt, wo alle anderen tot sind. Du wolltest die Orkherzen? Ich schenke sie dir. Du kannst sie allesamt mitnehmen und als Held in deine Heimat zurückkehren. Du kannst auch alles andere haben, was du in dieser Stadt findest. Lass mir nur den Stein. Er ist ohnehin wertlos für dich. Ich schwöre beim Grab meiner Mutter, dass er keine Gefahr für dich darstellt.«

»Das kann ich nicht machen, das weißt du. Was immer dieser Stein darstellt, er darf nicht in deine Hände geraten.« Glond wog das Schwert in der Hand. »Wieso willst du ihn überhaupt?«

»Ich... ich brauche ihn zum Leben. Verstehst du? Er verleiht mir die Kraft dazu.« Verzweifelt wiegte der Echsenmann den Kopf hin und her. Schimmerte da nicht sogar eine Träne in seinem Auge? »Ich will doch nur leben!«

»Das wollten auch all diejenigen die du verraten und umgebracht hast«, sagte Glond, während er näher kam.

»Warte!« Der Echsenmann hob beschwörend die Hand. Jetzt tropften tatsächlich ein paar Tränen auf seine Kutte. »Du begreifst das nicht! Dieser Stein hat mich verändert. Ich bin jetzt ein anderer Mensch... ein besserer Mensch! Als ich in Derok durch die Abwassertunnel gelaufen bin, hat mich eine Stimme gerufen und in eine Grabkammer geführt. Dort fand ich sie...« Hastig schob er die freie Hand in den Ausschnitt seiner Kutte und zerrte eine kaum faustgroße Statue hervor, die an einer Kette um seinen Hals hing. Sie hatte große Ähnlichkeit mit der riesigen Orkstatue, vor der er stand.

»Siehst du? Das ist sie. Ist sie nicht wunderschön? Sie spricht zu mir, musst du wissen. Sie leitet mich an und gibt mir ihre Kraft. Sie hat mich zu anderen Statuen geführt, die die Kräfte in meinem Innern weiter wachsen ließen. Sie hat mich aber auch verändert. Der Sturm, der früher einmal in meinem Inneren getobt hat, ist verstummt. Ich trage keinen Hass mehr in mir. Ich verstehe jetzt, was für ein elender Drecksack ich früher gewesen bin, und ich bereue es aus tiefstem Herzen...«

Es war ein beeindruckender Auftritt, das musste Glond ihm lassen. Hätte er den Echsenmann nicht besser gekannt, wäre er vermutlich sogar ins Grübeln geraten. Es gab nur zwei Dinge, die ihn misstrauisch machten. Da waren erst einmal seine eigenen Erfahrungen mit diesem betrügerischen Menschen, zusammen mit den Äußerungen des Wolfmanns, der nicht glaubte, dass der Echsenmann sich je wirklich ändern würde. Und außerdem gab es noch die Axt, die er trotz all der Tränen immer noch fest in der Hand hielt. Sie zitterte nicht einmal. »Wenn du ein besserer Mensch geworden bist, dann lass die Waffe fallen und komm von der Statue fort...«

»Und der Stein?«

»Der kann bleiben, wo er ist.«

»Aber ich brauche ihn doch«, keuchte der Echsenmann. »Seine Kraft... es ist noch immer eine ganze Menge da. Sie schlummert in seinem Innern. Ich weiß, wie man sie wieder weckt. Ich kann dir etwas davon abgeben! Was hältst du davon?«

Glond erwiderte nichts.

»Ich könnte dir all das ermöglichen, von dem du immer

geträumt hast. Ich könnte dich zu einem König machen. König der Zwerge... wie klingt das?«

»Anstrengend.« Glond verzog das Gesicht. »Du weißt allem Anschein nach nichts von mir. Schon in Derok habe ich das Angebot unseres Generals abgelehnt, sein Stellvertreter zu werden. Wieso sollte ich jetzt nach etwas Höherem streben? Ich wollte nie ein Anführer sein. Alles, was ich will, ist die Freiheit, meine eigenen Entscheidungen zu treffen. Und in diesem Augenblick vielleicht noch einen Krug kühles Bier.«

»Verdammter Idiot!« Der Echsenmann hob die Axt. »Glaubst du, ich hätte Angst vor dir? Glaubst du, nur weil mich die Kräfte verlassen haben, würde ich nicht mit dir fertigwerden? Ich habe dich beobachtet, Stumpen. Du lässt andere deine Kämpfe für dich ausfechten. Aber schau dich mal um: Wo sind deine Freunde jetzt? Sie sind alle tot. Was willst du jetzt machen, hm?«

Glond musste zugeben, dass die Worte nur zu sehr der Wahrheit entsprachen. Er war immer froh gewesen, wenn andere für ihn in den Kampf gezogen waren. Ob Axt und Kearn, der Wolfmann und Dvergat, immer war jemand an Ort und Stelle gewesen, um für ihn die Kastanien aus dem Feuer zu holen. Sie hatten ihre Leben riskiert, um seines zu schonen. Doch jetzt stand niemand mehr an seiner Seite.

»Siehst du? Ohne sie bist du ein Nichts. Ich habe vielleicht meine Kräfte verloren, aber im Gegensatz zu dir weiß ich, wie man kämpft.« Der Echsenmann ließ die Axt sinken, und mit einem Schnauben wandte er sich um und humpelte weiter. Das hölzerne Gerüst, von dem die Statue eingefasst war, hatte den Steinschlag zum größten Teil unversehrt überstanden.

Ein schmaler Steg aus aneinandergefügten Brettern wand sich über mehrere Etagen hinauf bis zum Schoß der Statue. Der Echsenmann trat auf das erste Brett, prüfte wippend seine Stabilität und machte sich an den Aufstieg.

Glond schaute ihm hinterher. Sie hatten so viel durchgemacht, um hierherzugelangen. So viele Dalkar und Menschen waren auf dem Weg gestorben. Sie hatten Navorra gerettet und es beinahe sogar geschafft, das Ende der Welt aufzuhalten. Und wofür? Nur damit der Echsenmann ungeschoren davonkam? Damit er am Ende doch noch sein Ziel erreichte?

Verdammtes Schicksal ...

Glonds Schwert fuhr laut krachend in den Steg und spaltete das Brett unter den Füßen des Echsenmanns beinahe in zwei Teile. Splitter flogen durch die Luft, und der Echsenmann machte laut kreischend einen Satz nach vorn und klammerte sich an einer der federgeschmückten Stangen fest.

»Elender Mistkerl!« Seine Axt fuhr nach unten, und Glond duckte sich gerade noch rechtzeitig unter ihr weg. Zischend balancierte der Echsenmann weiter, bis er wieder festen Boden unter den Füßen hatte. »Du hältst mich nicht mehr auf! Gib endlich auf!«

»Werden wir sehen«, knurrte Glond und kletterte hinter ihm her. Die Bretter knarrten unter seinen Füßen, und er hatte das Gefühl, dass das Gerüst bei jedem Schritt sanft hin und her schwankte.

»Worauf wartest du, Stumpen? Komm her!« Der Echsenmann hatte die nächste Stange erreicht und sich mit erhobener Axt zu ihm umgedreht.

Glond balancierte vorsichtig näher, das Schwert weit von sich gestreckt. Die Axt schoss heran und schlug klirrend gegen seine Klinge. Die Wucht des Schlags brachte ihn aus dem Gleichgewicht, und er ruderte mit den Armen, um sich wieder zu fangen. Unter dem nächsten Hieb duckte er sich im letzten Augenblick weg und warf sich nach vorn. Seine Klinge zerschnitt den Saum der Kutte, und der Echsenmann schrie zornig auf und stolperte rückwärts.

Einen Augenblick lang starrten sie sich schwer atmend an, dann ging der Echsenmann zum Gegenangriff über. Erneut knallten ihre Waffen gegeneinander. Diesmal gelang es Glond, den Schlag mit dem Parierstück aufzufangen und die Axt zur Seite abzulenken. Doch der Echsenmann hatte das erwartet und fügte ihm mit der Krallenhand einen tiefen Kratzer an der Schulter zu. Glond schrie auf und hätte beinahe sein Schwert fallen gelassen. Er packte das Handgelenk des Echsenmanns und bog es herum. Eng umklammert, zerrten und zogen sie aneinander, ohne dass es einem von ihnen gelang, einen Vorteil daraus zu erringen. So standen sie eine Weile da, während das Brett unter ihren Füßen ächzte und knarrte, als würde es jeden Moment auseinanderbrechen. Ganz langsam gelang es dem Echsenmann, die Krallenhand nach unten zu drehen und auf Glonds Gesicht zuzubewegen. Glond sah die verkrümmten Klauen auf sich zukommen und konnte nichts anderes tun, als sich dagegenzustemmen und zu hoffen, dass die Kräfte des Echsenmanns zuerst erlahmten. Sein Arm begann zu zittern, und die Klauen bewegten sich unerbittlich näher. »Stirb!«, zischte der Echsenmann und spuckte ihm stinkenden Geifer ins Gesicht.

Ein Donnerschlag riss Glond von den Füßen und ließ ihn hart auf den Rücken knallen. Er sah, wie sich gewaltige Steinbrocken von der Decke lösten und mit ohrenbetäubendem

Krachen auf der Plattform einschlugen. Die Erschütterung ließ die Erde erbeben, und das Gerüst bäumte sich auf wie ein durchgehendes Kriegspony. Irgendwo ganz in der Nähe war das Splittern von Holz zu hören und das Reißen überbeanspruchter Halteseile. Mit eingezogenem Kopf klammerte sich Glond an einem Querbalken fest und wartete, bis das Schaukeln und Beben nachließ. Vorsichtig hob er den Kopf und schaute sich um. Der Echsenmann war bereits eine Etage höher geklettert und machte sich mit seiner Axt an dicken Hanfseilen zu schaffen, die das Gerüst mit der Statue verbanden. Fluchend rappelte sich Glond auf und stolperte hinterher.

Die Axt des Echsenmanns fuhr krachend in die Seile. »Was tust du da?«, schrie Glond, obwohl er bereits ahnte, was der Verrückte vorhatte. Er beschleunigte sein Tempo und stürmte auf ihn zu.

Der Echsenmann warf einen Blick über die Schulter und ließ ein letztes Mal die Axt kraftvoll auf die Befestigung niederfahren. Mit einem peitschenden Geräusch löste sich das letzte Seil, und ein tiefes Knarren fuhr durch das gesamte Gerüst.

Der Echsenmann beugte sich mit einem triumphierenden Lachen vor und kletterte zur Statue hinüber. Dann drehte er sich um und trat mit dem Fuß kräftig gegen den Stützpfahl. Einmal, zweimal, bis das Gerüst zu schwanken begann. »Stirb, elender Stumpen!« Wie von Sinnen trat der Echsenmann zu. Seine Stirn war schweißnass, die Augen funkelten irre. Mit einem letzten verzweifelten Stöhnen begann das Gerüst sich langsam zur Seite zu neigen und kippte um.

Glond tat das Einzige, was ihm übrigblieb. Er ließ sein

Schwert fallen und sprang. Mit aller Kraft stieß er sich vom Steg ab und warf sich ins Leere. Für einen Moment fühlte er sich beinahe schwerelos, dann kam der Fels auf ihn zu. Viel zu schnell, und der Aufprall presste ihm die Luft aus den Lungen. Seine Finger kratzten über den Stein, rutschten ab, und er schabte sich die Handflächen blutig, ehe er doch noch Halt fand. Ein langer Riss, in dem er sich festkrallte, während seine Füße in der Luft strampelten.

Von unten sah die Statue gar nicht mal so hoch aus, aber wenn er jetzt so hinunterschielte, war es eine ganz schön lange Strecke bis zum Boden. Oder in die Feuergrube. Irgendwie war beides kein schöner Anblick.

»Verdammter Stumpen!«, kreischte der Echsenmann, während er sich langsam zu ihm vorarbeitete. »Warum bist du immer noch nicht tot?« Steinchen lösten sich unter seinen Füßen und fielen polternd in die Tiefe. »Stirb endlich!«

Glond versuchte, den Vorschlag zu ignorieren und sich auf den Fels unter seinen Fingern zu konzentrieren. Es fiel ihm zunehmend schwerer. Seine Arme brannten wie Feuer, und seine zappelnden Füße rutschten immer wieder ab. Dafür, dass Dalkar im Allgemeinen dafür bekannt waren, auf du und du mit Felsen zu sein, schien sich dieser hier doch ganz schön gegen seine Anwesenheit zu wehren. Vermutlich lag es daran, dass es sich bei dem, an den er sich gerade verzweifelt klammerte, um den Oberschenkel einer riesigen Orkfrau handelte.

»Elender Scheiß-Stumpen.« Der Echsenmann hatte sich ein weiteres Stück näher herangearbeitet, sie befanden sich nun beinahe auf gleicher Höhe.

Und weiter geht's. Nur dass der Echsenmann festen Stand

hatte und mit seiner freien Hand die Axt führen konnte, während Glonds Waffe irgendwo dort unten in der Feuergrube lag.

»Stirb!«

Glond warf sich zur Seite, und das Axtblatt schlug keine Handbreit neben seinem Kopf Funken aus dem Fels. Der Echsenmann riss die Axt zurück und holte zum nächsten Schlag aus. Glond ließ mit einer Hand los, stemmte sich vom Fels ab und schwang zur anderen Seite fort. Verzweifelt streckte er den Arm aus, bekam einen hervorstehenden Stein zu fassen und klammerte sich daran fest. Es knirschte unter seinen Fingern, er riss die Augen auf, und dann hielt er den Stein in der Hand und pendelte wieder zurück. »Wah!« Der Schmerz in seiner Schulter ließ ihn aufschreien.

Triumphierend schwang der Echsenmann seine Axt, und Glond schleuderte ihm den Stein instinktiv ins Gesicht. So heftig, dass der Kopf des Echsenmanns herumgeschleudert wurde, ihm die Axt aus den Fingern glitt und laut polternd in der Tiefe verschwand.

Glonds Füße schabten über den Stein und fanden endlich doch noch Halt. Er begann zu klettern.

Hinter sich hörte er das Gekreische des Echsenmanns, aber er scherte sich nicht darum. Seine Finger kratzten blutig über den rauen Stein, und seine Arme und Beine brannten wie Feuer. Mit zusammengebissenen Zähnen kletterte er weiter. Der obere Rand kam in Sichtweite. Nur einmal noch den Arm nach oben strecken, und ...

Er hörte den Echsenmann aufschreien. Vor Zorn oder Angst oder beidem. Er wusste es nicht. Mit letzter Kraft rollte er sich über den Rand und kam keuchend auf die Knie.

Der Stein war nicht sehr groß, aber er strahlte etwas aus, das Glond erschauern ließ. Seine Oberfläche glänzte in einem schlierigen Schwarz, und der flackernde Schein des Feuers spiegelte sich in unzähligen winzigen Facetten wider. Es erweckte den Eindruck, als würde er von innen heraus leuchten. Wie ein lebendiges, pulsierendes Herz.

Glond beugte sich vor und berührte vorsichtig die Oberfläche. Erschrocken zuckte er zurück. Es fühlte sich an, als wäre der Stein von einer schleimigen Schicht Algen überzogen. »Was zum Grubenteufel bist du?«, murmelte er verwundert.

»Stumpen!« Die krächzende Stimme des Echsenmanns tönte zu ihm herauf. »Lass ihn in Ruhe! Er gehört mir!«

Glond richtete sich auf. »Ich werde dir zeigen, was dir gehört!« Er stemmte sich mit der Schulter gegen den Stein. Der klebrige Schleim schmierte über sein Hemd und hinterließ eine teerige Spur. Der Geruch ließ ihn würgen. Es kostete ihn eine ganze Menge Kraft, bis der Stein sich bewegen ließ, aber dann begann er fast wie von selbst zu rollen. Schnaufend schob Glond ihn bis an den Rand des Absatzes.

»Tu mir das nicht an!«, kreischte der Echsenmann.

»Du willst den Stein? Du bekommst ihn.« Noch einmal stemmte sich Glond gegen den Stein, der für einige Augenblicke regungslos verharrte, um dann beinahe majestätisch langsam in die Tiefe zu kippen.

»Neiiin!« Der Schrei des Echsenmanns war pures Entsetzen, und als Glond dem Stein hinterherblickte, sah er, wie er den Menschen traf und mit sich in die Tiefe riss. Beinahe endlos dauerte der Sturz, ehe er mit dumpfem Krachen in der Feuergrube aufschlug, lodernde Glut und brennende Holzscheite in die Höhe schleuderte und unter einer gewaltigen Wolke aus Funken, Qualm und Asche verschwand.

Der bärtige Mensch brach aus einer Wolke von Qualm und Asche hervor. Brüllend schwang er seine Keule und ließ sie so hart auf den Schild eines der Zwerge niederfahren, dass das Metall wie dünnes Blech verbogen wurde und sein Träger darunter in die Knie ging.

Krendar warf sich im letzten Moment zur Seite und entging der bösartigen Waffe nur um Haaresbreite. Auch die übrigen drei Aerc stolperten zurück. Keinem von ihnen ging es sonderlich gut. Krendars verletzte Hand jagte bei jedem Schritt heiße Wellen aus Schmerz seinen Arm hinauf. Corshas Brustpanzer wies mehrere Risse und eine erschreckend tiefe Delle auf, und die beiden Übrigen sahen nicht viel besser aus. Der Einzige, der keine Anzeichen von Ermüdung zeigte, war unglücklicherweise der bullige Mensch. Krendars Handgelenk summte. Der letzte Angriff des Bärtigen hatte ihm den Dolch aus der Hand geprellt. *Nicht, dass ich damit viel bewirkt hätte.* Er hatte Brodyn drei solide Stiche versetzt, die jeden Aerc gefällt hätten, doch dem Menschen war davon nichts anzumerken. Er wirbelte herum und hieb mit breitem Grinsen auf Corsha ein, die auf einer der immer zahlreicher werdenden Leichen ausgerutscht und hintenübergefallen war.

»Nein!«, brüllte Razar.

Hilflos musste Krendar mit ansehen, wie er sich nach vorn warf und den Schlag des Menschen zu parieren versuchte. Die Waffe des Aerc zerbrach, und die Wucht des Treffers zertrümmerte den Unterarm des Felsenbären, erwischte ihn mit der Gewalt eines Huftritts und katapultierte ihn haltlos in das Kampfgewühl hinter ihnen.

»Scheißescheißescheiße!« Fieberhaft sah sich Krendar nach einer Waffe um, entriss einer schlaffen Totenhand einen Krummdolch und stolperte mit zusammengebissenen Zähnen vorwärts. Oder hatte es vor. *Was, wenn ich stattdessen in die andere Richtung gehe? In die Nacht verschwinde? Jetzt hast du die Gelegenheit dazu, Krendar. Vielleicht deine letzte.* Der verräterische Gedanke schlich sich in seinen Kopf, bevor er es verhindern konnte, und ließ ihn zögern.

Brodyn bemerkte es. Immer noch wild grinsend wandte er sich ihm zu. »Ich könnte dir jetzt was Schlaues sagen, Ork!«, grölte er über das Heulen des Sturms. »Aber wozu? Verreck einfach, in Ordnung?« Ohne eine Entgegnung abzuwarten, stürzte er sich auf Krendar und versuchte, ihn mit wilden Schwingern seiner Keule zu treffen. Dabei allerdings verlor er Ronkh aus den Augen. Der bullige Broca nutzte die Gelegenheit. Er schoss nach vorn und ließ seine Klinge mit einem mächtigen Hieb auf den Ellbogen des Menschen hinabfahren. Schmatzend durchtrennte die Klinge den Arm, der mitsamt der Waffe des Menschen vom eigenen Schwung in den wirbelnden Ascheregen davongetragen wurde.

Brodyn kreischte auf. Er stolperte seinerseits zurück und hielt sich mit entsetztem Gesicht den Stumpf, aus dem ein Schwall schwarzen Blutes schwappte.

Nein. Kein Blut!, stellte Krendar fest, als das Kreischen erstarb. Mit fasziniertem Grauen starrten sie alle drei, Krendar, Ronkh und der Mensch, auf das, was dort aus der Wunde des Menschen rann, noch auf dem Weg nach unten zu erstarren schien und sich dann in etwas verwandelte, das entfernt einer menschlichen Hand glich.

»Wa... was ist das für ein Scheiß?«, stammelte Brodyn. Er hob die neue Gliedmaße und starrte sie an, und Entsetzen kroch in sein Gesicht. »Was ist das für eine götterverdammte Scheiße?«

Ronkh riss sich als Erster aus seiner Erstarrung. Er hob seine Klinge und rammte sie Brodyn in den Magen.

Der schwarze Arm schnellte anscheinend ohne Zutun des Menschen nach oben, packte den Kopf des Kriegers und schleuderte ihn mit brutaler Gewalt herum. Einer der schlangengleichen Finger bohrte sich tief in das Auge des Aerc, und das Brüllen Ronkhs übertönte das Kreischen des Menschen.

Krendar stürzte vorwärts. Mit einem einzigen Hieb trennte er den Kopf Brodyns beinahe von dessen Schultern, und das Kreischen erstarb. Dann jedoch schnappte der Kopf wieder nach vorn, und die Kreatur, die Brodyn gewesen war, zischte ihn aus einem Maul voller nadelspitzer, schwarzer Zähne an. Der schwarze Arm ließ Ronkh fallen und peitschte auf Krendar zu. Nur um plötzlich zu erschlaffen und als zähe, ölige Masse zu Boden zu klatschen. Die Zähne im Maul des Mannes verwandelten sich in schmierige, schwarze Flüssigkeit, die über sein Kinn troff. Dann kippte sein Kopf wieder nach hinten, und die Kreatur sackte in sich zusammen.

Ein Gleißen erfüllte die Nacht, als ein gewaltiger Blitz die Spitze des größten der Hügel traf. Krendar wurde von den Füßen gerissen, überschlug sich und blieb schließlich lang ausgestreckt liegen. Donner brandete über ihn hinweg, presste ihn auf den Boden und raubte ihm beinahe das Bewusstsein. Eine zweite Entladung traf den Gipfel und ließ das gesamte

Bauwerk erzittern. Und dann knickte der gesamte Hügel ein. Riesige Felsblöcke lösten sich und polterten über die sich auflösenden Flanken in die Tiefe. Die Erde unter Krendar bockte, zitterte und stöhnte, und das Krachen schien eine Ewigkeit anzuhalten, als das Heiligtum der Stadt erst langsam, dann immer schneller in sich zusammensackte und in der Erde zu versinken schien.

DREIUNDDREISSIG
Das ist doch schon mal was

So unwahrscheinlich es noch vor kurzer Zeit gewirkt haben mochte: Der Sturm war schließlich vorübergezogen. Nur weit im Osten flackerte noch stummes Wetterleuchten am Horizont, während über der Ruinenstadt bereits ein trüber Morgen Einzug gehalten hatte. Graues Licht sickerte durch graue Wolken und erhellte eine Wüste aus grauer Asche. Vom tosenden Wind der Nacht war nicht viel mehr übrig geblieben als ein laues Lüftchen, das hier und da feine Aschefahnen vor sich hertrieb und den Rauch zerfaserte, der aus den geborstenen Kronen der von unzähligen Blitzen zerstörten Baumriesen aufstieg.

Glond hatte sich auf den Stufen des östlichen Tempelhügels fallen lassen und beobachtete durch einen Schleier der Erschöpfung die wenigen Clankrieger, die unten auf dem mit einer dicken Schicht Asche bedeckten Platz unterwegs waren, um die Toten einzusammeln. Die Grube am Rand der Straße füllte sich schnell. Viel zu schnell. Hastig gemurmelte Gebete begleiteten die Arbeiten, für mehr blieb keine Zeit. Der Rest war bereits damit beschäftigt, die Verwundeten transportbereit zu machen und die Handvoll Beutestücke auf ihre Rucksäcke zu verteilen, deren Mitnahme sich lohnte. Ein kunstvoll gemeißelter Steinkopf hier, ein Bündel Bärenfelle dort, mehr war in dieser elenden Ruinenstadt nicht zu holen gewesen. Die Überlebenden waren trotzdem guter Dinge. Immerhin hatten sie eine Schlacht gewonnen, sogar gegen einen wahrhaft furchterregenden Feind. Und wenn alles gesagt war, dann waren sie noch immer Dalkar. Dalkar, die keine Angst kannten und den Schrecken des Schlachtens abschütteln konnten wie die Asche von ihren zerschlagenen Rüstungen. Immer wieder klopften sie sich gegenseitig auf die Schultern, schwenkten die Waffen oder prosteten sich mit ihren Bierschläuchen zu.

Dvergat befand sich mitten unter ihnen und ließ sich gebührend feiern. Ein breites Grinsen lag auf seinem zerfurchten Gesicht, während er geschäftig hin und her humpelte, um die Aufräumarbeiten zu beaufsichtigen.

»An was denkst du?« Der Wolfmann fegte ein wenig Asche beiseite, ließ sich neben ihm auf die Stufen sinken und stützte sich schwer auf den Griff seines Schwerts. Er hatte aus dem Kampf einige üble Verletzungen davongetragen. Sein Gesicht war zerschlagen, sein rechter Arm lag in einer Schlinge, und um den Bauch trug er einen dicken Verband, der sich bereits rot verfärbt hatte. Es war verdammt knapp gewesen, aber Sekesh hatte ihn gerade noch rechtzeitig zusammenflicken können. *Körperlich jedenfalls.* Bislang hatte der Wolfmann noch nichts über seine Gemütslage erzählen wollen, und Glond hatte nicht gefragt.

»Ich denke daran, dass wir letzten Endes vielleicht gar nicht mal so schlecht abgeschnitten haben. Trotz aller Widrigkeiten haben wir unser Ziel erreicht und Navorra gefunden. Wir haben Hastyr und den Echsenmann aufgehalten und vielleicht ganz nebenbei sogar noch die Welt gerettet. Das ist mehr, als wir erwarten konnten.« Glond warf einen Seitenblick auf die Menschen, die sich am Fuß des Tempelbergs zusammengefunden hatten. »Deine Leute nennen dich einen echten Helden. Ich habe vorhin einen sagen hören, dass man dich zum König machen sollte. Immerhin hast du in ihren Augen gleich eine ganze Zwergenarmee zu ihrer Rettung herbeigerufen...«

Der Wolfmann machte nicht den Eindruck, als würde er sich besonders darüber freuen. »Ich glaube, Navorra nimmt mir die viele Anerkennung ein wenig übel.«

»Ach was, ich bin sicher, dass er stolz auf dich ist. Du bist eine Vaterfigur für ihn, sein großes Vorbild.«

»Das wäre schön. Aber du weißt ja, dass es zwischen Vätern und Söhnen nicht immer so einfach ist.« Nachdenklich mahlte der Wolfmann mit den Zähnen.

Glond warf ihm einen Seitenblick zu. »Auf Dauer ist das doch sicher schädlich...«

»Was meinst du?«

»Dieses Zähneknirschen.«

Der Wolfmann blinzelte. »Ist mir ehrlich gesagt noch gar nicht aufgefallen.« Er bohrte mit der Zungenspitze in seiner Wange und schnitt eine Grimasse. »Ich vermute, du hast recht.«

Glond grinste. »Du machst dir zu viele Sorgen, Wolfmann. Alles wird gut.« Er klopfte ihm auf den Rücken und verzog das Gesicht, als ein brennender Schmerz durch seinen Arm schoss. *Aber manche Verletzungen brauchen eben ihre Zeit...*

Es würde ein schöner Herbsttag werden, ohne Frage. Auch

wenn der Wind, der sanft durch die Bäume strich, bereits eine frostige Note hatte, die den herannahenden Winter erahnen ließ. Noch stieg Wärme von der verbrannten Erde auf. Nachdenklich verfolgte Glond die dünne Atemluftwolke, die von seinem Mund in die Höhe stieg. Es würde nicht mehr lange dauern, bis der Winter Einzug hielt und das Land mit seinem eisigen Griff umfing. Doch nach dem, was sie in den letzten Tagen erlebt hatten, war das kaum noch von Bedeutung. Schlimmer konnte es doch ohnehin nicht mehr kommen.

Jemand stieß gegen seine Schulter und drängte sich so unsanft an ihm vorbei, dass er beinahe das Gleichgewicht verlor. Erschrocken fuhr er herum und wollte schon zu einer passenden Bemerkung ansetzen, als er den Störenfried erkannte.

Bresch drehte den Kopf und starrte finster zurück. Seine Bartzöpfe hatten sich vollständig aufgelöst, und die Haare hingen ihm in zottigen Strähnen über den Brustpanzer. Die Augen waren blutunterlaufen und das Gesicht voller schorfiger Kratzer. Die Hand hatte er so fest um den Griff seiner Waffe geklammert, dass die Knöchel weiß hervortraten. »Was glotzt du so?«, zischte er, seine gesamte Haltung eine unausgesprochene Drohung. Er stand leicht vornübergebeugt, das Kinn nach vorn gestreckt und die Augen zornig zusammengekniffen. »Suchst du Streit?«

»Nein.« Glond rieb sich die Schulter und setzte sich zurück auf die Stufen. Mit einem Mal wurde ihm bewusst, dass er vor Bresch keine Angst mehr hatte. Es gab auch gar keinen Grund mehr. Dafür hatte er viel zu viel erlebt. Außerdem hatte er mit angesehen, wie Bresch wirklich war. Er hatte erkannt, dass der breitschultrige Hüne noch viel mehr Angst hatte als er selbst, und es nur nicht zugeben wollte. Angst war eine verdammt schwere Bürde für einen Dalkar. Ganz besonders für einen, der Anführer einer Armee aus Clankriegern sein wollte und der im Leben noch kein anderes Ziel vor Augen gehabt hatte, als eines Tages kämpfen und töten zu dürfen. Nein, Streit suchte Glond mit so einem Dalkar sicherlich nicht. Ganz im Gegenteil. Fast empfand er so etwas wie Mitleid mit ihm. Aber eben nur fast.

»Nein, ich suche keinen Streit.« Gelassen lehnte er sich zurück und stützte sich auf die Unterarme. »Ich habe jetzt erst einmal Pause.«

»Die hat er sich auch verdient«, knurrte der Wolfmann. Er saß einfach nur da, schwer auf sein Schwert gestützt, die Hände vielleicht ein winziges Stückchen näher am Griff als bisher.

Breschs Augenbrauen zogen sich zusammen. »Willst du damit sagen, dass ich mir keine Pause verdient habe …?«

»Keine Ahnung.« Der Wolfmann zuckte mit den Schultern. »Frag den da unten. Falls du ihn nicht kennen solltest: Das ist der höchstrangige Unteroffizier, der noch am Leben ist.« Sein Zeigefinger deutete hinab auf den Platz, wo Dvergat gerade dabei war, fröhlich grinsend einen Schildträger zusammenzufalten, der sein Bündel nicht ordentlich gepackt hatte. »Er hat gesagt, dass wir uns ausruhen sollen. Wir haben genug getan für heute.«

Breschs Blick folgte dem Fingerzeig, und eines seiner Augen zuckte nervös. »Natürlich kenne ich ihn. Ich kenne jeden meiner Krieger.« Trotzig reckte er das Kinn vor. »Ich habe schließlich das Kommando über diese Männer!«

»Na dann ist die Sache ja geklärt.« Der Wolfmann lehnte sich nun ebenfalls zurück und schloss die Augen.

Bresch starrte ihn noch einen Augenblick lang an, ehe er sich brüsk abwandte. »Ihr habt eine halbe Stunde, danach lasse ich zum Aufbruch blasen, und wir marschieren ab. Ob mit oder ohne euch, ist mir egal.« Scheppernd polterte er die Stufen hinunter auf den Platz und gab sich dabei alle Mühe, ein paar im Weg stehende Clankrieger grob beiseitezuschubsen.

Der Wolfmann öffnete eines seiner Augen und sah ihm nach. »Und du sagst, ich mache mir zu viele Sorgen, ja?«

»Glaubst du, dass er mich eines Tages doch noch zum Zweikampf fordern wird?«, fragte Glond.

»Das nicht. Aber sieh dich trotzdem vor. Du, Dvergat und ich, wir sind die einzigen Überlebenden, die sein Verhalten im Tempel mitbekommen haben. Solange wir lebendig herumlaufen, wird er jeden Tag an seine Schande erinnert.«

Gequält verzog Glond das Gesicht. *Da ist es also wieder, mein kompliziertes Leben. Es kann einfach nie simpel und geradlinig verlaufen. Alles, was wir erleben, zieht etwas anderes nach sich, das sich als beinahe genauso kompliziert entpuppt. Erst der Kampf um Derok, dann die Konfrontation mit Kearn und dem Echsenmann, die Suche nach Navorra, und zum Schluss auch noch die Rettung der Welt. Jedenfalls wenn man den Legenden der Orks glauben will.*

Immerhin hatten sie es bereits zum zweiten Mal geschafft, so eine Art Waffenstillstand mit ihnen zu erringen. Sein Blick fiel auf das Häuflein verlorener Gestalten, die am Fuß des benachbarten Hügels ihre Sachen zusammenpackten. Sekesh, die immer noch geschwächt von den Folgen des Rituals war; neben ihr dieser gewaltige Oger, der sich an den Stufen festhielt und etwas unbehaglich in das Loch starrte, an dessen

Stelle sich Tags zuvor noch die höchste der Felsenkuppeln erhoben hatte; dann der Überlebende dieser beiden völlig identisch wirkenden Orkbrüder – und Krendar. Sie hatten es tatsächlich geschafft, für einen winzigen Augenblick ihren gegenseitigen Hass zu unterdrücken, um Seite an Seite gegen einen gemeinsamen Gegner zu kämpfen. *Ein Waffenstillstand.* Noch vor wenigen Tagen wäre das für Glond eine unglaubliche Vorstellung gewesen. Ihre Blicke begegneten sich, als Krendar den Kopf hob und nun seinerseits zu ihm herüberschaute. *Was wird dieser Waffenstillstand nach sich ziehen? Werden die jüngsten Ereignisse etwas an dem Verhältnis zwischen Orks und Zwergen verändern?* Nachdenklich rieb er sich die schmerzende Schulter und nickte Krendar zu.

Ein Waffenstillstand. Wer hätte gedacht, dass es funktioniert? Und so lange. Es ist bereits hell, und wir sind uns immer noch nicht gegenseitig an die Kehlen gegangen. Krendar rieb sich die Rechte. Sekesh hatte ihm strengstens verboten, das zu tun. *Aber das ist so eine Sache mit uns Aerc. Wir kratzen immer gern dort, wo es wehtut.* Und die Finger taten immer noch verdammt weh. *Was schon komisch ist, wenn man bedenkt, dass eineinhalb davon gar nicht hier sind.* Die Schamanin hatte ihre Wunden versorgt. All ihre Wunden, sogar die der überlebenden Zwerge. Aber es war eben die Heilkunst der Aerc. Schmerzen blieben Schmerzen. Wie sollte man ein Krieger sein, wenn man Schmerzen fürchtete? *Schwachsinn.*

Zu wenig Furcht führte seiner Beobachtung nach zu zu viel Tod. Der weite Platz am Fuß der Hügel war übersät mit den

Körpern jener, die sich zu wenig gefürchtet hatten. Waldschatten, Skrag, Menschen, Felsenbären, Zwerge. Erst als die Furcht sie erreicht hatte, als die Waldschatten und Skrag ihr Heiligtum in sich zusammenfallen sahen, hatte das Töten und Sterben aufgehört. In jenen Minuten, als das Wüten des Himmels sie alle von den Füßen gerissen hatte, hatten die Hüter des Waldes aufgegeben. Ihr Heiligtum war von der Erde verschlungen worden und mit ihm der Sinn dieses Kampfs. Sie waren einer nach dem anderen im Sturm verschwunden. Zurück blieben die Toten, die die Asche bedeckte. Unter der grauen Schicht sahen sie alle gleich aus.

Er sah hinüber, wo der junge Dalkar, Glond, auf den mitgenommenen Resten des östlichsten Hügels saß. Neben ihm lehnte der wolfsgesichtige Mensch. Sie sahen erschöpft aus. Aber warum sollte es ihnen auch besser gehen als ihm. Glond nickte ihm zu. Ohne darüber nachzudenken erwiderte er den stummen Gruß. *Waffenstillstand.*

Nein, Krendar bezweifelte, dass aus seinem und deren Volk in absehbarer Zeit Freunde werden würden. Dazu waren sie zu verschieden – und dazu waren sie zu unwichtig. Keine Helden waren beteiligt gewesen, keine Häuptlinge und Heerführer. Am Ende mochte es sogar stimmen, dass sie gemeinsam in der vergangenen Nacht eine Dunkelheit verhindert hatten, die ein weit größeres Übel war als die Heere der Wühler. Aber wer außer ihnen wusste schon davon?

Die Ironie des Ganzen trieb ihm ein düsteres Lächeln auf das geschwollene Gesicht. Es sah ganz so aus, als hätten sie die Welt nur gerettet, damit ihre Anführer im Osten ihren Krieg ungestört fortführen konnten.

Ein Schatten fiel auf ihn, als sich Modrath neben ihn setzte. Der Oger bewegte sich schwerfällig. Er schien öfter an seinem Zahnstummel zu saugen als sonst, vermutlich, um die Schmerzen zu überspielen, die in seinem zerschlagenen Körper wüten mussten.

»Hätte nie gedacht, dass ich mal Wühler kennenlernen würde, denen ich mehr vertraue als Aerc.«

Krendar hob eine Augenbraue. »Du vertraust nicht vielen Aerc, wenn ich mich recht erinnere.«

»Schon. Aber immerhin.« Der Oger streckte ein Bein aus und massierte sich die frische wulstige Narbe auf dem Bauch. »Der Kleine dort würde einen prima Aerc abgeben.« Er nickte in Dvergats Richtung, der unermüdlich und allem Anschein nach gut gelaunt fluchend die übrig gebliebenen Zwerge zu so etwas wie einer Marschreihe aufstellte. »Ich glaube, Ragroth hätte ihn gemocht.«

Ragroth wieder. »Er hat jemanden gemocht? Kann ich mir nicht vorstellen.«

»Er hat dich gemocht, Broca. Und ich glaube, inzwischen wissen wir alle, warum.« Der Oger klopfte ihm auf die Schulter, was ihm das Wasser in die Augen trieb. »Und wie geht's jetzt weiter, Broca?«

»Dasselbe wollte ich auch gerade fragen…«

Modrath sah ihn von der Seite an und feixte. »Darfst du nicht. Du bist der Broca. Ich bin nur der blöde Oger.«

»Rutsch mir doch, Modrath.«

»Das würdest du nicht wollen.«

»Stimmt.« Krendar seufzte. »Ich weiß es nicht.« Er sah sich an, was von Prakoshs – von seinem Trupp noch übrig war. Modrath und er hatten überlebt. Gerade so, aber das war schon mehr, als zu erwarten gewesen war. Sekesh, auch wenn sie am Ende ihrer Kräfte schien. Was immer dort unten im Heiligtum passiert war, es hatte sie einen Großteil ihrer Kräfte gekostet. Und von dem, was noch übrig war, hatte sie das meiste darauf verwendet, die schlimmsten Wunden zu versorgen. Modraths Bauch, seine Hand, offene Brüche, lebensgefährliche Schnittwunden. Bei alldem hatte sie nicht ein einziges Wort gesprochen.»Manche Wunden heilen langsamer als andere«, hatte Navorra gesagt.

Sein Blick wanderte weiter zu dem einsamen Korrach, der schon seit Tagesanbruch regungslos auf einem der Felsblöcke am Rand des Lochs saß, in dem sein Bruder unter unzähligen Mengen an Gestein begraben lag.

»Ein besseres Grabmal kann sich kein Korrach…« Der untersetzte Aerc hatte den Rest des Satzes in der Luft hängen lassen, und Krendar war sich nicht sicher, ob er noch immer darauf wartete, dass sein Bruder den Rest ergänzte. *Manche Wunden heilen langsamer als andere.*

Corsha und ein Felsenbärkrieger, dessen Namen er nicht einmal kannte, trugen die Toten ihres Stamms zusammen, die in dieser letzten Schlacht gefallen waren. Auch die Krûshal war schweigsam. Jetzt, wo es vorbei war, war der Verlust ihrer Schwester zurückgekehrt. Nicht nur der einer Schwester, sondern der einer Drûaka, die zu beschützen ihre gesamte Lebensaufgabe gewesen war. *Manche Wunden heilen langsamer als andere.*

Am meisten erstaunte Krendar, dass Ronkh und Razar überlebt hatten. Der kräftige Broca würde in Zukunft mit einem Auge auskommen müssen und Razars zertrümmerter Waffenarm… Sekesh hatte ihn gerettet. Den Rest musste die

Zeit zeigen. *Manche Wunden heilen langsamer als andere. Manche nie.*

»Ich habe keine Ahnung«, wiederholte er müde. »Wir haben diese Menschen gerettet. Das muss etwas wert sein in einem Krieg, in dem schon viel zu viele gestorben sind. Wir haben es geschafft, uns mit ein paar Wühlern zusammenzuraufen, um ein gemeinsames Ziel zu erreichen. Vielleicht ist auch das was wert.«

»Das könnte dir aber auch als Verrat ausgelegt werden.«

»Hm. Außerdem haben wir die Herzen verloren, dafür aber vermutlich die Welt gerettet.«

Modrath sog schmatzend an seinem Zahn und blinzelte in das trübe Morgenlicht. »Glaub nicht, dass den zweiten Teil irgendjemand zu würdigen weiß. Also – außer uns. Das Letzte, was ich mitbekommen hatte, war, dass sie sich reichlich Mühe gegeben haben, sie zu verwüsten.«

»Was die Herzen angeht, mach dir darüber keine Sorgen.«

Sekesh war unbemerkt an sie herangetreten und ließ sich jetzt erschöpft neben ihm zu Boden sinken.

»Meinst du?« Krendar sah sie vorsichtig an.

Ein Lächeln lag auf dem von Asche grauen Gesicht der Ayubo. Als sie nickte, wirkte es seltsam wehmütig. »Ich habe unsere Ahnen vernichtet. Die nicht unsere Ahnen sind. Sondern... irgendetwas anderes. Eine Lüge. Eine hunderte Jahre alte Lüge.« Sie seufzte unendlich müde. »Die Stille, von der ich gesprochen habe... ich kann sie hören. Die Stimmen sind verschwunden. Das erste Mal in meinem Leben schweigen sie.«

Modrath und Krendar starrten sie sprachlos an.

Sekesh seufzte nochmals, und ihr Lächeln verwandelte

sich. Es wirkte befreiter. »Und wisst ihr was? Ich glaube, ich werde endlich gut schlafen.«

»Was wird dann jetzt aus uns?«, flüsterte Krendar.

Sekesh hob die Schultern und ließ sie wieder fallen. »Wir leben noch.«

»Das ist doch schon mal was«, stellte Modrath fest.

Sekesh nickte. »Und was den Rest angeht, wird unserem Broca schon was einfallen.« Sie legte ihre Hand auf Krendars Bein und ließ sie dort liegen.

Der junge Aerc lehnte sich zurück und schloss die Augen. »Vermutlich«, murmelte er. *Wir haben die Welt gerettet. Und wir leben noch. Das ist doch schon mal was.*

GLOSSAR

ORKS

Prakosh – Raut, Häuptling der Felsenbären, Brandnarbe von der linken Wange bis zur Brust. Er führt einen Trupp von 5 Doppelfäusten, denen auch Krendars Trupp angehört.
Toraka – Drûaka von Prakosh, Schamanin und Totensprecherin der Felsenbären
Corsha – Brutschwester und Krûshal, Leibdienerin und Leibwächterin von Toraka
Jarroc – Ein Broca, der mit der Bewachung von Gefangenen beauftragt ist
Ronkh – Untersetzter, mürrischer Broca von Prakoshs Felsenbären
Razar – Ronkhs Bruder und rechte Hand
Kyrk – Halbork aus Derok, Informant der Felsenbären-Aerc
Lorrac – Ein Waldschatten-Broca mit interessanter Gesichtstätowierung

Krendars Trupp

Krendar – seines Wissens der letzte Überlebende des Trupps. Er ist hochgewachsen, kräftig und unerfahren. Dies ist sein erstes Kommando als Broca.
Die Korrach – »Der Rechte« und »Der Linke« sind Bergork-Zwillinge, die sich zum Verwechseln ähneln und gern den

Satz des jeweils anderen vervollständigen. Ein Umstand, den sie ... kultiviert haben.

Modrath Halbzahn – Ein etwa drei Meter großer Oger. Er hat ein Talent für Sprachen und ein noch größeres, Dinge mit seinem Kriegshammer zu zerstören.

Dudaki – Ein rotzahniger Sumpfork. Verschlagen und immer zu Späßen aufgelegt. Man sollte ihn nicht unterschätzen.

Sekesh – Eine Schamanin der Ayubo. Sie beherrscht ihre Langmesser und die Blutmagie der Orks gleichermaßen gut.

Weitere Orks

Rogoru – Feldherr der schwarzen Wüstenorks. Der Ayubo ist der oberste Kriegsherr des vereinigten Orkheers.

Shirach Drangog – Feldherr der Weststämme an der nördlichen Mauer.

Ragroth – Alter, narbiger Broca der Weststämme, jetzt tot. Der legendäre Vorgänger von Krendar. Er hielt nicht viel von Eisenrüstungen und noch weniger von Regeln.

ZWERGE

Glond – Unser mutiger Zwergenheld, auf der Suche nach dem Menschenkind Navorra, um ein Versprechen einzulösen

Unteroffizier Dvergat – Ein Überlebender der Deroker Mauerwacht, folgt jetzt Glond.

Bresch Wludstein – Ein junger Zwergenadliger, Anführer eines zwergischen Kriegstrupps von sechs Dutzend

Großhertig Zornthal Wludstein – Zwergischer Adliger und Kommandeur, der eine Gegeninitiative der Zwerge nach Derok leitet, Vater von Bresch

Der Knollennasige – Ein blonder Unteroffizier in Breschs Gefolge
Turmal – Ein schwarzbärtiger Unteroffizier in Breschs Gefolge

Weitere Zwerge
General Variscit – Der ehemalige Oberbefehlshaber der Vereinigten Clanbünde. In Derok ist er die Stimme des Großkönigs.
Jarl Dornbirn – Heldenhafter Standartenträger der glorreichen Zwölften Königlichen
Edle Syen – Genannt »Axt«; eine gefährliche Axtkämpferin, jetzt Rechte Hand Variscits und ehemalige Weggefärtin Glonds

MENSCHEN
Nyorda – Eine menschliche Anführerin, hochgewachsen und verbittert
Der Verhüllte – Ein Mann, der die Versprengten und Verlorenen um sich sammelt und vielleicht die letzte Rettung vor der kommenden Dunkelheit ist
Brodyn – Grobschlächtiger, bärtiger Mensch mit Stiernacken und fauligen Zähnen im Gefolge des Verhüllten
Joffrey – Ein fetter Mensch mit besonders fettigen Haaren im Gefolge des Verhüllten
Hastyr – Monströser, bulliger Mensch mit eingedelltem Gesicht und Glatze, führt ein Schlachterbeil und unter den Menschen das Wort. Er gehört zum Gefolge des Verhüllten.
Skyld – Ein alter Mensch mit Flickenjacke und Silbermünze
Navorra von Andrien – Ein außergewöhnlicher Junge, dessen

Königreich in Derok ein Sanatorium war. Jetzt Anführer einer Gruppe menschlicher Flüchtlinge

Akolut Kettwych – Ein von den Göttern verlassener Aussätziger, der sich Navorra angeschlossen hat und ihm als Stimme, Übersetzer und Berater dient

Cryn von Norderstadt – Wird aufgrund seines Aussehens nur Wolfmann genannt. Einst Navorras Erster Ritter, folgt er jetzt dem Zwergen Glond, um Navorra zu finden und zu retten.

ORTE

Derok – Größte Zwergenstadt des Nordens, jetzt vor allem größte Ruine

Vyndtport – Größte Hafenstadt im Süden; in den Salzmarschen am Meer gelegen

Ebenfurth – Kleine Stadt mehrere Tagesreisen südlich von Derok

Garenn – Stadt am südlichen Flussunterlauf nördlich der Marschen; Hochkönigssitz der Dalkar

KLEINES ORK-WÖRTERBUCH

Aerc – Eigenbezeichnung der Orks für ihre Art
Ayubo – Eigenbezeichnung für die Stämme der schwarzen Wüstenorks
Broca – Truppführer über eine Doppelfaust
Dobrog-Berge – Gebirge im Osten der Ork-Stammesländer. Derok liegt unmittelbar an seinem westlichen Rand.
Doppelfaust – 2x5, also 10 Krieger, die übliche Stärke einer Ork-Kampfeinheit (oder eines Jagdtrupps). Kann allerdings bis zu 14 Krieger umfassen.
Drûaka – Bezeichnung für Schamanin in der Sprache der Weststämme
Frakra – Gemeinschaftssprache der Weststämme
Ghourak Erhok – Töter des Häuptlings, Nachfolger
Gnarra – Schweineähnliche Großechse mit gefährlichen Hörnern, bekannt für ihren Geschmack, ihren Gestank und die Angewohnheit, ihr Revier mit übel riechendem Kot zu markieren
Granok – Eine Wurzel, die die Orks gegen Müdigkeit, Erschöpfung und Schmerz kauen. Getrocknet und in Streifen gerieben wird sie auch geraucht.
Groshakk – Herzhaftes Fäkalwort der Weststämme, wird oft und gern als Fluch verwendet

Grûshnak – Langgezogene Bergkette, die das Land der Weststämme nach Westen hin abschließt. Bewohnt von den Korrach. Dahinter liegen die Waldgebiete der Skrag.
Gulraka Valak – Die Weiße Stadt
Hashok – Etwa: »Verpiss dich«
Jakkar – Etwa 1,50m lange, hundeähnliche Echsen, die von den Orks als Kampfhunde eingesetzt werden. Freilebend in Rudeln der nördlichen Steppe, jagen vor allem Rinder.
Korrach – Eigenbezeichnung für die Stämme der Bergorks
Krûnar-Riten – Mannbarkeitsriten der Weststämme
Loccras – Bitterpilz. Er lähmt die Muskeln und Gelenke. Sein Gechmack lässt sich hervorragend in Bier tarnen.
M'rakkar – Ayubo-Wort: Entschlossenheit, Bestimmtheit, Tatkraft
Raut – Unterhäuptling der Orks, befehligt bis zu 5 Broca, also maximal rund 100 Krieger
Schroggra – Hasengroßes Nagetier, lebt in Erdbauten, bekannt für seine Feigheit und seinen Geschmack
Shirach – Kriegshäuptling der Orks, befehligt bis zu 20 Raut (den Kriegsrat), also bis zu 2.000 Krieger
Shranga – Bierähnliches Getränk der Ayubo
Skrag – Name der Weststämme für die Waldorks
Spilo – Kleine, giftige Flugechse, die von den Schamanen der Ayubo als Haustier gehalten wird
Urawi – Bezeichnung der Ayubo für ihre Schamaninnen
Yan Shagul – Ayubo-Ausdruck für »Pfad der Träume«

DANKSAGUNG

Danke sagen wir unseren Lesern – vor allem denen, die schon den zweiten »Orks vs. Zwerge«-Band durchgehalten haben und deren Lob und Kritik wir für diesen zweiten Band beherzigt haben. Darüber hinaus danken wir unseren hartnäckigen Agentinnen Natalja Schmidt und Julia Abrahams, sowie unserer gnadenlos ehrlichen Lektorin Catherine Beck. Und natürlich Sebastian Pirling, der dafür verantwortlich ist, dass wir unsere Bücher im Laden wiederfinden, und allen Mitarbeitern bei Heyne, die ihn unermüdlich dabei unterstützen.

Außerdem danken wir unseren leidgeprüften Testlesern Eva Bergschneider, Gregor Mango, Michael und Tina Stockhammer sowie Dirk Wessel. Wegen euch mussten wir einen Haufen Dinge einfügen, die wir gar nicht bedacht oder beabsichtigt hatten – und eine Reihe von anderen Dingen kürzen, um die es uns leid tut. Aber das Buch ist dadurch besser geworden. Und schließlich möchten wir uns bei all den großartigen Autorinnen und Autoren, den Verlagsleuten, Rezensenten, Buchbloggern, Veranstaltungshelfern und den sonstigen Wahnsinnigen der deutschen Phantastikszene bedanken, denen wir in den vergangenen Jahren auf Messen, Cons, im Internet und gelegentlich in heimischen Wohnzimmern begegnen durften, und die uns mit jeder Menge Spaß, Aufmunterung, hilfreichen Ideen, bescheuerten Einfällen und dem einen oder anderen Bier versorgt haben. Allen voran dem Lit Pack um Carsten Steenbergen, Stephan Bellem, Robin Gates und Falko Löffler.

Tom dankt außerdem: dem Würzburger Phantastik Stammtisch und seinen großartigen Mitgliedern, Murray Gold und AC/DC für den Soundtrack schier endloser Schreibnächte, und meinen alten Rollenspielkollegen und -meistern Uwe Weber und »Buster« Struppe, die eine gewisse Mitschuld am Hintergrund der Welt von »Orks vs. Zwerge« tragen. Vor allem aber danke ich meiner Frau Leonie und unseren Kindern, dafür, dass ihr da seid, selbst wenn ich mich halbe Nächte lang in anderen Welten herumtreibe.

Und Stephan dankt wie immer seiner Rollenspielgruppe für die Inspiration, allen anderen, die in den letzten Monaten ihre zahlreichen Ideen, Anmerkungen und Vorschläge beigesteuert, und uns moralisch unterstützt haben – und vor allem Judith (die immer noch die besten Muffins der Welt für ihn backt).

Joe Abercrombie

978-3-453-53251-9   978-3-453-31599-0

Kriegsklingen
978-3-453-53251-9

Feuerklingen
978-3-453-53253-3

Königsklingen
978-3-453-53252-6

Racheklingen
978-3-453-52522-1

Heldenklingen
978-3-453-52523-8

Blutklingen
978-3-453-31483-2

Königsschwur
978-3-453-31599-0

Königsjäger
978-3-453-31600-3

Königskrone
978-3-453-31601-0

Leseproben unter **www.heyne.de**

HEYNE <

Peter V. Brett

Manchmal gibt es gute Gründe, sich vor der Dunkelheit zu fürchten ...

... denn in der Dunkelheit lauert die Gefahr! Das muss der junge Arlen auf bittere Weise selbst erfahren: Als seine Mutter bei einem Angriff der Dämonen der Nacht ums Leben kommt, flieht er aus seinem Dorf und macht sich auf in die freien Städte. Er sucht nach Verbündeten, die den Mut nicht aufgeben und das Geheimnis um die alten Runen, die einzig vor den Dämonen zu schützen vermögen, noch nicht vergessen haben.

978-3-453-52476-7

Peter V. Bretts gewaltiges Epos vom Weltrang des »Herrn der Ringe«

Das Lied der Dunkelheit
978-3-453-52476-7

Das Flüstern der Nacht
978-3-453-52611-2

Die Flammen der Dämmerung
978-3-453-52474-3

Der Thron der Finsternis
978-3-453-31573-0

Erzählungen aus Arlens Welt

Der große Bazar
978-3-453-52708-9

Das Erbe des Kuriers
978-3-453-31682-9

www.heyne.de

DIE BLAUSTEINKRIEGE

Das gewaltige Epos der preisgekrönten Autoren
Tom & Stephan Orgel

978-3-453-31688-1

978-3-453-31706-2

Mehr auf **www.blausteinkriege.de**
und auf **www.heyne-fantastisch.de**

HEYNE